AF289345

Pascal Wokan

PASCAL WOKAN

DIE PALADINE
Das Schwarze Herz

Fantasy-Roman

Impressum

Das Werk, einschließlich seiner Teile, ist urheberrechtlich geschützt. Jede Verwertung ist ohne Zustimmung des Autors unzulässig. Dies gilt insbesondere für die elektronische oder sonstige Vervielfältigung, Übersetzung, Verbreitung und öffentliche Zugänglichmachung.

Bibliografische Information der Deutschen Nationalbibliothek: Die Deutsche Nationalbibliothek verzeichnet diese Publikation in der Deutschen Nationalbibliografie; detaillierte bibliografische Daten sind im Internet über http://dnb.d-nb.de abrufbar.

Die automatisierte Analyse des Werkes, um daraus Informationen insbesondere über Muster, Trends und Korrelationen gemäß §44b UrhG („Text und Data Mining") zu gewinnen, ist untersagt.

© 2025 Pascal Wokan
Lektorat/Korrektorat: Katrin Gönnewig
Covergestaltung: AstroSheep Art
Karte: NerdyMaps
Verlag:
BoD · Books on Demand GmbH, Überseering 33,
22297 Hamburg, bod@bod.de
Druck:
Libri Plureos GmbH, Friedensallee 273, 22763 Hamburg
ISBN: 978-3-8192-0660-3
www.pwokan.de

Inhalt

»Duérmete niño, duérmete ya. Que viene el Coco y te comerá.«
Spanisches Schlaflied

Vorwort

Willkommen zum fünften Band der Paladin-Saga. Als ich »Pfad des Jägers« schrieb, war mein ursprünglicher Plan, den Barden bereits darin einzuführen. Ich habe jedoch relativ schnell gemerkt, dass dieser Storystrang die Geschichte zu sehr aufbläht und von den anderen Strängen wegführt, die mehr miteinander harmonieren. »Krone des Lichts« sollte die Pfade der Druidin, der Assassine und des Paladins näher beleuchten, was ebenfalls keinen Raum für den Barden ließ. Das führte mich wiederum zur Überlegung, einen Zwischenband zu schreiben, der sich einzig und allein Basil widmet. Doch ich möchte die Reihe nicht unnötig aufblähen und habe erkannt, dass auch diese Lösung nicht zufriedenstellend ist. Denn ich möchte bei dir nicht das Gefühl wecken, ein Buch zu lesen, das nur *dazwischengeschoben* ist. Das führte letztendlich zu dieser Geschichte, in der ich Basils Abenteuer mit der Quest von Ullr, Andvari und José verknüpfe.

Basils Perspektive wird zu der Zeit erzählt, als Cernunnos sich in Tirnanog als wahrer Feind zu erkennen gegeben hat (Ende »Druiden der Dämmerung«). Die Perspektiven von José, Ullr und Andvari hingegen spielen zeitgleich mit den Geschehnissen aus »Krone des Lichts«. Auch Band 6 »Erbe der Riesen« wird parallel dazu ablaufen. Aus diesem Grund können die Bände 4, 5 und 6 in beliebiger Reihenfolge gelesen werden.

Jeder Teil dieser Saga folgt einem eigenen Stil – so auch dieser. Die Gewichtung liegt klar auf Basil, dessen Geschichte mit den bisherigen und kommenden Ereignissen verknüpft ist. Dabei habe ich versucht, die Klasse des Barden so aufzubauen, dass sie sich sinnvoll in die der anderen einreiht. Aber wie du sicher weißt, ist Charisma mitunter ein zweischneidiges Schwert …

Nun wünsche ich dir ganz viel Spaß!

Herzliche Grüße
Pascal Wokan

Was bisher geschah …

Nachdem die neun wahren Paladine in Candaloz versammelt sind, drängt die Zeit: Cernunnos ist kurz davor, die gesamte Schöpfung mit seinem Bewusstsein zu durchdringen. Keine irdische Waffe vermag ihn aufzuhalten. Selbst unter Einsatz all ihrer Kräfte wären die wahren Paladine nicht dazu fähig, ihn zu bezwingen. Deshalb müssen die Essenzen aller Welten zusammengetragen und zu einem Artefakt geschmiedet werden, um sein Bewusstsein zu vertreiben. Dafür werden die Neun in drei Gruppen mit jeweils drei Paladinen über eine Regenbogenbrücke in verschiedene Welten gebracht. Jeder von ihnen muss eine Quest verfolgen und dabei sein zweites Ideal finden. Gelingt es ihnen, die Essenzen zu finden, sollen sie nach Candaloz zurückkehren, um dem Weltenverschlinger die Stirn zu bieten.

Die Schwarze Sonne zieht herauf und taucht das Weltenrund in einen blutroten Schatten. Nun liegt es an den wahren Paladinen, so schnell wie möglich ihre Quest anzutreten. Pablo, Artio und Valeria begeben sich über eine Brücke an weit entfernte Orte. Während es die Druidin und die Assassine in eine brachliegende Welt verschlägt, gelangt Pablo in die Krone des Lichts, auf die bislang niemand Anspruch erhoben hat. Bereits zu Beginn zeigt sich, wie unterschiedlich Val und Artio sind. Die Assassine sucht die Schatten, lässt niemanden an sich heran und will die Quest so schnell wie möglich beenden. Die Druidin hingegen wahrt Gelassenheit und versucht, ein Band zwischen ihnen zu schmieden. Doch als Soldatin stellt sie Ehre und Pflichtbewusstsein über alles andere und schon bald muss sie feststellen, dass das Erlangen der Essenz nicht die einzige Hürde ist, die sie bewältigen muss.

Je tiefer sie in die unwirkliche Welt eintauchen, desto mehr begreifen sie, wie sehr sie sich von ihrer Heimat unterscheidet. Kaum etwas wächst an diesem Ort, kein Wesen zeigt sich und die spärliche Flora weist ebenfalls seltsame Verhaltensweisen auf: Sie kriecht nur selten aus den Spalten und Rissen der endlosen Klüfte und zieht sich zurück, sobald eine drohende Gefahr sich nähert. Unversehens kreuzen Artio und Val den Weg mit einer albtraumhaften Kreatur und können nur mit Mühe und Not mit dem Leben davonkommen. Auf ihrer Flucht begreifen sie, dass die Verheerung, die einst im Weltenrund getobt hat, in dieser Welt nicht bezwungen wurde. Der Untergang hat an diesem unwirklichen Ort alles vereinnahmt. Ihre Hoffnung, die Essenz zu finden, schwindet mit jedem weiteren Tag.

Währenddessen findet Pablo sich an einem hellen, strahlenden Ort der Wärme wieder und begegnet einem Wesen, das all seine Vorstellungen übersteigt: einem Riesen mit dem Namen Thrym. Pablo ist gezwungen, zu fliehen, und wird schließlich von Merlin gerettet, der ihn bereits erwartet hat. Der Zauberer bringt ihn an einen abgelegenen Ort, ein Tal, das sich hinter einem Hügel erstreckt. Dort soll Pablo ein Reich für die Ewigkeit errichten, um sein zweites Ideal zu finden. Unterstützung erhält er dabei von den Zwergenbrüdern Brokkr und Sindri, die eine dauerhafte und beständige Regenbogenbrücke zwischen der Krone des Lichts und dem Weltenrund erschaffen, um freiwilligen Siedlern die Möglichkeit zu geben, in der Krone eine neue Heimat zu finden. Als schließlich die ersten Siedler erscheinen, ist Pablo zum ersten Mal gezwungen, Verantwortung zu übernehmen.

Artio und Val befinden sich weiterhin auf der Flucht. Als sie der Kreatur in eine Falle tappen, bleibt ihnen keine andere Möglichkeit mehr: Sie müssen kämpfen. Val wird dabei schwer verwundet, aber mit gemeinsamen Kräften gelingt es ihnen, das Wesen aufzuhalten. Wider Erwarten war dieses lediglich ein Gefängnis für eine Frau, die sich ihnen als Eluan vorstellt, eine Göttin, die einst über diese Welt geherrscht hat. Dabei erfährt Artio auch, dass sie sich in der alten Heimat der ersten Elfen befindet. Eluan will ihnen helfen, ihre Mission zu vollenden, und zeigt Artio, wie sie ihr zweites Ideal finden kann: Sie ist nicht nur eine druidische Kämpferin, sondern auch eine Heilerin. Als Artio schließlich das Ideal ausspricht, kann sie Val dank ihrer Gabe vor dem Tod bewahren und begreift zum ersten Mal, dass ihr eine gänzlich andere Rolle zugesprochen ist, als sie bislang dachte.

In der Krone des Lichts wächst die Siedlung. Pablo hat alle Hände damit zu tun, eine Stadt hochzuziehen und gleichzeitig die Menschen mit Verpflegung zu versorgen. Damit kann er auch wieder eine alte Fähigkeit gebrauchen, die er in seiner Zeit als König Méridors unterdrücken musste: seine Kreativität. Die Siedlung wird vor ihre erste Prüfung gestellt, als Merlin die letzten Elfen Alfheims zu ihnen bringt, um sie in der Gemeinschaft aufzunehmen. Doch nicht alle sind damit einverstanden. Es kommt zu Auseinandersetzungen zwischen den Völkern. Pablo ist einmal mehr dazu gezwungen, Entscheidungen zu treffen, die er früher gescheut hätte. Vorläufig gelingt es ihm, den Streit zu schlichten. Allerdings zeigt sich zunehmend, wie weit die Vorstellungen auseinandergehen. Nicht nur zwischen den unterschiedlichen Völkern bahnt sich ein neuer Zwist an, auch innerhalb der Elfen gibt es zwei Parteien, die nicht länger an dem brüchigen Frieden festhalten wollen. Als Pablo schließlich aufbricht, um den Riesen Thrym, der auch als der Steinmetz bekannt ist, davon zu überzeugen, ihm beim Bau einer Mauer zum Schutz der Siedlung vor Bedrohungen zu helfen, verlassen einige Elfen die Stadt. Pablo findet sie ermordet in einer abgelegenen Senke und muss erkennen, dass Cernunnos längst seine Wurzeln nach dieser Welt ausstreckt. Ihm bleibt nicht mehr viel Zeit, seine Gefolgsleute auf die drohende Gefahr vorzubereiten.

In Vanaheim, der alten Welt der Elfen, werden Artio und Val von der Göttin zu einem Schiffsfriedhof geführt, wo die wahre Bedrohung lauert: eine Kreatur, die sich der Verheerung verschworen hat und Vanaheim davon abhält, zu neuem Glanz zu erstrahlen. In einem mitreißenden Kampf gelingt es Val, die Kreatur zu besiegen und den Elfen, der darin gefangen war, zu befreien. Dabei zeigt sich, wer die wahre Gefahr ist. Eluan und Eluin sind göttliche Geschwister. Beide sind für die Verheerung verantwortlich, nachdem die Elfen sich einst von ihnen abgewandt hatten. Aus jenem Untergangsereignis wollten sie erstarkt hervorgehen. Eluin zweifelt jedoch an den Plänen und stellt sich seiner Schwester in den Weg. Da er weiß, dass es nur eine Möglichkeit gibt, sie aufzuhalten, opfert er sich für die schwer verwundete Artio und vertraut ihnen an, wie sie Vanaheim retten können: In den singenden Ruinen verbergen sich zwei Wächter, die dazu fähig sind, die Schwarze Sonne im Weltenrund zu bannen.

Gemeinsam kämpfen sie sich durch die Einöde, stets die rachsüchtige Göttin Eluan auf den Fersen, und müssen dabei lernen, sich selbst zu erkennen. Als sie von Verheerungskreaturen angegriffen werden, die nun nach Eluins Tod aus ihrer Starre erwachen, findet Val ihr zweites Ideal und besiegt den Feind. In der singenden Ruine begegnen sie den beiden Wächtern: zwei Wölfe, die Sonne und Mond zugesprochen sind. Doch bevor sie die Wölfe befreien können, stellt Eluan sie für den finalen Kampf.

Pablo gelingt es, den Riesen für sein Vorhaben zu überzeugen. Während die Siedlung wächst, errichtet Thrym einen gigantischen Wall und erweist sich als treuer Verbündeter und Freund. Es dauert nicht lange, bis Pablo von seinen Gefolgsleuten zum Herrscher gekrönt wird – auch dank Merlins Unterstützung, der ihm bei alldem stets beratend zur Seite steht. Trotz vieler Hürden schafft Pablo es, die Völker der Siedlung zu vereinen. Allerdings bleibt ihm nicht viel Zeit, sich an die neuen Umstände zu gewöhnen, als abermals Besucher über die Regenbogenbrücke in die Krone des Lichts gelangen. Diese kommen jedoch nicht als Siedler, sondern als Eroberer. Eine Armee aus Paladinen der Kirche erhebt Besitzansprüche an die Siedlung und will Pablo aufgrund seiner Taten zur Rechenschaft ziehen. Widerstandslos ergibt er sich ihnen, da er um das Leben seiner Gefolgsleute fürchtet.

In Vanaheim kämpfen Artio und Val gegen die Göttin. Val erkennt, dass ihre Gabe als Assassine die der Göttin inzwischen übersteigt und sie ermordet Eluan. Artio hingegen heilt die beiden Wölfe und hilft ihnen, ihre Pflicht zu erfüllen. Die Wölfe erheben sich in den Himmel, befreien die Schwarze Sonne und erfüllen ihr Schicksal. Damit finden auch Val und Artio die Essenz dieser Welt: Sie selbst sind es. Sie und ihre Gaben.

Auf dem Rückweg zweifelt Val an ihrer Bestimmung. Bevor sie und Artio ins Weltenrund zurückkehren können, sucht das Palindrom sie auf. Er eröffnet Val, dass er für viele Geschehnisse ihrer Vergangenheit verantwortlich ist, weil er die Kirche und den Glauben an ihn zerstören wollte. Val ist die Einzige, die dazu in der Lage ist. Sie tötet den Gott und wendet sich von Artio ab.

Verzweifelt und entsetzt sucht Artio in der Krone des Lichts die Siedlung auf, in der Pablos Verurteilung in vollem Gange ist. Sie befreit ihn und stellt die Streiter der Kirche zur Rede, allerdings bittet Pablo sie um Vertrauen. Er ergibt sich der Gnade der Paladine und wird dafür gerichtet. Doch anstatt zu sterben, heilt ihn das Licht. Ehe er seine Gabe versteht, wird eine feindliche Armee jenseits der Mauer gesichtet. Cernunnos ist es gelungen, ein Heer Beherrschter an die Spitze des Weltenbaums zu führen. Eine Schlacht beginnt, an der auch Val teilnimmt, nachdem sie erkannt hat, welche Rolle sie zukünftig einnehmen muss. Pablo, Val und Artio kämpfen Seite an Seite, werden allerdings von Cernunnos' Dienern überrannt. Schließlich trifft Pablo eine Entscheidung, stürzt sich in die feindlichen Reihen und entfesselt seine Gabe in einer Art und Weise wie nie zuvor. Dort findet er sein zweites Ideal und spricht es. In einer mächtigen Lichtwelle vernichtet er die gesamte Armee, indem er Cernunnos' Einfluss aus ihnen herausbrennt. Viele der Beherrschten sterben, aber einige wenige überleben und schließen sich der Siedlung an.

Ein letztes Mal sucht der Gehörnte ihn auf und versucht, Zweifel zu säen. Merlin soll der wahre Feind sein, der sich vor seinem eigenen Schicksal fürchtet. Einst wurde eine Prophezeiung ausgesprochen. Darin ist auch von Pablo die Rede sowie vom Schwinden des Lichts. Und seinem Tod.

Pablo nimmt das Licht der neu benannten Welt Asgard auf und findet damit die Essenz der Krone des Weltenbaums.

DAS SCHWARZE HERZ

*

*   *

BASIL – JOSÉ – ULLR – ANDVARI

Erster Teil

Die Klänge der Magie

Monate zuvor

Z ärtlich blies Basil auf die Würfel in seiner Hand. Sechs und Eins. Wie schwer konnte das schon sein? Die höchste Zahl, die ein Würfel anzeigen konnte, und die niedrigste. Triumph oder Niederlage. Aufstieg oder Fall. Von den Höhen des Lebens in die finstersten Tiefen.

Eine passende Beurteilung für Basils Leben.

Die Umstehenden regten sich, warteten darauf, dass er würfelte. Es war still in dem Raum, der kaum größer war als eine Schachtel. Eine Tür in Basils Rücken. Ein einzelner Leuchtkristall, der schummrige Lichtkegel auf die Tischplatte warf. Vielleicht war der Zustand des Tisches ein Sinnbild für das, was sich hier abspielte: Kerben und Mulden, Kratzer und Splitter von den vielen Messern, die jene beschaulichen Spielsüchtigen hineingerammt hatten, in der Hoffnung, vom Glück geküsst zu werden. Hier sollte das Schicksal so manch tugendhafter Menschen entschieden werden. Basil waren Gründe egal. Ohnehin dauerte das alles hier schon viel zu lange. Aber man suchte es sich sein eigenes Schicksal eben nicht aus. Entweder fing es ihn auf wie der Schoß einer Jungfer oder traf ihn wie die Ohrfeige einer verschmähten Geliebten.

»Lasst mich jetzt nicht im Stich«, flüsterte er und streichelte die Würfel.

»Wird das noch was?« Der Mann gegenüber schwenkte ein Weinglas, während er nervös auf den Tisch trommelte. Patro war ein grimmiger, alter Don, der zu jenen Glückseligen zählte, die alles hatten, was sie sich nur erträumen konnten, und deshalb noch mehr wollten. Sein rot-golden gestreiftes Gewand stank so sehr nach Geld wie ein Besoffener nach Alkohol und der wohlbehütete Schnurrbart verlieh ihm einen Ausdruck immerwährender Traurigkeit.

Wie so viele Dons wollte er sich in diesem sündhaft beschaulichen Städtchen etwas dazuverdienen, weil er den Hals nicht voll bekam. Bedauerlicherweise war Glücksspiel der geheiligten Kirche immer noch ein Dorn im Auge.

»Geduld ist eine Tugend, mein ungeduldiger Freund.« Basil schüttelte die Würfel in seiner Faust. »Man wirft nicht einfach nur die Würfel. Nein, man *wirft* sie!«

»Mach schon, Schwätzer!« Patro schlug auf den Tisch, woraufhin der Alicanto auf dem Sims aufschreckte. Die Vogelart war ein Zeichen für Reichtum, allerdings zeugte das kupferfarbene Äußere des Alicanto davon, dass er nicht mehr als gleichnamiges Metall zu fressen bekommen hatte. Selbst dafür war der Don zu gierig.

Basil hielt inne. »Soll ich jetzt würfeln oder nicht?«

Die beiden Schränke näherten sich aus den Schatten dem Tisch. Klassische Schläger, die ein Mann von gewissem Format um sich scharte, um seinen Willen durchzusetzen. Aber es brauchte schon mehr, um Basil zu beeindrucken.

»Ist ja schon gut! Wer will denn da gleich aus der Haut fahren? Ich vertraue eben dem Herz der Würfel.« Er hielt inne und grinste die Männer an. »Kapiert?«

Patro stierte ihn an, als wollte er ihm am liebsten gleich ans Leder. »Los jetzt!«

»Euer Wunsch ist mir Befehl, Euer Gnaden!«

Sechs und Eins … Sechs und Eins … Sechs und …

Basil schüttelte die Würfel und ließ sie über die Tischplatte kugeln, sah ihnen beim Rollen zu. Immer mit derselben Freude und Anspannung, derselben Aufgeregtheit und Furcht. Würfel konnten alles sein, bis sie aufhörten zu rollen. Die Überschläge veränderten das Schicksal. Glück. Pech. Möglichkeiten. Sein Leben und seine Zukunft drehten sich mit ihnen.

Der erste Würfel kam zum Stillstand.

Sechs.

Der zweite Würfel rollte noch, kippte über die Tischkante, klackerte zu Boden und rollte weiter.

»Keiner rührt sich!«, blaffte Patro.

Basil warf sich auf den Boden, kroch unter den Tisch, dem Würfel hinterher, der zwischen den Beinen eines Schlägers hindurchrollte. Schließlich stieß er gegen den Stiefel eines Mannes, der außerhalb des Lichtkegels im Schatten verharrte und seit seinem Auftauchen kein Geräusch von sich gegeben hatte.

Der Würfel federte zurück, klappte einmal um, landete auf der Eins, kippelte … und änderte die Augenzahl.

Zwei.

Sechs und Zwei. Nicht Sechs und Eins. Sechs und … Zwei.

Heilige Scheiße!

Basil hockte auf Händen und Knien über dem Würfel und hoffte, dass die anderen ihn nicht sehen konnten. Verstohlen griff er danach, aber der Mann vor ihm rammte den Stock dazwischen. Langsam hob er den Würfel auf und hielt ihn ins Licht, damit alle im Raum ihn sehen konnten.

Sechs und Zwei.

»Na so was«, rief Patro. »Offenbar endet hier deine Glückssträhne, Basil!«

Der Fremde, er war ebenfalls ein Don in schwarzem, ornamentreichem Brokat, hielt ihm den Würfel hin. Er lächelte nicht, sagte nichts, sein faltiges, knebelbärtiges Gesicht blieb völlig ausdruckslos, als Basil danach griff und ihn in die Verheerung wünschte.

»Besten Dank auch, gnädiger Herr!« Er rappelte sich auf. Mit dem letzten bisschen Würde klopfte er sich den Dreck von seiner abenteuerlichen Gewandung, obwohl die so verdreckt war, dass ein bisschen Staub keinen Unterschied machte. Dann schwang er seinen roten Reiseumhang mit theatralischer Geste auf den Rücken und schenkte den Anwesenden sein bestes Lächeln, als wäre damit das Bühnenstück beendet.

»Und so, meine Herren«, sagte er so laut, damit ihn jeder hören konnte, »fällt man ordentlich auf die Fresse.«

Patro griff nach dem Gold und steckte es Münze für Münze in seine Börse. Zwanzig Dukate. Zwanzig. Verdammte. Dukate! Basils gesamter Besitz.

Jetzt saß er wirklich in der Scheiße.

Patro erhob sich mit süffisantem Lächeln. »Du schuldest mir noch zehn Dukate vom letzten Mal, Basil.«

»Die habe ich *natürlich* gerade nicht bei mir. Wenn Ihr mir allerdings einen Moment gebt …«

»Nein.«

»Wenn ich kurz …«

»Kurz?« Der Don hob die Brauen. »Du meinst so wie beim letzten Mal, als du *kurz* deine Sachen holen wolltest und dann für einen ganzen Monat wie vom Erdboden verschluckt warst?«

Basils Mundwinkel zuckten. »Der Freigeist braucht eben …«

»Ich verrate dir mal was, Basil. Du bist der größte Gauner, von dem ich jemals gehört habe!«

Basil riss einen Finger hoch. »Ein Gauner nimmt sich, was ihm nicht zusteht. Ich nehme mir, was mir zusteht. Nämlich von so vortrefflichen Dons wie dir.«

Patro nickte seinen Schlägern zu. Ohne Vorwarnung stürzten sie sich auf Basil. Er zappelte und strampelte. Nach der ersten Ohrfeige und den auf dem Rücken verdrehten Armen gab er auf. Zwar war er kein Kämpfer, er fand jedoch schon noch eine Gelegenheit. Irgendwie. Hoffentlich.

Die Schläger drückten ihn auf die Knie. Einer riss seinen Kopf in den Nacken und der andere hielt von hinten seine Arme fest. Der Don trat näher und grinste hämisch. »Basil, was machen wir bloß mit dir? Du bist wie Fußpilz.«

»Ich jucke, wenn man mich zu fest rubbelt?«

Patro runzelte die Stirn. »Nein. Man wird dich einfach nicht los.«

Basil spitzte die Lippen und zog ein nachdenkliches Gesicht. »Ich glaube nicht, dass ich wie Fußpilz bin.«

»Sondern?«

»Eher wie eine Katze. Ich lande immer auf den Füßen.«

Patros Miene versteinerte. »Das wird sich noch zeigen. Wo ist der Rest meines Gewinns?«

Basil seufzte gedehnt. »Bedauerlicherweise nicht hier.«

Der Don winkte knapp. Ein Schläger packte Basils Unterkiefer, bohrte die Finger in seine Mundwinkel und drückte seinen Mund auf.

Es klirrte, als der Don eine Mappe auf der Tischplatte ausrollte und geduldig die Werkzeuge begutachtete wie eine verwöhnte Aristokratentochter, die über den Markt schlenderte. Er entschied sich für eine Zange, die jenes gefährliche Funkeln besaß, das von einer gewissen Schärfe sprach, und trat zu Basil.

Patro beugte sich über ihn und setzte das Werkzeug an einem Zahn an. »Wusstest du, dass Zähne die empfindlichsten Stellen am Körper sind? Die beste Art also, jemanden zu foltern, ist auch zugleich die simpelste. Man kann alle Zähne ziehen und doch wird ein Mensch daran nicht sterben.« Patro lächelte finster. »Deshalb beginne ich gerne damit.«

»Dasch scheind mür …«

»Ich gebe dir eine letzte Möglichkeit, deine Schulden zu begleichen. Ein Zahn für jeden Dukat. Was denkst du?«

»Üsch tschenke tschier schaheit …«

»Bitte?«

Der Schläger lockerte den Griff. »Ich denke, Ihr seid ein äußerst großzügiger Mann, der mir ein allerletztes Mal eine allerallerletzte Chance bietet.«

»Und warum sollte ich das tun?«

»Weil ihr überaus mildtätig seid.«

Patro kniff die Augen zusammen. »Du bist eine Ratte in meiner Vorratskammer. Weißt du, was man mit Ratten macht?«

»Man bittet sie freundlich, zu gehen?«

Die Furchen in Patros Gesicht wurden tiefer. »Man zerquetscht sie!«

Basil schluckte schwer. Ganz so genau hatte er es nicht wissen wollen. »Ich glaube, meine Moral der kleinen Geschichte ist mir lieber. Wenn ich …«

»WIE?«

Basil stutzte. »Wie was?«

»Wie hast du das gemacht?«

»*Wie* habe ich *was* gemacht?«

»Du weißt genau, wovon ich spreche, Bastard!« Patro beugte sich so dicht vor, dass sich ihre Nasenspitzen fast berührten. »Cecilia!«

»Cecilia de Mata?«

»Ja!«

»Goldenes Haar? Hübsches Lächeln? Häufig zur Mittagszeit auf dem großen Platz an der Statue des Palindroms anzutreffen?« Basil zog die Stirn kraus. »Nie von ihr gehört.«

Sein Kopf flog herum. Die Wange brannte von der Ohrfeige und ein metallisch-salziger Geschmack füllte seinen Mund.

»Meine Tochter war unschuldig und unerfahren, bevor sie an dich verruchten Bastard geriet. Du hast sie geschändet!«

»Ich habe gelernt, dass man von unerfahrenen Frauen sehr viel lernen kann.«

Patro packte ihn am Hemdkragen. »Wie hast du das gemacht?«

Basil lächelte unschuldig. »Wie habe ich was gemacht?«

»Du hast dich irgendwie an meinen Wachen vorbeigestohlen. Hast meine Tochter verführt. Sie ihres Willens beraubt. Ihre Unschuld gestohlen.«

»Erstens weiß ich nicht, wovon Ihr sprecht. Aber gesetzt den Fall ich wüsste es, kann ich Euch versichern, dass der Koitus in gegenseitigem Einvernehmen stattfand.«

Patro bohrte die Fingernägel in Basils Mundwinkel. »Ich habe dich durchschaut«, raunte er. »Ich weiß, was du wirklich bist.«

»Schund schas schwäre schas?«

»Ein Schwindler!« Patro schnappte sich die Zange und umschloss mit den Stahlkiefern einen von Basils Zähnen.

Und zog.

Ein reißender Schmerz. Hitze stieg in Basils Kopf und er gurgelte Sabber und Blutblasen.

Der Zahn war draußen. Götter, dieser Scheißkerl hatte ihm wirklich einen Zahn gezogen!

Zuerst war alles wie betäubt, aber dann kehrte der Schmerz in einer reißenden Welle zurück und ließ ihn wie von Sinnen keuchen und röcheln.

Patro wischte den blutigen Zahn an Basils Hemd ab und hielt ihn mit zwei Fingern ins Licht. »Es heißt, man erkennt den Charakter eines Menschen daran, wie er sein weißes Gold behandelt. Du, so scheint mir, bist ein sehr vielschichtiger Mann.«

Pablo spuckte aus. Ihm war schwindelig. »Ich bin so vielschichtig wie eine Zwiebel.«

»Also?«

»Also was?«

»Das war der erste, Basil. Wir können uns gerne dem zweiten zuwenden.«

Erst bohrte Basil mit der Zunge in der blutigen Lücke herum, dann legte er ein breites Grinsen auf. »Gut, dass ich noch ein paar habe.«

Eine Ader an Patros Schläfe pochte wild. Er drehte den Kopf zu der Vihuela, die unscheinbar am Tisch lehnte, dann wieder zu ihm zurück, wobei ein gehässiges Grinsen über das Gesicht huschte. »Wie wär's, wenn wir damit beginnen? Vielleicht bekomme ich dann eher eine Antwort?«

Basil suchte nach einer passenden Erwiderung. Leider fand er keine.

»Das Instrument!«, blaffte Patro, woraufhin einer der Schläger die Kastenhalslaute holte. Verflixt! Basil versuchte, sich nichts anmerken zu lassen, aber der Don hatte ihn an den Eiern.

»Ich rate davon ab«, sagte er leise. »Wenn ich diesen Raum nicht in absehbarer Zeit verlasse, dann wünscht Ihr Euch, mich nicht so behandelt zu haben!«

»So? Eilt dir dann etwa jemand zu Hilfe? Vielleicht die Stadtwache, die so besorgt um dich ist? Oder ein Edelmann, bei dem du ausnahmsweise nicht in der Schuld stehst? Oder Hochpaladin Gabriel persönlich?«

Die Männer lachten.

Der Don beugte sich wieder über ihn. »Du bist ein Lügner und Betrüger. Ich tue der Welt einen Gefallen, wenn ich dich entsorge.«

Basil lächelte entschuldigend. »Also gut, Ihr habt mich äußerst überzeugend überredet. Wie war das noch? Acht Dukate?«

»Zehn.«

»Minus dem Zahn, den Ihr gerade gezogen habt. Ein Zahn, ein Dukat. Das macht acht.«

»Das macht neun.«

Er grinste wieder. »Einverstanden!«

Der Don nickte Basils Hintermann zu, der ihn losließ. Er stand auf, schwang einmal mehr seinen Umhang über die Schulter und hielt dem anderen Schläger mit großer Geste die Hand hin. »Ich habe die Dukate in meinem Instrument versteckt. Und bevor Ihr auf den

Gedanken kommt, es auseinanderzunehmen, habe ich bereits eingewilligt, Euch mehr zu geben, als Euch zusteht. Also bleiben wir doch ganz gesittet, ja?«

Der Don hob die Brauen. »Noch eine Täuschung?«

»Um zur Wahrheit zu gelangen, muss man mit einer Täuschung beginnen. Denn dem Licht muss stets die Finsternis vorangegangen sein.« Der Don im Schatten stieß ein Schnauben aus, aber davon ließ Basil sich nicht beirren. »Also, kommen wir ins Geschäft?«

Auf Patros weiteres Nicken hin erhielt Basil die Vihuela zurück. Sie war walnussbraun und schlicht, aber für ihn stellte sie seinen gesamten Besitz dar – sogar mehr. Sie war seine Seele.

Er klemmte sich das Musikinstrument unter einen Arm, schmiegte die Linke um den Kastenhals und legte die Finger seiner Rechten auf die Saiten, als streichelte er den Schenkel einer Geliebten. »Ein kleines Spiel für Euch, mein verehrtes Publikum. Weil Ihr so entgegenkommend wart.«

»Treibe es nicht zu weit, Basil!«

Geduldig zupfte er an einer Saite und lauschte dem Klang, der sich in dem drückenden Raum kaum entfalten konnte. Darauf konnte Basil sich ebenso einstimmen. Noch heute erinnerte er sich daran, wie er das Instrument unermüdlich mit seinen eigenen Händen erschaffen hatte. Was sonst hätte ein wahrer Künstler tun sollen?

Während er zupfte, breitete sich in ihm ein Zustand der Ausgeglichenheit aus. Die Stimmung der Vihuela orientierte sich an der Zerreißgrenze des höchsten Saitenpaares. Deshalb ließ er seine Finger über die Saiten fliegen und spielte einzelne Töne, die für sich noch keine Bedeutung hatten. Je mehr er sie miteinander verflocht, desto mehr bildeten sie eine Harmonie – wie zu einem Tanz. Man begann vorsichtig und zaghaft, tastete sich vor, passte sich den Bewegungen des Partners an, bis man mit ihnen vertraut war. Erst dann verknüpfte man den Tanz zu einem wilden Rausch, in dem es nichts anderes mehr gab. Und daraus wurde eine Melodie. Eine Komposition aus Klängen. Quart – Quart – große Terz – Quart – Quart.

Die Männer im Raum wussten noch nicht, wie sie Wachs in seinen Händen wurden.

Basil schritt umher, verknüpfte und verwob die einzelnen Klänge schneller, komplizierter, mutiger, bis aus dem Lied etwas anderes wurde. Etwas, das nicht in Worte zu fassen war.

Magie.

Einzelne Farbstränge stiegen vor seinen Augen auf und flogen im Raum wie Bänder aus Licht oder Papierdrachen umher. Jede Tonlage stand für eine andere Farbe. Tief und bedrohlich ergab Rot. Sanft und dahingleitend Blau. Klopfend und trommelnd Grün. Hoch und schnell Gelb. Schrill und abgehackt Orange. Und eine Mischung aus Rot und Blau ergab Purpur.

Basil hatte keine Ahnung, warum er die Klänge sehen konnte. Schon damals in seiner Kindheit, als er zum ersten Mal eine Vihuela in der Hand gehalten hatte, war er Zeuge dieser Magie gewesen. Das hatte seinen weiteren Weg gezeichnet, denn von da an hatte er gewusst, dass er niemals eine andere Kunst als die der Musik beherrschen wollte. Bis zuletzt hielt er an seinem Streben nach Vollkommenheit fest.

Jetzt war es Zeit.

Basil verflocht die Melodie und erschuf das *Lied der Betörung*.

»Wie …?« Patro verschluckte das Wort, als seine Augen glasig wurden, als wäre Milch zerlaufen. Die anderen Männer wurden ebenso von der Musik in den Bann gezogen und gefroren zu Salzsäulen. Sie waren gefangen in den hauchzarten, lieblichen Farben, die sie betörten und all ihres Willens beraubten.

Es gab verschiedene Lieder und einige hatte Basil bereits gemeistert. Das der Betörung beherrschte er am besten. Es war Teil seines Wesens.

Nicht zum ersten Mal fragte er sich, was wohl aus ihm geworden wäre, wenn er das Waisenhaus nicht verlassen hätte. Wenn er nicht als Langfinger im Gefängnis gelandet wäre. Wenn der Wärter nicht in ihm einen Sohn gesehen und ihm ein Instrument zum Zeitvertreib geschenkt hätte, damit er seinen Freigeist nicht länger auf Dummheiten, sondern auf das Streben nach Höherem lenkte.

Wäre mein Leben dann völlig anders verlaufen?

Sich selbst sein lassen. Nicht zurückblicken. Kein Stillstand.

Leben.

Die Klänge umwirbelten ihn wie Herbstblätter im Wind. Er ließ sich dahingleiten und verflocht sie wie das Netz eines Fischers zu einzelnen Strängen, die er nach und nach zusammenführte, sich berühren ließ und dann wieder trennte.

Im Chaos gab es Ordnung.

Basil sah auf und lächelte zufrieden. Die Männer waren erstarrt.

Er verpasste einem Schläger einen Schubs und der Kerl krachte zu Boden wie ein gefällter Baumstamm. Allerdings rührte er sich nicht, war immer noch in seiner Bewegung gebannt. Basil griff nach Patros Beutel und steckte ihn ein. Ohnehin hatte der Mann genug, da erschien es ihm nur recht, dass er für seine Darbietung auch entsprechend bezahlt wurde. Oder für seinen kostbaren Zahn.

»Sehr zuvorkommend von Euch.« Basil stahl den beiden Schlägern ebenfalls ihre Börsen. »Das wäre doch nicht nötig gewesen.«

Allmählich begab er sich zum Ausgang und strickte das Lied zu einer Decke, die er über die Anwesenden fallen ließ. Hätten sie gewusst, worauf sie sich einließen, wären sie bestimmt schreiend davongelaufen. Man musste es ihnen verzeihen. Sie hatten es nicht besser gewusst.

Zeit, schleunigst zu verschwinden!

Klick.

Basil erstarrte. Für einen Augenblick entglitt ihm die Musik wie ein Tau, an dem er sich entlanggehangelt hatte.

Klick.

Die Klänge trieben auseinander wie Treibgut im Sturm und die Farben verloren ihre Harmonie. Verzweifelt griff er danach, versuchte, sie wieder einzufangen. Als erneut das helle Klicken ertönte und sich ihm knirschende Schritte näherten, war die Melodie vollends dahin.

Basil stolperte in seinem eigenen Lied und die Musik riss jäh ab, als hätte jemand mit einer Axt dazwischengeschlagen.

Die Farben verschwanden und der Bann verflog.

Erwachen.

Patro entstieg dem Traum; er blinzelte und blickte die Schläger stirnrunzelnd an. Und die Schläger blickten Basil an. Ja, sie alle standen im Raum und blickten sich nacheinander an – einer lag immer noch am Boden. Der Einzige, der nicht verdattert dreinblickte, war der letzte Anwesende, den er in all dem Trubel ganz vergessen hatte.

Wie, beim Palindrom, hatte der Mann dem Bann widerstehen können?

Der Don trat aus den Schatten und stellte einen goldenen Stock schwungvoll vor sich ab. Er war nicht sonderlich groß und sah auch nicht beeindruckend aus, aber er besaß das Auftreten eines Königs. Sein eisengraues Haar war streng zu einem Zopf nach hinten gebunden. Der Knebelbart war penibel zurechtgestutzt und verlieh ihm einen Eindruck von Würde. Die Augen waren wie geschliffene Amethyste fest auf Basil gerichtet, als schätzte er ab, welchen Wert er besaß.

Stille.

Basil wollte nicht warten, bis die anderen ihren Verstand wiedererlangten, und rannte zur Tür. Er zog sie auf … Und erstarrte.

Ein wahrer Fleischberg stand im Gang und füllte den Türrahmen aus. Basil trat langsam zurück. Der Hüne musste sich ducken, als er den Raum betrat und sich dann vor ihm aufbaute. Basil legte den Kopf in den Nacken und schluckte schwer. Der Mann sah aus wie das Kunstwerk eines verrückten Metzgers: dicke und dünne, lange und kurze, blasse und schwulstige Narben zogen sich quer über die Glatze und das ungeschlachte Gesicht, dessen untere Hälfte ein roter, wirrer Bart bedeckte.

Der Mann krümmte seine Finger wie zuschnappende Fesseln um Basils Hals und hob ihn mit müheloser Leichtigkeit hoch. Basil verlor die Vihuela und zappelte wild herum; er schlug auf die Hand ein, die ihm die Luft abdrückte, strampelte, trat zu, wehrte sich mit allem, was er hatte. Genauso gut hätte er auf einen Stein einhämmern können. Geschwollene Muskeln und Sehnen buckelten unter dem vernarbten Arm, dick wie Baumwurzeln. Das Gesicht war völlig ausdruckslos. Doch als Basil in die tief liegenden, dunklen Augen sah, war es, als betrachtete er ein wütendes Feuer, das sich an seinem Leid ergötzte.

Klick.

Der Hüne ließ ihn los.

Basil fiel zu Boden, rollte sich herum und wollte davonkriechen, aber er wurde an den Füßen zurück in den Raum gezogen und überschlug sich. Mit ausgestreckten Gliedern lag er auf dem Boden und fragte sich, wie es so verdammt hatte schieflaufen können.

»Was glaubst du, was du hier tust?«, bellte Patro mit zornverzerrtem Gesicht. »Hast du so meine Tochter verführt? Hast du …?«

»*Sie* hat *mich* verführt!«, rief Basil und kämpfte sich schwerfällig hoch. »Ich bin hier das Opfer!«

»Ich werde dir die Haut abziehen! Ich werde …«

Klick.

Zu Basils Überraschung presste Patro den Mund zu einer blassen Linie zusammen. Der Hüne trat zur Seite und der andere Don näherte sich wieder einen Schritt. Wer war dieser Fremde, dass er über solche Macht verfügte?

Unwichtig! Basil schnappte sich die Vihuela, die den Sturz glücklicherweise ohne Schrammen überlebt hatte. »Wenn Ihr mich nun entschuldigen würdet? Ich habe …«

Klick.

Alles in Basil zog sich bei diesem Geräusch zusammen.

»Das, was du eben getan hast«, sagte der Don mit wohltönender Stimme, »wie nennt sich das?«

Basil blinzelte, einmal, zweimal. »Bitte?«

»Wie sich das Lied nennt?«

»Ihr meint … das Lied der Betörung?«

»Lied der Betörung.« Der Don furchte die Stirn, als wägte er die Bedeutung der Wörter gut ab. »War das schon alles?«

»Ihr dürft gerne eine Kostprobe nehmen.« Basil legte die Rechte auf die Saiten. »Ich nenne es die Klänge der Farben. Oder auch die Farbklänge.«

»Ausgezeichnet. Was kannst du mit ihnen anstellen?«

»Wie konntet Ihr dem Bann widerstehen?«

Der Don lächelte dünn. »Ich tat es.«

»Unmöglich! Niemand kann das.«

»Ich schon.« Der Blick des Fremden bohrte sich in Basil hinein, als stünde er nackt vor ihm. »Du wirst feststellen, dass du nicht der Einzige Begabte im Weltenrund bist.«

Basil schluckte schwer. Trotz seiner Vorbehalte und seines Fluchtinstinkts war seine Neugierde geweckt. »Wer seid Ihr?«

»Ein Mann der Möglichkeiten.« Der Fremde zückte einen Beutel und warf ihn Patro zu. »Damit sind Basils Schulden beglichen. Verlasst die Stadt und lasst Euch eine Weile nicht in Candaloz blicken. Ansonsten werde ich die Paladine der Kirche von Euren kleinen Unternehmungen unterrichten.«

»Wie könnt Ihr es wagen …?«

Der Hüne bewegte sich so schnell, dass Basil es kaum mitbekam. Plötzlich stand er vor Patro und tat nicht mehr, als ihn anzusehen. Irgendetwas geschah in diesem Augenblick. Patro erbleichte so sehr, als hätte man einen Kübel weißer Farbe über ihn entleert. Selbst die Schläger, eben noch eindrucksvoll und strotzend vor Kraft, zogen eingeschüchtert die Köpfe ein. Sie kauerten sich in die Ecken und bei einem breitete sich ein dunkler Fleck zwischen den Beinen aus.

»Wagrim!«, blaffte der Don.

Stumm trat der Hüne zur Seite.

Mit einem schmalen Lächeln wandte sich der Don wieder Basil zu. »Ich habe Pläne mit dir. Pläne, die größer sind als alles, was du dir nur verstellen kannst.«

»Das wage ich zu bezweifeln.« Basil war selbst erstaunt, wie blass seine Stimme klang. Die beiden Männer hatten irgendetwas an sich, das ihm eine Gänsehaut verursachte – und zwar keine angenehme! In ihrer Nähe kam er sich vor wie ein sehr, sehr dummes Kind.

»Folge mir!« Der Don marschierte zur Tür.

Basil rührte sich nicht von der Stelle. »Ihr habt mich ausgetrickst.«

Der Don wandte den Kopf. »Tatsächlich?«

»Das Treffen war von Euch eingefädelt.« Basil zuckte mit den Schultern. »Ich nehm's Euch nicht übel, aber leider, leider habe ich gerade keine Zeit zu arbeiten.«

Seltsam, auf einmal wirkte der Fremde größer, als wäre der Raum viel zu klein für ihn. Er hob seinen Stock. Als er ihn aufstampfte, zerbrach der Boden; Risse breiteten sich aus, erfassten das Mauerwerk, die Decke und spuckten Bruchstücke in einen violetten Himmel hinein, der sich dahinter wie ein Abgrund auftat.

Basil stieß einen spitzen Schrei aus. In diesem Augenblick konnte er nicht an seiner geballten Manneskraft festhalten. Er taumelte, klammerte sich an etwas fest und begriff, dass der Riese neben ihm stand. Aber er bewegte sich nicht, während der Boden immer mehr um ihn wegbrach und bis auf eine kleine Fläche nichts als eine violette, wirbelnde Leere um ihn herrschte. Patro, seine Schläger, der Tisch – selbst die Würfel waren verschwunden.

»Verstehen wir uns?« Der Don ragte über ihm auf wie ein finsterer Gott.

»Da ist doch glatt ein bisschen Pipi in der Hose gelandet.«

Der Don wandte sich ihm zu – langsam, ganz langsam. »VERSTEHEN WIR UNS?« Seine Worte krachten wie Donnerschläge.

Basil hielt sich die Hände vor die Ohren und verzog gequält das Gesicht. »Ja! Götter, ja!«

»Was ist es, wonach du dich am meisten sehnst?«

Er schluckte schwer. »Ist das wichtig?«

»Es wird darüber entscheiden, wie unser Leben zukünftig aussieht.« Die Augen des Fremden glommen in tiefem Violett, als wäre darin das Zwielicht gebannt. »Ich werde dir helfen, das zu erlangen, wonach du dich sehnst. Und dann werden wir darauf zu sprechen kommen, wonach es mich verlangt.«

»Und wonach sehne ich mich?«

Der Don hob die Hand und wirbelte herum.

Klickernd, klackernd und klappernd setzte sich die Umgebung wieder zusammen. Stein für Stein, Fleck für Fleck, Stuhl für Stuhl, bis alles seinen richtigen Platz fand. Es gab keinen Hinweis darauf, was eben geschehen war, einem Traum gleich, den sich Basils Verstand erdichtet hatte.

Der Hüne nahm Basils Hand, drehte sie auf den Rücken und stieß ihn zur Tür.

»Kapiert«, grummelte er und eilte hinaus. »Ich hab's ja kapiert.« Er hatte fast den Ausgang erreicht, als er der drängenden Frage nicht länger widerstehen konnte: »Wo bringt Ihr mich hin?«

Die Augen des Dons funkelten belustigt. »Zum größten Abenteuer deines Lebens, Barde.«

Welt des Feuers

Wach auf!

Basil erwachte mit einem schmerzhaften Ruck und bereute es sofort.

Zuerst war der Schmerz. Ein tiefes, lang anhaltendes Brennen, das von den Beinen über den Rücken bis in den Hinterkopf kroch. Danach kam die Hitze, die ihn bei jedem Atemzug husten und rasseln ließ, als wäre seine Lunge voller Schlamm. Zuletzt bohrte sich der Gestank nach Schwefel, verbranntem Horn und geschmolzenem Stein in seine Nase, sodass er glaubte, zu ersticken.

Zögerlich öffnete Basil die Augen einen Spalt. Der Himmel über ihm war *falsch*. Als wäre er in die Glut eines Schmiedeofens getreten, dessen Decke mit dickem Ruß und Asche überzogen war. Und überall blubberte und zischte es, wie Wasser auf glühenden Kohlen.

Was war geschehen?

Stöhnend hievte er sich in eine sitzende Position und atmete zischend ein. Er versuchte, die Benommenheit aus seinem Kopf zu schütteln, aber die verdammte Hitze machte es ihm schwer; sie weckte Erinnerungen in ihm, die er tief in den hintersten Windungen seines Verstandes verbannt hatte. Unwillkürlich schreckte sein Unterbewusstsein davor zurück. Dort lauerten Schmerz und Trauer.

Götter, er war völlig zerschunden!

Erst dann gestattete er sich, die fremde Welt zu betrachten.

»Basil«, murmelte er und wischte sich die Schmiere aus dem Gesicht. »Du sitzt mal wieder knietief in der Scheiße.«

Und das war noch untertrieben. Die Welt, in der er sich wiederfand, war nicht das, was er erwartet hatte. Genau genommen hatte er überhaupt keine Erwartungen mehr, nachdem sein vergangenes Abenteuer ihn zutiefst erschüttert hatte. Allein die Vorstellung, auf Geheiß von Göttern über eine Lichtsäule in ein fernes Reich zu gelangen, ließ ihn zurückschrecken wie ein gebranntes Kind. Normalerweise hätte er jeden für verrückt erklärt, der ihm vorher davon erzählt hätte. *Normalerweise.* Seit er allerdings so viel kranken Mist erlebt hatte, dass er sich immer noch fragte, ob er das alles bloß geträumt hatte, hielt er nichts mehr für ausgeschlossen.

»Sechs und Eins«, murmelte er vor sich hin und nahm die Würfel heraus. Er wollte sie schütteln, rollen lassen und überprüfen, ob er mit seiner Annahme richtig lag. Aber er zwang sich, sie wieder einzustecken. Sechs und Eins. Die Würfelzahlen, die sein Leben beschrieben. Entweder war er der größte Glückspilz der Welt oder der größte Pechvogel.

»Steh auf!«, knurrte jemand mit tiefer, bärbeißiger Stimme.

Basil blinzelte. Eine säulenartige Gestalt hob sich nur zwei Schritt vor ihm dunkel gegen den noch dunkleren Himmel ab. Verschlissener, grüner Mantel, darunter abgewetztes Eisen über dickem Leder. Die Kapuze verbarg das grimmige, graubärtige Gesicht, der Gürtel war voller Schlaufen, und auf dem Rücken baumelte ein Sammelsurium an Decken, Taschen, Töpfen und dem vollen Pfeilköcher. Und Waffen. Götter, der Jäger besaß eine reichhaltigere Auswahl als ein Schmied!

In der Rechten hielt er einen verzierten goldenen Speer mit blattförmiger Spitze, und an einem Finger blitzte ein kantiger, schlichter Ring. Andvari – so nannte sich das Ding in dem Ring, das einst ein Zwerg gewesen war. Ein Geist? Ein Ringgeist? Was für wirre Gedanken.

Basil hatte nicht nachgefragt, was es damit auf sich hatte, weil er fürchtete, sonst vollends den Verstand zu verlieren. Wichtig war nur eine Sache: Sie waren drei der neun wahren Paladine, die irgendwohin gehen mussten, um irgendetwas zu tun, weil irgendjemand das wollte.

Irgendwie ging alles schief, seit José in sein Leben getreten war. Dieser kranke Mistkerl hatte Basil bei den Eiern und jetzt hatte er völlig die Kontrolle verloren.

Sechs und Eins …

Der Jäger warf ihm einen durchdringenden Blick zu. »Wir müssen weiter.«

Unbeholfen kämpfte Basil sich auf die Füße und klopfte sich die abenteuerliche Kluft ab, die inzwischen einiges hatte wegstecken müssen. Hohe Stiefel, karierter, festgeschnallter Stoffüberwurf und ein seitlich über die Schulter geschwungener Umhang. Natürlich durften seine Handschuhe aus feinstem Leder nicht fehlen. Auf all das war er sehr stolz, schließlich musste ein begnadeter Barde auch die Erwartungen seines Publikums erfüllen. Allerdings fürchtete er, seine Ausstattung war in dieser ausgedörrten Einöde wohl kaum die richtige.

Doch was wäre ein Barde ohne seine Ausrüstung?

Rasch suchte er den Boden ab, stapfte hin und her, schob Steine, Kiesel und Asche zur Seite, und wurde immer unruhiger, bis er endlich seine weiße Vihuela fand, halb unter der grauen Schmiere verborgen. Zärtlich befreite er die Kastenhalslaute vom Schmutz. Sechs Saitenpaare, aufwendige Einlegearbeiten und Intarsien, so kunstvoll, als hätte das Palindrom selbst Hand angelegt. Der ovale Korpus war an beiden Seiten leicht eingeflankt. Die Decke war mit mehreren Schalllöchern und kunstvoll geschnitzten Rosetten versehen, auf der ein mit Ornamenten geschmückter Steg angebracht war. Die Kopfplatte war flach und hatte hinterständige Holzwirbel. Kein Gold. Kein Silber. Nicht einmal Paladium. Die Vihuela entstammte einem Ort jenseits aller Vorstellungskraft, was ihr jenen besonderen Klang entlockte.

Ein Geschenk seiner Großmutter.

Als wäre es so zerbrechlich wie Keramik, schob Basil das Instrument in das Halfter am Rücken, wo es sicher verwahrt war. Seit er die Vihuela erlangt hatte, war sie mehr als nur die Verlängerung seines Arms, mehr als nur ein zweites Pochen in seiner Brust. Sie war sein Atem, sein Wille, seine Hoffnung. Ohne sie wäre er nur halb.

Eine Flocke landete in seinem Gesicht. Er wischte sie weg und fing eine weitere auf. Asche – überall. Wenn er gewusst hätte, was ihn erwartete …

Ich hätte es nicht verhindern können.

Sein bisheriger Weg war keine der Gutenachtgeschichten, die Eltern ihren Kindern erzählten. Nicht einmal ein Heldenepos, das es verdiente, in die Annalen Méridors einzugehen. Sein Pfad war gezeichnet von Leid, Schmerz und Verlust, von den höchsten Höhen bis zu den tiefsten Abgründen. Nun befand er sich in einer fremden Welt mit fremden Gestalten, um ein fremdes Artefakt zu finden.

Er hatte auch schon einmal mehr Glück gehabt.

›Muspellsheim‹, hallte es wie ein Echo durch Basils Kopf. Vor Kurzem wäre er noch zusammengeschreckt wie ein verängstigtes Kind. Jetzt jedoch bräuchte es schon mehr, um ihn zu fürchten.

Ullr hob die Hand mit dem Ring und kniff die Augen zusammen.

›Der Name dieser Welt.‹ Zögern lag in Andvaris Stimme.

Der Jäger blickte sich um. »Du kennst sie?«

›Aus den Geschichten meines Volkes. Es heißt, aus dem ewigen Feuer Muspellsheims entstand einst alles Leben. In den Geschichten …‹

»Was?«

Basil stellte sich vor, wie Andvari nervös die Finger rang. Stattdessen glühte der Ring leicht auf. ›Rost, diese Welt ist nicht gerade dafür bekannt, Fremden gegenüber wohlgesinnt zu sein. Wir sollten wachsam bleiben.‹

Basil schnaubte. »Ach was! Wir stehen buchstäblich auf einem spuckenden Berg und dir fällt nichts anderes ein, als uns davor zu warnen, wie unfreundlich diese Welt ist?«

›Nicht die Welt.‹ Das Glühen erlosch.

»Sondern?«

›Ihr Herrscher.‹

Eiskalt rann es ihm den Rücken hinab. Er suchte nach einer Erwiderung und fand keine.

Der Jäger hielt seinen grimmigen Blick fest auf die feurigen, aschebedeckten Weiten gerichtet. »Herrscher?«

Der Ring leuchtete abwechselnd heller und dunkler, als wägte der Zwerg die Worte ab. ›Es gibt Gerüchte von Kreaturen, die sich nicht einmal der begrenzte zwergische Verstand auszudenken vermag.‹

Basil klatschte in die Hände, damit sich die allgemeine Aufmerksamkeit auf ihn richtete. Ein Bühnenkünstler verstand schließlich etwas von seiner Kunst. »Wohlan denn! Drei wagemutige Recken im Auftrag von Göttern. Schön. Sehr schön! Wir sind also hier, um was genau zu finden?«

›Die Essenz Muspellsheims.‹

»Wunderbar!« Basil spazierte an dem Jäger vorbei und trat nahe an die schroffe Kante des Plateaus. In größtmöglicher Tiefe schlängelte sich ein brodelnder Fluss durch zernarbte Felserhebungen; das flüssige Gestein warf Blasen und ließ den verrußten Felsen schimmern wie Obsidian.

Ein Anflug von Panik hauchte Basil in den Nacken. Kein Fluchtweg. Keine Möglichkeit, den Hintern in Sicherheit zu bringen. Die Panik kroch von seinem Nacken in seine Kehle und schnürte sie zusammen. Kein Entrinnen.

José ... Alles hatte mit dem zwielichtigen Don begonnen.

Ullr trat neben ihn, so grimmig und unbeirrbar wie einer der zernarbten Felsen dieser Welt. »Beobachte, Barde. Lerne. Werde dir deiner Umgebung bewusst und forme sie zur Waffe.«

Toll. Ein wahrlich weiser Ratschlag, wenn man gerne wie ein Wilder durch die Wildnis pirschte. Basil hingegen fühlte sich hier so verloren wie ein Dukat in der Tasche eines Paladins.

Fern der Kluft erstreckte sich ein ebenso trostloser Anblick. Wie unter dem Hieb eines gewaltigen Hammers lag alles zerbrochen da. Scharfkantiges Gestein, loser Fels und Geröll übersäten den zerklüfteten Boden, während Lavabäche ihn durchpflügten wie Kristalladern den Leib eines Verheerungskolosses. Steinquader und Säulen strebten als hoch aufgerichtete Pfeiler in den Himmel. Die Geister einst eindrucksvoller Steinformationen waren ausgehöhlt und durchlöchert, lagen verfallen inmitten rot glimmender Seen. Steilklippen ragten nur wenige Schritt empor und wölbten sich über das Plateau, auf dem Basil saß, als wären sie kurz vor ihrer Vernichtung erstarrt. All das hatte das gegenwärtige Schwarz und Grau des Ascheregens angenommen.

Ein Fluchtinstinkt machte sich in Basil breit, übernahm allmählich die Kontrolle. Er hatte gedacht, dass er diesen längst überwunden hatte, aber hier trat er aus den Schatten seiner Vergangenheit und bewies ihm, dass er trotz allem immer noch ein kleiner Gauner war. Trotz der Quest, die er hinter sich hatte, der Menschen, die ihn begleitet hatten, der Begegnung mit dem ...

Er atmete zitternd aus. Um seine Finger unter Kontrolle zu bringen, nahm er das Instrument aus dem Halfter, legte sie beruhigend auf die Saiten und spürte die Magie, die ihnen innewohnte wie ein Licht, das die Dunkelheit vertrieb.

»Ich nehme an, ihr habt keine Ahnung, was diese Essenz ist?«, fragte er leise.

Ullr schüttelte den Kopf. Andvari verneinte.

»Toll.« Basil blies die Backen auf. »Ganz toll. Also gut. Fassen wir das mal zusammen. Wir sind drei der insgesamt neun wahren Paladine.« Er wanderte umher und entlockte der Vihuela dabei einen leisen, hohen Klang. »Ein wahrlich durchtriebener Mann hat uns hierhergeschickt, weil wir etwas suchen sollen, von dem wir weder wissen, wie es aussieht, noch, was genau es sein soll.« Ein weiterer Klang, tief und bedrohlich. »Eine Essenz, mit der eine Waffe vollendet werden soll, um Cernunnos aufzuhalten, der Yggdrasil infiziert hat. Außerdem wissen wir nahezu nichts über diese Welt, über ihre Bewohner, die uns vermutlich nicht ganz wohlgesinnt sind, und über die Prüfungen, die uns bevorstehen, weil wir …« Er wirbelte zu dem Jäger herum. »Was genau müssen wir erlangen?«

›Das zweite Ideal, Langer.‹

Basil tippte sich grüßend an die Stirn und erschuf einen weiteren Ton. »Das mysteriöse zweite Ideal, das wir unbedingt finden müssen, um was zu tun?«

Ullr durchbohrte ihn mit seinem Blick. »Die Welt retten.«

»Selbstverständlich«, rief Basil und untermalte seine Worte mit einer schnellen, heroischen Melodie, die ihm wie von selbst entstieg. »Welches hehres Ideal sollte ein Mann verfolgen?«

Schweigen.

»Wackere Helden sind wir, nicht wahr? Wir tanzen so sehr nach Josés Pfeife, dass wir nicht einmal begreifen, wie wir ihm immer tiefer in den Arsch …«

Es knackte, als Ullr den Speer in den Boden trieb.

Schwungvoll verbeugte Basil sich vor ihm, ehe er weitermarschierte und die Melodie fließen ließ. »Und wenn wir die Welt gerettet haben? Was dann? Was wird wohl der große Unbekannte tun, nachdem wir ihm eine äußerst mächtige Waffe dargeboten haben, auf dass er …?«

Plötzlich stand der Jäger vor ihm, groß und furchteinflößend, ein verwitterter Berg, von dem alle Wärme weggeschnitten worden war, bis dieser unheimliche Kerl entstanden war. Zu allem Überfluss flimmerte die Luft um den Speer, der ein deutlich hörbares Summen ertönen ließ.

Doch Basil wäre nicht der Barde, wenn er beim kleinsten Hindernis zurückschrecken würde. Obwohl … Das war auch einmal anders gewesen.

»Viele Worte, Barde.« Die tiefe, grollende Stimme des Jägers hallte um sie wider. »Wir kennen dieses Land nicht. Wir kennen den Feind nicht. Wir wissen nichts über die Quest.«

Basils Finger wirbelten über die Saiten – die Melodie schwoll an wie ein gurgelnder Bach, wallte höher und höher wie das Feuer eines Schmiedeofens. Er konnte nicht anders. Er musste ihr nachgeben.

Ullrs Hand landete auf seiner Schulter und die Musik riss ab, als hätte sie ein Messer gekappt – bloß war diese Klinge von solcher Härte und Kraft, dass Basil dem Bann der tiefgründigen Augen des Jägers unterlag. Darin standen Schmerz und Sorge – aber nicht um ihretwillen.

»Beobachte«, raunte Ullr. »Lausche. Atme.«

Basil grinste, um seine Unsicherheit zu überspielen. »Aber ich atme doch.«

»Atme hier.« Ullr ließ ihn wieder los und tippte sich auf die Brust. »Hier.« Er zeigte auf seine Stirn. »Und hier.« Zuletzt legte er sich eine Hand vor den Mund.

Herrlich. Basil hatte eine Zunge aus Silber und ein Herz aus Gold. Von insgesamt neun wagemutigen Gefährten war er ausgerechnet mit denen zum Aufbruch gezwungen worden, die sich von ihm unterschieden wie Tag und Nacht. Das versprach ein ruhmreiches Abenteuer zu werden. Doch auch davon ließ er sich nicht aufhalten. Schon früher hatte er gelernt, den tristen Himmel mit Sonnenschein und Regenbogen zu übermalen.

Höflich neigte er den Kopf, was den Jäger dazu bewog, sich abzuwenden. Tief in sich jedoch verbarg Basil die Wahrheit: Er hatte nicht vor, allzu lange hier zu verweilen, um mitanzusehen, wie ihm auch der letzte Rest Würde genommen wurde. Es gab Helden. Mitunter gab es Schurken, die sich zu guten Taten gezwungen sahen. Und dann gab es ihn. Den Barden. Einen Feigling, Dieb, Gauner und Lügner.

Bedauerlicherweise hatte sich herausgestellt, dass er trotz allem … *gut* war.

Er löste die Finger von den Saiten und richtete sich auf. »Wohin?«

Der Jäger nickte mit dem Kinn den Hang zu einem gigantischen Berg hin, der inmitten der zerbrochenen Welt aufragte wie ein uraltes Monument. Von dort floss das Feuer die Hänge hinab und fraß sich durch die Klüfte und Schluchten. Der Himmel darüber war von einem schwärzesten Schwarz, wie Tinte und Schatten, das alles mit einem undurchdringlichen Schleier bedeckte. Alle Wege führten dort hinauf. Zum Gipfel des Berges.

Das Zentrum der Welt des Feuers.

Die Erinnerung war wie ein Blitz. Unmögliche Tiefen, die in Schwärze versanken. Eine Öffnung in einem Felsmassiv. Eine Stimme, die ihn dorthin lockte. Ein Wesen, uralt wie die Zeit. Und dann Schmerz.

Basil schüttelte den Kopf. Noch nicht. Zuerst musste er seine Sinne beisammenhalten und durfte sich nicht von der Vergangenheit einholen lassen.

»Die wichtigste Regel zuerst«, sagte der Jäger und reihte sich neben ihn. »Kenne deine Umgebung.«

»Ich habe nicht vor, hier allzu lange zu verweilen, werter Kampfgefährte.«

Ullr schüttelte den Kopf. »Wir haben keine andere Wahl.«

Basil zwinkerte ihm zu, ehe er sich abwandte. »Das wird sich noch zeigen. Deshalb gedenke ich …«

Etwas verfing sich zwischen seinen Beinen; er stolperte und knallte auf das Kinn, sodass seine Zähne zusammenkrachten. Dabei verlor er die Vihuela, die auf den Rand zuschlitterte. Der Schrei blieb ihm im Hals stecken.

Es summte. Der Speer rammte vor dem Musikinstrument in den Boden und bewahrte es vor dem Sturz.

»Bei allen Göttern!«, blaffte Basil und stemmte sich hoch. »Was sollte das?«

Wie ein Bollwerk stellte sich Ullr ihm in den Weg und starrte ihn grimmig an.

Abwehrend hob Basil die Hände. »Schon verstanden. Du bist der Anführer und ich das arme Würstchen. Bevor du mich über offenem Feuer röstest: Darf ich?«

Ullr zögerte.

»Was?«

Er stapfte zu dem Speer, zog ihn heraus, nahm die Vihuela auf und kehrte zu Basil zurück, um ihm seinen Besitz zu geben. Erst als die Vihuela wieder in seinem Arm lag, atmete er erleichtert auf.

›Wir sind keine Feinde‹, sagte Andvari. ›Und wir sind nicht grundlos zur Zusammenarbeit ausgewählt. Jeder von uns ist für diese Quest wichtig.‹ Der Ring loderte auf. ›Der Barde. Der Jäger. Und der Runenschmied.‹

Wenn es eine Eigenschaft gab, derer Basil sich rühmen konnte, war es, andere zu lesen. Er brauchte jemanden nur anzusehen, um zu wissen, was ihn bewegte. Bei Ullr erkannte er den gleichen Unwillen, der auch ihn belastete. Vielleicht war dies eine Eigenschaft, die sie miteinander verband. Sie hatten beide grausame Dinge erlebt, waren zu oft gefallen und waren jedes Mal wieder aufgestanden. Aber weshalb kam es Basil vor, als wäre er der Einzige, der alles geopfert hatte?

»Ich traue José nicht.« Basil war selbst erstaunt über seine Worte. »Er sagt nie das, was er denkt. Er intrigiert, lügt und tut so, als wäre er ein milder Vater, dem die Sorgen anderer am Herzen liegen. Das ist ein Trugschluss.«

›Woher wisst Ihr das?‹

Basil lächelte gequält. »Betrüger erkennen einander.«

Daraufhin schwieg der Ring, während Ullr ihm zunickte. Wenigstens diese Ansicht teilten sie.

Basil ließ seinen Blick über das Land schweifen, versuchte, das Stechen in seiner Brust bei jedem Atemzug zu ignorieren, und sah den bedrohlichen Berg empor, der unübersehbar in den düsteren Himmel reichte. Er schwitzte und stank wie ein Schwein, war müde und erschöpft und hatte nicht die geringste Lust, mehr Zeit als nötig in dieser Welt zu verbringen. Wenn er doch damals nicht an jenem unglückseligen Tag in der Kammer mit Patro zusammengesessen hätte … Nein, es führte kein Weg daran vorbei, seinen unfreiwilligen Gefährten zu vertrauen.

Schon wieder.

»Wohlan.« Basil steckte die Vihuela zurück und ging zum Rand des Plateaus, wo ein abschüssiger Weg abging. »Wir kommen hier nicht so schnell wieder weg. Richtig?«

Ullr schloss zu ihm auf. Mit einer Geste schrumpfte der Speer in seiner Hand zu einem unterarmlangen Stab zusammen, den er sich in das Gerümpel an seinem Rücken steckte.

›*Richtig*‹, sagte Andvari.

Den Berg umgab irgendetwas, das eine Urangst in Basil weckte. »Ich bin zwar nicht die hellste Kerze auf der Torte, aber wenn ich raten soll, dann ist der Gipfel unser Ziel. Richtig?«

›*Richtig*‹, flüsterte der Ring.

»Ich will ehrlich sein.« Basil atmete tief durch. »Ich kann euch nicht leiden.«

›*Das war sehr ehrlich, Langer.*‹

»Ehrlichkeit ist eines meiner vielen Talente. Daher: Ich bin kein guter Mensch.«

Schweigen.

»Ich bin nicht mal ansatzweise das, was man als *gut* bezeichnen könnte. Keine Ahnung, warum ich hier bin. Entweder bin ich ein Glückspilz oder ein Pechvogel. Was auch immer es ist, ich will die Quest so schnell wie möglich beenden. *Comprendido?*«

›*Sí.*‹

Basil stutzte. »Hast du gerade auf méridorisch mit Ja geantwortet, Zwerg?«

»Ehrlichkeit mag Euer Talent sein. Meines ist Wissbegier.«

Seltsamerweise erschien in Basils Kopf das Bild eines breit gebauten Zwerges mit wirrem braunem Bart und Knubbelnase. Die schwieligen Hände waren breit wie Töpfe, Muskeln wölbten sich an seinen stämmigen Armen, er trug lediglich einen Lederschurz über der haarigen, fassförmigen Brust, und ihn umgab eine gewisse Vorsicht, wie jemand, der sich lieber zurückzog, als die Aufmerksamkeit zu suchen. Ihn begleitete ein Geruch nach geschmolzenem Eisen, Kohlenrauch und angesengtem Haar. Und aus der Ferne ertönte das helle *Pling* eines Hammers, der auf einen Amboss traf. *Pling. Pling. Pling.*

Es war das tragische Bild eines Zwerges, der auf der Suche nach seinem ersten Ideal sein Leben gegeben hatte.

»Du warst ein Schmied.« Keinen blassen Schimmer, warum Basil das gesagt hatte. Es erschien ihm seltsam richtig. »Ein Ausgestoßener. Ein Andersartiger. Ein Künstler?«

Das Glühen des Rings erlosch. Ganz langsam setzte es wieder ein. ›Woher wisst Ihr das?‹ In den Worten ruhte Schmerz und Trauer.

»Nun, es verbindet uns. Ich weiß nicht, wie und warum, aber – und ich glaube selbst kaum, dass ich das sage – ich kann es spüren.« Aus einem Drang heraus zückte er wieder das Musikinstrument. »Also, wackere Gefährten, wollen wir?«

Einen Moment standen sie noch auf dem Plateau und ließen das Grauen einer von Feuer und Asche beherrschten Welt auf sich wirken. Dann marschierten sie los und nahmen die Reise ins Ungewisse auf sich; eine, von der Basil wusste, dass sie ihn auch in die Schatten seiner Vergangenheit führen würde. Denn dort verbarg sich etwas, das er aus gutem Grund verdrängt hatte.

Instinktiv betastete er seine Brust und fühlte den winzigen Beutel unter seinem Hemd. Die Erinnerung stand ihm so klar vor Augen wie das strahlende Weiß seines Musikinstrumentes. Es war nicht das erste Abenteuer, in das er unverhofft hineingeworfen wurde. Das letzte war ganz und gar so aufregend wie die Begegnung mit einem Drachen, so herzzerreißend wie der Verlust einer Geliebten und so erfüllend wie ein Lied, das die Zeitalter durchwehte …

Die glorreichen Sechs

Monate zuvor

Der Abend dämmerte, als Basil dem Don durch die schummrige Gasse folgte und dabei einige rostfarbene Alicantos aufschreckte. Er war so in Gedanken, dass es einen Moment brauchte, bis er begriff, dass mit dem Horizont fern der Dächer der Stadt etwas nicht stimmte. Das hatte nichts damit zu tun, dass Basil sich am Morgen noch einen zu viel eingeschenkt hatte. Aus dem blassen Dunst erhob sich, kaum sichtbar, aber dennoch unverkennbar, ein Baum in einer Dimension, die alles andere wie Miniaturausgaben erscheinen ließ. Die gigantischen Äste, Zweige und Blätter überspannten den gesamten Himmel. Nein, sie lagen *jenseits* davon, als blickte Basil durch eine milchige Glasscheibe. Der gewaltige Stamm wuchs irgendwo fern des Ozeans, als existierte er an Orten, die niemand erreichen konnte.

Basil blinzelte. »Das muss ein Traum sein, sonst …« Er verschluckte den Satz, als jemand hinter ihn trat und einen großen Schatten auf ihn warf. Langsam drehte er sich um, sah in das verwitterte, zernarbte, bärtige Gesicht, das den Abgründen der Verheerung entstiegen sein musste. Die Augen waren dunkle Löcher, und dahinter, tief begraben unter dem Schlick der Bestie, verbarg sich etwas anderes. Hinter einer Tür in undurchdringlichem Nebel harrte jemand aus.

Die Pranke des Riesen landete auf Basils Schulter. Er knickte darunter ein und verzog das Gesicht. Scheinbar mühelos zog der Kerl ihn herum, verpasste ihm einen Stoß in den Rücken und ließ ihn nach vorn stolpern. Er rückte seinen Kragen zurecht, warf den Umhang zurück und überprüfte das Halfter auf seinem Rücken, sodass der Hals der Vihuela wie ein Schwertgriff über die eine Schulter hinausragte. Ein Hauch Theatralik hatte noch niemandem geschadet.

Hocherhobenen Hauptes und mit so viel Würde, wie er zusammenkratzen konnte, folgte er dem Don, der ihn bereits am Ende der Gasse erwartete.

»Unser Zeitfenster ist eng, deshalb erspare ich mir etwaige Erklärungen.« Der Mann wies knapp zur angrenzenden Straße. »Wie du unschwer übersehen kannst, hat sich etwas verändert. Etwas, das mit dir zu tun hat, Barde.«

»Ich bin sicher, Ihr werdet mir, wer auch immer Ihr seid, ausführlich erklären, was, verdammt noch mal, hier los ist!« Basil wusste ganz genau, wen er vor sich hatte. Wenn man sich in Candaloz oder den äußeren Städten Méridors herumtrieb, dann musste man schon sehr weit gehen, um ihn nicht zu kennen. Der Vertraute des Königs Pablo de Aguilera. Ein Mann, von dem es hieß, er sei so vielschichtig wie eine Zwiebel, so undurchsichtig wie beschlagenes Glas und so durchtrieben wie ein Spieler mit gezinkten Karten. Das führte Basil einmal mehr vor Augen, dass er sich umgehend verpissen sollte.

Der Don betrat mit ausholenden Schritten die Gasse, die an einem der vielen Kanäle entlangführte, welche die Stadt durchzogen. »Du wirst noch genügend Zeit haben, dich mit Yggdrasil zu beschäftigen. Ich habe eine lange Reise von Tirnanog hierher hinter mir, um dich zu finden. Du musst etwas für mich tun.«

»Und was genau soll das sein, Don José de la Fuego?«

Josés Amethystaugen funkelten belustigt. »Es geht hierbei nicht um mich. Sondern um dich und deine Gabe, Basil.«

»Schön. Sehr schön. Äußerst schön! Ich bezweifle, dass ich der Richtige für diese Unternehmung bin.«

»Oh, da bin ich ganz anderer Meinung. Und jetzt mir nach!«

Es waren nicht viele Menschen in den verwinkelten Gassen von Candaloz unterwegs. Ein paar Arbeiter, die geduckt davonwuselten, einige Fischer, die über das Wetter klagten, und hier und da streunende Köter. Auf der anderen Straßenseite drückte sich ein Bettler in eine Ecke und hockte auf einer Kiste, sodass man seine Stummelbeine sehen konnte. Eine vorüberziehende Frau warf ihm in ihrer Naivität eine Münze zu. Natürlich wusste sie nicht, dass sich die Beine des Bettlers *in* der Kiste befanden.

Schon häufig hatte Basil festgestellt, dass alles vom Blickwinkel abhing. Seine Erfahrung hatte ihn gelehrt, dass vor allem *sein* Blickwinkel wichtig war.

Er wollte seine Vihuela packen und ein *Lied der Klagen* anstimmen. Ob der Don dem auch widerstehen könnte? Unmöglich, der Riese! Obwohl, für Klagen war der vermutlich nicht empfänglich. Was, wenn er einfach davonlief? Das Eck hier kannte er wie seine Westentasche.

Zweifelsohne hatte José ihm aus der Patsche geholfen, allerdings schrillten in dessen Nähe Basils Alarmglocken. Der Kerl war gefährlich.

Eine schmale Brücke führte über den Kanal. Nicht weit von ihnen fuhr eine schwer beladene Gondel über das Wasser.

Basil blieb auf der Brücke stehen. »Worum genau handelt es sich bei diesem Abenteuer?«

»Alles der Reihe nach«, sagte José. »Zuerst werde ich dich deinen neuen Gefährten vorstellen.«

»Gefährten?«

»Ein Abenteurer benötigt eine Gruppe wagemutiger …«

»Ich passe.«

Ein Schatten fiel auf Josés Gesicht.

Basil räusperte sich. »Grundsätzlich arbeite ich allein. Das heißt, ich und sonst niemand. *Comprendido?* Wenn Ihr also meine Hilfe wollt, wird Euch das einiges …«

»Nein.«

»Ich muss trotzdem darauf bestehen.«

»*Nein!*« Das Wort knallte wie ein Peitschenhieb.

Basil zuckte zurück und stieß gegen den Riesen. »Götter! Du bist groß und hässlich, aber du schleichst dich an wie eine Katze. Also …« Er strich seinen Kinnbart entlang, um die Finger zu bewegen – eine alte Angewohnheit, wenn er nervös war. »Woher kennt Ihr mich?«

José lächelte schmal. »Du bist doch der *weltberühmte* Barde. Ein Mann, der alles stehlen kann, was er nur will. Und es genauso schnell verliert.«

Basil verzog den Mund. »Hab grad eine Pechsträhne.«

»Mit Pech hat das nichts zu tun, Barde.«

»Sondern?«

»Mit Möglichkeiten.«

Basil fand, es gelang ihm ganz gut, sich nichts anmerken zu lassen. Er suchte in dem Gesicht dieses Mannes nach irgendetwas, das ihm verriet, was, zur Verheerung, hier los war. »Der Raum. Das Licht. Der Himmel. Wie habt Ihr das gemacht?«

»Du hast deine Geheimnisse. Ich habe meine.« José blickte zu der Gondel, die sie fast erreicht hatte. »Bevor du hineinspringst, rate ich dir dringend, deine nächsten Schritte zu überdenken.«

»Wie kommt Ihr darauf …?«

Der Hüne trat neben ihn. Auf einmal wirkte er größer, mächtiger, wütender.

Zeit, zu verschwinden!

Basil packte das Geländer, schwang sich darüber und landete in der Gondel, die in diesem Augenblick unter die Brücke fuhr. Der Gondoliere blinzelte ihn an, woraufhin Basil ihm einen Dukat zuschnippte – er hatte immer einen übrig. »Fahr weiter!«

Sie passierten die Brücke und schipperten über den Kanal davon. Basil tippte sich grüßend an die Stirn, während sie sich allmählich von der Brücke entfernten, auf der ihm zwei stumme Gestalten hinterherblickten. Das lief doch einfacher als gedacht!

Womit er allerdings nicht gerechnet hatte, war der Hüne, der keineswegs vorhatte, ihn entkommen zu lassen. Er trat zwei Schritt vom Geländer weg.

Dann *sprang* er.

Mit einem unmöglichen Satz überwand er den gesamten Kanal und krachte ins Boot, das unter lautem Getöse und Gepolter zerbarst. Kisten und Splitter flogen umher. Basil fand nicht einmal genügend Atem für einen Schrei, als ihn kühles Nass empfing und sich um seinen Kopf schloss. Er strampelte und zappelte, während Holztrümmer um ihn herumschwammen.

Eine Hand packte ihn am Kragen. Mit einem Ruck wurde er aus dem Wasser gerissen.

Dann flog er. Blauer Himmel, cremefarbene Häuser, grauer Kanal – die Welt sackte unter ihm weg. Er prallte auf die Brücke, überschlug sich mehrfach der Länge nach und blieb mit allen vieren ausgestreckt auf dem Rücken liegen, pitschnass und keuchend.

Klick.

Ein Stock rammte auf den Stein neben seinem Kopf, ehe sich ein Gesicht in sein verschwommenes Sichtfeld schob. »Falls wir uns bislang missverstanden haben, Barde: Das war keine Bitte. Du wirst das tun, was ich von dir verlange.«

Basil keuchte. »Und im Gegenzug?«

»Deine Belohnung wird größer sein als alles, was du dir vorstellen kannst.«

»Meine Vorstellungskraft ist überaus groß.« Er richtete sich auf, zog seine Stiefel aus, kippte das Wasser aus und massierte sich die Füße. Dabei behielt er den Riesen im Blick, der ebenso triefend nass war. Von der Gondel waren bloß Trümmerteile übrig geblieben, und der Gondoliere war nirgends zu sehen. »Zwei Fragen. Erstens: Ich kapiere die Sache mit dem Baum nicht.«

»Das war keine Frage.«

Er zog die Stiefel an, die quietschten und schmatzten, als er sich auf die Beine rappelte. Palindrom, die Dinger waren schweineteuer gewesen! »Zweitens: Was war das gerade für eine Scheiße?«

José nickte dem Hünen zu. »Wagrim ist wie du. Alles andere muss warten.« Der Don marschierte wieder los. »Komm!«

***

Drei Dinge stellte Basil fest, als er den schmuddeligen Keller betrat, der sich unterhalb einer Kaschemme befand, in die selbst er freiwillig keinen Fuß hineingesetzt hätte – und das musste schon einiges heißen. Es stank so sehr nach alten Socken, dass er flach durch den Mund atmen musste, und die Blicke der anderen, die dort herumlungerten, bewiesen, dass sie ebenso schlecht auf José zu sprechen waren. Und ebenjene waren nicht gerade das, was er sich unter einer Mannschaft treuer und wagemutiger Helden vorgestellt hatte. Aber er hatte auch gelernt, dass man immer das Beste aus der Situation machen musste. Oder versuchen sollte. Oder … Palindrom, was hatte er hier zu suchen?

Der schmucklose Keller besaß nur eine Tür, das unverputzte Gemäuer war derart von Schimmelflecken und Blutspritzern übersät, dass man kaum sagen konnte, wo es begann oder aufhörte. Der Tisch in der Mitte war von Kerben, Mulden und Kratzern übersät, was die Frage in den Raum warf, wie er nicht zusammenbrechen konnte. Die Maus, die es sich dort in einer dreckigen Schale mit einem Stück Abfall gemütlich gemacht hatte, passte hervorragend zum beschaulichen Ambiente. Ein einziger roter Leuchtkristall hing in einer verrosteten Fassung von der Decke und tauchte den Raum in Zwielicht. Wahrlich, ein vertrauensseliger Ort, an dem Geschichte geschrieben werden sollte.

José stellte sich in die Mitte und wartete, bis Wagrim die Tür geschlossen und sich davor postiert hatte. Sonst genoss Basil die Aufmerksamkeit des Publikums, aber in Anwesenheit der Gestalten, die im Zwielicht mit den Schatten verschmolzen, fühlte er sich nicht ganz wohl in seiner Haut. Bislang hatte er geglaubt, dass der Tag nicht schlimmer werden könnte. Aber wenn man sich auf eines verlassen konnte, dann, dass es *immer* schlimmer kommen konnte.

»Danke, dass ihr gekommen seid.« José nickte den Anwesenden zu. Genauso gut hätte er auch das Wetter kommentieren können. »Hiermit stelle ich euch das letzte Mitglied dieser Unternehmung vor.« José trat zur Seite und wies auf Basil.

Kein Applaus. Kein Gelächter. Nichts.

Alle Blicke richteten sich auf Basil. Er schluckte unruhig, dann wurde er sich wieder gewahr, dass er ja ein großer Publikumsliebling war, und trat räuspernd vor. »Nun, es ist mir eine Freude und eine Ehre …«

»Er sieht schwach aus«, sagte jemand mit rauer, kratzender Stimme, die nicht erahnen ließ, ob sie zu einem Menschen oder einem Tier gehörte. Jedenfalls drang sie von der Gestalt herüber, die rücklings auf einem Stuhl saß, die bemalten und mit Bändern und Federn geschmückten Arme auf die Rückenlehne gestützt. Die Kleider waren ein einziges Flickwerk aus dunklen Stoffen, bei denen kein Stück zum anderen passte, und das Gesicht bedeckte eine Totenmaske in Form eines Ziegenkopfes, der wie ein Fächer mit riesigen weißen und roten Federn bestückt war.

Die vielen Knochenstücke und Zähne an ihren Ketten und Armbändern klackerten, als sie sich weiter vorn beugte und neugierig den Kopf zu einer Seite kippte. »Ist er stumm?«

»Basil«, sagte José und wies auf die fremdartige Gestalt. »Krognak'kushatuk.«

»Krognakwie?«, fragte Basil.

Die Gestalt kippte den Kopf zur anderen Seite. »Du darfst mich Krog nennen.«

»Danke«, erwiderte Basil trocken.

»Bitte.« Der Stuhl knarrte, als Krog wie eine Katze auf die Lehne sprang und dort in meisterhafter Präzision das Gleichgewicht behielt. »Bist du ein Barde?«

Basil lächelte. »Richtig. Ich bin …«

»Warum bist du so?«

»Wie bin ich denn?«

»Bunt.«

Er betrachtete seine Gewandung. »Ich mag Farben.«

»Warum?«

»Weil sie mir das Gefühl geben, dass die Welt nicht ganz so trist und dunkel ist.«

Krogs Stimme klang rau und eisig, als wäre ein Winterhauch in die Stube gefegt. »Die Welt, Barde, ist nur ein Tropfen in einem Meer aus Finsternis.«

Basil schluckte wieder. »Reizend. Wenn es das jetzt war …?«

»Warst du jemals im Hochland?«

»Ein einziges Mal. Aber das ist lange her.«

»Und?«

»Hübsches Fleckchen. Wenn man Steine, Schnee und Untote mag.«

Harr. Harr. Harr. Krogs Lachen klang würgend und krächzend wie eine Krähe. Er sprang von der Lehne und landete in gleicher Haltung wie zuvor auf dem Stuhl.

»Er ist ein Problem«, piepste jemand.

Basil blickte sich um, aber er konnte den Sprecher nicht ausmachen.

»Hier unten, du Schwachkopf!«, ertönte abermals die Piepsstimme.

Mit gerunzelter Stirn betrachtete er die Maus, die sich auf die Hinterbeine stellte und die Pfoten vor der Brust verschränkte. Offenbar war ihre Vorstellungsrunde noch lange nicht vorbei.

Die Maus huschte den Tisch hinauf und trat an die Kante. »Ich traue ihm nicht.«

»Du traust doch niemandem«, erwiderte Krog.

»Möglich. Aber ihm traue ich am wenigsten.« Sie funkelte Basil streitlustig an. »Auf Feiglinge kann man sich nicht verlassen.«

Basil hob den Finger. »Wenn ich dazu etwas …«

»Klappe!« Die Maus schwenkte das Fäustchen. »Du hast hier gar nichts zu melden, du kleiner Scheißer!«

»Ich … Was?«

»Was hast du gerade gesagt, du blondes Arschloch?«

»Nichts. Ich habe gar nichts gesagt.«

»Du reißt ganz schön das Maul auf!«

»Es war nicht meine …«

»Halt die Fresse, sonst polier ich sie dir!«

Vielleicht war es nicht die diplomatischste Reaktion, aber er konnte das Gelächter nicht länger einhalten.

Die Maus machte einen Satz nach vorn. Noch in der Luft verwandelte sie sich zu einer jungen, zierlichen und splitterfasernackten Frau, die jetzt vor ihm stand, als wäre sie die ganze Zeit dort gewesen. Ihr kackbraunes Haar war vollkommen wirr, ihr spitzes Gesicht mit Sommersprossen übersät, und sie fletschte die Zähne, als hätte er sie zum Kampf herausgefordert. Obwohl sie ihm nur bis zum Kinn reichte, schlug ihm das Herz bis zum Hals, als sie ihm gegen die Brust pochte. Er hatte von diesen Menschen gehört, die im fernen Tirnanog lebten, einer alten Kolonie, zu der die königliche Armada vor einigen Monaten aufgebrochen war, um den Rachepakt zu erfüllen.

»Du bist eine Druidin«, sagte er mit angehaltenem Atem.

Sie schnappte sich das dreckige Bündel vom zweiten Stuhl, warf es sich über und baute sich wieder vor ihm auf. »Und du ein echter Blitzmerker!«

»Ich wusste nicht …«

»Klappe!«

Abwehrend hob er die Hände. »Tut mir leid.«

»Will ich aber auch meinen!«

»Die Geister sind nicht erfreut, Kriana«, sagte Krog.

Die Druidin wirbelte herum. »Steck dir deine Geister in den Arsch, Krogscheiße!«

Krog klatschte sich auf den Oberschenkel. *Klatsch. Klatsch. Klatsch.* »Du bist lustig. Ich freue mich, wenn ich dein Herz den Geistern opfern darf.«

»Willst du mich eigentlich …«

Klick. José hatte nichts gesagt, aber allein dieses Geräusch genügte, um die Streithähne verstummen zu lassen, als wäre eine Gewitterfront heraufgezogen.

Es klackte, klimperte und raschelte, als jemand aus den Schatten trat. Eine Frau in violetten, weiten Gewändern, die in mehreren Stoffschichten fielen. An ihrem Hüftgürtel baumelten allerlei Beutel, Gläser, Mappen, Phiolen, Kräuter, Taschen und viele Dinge mehr, als hätte sie ihren gesamten Hausstand mitgenommen. Ihre wettergegerbte Haut hatte die Farbe von Karamell, ihr ebenholzfarbenes Haar wurde mit einer goldenen, filigranen Spange zurückgehalten, an ihren Ohren baumelten Dutzende Goldringe, und ihre Augen waren schwarz umrandet.

Sie neigte leicht den Kopf. »Disha.« Ihre rauchige, wohlklingende Stimme war ebenso geheimnisvoll wie ihr Äußeres.

Basil nickte höflich. Wenigstens ein freundliches Gesicht an diesem düsteren Ort. »Es ist mir eine Freude, Disha.«

»Disha ist eine Alchemistin«, erklärte José. »Ihre Talente sind für diese Unternehmung äußerst wichtig. Und damit kommen wir auch zum letzten Mitglied dieser Gruppe.« Er wies in die Schatten. »Euer Anführer Lorenco de Guzman.«

Es klapperte, als der letzte Anwesende in die Mitte trat und sich formvollendet verbeugte. Basil war erstaunt, ausgerechnet jemanden wie ihn in dieser beschaulichen Runde vorzufinden, die dem Heldentum so nahe war wie ein Bettler der Krone.

Der Mann war stattlich, ein Stück größer als er, und wirkte wie ein steingemeißelter *Kämpfer.* Seine stählerne Rüstung saß ihm wie angegossen, das gelockte Haar war zurückgekämmt, die stolzen Gesichtszüge umrahmten einen sauber gestutzten Bart, und der Anderthalbhänder an seiner Hüfte war ebenso gepflegt und kampfbereit wie er selbst. Die Klinge war nicht die einzige, die er trug. Überall war er mit Waffen behängt: ein Zweihänder auf dem Rücken, dessen Griff über die Schulter ragte, daneben die Griffe von zwei Krummschwertern, ein Flegel am Gürtel, mehrere Messer in überkreuzten Brustgürteln, und seine Armschienen waren wesentlich wuchtiger als gewöhnlich. Basil wollte lieber nicht wissen, was der Mann darin verbarg. Wie Lorenco überhaupt aufrecht stehen und nicht unter dem Gewicht der Waffen zusammenbrechen konnte, war ihm schlicht ein Rätsel.

»Große Herausforderungen erwarten uns auf diesem glorreichen Abenteuer in die finstersten Schlünde des Weltenrunds«, sagte der Mann in heldenhaftem Tonfall, als stünde er vor einer Armee, die bereit war, ihm in den Tod zu folgen. »Als gesalbter Kämpfer und Meister der Waffen ist es mir eine außerordentliche Ehre, solch eindrucksvolle Gefährten in die Schlacht zu führen. Seid gewiss, dass ich stets ein offenes Ohr für eure Sorgen und Nöte haben werde. Denn eine Kette ist nur so stark wie ihr schwächstes Glied!«

Stille. Basil konnte sich das Lachen kaum verkneifen.

»Wir reiten bei Tagesanbruch los.« Der Kämpfer nickte José in allem Pomp und Getöse zu, als könnte er Gold scheißen. »Schaut beim ersten Licht des Tages nach Osten. Ich werde euch am Stadttor erwarten.«

»Warum erst im Morgengrauen?«, fragte Basil.

Lorenco blinzelte ihn an, als wäre er verwundert, dass er es wagte, die Anordnung zu kommentieren. »Für solch ein aufopferndes Unterfangen bedarf es ausreichend Vorbereitung und Planung, mein tapferer Kampfgeselle.«

Basil schwang die Vihuela von der Schulter und klopfte dagegen. »Ich habe alles, was ich brauche.« In Wahrheit wollte er das hier nur so schnell wie möglich beenden, um sich wieder seiner wahren Leidenschaft zuzuwenden. Spielen. Saufen. Herumhuren. Man musste schließlich Prioritäten setzen.

»Sofern meine Meinung gestattet ist«, bemerkte Disha. »Ich stimme Basil zu. Es gibt keinen Grund zu warten.«

Krog winkte. Kriana setzte sich auf die Tischkante und knabberte an irgendetwas herum, bei dem Basil unsicher war, ob man das überhaupt essen konnte. Da sie nicht fluchte, war sie offenbar ebenfalls einverstanden.

»Nun!« Lorenco straffte sich, als wäre er gerade seiner Würde beraubt worden. »In diesem Fall muss ich mich wohl geschlagen geben. Deshalb verkünde ich«, er zog sein Schwert und reckte es gen Decke, »wir werden *sofort* aufbrechen!«

»Wieso machst du das?«, fragte Basil.

Wieder blinzelte der Kämpfer ihn an. »Bitte?«

Basil räusperte sich. »Auf, auf, ihr tapferen Gefährten! Ich meine, wer redet denn so?«

Gelächter. Kriana kringelte sich am Boden. Disha lächelte. Krog knallte die Hand immer wieder auf den Tisch, sodass es polterte und knarrte. Doch ein Gelächter überstieg das der anderen — es klang weder freundlich noch herzlich. Es klang einfach nur *böse*.

Schlagartig verflog die gute Stimmung. Der Riese an der Tür lachte immer noch, als hätte er den Wahn aus sich herausgekitzelt wie einen Fisch aus dem Bach.

»Ist ja alles schön und gut.« Kriana tapste auf Basil zu und roch nach ihm. »Wir haben einen Schamanen als Führer, einen waffenerprobten Kämpfer als Anführer, einen Barbaren fürs Grobe und eine Alchemistin fürs Spezielle.« Sie funkelte ihn an. »Wofür genau brauchen wir dich?«

»Ich? Ich … Nun, ich bin ein Barde. Verstehst du?«

»Nein.«

Alle Blicke richteten sich auf ihn.

Basil atmete tief ein. »Einmal abgesehen davon, dass ich gar nicht genug betonen kann, wie sehr ich nicht hier sein möchte: Ich verfüge über einen ausgeprägten Scharfsinn.«

Kriana verzog das Gesicht. »Also bist du nutzlos.«

»Aber nicht doch! Sollte der Plan scheitern, kann ich rasch einen neuen schmieden.«

»Wieso sollte der Plan fehlschlagen?«

»Weil Pläne das so an sich haben?«

Kriana sah die anderen an und verdrehte die Augen. »Wozu brauchen wir ihn?«

Krog kippte den Kopf von der einen Seite zur anderen. »Außerdem spielt er die Laute.«

Basil hob den Finger. »Ganz genau! Wie ihr seht, bin ich unentbehrlich.«

»Nein, das reicht nicht«, erwiderte Kriana. »Was hast du noch?«

Basil straffte sich und legte sein Lächeln auf, mit dem er sonst jedes Frauenherz dahinschmelzen ließ. »Wie wäre es mit meinem weltberühmten *Charisma*?«

»Das reicht!«, sagte José, woraufhin wieder Stille herrschte. »Jeder von euch ist für diese Unternehmung wichtig. Jeder besitzt eine besondere Begabung, die Einfluss auf das Kommende nehmen wird. Zusammen werdet ihr …«

»Wartet!«, rief Basil. »Der Barbar begleitet uns?« Die Aussicht darauf ließ ihn innerlich wimmern wie ein Kleinkind.

Wagrim trat ins Licht. Verheerungsverdammt, der Kerl war so groß und breit, dass der Raum viel zu klein wirkte. Oder war alles andere geschrumpft?

»Wagrim wird euch beschützen.« Josés Tonfall erlaubte keinen Widerspruch.

Außerdem soll er aufpassen, dass wir nichts Dummes anstellen. Basil würde ein Auge auf den Fleischberg haben. Besser zwei.

Es klimperte und raschelte, als Krog den Kopf zur Seite kippte. »Die Geister fragen, was wir tun sollen.«

»In diesem Fall wollen wir die Geister nicht länger warten lassen.« José zog eine Karte aus seiner Anzugjacke, faltete sie auseinander und breitete sie auf dem Tisch aus. Darauf war das gesamte Weltenrund abgebildet, vom Hochland im Norden, über Méridor im Süden, bis hin zu Elismere hinter den Sandmeeren. Sogar Legentum war im Südwesten eingezeichnet. Ein schönes Fleckchen mit einem fantastischen Wein. Falerner. Was gäbe Basil dafür, von diesem kostbaren Tropfen noch einmal zu trinken, während er den Anblick des Tempels auf sich wirken ließ?

José nickte dem Waffenmeister gewichtig zu. »Erläutere den Plan, Lorenco!«

»Habt Dank für diese außerordentliche Ehre, Don José de la Fuego.« Lorenco erwiderte inbrünstig das Nicken, als hätte José ihm gerade den Hintern abgewischt. Hochtrabend beugte er sich über die Karte und tippte auf eine Stelle im Westen der Karte. »Die Verlorenen Berge. Ein riesiges Gebirge im Westen des Weltenrunds, in dem so mancher unachtsamer Wanderer sein Leben ließ.« Er machte eine Pause. »Dies, meine großartigen Gefährten, ist unser Ziel.«

Basil beugte sich neben ihn. »Warum?«

Lorenco atmete tief durch und richtete sich auf. Dabei schloss er die Augen und reckte das Kinn, als durchlebte er Erinnerungen, die seinen Weg zum größten Dummschwätzer des Weltenrunds gewiesen hatten. »Ein Abenteuer, werte Kampfgefährten. Ein Abenteuer, das seinesgleichen sucht.« Er öffnete die Augen und blickte sie feierlich an. »Dort, in den Tiefen der Verlorenen Berge, in den Eingeweiden eines unerforschten Gebietes, lauert ein uraltes Übel von entsetzlicher Macht! Dieses Übel …«

Klick.

Lorenco geriet kurz außer Takt. »Wie dem auch sei, wir werden als heldenhafte Truppe dorthin aufbrechen, um einen bedeutenden Schatz aus den kalten Fängen des Übels zu befreien.«

»Damit meinst du, dass wir ihn stehlen«, entgegnete Basil.

»*Befreien*, werter Barde.«

»Und was für einen Schatz?« Sein Interesse war geweckt. Beim Wort *Schatz* war es um ihn geschehen.

»Das weiß niemand. Doch dieser Schatz soll unermesslichen Reichtum bescheren und …«

»Gold?«, plapperte Kriana dazwischen. »Silber? Paladium? Adamant? Etwas anderes? Gib uns mehr!«

José wies mit der Stockspitze auf die Karte. »Nicht alles, was glänzt, ist von Wert.«

»Woher wissen wir dann, was wir stehlen sollen, he?«

»Ihr werdet es wissen.«

Sie warf den Abfall weg und stierte José an. »Und was, wenn nicht?«

Seine Züge blieben ausdruckslos. »Wichtig dabei ist, dass ihr kein Aufsehen erregt und niemand von euren Plänen erfährt.«

»Die Geister fragen sich, wie viel Zeit uns bleibt«, raunte Krog.

»Dreißig Tage, um den Schatz zu stehlen und hierher zurückzukehren.«

»Die Geister fragen, ob ich den Verstand verloren habe.«

Kriana verzog das Gesicht. »Deine Scheißgeister gehen mir jetzt schon auf den Sack!«

Basil räusperte sich. »Wenn ich das mal zusammenfassen darf. Wir sollen quer durch Méridor reisen, unerkannt Saville passieren, die Sümpfe an den äußeren Gebieten überwinden, die Verlorenen Berge betreten und dann in ungewissen Tiefen einem Übel gegenübertreten, das einen Schatz hütet, den wir stehlen sollen, aber nicht wissen, wie er aussieht.« Er hielt inne und warf dem Kämpfer einen Blick zu. »*Perdón*, wir befreien den Schatz natürlich. Außerdem darf niemand etwas von unseren Plänen wissen und uns bleiben nur dreißig Tage Zeit. Habe ich etwas vergessen?«

José lächelte schmal. »Nein.«

»Ich bin raus.« Basil schwang die Vihuela über seine Schulter und marschierte zum Ausgang. Wagrim schob sich ihm in den Weg und starrte finster auf ihn herab.

Klick, klack. Klick, klack. Klick. José blieb hinter Basil stehen. »Du kannst nicht gehen, Barde.«

Er erwiderte Wagrims schauderhaften Blick. Bestimmt wartete der Wilde nur darauf, ihm den Schädel zu Brei zu schlagen. »Ich denke doch. Falls es Euch noch nicht bewusst ist, das, wozu Ihr uns«, er machte die Geste von Gänsefüßchen, »*anwerben* wollt, ist ein einziges Himmelfahrtskommando. Da mach ich nicht mit. Und jetzt tritt zur Seite, du hässlicher Fleischberg.«

Kriana kicherte. »Fleischberg! Er hat ihn Fleischberg genannt!«

»Wohin willst du gehen, Basil?«, fragte José. »Du hast kein Heim, keine Freunde, niemanden, dem du wichtig bist.«

»Das wisst Ihr nicht«, erwiderte Basil schwach.

»Nicht?« Josés Stimme umwehte ihn. »Es gibt keine Stadt im Weltenrund, in der du keine Spielschulden hast.« Gelassen umrundete José ihn, während Wagrim wieder in die Schatten tauchte. Als er vor

Basil stand, leuchteten Josés Augen wie geschliffene Amethyste in einer dunklen Grotte. »Du bist allein und wirst allein sterben. Es sei denn, du ergreifst die Möglichkeit, die ich dir anbiete, um mehr aus deinem Leben zu machen.«

Basil grinste ihn an. »Wisst Ihr was? Ich kenne Menschen wie Euch. Ihr seid …«

»Menschen?« José lachte leise. »Du hast keine Ahnung, Barde.«

»Stimmt. Deshalb steckt Euch Euer Angebot sonst wohin. Ich werde …«

»Krog!«

Basil drehte sich um. Dort stand der Schamane, so nahe, als wollte er ihm einen Kuss aufdrücken. Krog hob die Hand und schlug sie Basil auf die Brust.

Mit einem Ruck wurde er nach hinten geschleudert und spürte bereits den Aufprall. Aber es kam nicht so weit. Er stand knapp über dem Erdboden, als hätte er sich in Luft verwandelt. Verwundert blickte er zu seinem Körper, der immer noch zwei Schritt vor ihm verharrte, während er *schwebte*. Beim Palindrom, er schwebte! Außerdem waren seine Hände seltsam durchscheinend.

War er etwa tot?

Panisch tastete er sich ab. Da war kein Widerstand. An seiner Stelle tauchte etwas anderes in seinen geistlosen Leib ein und ergriff Besitz davon. Basil musste mitansehen, wie sein eigener Körper die Hand hob, sie zur Faust ballte und sich selbst ins Gesicht schlug. Eins. Zwei. Drei. Kein Schmerz, aber bei jedem Aufprall zuckte er zusammen.

Krog stand hoch konzentriert da, die tiefgründigen Augen hinter dem Ziegenschädel fest auf seinen Körper gerichtet, während die Luft um ihn in geisterhaftem Licht glühte. Basil wollte ihn anbrüllen, aber kein Laut kam über seine Lippen.

Beim vierten Hieb kippte sein Körper um. Bevor er aufprallte, riss ihn etwas wie eine Marionette am Faden nach oben. Wieder reckte sein Körper die Arme, stellte sich auf die Zehenspitzen und tippelte wie ein Schwachsinniger hin und her. Er drehte eine Pirouette auf einem Bein, sprang auf das andere und verbeugte sich wie ein Bühnenkünstler vor dem Publikum.

Basil versuchte sich zu bewegen, etwas zu tun, aber er war vollkommen wehrlos.

Er war ein Geist.

»Genug«, sagte José.

Basil wurde nach vorn gezogen; er schoss in seinen Körper hinein und knallte auf Hände und Knie. Wie ein Ertrinkender schnappte er nach Luft, keuchte, hustete und zitterte, als wäre er nackt in einen Fluss gesprungen. Er kontrollierte seinen Körper wieder, allerdings war er derart schockiert, dass er nicht genügend Kraft für einen Spruch aufbringen konnte. Sein Überlebensinstinkt riet ihm, die Füße in die Hand zu nehmen und davonzurennen. Aber nachdem er bereits zum zweiten Mal an einer Flucht gehindert worden war, gewann seine Vernunft Oberhand.

Er rappelte sich auf und tat so, als wäre nichts geschehen. Innerlich jedoch war er so aufgewühlt, dass er keinen klaren Gedanken fassen konnte. *Das* war beängstigend gewesen!

Lauf!, schrie der Feigling in ihm.

Er blieb. Was konnte es schaden, mehr über all das herauszufinden? In einem Punkt hatte José recht: Er war nicht gerade ein geselliger Mann, dem der Teppich ausgerollt wurde. Bislang war er dem Tod von der Schippe gesprungen, und es war nur eine Frage der Zeit, bis irgendein Paladin ihn in die Finger bekam. Was allerdings den Schamanen anging, wusste er jetzt zumindest, in wessen Nähe er sich garantiert nicht aufhalten wollte.

»Das war unnötig.« José stellte den Stock vor sich ab und wies Lorenco mit großer Geste an, die Karte zusammenzurollen. »Nun, da ihr eure Optionen kennt, widmen wir uns der Quest. Jeder von euch«, der Don blickte sie nacheinander an und Basil war erstaunt, dass alle außer ihm auswichen, »steht in meiner Schuld. Jeder von euch wird für Verbrechen gesucht, die euch entweder eine sehr lange Zeit in einer Zelle bescheren oder euren Kopf kosten werden. Jeder von euch hat Entscheidungen getroffen, die euch hierher an diesen Punkt geführt haben.«

Lorenco räusperte sich.

»Mit Ausnahme eures Anführers, der sich freiwillig dieser Unternehmung angeschlossen hat.«

Frohlocket! Der Wunderknabe hatte also als Einziger keinen Dreck am Stecken. Aber wenn Basil eines im Leben gelernt hatte, dann, dass jeder irgendwo Leichen vergraben hatte. Man musste nur lange genug suchen.

»Wenn ihr diesen Auftrag für mich erledigt«, sagte José, »werde ich euch all eure Schulden erlassen. Auf euch wartet ein Abenteuer, das alles besitzt, was es benötigt. Eine Reise an ferne Orte. Möglichkeiten, um über euch selbst hinauszuwachsen. Ein schändlicher Verrat. Aufopferung und Schmerz. Prüfungen, in denen ihr euch selbst erkennt. Kämpfe, Blut und Tod. Das Bezwingen einer Bestie. Und ein Schatz, für den es sich zu sterben lohnt.« Josés Worte verhallten in der Stille, die sich daraufhin ausbreitete. Als er weiterredete, klang seine Stimme schwer und uralt. »Am Ende werdet ihr das erhalten, wonach ihr euch am meisten sehnt.«

Genauer betrachtet, klang das gar nicht so übel. Ein Kämpfer, eine Druidin, ein Barbar, eine Alchemistin, ein Schamane und ein Barde. Die glorreichen Sechs.

Was konnte da schon schiefgehen?

»Wohlan denn!«, rief Basil und kehrte in die Mitte zurück. »Was ist das für ein Schatz?«

Unwürdig

Dämmerlicht fiel durch die hohen Fenster des Königsschlosses von Candaloz und flutete den prächtigen Korridor. Es haschte nach den ziselierten Säulen, sickerte über den weißen Marmor und benetzte den Schatten des Mannes, der darüber wanderte. Das *Klick* seines Stocks hallte von der stuckverzierten Decke um ihn wider, das *Klack* seines Absatzes folgte wie zu einem Duett und das *Rascheln* seines Brokatgewandes vervollständigte die Melodie inmitten der drückenden Stille.

Die Welt befand sich auf einem Kipppunkt und Don José de la Fuego war der Einzige, der ihren Niedergang verhindern konnte.

Deshalb war er hier.

Von draußen wehten die Rufe, das Geschrei und die entsetzten Stimmen der Menschen der Stadt herüber. Die meisten kannten die Schwarze Sonne lediglich aus Geschichten. Einige wenige mochten sich vielleicht noch daran erinnern und im Angesicht des nahenden Unheils vor Furcht erstarren. Der erste Vorbote einer neuen Verheerung. Ein Anzeichen für das Wirken des Bösen, das die Paladine einst gebannt hatten. Mehr als vier Jahrzehnte war es her, seit Teufel durch die Straßen gezogen waren. Vier Jahrzehnte, in denen eine Kirche entstanden war, um das Reich zu beschützen. Stattdessen hatten sie den Weltensturm befeuert.

Damit ergaben sich auch Möglichkeiten. Weder Kleriker noch Herrscher dachten so weit voraus, wie José es tat. Er hatte Jahre der Prüfungen, der Vorbereitung und der Erniedrigungen hinter sich. Dabei hatte er zahllose Schicksale beeinflusst, Könige erschaffen, ganze Reiche aus der Asche entstehen lassen und die wahren Paladine wie Figuren auf dem Spielbrett des Lebens in Position geschoben. Nachdem sie nun aufgebrochen waren, um ihr Schicksal zu erfüllen, wollte er nicht länger warten als nötig.

Die Gänge waren verwaist und bis auf den Klang seines Schritts auf dem Marmor war es verdächtig still. Stolze Männer, die aus

Ölgemälden an den Wänden streng auf ihn herabblickten, als wären sie frei von jeglichen Fehlern gewesen. Goldene Vasen und Büsten, die einstige Herrscher in heldenhafter Pose zeigten. Vitrinen, in denen kostbare Schätze unterworfener Fürsten, Länder oder ganzer Kontinente zur Schau gestellt wurden. *Lügen.*

José schnaubte. Fürsten, Dons, Könige, Herrscher – niemand hatte je begriffen, worum es wirklich ging. Selbst das Palindrom stellte sich gegen seine eigene Religion, deren Tage längst gezählt waren. Die falschen Paladine der Kirche waren kurz davor zu fallen.

Gut.

Neun wahre Paladine hatten das Spielbrett des Schicksals betreten. Jetzt machte er sich daran, den Tisch umzuwerfen.

Die Ruhe an diesem Ort war ungewohnt. Als angehender Assassine hatte José gelernt, sich in Geduld zu üben. Er hatte sich die Stille zur Waffe gemacht, um das Königreich dort zu treffen, wo es seinen Stich am wenigsten erwartete: im Herzen des Königs.

Verrat ist mir vertraut.

Er bog in den nächsten Gang und setzte den Gehstock schwungvoller auf. Weder Soldaten noch Würdenträger waren anzutreffen. Vielleicht mochte es daran liegen, dass der neu ernannte König des Weltreiches vor zwei Stundenkerzen verschwunden war, ohne Anweisungen für die Zeit seiner Abwesenheit zu hinterlassen. Möglicherweise hatte es auch damit zu tun, wie nahe die Rückkehr der Verheerung war. Oder der Grund mündete in der Tatsache, dass der Kirche zum ersten Mal ihr Gott erschienen war – und keineswegs der stolzen Lichtgestalt glich, die in den Abschriften festgehalten war.

Die Welt war im Begriff sich zu verändern.

Das Zwielicht reichte kaum bis hierher, tauchte die verwaisten Korridore in Dunkelheit und übergoss den weißen Marmor mit Blut. José schritt unbeirrbar voran. Eine Biegung folgte der nächsten. Wie oft war er hier entlanggekommen? Wie oft hatte er seinen Zorn verborgen? Wie häufig hatte er mit Hohen und Mächtigen verhandelt und dabei seinen Groll runtergeschluckt? Wie viele Stundenkerzen, Tage, Monate und Jahre hatte er auf diesen Moment hingearbeitet und dabei *alles* geopfert?

Sein Seelenwohl.

Seine Zukunft.

Sein Leben.

Durch ein offenes Portal gelangte er auf einen Balkon, von dem aus er ganz Candaloz überblicken konnte. Rundherum erstreckten sich die Villen und Quinten der hohen Dons, über deren Dächer sich das tiefe Rot aus dem blutenden Himmel ergoss.

Dahinter erhob sich die Kathedrale, das Mahnmal einer Zeit, die sich ihrem Ende zuneigte; die Türme und Spitzbogen warfen lange Schatten auf den *Plaza Mayor*, an dem so mancher Ungläubiger seinen Tod am Strick gefunden hatte. Darüber überspannte ein Baum mit seiner Krone das gesamte Weltenrund, halb im blassen Dunst verborgen. Yggdrasil, die Weltenesche, die alle neun Welten miteinander verband.

In den Straßen wimmelte es von Menschen – auf die Entfernung bloß schwarze Punkte. Ängstlich, gebannt, erschrocken starrten sie zur Sonnenfinsternis hinauf. Irgendwo schrie jemand. Weiter östlich packten Städter ihren Kram zusammen, vernagelten Türen und Fenster, luden alles auf Karren und flohen aus der Stadt, als säße ihnen ein Teufel im Nacken. Nicht lange und ihre Furcht würde in blanke Panik umschlagen, bis sich daraus ein wahrer Exodus entwickelte. Aber wie weit konnten sie schon gehen? Vor dem Ende konnte man nicht davonlaufen. Es würde über sie hinwegfegen wie eine Naturgewalt.

José hatte vor, das zu verhindern.

Er stellte den Gehstock vor sich ab und widmete sich dem Gegenstand im Zentrum, der einen entscheidenden Unterschied inmitten der verheerenden Ereignisse machen würde. Ein Hammer mit kurzem, lederumwickelten Griff, einer Schlaufe am Ende und breitem Metallkopf. Der Marmor war ringsum gesprungen. In das silbrig schimmernde Adamant waren Runen der Macht eingelassen, so viele und dicht an dicht, dass ihre wahre Bedeutung verborgen blieb.

»Mjölnir«, flüsterte José und ging zögerlich darauf zu. Mit jedem Schritt drückte etwas gegen seine Brust und engte sie ein, als wollte etwas verhindern, dass er sich näherte. Sein Blick war ganz von dem schlichten Werkzeug vereinnahmt, dessen wahre Bedeutung die

Paladine nicht einmal erahnten. Es war mehr als ein Hammer, mehr als eine Waffe. Ein so scheinbar unbedeutendes Ding, das eine Macht barg, die selbst Götter fürchteten. Das Meisterstück der Zwerge, das immer wieder in den Wirren der Geschichten aufgetaucht und verloren gegangen war. Das erste Mal hatte José ihn im Versteck der Gilde gesehen – einem Tempel in der Wüste am Rande Méridors. Ein Tempel, der einst einem anderen Zweck gedient hatte. Allerdings reichten die Geschichten zu dem Hammer viel weiter zurück bis zum Anfang und Ende der Zeit.

Funken rollten über den Hammer. Die Luft knisterte vor Energie. José blieb stehen und atmete tief durch. Dann ging er weiter.

Die Runen tanzten und verschwammen. Die Umgebung lud sich auf wie ein Sommergewitter. Ein Summen hallte um ihn wider wie eine unausgesprochene Drohung.

»Kriege entstehen deinetwegen.« Er kam näher, streckte langsam die Hand aus. »Völker vergehen deinetwegen.« Eine Elle trennte ihn noch vom Griff. »Welten zerbrechen deinetwegen.«

Elmsfeuer kroch über das Adamant. Der Himmel zog sich zusammen und Wolken türmten sich in gewaltigen Spiralen auf.

Donner.

»Das Königsinsigne der Zwerge. Der Malmer. Der Weltenhammer.«

Ein Blitz brannte Flecken in Josés Augen. Er blinzelte, beugte sich nach vorn und zitterte vor Aufregung.

Die Erde vibrierte.

Ein Windstoß blies ihm entgegen, zerrte an seinem Gewand, schlug ihm den Stock aus der Hand. Er ließ ihn ziehen.

»Eine Waffe, um Welten zu zerstören«, flüsterte er ergriffen. »Eine Waffe, um zu verändern.«

Mjölnirs Summen brachte Josés Ohren zum Klingeln. Der Balkon wackelte.

Wieder ein Windstoß. Stein knackte und splitterte. Bruchstücke des Geländers trudelten empor und trieben über dem Schloss schwerelos dahin. Weit darüber zuckte ein Blitzgewitter über der Stadt, breitete sich rasant aus.

»Niemand erkennt deine wahre Bedeutung.« José fasste den Griff. »Du erschaffst Möglichkeiten.«

Vorsichtig zog er. Der Hammer löste sich aus den Splittern, bloß ein wenig. Aber mit einer Macht, die selbst die eines Gottes überstieg, wehrte sich der Hammer.

Mjölnir widersagte sich ihm.

José war nicht enttäuscht, weil er mit keinem anderen Ausgang gerechnet hatte. Er ließ los und trat zurück. »Ich bin es nicht.«

Der Sturm verschwand. Das Gewitter erlosch wie eine ausgeblasene Kerze und die Sonnenfinsternis beherrschte wieder den Himmel. Mjölnirs Summen wurde mit jedem Atemzug leiser.

»Ich trachte nicht nach Vernichtung«, sagte José zu seiner eigenen Überraschung. »Mein gesamtes Bestreben dient der Suche nach mir selbst. Aber wer ist in der Lage, dich zu führen? Wer ist bereit, diese Bürde zu tragen?« Er umrundete den Hammer und begutachtete ihn von allen Seiten. »Die Zwerge beanspruchen dich. Doch du verweigerst dich ihnen. Was willst du?«

Das Summen verklang.

»Du wartest.« José nickte langsam. »Wenn es so weit ist, werde ich bereit sein.«

Metall rasselte und klapperte. Eilige Schritte erklangen hinter ihm. Jemand betrat den Balkon und keuchte, als wäre die Wilde Jagd hinter ihm her.

»Capitán General! Ich habe eine dringende Nachricht für den König!«

José wandte sich dem Neuankömmling zu. »Gib sie mir!«

»Aber ...«

Fordernd streckte er die Hand aus, woraufhin der Soldat ihm die Botschaft gab. José brach das Siegel, überflog sie und steckte sie ein. Wie erwartet formierten sich die Zwerge bereits im Süden am Rande der Sandmeere, um bald die Städte Méridors mit Krieg zu überziehen. Anschließend würden sie sich über das gesamte Weltenrund ausbreiten, wenn ihnen niemand die Stirn bot.

José suchte nach seinem Gehstock und fand ihn am Ende des Balkons. »Lasst den Generalstab einberufen. Ich erwarte die Männer in einer Stundenkerze im Thronsaal.«

»Den Generalstab? Aber …«

Gelassen richtete José sich auf und stellte den Stock vor sich ab. »Stellt das ein Problem für dich dar, Gefreiter Jayme?«

Jayme salutierte zackig. »Keineswegs, Capitán General! Zuerst muss ich allerdings Stabsoffizier Juanito …«

»Eine Stundenkerze!« José sah nicht zu Mjölnir zurück, als er an Jayme vorbeimarschierte und den Balkon verließ. Aus irgendeinem Grund wusste er, dass ihr Gespräch noch nicht beendet war. Nein, das war es noch lange nicht. Es hatte gerade erst begonnen.

José würde beweisen, dass er würdig war. Und dann würde er die Welt verändern.

Der Ruf des Abenteuers

Monate zuvor

Der Nachthimmel über Basil glitzerte wie das Tuch eines Juweliers. Ein steifer Wind fegte durch die verwaisten Straßen von Candaloz, rüttelte an den Fensterläden und heulte in den Durchgängen erleuchteter Kaschemmen; er drückte von hinten gegen Basil, als wollte er ihn darin bestärken, diese Reise anzutreten.

Den Ruf des Abenteuers schätzte er schon seit seiner Kindheit, als es ihn aus dem Waisenhaus in die Weiten des Weltenrunds geführt hatte, ohne zu wissen, wohin es ihn verschlagen würde. Nach einigen Umwegen hatte der Ruf ihn hierhergebracht. Und nun lockte er ihn abermals davon, um im Dienst eines fremden Dons an der Seite einiger fremder Gefährten – denen er ganz und gar nicht über den Weg traute – einen fremden Gegenstand an einem fremden Ort zu stehlen.

Das war einiges an *Fremdes* zu viel.

Lorenco marschierte hocherhobenen Hauptes voran. Bei jedem Schritt klapperten die Plattenrüstung, die gepanzerten Stiefel und das Waffensammelsurium, als wollte er jeden verdammten Menschen in Candaloz wissen lassen, dass eine Gruppe glorreicher Halunken die Stadt verließ. Ihm folgte Krog, ein schauderhafter Kerl, der Basil seines Willens beraubt hatte. Er wusste immer noch nicht, was sich unter der Maske verbarg. Es war unwichtig. Wichtig hingegen war, dass Basil möglichst viel Abstand zu dem Schamanen wahrte. Kriana war in Mäusegestalt davongehuscht – das aber nicht, ohne Disha einen Beutel mit Lumpen und grünen Kristallen zu hinterlassen. Was ihn zu der mysteriösen Frau brachte, die so ganz anders war als der Rest ihrer chaotischen Truppe. Basil hatte keinen blassen Schimmer, was eine Alchemistin war, und sie umgab zweifellos ein Mysterium. Zuletzt war da noch das Ungeheuer, das hinter ihnen herstapfte, wie eine Gewitterfront, die sich an ihre Fersen geheftet hatte. Von den

Barbaren aus dem Hochland hatte er nur Schlechtes gehört. Wagrim hatte bislang nichts getan, um die Gerüchte zu zerstreuen.

Lorenco führte sie aus den verschlungenen Gassen zur Hauptstraße, die selbst zu dieser späten Stundenkerze von einigen Leuchtkristalllampen erhellt war. Einige Arbeiter zogen umher, um einen Feierabendumtrunk in einer der umliegenden Spelunken zu genießen. Hier und da huschte ein streunender Chupacabra über die Straße – vor diesen blutsaugenden, hundeähnlichen Biestern musste man sich in Acht nehmen – und ein ganzes Stück entfernt patrouillierte eine Gruppe gerüsteter, weiß leuchtender Gestalten.

Paladine.

Basil blieb wie angewurzelt stehen.

Wagrim trat hinter ihn, blies ihm den Atem in den Nacken.

Es kostete ihn alle Überwindung, weiterzumarschieren. Die Paladine hatten sie noch nicht bemerkt. Was war schon dabei, wenn eine Gruppe bestehend aus sechs Abenteurern die Stadt verließ?

Die Paladine kamen näher. Unwillkürlich zog Basil den Kopf ein.

Entspann dich!

Er atmete tief durch, aber es half nicht, seine Unruhe zu vertreiben. Dieses abartige Glühen. Dieses fürchterliche Licht. Diese spiegelglatten Visiere, in denen man sein eigenes schreckgeweitetes Gesicht ansehen musste. Sein Atem ging schneller. Das Waisenhaus. Bersten von Holz. Stimmen und Gebete. Geschrei und Geheul. Weißes Feuer, das alles verschlang. Wie es auf ihn übergriff, seine Haut verbrannte. Schmerzen. Unermessliche Schmerzen.

Und dann nichts.

Eine Berührung an seiner Hand. Disha. Sie zog ihn weiter.

Endlich waren sie vorüber.

Schlagartig fiel alle Anspannung von ihm ab und er war nicht nur erleichtert, sondern auch erschöpft. »Danke«, hauchte er.

»Wir müssen zusammenhalten.« Sie nickte ihm zu und ließ ihn wieder los.

Das Stadttor stand sperrangelweit offen. Niemand hielt sie auf, als sie es passierten. Draußen erwartete sie die kühle, spätsommerliche Nacht Méridors. Ein gepflasterter Weg wand sich durch die spärlich bewachsenen Hügel und Senken, flankiert von einigen exotischen Palmen und Felsformationen – verkrustete, staubbedeckte Platten einstiger Verheerungswesen. Wenn man sich anstrengte, konnte man noch die Ansätze der Kolosse erkennen: links die Bruchlinien eines Arms, der sich halb aus dem Stein befreit hatte. Rechts die vom Wind abgeschliffenen Umrisse eines Kopfes mit leeren Augenhöhlen. Der Rest lag unter der Oberfläche begraben. Es gab ausreichend Geschichten über die Verheerung und ihrer Diener und Basil war verdammt froh, nicht in dieser Zeit gelebt zu haben.

Nördlich erstreckte sich die Küste, die über den Ozean nach Tirnanog oder das Hochland führte. Südlich wurde die Umgebung trockener und ausgedörrter. Dort begann das Wüstenmeer, das über die Zerklüftete Ebene bis in das geheimnisvolle Elismere führte. Es hieß, irgendwo dort befand sich das Versteck der Gilde der Assassine, verborgen vor den Augen der Sterblichen.

Basil schüttelte sich.

Da sie nicht zu viel Aufmerksamkeit erregen durften, hatte Lorenco entschieden, den Weg nach Saville beritten zu bewältigen. Deshalb warteten an einem Unterstand außerhalb der Stadt einige von Josés Dienern auf sie, die bestens versorgte und gesattelte Reittiere bereitstellten. Ausreichend Proviant, außerdem Decken, Feuersteine, ein paar Klamotten zum Wechseln und einige Dinge mehr, die für so eine Reise unerlässlich waren. Es wunderte Basil keineswegs, dass Wagrim das größte und kräftigste Tier bekam. Als der Hüne darauf saß, wirkte es klein und zierlich, als könnte es jeden Augenblick unter seinem Gewicht zusammenbrechen.

Basil schwang sich über die Steigbügel in den Sattel und vergnügte sich mit einem Schluck aus dem Wasserschlauch. Er gestattete sich sogar, etwas von dem kühlen Nass ins Gesicht zu spritzen.

Das Abenteuer begann besser als gedacht. Dreißig Tage. Er hatte schon schwierigere Aufträge erlebt. Gut, genau genommen hatten sie keinen Plan – nicht einmal einen Ansatz davon. Aber sie hatten ja auch genug Zeit, sich alles zurechtzulegen, wenn es so weit war. Die Hoffnung starb zuletzt!

Als alle fest im Sattel saßen, gab Lorenco das Signal zum Aufbruch. Waffenmeister, Barbar, Druidin, Schamane, Alchemistin und Barde.

Das war der Stoff, aus dem Legenden geschaffen wurden.

***

Die eisenbeschlagenen Hufe klapperten auf den staubigen Pflastersteinen. In der Ferne krächzten ein paar granitfarbene Alicantos, und aus den Schatten jenseits der Handelsstraße blitzten die Augen streunender Chupacabras. Glücklicherweise hielten sich die Biester von Gruppen fern.

Basil rutschte hin und her, massierte seine steifen Oberschenkel und hoffte, dass er nicht schon nach der ersten Nacht wund geritten war. Das letzte Mal war er vor einigen Jahren auf einem Pferd unterwegs gewesen. Tatsache war, er war aus der Übung. Viel zu lange hatte er sich in Candaloz herumgetrieben, niedere Dons um ihren Besitz erleichtert und das Herz der Frauenwelt höherschlagen lassen.

Bis er an *ihn* geraten war.

Diesen durchtriebenen Hund namens Don José de la Fuego. Doch Basil war schon früher in komplizierte Situationen geraten, und bislang hatte er immer ein Schlupfloch gefunden, um doch noch seinen Kopf aus der Schlinge zu ziehen. Man sollte ihn einen Überlebenskünstler nennen! Deshalb wartete er nur auf die richtige Gelegenheit, seinen eigenen Weg zu gehen. Nach vorn blicken und niemals zurück. Seine Lebenseinstellung. Denn alles andere bedeutete, sich mit seiner Vergangenheit auseinandersetzen zu müssen.

Seelenruhig trabten sie dahin. Das Schnauben und Klappern, das Schunkeln und die Stille machten ihn schläfrig. Auch die Umgebung hatte nicht mehr zu bieten als Staub, vertrocknete Erde, ein paar Palmen oder verkrüppelte Bäumchen und gelegentlich einen Felsen, der drohend auf sie herabsah. Sie waren weit und breit die Einzigen, die der östlichen Handelsstraße nach Saville folgten, denn für gewöhnlich ritt man nicht von Candaloz aus davon. Wer sich einmal dorthin begab, wurde verschlungen und verdaut wie ein Stück Fleisch.

An der Spitze des Trosses verwickelte der glorreiche Anführer die Alchemistin in ein Gespräch. Lorenco brüstete sich mit seinen Heldentaten, erzählte von den Schrecken, die er im ganzen Weltenrund erfahren hatte, und über welch eindrucksvolle Gabe er verfügte. Als sie ihm die kalte Schulter zeigte, ließ er sich zurückfallen.

Bitte nicht zu mir. Bitte ...

Der Kämpfer nickte ihm schwermütig zu. »Basil der Barde, korrekt?«

Basil zwang sich, zu lächeln. »Wie er leibt und lebt.«

»Vor einiger Zeit habe ich Euch in Barelone in der Schenke *Zum quiekenden Schwein* spielen gehört.«

Basil verzog das Gesicht. Es war immer schlecht, wenn er sich nicht an seine eigenen Auftritte erinnerte. Das bedeutete, dass er entweder ziemlich besoffen gewesen war oder kurz davor. »Ich muss mich wohl entschuldigen.«

»Euer Spiel war fantastisch! Ich hörte Geschichten über Euch und Eure Abenteuer und freue mich sehr auf unser gemeinsames Abenteuer.«

Basil hob die Brauen. »Geschichten?«

»Seid Ihr nicht der Barde, der im fernen Legentum eine holde Maid vor den Klauen eines fürchterlichen Drachens bewahrte?«

Kriana prustete. Er wusste nicht, was er erwartet hatte, aber sie saß wie der Rest ihrer Gemeinschaft auf einem Pferd, aufrecht und erhaben wie eben jene holde Maid.

Basil beachtete sie nicht. »Bin ich, bin ich.«

Lorenco beugte sich zu ihm. »Außerdem sollt Ihr in Tirnanog ein Dorf vor einem finsteren Gott bewahrt haben.«

»So finster war er gar nicht.«

»Was ist mit dem Hochland? Sich allein einer ganzen Horde Untoter in den Weg zu stellen ...« Lorenco schüttelte den Kopf. »Das überzeugte mich davon, Euch für diese Unternehmung zu gewinnen.«

Großartig. »Dann habe ich Euch das alles zu verdanken?«

»Selbstverständlich!« Lorenco präsentierte ein perfektes Lächeln mit perfekten weißen Zähnen in seinen perfekten Zügen. »Findet Ihr nicht auch, dass unsere Prüfungen zeigen, wer wir wirklich sind?«

»Nein.«

Das Lächeln des Kämpfers war wie in Stein gemeißelt. »Wenn es so weit ist, mein tapferer Gefährte, werdet Ihr beweisen, aus welchem Holz Ihr geschnitzt seid.«

»Ich würde nicht drauf wetten«, bemerkte Kriana.

»Um was wettest du?«, fragte Basil.

Sie ließ das Pferd auf gleiche Höhe zurückfallen. »Sehe ich aus, als hätte ich etwas zu verschenken, Großmaul?«

Er musterte sie von den dreckigen Füßen über die Lumpen bis zu den wirren, kackbraunen Haaren. Trotz ihrer großen Klappe war sie vermutlich die einzig ehrliche Haut in dieser bunt zusammengewürfelten Truppe.

»Hab ich was im Gesicht, Schwätzer?«

Er zückte einen Dukat und hielt ihn ins Mondlicht. »Zehn Dukate, dass ich bis zum Ende des Abenteuers etwas Heldenhaftes tue.«

»Zwanzig Dukate. Und du stirbst bei der ersten Gelegenheit.«

Er grinste. »Ich dachte, du bist blank?«

»Die Wette kann ich gar nicht verlieren.«

»Zweitausend Dukate!«, rief Krog von weiter hinten.

Basil schaute über die Schulter. »Sicher?«

Der Schamane hockte im Schneidersitz im Sattel und hielt nicht einmal die Zügel gepackt. Stattdessen schnitzte er an einem Stock, dessen Form an übereinander gestapelte Tierköpfe erinnerte. Wie er das Pferd lenkte, war Basil ein Rätsel. »Ich traf gestern einen Ahuízotl.«

»Einen was?«

Krog kippte den Kopf zur Seite – die Bewegung war so schnell, als wäre er bloß eine Spielmannsfigur. »Ahuízotl. Ein Wasserhund. Er verriet mir, dass er uns bereits erwartet. Er weiß, dass wir kommen.«

»Wer?«

Krog zuckte mit den Schultern. »Woher soll ich das wissen? Ahuízotl sind Lügner. Deshalb zweitausend Dukate.«

»Hat dir schon einmal jemand gesagt, dass deine Worte keinen Sinn ergeben?«

»*Duérmete niño, duérmete ya*«, sang Krog. »*Que viene el Coco y te comerá. Duérmete niño, duérmete ya. Que viene el …*«

Basil wandte den Kopf. Der gruselige Kerl hatte offenbar einen Sprung in der Schüssel. Auch wenn der Kinderreim ihm durchaus vertraut war.

»Abgemacht?« Kriana hielt ihm die Hand hin.

»Leicht verdientes Geld.« Er schlug ein. »Such dir schon einmal jemanden, den du bestehlen kannst, Nagetier.«

»Weißt du nicht, was eine Feldmaus ist? Oder bist du einfach zu blöd, um den Unterschied zu erkennen?«

»Ich hörte, Druiden verwandeln sich in gefährliche Werwesen. Wölfe. Bären. Hirsche …«

Ein Funkeln trat in Krianas Augen. »Ich bin Vegetarierin.«

»Ach so. Du verwandelst dich sonst in Gemüse.«

Ihr blieb der Mund offen stehen. Dann lachte sie; sie lachte so sehr, dass er fürchtete, sie könnte aus dem Sattel fallen. »Ich sag dir mal was, Barde, wenn du stirbst, dann fresse ich deine Leiche.« Zwinkernd ritt sie wieder schneller.

Er schluckte. Erwähnte sie nicht, sie wäre Vegetarierin?

Lorenco räusperte sich. »Zu meiner Verteidigung habe ich einzuwenden, dass sie die einzig verfügbare Söldnerin mit dem Talent einer Druidin war.«

»Eine Maus?«

»Kriana ist eine ausgezeichnete Späherin. Vertraut mir. Wir werden noch dankbar sein, solch eine glorreiche Gefährtin an unserer Seite zu haben. Aber sagt, werter Barde, könnt Ihr uns ein wenig an Eurer außerordentlichen Kunst teilhaben lassen? Man sagt, nichts schweißt eine wagemutige Truppe enger zusammen als ein Lied!«

Basil schwang seine Vihuela von der Schulter, leckte sich über die Kuppen und fasste zärtlich die Saiten, als liebkoste er den Schenkel einer Frau. »Was für ein Lied?«

»Eines über Ehre und Heldentum!«

»Sterne und Himmel«, erklang Krogs Stimme.

Kriana winkte. »Morgengrauen.«

Disha schaute zu ihm zurück. »Ferne Länder und Abenteuer.«

»Liebe und Schmerz.«

Basil fuhr zusammen. Verwundert blickte er zurück. Hatte er sich gerade verhört? Nein, der Sprecher war Wagrim gewesen. Das Abenteuer sollte also noch einige Überraschungen bergen.

Eine Weile zupfte Basil bloß ein paar Saiten, lauschte ihren Klängen und überlegte sich eine Melodie, die sowohl motivierend als auch wehmütig war, die von Aufbruch erzählte und von Träumen, von Abenteuern und Heldentum.

Er ließ seine Finger über die Saiten tanzen, verwob die Töne zu einem Muster, das er nach und nach hervorlockte wie einen Fisch, den er aus dem Bach kitzelte. Schließlich, wie konnte es auch anders sein, erschuf er eine Melodie, die aus seinem Inneren emporstieg, wie eine hervorbrechende Gefühlswallung. Er kannte die Wörter nicht, ließ sich von ihnen durchströmen, als wäre er bloß das Gefäß dieses ganz besonderen Liedes des Barden. Er wurde zu einem Werkzeug.

Einer Waffe.

Dann sang er mit lauter Stimme:

Im Dämmerlicht bei Kerzenschein,
der Barde singt von Lieb' und Pein.
Die Laute in der Hand so fein,
erzählt er uns von Groß und Klein.

Sein Liedchen fließt sanft wie ein Bach,
berührt die Herzen, macht sie wach.
In jeder Zeile, jedem Wort,
trägt er uns an andren Ort.

Er singt von Helden, tapfer und stolz,
von Drachen, Burgen und auch Gold.
Doch wenn der Morgen, der Tag erwacht,
verstummt der Barde, vollendet die Nacht.

Von fernen Landen spricht sein Mund,
von Abenteuern, rund und bunt.
Er webt mit Noten ein magisch Band,
führt uns hin zum Wunderland.

Tack, tack … Tack, tack … Tack, tack … Tack, tack – ein einprägsamer Takt. Man konnte ihn klopfen, trommeln, singen, mitgrölen und johlen, dafür musste man nicht einmal den Text kennen. Dies war die wahre Kunst hinter einem Lied.

Er wiederholte die Strophen, ließ die Melodie durch die Nacht erschallen und dachte nicht mehr darüber nach, wie er allmählich ein *Lied der Betörung* daraus wob.

Farbstränge entstiegen den Saiten und verwoben sich wie zu einem rhythmischen Tanz. Rot und blau, gelb und grün, violett und orange. Er verflocht sie miteinander, lächelte, als er sah, wie sie sich neckten, emporstiegen und wie ein Liebespaar dem Verlust der Trennung und einem Ende des Liedes entgegeneilten. Strang für Strang. Klang für Klang. Strophe für Strophe.

Magie.

Einmal mehr sang er die ersten drei Strophen. Der Bann legte sich wie eine flauschige Decke über seine Gefährten; er entführte sie in ein Reich der Träume und gab ihnen das Gefühl, das zu erlangen, wonach sie strebten.

Lorenco saß aufrechter und seine Augen waren ganz glasig. Kriana starrte geistesabwesend in die Ferne. Krog schunkelte benommen zum Takt, den geschnitzten Stock in seinem Schoß. Disha regte sich nicht. Und Wagrim? Mit einem dumpfen Aufprall fiel der Riese aus dem Sattel und blieb in seinem eigenen Sabber liegen.

Basil grinste. Dieser grimmige Kerl mit Aggressionsproblemen war doch empfänglich für seine Gabe. Also war es Zeit, die Kunst zu erweitern und seine edlen und tapferen Kampfgefährten zu versklaven.

Mit jeder Stroph', mit jedem Vers,
führt er uns und schenkt uns Herz.
So klingen fort die Melodien,
bis Sterne dort am Himmel zieh'n.

Wenn die Nacht sich senkt so schwer,
der Barde spielt noch mehr und mehr.

Sein Lied vom Mut, das niemals endet,
bis der Morgen uns leuchtend blendet.

Abermals stimmte er das Lied an, ließ es emporschwellen wie einen Bach, dahingleiten wie einen Fluss, brausen wie die Meeresgezeiten, auf dass es über seine Gefährten hinwegfegte und sie verschlang.

Krog sperrte ihn aus seinem eigenen Körper aus? Das konnte Basil ebenso!

Eine weitere Stundenkerze behielt er seine Gefährten im Bann, bis er das Lied allmählich dahinplätschern ließ, sein Pferd wendete und davonpreschte, als wäre der Tod hinter ihm her. Was sonst hätte er tun sollen?

Das Lied riss ab.

Jetzt war Eile geboten. Wenn er sich anstrengte, konnte er über den Berg sein, bevor die anderen aus ihrer Trance erwachten. Die Farben umtosten ihn nicht länger und verblassten. Aber sie waren dort. Er musste nur nach ihnen greifen, um sie zu benutzen.

Basil stürmte davon, sah nicht zurück, achtete nicht darauf, dass er seine Gefährten im Stich ließ. Was hatten sie anderes erwartet? Er war kein Held und er hatte auch nicht vor, einer zu sein.

Die Erde vibrierte.

Basil sah stur nach vorn.

Das Beben kam näher.

Nun erlaubte er sich doch einen Blick über die Schulter. Und erstarrte. Ihm rannte jemand hinterher, wirbelte Staub und Dreck auf. Ein gewaltiges Ungetüm.

»Schneller!« Basil peitschte mit den Zügeln. »Mach schon, du Mistvieh!«

Mit einem Riesensatz schoss die Gestalt über ihn hinweg; sie traf zehn Schritt vor ihm auf die Straße und zerschmetterte das Kopfsteinpflaster unter dem Aufprall. Dann erhob sie sich zu voller Größe.

Wagrim. Und er sah scheißwütend aus.

Basil gab dem Pferd die Sporen und wollte es herumlenken, aber es war zu schnell, um abrupt abzubremsen.

Der Riese schlug zu. Die Faust krachte gegen den Kopf des Pferdes, ließ ihn platzen wie eine reife Tomate und verspritzte Gehirnmasse, Knochensplitter und Blut.

Basil wurde aus dem Sattel geschleudert, riss die Hände vor das Gesicht ... und krachte auf das Straßenpflaster. Er überschlug sich und hatte das Glück, dass ein paar verkümmerte Sträucher seinen Sturz abfingen. Dann hing er da, ungelenk und keuchend, während der Schmerz zahlloser Schnitte und Prellungen ihn überrollte wie eine Kutsche.

Er kämpfte sich aus den Sträuchern, kroch durch den Staub und hievte sich auf Hände und Knie. Sein Bauch zog sich zusammen, jeder Atemzug brannte in der Brust und er hatte das Gefühl, nicht ausreichend Luft zu bekommen.

Schritte knirschten auf dem Pflaster. Wagrim trat vor ihn, so drohend und groß wie ein Riese, der ihm die Scheiße aus dem Leib prügeln wollte. Hinter ihm lagen die Überreste seines Pferds. Es sah toter als tot aus, als hätte sich ein Leichenschänder daran ausgelassen. Und gleich daneben lag seine Vihuela.

Er nahm all seinen Mut zusammen und blickte dem Barbaren ins zornverzerrte Gesicht. »Hör zu, ich wollte ...«

Wie eine Stahlfessel umschloss Wagrim seinen Hals und riss ihn hoch. Basil hing dort mit schlackernden Füßen, rang nach Luft, hämmerte auf die Hand ein. Wagrim führte ihn ganz nahe zu seinem Gesicht. Die Augen waren kalt und tot, als wäre dem Barbaren vollkommen gleich, ob Basil lebte oder nicht.

»Es ... Es tut mir ...«

Wagrim hob die andere Hand. Es war, als hätte ein Hammerschlag Basil mit voller Wucht erwischt. Sein Kopf flog herum, seine Lippen platzten auf und die Wange brannte wie Feuer. Er kam kaum zu Atem, als die Hand mit schrecklicher Endgültigkeit zurückkehrte und seinen Kopf zur anderen Seite schleuderte. Hin und her. Immer wieder.

»Lass ihn los!«

Wie durch Nebel hörte Basil die Stimme. Er blinzelte mit geschwollenen Augen. Wagrim hielt ihn immer noch gepackt.

»Er ist wichtig«, sagte der Riese, als spräche er mit sich selbst. Für einen Augenblick wurden seine Züge nachdenklich und weniger furchteinflößend.

»Sei still!«, grollte Wagrim. »Nur wegen mir sind wir so weit gekommen!«

Basil keuchte und gurgelte. »W-was …?«

»Du kannst nicht ewig so weitermachen, Berserker.« Wagrims Stimme klang weicher und in sich gekehrter, als existierten zwei Wesen in ihm.

»SEI STILL!« Wagrim spie Spucke und stinkenden Atem in Basils Gesicht.

»Das genügt«, sagte jemand mit hoher, sanfter Stimme.

Basil blinzelte überrascht. Ein paar Schritte entfernt stand Disha, eine Hand erhoben, in der sie einen Stein hielt. Er war zugleich fest und flüssig, als könnte er sich nicht für eine Form entscheiden, und schimmerte wie Perlmutt.

Wagrim ließ ihn los. Basil prallte auf und blieb wie ein Häufchen Elend liegen. Langsam wandte sich der Barbar Disha zu, die seelenruhig dort stand, als fürchtete sie diesen wandelnden Muskelberg keineswegs. Er stapfte auf sie zu, wurde drohender und größer.

Basil kämpfte sich auf die Füße und wollte irgendetwas sagen. Sie warnen. Vielleicht Wagrims Aufmerksamkeit wieder auf sich lenken, um Disha zu beschützen. Ein wahrer Held sein.

Er tat es nicht.

Wagrim blieb einen Schritt vor Disha stehen. Die Alchemistin steckte sich den seltsamen Stein in den Mund und schluckte. Blitzschnell packte der Barbar ihren Hals und hob sie ebenso an wie Basil.

Eine Wandlung ging durch ihren Körper. Ihre Haut nahm einen dunklen Grauschimmer an und wurde fest und glänzend wie Metall. Ihre Haare wurden zu Eisenzapfen, selbst ihre Augen verwandelten sich in Stahlkugeln, die sie grimmig auf den Barbaren gerichtet hatte. Sie sah aus, als wäre sie in einen Bottich mit flüssigem Metall gefallen.

Mit überraschender Leichtigkeit packte sie Wagrims Hand und bog sie auf – Finger für Finger. Er grunzte und knurrte, musste sie loslassen. Dann schlug er zu.

Es knallte, als Disha seine Hand abfing. Sie griff nach seinem Gelenk und warf ihn herum, als wäre er federleicht. Wagrim krachte auf den Boden, sprang sofort wieder hoch und wollte zuschlagen, aber Disha machte irgendetwas mit ihrem Arm. Er verflüssigte sich und wurde zu einer langen Klinge, die sie ihm durch den Unterarm rammte. Wie ein Spaten in Torf drang die Klinge in Wagrims Fleisch ein und ließ einen Schwall Blut aufspritzen.

Basil blinzelte. Träumte er?

»Das reicht!«, hallte Dishas metallische Stimme.

Wagrim zog seinen Arm aus der Klinge. Sehr zu Basils Überraschung schloss sich die Wunde bereits. Palindrom, was war das für eine wütende Bestie?

»Schluss damit!«, rief jemand aus der Ferne. Hufgetrappel näherte sich, dann erreichten die anderen Gefährten sie und waren keineswegs bei guter Laune.

Lorenco schwang sich aus dem Sattel und ging mit ausgreifenden Schritten zu den beiden Kämpfenden. In einer fließenden Bewegung zog er den Anderthalbhänder aus der Scheide an seinem Schulterhalfter und richtete ihn auf den Barbaren. »Als euer Anführer befehle ich euch: Lasset ab von diesem Zwist!«

Ein Wabern geriet über Dishas Gestalt. Die Klinge verwandelte sich in den Arm zurück, ihre Haut verlor den metallischen Glanz und die Haare waren nicht länger wie in Form gegossene Eisenspäne. Sie taumelte.

Basil fand, dass nun der richtige Zeitpunkt gekommen war, sich einzumischen. Er stand auf, klopfte sich die Kleider ab und zuckte zusammen, als er seine Brust berührte. Zur Verheerung, seine Rippen waren geprellt, vielleicht war sogar eine gebrochen! Ganz zu schweigen von den zahllosen Kratzern, Schnitten und Blutergüssen, die ihm sein Sturz beigebracht hatte.

Hocherhobenen Hauptes kehrte er zu seinem Pferd zurück — oder zumindest zu dem, was davon noch übrig war —, und untersuchte seine Vihuela. Sie hatte einen langen Kratzer. Er sank auf die Knie, wiegte sie in den Armen.

Und weinte.

Bei allen vergessenen Göttern, er konnte gar nicht mehr aufhören zu flennen. Seine Ehre war gekränkt, er war verletzt und absonderlichen Kreaturen ausgeliefert, die ihn zu einer Mission zwangen, die nicht in seinem Interesse war. Aber wenn es um sein Instrument ging, kam er sich vor wie ein Vater, der sich um sein Kind sorgte.

Klappernd hockte sich jemand vor ihn und umfasste seine Schulter. Lorenco. »Barde«, sagte er einfühlsam. »Ich bedaure Euren Schmerz und bin sicher, es lag nicht in Eurer Absicht, Euren Kampfgefährten zu schaden.«

Basil wischte sich die Tränen weg. »Du kommst nicht aus deiner Rolle, wie?«

»Komm, Barde! Lasst mich Euch aufhelfen, damit Ihr …«

Er schüttelte die Hand ab und rappelte sich aus eigener Kraft auf die Füße. Taumelnd kam er zum Stehen. Alle Blicke verfolgten ihn, als er seinen Kram zusammenpackte, feststellte, dass er unmöglich alles tragen konnte und die Hälfte zurücklassen musste. Dann zog er mit eingezogenem Kopf los, murmelte ein »Danke«, als er an Disha vorüberkam. Keine Ahnung, was das gerade für eine Scheiße gewesen war, und er hatte keine Lust, es herauszufinden.

Es dauerte nicht lange, bis Hufgeklapper hinter ihm erschallte. Lorenco schloss zu ihm auf und hielt ihm eine Hand hin. »Sitzt auf! Wir haben einen weiten und beschwerlichen Weg vor uns, der uns prüfen wird und …«

Basil blieb stehen, kämpfte sein Widerstreben nieder und ließ sich in den Sattel helfen. Dabei war er sich der Peinlichkeit der Situation sehr bewusst.

»Umfasst meine Hüfte, Barde, und haltet Euch für den harten Ritt fest.«

Kriana prustete los. Basil konnte ebenso nicht an sich halten. Und so ritten sie dahin, einen Dummschwätzer fest umschlungen, und eine Gruppe seltsamer Gestalten dicht auf den Fersen. Vielleicht hatte Basil sich nicht gerade mit Ruhm bekleckert, aber seine Gelegenheit würde kommen. Das war so sicher wie der nächste Sonnenaufgang am Morgen.

Schwarz und Rot

Muspellsheim brannte. Der Berg – den Ullr und seine Gefährten seit Tagen bestiegen – war voller klaffender, schwärender Wunden, aus denen Rauch aufstieg, dicke Säulen, die an ihren Wurzeln orangefarben schimmerten. Sie breiteten sich in öligen Flocken aus, von einem steifen Wind nach Westen getrieben, und zogen einen dreckigen Vorhang vor den düsteren Himmel.

Ullr rammte Sleg in den losen Untergrund und hielt sein Gesicht in die heißen Böen, die auf seiner Haut brannten und seine Augen austrockneten. Nichts war zu hören außer den Böen, die an seinen Ohren zehrten, und dem gelegentlichen Klackern von Stein oder dem Zischen der Feuerflüsse. Eine tote Welt, die es sich zur Aufgabe gemacht hatte, ihn zu brechen.

Ullr nutzte den Speer als Stütze – worüber Sleg summend sein Missfallen ausdrückte – und kämpfte sich den mit Schotter und Kies übersäten Pfad hinauf. Anfangs waren sie einem verschlungenen Weg entlang geschmolzener Felswände gefolgt. Seit der letzten Rast, bei der Ullr kein Auge zugetan und über den Barden gewacht hatte, zog der Weg stetig steiler an. Hier gab es weder Tag noch Nacht, und die Stundenkerzen zogen sich zäh wie Honig dahin.

Ullr kämpfte mit jedem Schritt. Sein Atem zischte in rauen Stößen durch seine wunde Kehle, und die Erschöpfung machte seine Glieder schwer. Die vergangenen Ereignisse in Alfheim hatten Spuren bei ihm hinterlassen – manche Narben konnte man nicht sehen. Dabei gab es in seinen Gedanken nur Platz für eines: Runa. Sie war der einzige Grund, weshalb er durchhielt.

Er rutschte auf dem Pfad, stützte sich auf Sleg und kämpfte um einen sicheren Stand. Weiter unten, einen Steinwurf entfernt, stieß jemand Flüche aus, die an Einfallsreichtum kaum zu überbieten waren.

»Ich schwöre, beim leuchtenden Arsch des Palindroms, dass ich die Nase gestrichen voll habe!«, nörgelte Basil und sank an seiner Position nieder.

Halb rutschend, halb laufend kehrte Ullr zu ihm zurück. »Weiter!«

Theatralisch warf Basil die Arme in die Luft. »Weiter! Los! Abmarsch! Du bist unerbittlich, mein grimmiger Freund, was?«

Ullr blies seinen Ärger aus. »Wenn du sitzen bleibst, wirst du nicht mehr aufstehen können.«

»Ich lass es gern drauf ankommen.«

Unnachgiebig packte er den Barden am Kragen und zog ihn mit einem Ruck auf die Füße. »Weiter!« Er wandte sich ab und kämpfte sich den Pfad hinauf.

»Nein.«

Mit zusammengebissenen Zähnen blieb er stehen. Slegs unzufriedenes Summen vermengte sich mit seinem Knurren. »Nein?«

»Ich brauche eine Pause.« Sogleich war das Rascheln von Taschen zu hören. »Du magst es mir nicht glauben, aber ich befinde mich nicht zum ersten Mal auf einer Reise ins Ungewisse. Und wenn ich eines dabei gelernt habe, dann, dass man niemals mit leerem Magen, schmerzenden Beinen und ohne Verstand losmarschieren sollte.«

Abermals wandte Ullr sich ihm zu. Schweiß brannte in seinen Augen, das Hemd unter der Lederrüstung klebte auf seiner Haut, und die Riemen seines schweren Gepäcks schnitten in die Schultern. Vorbereitet sein auf jede Gefahr. Eine der wichtigsten Regeln, um in der Wildnis zu überleben.

»Steh auf!«, knurrte er.

Basil richtete einen Streifen Dörrfleisch wie ein Schwert auf ihn. »Zwing mich doch.«

Die Erde vibrierte – schwach, dennoch spürbar.

Ullr wandte den Kopf und sah die Hänge zum Gipfel hinauf. Selbst nach Tagen waren sie ihm kaum ein Stück näher gekommen. Anfänglich hatte er sich gewundert, inzwischen begriff er, dass der Berg alles übertraf, was er jemals gesehen hatte. Er war nicht nur gewaltig, sondern gigantisch. Die Welt *war* dieser spuckende Berg.

Wieder ein Beben.

›*Es wird stärker.*‹

Ullr betrachtete den Ring. »Sicher?«

Andvari zögerte. In Gedanken sah Ullr einen unsicheren Zwerg – ganz anders als die Brüder Brokkr und Sindri, die er in Alfheim kennengelernt hatte. ›*Als ich Gleipnir erschuf, fand ich mein erstes Ideal. Rost, ich bin dafür sogar gestorben! Wie dem auch sei, Feuer ist Quell des Lebens, Jäger.*‹ Andvari strich sich durch den wirren, angesengten Bart. ›*Diese Welt ist der Urquell all dessen, was wir kennen. Ungezügelte, verschlingende, lebensspendende Kraft.*‹

»Die Essenz?«

Andvari schaute den Berg hinauf. ›*Vermutlich. Ich fürchte …*‹

»Was?«

Wieder dieses Zögern, während das Bild des Zwerges verblasste. ›*Ich muss darüber nachdenken.*‹ Er verstummte.

»Und?«, rief Basil, den Mund voller Dörrfleisch. »Was gibt's Neues?«

Wortlos stapfte Ullr zu Basil zurück, packte ihn am Kragen und zog ihn auf die Füße. Er schnappte sich die Tasche, warf sie dem Barden in die Arme und stieß ihn von hinten an. »Weiter!«

***

Die Geschichten waren voller abenteuerlicher Reisen. Menschen, die auszogen, um sagenumwobene Artefakte zu finden. Heldenhafte Gefährten, die auf Wanderschaft gingen, Prüfungen trotzten und Hindernisse überwanden, um Feinde niederzustrecken. Jene, die Ruhm und Ehre erlangt hatten, wurden in den Liedern bei Feuerschein besungen, damit man sich ihrer Taten erinnerte.

All diese Geschichten vergaßen offenbar zu erwähnen, was es bedeutete, sich auf einer heldenhaften Reise ins Ungewisse zu befinden.

Es war eine Qual.

Mehr noch als das plagten Ullr seltsame Träume, sobald er während ihrer Rast in den schwarzen Himmel starrte. Träume von schattenhaften Kreaturen, die Runa verfolgten, von Toten, die ihr nach dem Leben trachteten, und von einer Finsternis, die sie ins Dunkel zog. In Gedanken war er immer bei ihr. Sein Herz. Seine Tochter. Der wichtigste Mensch in seinem Leben.

Und er hatte sie gehen lassen.

Der Barde regte sich. Sein Bündel diente ihm als Kopfstütze, und die Decke war mit Ruß und Asche verschmiert. Er lag auf der Seite und hielt sein Musikinstrument im Arm wie eine Mutter ihr Neugeborenes. Wann immer er glaubte, Ullr bekäme es nicht mit, streichelte er es und flüsterte liebliche Worte.

Ullr drehte sich weg und verdrängte die emporsteigenden Bilder. Runa, begleitet von der Zauberin und dem Barbaren, eine trostlose, eisbeherrschte Wildnis. Runa, die an einem stillen See saß. Runa, die nach ihm rief …

Er warf sich auf die andere Seite.

›Du bist besorgt.‹

Behutsam nahm er den Ring aus dem Gepäck und legte ihn an. »Ja.«

›Du solltest schlafen, Langer. Ich wache über euch.‹

Andvari hatte recht, aber auch wenn Ullr die Augen schloss, fand er keine Ruhe. Daher richtete er sich auf, ließ sein Gepäck zurück und trat aus der Senke, die ein wenig Schutz vor der Hitze und der Asche versprach. Der Ausblick, der sich ihm bot, wäre es wert, in Liedern besungen zu werden. Eine tiefe, abflachende Landschaft, die sich weiter erstreckte, als sein Auge erblicken konnte, durchzogen von Bächen aus orangeleuchtendem Blut. Alles dahinter versank in Schwärze.

›Deine Tochter ist stark. Sie wird die Prüfungen meistern.‹

»Ich weiß.«

›Es war mir nie vergönnt, ein Kind zu haben. Deshalb maße ich mir nicht an, dich zu verstehen.‹ In Gedanken trat eine untersetzte, bärtige Gestalt neben Ullr, die Arme vor der beschürzten, fassförmigen Brust verschränkt. ›Ich trug nie die Verantwortung für andere, da ich mit meinem eigenen Leben schon überfordert war. Allem, was ich erreicht hatte, musste ich den Rücken kehren.‹

»Warum?«

Andvari seufzte. ›Das ist die richtige Frage.‹

Die Erinnerungen verkrallten sich in Ullrs Eingeweiden. Bevor er seine Frau getroffen und ein Kind bekommen hatte, war er ein Anführer gewesen. Hohepriester eines Gottes. Beschützer des

Weltenrunds vor den Paladinen der Kirche. Nie hatte er an seinem Eid gezweifelt, stets hatte er der Gerechtigkeit gedient und dabei alles zurückgelassen, was ihn festgehalten hatte. Doch dann hatte er Runa zum ersten Mal im Arm gehalten. Und damit hatte auch er allem den Rücken gekehrt.

›Es ist seltsam.‹ Andvari blickte verträumt in die Ferne. ›Im Tod bin ich glücklicher als zu Lebzeiten. Was sagt das über mich aus?‹

Wenige Schritt entfernt sprühte flüssiges Feuer aus einem Spalt.

»Viele suchen bis an ihr Lebensende nach ihrer Bestimmung«, sagte Ullr.

›Demnach sollte ich mich glücklich schätzen, weil ich sie im Tod fand?‹ Andvari nickte langsam. ›Bevor ich starb, traf ich eine Zwergin. Nali. Sie hat in mir mehr gesehen als nur den Ausgestoßenen.‹

»Ausgestoßen?«

›Hreidmar, der König Svartalfheims und Vater der drei Zwergenprinzen, starb durch meine Klinge. Es war ein Unfall, doch es war mein Schmiedewerk.‹ Andvari grummelte. ›Ich haderte lange mit mir und glaubte, verflucht zu sein. Rost, dabei war es Fafnir, der seinen eigenen Vater ermordete und es wie einen Unfall aussehen ließ. In dieser Zeit erschuf ich Sleg.‹ Der Zwerg blickte zu dem Stoffbündel in der Senke. ›Der Schwankende. Ein Artefakt von solch großer Macht, dass ein Gott mir die Erinnerungen daran raubte.‹

Ullr ballte die Faust, bis die Knochen knackten. »Merlin.«

›Wir nennen ihn Grímnir. Den Maskierten.‹ Andvari machte eine Pause, wägte seine Worte ab. ›Damals entschlüsselte ich bereits die Runen. Wenn ich es gewusst hätte, was wäre geschehen? Hätte ich mich anders entschieden? Hätte ich Fafnir durchschaut? Hätte ich den Krieg verhindern können?‹

Ullr blickte zur Seite und glaubte, dort den bedrückten Zwerg zu sehen. Welche Macht ihn auch umgab, sie ließ ihn Dinge sehen, die nicht da waren. »Was geschehen ist, hat geschehen müssen, um dich zu dem zu machen, der du heute bist. Lass die Vergangenheit ruhen, Zwerg.«

›Mein Bewusstsein ist in einem Ring gefangen.‹ Andvari richtete sich auf und ließ den Blick über die endlosen Weiten Muspellsheims schweifen. ›Ich habe geschworen, für die neun Welten zu kämpfen. Auch gegen mein eigenes Volk.‹

»Ein Ring der Eide.«

Andvari legte den Kopf zurück, dann, ganz langsam, nickte er. ›*Ring der Eide. Ja, das gefällt mir.*‹

Ullr wandte sich ab und kehrte zu Basil zurück, der bereits vollbepackt in der Senke stand. »Weiter?«, fragte er mit angesäuertem Gesicht.

»Weiter!«

***

Jeder Schritt schickte Ullr lähmende Stiche von den Füßen über die Hüfte bis in den Rücken hinauf. Sein Atem fuhr rasselnd durch seine ausgedörrte Kehle und sein Gesicht war wund und voller aufgeplatzter Blasen. Jedes Husten stach in seiner Brust und der Schwefelgestank bohrte sich durch seine Nase bis ins Hirn. Dieser Ort war nicht für Menschen gedacht, vermutlich nicht einmal für die Lebenden.

Ullrs Willenskraft geriet ebenso ins Wanken wie seine Überzeugung.

Wann immer sie konnten, legten sie eine kurze Rast ein, ehe sie den beschwerlichen Aufstieg fortsetzten. Allmählich gingen ihre Vorräte zur Neige. Falls sie nicht bald eine Lösung fanden, dieses Problem zu lösen, könnte ein Wettstreit darum entbrennen, ob sie eher verdursteten oder verhungerten. Bei dem Schweiß, der in Ullrs Augen brannte, hielt er Ersteres für wahrscheinlicher.

Diese Welt war erbarmungslos, presste jeden Tropfen aus Ullrs Poren, dörrte ihn aus, raubte ihm die Kraft, bis nur noch der Wille zum Weitermachen übrig blieb. Tatsache war, er war am Ende. Wenn diese Quest eine Reise war, dann war sie eine ohne Wiederkehr.

»Ich bin am Ende.« Basils Stimme klang schwach und brüchig wie alter Ton. »Schluss. Aus. Vorbei. Das war's.«

Dennoch hielt er nicht an, kämpfte sich über Kies und Geröll, stemmte sich den heißen Winden, der Asche und der Welt entgegen, die sie in die Knie zwingen wollte. Er war stärker, als er aussah, und Ullr war gespannt, welche Geheimnisse er hütete. Denn er hatte einen Blick hinter die unbeschwerliche und selbstbewusste Hülle gewagt und einen einsamen Mann vorgefunden.

Weiter vorne flachte der Weg ab und sie erreichten ein Plateau, das von einer schroffen, steil aufragenden Klippe umschlossen war.

»Eine Sackgasse«, sagte Basil. »Was jetzt?«

Ullr nickte zu dem rechten Mauerabschnitt, an dessen Fuße sich eine Lücke auftat, gerade breit genug für einen schmächtigen Mann oder ein Kind. Unter einigem Gemurmel und Beschwerden quetschte der Barde sich hindurch und verschwand auf der anderen Seite. Ullr hingegen fand kein Durchkommen.

»Das Plateau endet hier«, rief Basil. »Es gibt einen Weg, aber … Nun ja, du solltest das selbst sehen, mein grimmiger Freund.«

Ullr trat zurück, den Kopf in den Nacken gelegt, und blickte die Mauer empor. Vielleicht könnte er sie hochklettern, dahinter müsste er allerdings einen äußerst tiefen Sprung wagen. Es gab nur eine Möglichkeit, auf die andere Seite zu kommen.

Sorgsam zückte er eine der gläsernen Phiolen aus seinem Brustgürtel. Die silbrig schimmernde Flüssigkeit darin schwappte träge umher. Mondlicht. Pure Geschicklichkeit. Die Quelle der Gabe eines Jägers.

Er steckte sie zurück. Die Zeit würde kommen, da er sie anzapfen musste. Um dieses Hindernis zu überwinden, musste er einen anderen Weg finden.

›Vielleicht kann ich helfen?‹

Ullr sah sich um. »Wie?«

›Meine Gabe dient der Veränderung.‹ Der Zwerg trat neben ihn. Möglicherweise war er wirklich dort und Ullr bildete sich das nicht bloß ein. ›Die Runen entspringen der schöpferischen Kraft, die alles durchdringt, selbst Felsen und Gestein. Vielleicht …‹ Andvari zögerte. ›Ich glaube, dass ich mein zweites Ideal bereits gefunden habe. Allerdings‹, Andvari machte eine Geste, als wollte er die gesamte Welt umfassen, ›Allerdings …‹, er ließ die Arme sinken, ›habe ich das Talent des Runenschmieds nicht richtig verstanden.‹

Ullr atmete tief durch und zuckte zusammen, als die beißende Luft in seine Kehle drang. »Jede Reise beginnt mit dem ersten Schritt.«

Andvari nickte erst langsam, dann immer schneller. ›Du hast recht.‹ Er griff zur Seite und fischte einen filigranen Hammer aus der Luft. Dieser war überraschend klein, bestand vollständig aus schimmerndem Metall und Runen schlängelten sich darüber. Der Griff ging direkt in den Kopf über, dessen eines Ende spitz wie ein Krähenschnabel war, das andere abgeflacht und breit.

Andvari begutachtete ihn erstaunt und flüsterte: »Ich erschaffe und binde. Dies ist mein erstes Ideal.«

Dann schwang er den Hammer durch die Luft.

Pling.

Der metallene Kopf traf auf Widerstand. Ein Amboss aus gespenstischem graublauem Licht erschien wie aus dem Nichts; Nebel trieb von ihm ab wie ein zerrissener Schleier aus Geisterhauch.

›*Heiliger Schmied!*‹ Andvari sah Ullr verwundert an, woraufhin er ihm auffordernd zunickte.

Pling.

Wieder schlug Andvari zu.

Pling. Pling. Pling. Der Hammer tanzte über das Stück glimmenden Lichtes, brachte es mit jedem Hieb in Form. Es war wie ein Rhythmus. Ullr blieb jene besondere Kunst des Schmiedens verborgen, doch auch ihm entging nicht die Melodie, die durch die Luft flirrte. Er spürte jeden Schlag in den Knochen, hörte jedes *Pling*, als wäre es sein eigener Herzschlag, und konnte sehen, wie das Stück sich den Schlägen des Runenschmieds beugte. Als wäre Andvari Gebieter über Feuer und Eisen.

Die Runen loderten auf; sie lösten sich aus dem Hammer, schwirrten empor und umwirbelten Andvari wie Herbstlaub im Wind. Mit jedem Hieb erzitterte der Wall vor ihnen. Seine Form änderte sich; er zerfloss in der Mitte wie Butter in der Sonne und glitt zur Seite weg wie ein seidener Vorhang. An den Rändern glühte er leicht, und dort schwirrten die Runen umher, bebten unter Andvaris Schlägen.

Schweiß perlte auf Andvaris Stirn, als er Ullr auffordernd zunickte. ›*Tritt hindurch, Jäger!*‹

Ullr pirschte durch die Öffnung und konnte seinen Blick kaum von den wabernden Wänden abwenden. Die Runen waren so unverständlich wie nützlich. Wenn Andvari dazu fähig war, welche Talente verbarg er noch?

Auf der anderen Seite empfing ihn ein sichtlich verwirrter Barde. »Träume ich?«, fragte Basil.

Ullr schwieg, während sich die Wand wieder wie von selbst auffüllte und das Wunder verschwand. Er hob die Hand mit dem Ring, aber dessen Glühen war vergangen. Auch Andvari war fort.

»Unser Ringfreund ist dafür verantwortlich?«

»Erschöpft.« Ullr widmete sich der nächsten Herausforderung. Diese erwies sich als eine freie Fläche, die einen Zugang in den Berg bot, ein riesiges, schattenverhangenes Loch, das sich in das Felsmassiv fraß, als hätte eine überirdische Macht es hineingestanzt. Darüber ragte etwas Gewaltiges schräg aus dem Berg heraus und erstreckte sich über einen Hügel aus ineinander verkeiltem Metall. Ein von Stein und Fels verkrustetes Schwert in einer Dimension, die alles überstieg, was Ullr jemals gesehen hatte. Es war größer als ein Haus, länger als ein Turm, gigantischer als ein ganzes Dorf, und selbst dann konnte Ullr nicht abschätzen, wie riesenhaft groß es war.

Pling. Pling. Pling …

Dasselbe Geräusch, das Andvari eben noch erzeugt hatte, hallte über den Hügel. Die Quelle war vielleicht einen Steinwurf weit entfernt.

Pling. Pling. Pling …

Eisen schepperte auf Metall. Der Rhythmus war anders als bei Andvari. Härter. Brutaler. Weniger kunstvoll. Voller Zorn und Schmerz.

Pling. Pling. Pling …

Es wurde lauter, je näher Ullr kam. Metallhaufen flankierten den schmalen Weg; sie bestanden größtenteils aus unfertigen Schwertern, Speeren, Hämmern, Keulen und Werkzeugen jeder erdenklichen Art, eine ganze Armee halbfertiger Waffen, weggeworfen wie Abfall; sie häuften sich schier überall, waren miteinander verschmolzen, abgebrochen oder kurz vor der Fertigstellung eingedellt, als wäre ihr Erschaffer mit dem Ergebnis unzufrieden gewesen. Falls dies die Arbeit eines Schmiedes war, verfügte er nicht über dasselbe Talent wie der Zwerg.

Unbeirrbar marschierte Ullr den Hügel hinauf und achtete auf jeden seiner Schritte. Selbst Basil war überraschend still. Ein Stück weiter waren breite Stufen aus dem Felsen herausgearbeitet, und sie lagen so weit auseinander, dass Ullr sie nacheinander nehmen musste.

Pling. Pling. PLING …

Es lag eine Disharmonie in den Schlägen, als wüsste der Schmied, wie er Eisen und Stahl bearbeiten musste, suchte jedoch nach etwas, das sich ihm entzog. Wie ein Künstler, der auf halbem Weg aufgab, um einen neuen Ansatz zu versuchen.

Pling. PLING. PLING …

Schließlich gelangte Ullr zu einer tellerförmigen Erhebung, die wie eine Landzunge in schwindelerregender Höhe über dem Abgrund hing. Darauf stand ein Mann vor einem lodernden Feuer in einem Sammelbecken und schwang seine Hand mit viel Kraft auf ein Stück Metall, das auf einer Steinplatte lag – ähnlich einem Amboss.

Der Mann war hager und nackt, allerdings wirkte seine schwarze Haut so fest wie Granit. Feurige Venen durchzogen die sehnigen Muskeln, wanden sich über die eingefallene Brust und die Glatze und glühten wie erhitztes Metall an Händen und Füßen. Das Gesicht war eine grimmige Festung, ein Stück zurechtgezimmertes Gestein mit tief liegenden Augen, in denen Flammen flackerten. Er überragte Ullr vielleicht um zwei Köpfe, keinesfalls mehr, und er war zweifelsohne kein Mensch.

PLING.

Mit dem letzten Hieb hob der Mann das Stück Metall hoch und begutachtete es, ehe er es nachlässig auf den Haufen neben sich warf. Dann griff er mit bloßen Händen in die blubbernde Versenkung auf der anderen Seite und zog flüssiges Metall daraus hervor, das er vor sich auf den Steinamboss klatschte.

»Ich helfe euch nicht.« Die Stimme des Mannes klang tief und grollend, als zerkaute er Kiesel im Mund. Außerdem hallte sie leicht wie ein Echo.

Ullr trat näher. »Wer bist du?«

Pling … Der Fremde schlug mit der flachen Hand auf das Metall und brachte es in Form. »Wen suchst du?«

»Das weiß ich nicht.«

Kurz hob er das längliche Stück, ehe er es weiterbearbeitete. »Geht.«

Basil räusperte sich verhalten. »Vielleicht sollten wir uns zuerst einmal vorstellen, damit wir …«

»Es interessiert mich nicht.«

»Ihr wollt uns nicht helfen?«

Pling. Pling … »Ich will nicht.«

»Nun … Aber warum nicht?«

»Das verstehst du nicht, Basil der Barde.«

Er sandte Ullr einen vielsagenden Blick zu. »Ihr wisst, wer ich bin?«

Pling. »Ich rieche es.« Der Fremde wies mit der glühenden Spitze des Metalls auf den Barden. »Dich umgibt der Geruch des Ursprünglichen. Du wurdest gezeichnet. Wer?«

Basil schluckte hörbar. »Keine Ahnung, was Ihr …«

»Geht.« Der Mann kehrte ihnen wieder den Rücken zu. »Ich bin alles, was bleibt.«

»Aber …«

Ullrs Kopfschütteln ließ den Barden verstummen. Obwohl er es nicht aussprechen wollte, spürte er eine Verbindung zu dem Fremden – so unverständlich und doch logisch. Einst war er ebenfalls so gewesen. Vor seinem Weib und Runa. Wen oder was auch immer der Mann verloren hatte, es hatte Narben in ihm hinterlassen und ihn für immer verändert.

Ullr richtete sein Augenmerk auf den Eingang im Berg.

»Warte.« Der Fremde trat von hinten an ihn heran. »Was ist das?«

Langsam wandte Ullr sich ihm zu und hob die Hand mit Andvaranaut. Überraschend sanft fasste der Mann den Ring mit zwei Fingern, zog ihn vorsichtig von Ullrs Finger und betrachtete ihn eingehend. Von dem Fremden ging eine Hitze aus, als stünde Ullr inmitten eines Glutofens.

»Bemerkenswert«, flüsterte der Mann und ballte die Faust um den Ring. Ein Feuer loderte darin auf, dann öffnete er die Hand wieder und gab ihn zurück. »Das sollte reichen.«

›Bei meinem Bart!‹ Die Luft um den Ring flimmerte und zuckte. ›Was habt Ihr getan?‹

»Lerne, Runenschmied. Kenne deine Grenzen.«

›*Wer seid Ihr? Seid Ihr …?*‹ Andvaris Worte rissen ab. ›*Unmöglich!*‹ Wortlos kehrte der Fremde zu seinem Steinamboss zurück und bearbeitete das Eisen weiter. »Ich bin das, was bleibt.«

Die breit gebaute Zwergengestalt trat neben Ullr, zögerlich und ehrfürchtig. ›*Ihr seid der Herrscher Muspellsheims.*‹

»Nicht mehr.« Der Fremde schlug zu – eins, zwei, drei. Jeder Hieb war fester und grausamer. »Geht weiter. Ich halte euch nicht auf.« Er schleuderte die Klinge weg und schöpfte neues Eisen aus dem Bottich. »Das, was ihr sucht, befindet sich dort oben.« Nachlässig wies er zum weit entfernten Gipfel.

Basil wagte sich ebenfalls näher. »Damit meint Ihr die Essenz dieser Welt?«

Der Fremde schwieg.

Andvari wollte offenbar nicht nachgeben. ›*Was ist mit Euch geschehen, Schwarzer?*‹

Schwer gebeugt hielt der Fremde über seinem Amboss inne, eine glühende Hand auf dem Amboss, die andere um das Stück Metall geschlossen. »Das ist eine lange Geschichte.«

Basil klimperte auf seiner Vihuela. »Wir können ausgezeichnete Zuhörer sein, sollten wir entsprechend entlohnt werden, guter Mann.«

»Es ist zu spät. Geht. Kämpft. Siegt. Vollendet die Waffe.« Der finstere Blick fiel auf sie. »Vielleicht könnt ihr den Weltensturm dann noch verhindern.«

Andvari näherte sich – oder zumindest sein gedankliches Abbild. ›*Mein Volk erzählt sich Geschichten von Euch. Ihr wart einst ein Albtraum aus den feurigen Tiefen Calindors. Einer jener Urriesen, die seit Anbeginn der Zeit aus der Schöpfung entstiegen sind.*‹ Der Zwerg krauste die Stirn, während sich in seiner Hand der filigrane, silberne Hammer bildete. ›*Solltet Ihr nicht über Muspellsheim herrschen? Solltet Ihr nicht …?*‹

Flammen brachen aus den Adern des Schwarzen hervor, als wäre in ihm eine Esse entfacht worden; das Feuer wallte höher, hüllte ihn ein, drang aus seinem Mund, seinen Augen, sogar seiner Nase. »GEHT!«

Ullr stolperte zurück, Andvari verschwand und Basil ging zu Boden.

Sleg sang und vibrierte vor Freude, als er in Ullrs Hand klatschte und zu einem Speer heranwuchs. Aber Ullr stemmte sich gegen Slegs Drängen, rammte ihn in den brüchigen Fels und sah nach dem Barden, der zwischen den weggeworfenen Metallstücken lag. Er war bewusstlos.

Oder doch nicht?

Ullr bückte sich neben ihn. Die Augenlider des Barden flatterten und er murmelte unverständliche Worte. Vorsichtig rüttelte Ullr ihn an den Schultern.

Der Barde reagierte nicht, wirkte vollkommen abwesend. Als er die Augen aufschlug, hielt Ullr scharf die Luft an.

Sie waren schwarz wie die Nacht und rot wie das Feuer.

Die Protagonisten der Melodie

Monate zuvor

Wundgeritten kämpfte Basil sich aus dem Sattel und war froh, endlich wieder festen Boden unter den Füßen zu haben. Die windgeschützte Senke, die sie für das Nachtlager ausgewählt hatten, war nicht mehr als ein Stundenkerzenritt vom nächsten Ort entfernt, also wie geschaffen dafür, sich auszuruhen und Pläne zu schmieden.

Lorenco war natürlich nichts anzumerken. Er sammelte sogar alle Pferde ein und machte sie mit den heldenhaftesten Knoten aller Zeiten an einem Baum fest, bevor er die abenteuerliche Truppe anwies, ein Feuer für die Nacht zu entfachen. Ja, er war perfekt in allem, was er tat.

Das stimmte Basil misstrauisch.

Um die Wogen zu glätten, sammelte er Feuerholz, während Wagrim eine Kuhle aushob und Disha Steine zur Begrenzung zurechtlegte. Krog schnippelte derweil Gemüse für die Suppe, gab alles in einen Topf und hängte ihn über die Flammen. Dabei pfiff er die Melodie, die Erinnerungen in Basil weckte. Er ertappte sich dabei, wie er unwillkürlich den Kinderreim vor sich hin murmelte: *Duérmete niño, duérmete ya. Que viene el Coco y te comerá …*

Schließlich saßen sie zusammen, ein paar schweigsame Gestalten, die unterschiedlicher nicht sein könnten, aber gezwungen waren, zusammenzuarbeiten. Niemand sprach den Bären an, der in ihrer Mitte hockte. Basil konnte sich beim besten Willen nicht vorstellen, wie sie jemals zu einer Gruppe zusammenschweißen sollten. Helden? Heldenscheiß höchstens.

Sein Fluchtversuch war übereilt gewesen.

Lorenco brütete über seiner Karte. Kriana untersuchte ihre Tasche, die mit haufenweise grünen Kristallen und Lumpen gefüllt war. Krog summte ein Lied, während er die Suppe umrührte – den Ziegenkopf mit den langen Federn behielt er stets an. Wagrim saß so weit entfernt wie nur möglich. Disha hatte viele Dinge auf einer Decke um sich ausgebreitet, was Basils Interesse weckte.

Er setzte sich neben sie, legte seine Vihuela quer über den Schoß und begutachtete die Gläser, Flaschen, Mappen mit Werkzeugen, Röhrchen und vieles mehr. Unbewusst zupfte er an den Saiten und spielte eine hauchzarte Melodie zu Krogs Summen. Es geschah unbewusst, ohne ein bestimmtes Lied anzustimmen. Vorerst wollte er es dabei belassen.

»Kann ich dir helfen?« Disha kippte eine Flüssigkeit in ein Röhrchen mit öliger Substanz. Es zischte und dampfte, ehe sich das Gemisch zu einem leuchtend blauen Schleim färbte.

»Was tust du da?«, fragte Basil.

»Alchemie. Das ist die Lehre von den Eigenschaften der Stoffe und ihrer Reaktionen.« Sie hielt die Phiole vor das Gesicht und roch daran. »Meine Gabe, die vor allem auf Forschung beruht.«

Er lehnte sich gegen einen Stein, überkreuzte die Beine und klimperte. Es beruhigte ihn, die Finger zu benutzen. Als er Dishas schmale Augen bemerkte, überkam ihn das Verlangen, sich zu verteidigen. Doch was hätte es genutzt?

Mit viel Fingerspitzengefühl kippte sie Flüssigkeiten zusammen, hielt sie in den Feuerschein, wobei sie angestrengt die Stirn furchte, und machte sich dabei Notizen. Es war faszinierend, wie konzentriert sie vorging, jeden Arbeitsvorgang notierte und aus wenigen Tropfen einer Flüssigkeit etwas völlig Neues kreierte. Nach einer Weile hob sie einen Kiesel vom Boden auf, gab ihn in eine leuchtende Flüssigkeit und schwenkte das Glas, bis der Stein darin aufgelöst war.

»Faszinierend.« Er beugte sich näher. »Hast du das gestern getan? Dich selbst umgewandelt?«

»*Transmutation.* So bezeichnet man auch die Alchemie. Das, was du eben gesehen hast, ist ein Alkahest.« Sie gab einen weiteren Kieselstein hinein, der sich ebenfalls auflöste. »Ein Universal-Lösungsmittel, das *alles* umwandeln kann.«

Krog drückte jedem eine Schale mit Suppe in die Hand und setzte sich so weit wie möglich mit dem Rücken zu ihnen weg. Als er zum ersten Mal seine Maske ablegte, erwachte in Basil das Bedürfnis, sein

Gesicht zu sehen. Ein Geheimnis. Und Geheimnisse verlangten geradezu danach, gelüftet zu werden. Aber nicht jetzt. Basil war entspannt, genoss das Gespräch, das Lautenspiel und unterbrach sich nur, um von der Suppe zu kosten, die ihm mundete. Offenbar war an dem Schamanen ein Koch verloren gegangen.

Lorenco hob die Suppe zum Gruß. »Das ist ein ausgezeichnetes Mahl!«

Krog winkte nachlässig, ohne sie anzusehen. Kriana pickte die Fleischstückchen heraus. Wagrim kippte die brütend heiße Suppe in einem Zug. Und Disha tröpfelte irgendeine Flüssigkeit hinein, bevor sie davon kostete.

»Willst du das Fleisch damit auflösen?«, fragte Basil.

»Nein, die Verunreinigungen.«

»Du meinst so etwas wie Gift?«

Sie sagte nichts, aber ihr Blick sprach Bände. Vertraue niemandem. Eine Lektion, die er ebenfalls verinnerlicht hatte. Auf einmal ekelte er sich vor der Suppe, aber er wollte auch nicht noch mehr Aufmerksamkeit auf sich lenken. Ein verdammter Zwiespalt. Letztendlich trieb der Hunger die Suppe hinein.

»Warst du schon einmal krank?«, fragte Disha.

»Das ein oder andere Mal.«

»Eine schlimme Krankheit?«

»Eine Krankheit verkürzt das Leben nicht, wenn man sich von ihr zu kurieren weiß. Aber man tröstet sich leicht, wenn man bedenkt, dass man sie mit Freuden erworben hat.«

Disha furchte die Stirn. »Redest du vom weichen Schanker?«

Basil grinste. »Erwischt.«

»Wie lange ist das her?«

»Drei Monde? Vier? Ich erinnere mich nicht.«

Ihr Blick schweifte zwischen seine Beine. »Juckt es im Schritt?«

Er zuckte mit den Schultern. »Manchmal. Ist das wichtig?«

»Wenn du nicht möchtest, dass deine Männlichkeit abfault, dann ja.«

Er erstarrte. »*Was?*«

Sie mischte irgendetwas zusammen, das dampfte und blubberte, und drückte ihm einen Fingerhut mit stinkender Flüssigkeit in die Hand. »Trinken!«

Angeekelt betrachtete er das Gemisch. »Ich kann gar nicht genug betonen, wie sehr ich das nicht trinken möchte.«

Disha kippte es in die Suppe, die sofort dicke Blasen warf. »Trinken! Es ist ein Wunder, dass du überhaupt noch lebst.«

»Ich bin eben ein Überlebenskünstler.«

Sie musterte ihn knapp. »Daran hege ich keinen Zweifel, Barde.«

»Also gut. Darf ich fragen, was das für ein Zeug ist?«

»Medizin zur Entgiftung. Ich frage lieber nicht, wie du dich angesteckt hast.« Aber ihr durchbohrender Blick gab ihm zu verstehen, dass sie es ganz genau wusste.

Er löffelte von der Suppe, die ihren Geschmack nicht verloren hatte, lehnte sich zurück und klimperte auf seinem Instrument. »Hast du einen Mann?«

Disha hielt inne. »Du meinst einen Ehegatten?« Wieder zögerte sie. »Das ist lange her. Dort, wo ich herkomme, werden Menschen wie ich versklavt. Zwar tragen wir keine sichtbaren Ketten, aber ich spüre sie. Jederzeit.« Sie notierte sich wieder etwas. »Wir dienen Fürsten, tun alles, was sie verlangen, damit sie weiter ihre Kriege führen können.«

»Sie fürchten euch.«

Ein gefährliches Lächeln umspielte ihre Lippen. »Was ist mit dir, Barde? Gibt es jemanden in deinem Leben?«

Es überkam ihn einfach und er setzte zu einem Lied an:

In einem Land, fern und unbekannt,
wo die Sonne küsst den weiten Strand,
lebt eine Maid, so rein und hold,
mit glänzend Haar, warm und Gold.

Disha arbeitete weiter an ihren blubbernden Gemischen. »So wie du die holde Maid beschreibst, gleicht sie einer Göttin.«

»Eine Göttin? Vielleicht …«

Ihr Lächeln hell, ihr Blick so klar,
gleicht dem Glanz der Sterne gar.
Sie tanzt durch Felder, lacht im Wind,
ein Bild der Freude, fast ein Kind.

Doch in ihrem Herzen, tief und weit,
birgt sie Träume, voll Heiterkeit.
Ein Herz aus Gold, so sanft und fein,
möcht' sie der Welt ein Lichtlein sein.

So singt die Maid ihr süßes Lied,
das durch die Zeiten sanft entflieht.
Mit Haar wie Gold, das ewig weilt,
die holde Maid die Herzen teilt.

Disha lächelte und öffnete langsam die Augen, als entstiege sie einem Traum. »Das war wunderschön, Basil.«

»Und wo das herkommt, gibt es noch viel mehr!«

»Hast du sie geliebt?«

Er spielte weiter – es war bloß Geklimper. »Wen?«

»Die Frau aus dem Lied.«

Der Ton riss ab, als er danebengriff. »Ich liebe alle Wesen des schönen Geschlechtes.«

Disha zwinkerte ihm zu. »Dies ist die erste Lüge, die ich aus deinem Mund vernehme. Sie war dir demnach sehr wichtig.«

Eine Weile schwieg er, legte sich die Worte zurecht, doch es gab keine, um zu beschreiben, was er erlebt hatte. »Sie war mehr als das. Ein Teil von mir, der mir gestohlen wurde.«

»Ist sie gestorben?«

»Palindrom behüte, nein! Sie wurde entführt.«

Disha rückte näher. »Wohin?«

»Ins Reich der Toten.«

Sie blinzelte. »Sie ist tot?«

»Möglicherweise.«

»Ich habe dir fast geglaubt, Barde.« Sie sank zurück. »Eine erstaunliche Geschichte. Für einen Feigling.«

»Ins Schwarze, meine Schönheit. Mitten ins Schwarze. Falls du einen Dank für deine Rettung willst …«

»Unnötig.« Abermals hielt sie eine Phiole ins Licht und schwenkte sie geduldig. Schwarze Fäden krochen darin umher, die sich ständig auflösten und neu zusammensetzten. »Jemand musste ihn in die Schranken weisen.«

»Darf ich fragen, was das genau war?«

»Eine Form der Transmutation. Bei alchemistischen Prozeduren steht vor allem die optimale Mischung der Elemente beziehungsweise Prinzipien im Vordergrund mittels fraktionierter Destillation von Stoffen.«

»Aha. Gibt es da, wo du herkommst …?« Er verschluckte die nächsten Worte. Dishas Gesicht wirkte nicht mehr wie erdichtet, sondern hing an einer Seite schlaff und von tiefen Furchen durchzogen herunter, als bestünde es aus feuchtem Ton.

»Ja?«, fragte sie.

»Dein … Gesicht.« Er zeigte darauf.

Sie erstarrte. Hektisch betastete sie die schlaffe Seite. Dabei stieß sie ein Glas um, das seinen Inhalt über der Decke verteilte, die sich sofort zersetzte, als wäre eine Horde hungriger Insekten darüber hergefallen. Basil legte die Vihuela zur Seite und wollte ihr helfen, aber sie verbarg ihr Gesicht und hob abwehrend die Hand.

»Nicht! Ich schaffe das allein.«

»Aber …«

»Bleib weg!«

»Ich wollte …«

»*Verschwinde!*«

Das ließ er sich nicht zweimal sagen. Also verließ er ihren Platz, steuerte Krog an, der ihm den Rücken zudrehte, und entschied sich für Lorenco und Kriana. Der Kämpfer nickte ihm erhaben zu, während die Druidin schnaubte.

»Ärger im Paradies?«, fragte sie.

Brummend ließ er sich nieder, löffelte den Rest Suppe und klimperte dann wieder auf seiner Vihuela. »Hier hat wohl jeder sein Päckchen zu tragen, was?«

»Sagte der Dummschwätzer, als er dummschwätzte.«

Ein schiefer Ton. Verärgert verzog er das Gesicht und überprüfte die gerissene Saite. Er spannte sie neu und ging dabei nicht weniger konzentriert vor als Disha mit ihrer Alchemie. »Machst du das eigentlich mit Absicht?«, fragte er schließlich und lauschte dem Klang, während er das Instrument stimmte.

»Du machst es mir eben zu leicht, Barde«, erwiderte Kriana.

Er nickte zu Disha, deren Gesicht so engelsgleich wie zuvor war. »Weißt du etwas über sie?«

»Nur das, was man sich über Alchemisten erzählt.«

Er lehnte sich zurück, betrachtete das sternklare Himmelszelt und spielte im Liegen weiter. »Was erzählt man sich denn?«

»Geschichten, die dir das Blut in den Adern gefrieren lassen, du kleiner Scheißer.«

»Welche?«

Als Kriana nicht antwortete, richtete er sich auf. Die Druidin beobachtete eine Ratte, die sich verstohlen dem Feuer näherte. Er wollte schon etwas sagen, als sie sich blitzschnell auf das Nagetier stürzte und am Schwanz packte. Die Ratte zappelte hin und her, konnte sich aber ihrem Griff nicht entwinden. Halb erwartete er, dass sie als selbst ernannte Vegetarierin das Tier wieder freiließ, aber stattdessen hielt sie es vor ihr Gesicht und sah sie eine gefühlte Ewigkeit an. Ohne den Blick von der Ratte zu lösen, kramte sie einen grünen Kristall aus ihrer Tasche und drückte ihn dem Tier an den Bauch.

Es erschlaffte.

»Dein Opfer wird nicht vergebens sein«, flüsterte Kriana und legte das Tier vorsichtig auf den Boden. Sie hob eine Kuhle aus, bettete den leblosen Körper hinein und häufte Erde darüber. Trauer und Beklemmung zeichnete ihre Gesichtszüge und tatsächlich konnte er sogar eine Träne an ihrer Wange erkennen, die sie hastig wegwischte. Der Kristall hingegen, den sie nun wieder einsteckte, besaß jetzt ein tiefes Glimmen.

»Du hast sie getötet«, bemerkte Basil.

»Hab ich nicht.«

»Hast du wohl.«

Kriana funkelte ihn an. »Kannst du nicht jemand anderem auf den Sack gehen?«

»Oho! Kein Grund, gleich aus der Haut zu fahren! Ich wollte bloß …«

»Was? Keine Ahnung, warum du dabei sein sollst. Bislang warst du nur ein Klotz am Bein!«

Der Stachel saß tief, aber es wäre nicht das erste Mal, dass er als Nichtsnutz bezichtigt wurde. »Was macht eine Druidin so fern ihrer Heimat in Méridor?«

»Das geht dich einen Scheiß an, Barde!«

»Wenn du mich fragst, gibt es zwei mögliche Gründe, warum du hier bist.« Er hob zwei Finger und zählte sie ab. »Erstens, du wurdest verbannt, weil du die Gesetze nicht befolgen wolltest. Zweitens, du wurdest nach Méridor verschleppt, um kultiviert zu werden. Und nun, da die arme Kriana festgestellt hat, dass sie die ganze Zeit belogen wurde, sehnt sie sich nach Rache.«

»Du weißt gar nichts über mich!«, fauchte sie.

»Stimmt.« Er zuckte mit den Schultern. »Aber ich weiß, dass es dir gar nicht so sehr um den Schatz geht, sondern um den, der ihn bewacht, nicht wahr? Weißt du, Kriana, Getriebene erkennen einander.«

Sie schwieg, was sehr ungewöhnlich für sie war.

Also tat Basil das, was er am besten konnte: Er bohrte nach. »Du musst die Tochter von einem wichtigen Kaufmann sein, wenn du fern von Tirnanog aufgewachsen bist. Vielleicht ein Don? Oder möglicherweise ein hochrangiges Mitglied der Kirche? Da du hier bist, muss aber jemand ganz schön nervös sein. Ein Priester vielleicht?«

»Halt dein dummes Maul, oder ich stopf es dir!«

Zu viel nachgebohrt. Er hob abwehrend die Hände und rückte näher zu Lorenco, der über seinen Unterlagen brütete.

»Barde«, sagte der Kämpfer steif.

»Waffenmeister.« Basil fand, dass er den Tonfall ziemlich gut nachahmte. »Ich frage mich, was genau das eigentlich ist?«

»Ich verfüge über das höchst einzigartige Talent, dass ich jede Waffe, unabhängig davon, wie sie geschaffen wurde und woraus sie besteht, mit meisterhafter Präzision zu führen vermag, ohne jemals im Umgang damit unterwiesen zu sein.«

Basil zog einen Stock heran und hielt ihn Lorenco hin, der irritiert die Stirn furchte. »Also?«

»Das ist keine Waffe, werter Barde.«

»Wenn man im Dreck liegt und nichts zur Hand hat, kann man damit jemandem eins über den Latz ziehen. Oder ein Auge ausstechen. Oder …«

»Wolltet Ihr etwas Bestimmtes?«

Basil legte den Stock ab. »Woran arbeitest du?«

Lorenco widmete sich seinen Unterlagen. »Es gibt vieles zu beachten und ich gedenke dieses glorreiche Unterfangen zu einem zufriedenstellenden Ergebnis zu bringen. Welches Ziel sollte sonst ein Mann von Ehre verfolgen?«

Basil ließ seine Finger über die Saiten streichen. Es waren bloß einzelne Töne, keine Melodie. »Weißt du, ich habe festgestellt, dass viele Menschen, die sich als ehrenhaft bezeichnen, zumeist jene sind, die als Erste die Ehre fallen lassen, wenn es um den eigenen Hintern geht.«

»Ihr habt schlimme Erfahrungen gemacht, die Euch zu dieser Einstellung verleiteten. Das respektiere ich, doch ich teile sie nicht.«

»Du kennst mich nicht.« Die Töne wurden melancholisch. »Ich bin die Summe meiner Erfahrungen. Es mag sein, dass das für dich funktioniert, aber ich …« Er seufzte. »Deshalb bin ich ein …«

»Feigling.«

Basil ruckte herum. »Verheerungsverdammt, warum nennt mich jeder so?«

»Du bist davongaloppiert, als säße dir der Tod im Nacken, Barde. Dies bezeichnet man gemeinhin als die Tat eines Feiglings.«

Erneut zuckte er mit den Schultern. »Sag mir, Waffenmeister, warum …«

Lorenco hob die Hand und sprang hoch. »Keinen Mucks!«

Basil biss sich auf die Zunge und stand ebenfalls auf.

»Mich dünkt, meine geschärften Sinne hätten etwas vernommen.« Mit großer Geste nahm er die beiden Krummschwerter auf und blickte sich um.

Die anderen sahen verwundert auf, niemand rührte sich.

»Habt Ihr jemals die Geschichten von den schrecklichsten aller Kreaturen des Weltenrunds vernommen?«, fragte Lorenco so leise, dass er kaum zu hören war. »Mir war es einmal vergönnt, eines dieser Ungeheuer zu sehen. Nie zuvor erblickte ich etwas Furchteinflößenderes, das das Mark in meinen Knochen gefrieren ließ.«

»Ein Teufel der Verheerung?«

»Furchteinflößender.« Lorenco schaute ihn mit geweiteten Augen an. »Ein Einhorn.«

Kriana ruckte mit dem Kopf hoch. »Es gibt keine Einhörner!«

»Oh doch!«, erwiderte Lorenco und wanderte langsam am Lagerfeuer umher. »Habt ihr nie von der heilenden Wirkung ihrer Hörner gehört? Von ihrem Wiehern, das eines jeden Mannes Mut raubt? Von ihrem Blick, der Fleisch, Eisen, Stein und Knochen durchdringt?«

Ein Kaninchen hoppelte aus dem Dickicht. Es blinzelte sie an, dann huschte es wieder davon.

»Eine wirklich schreckliche Bestie.« Basil spielte einen bedrohlichen Klang.

Gelächter.

Lorenco steckte die Krummschwerter zurück und wirkte keineswegs beleidigt. Er lachte mit, ließ sich an seinem Platz nieder und zog wieder seine Unterlagen heran.

Basil setzte sich neben ihn und spürte, wie etwas von der vorherigen Last von ihm abfiel. »Darf ich dich etwas fragen?«

»Ihr dürft mich alles fragen, werter Barde.«

»Warum?«

»Das ist eine nicht leicht zu beantwortende Frage. Könnt Ihr sie präzisieren?«

»Wir anderen sind hierzu gezwungen.« Er wies über das nächtliche Lager, die tanzenden Flammen, die flackernde Schatten über ihre Gefährten warfen. »Aber du? Mein Bester, das hier ist nichts weiter als ein Himmelfahrtskommando. Einen Schatz stehlen? Eine mythische Kreatur austricksen? Einem zwielichtigen Don gehorchen? Das passt so gar nicht zu so einem ehrenhaften Kämpfer wie dir.«

Lorenco blickte in die Flammen. Inzwischen hatten sich die anderen in ihre Stoffbündel eingerollt, bis auf Wagrim, der wie ein Herold der Nacht am Rande des Lagers hockte und sie beobachtete.

»Ihr habt recht, meine Geschichte ist von Tragik, Aufopferung und Schwermut gezeichnet«, sagte Lorenco schließlich. »Ich möchte … nein, es widerstrebt mir, diese Geschichte zu erzählen.«

»Dann halt nicht.«

Lorenco verzog vor Schmerz das Gesicht. »In Ordnung, Ihr habt mich überzeugt. Ich werde Euch meine Geschichte erzählen. Mein Weg war äußerst grausam und blutig.« Der Kämpfer hielt auf einmal einen Dolch von besonderer Machart in der Hand. Die Klinge war gebogen, der Griff mit Edelsteinen besetzt und in Gold gefasst. »Mit jedem Schritt hinterlasse ich blutige Abdrücke, denn mein außergewöhnliches Talent ist zugleich auch mein größter Fluch. Andere erkannten, wie besonders ich bin, und zogen ihren Nutzen daraus.«

»Und wie?«

Ein Schatten legte sich über Lorencos Gesicht. »Ich bin eine Waffe, werter Barde. Eine Waffe benutzt man dort, wo sie am meisten Schaden anrichten kann. Meine Seele ist beschmutzt. Don José de la Fuego bietet mir einen Ausweg. Er wird mir helfen, meine Seele reinzuwaschen, auf dass das Palindrom sie empfangen kann.«

Da bin ich aber mal gespannt, wie er das schaffen will …

»Don José eröffnete mir, dass es viele besondere Menschen mit einzigartigen Gaben gibt.«

»Funken.«

Lorenco nickte schwerfällig. »Ja, in der Tat. Ich hörte von Zauberern. Es gibt Druiden, Assassinen, sogar die Paladine verfügen über Funken.« Der Kämpfer strich über die Klinge. »Es gibt Ideale, die ein jeder von uns finden muss. Aber nur die wahren Paladine sind in der Lage, ihre Bedeutung zu erkennen und zu diesem Ideal zu *werden*.«

»Lass mich raten: Du willst dein Ideal finden.«

»Ich möchte mein Ideal finden!«

»Und wenn du es gefunden hast, was dann? Die Welt retten?«

Lorenco steckte den Dolch zurück. »Nicht mehr und nicht weniger, Barde.«

»Das ist viel.«

»Wer nicht wagt, der nicht gewinnt. Sagt mir, was haltet Ihr von ihm?«

»Wem?«

»Don José de la Fuego.«

Basil nahm seine Pfeife aus dem Gepäck, stopfte sie mit etwas Tabak und zündete sie am Feuer an. Er paffte ein paarmal, dann nahm er einen tiefen Zug und atmete Kringel aus. »Er ist ein Mann mit Plänen. Das macht ihn gefährlich.«

»Verachtet Ihr ihn?«

»Es gibt Gründe.«

»Ah, Gründe.« Lorenco beobachtete ihn aufmerksam. »Und welche Gründe sollen das sein? Er hat Eure Schulden beglichen und nun ist es an Euch, Eure Schuld bei ihm zu begleichen.«

Basil blies weitere Kringel in die Luft und entspannte sich allmählich. »Mir wird wohl nichts anderes übrig bleiben.«

Krog stand neben ihm und hielt ihm fordernd die Hand hin. Es war überhaupt nicht in Basils Interesse, seinen Vorrat zu teilen, aber er war auch kein Dummkopf. Deshalb übergab er die Pfeife und war nicht überrascht, als der Schamane sich im Schneidersitz hinsetzte und durch den Mundschlitz tief einatmete. Als er den schweren Rauch ausblies, erschuf er erst einen Ring und dann einen Pfeil, der geradewegs hindurchwaberte.

»Die Geister sind zufrieden«, sagte Krog.

»Schön für sie.« Basil schnappte sich die Pfeife wieder. »Warum hast du dich dem Abenteuer angeschlossen?«

»Weil die Geister es mir befohlen haben.«

»Und wenn sie dir befehlen, dich ins Feuer zu stürzen?«

Krog kippte den Kopf zur Seite und musterte ihn wie ein neugieriges Kind. »Warum sollten sie das tun?«

Lorenco räusperte sich. »Sprechen die Geister oft zu Euch, Schamane?«

Krog wackelte mit dem Kopf hin und her. »Nicht oft, und auch nur dann, wenn sie es wollen. Ihre Reden sind eher langweilig und auch nicht so schmeichelhaft wie Eure.«

»Ha!«, rief Basil, berauscht vom Tabak. »Das stimmt. Unser glorreicher Anführer ist hoffentlich so begabt mit der Klinge wie mit Worten.«

Lorenco nickte gewichtig. »Der Moment wird kommen, da Ihr meiner Hilfe bedürft. Vergesst nicht: Sollte der Weg zu gefährlich werden, werde ich Euch bei der Hand führen.«

Basil hätte gelacht, wenn er nicht inzwischen gewusst hätte, dass der Kerl das vollkommen ernst meinte. Also übergab er Krog die Pfeife und war froh, dass sein Verstand so benebelt war, dass er nicht über ihre Reise nachdenken musste.

»Sagt mir, Barde, in der ganzen Zeit, seit wir uns begegnet sind, habt Ihr mich nicht einmal gefragt, wieso ausgerechnet Ihr diesem glorreichen Unterfangen beiwohnen sollt. Immerhin setzt Ihr Euer Leben aufs Spiel.«

Basil lehnte sich zurück. »Mein ganzes Leben lang habe ich versucht, meinen Weg zu beeinflussen. Ich wollte alles herausfinden. Wie kann ich ein großer Barde werden? Welche geheimen Mächte halten diese Welt zusammen? Wie kann ich meine Taschen füllen, ohne erwischt zu werden? Welchen Freunden kann ich trauen?« Er stahl Krog die Pfeife und zog daran. »Wissen mag die Wurzel der Macht sein, aber alles Neue, was ich erfahren habe, hat meine Lage lediglich verschlechtert.« Die Pfeife war aufgeraucht und er klopfte die Asche auf den Boden. »Unwissenheit ist die süßeste Medizin.«

Krog nickte ihm zu, stand auf und kehrte zu seinem Platz zurück.

»Um also deine Frage zu beantworten: Ich will es nicht wissen.«

Lorenco blinzelte ihn an. »An Euch ist mehr dran, als das bloße Auge erkennt, Basil.«

»Vielleicht. Was ist mit dir? Welche Geheimnisse beschäftigen dich so sehr, dass du dein Leben hierfür aufs Spiel setzt? Und komm mir nicht mit diesem Blödsinn von einem Ideal.«

Lange schwieg der Kämpfer, bis sein Gesicht irgendwann eine Wandlung durchlebte und von Schmerz gezeichnet war. »Ich bin ein Bastard.«

»Sind wir das nicht alle?«

Der Kämpfer wirkte tief in sich gekehrt. »Ich bin nicht der Bastard von irgendwem.« Er straffte sich, sog tief die Luft ein und vermittelte einmal mehr den Anschein eines tragischen Helden. Nicht. »Mein Leben lang lebte ich mit einer Lüge. Mein Leben lang hütete ich ein Geheimnis. Mein Leben lang versteckte ich mich, damit alle anderen mich für tot hielten.«

»Und wer bist du?«

Lorenco nickte bedeutungsschwer. »Ein anderes Mal, Barde. Schlaft nun. Ein wahrlich beschwerlicher Weg erwartet uns. Einmal mehr ist unser Heldenmut gefordert, um uns auf …«

Basil drehte sich zur Seite und hörte nur noch mit halbem Ohr zu. Die Fragen an seine unfreiwilligen Gefährten hatte er nicht grundlos gewählt. Informationen. Ein Barde zu sein, bedeutete nicht nur, ein paar Liedchen zu trällern, auch wenn er in der Lage war, damit seine Zuhörer zu beeinflussen. Vielmehr ging es darum, was andere bewegte, wonach sie trachteten, welche Wünsche ihre Handlungen bestimmten. Deshalb war ihm inzwischen auch bewusst, dass diese Gruppe nicht zufällig ausgewählt worden war. Und vermutlich stand jeder von ihnen auch nicht zufällig in Josés Schuld. Nach und nach erschloss sich ihm ein Bild und ihm gefiel nicht, was er sah.

Es würde ihn nicht wundern, wenn sich am Schluss des Abenteuers herausstellte, dass nicht die Reise oder die erlebte Geschichte von Bewandtnis war.

Sondern die Protagonisten.

Kriegsvorbereitung

Man könnte meinen, der Kartenraum wäre zu Kriegszeiten der wichtigste Ort im ganzen Königreich. Doch wie so vieles war auch dies bloß eine Notiz auf einem zerknitterten Blatt Papier.

Es war lange her, seit jemand einen Fuß hineingesetzt hatte.

Der Saal nahm einen großen Bereich im Westflügel des Königsschlosses von Candaloz ein. Zwei junge Soldaten bewachten den Eingang, wirkten aber nicht ganz bei der Sache. Die blank polierten Rapiere an den Hüften funkelten und die gestriegelten, blauen Uniformen waren gänzlich frei von Schmutz, als wagte nicht einmal ein Staubkorn sie zu berühren. Sie waren Sinnbild für den Verfall der méridorischen Streitkräfte: Mehr Schein als Sein.

José wirbelte an ihnen vorbei und verzog geringschätzig das Gesicht, als ihm der Geruch von Schweiß, Muff, billigem Wein und altem Leder in die Nase stieg – der Gestank von aufgeregten Menschen. In der Saalmitte waren die wichtigsten Militärs des gesamten Königreichs versammelt, ein Haufen Idioten, wie sie im Buche standen. Der beleibte Hauptmann der Stadtwache stand im Zentrum der steinernen Weltkarte, die einst eine Vielzahl erlesener Künstler unter schweißtreibender Arbeit in den Boden gemeißelt hatten. Er ließ seinen Blick über die bekannten Länder des Weltenrunds gleiten und versuchte dabei offenbar, Eindruck zu schinden. Seine Backen waren leicht gerötet, Schweiß perlte von seiner kahlen Stirn, und die Uniform saß so eng, dass er nicht einmal die Knöpfe am Kragen schließen konnte.

Umringt war er von einigen Hauptmännern, Stabsoffizieren und Leutnants – sogar einige Flottenadmirale befanden sich unter ihnen, die nach dem Oberbefehlshaber der Hauptstadt des Königreiches den höchsten Rang bekleideten. Viele Wimpel an der Brust, größtenteils Beziehungen geschuldet. Die Namen der Anwesenden waren José entfallen, und er hatte auch nicht vor, daran etwas zu ändern.

Ein wenig versetzt stand der Hochpaladin der Kirche in Habacht-stellung. Gabriel, ein hochgewachsener Paladin wie eine in Form ge-gossene Kiefer, mit tiefgründigen Augen und kurzem, gelocktem Haar. Seine Vollrüstung war strahlend weiß und der Wappenrock mit der stilisierten Sonne von einem durchdringenden Gold.

Als Gabriel ihn bemerkte, senkte sich ein Schatten über sein Ge-sicht. Ihre letzte Begegnung war erst wenige Stundenkerzen her, nachdem José mitsamt den neun Paladinen die Kathedrale betreten und das Palindrom gezwungen hatte, sich in Fleisch und Blut zu zei-gen, um die Brücken zwischen den Welten zu öffnen.

José stellte den Stock elegant vor sich ab. Dutzende Blicke rich-teten sich auf ihn – verwirrte, entrüstete, verängstigte, neugierige, er-gebene. Von allem war etwas dabei. Schließlich hatte er in der Stun-denkerze der Not König Pablo auf eine Reise ins Ungewisse ge-schickt und sie damit des Vorteils beraubt, Einfluss auf ihn nehmen zu können.

So ein Pech aber auch.

Der Hauptmann der Stadtwache straffte sich und räusperte sich in all seiner Rechtschaffenheit. »Capitán General, wir sind auf Euren Wunsch hin hier erschienen. Doch bei allem gebührenden Respekt, wir verlangen …«

Klick. José stieß den Stock auf, und der Hauptmann zuckte zu-sammen wie unter einem Peitschenhieb. Dann marschierte er in die Mitte des Saals zu jener Fläche, die Méridors Grenzen markierte, und die Hauptmänner und ach so stolzen Soldaten wichen zur Seite, als wäre ein Ungeheuer in ihre Mitte getreten.

»Hier liegt offenbar ein Missverständnis vor«, sagte José geflis-sentlich. »Ihr seid nicht meinem Wunsch gefolgt. Sondern meinem Befehl.«

Stille.

Gelassen besah er sich die Stellungen der Armada. Ein nicht un-beträchtlicher Teil war vor Kurzem von Pablo ins nördliche Hoch-land jenseits der Meere entsendet worden, um der Kolonie im Kampf gegen einen unbekannten Feind beizustehen – ein Feind, der sich als verlängerter Arm des korrumpierten Gottes erwiesen hatte.

Untot. Willenlos. Kurz gesagt: Sklaven, die sich ohnehin im Hochland ausgebreitet hatten wie die Pest.

José verzog missbilligend das Gesicht, als sein Blick die Umrisse des Hochlandes streifte. Er hatte Pablo davon abgeraten. Jedoch hatte der junge Narr sich ausgerechnet in dieser Hinsicht vor ihm emanzipieren wollen, indem er jenen Gefallen, den er Wagrim bei ihrem Zusammentreffen gewährt hatte, zu erfüllen gedachte.

Stolz ist der Tod des Scharfsinns. Warum musste José ausgerechnet jetzt an die Worte des Ersten Tuchs der Nacht denken, bevor es ihn als unwürdig erklärt und aus der Gilde verstoßen hatte?

Der Hauptmann räusperte sich wieder. »Die Armada im Hochland hat den Anweisungen des Königs zufolge …«

José hob die Hand. Er nahm die zehn Zoll hohe Marmorfigur, die für die Armada stand, und stellte sie an die Grenze im Süden Méridors nahe der Wüstenmeere. »Hauptmann Porico, unterrichtet Stabsoffizier Julliau über seine Beförderung.«

»Beförderung?«

»Natürlich. Er wird fortan wieder den Rang eines Generalskapitäns der nördlichen Flotten bekleiden und umgehend alle im Hochland stationierten Konquistadoren in den Süden befehligen.«

Poricos Gesicht lief rot an. »Mit Verlaub, aber Julliau wurde zu Recht …«

José sah auf.

Poricos Kehlkopf ruckte auf und ab. »Wir werden einen Boten ins Hochland entsenden. Allerdings wird es mehrere Wochen dauern, bis er …«

Klick. »Wir werden in der Kathedrale einen Pfad der Träume öffnen, um die Truppen hierherzubeordern.« Er wies auf den Punkt im Hochland, der mit Kor Anklam beschriftet war. »In den Tiefen der Hauptstadt befindet sich ein Gewölbe mit einem Gestell aus Ringen. Ich werde Euch die Koordinaten übermitteln, damit Ihr die nördliche Flotte versammeln könnt. Ihr werdet Euch mit einem Stab Eurer besten Soldaten dorthin begeben und die Stellung sichern.«

Porico erbleichte. »Das erscheint mir …«

»Übereilt?« José kräuselte die Lippen. »Falls es Euch entgangen sein sollte, Hauptmann, eine Schwarze Sonne ist aufgegangen.«

Die Anwesenden regten sich. Jetzt stand einstimmig Furcht in ihren Augen.

»Erwartet Ihr Gegenwehr, Capitán General?«

»Ja. Stellt das ein Problem für Euch dar, Hauptmann?«

Poricos panischer Blick huschte umher auf der Suche nach Unterstützung. Natürlich fand er niemanden. »Darf ich offen sprechen, Capitán General?«

»Gewährt.«

In den Äuglein des Mannes loderte der Trotz. »Ich befehlige Candaloz' Stadtwache. Meine Aufgabe ist es, den König zu beschützen und für Recht und Ordnung in der Hauptstadt des Reiches zu sorgen.«

Es knallte, als José seinen Stock aufschlug. »Falsch! Ihr seid ein Rädchen im Getriebe eines Kriegsapparats, der sich auf den größten Sturm vorbereiten muss, dem das Königreich jemals gegenüberstand. Ihr alle«, er sah sie nacheinander an, und nicht wenige duckten sich weg, »seid ein winziger Teil davon. Eure Ränge interessieren mich ebenso wenig wie Euer verletzter Stolz.« Er pochte auf die Stellung der Zwerge am Rande des Königreichs, die durch eine untersetzte, bärtige Marmorfigur dargestellt wurde. »Dieser Feind ist anders als jeder, dem Ihr bisher begegnet seid. Zwerge kämpfen nicht für Bezahlung, nicht für Ruhm oder Ehre. Sie kämpfen, weil sie glauben, im Recht zu sein. Ein solcher Feind gibt weder auf noch lässt er mit sich verhandeln.« Er ließ seine Worte wirken. »Bedauerlicherweise wird dieser Feind nicht der letzte bleiben. Deshalb werdet Ihr tun, was ich sage, und kämpfen, wenn ich es von Euch verlange. Denn ich bin nicht nur die Stimme des Königs, sondern auch die des Palindroms.«

Raunen. Es verklang wie raschelndes Laub, durch das der Wind fuhr.

Gabriel hatte nicht einmal mit der Wimper gezuckt. José wusste, dass der Hochpaladin dies nicht einfach so hinnehmen würde. Er war ein stolzer, selbstgerechter Mann, der festgestellt hatte, dass sein Gott nicht die eindrucksvolle Lichtgestalt war, wie sie ihm stets weisgemacht worden war. Sondern ein alter, bärbeißiger Krüppel, der sich weder für die Kirche noch für den Glauben an ihn interessierte.

Das Erste Tuch der Nacht behielt wie immer recht.

»Deshalb«, José funkelte den Hauptmann an, »werdet Ihr Euch dem Feind im Hochland in den Weg stellen und für Seine Majestät den Rückzug der nördlichen Truppenverbände koordinieren.« Er trat einen Schritt auf den feisten Mann zu und überwand dabei das Meer, das Méridor und das Hochland teilte. »Und wenn Ihr den Tod höchstpersönlich bekämpfen müsst, werdet Ihr mit Freuden so lange standhalten, bis Ihr Eurem wertlosen Leben einen Sinn gegeben habt.«

Porico schluckte schwer. »Der … Tod?«

José beugte sich ganz nahe an das Ohr des Mannes. »Wenn wir scheitern, wird alles, was Ihr kennt, vergehen. Habe ich mich klar ausgedrückt?«

Der Hauptmann salutierte zackig und schlug die Hacken zusammen. »Das habt Ihr, Capitán General Don José de la Fuego!«

José winkte ab. »In zwei Stundenkerzen will ich Euren Stab abmarschbereit auf dem großen Platz vor der Kathedrale vorfinden.«

Porico klappte der Mund auf. »Zwei Stundenkerzen?«

»Stellt das ein Problem für Euch dar?«

»Nein … Ich meine, nein, keineswegs, Capitán General!«

José wies zum Ausgang. »Warum seid Ihr dann noch hier?«

Mit eingezogenem Kopf wuselte der Hauptmann davon, zwei Unteroffiziere im Schlepptau.

»Gut.« José widmete sich wieder der Karte. Im Nordwesten, weit von Méridor entfernt, war ein großer Umriss mit der Aufschrift ›Amdra‹ eingezeichnet. Er war nie dort gewesen, hatte aber einiges über das alte Kaiserreich gehört, das sich lange den Eroberungszügen der Krone und dem Einfluss der Kirche widersetzt hatte. Von dort stammte die Stählerne Bank, die sich wie eine Heuschreckenplage über das gesamte Weltenrund ausgebreitet hatte. Derzeit waren viele méridorische Truppen in Amdra stationiert. Es war Zeit, sie nach Hause zu holen, um Heim und Herd zu verteidigen. Dabei diente ihr Kampf weder dem Schutz des Königreichs noch der Grenzen oder des Throns. Nicht einmal die Menschen waren wichtig. Sondern das Artefakt, das über Sieg oder Niederlage entscheiden konnte. Ein

Hammer mit solch einer Macht, dass Cernunnos seine kalten Finger danach ausstrecken würde.

»Unter dem Palast von Thargor, der Hauptstadt des alten Kaiserreiches, befindet sich ebenfalls ein Pfad der Träume.« José zog die Marmorfigur über Amdra nach Méridor. »Stabsoffizier Juanito?«

Ein älterer, stocksteifer Soldat mit einem grauen Bart wie eine Schaufel trat vor. Den Gerüchten nach war er einst ein hoher Don gewesen, ehe er sich dem Militärdienst verpflichtet hatte. »Capitán General?«

»Ihr werdet mit der Unterstützung einiger Paladine ins alte Kaiserreich aufbrechen und die dortigen Truppenverbände sicher nach Hause geleiten. Hochpaladin Gabriel wird Euch die ausgewählten Streiter zur Seite stellen.«

Gabriels Stiefelabsätze klickten, als er einen Schritt auf den Tisch zumachte. Sein Blick durchbohrte José. Doch die Zeiten, da er Menschen wie ihn gefürchtet hatte, waren lange vorbei. »Ihr sprecht nicht für die Kirche, Don José.«

»Ist das so?«, fragte José.

»Befehle nehme ich ausschließlich von Paladin Pablo de Aguilar entgegen.«

»In diesem Fall sollten wir uns auf eine höhere Instanz berufen. Findet Ihr nicht?«

Mit einem dröhnenden Glockenschlag landete ein Richthammer in Gabriels Hand, von dem Kondenswasser abperlte. Die Waffe war doppelt so groß und lang wie ein Streithammer und ein gewöhnlicher Mensch hätte sie nicht einmal heben können.

Gabriel schwang den Hammer in Josés Richtung. Nur eine Handbreit vor seinem Gesicht kam die Waffe zum Stillstand. »Ich habe Nachforschungen angestellt. Wusstet Ihr, dass Cristobal de Aguilar, unser geliebter König, nicht wie angenommen eines natürlichen Todes starb?«

»Ja«, antwortete José gelassen.

Raunend nahmen die Soldaten Abstand.

»Ihr kanntet die Wahrheit und habt sie dennoch verschwiegen, Don José?«

»Tut doch nicht so, als wäre Cristobals Tod nicht in Eurem Interesse gewesen.« José winkte ab. »Ihr habt nach einem Grund gesucht, die Macht der Kirche auszubauen, und da kam Euch das tragische Ereignis nur gelegen.«

Stiefel klackerten und Rüstungen klapperten. Ein Dutzend leuchtende Paladine strömte in den Saal und verteilte sich rings um José. Es war nur eine Frage der Zeit gewesen, bis es dazu hatte kommen müssen, aber es verwunderte ihn dennoch, dass es ausgerechnet jetzt geschah.

»Was habt Ihr vor, Hochpaladin?«, fragte er leise. »Wollt Ihr das Böse aus mir herausbrennen? Mich auf dem großen Platz erhängen?«

Gabriel rammte den Hammer mit dem Kopf auf den Boden. Splitter und Risse durchzogen die Karte. »War König Pablo de Aguilar einer jener Häretiker, die auf dem großen Platz zum Tode durch den Strick verurteilt waren?«

Die Eröffnung kam überraschend, wenn auch nicht so überraschend wie erwartet. »Wann habt Ihr das herausgefunden?«

»Beantwortet die Frage!«

Eine Kakophonie hallender Glockenschläge raste durch den Saal, als ein Dutzend goldene Waffen heraufbeschworen wurde. Die Leuchtkristalle flackerten und gedämpftes Zwielicht umfing die Anwesenden.

José strich sich den Knebelbart glatt. Das lief nicht wie geplant. »Ja, weil ich derjenige war, der ihn in Saville verhaften und nach Candaloz bringen ließ.«

»Was verleitete Euch zu dieser Tat?«

José lächelte. »Sagen wir, ich erkenne Möglichkeiten, wenn sie sich mir bieten.«

Gabriel beobachtete ihn. Seine besondere Gabe bestand darin, jede Lüge zu durchschauen. Betraf dies auch Götter? »Ist König Pablo de Aguilar der Sohn von Cristobal de Aguilar und damit der rechtmäßige Thronerbe?«

»Solltet Ihr das nicht besser ihn fragen?«

Klickend traten die Paladine näher.

Gabriel blieb ruhig. »Ich frage Euch, den Mann, der unseren geliebten König wie bei einem Taschenspielertrick zur rechten Zeit am rechten Ort ins Spiel gebracht hat. Und nun habt Ihr ihn in einer Zeit größter Not fortgeschickt, um Eure Kontrolle auszubauen. Wisst Ihr, was ich glaube, Don José?«

José schnaubte. »Ich habe schon lange aufgehört, mir darüber Gedanken zu machen, was andere Menschen glauben.«

Gabriel leuchtete brennend und grell vor pulsierendem Sonnenlicht. »Wenn ich Euch ansehe, erkenne ich eine tiefe Dunkelheit. Ihr seid der Grund für all das. Der Mann im Schatten. Der große Unbekannte. Was plant Ihr wirklich?«

Einen Moment war José versucht, seine Gabe zu nutzen. Er hatte den Drang stets unterdrückt, weil er selbst noch nicht wusste, wozu er fähig war. Jetzt wollte er diesen Paladin in die Schranken weisen, seine Macht beweisen, offenbaren, welche Kraft in ihm wirklich schlummerte.

Klick. Klack. Schlurf. Etwas näherte sich. *Klick. Klack. Schlurf …*

Gabriel ruckte hoch. Die Paladine sahen sich verwundert um.

Klick. Klack. Schlurf …

Eine Präsenz betrat den Raum, wie eine Sturmwand, die Gewitterwolken hinter sich herzog. Sie drang in Josés Verstand ein, drückte gegen seine Brust, raubte ihm den Atem.

Eine schwer gebeugte Gestalt aus Sand, Licht und Bewegung schloss zu ihm auf, stellte einen Gehstock vor sich ab, der Josés zum Verwechseln ähnlich sah, und blickte grimmig in die Runde.

Es war eine ganz natürliche Helligkeit, wie das Morgengrauen im Osten, das aus dem Gott hervordrang. Sandkörner glitten über seinen Körper, formten seine Konturen, sogar das unnachgiebige Gesicht. Das Palindrom befand sich stets in einem Zustand aus Entstehung und Vernichtung, aus Anfang und Ende.

»Genug!«, blaffte Kalak.

Die Paladine ließen ihre Waffen fallen, die sich zu Lichtstaub auflösten, und sanken ergeben auf die Knie. Jemand murmelte ein Gebet, dann herrschte wieder Stille.

Gabriel war der Einzige, der noch stand. »*La luz está contigo, Palindrom.*«

Kalak verzog das Gesicht und wedelte mit der Hand, wobei wallender Sand von ihm abtrieb. »Ja, ja, ja. Sei gesegnet und so weiter. Tut, was er sagt!«

Einen Augenblick sah es aus, als wollte Gabriel widersprechen. Dann neigte er den Kopf und trat zurück.

»Gut.« José wandte sich Juanito zu, der ungeachtet der Geschehnisse gefasst blieb. Er war genau der richtige Mann für diese Unternehmung. »Nachdem das geklärt ist, werdet Ihr Euch in drei Stundenkerzen vor der Kathedrale einfinden. Euer Stab soll sich für alle Eventualitäten vorbereiten. Der letzte Bericht ist längst überfällig.«

Juanito salutierte, ehe er davonmarschierte und seine Unteroffiziere mitnahm.

»Der Rest von Euch«, José schaute die verbliebenen Anwesenden nacheinander an, »wird in Kürze weitere Instruktionen erhalten. Wir werden den Paladiumabbau in Tirnanog verstärken und die hiesigen Kämpfer an ihre Treuepflicht gegenüber der Krone erinnern. Für einen Krieg brauchen wir Waffen.«

Gabriel ging zu der Figur auf der Karte, die über der abgelegenen Kolonie aufgestellt war. »Dank Artio sind die Stämme unter einem Banner vereint und die ersten Paladiumfuhren haben den Hafen von Candaloz erreicht.«

»Aber?«

»Das Bündnis ist nicht so gefestigt, wie erwartet.« Der Paladin stupste die Figur an, die hin und her wackelte. »Berichten zufolge droht es aufgrund der Abwesenheit der neu ernannten Königin zu zerfallen.«

José besah sich die Landkarte und ging zu einer Steinfigur am Rande des méridorischen Reiches, das Tirnanog am nächsten war. Das Gebiet war mit Saville markiert. Er nahm die Figur und schob sie nach Tirnanog. »Beltrán wird seine Truppen in die Kolonie beordern und dafür sorgen, dass sich die Stämme an die Abmachungen halten.«

»Sie könnten darin einen Bruch des Abkommens sehen.«

»Dann sollen sie das eben.« José funkelte die Anwesenden streitlustig an. »Wir haben keine Zeit für Befindlichkeiten.«

Ein Hauptmann mit einem ledrigen Gesicht meldete sich zu Wort. »Fürst Beltrán de Toledo ist seit einigen Monaten unpässlich.«

José brummte unzufrieden. »Wer vertritt ihn?«

Der Hauptmann regte sich unsicher. »Seine Tochter.«

»Dann werdet Ihr die Anweisungen an ... Was ist?«

»Seit den jüngsten Vorkommnissen in Saville, gibt es dort Kräfte, die an der Unabhängigkeit der Stadt festhalten.«

Ein, zwei Atemzüge vergingen, in denen José das Gehörte verarbeiten musste. »Unabhängigkeit?«, fragte er leise und drohend. »Eine Armee, die uns haushoch überlegen ist, rollt auf Méridor zu und Saville will *Unabhängigkeit?*«

Der Soldat weitete nervös seinen Kragen. »Wir werden uns darum kümmern, Capitán General.«

José sparte sich eine Antwort und ging zur nächsten Figur, die am Rande des Saals stand. Die Reservisten. Er schob sie in die Mitte genau über Candaloz, was bei einigen Anwesenden für Stirnrunzeln sorgte. »Wir werden alle Reservisten der bekannten Länder in unsere Armada eingliedern. Die Vorbereitungen dafür wurden bereits getroffen.«

Derselbe Hauptmann wie eben räusperte sich. Schweiß perlte auf seiner faltigen Stirn und er kratzte sich nervös unter der Kappe. Tello de Castil. Ein Mann, der wie viele der Anwesenden einen überraschenden Aufstieg hingelegt hatte – dank finanzieller Abhilfe seiner Familie.

José kniff die Augen zusammen. »Was?«

»Reservisten sind teuer, Capitán General.« Zustimmendes Gemurmel. »Die königlichen Schatzkammern wurden durch den Krieg gegen Tirnanog beträchtlich geleert. Außerdem ...« Er schluckte. »Außerdem weigerte sich der König die Steuern zu erheben, obwohl es vorherige Absprachen und Abstimmungen in seinem Beraterstab gab.«

Der Schmierstoff jeden Krieges war Gold. Seltsam, das eigene Überleben wurde bedroht und trotzdem klammerten sich die Menschen an Münzen, Reichtümer, Schätze, wertlosen Tand.

»Und?«

»Die hohen Dons weigern sich, weitere Mittel zur Verfügung zu stellen.«

»Wer?«

»Don Baltasar de Hortega.«

Baltasar. Natürlich. Nach dem Fall einiger der wichtigsten Häuser Méridors durch das Attentat beim königlichen Bankett vor einigen Monaten, hatten sich die Machtverhältnisse in Candaloz verändert. Nicht nur hatte sich das Haus Marques durch Vicentes Erbin Elle mit dem des Königshauses verbunden, auch waren die Oberhäupter der Valescos in dem blutigen Gemetzel gefallen. Eine Lücke, die das Haus Hortega nun zu füllen gedachte, während José verzweifelt darum bemüht war, einen Verteidigungsring gegen die Zwergenheere aufzustellen.

Er musste Baltasar dafür Respekt zollen, denn er hätte nicht anders gehandelt. Bestimmt hatte sein einstiger Weggefährte dafür gesorgt, dass die Obrigkeit seinen Worten Gehör schenkte und sich dadurch geschlossen Josés Bemühungen in den Weg stellte. Auch im Krieg ließ sich verdienen, sofern man als Gewinner hervorging. Die Spielchen der Reichen, um noch mehr von dem zu erlangen, was sie ohnehin zur Genüge besaßen. Zu Baltasars eigenem Unglück unterschätzte er den Feind, der sich auf das Königreich zubewegte.

»Ich werde mich darum kümmern«, sagte José schließlich und spürte Kalaks finstern Blick auf sich ruhen. Sie wussten beide, dass es einen Gott gab, der mächtiger war als sie. Ein Gott von solch entsetzlicher Macht, dass er jedes Wesen, unabhängig seiner Zugehörigkeit in den Bann zog. Der Krieg war für ihn eine Möglichkeit, seine Macht zu mehren. Und seine Hohepriester befanden sich im Herzen von Candaloz. In der Stählernen Bank.

»Verzeiht, Capitán General«, erwiderte Tello, sichtlich um Respekt bemüht, obgleich José sehen konnte, dass der Mann ihm keinen entgegenbrachte. »Aber das wird längst nicht reichen.«

»Ich sagte, dass ich mich darum kümmern werde!«

Der Hauptmann klappte den Mund zu.

»Die finanziellen Mittel werden bereitstehen, um die Reservisten zu bezahlen.« José wanderte weiter, ließ sich vom Zwielicht der Leuchtkristalle umfangen, roch den Angstschweiß der Anwesenden, genoss ihre unsicheren Blicke und wie sie sich duckten, sobald er an ihnen vorüberschritt.

Nach und nach stellte er mehrere Figuren an den Grenzpositionen Méridors ab, sodass sie einen Verteidigungsring um Candaloz ergaben. »Das bringt mich zum nächsten Punkt: die Einberufung.«

Die Anwesenden regten sich, dann standen sie wieder still.

»Jeder Mann und jede Frau im waffenfähigen Alter wird einberufen.« Er starrte die Hauptmänner herausfordernd an. »Es wird Zeit, dass die Armada zu neuer Stärke erblüht. Wir werden ein Heer aufstellen, das diese Welt noch nicht gesehen hat!«

Die entrüsteten Blicke perlten an ihm ab, wie Regen an einer Glasscheibe. Sicher, das hier überstieg bei Weitem seine Befugnisse, aber besondere Zeiten erforderten besondere Maßnahmen. Sie hatten nicht gesehen, was auf das Weltenrund zukam. Niemand hatte das. Alles, was er tat, war, der Welt etwas Zeit zu erkaufen, bis deren wahre Streiter ihre Aufgabe erfüllt hatten und zurückgekehrt waren. Mehr Hoffnung blieb ihm nicht.

»Zuletzt wird sich eine ausgewählte Gruppe Freiwilliger auf eine weite Reise begeben.«

Gemurmel. Unruhige Blicke wurden ausgetauscht.

»Eine Reise wohin, Capitán General?«, fragte Tello.

José sah zum Fenster und noch weit darüber hinaus zum Weltenbaum, der sich im blassen Dunst des Himmels verlor. »An einen weit entfernten Ort. Ein Ort, an dem etwas Neues entstehen wird. Das gelobte Land.«

Stille.

Er suchte einen jungen Offizier, der inmitten der geballten Führungskraft beinahe unterging. Sein Schnurrbart und der Pfeil unter seiner Unterlippe waren ordentlich getrimmt, die blaue Uniform war gestriegelt und saß passgenau und auch sonst wirkte er im Vergleich zu den restlichen Anwesenden, als hätte er durchaus Ahnung von der Position, die er bekleidete. »Pero de Soler.«

Der Offizier stand stramm. »Nur Soler, Capitán General. Ich entstamme einfachen Verhältnissen.«

José ging zu ihm und teilte die Menge wie der Bug das Meer. »Es heißt, Ihr seid ein Mann des Volkes.«

Pero sah stumm an ihm vorbei.

»Ihr werdet in der ganzen Stadt nach Freiwilligen suchen, die sich dieser Unternehmung anschließen. Jeder, der bereit ist, ein neues Leben an einem fernen Ort zu beginnen, wird dafür entlohnt.«

»Entlohnt, Capitán General?«

»Ein Taschengeld. Die nötigen Instruktionen werdet Ihr noch erhalten.« José strich seinen Knebelbart glatt. »Achtet darauf, dass die Glücklichen einen Beruf erlernt und die nötigen Fertigkeiten für gewöhnliche Arbeiten beherrschen. Ackerbau, Holzbearbeitung, Fischerei und so weiter. Ihr werdet eine Liste von mir erhalten. Könnt Ihr das für mich tun?«

Pero salutierte. »Jawohl, Capitán General!«

»Gut. Und jetzt alle raus hier!« Mit einem nachlässigen Wink schickte er die Anwesenden aus dem Raum, bis nur noch er und das Palindrom anwesend waren.

José kehrte zur Mitte zurück und erinnerte sich daran, dass es lange her war, seit sie allein gewesen waren. »Ihr werdet die Brücken für die Truppen öffnen müssen, Kalak.«

Das Palindrom seufzte – ein seltsamer Laut bei einem Gott. »Merlin befindet sich mit dem Paladin in der Krone des Lichts?«

Ein Krächzen hallte durch den Saal und ließ sie aufschrecken.

Langsam wandte Joes sich um. Eines der hohen Fenster war geöffnet – aus welchem Grund auch immer – und auf dem Sims hockte ein Rabe, der sie aus tiefschwarzen Augen musterte.

»Offensichtlich.« José widmete sich der Karte. »Die Druidin und die Assassine werden die Schwarze Sonne in der Ursprungsheimat der ersten Elfen bannen. Unser Blick auf die Unterwelt ist allerdings getrübt. Solange die Nekromantin ihre Rolle nicht erkennt, wird das Königreich von allen Seiten bedrängt. Der Tod, Kalak, ist nicht unser Verbündeter.«

Kalak lief die Karte ab. Dort, wo er auftraf, trieb weiterer Sand ab und umtanzte ihn. »Alles muss nahtlos ineinandergreifen, um Cernunnos aufzuhalten.«

»Wir sind auf alles vorbereitet.« José trat auf jene Stelle, die im Süden an Méridor angrenzte. Ein riesiges, schier grenzenloses Gebiet in den Wüstenmeeren von Elismere. »Wenn Ihr gewillt seid, könnten wir Eure alten Kampfgefährten zu Hilfe rufen. Vergesst nicht ...«

»NEIN!« Kalaks Gestalt zerplatzte und setzte sich vor José wieder zusammen. »Nicht sie.«

Mit einer solchen Reaktion hatte José gerechnet, aber nicht in dieser Intensität. Offenbar hatte er einen wunden Punkt getroffen. »Der kommende Sturm betrifft uns alle.«

Ein Anflug von Wehmut erfüllte Kalaks alte Augen. Dort lauerte viel Schmerz. »Die Existenz wird auf vielen Ebenen bedroht. Leben, Tod und ...«

»Träume.« José nickte langsam. »Auch darüber bin ich mir im Klaren.«

Kalak wanderte auf der Karte umher. *Klick. Klack. Schlurf.* Er blieb über ›Elismere‹ stehen und stieß den Stock auf. »Die Sandmagier haben ihre eigenen Kämpfe zu bestreiten. Eine andere Geschichte, José.« Der Blick des Gottes brannte sich wie glühende Widerhaken in José hinein. »Nicht diese.«

Zum Zeichen des Ergebens neigte José den Kopf und schritt weiter. Er gelangte zu Amdra, kräuselte die Lippen, als er an die Stählerne Bank denken musste, die dort ihren Hauptsitz hatte, und ging nach Varylien, einem abgelegenen Reich am anderen Ende des Weltenrunds, weit, weit im Südosten. Auch dort verweilte er kurz, bis er sich wieder in die Mitte begab.

So viele Möglichkeiten. So viele Fäden, die in einem weitmaschigen Geflecht zusammengeführt wurden. So viele Pfade, die sich kreuzten, um an einem Punkt zusammenzulaufen.

Er blieb über Candaloz stehen.

»Die drei Paladine wissen nicht, was sie in Muspellsheim erwartet«, sagte Kalak. »Das Schwarze Herz ist essenziell für die Waffe, doch es verlangt Opfer.«

»Die wir alle bringen müssen.«

»Nicht dieses. Der Barde ist nicht vorbereitet.«

José gestattete sich ein listiges Lächeln. »Oh, der Barde ist vorbereitet. Dafür habe ich gesorgt.«

Kalak beobachtete ihn mit Augen so groß wie die Sterne. Aus seinem Schmerz und seinem Groll gegenüber seiner Bürde hatte er nie einen Hehl gemacht. Kalak hatte nie gewollt, dass sich eine Glaubensgemeinschaft um ihn bildete, die das Weltenrund in seinem Namen mit Unterdrückung peinigte. »Hast du über deine Rolle nachgedacht?«

José winkte ab. »Nicht jetzt. Wir müssen …«

Ein lautes, widerhallendes Knacken ertönte. Risse durchzogen das Gemäuer, die Decke klaffte auf und violettes Dunkellicht quoll dahinter hervor wie Eiter aus einer Wunde; es breitete sich aus, wurde zu Wind, der José umtoste, durchsetzt von Blitzen und ohrenbetäubendem Krachen.

»DEINE ROLLE!« Die Stimme krachte wie Donnerschläge.

Der Boden, die Wände, die Decke zerbrachen. Bruchstücke wurden von dem Wirbel aufgenommen und in den sternbestäubten Nachthimmel geschleudert. Die Stadt, das Land, all das war verschwunden. José existierte zugleich in Méridor und diesem anderen Ort, an dem das Palindrom erschaffen worden war, um die Menschheit vor der Verheerung zu erretten.

Er hielt den Kopf in den Wind und trotzte der geballten Macht. In alldem hörte er denselben Rhythmus – einzelne, stetige Herzschläge. Wie damals bei ihrem ersten Treffen.

José stellte gelassen den Stock vor sich ab und blickte dieses entsetzliche, gewaltige, göttliche Licht an, das Kalaks wahre Macht enthüllte. »Ich habe die Seele eines toten Gottes aufgenommen.«

Kalak schlurfte näher, beobachtete ihn. »WELCHE ROLLE NIMMST DU EIN?«

»Ich binde die neun wahren Paladine. Ich bin ihr Gott. Ich bin der Einzige …«

»NEIN.« Kalak schüttelte den Kopf und Licht und Sand trieben von seiner verkrüppelten Gestalt ab. »WELCHE ROLLE NIMMST DU EIN?«

»Ich führe sie.«

Kalaks Blick wanderte zu Josés Stock. Es war jener, den Kalak zu Lebzeiten getragen hatte. Seltsam, dass er selbst mit all seiner Göttlichkeit die Gestalt eines alten, verkrüppelten, jähzornigen Mannes angenommen hatte. »DU TÄUSCHST DICH SELBST.«

José runzelte die Stirn. »Ich bin ein …«

»TÄUSCHER!« José trat näher. »DU HAST ZAHLLOSE LE-
BEN GELEBT, BETROGEN, GERAUBT, GEMORDET,
INTRIGIERT. SOLDAT, ASSASSINE, PALADIN, KAUF-
MANN, DON, GOTT. WELCHE ROLLE NIMMST DU EIN?«

José verfügte über eine ebenso erdrückende Gabe, auch wenn er
sich ihr bislang nicht gestellt hatte. Aber der Zorn, mit dem Kalak
ihn bedachte, machte ihn ausnahmsweise sprachlos. Darauf war er
nicht vorbereitet.

»GÖTTER VERKÖRPERN WESENHEITEN DER SCHÖP-
FUNG. DU TRÄGST MEINEN STOCK, JOSÉ. WILLST DU
MEINE STELLUNG EINNEHMEN?«

José zögerte. Was brachte es, die Wahrheit zu leugnen? »Würden
wir dieses Gespräch führen, wenn du mich nicht als deinen Nachfolger in Betracht ziehen würdest?«

»DU BIST EBENSO UNBESTÄNDIG WIE SCHLAGFER-
TIG.«

»Ich bin, was die neun Welten brauchen.«

Das Gesicht des Palindroms verfinsterte sich. »WILLST DU
WISSEN, WAS ICH IN DIR SEHE?«

José legte die Hände auf den Stockknauf, um seine Aufregung zu
verbergen. »Erleuchte mich, Gott.«

»DU BIST AMORALISCH, UNLOYAL UND NUR DIR
SELBST TREU.« Jedes Wort ließ den Schutzwall, den José um sich
errichtet hatte, erbeben. »DU VERRÄTST ANDERE, UM DICH
SELBST ZU RETTEN, DENUNZIERST UND LÜGST. DU
BIST DES EINEN FREUND UND WIRST ZU SEINEM
FEIND, SILBERHAND.«

Silberhand ... Der Name, den José eine Zeit lang getragen hatte,
hallte in seinem Kopf wider. Mehr als einmal hatte er andere getäuscht, Marionetten vorgeschickt, um seine Ziele zu erreichen. Dabei hatte er all das getan, um das Weltenrund auf den Sturm vorzubereiten.

»WER WILLST DU SEIN? EIN GOTT DER TÄUSCHUNG
UND LÜGEN?«

»Ich weiß es nicht ...«

»FINDE ES HERAUS!«

José fand keine Antwort. Er stand da, eingeschüchtert, verwirrt und all seiner Gedanken beraubt, während Kalak sich abwandte und mit jedem schlurfenden Schritt zerfaserte wie ein Sandgebilde, das vom Wind erfasst wurde.

Was wahre Helden ausmacht

Monate zuvor

Basil reckte sich und versuchte, mehr von Saville auszumachen. Die Stadt verdankte ihre Berühmtheit der Tatsache, die Heimat des neuen Königs von Méridor zu sein. Pablo de Aguilera war vielen noch als Bildhauer ein Begriff; ein Ketzer, der am großen Platz ein Götzenbild erschaffen und damit den Zorn der Kirche auf sich gelenkt hatte. Das alles lag noch nicht lange zurück. Seit er jedoch den Thron bestiegen hatte, wurde seine Geschichte stets neu erzählt und ausgeschmückt, bis niemand mehr wusste, was wirklich geschehen war.

Wie vergesslich die Menschen doch waren.

Zweifelsohne war Saville nicht weniger eindrucksvoll als Candaloz, was auch der grünen und ertragreichen Landschaft geschuldet war. Jenseits der grasbewachsenen Hügel und Weiden umschloss eine hohe Mauer ein weites Rund, gekrönt von bewährten Türmen, die zu jeder Tageszeit bemannt waren. Es hieß, die dort postierten Bogenschützen könnten jedes Ziel aus einer Meile Entfernung treffen. Basil wusste aus Erfahrung, dass es nicht stimmte.

Hinter den Mauern erstreckte sich ein Teppich cremefarbener Bauten, mit breiten Veranden und blassroten Ziegeldächern. Von seiner Position aus konnte er nicht die gesamte Stadt überblicken, aber er erinnerte sich nur allzu gut an die grünen Parks, weiten Plätze und vielen Kanäle, die das verwinkelte Häusergewirr durchzogen. Hingegen unübersehbar war der Palast des Fürsten. Mehrere viereckige Türme mit angegliederten Seitenschiffen ragten im Zentrum auf einer natürlichen Erhebung empor, damit bereits aus der Ferne jeder Besucher ahnte, wer die größten Klöten hatte. Die des Stadtfürsten waren groß wie Melonen.

Mit einigem Unbehagen saß Basil hinter dem glorreichen Anführer der mindestens ebenso glorreichen Truppe und suchte nach einer Möglichkeit, ihre glorreiche Ankunft in Saville hinauszuzögern. Bei aller Mühe fiel ihm jedoch kein geeigneter Plan ein. Außerdem starrte ihn jedes Mal, wenn er sich umblickte, der Riese an, als wüsste er bereits, was Basil plante. Möglicherweise hätte er das Problem offen ansprechen sollen, allerdings war seine überstürzte Flucht nicht spurlos an den anderen vorübergegangen.

Verhalte dich ganz unauffällig. Du hast schon Schlimmeres durchgestanden.

Sein letzter Besuch in Saville lag schon eine Weile zurück und er erinnerte sich nur allzu gut daran, wie er mit wehenden Fahnen davongaloppiert war, um nicht doch bei den Spielen in der großen Arena einen äußerst unrühmlichen Tod zu finden. Jeder musste eben zusehen, wo er blieb. Sein Kopf blieb am liebsten auf seinem Hals.

»Eure Furcht ist unbegründet, Barde«, sagte Lorenco, als hätte er seine Gedanken erraten. »Saville ist ein friedlicher Ort für alle jene, die die Gesetze achten.«

»Das ist das Problem«, erwiderte Basil leicht verstimmt.

»Ein Ehrenmann sagt stets die Wahrheit.«

»Wie gut, dass ich keiner bin.«

»Schmälert nicht Eure Taten. Man sagt, Ihr hättet den Fürsten von Saville von einer unheilbaren Krankheit geheilt.«

Also *das* war ihm neu. »Hast du die Rolle eigentlich vorher geübt, oder bist du wirklich so?«

»Auch ich wurde erst zum Helden geschmiedet, mein guter Freund.« Lorenco nickte ihm gewichtig zu. »Wenn die Zeit gekommen ist, wird Euch der Heldenmut wie eine reife Frucht in den Schoß fallen.«

Was hätte Basil auf den pathetischen Schwachsinn antworten sollen? Es mochte vielleicht für die anderen gelten, da sie artig die Regeln befolgten, aber wenn man im Dreck aufwuchs und jeder Tag ein Kampf ums Überleben war, dachte man nicht vorher darüber nach, ehe man dem geizigen Händler den Pfirsichkuchen vor der Nase wegschnappte.

An der nächsten Weggabelung sank Basil das Herz in die Knie.

Es waren zehn Reiter, die auf sie warteten, als sie um eine nicht einsehbare Biegung kamen, gut bewaffnet und gerüstet, mit dreckigen Gesichtern, aber sauberen Waffen, jeder von ihnen ein erfahrener Soldat. Alle trugen sie Kettenhemden über rotem Stoff und lange

Speere, die Spitzen gesenkt und angriffsbereit. Sie hatten sich den Ort gut ausgesucht, das musste man ihnen lassen, und den Pferden Lumpen um die Hufe gewickelt, um den Aufschlag zu mildern. Ihr Anführer saß auf dem Pferd wie ein großer Sack Rüben und hing mit der Lässigkeit des erfahrenen Reiters in seinem Sattel.

Gerade hatte Basil zu hoffen begonnen, dass er sich auf das Abenteuer einlassen und sich zum bestmöglichen Zeitpunkt abseilen konnte. Für einen Augenblick hatte er sich gehen lassen und nicht aufgepasst. Leider war es gerade dieser, auf den es ankam.

»Basil.« Der Anführer nickte ihm zu. »Es ist eine Weile her.«

»Enrique.« Basil zwang ein Lächeln auf sein Gesicht. »Freut mich, dich zu sehen.«

»So? Das letzte Mal, als du meinen Fürsten betrogen hast, wirkte das noch anders.«

»Lass es mich erklären.«

»Ich höre.«

Die Blicke seiner Gefährten brannten im Nacken. Gut, dass er hinter Lorenco saß, weil dessen überbordendes Gehabe das Letzte war, das er jetzt gebrauchen konnte.

»Lass dich ansehen, Basil!« Enrique musterte ihn knapp. »Beschissen siehst du aus. Was ist passiert?«

»Das Leben ist passiert, mein Bester.«

»Ah, das Leben.« Der Blick des alten Kämpfers glitt langsam über Lorenco, Krog, Disha, Kriana und einen Tick zu lang über Wagrim, und besah sich genau, welche Waffen sie hatten oder auch nicht hatten. Wie immer legte er seine Vorgehensweise zurecht. Ein dümmerer Gegenspieler hätte ihre Aussichten vielleicht ein wenig erhöht, aber Enrique war der Schuldeneintreiber des Fürsten von Saville und er war kein Narr. Eine höchst ungünstige Kombination. Enriques Blick blieb schließlich an der Vihuela hängen, deren Hals über Basils Schulter hinausragte, und er schüttelte bedächtig den Kopf.

»Keine Tricks, Barde. Du siehst doch, wir haben dich.« Enrique nickte zu den Bäumen hinter ihnen.

Basils Herz sank tiefer. Acht weitere Reiter waren hinter ihnen aufgetaucht und trotteten nun vorwärts, um die Falle endgültig zuschnappen zu lassen. Ihre umwickelten Hufe verursachten kein

Geräusch auf dem Boden. Enrique hatte recht, verdammt. Basil hatte doch gewusst, dass ein Besuch in Saville ihrem Abenteuer nicht gerade zuträglich wäre, aber um in die Verlorenen Berge zu gelangen, blieb ihnen keine andere Wahl.

Enrique ließ sein Pferd ein wenig nach vorn gehen, eine Hand am Griff seines Rapiers, die andere auf dem Knie. Er brauchte nicht einmal die Zügel, denn er war dafür bekannt, ein meisterlicher Reiter zu sein.

»Werter Soldat!«, sagte Lorenco mit stolzer Stimme. »Wir haben keinen Zwist mit Euch und kommen in Frieden.«

»Das mag für Euch gelten, aber nicht für ihn.«

»Basil gehört zu unserer abenteuerlichen Gruppe. Solltet Ihr einen Zwist mit ihm haben, dann habt Ihr einen mit uns allen.« Allerdings wirkten die anderen ihrer Gruppe keineswegs, als teilten sie seine Ansicht. Kriana verzog das Gesicht, Krog schnitzte teilnahmslos an seinem Stab, Disha betrachtete die Stadt und Wagrim … Er zog ein Gesicht, als hätte man ihm geradewegs zwischen die Beine getreten.

Enrique lächelte, aber es reichte nicht bis zu seinen gefährlich funkelnden Augen. »Ich rate Euch dringend, diese Einstellung zu überdenken.«

Lorenco legte locker eine Hand auf den Griff seines Schwertes. »Bei meiner Ehre habe ich geschworen, keinen meiner Kampfgefährten im Stich zu lassen. Zwingt mich nicht, diesen Schwur zu brechen.«

»Hörst du das, Basil? Er kennt dich offenbar nicht sonderlich gut.«

Der Kämpfer zückte einen Beutel und wog ihn in der Hand. »Wie viel schuldet er Euch, werter Soldat?«

»Dreitausendvierhundertachtundsiebzig Dukate.«

Lorenco zögerte, dann steckte er den Beutel zurück. »Nun, diese Schulden können wir nicht sofort begleichen. Dennoch bin ich sicher, dass wir …«

»Außerdem schuldet er der Tochter des Fürsten ihre Jungfräulichkeit.«

»Auch diese Schuld können wir unmöglich …«

Sirrend glitt Enriques Schwert aus der Scheide. Er richtete die Spitze auf Lorenco und lächelte grausam. »Übergebt uns den Schwindler und Euch soll kein Leid geschehen.«

»Ich bedaure. Dies ist nicht mit meiner Ehre vereinbar, werter Soldat.«

Basil rutschte unruhig herum. »Lasst mich mit Beltrán reden. Hier liegt zweifellos ein Missverständnis vor.«

»Ein Missverständnis?« Enriques Gesicht verfinsterte sich. »So nennst du das also? Du hast bei deinem Leben geschworen, mit deiner Gabe meinen Herrn von seinem Leid zu erlösen!«

»Lasst mich mit ihm reden. Bitte.«

»Wir werden dich zu ihm bringen, Barde. In Ketten und auf Knien!«

»Vorsicht, tapferer Soldat!«, sagte Lorenco.

Am liebsten hätte Basil den Schwachkopf an den Schultern gerüttelt. Achtzehn Soldaten gegen sechs. Das machte drei für jeden. So schnell konnte er kein Lied anstimmen, um sie alle zu betören. Also blieb ihm nur eine Wahl.

Er rutschte aus dem Sattel, landete etwas ungelenk auf dem Boden und wollte sich zu den Soldaten begeben, aber Lorenco hielt ihn mit einer Hand zurück und nickte ihm erhaben zu.

»Fürchtet Euch nicht, Barde. Ich werde Euch retten.«

»Das ist nicht nötig.«

»Und ob es das ist. Wir sind Helden. Wir kämpfen für Gerechtigkeit.«

Basil runzelte die Stirn. »Sag mal, hast du mir überhaupt zugehört? Ich gehe *freiwillig* zum Fürsten.«

Lorenco neigte den Kopf. Offenbar würde der Kämpfer niemals eine Entscheidung treffen, die gegen seine Tugendhaftigkeit verstieß. Deshalb war Basil sicher …

Lorenco federte aus dem Sattel, machte einen Riesensatz auf Enrique zu und stach das Schwert durch den Hals des Pferdes. Das Tier wieherte und kreischte, knallte zu Boden und begrub den Reiter unter sich. Der alte Kämpfer brüllte auf, als das Tier seine Beine zerschmetterte.

Basil klappte die Kinnlade runter.

Mit einem eleganten Schwenk wischte Lorenco das Blut von der Klinge und stürzte sich unter johlendem Kampfesgebrüll auf die Übermacht. Basil erwartete, dass der Kämpfer beim ersten Hieb fiel, aber er glitt geschickt wie Wasser zwischen den zustechenden Speeren und Schwertern. Es war, als wüsste er ganz genau, wie seine Feinde ihn attackieren und wie die Klingen im Wind singen würden.

Als ihm eine Speerspitze zu nahe kam, riss er den Arm hoch. Sirrend ratterten stählerne Lamellenstücke aus der Unterarmschiene und griffen lückenlos zu einem Rundschild ineinander. Er fing den Hieb ab, griff in der Bewegung nach einem Krummschwert, zog es dem Reiter mit einem »Ha!« über den Brustkorb, federte weiter und wollte es doch tatsächlich mit sechzehn weiteren Kämpfern aufnehmen.

Was, zur Verheerung, war hier los?

Eine Maus huschte an Basil vorbei. Sie flitzte ein Pferd empor und kroch unter die Rüstung des Reiters, der einen wilden Tanz aufführte und aus dem Sattel fiel. Die Maus biss die Pulsader durch, und der Soldat verblutete elendig.

Im Augenwinkel sah Basil, wie Disha einen schimmernden Stein verschluckte und Krog seinen geschnitzten Holzstab in die Erde trieb. Seltsame, schauderhafte Fratzen waren darin herausgearbeitet.

Dann brach das Chaos aus.

Bockende, schnaubende Tiere, aufeinanderprallendes, klirrendes Metall, Fluchen und Schreien. Die Reiter preschten auf sie zu, um ihnen den Garaus zu machen. Basil stand wie festgenagelt da und wusste nicht, ob er lachen oder weinen sollte.

Eine Naturgewalt donnerte an ihm vorbei und rammte ein Pferd samt Reiter um. Wie von Sinnen drosch Wagrim auf den Soldaten ein, bis nur noch eine blutige Masse von ihm übrig blieb. Dann wandte er sich den anderen zu und *wuchs*, sodass er an Größe und Gewalt sogar die Reiter überragte.

Mit einem Knall landete seine Faust am Kopf des Pferdes, der herumgerissen wurde und zerplatzte. Kriana hatte sich das nächste Ziel auserkoren und ließ auch den zweiten Soldaten aus dem Sattel fallen. Lorenco bewegte sich weiterhin inmitten der Hiebe und dem Stechen der Soldaten umher und führte eine Waffe nach der anderen mit vollendeter Präzision. Wenn ihm jemand zu nahe kam, blockte er ab, lenkte den Angriff um und setzte dann nach. Erst führte er einen Anderthalbhänder, dann zwei Krummschwerter, im Anschluss Kurzschwert und Schild, schließlich einen herrenlosen Speer, den er mit solch einer Wucht warf, dass er einen Reiter glatt aus dem Sattel warf.

»Nehmt das!«, rief Lorenco. »Dies war Eure letzte Untat, räudiger Schuft!«

»Hört auf!«, rief Basil. Seine Stimme ging in all dem Lärm unter.

Er stand da, vollkommen erstarrt von dem Anblick, der sich ihm bot. Er könnte ein Lied anstimmen, um sie von dem Gemetzel abzuhalten, aber er konnte sich nicht bewegen, nicht einmal denken. Am meisten faszinierte ihn Disha, die an ihm vorbeihuschte. Von ihren weiblichen Konturen blieb ihm kaum etwas verborgen, aber irgendwie hatte sie sich in eine wandelnde Waffe verwandelt. Ihr gesamter Körper war mit einer glänzenden, malachitfarbenen Schicht überzogen, und sie funkelte wie ein geschliffener Edelstein – selbst ihre Haare waren verwachsene Splitter. Ihre Finger jedoch waren lange Klauen, mit denen sie einem Pferd die Flanke zerschlitzte und die Gedärme herausquellen ließ. Sie stürzte sich auf den nächsten Soldaten, dessen Reittier sich aufbäumte und ihn abwarf. Disha schlug auf sein Gesicht ein, und der Schädel knackte nach innen wie eine Walnuss.

Als ein Speer nach ihr stach, schrammte das Metall wirkungslos an ihrem Körper ab. Zur Antwort zerteilte sie ihrem Widersacher die Brust, sodass die blutverschmierten Rippenbogen unter dem geöffneten Kettenhemd zum Vorschein kamen.

»Haltet sie auf!«, brüllte ein Soldat. »Haltet sie …« Sein Ruf erstarb, als Wagrim ihm den Kopf zerschmetterte.

»Zusammen, tapfere Gefährten!« Lorenco befand sich im Zentrum des Gedränges. »Wir werden obsiegen! Wir werden obsiegen!«

Ein Soldat stapfte auf Basil zu, groß und dreckig. Enrique. »Ich wusste, dass du Probleme machst, Barde! Ich wusste es von Anfang an!«

Basil trat einen Schritt zurück. Und noch einen. Als Enrique sich vor ihm aufbaute, glühte der Boden unter ihnen in gespenstischem

Licht auf. Aus Rissen und Spalten strömte es wie Geisterhauch heraus und bildete ein großes, rundes Symbol wie ein Schutzkreis.

Enrique öffnete den Mund und riss entsetzt die Augen auf. Noch während er die Hände hob, verlor seine Haut die Farbe und wurde brüchig wie Papier. Tiefe Furchen zogen sich durch seine eingefallenen Züge, ihm fielen die Zähne und die Haare aus. Nun wirkte er um Jahrzehnte gealtert. Er stolperte auf Basil zu und streckte die Hand nach ihm aus. Das Fleisch verdorrte, die Knochen kamen zum Vorschein, und dann sackte er als Gerippe zu Boden. Innerhalb weniger Atemzüge hatte er sich von einem Mann in den besten Jahren in einen Greis verwandelt.

Enrique röchelte und keuchte, den Blick anklagend auf Basil gerichtet. Schließlich bewegte er sich nicht mehr, wirkte wie das Skelett eines Menschen, der schon seit Jahren begraben lag.

Erschüttert wandte Basil sich um. Hinter ihm stand der Schamane, und daneben war der Stock in die Erde getrieben, der in hörbarem Rhythmus pulsierte, sodass Steinchen und Kiesel zitterten. Mit jedem Puls strömte mehr von dem Licht aus den Spalten.

»Was, zur Verheerung, war das?«, hauchte Basil.

»Ein Totem«, sagte Krog beiläufig. »Die Geister mögen dich, Barde. Komm und hilf mir.«

Wie von einem anderen Willen beseelt trat Basil neben den Schamanen, der einen eigenartigen Geruch nach Kräutern, faulen Eiern und etwas anderem verströmte, das er nicht zuordnen konnte. Weiter vorne tobte immer noch das blutige Gemetzel.

Eine blutverschmierte Maus mit einer lahmen Pfote huschte zu ihnen. Als sie den Schutzkreis des Totems betrat, verwandelte sie sich in eine junge Frau zurück. Kriana kroch zu einem Bündel Lumpen, warf es sich über und betastete ihre verletzte Hand.

»Möchtest du?«, fragte Krog.

Basil blinzelte ihn an. »Was?«

»Das Totem will, dass du es streichelst. Es mag dich wirklich sehr.«

Sonst war Basil stets für einen lockeren Spruch zu haben, aber was sich hier abspielte, überstieg alles Dagewesene. Ohne nachzudenken, legte er seine Hand auf den Holzstab.

Ihn durchströmte etwas wie ein zweites Bewusstsein. Er zitterte, schauderte, bebte mit dem Puls, der ihm bis ins Mark drang.

Krog tat nichts anderes, als dazustehen. Denn er war es nicht, der die Macht der Geister entfesselte. Der Schamane war lediglich ein Gefäß.

Es gab keinen lauten Ausruf, keine fremdartige Beschwörung, keine geheimnisvollen Gesten. Die Luft um sie flimmerte wie über dem Land an einem heißen Tag, und Basil fühlte ein seltsames Ziehen in seinem Bauch.

Dann, mit einem Knall, erweiterte sich der Schutzkreis und die Soldaten erstarrten in der Bewegung. Das Gras verdorrte, die umstehenden Bäume verloren all ihr Grün und verkümmerten zu Gerippen. Selbst der Wind verlor an Kraft und wurde zu einem lauwarmen Lüftchen. Die Soldaten vertrockneten wie alles andere in der Umgebung. Rasselnd und klappernd verloren sie ihre Waffen, sackten auf die Knie, krochen verzweifelt über die Erde, während ihre Haut abblätterte wie alte Baumrinde. Ihr Fleisch verfaulte, ihre Zähne, Haare und Augen fielen aus und alles Leben wurde aus ihnen herausgewrungen wie Wasser aus einem feuchten Handtuch.

Auch vor den Pferden machte die Verwandlung keinen Halt; sie schlugen aus, warfen sich herum, schnaubten vor Angst, während sie innerhalb weniger Lidschläge zu leblosen Gerippen verdorrten. Enriques Pferd lag auf der Seite; eines seiner Beine zuckte noch, die anderen drei rührten sich nicht. Zwischen den Verfluchten standen Lorenco, Disha und Wagrim und blickten sich verwirrt um, triefend vor Blut und scheinbar unverletzt.

»Nun«, sagte Krog, und das gedämpfte Geräusch schreckte Basil auf. Irgendwie hatte er erwartet, er würde nie wieder etwas hören.

Der Schamane ließ den Stab los und zwang Basil ebenfalls, seine Finger zu lösen. Der Stab hatte sich verändert. Jetzt war er mit Moos, Efeu, Blättern und Zweigen überwuchert und tief mit der Erde verwurzelt. Als hätte er all das Leben der Menschen und Tiere aufgenommen, um sich daran zu bereichern. Die geschnitzten Gesichter, die unter all dem Gewächs kaum noch zu erkennen waren, lächelten zufrieden. »Die Geister nehmen unsere Opfergabe an.«

Krog klang ruhig, aber seine Hände zitterten. Sehr sogar. Er sah ausgezehrt aus, krank, alt, wie ein Mensch, der zehn Meilen von einem Karren mitgeschleift worden war. Basil starrte ihn an und brachte keinen Laut hervor. Er hatte die Präsenz der Geister gespürt. Und ihren kalten, berechnenden Zorn.

»Das ist also die Kunst eines Schamanen, ja?« Seine Stimme klang sehr leise und weit weg.

Krog wischte sich unter der Maske über das Gesicht. »Eine Art davon zumindest. Nicht besonders hübsch anzuschauen.« Er wies über die Leichen der besiegten Soldaten. »Aber wirkungsvoll.«

Lorenco kam zu ihnen, sammelte dabei seine Waffen auf und schob sie in die Halterungen zurück. Ein gefährliches Funkeln lag in seinen Augen, als hätte er den Kampf genossen. Disha hatte sich wieder zurückverwandelt. Und Wagrim? Er stand leicht vornübergebeugt zwischen den Leichen und murmelte vor sich hin.

»Ein wahrlich gelungener Einfall, das Totem zu verwenden!« Lorenco nickte seinen Mitstreitern erhaben zu. »Nun wird der Fürst von Saville niemals wieder Hand an einen unserer Kampfgefährten legen.«

»Warum hast du das getan?«, fragte Basil.

»Ich habe unsere Ehre verteidigt.«

»Unsere Ehre? Verheerungsverdammt, das wollte ich nicht!«

»Es ist unerheblich, ob Ihr den Kampf wolltet, oder nicht. Dies war unsere Feuerprobe. Wir sind Obsieger!«

Basil blickte sich unverständlich um. »Es gab keinen Grund, die Männer zu töten.«

Lorencos Hand landete auf seiner Schulter. »Ein Held zu sein, ist eine Bürde. Lasst Euch deshalb niemals von Eurem Verständnis von Moral davon abhalten, das Richtige zu tun.«

»Und was ist das Richtige?«

»Unsere Mission. Sie ist äußerst wichtig.«

»Für wen? José?«

Lorenco schüttelte den Kopf. »Es geht hierbei um weitaus mehr. Daher muss ich zu meinem Bedauern betonen, dass ich, der Waffenmeister, nicht ehrlich zu Euch war.« Er schloss die Augen und sog tief die Luft ein. Als er sie wieder öffnete, wirkte er gefasst. »Ja, ich wusste, dass Ihr in Saville ein gesuchter Mann seid. Und ich wusste, dass die verruchten Gefolgsleute des Tyrannen uns auflauern werden wie hinterhältige Halunken!« Der Kämpfer ließ ihn los. »Sagt mir, Barde, wonach sucht die heldenhafte Truppe in jeder Geschichte?«

»Soll das ein Scherz sein?«, fragte Basil.

»Keineswegs. In jeder Geschichte geht es um einen besonderen Gegenstand, der den Abenteurern dabei hilft, ihre Mission zu bewältigen. Das Artefakt, das wir benötigen«, mit ausholender Geste zeigte er nach Saville, »befindet sich innerhalb dieser Mauern!«

»Was für ein Artefakt?«

»Ein Schlüssel. Um ihn zu erlangen, müssen wir eine Prüfung meistern.«

»Ich raff's nicht.«

»Dann lass es!«, blaffte Kriana und verband sich die verletzte Hand. »Oder glaubst du wirklich, wir haben das für dich getan?«

Der Waffenmeister dankte mit großer Geste seinen Kampfgefährten, schwang sich wieder in den Sattel und trabte los. Kriana und Krog folgten ihm, selbst Wagrim kletterte wortlos auf sein Pferd und ritt hinterher.

»Allmählich bekomme ich ein Bild von dir«, flüsterte ihm jemand zu.

Basil fuhr zusammen. Er hatte gar nicht bemerkt, dass Disha neben ihn getreten war. Ihr violettes Gewand und ihr goldener Schmuck täuschten nicht länger darüber hinweg, zu welch grausamen Dingen sie fähig war. Er legte sich die Worte zurecht, versuchte, sie zu einem Satz zu ordnen, aber immer noch war er nicht fähig, etwas halbwegs Sinnvolles zustande zu bringen.

»In meiner Heimat gibt es nur noch sehr wenige Alchemisten.« Sie führte ihn zu den Steigbügeln und ließ ihn zuerst aufsteigen. Dann drückte sie sich gegen seinen Rücken und schlang ihre Hände um seine Hüfte. Er stellte sich vor, wie sie zu Klauen wurden, um ihm die Eingeweide herauszureißen.

»Die Alchemisten, die noch leben, hüten ihre Gabe wie einen kostbaren Schatz.« Bedauern schwang in ihrer Stimme mit. »Denn sie wussten schon lange, dass sie irgendwann nichts weiter als eine

Waffe sein würden. Wir nutzen den Funken, der in allem steckt, was uns umgibt, und transmutieren ihn.«

»Du suchst nach etwas, nicht wahr?«

»Wir alle suchen nach etwas, das für uns von besonderem Wert ist«, hauchte sie ihm in den Nacken. »Macht. Gold. Liebe. Tod. Wonach suchst du?«

Er dachte kurz über ihre Worte nach. »Vielleicht will ich einfach nur leben.«

»Leben.« Sie machte eine Pause. »Der größte Schatz, den wir nicht hergeben sollten. Ich suche nach einem Stein.«

Er gab dem Pferd die Sporen und es trabte los. »Das ist wohl nicht irgendein Stein, wie?«

»Es gibt eine Legende darüber, die dir nichts sagen wird.« Ihr Griff um seine Hüfte wurde fester. Es gefiel ihm, auch wenn es ihm etwas Unbehagen bereitete. »Er dient dem Einsatz gegen Disharmonien, ein Allheilmittel von höchster Reinheitsstufe und als Symbol für die Umwandlung des niederen in das höhere Selbst.« Ihre Stimmlage veränderte sich, wurde tiefer und rauer. »Dieser Stein, der kein Stein ist, dieses kostbare Ding, das ohne Wert ist, dieses mehrgestaltige Ding, das keine Form besitzt, dieses unbekannte Ding, das jeder kennt.«

»Warum erzählst du mir das?«

»Damit du verstehst, dass die Menschen tun, was immer nötig ist, um ihr Ziel zu erreichen. Denn das Leben, Basil, ist nicht der Kampf zwischen Gut und Böse. Sondern der zwischen Böse und Schlimmerem.«

Sie verließen den Flecken toter Erde und trabten über die Straße inmitten blühender Wiesen und reifer Felder auf eine Stadt zu, die noch nicht wusste, welcher Schrecken ihnen bald Gesellschaft leisten würde. Eine Gruppe wahnsinniger, selbstgerechter Mörder. Basil musste über Dishas Worte nachdenken und kam zu dem Ergebnis, dass sie recht hatte.

Es gab keine Helden.

Erste Prüfung

Nebel driftete über den Boden wie Geisteratem. Ein milchiger Schleier lag darüber und die Farben verblassten zu einem diffusen Graublau. Hier, inmitten des Rings, war die Welt eine andere.

In hundert Schritt Entfernung waren die Hügel, Säulen und Erhebungen Muspellsheims kaum noch zu erahnen. In zweihundert waren sie nur mehr Schemen und die wenigen aufflackernden Lichter der Geysire und Feuerflüsse wabernde Gespenster, verschwommen in der trügerischen Dämmerung. Alles dahinter verblasste.

An diesem Ort herrschte angenehme Stille. Lediglich ein Rauschen, das einen sanften Klangteppich wob, glitt als beruhigender Schlaf zu Andvari. In diesem Reich, das sich außerhalb der Wirklichkeit befand, konnte er ganz er selbst sein.

Andvari stand in zwergischer Gestalt am flachen Ufer eines Strandes, an dem dieser Geisteratem lappte. Ein Korridor, von Steinsäulen mit verzierten Kapitellen und Runen gestützt, führte hinaus zu einer graublauen, von Wellenkämmen gekrönten Endlosigkeit. Darauf tanzte der Nebel wie zerrissene Schleier, während der Wind ein dumpfes Raunen durch die Halle trug. Wie das Meer.

Andvari strich sich durch den Bart. Sein Aussehen konnte er nicht ändern, als wäre jener Zwerg, der er vor seinem Tod gewesen war, in den Ring gestiegen.

Mein Bewusstsein.

Gemächlich wanderte er den Strand entlang. Das erste Erwachen in seiner neuen Zufluchtsstätte und die Verwirrung, wie er aus dem Nebel getreten war, haftete an seinem Verstand wie Spinnweben. Es hatte lange gedauert, bis er gelernt hatte, diesen Ort zu verlassen.

Er schnaubte. Sein ganzes Leben hatte er sich nach Ruhe und Abgeschiedenheit gesehnt. Jetzt, da er all das erlangt hatte, wollte er wieder daraus ausbrechen. War er dazu verdammt, niemals glücklich zu sein?

Er kehrte zu der Felsgrotte mit dem Korridor zurück. An den steinernen Wänden und den Säulen waren Fresken seiner Vergangenheit eingelassen, jene Momente, die zu seiner Verwandlung geführt hatten. An vieles daran konnte er sich erinnern, während alles andere ebenso verblasste wie die Farben.

In einer Szene wuchs die Wurzel des Weltenbaums in seiner Höhle umflirrt von waberndem Licht. Das nächste Bildnis enthüllte die Ankunft der drei Zwergenprinzen, die ihn zwangen, dieses Mysterium zu bändigen.

Andvari zog dahin, ließ sich von den Erinnerungen durchströmen, als erhaschte er einen Eindruck seines einstiges Selbst. Obgleich sie zu ihm gehörten, waren sie von ihm getrennt, wie hinter einer beschlagenen Fensterscheibe. Seine Versuche, Gleipnir zu schmieden. Nali. Die flüchtigen Momente der Wärme und Geborgenheit. Mjölnir in dem düsteren Tempel. Fafnirs Verrat, nachdem Andvari ihm all seine Träume ermöglicht hatte.

Ich habe Oegishjálmr geschmiedet. Der Schreckenshelm, der Fafnirs wahres Selbst enthüllt.

Ein Fries ganz am Ende – dort, von wo die schmatzenden Wellen herüberdrangen – prangte das letzte Bruchstück seiner Vergangenheit. Sein Tod. Und dann die Runen, die ihn zu einem wahren Paladin erhoben.

Weit, weit entfernt hörte er eine Stimme, dumpf und unverständlich.

Wenn Andvari sich anstrengte, konnte er fern der Endlosigkeit eine von Flammen umhüllte Gestalt ausmachen. Doch hier, am Ufer einer Geisterwelt, die sich sein Verstand ausgedacht hatte, war all das bedeutungslos. Der Gedanke war befreiend. Andvari musste sich um nichts kümmern außer sich selbst.

Niemand konnte ihn verletzen.

Er war geschützt.

Er war allein.

»Ist es wirklich das, was ich gewollt habe? Bin ich dazu verdammt, unglücklich zu sein?«

Wieder ein Ruf – näher als zuvor.

»Wieland, wenn es dich gibt … Wenn du an deiner göttlichen Esse über uns wachst … Wenn du uns an deinem Feuer empfängst, sobald wir uns in den Stein zurückgezogen haben … Gib mir ein Zeichen!«

Bis auf das Schmatzen der geisterhaften Wellen war es still.

Die Rufe wurden lauter.

Andvari griff zur Seite. Nebel kräuselte sich zwischen seinen Fingern und formte einen filigranen, silbernen Hammer. Er bewunderte die Runen, die um den Griff tanzten, und wusste aus irgendeinem Grund, dass er die Antworten auf seine Fragen hier nicht finden würde. Er musste hinaustreten in die kalte, lärmende Wirklichkeit. Und kämpfen.

Als er den ersten Schritt nach vorn trat, kroch der Nebel über seine Stiefel bis zu seinem Schurz. Mit dem nächsten wanderte das kalte Graublau höher, hüllte ihn mit gespenstischen Fingern ein und trug ihn fort aus der beschaulichen Zuflucht.

Mit einem Ruck fand Andvari sich auf aschebedecktem Boden wieder. Er stand auf dem tellerförmigen Plateau am Rande des Berges, umgeben von Hügeln halbfertiger Waffen. Vor ihm stand der Schwarze, umhüllt von lodernden Flammen. Rechts von ihm lag Basil, über den Ullr sich beugte.

Die Veränderungen trafen Andvari wie eine Wand. Die Welt erstrahlte in den Farben des Feuers und der Asche: gelb, orange, rot, grau und schwarz. Und Andvari war wieder leicht durchsichtig und von graublauem Geisterhauch durchdrungen.

›Ullr.‹ Seine Stimme hallte wie ein Echo. ›Ist Basil verletzt?‹

Der Jäger schüttelte den Kopf. »Bewusstlos.«

»Ihr könnt ihm nicht helfen.« Das Feuer des Schwarzen verrauchte und er widmete sich wieder seiner Arbeit.

Pling. Pling. Pling. Die vertrauten Geräusche, das Klirren von Eisen, das sich den präzisen und geschickten Schlägen beugte, erfüllte Andvaris Herz mit Sehnsucht. Die Kunst des Schmiedens war alles, was er jemals gewollt hatte. Er hatte sie vollendet, um sagenumwobene Artefakte zu erschaffen. Dennoch war er nicht zufrieden, wollte mehr erschaffen, größere Dinge, die alle Vorstellungen überstiegen.

Unwillkürlich trat er neben den Schwarzen und sah ihm zu, wie er ein längliches Stück Eisen abflachte. ›*Was habt Ihr damit gemeint, als Ihr sagtet, Basil wurde gezeichnet?*‹

Der Schwarze arbeitete unermüdlich weiter. »Frag ihn, wenn er erwacht.«

Andvari sah zu Basil, dem Ullr Wasser aus seinem Schlauch einflößte, obwohl sein eigener Vorrat beinahe aufgebraucht war. ›*Ihn umgibt etwas Seltsames. Rost und Eisen, ich kann es nicht in Worte fassen.*‹

»Geht weiter. Hier gibt es nichts für euch.«

Pling. Pling. Pling.

Dennoch gab Andvari sich nicht geschlagen. Aus irgendeinem Grund wusste er, dass der Schwarze mehr über die Essenz wusste. Ohne seine Hilfe könnten sie diese nicht erlangen. ›*Surt.*‹

Der Fremde hielt in der Bewegung inne. Langsam, ganz langsam wandte er sich ihm zu. »Nicht mehr. Ich bin das, was übrig ist.«

›*Dieses Schwert.*‹ Andvari schaute die gewaltige, felsverkrustete Klinge empor, die schräg über ihnen aus dem Berg in den Himmel ragte. ›*Ihr habt es einst geführt. In den Liedern meines Volkes wird der erste Krieg unter dem Berg beschrieben, als König Modsognir in seiner Gier zu tief schürfte.*‹ Bedächtig hielt Andvari seine Hand über ein glühendes Eisen auf dem Steinamboss. Er konnte die Wärme nicht spüren. Da war nichts. ›*Sie weckten dich aus uraltem Schlaf und ein Albtraum bemächtigte sich deiner, füllte dein steinernes Herz mit Bosheit.*‹ Er sah Surt an, in dessen feurigen Augen sich derselbe Verlustschmerz spiegelte, der auch ihn belastete. ›*Viele Zwerge verloren damals ihr Leben.*‹ Andvari atmete durch. War es überhaupt Luft, die er atmete? ›*Bis Merlin dich aufhielt.*‹

Surt hieb auf den Amboss. Splitternd zerbrach er.

›*Wir brauchen deine Hilfe, Surt. Du bist der Herrscher dieser Welt. Du bist die Flamme. Du bist das Feuer.*‹

Mit einer nachlässigen Handbewegung zerfloss der Stein und formte einen neuen Amboss. »Nein.«

Ullr warf sich den Barden wie einen schlaffen Sack über die Schultern. »Wir gehen.«

Andvari heftete seinen Blick fest auf Surt. ›*Wovor fürchtest du dich?*‹

»Worte«, grollte er.

›*Welche Worte?*‹

»Das verstehst du nicht.« Surt packte ein neues Eisen und hämmerte darauf ein.

Mit angehaltenem Atem trat Andvari noch näher. Selbst jetzt konnte er die gewaltige Hitze nicht spüren, die von dem Feuerriesen ausging. ›Erkläre es mir.‹

»Með sviga lævi skinn af sverði sól valtiva«, antwortete Surt mit kehliger Stimme.

›Mit der Schlacke der Äste von seinem Schwert scheint die Sonne der Götter der Erschlagenen.‹ Andvari zögerte. ›Was heißt das?‹

Surt warf die Klinge weg, schnappte sich das nächste Eisen und schmiedete, schmiedete und schmiedete, als gedachte er, bis zum Ende aller Zeit nichts anderes zu tun. »Nichts. Solange ich nichts tue.«

»Eine Prophezeiung?«, fragte Ullr.

»Entscheidungen haben Konsequenzen.« Das Eisen zerbrach. Surt warf es weg. »Ihr seid hier, um die Essenz zu finden.« Er nahm neues Metall. »Ihr wollt die Waffe schmieden.« Kräftig hieb er zu. »Ihr wollt Cernunnos aufhalten.« Der nächste Hieb hallte wie ein Glockenschlag um sie wider. »Ihr wollt die Schöpfung betrügen.« Wieder und wieder hämmerte er mit der flachen Hand nieder. »Kehrt um. Trotzt eurem Schicksal.«

Ullrs Speer summte bedrohlich. »Welches Schicksal?«

»Ihr seid keine Helden.«

Die Erde bebte. Mit einem ohrenbetäubenden Krachen schoss eine Aschewolke aus dem Gipfel des Berges und senkte seinen glühenden Schatten über die Welt. Graue Flocken regneten nieder und geschmolzenes Gestein trommelte auf den Boden – es klang beinahe wie Hagel.

Surt kehrte ihnen den Rücken zu. »Ihr habt eure Wahl getroffen. Es beginnt.«

Andvari überlegte, ob er den Herrn dieser Welt mit der Wahrheit konfrontieren sollte, aber dann begriff er, dass dies vergebene Mühen waren. Zuerst mussten sie den Gipfel erreichen, um zu erfahren, was diese Welt für sie ausersehen hatte. Die Begegnung mit Surt war bestimmt nicht die letzte Prüfung, die den drei wahren Paladinen bevorstand.

Andvari kehrte zu Ullr zurück und nickte ihm zu. Dann verließen sie das Plateau und begaben sich durch die riesige Öffnung im Felsmassiv in den Berg. Ehe die Finsternis sie umfing, beschlich ihn der Gedanke, dass dies nicht ihr letztes Gespräch mit dem Schwarzen war.

***

Obwohl er neben dem schwer bepackten Ullr eilig dahinmarschierte, berührten seine Füße nicht den Boden. Von dem Marsch verspürte er weder Anstrengung noch protestierende Muskeln oder schmerzende Beine. Es war eine ganz allgemeine Müdigkeit, die ihn plagte und die mit jedem Augenblick, den er diese Gestalt bewahrte, greifbarer wurde, als strampelte er in einem Bottich voll Teer, ohne den Rand zu erreichen.

Zuerst war es so dunkel, dass man kaum die eigene Hand vor Augen erkennen konnte. Ullrs Schritte wechselten sich mit seinem rasselnden Atem ab; es waren die einzigen Geräusche an diesem trostlosen Ort.

Als der Weg steil anzog, flackerte schummriges Licht am Ende des Tunnels. Zunehmend wurde der Marsch kräftezehrender und Andvari fürchtete schon, Ullr könnte zusammenbrechen, ehe sie ihr Ziel erreichten. Bis sie schließlich in das Licht eintauchten.

Der Tunnel mündete in einem tiefen Gewölbe im Inneren des Berges. Wie Wasserfälle quollen Lavaströme die Felsen hinab, sammelten sich in einem brodelnden See unterhalb der Plattform und brachten die Luft zum Kochen und Flimmern. Schwindelerregende, zernarbte Pfeiler und Türme ragten daraus hervor wie die Zähne aus dem Schlund eines Ungeheuers und erstreckten sich bis zur rauchverhangenen Decke. Darunter wanden sich Steinbrücken von Plateau zu Plateau – wie Ebenen, die stetig hinaufführten. All das war erhellt vom immerwährenden Feuerschein.

Dieser Ort war wie eine Welt innerhalb der Welt, verborgen vor den Augen jener, die die tieferen Gebiete mieden. Andvari hätte sich nicht einmal erträumt, etwas Derartiges zu sehen. Dieses Reich war *urtümlich*. Hier lag der Ursprung, aus dem die neun Welten entstanden waren. Hier war Surt entstiegen, der Erste seiner Art, ein Wesen, so alt wie die Zeit selbst. Und hier ruhte wahre Schöpfungskraft.

Schweigsam begaben sie sich ins Zentrum der kreisrunden Plattform, die von gezackten, schroffen Erhebungen umsäumt war. Mit jedem Schritt wurde Ullr langsamer. Schließlich legte er den ohnmächtigen Barden an einem Pfeiler ab und flößte ihm wieder von seinem kostbaren Vorrat ein. Ullr gönnte sich ebenfalls einen Schluck und ließ sich anschließend seufzend neben Basil nieder.

Andvari war von dem Pfeiler ganz fasziniert und umwanderte ihn. Er bestand gänzlich aus schwarzem Obsidian und erinnerte an einen im Boden verankerten Bolzen. Kettenglieder, so dick wie Baumstämme und aus einem silbrig schimmernden Material, das verdächtig an Adamant erinnerte, waren darum gewickelt und strebten in den feurigen Dunst. Ihr Ende war nicht zu erkennen. Durch den Pfeiler zogen sich schimmernde Linien und ergaben bei genauerer Betrachtung eine einzelne große Rune: ᛗ.

›*Erstaunlich*‹, raunte Andvari. ›*Ich hätte niemals erwartet, eine Rune an diesem Ort vorzufinden. Beim göttlichen Schmiedelehrling Ivaldi, ich dachte, unser Volk wären die ersten gewesen, die sie gemeistert haben.*‹

Ullr wischte sich über die schweißnasse Stirn und lehnte sich gegen den Felsen. »Was steht dort?«

›*Mannaz.*‹ Andvari folgte mit dem Finger den Linien. ›*Eine der alten Runen. Einst vermochten einige wenige Gesegnete aus meinem Volk sie zu bändigen.*‹

Sofort erwachte in ihm jener besondere Drang, der ihn stets begleitet hatte: Er wollte um jeden Preis verstehen, was es mit der Rune auf sich hatte, welche Geheimnisse sie barg und weshalb sie in dem Obsidian eingelassen war.

Der Jäger kämpfte sich auf die Füße, wobei er den Speer als Stütze gebrauchte, und betrachtete eingehend das kreisförmige Felsenplateau. Dann widmete er sich der Rune. »Ihre Bedeutung?«

›*Sie ist nicht eindeutig.*‹ Andvari senkte seine Stimme zu einem rauen Flüstern. ›*Meinem Kenntnisstand nach steht sie für Prüfungen.*‹

Ullr reckte die Nase, sog schnuppernd die Luft ein wie ein Wolf, der eine Fährte aufgenommen hatte. Dann ging er in die Hocke, nahm Dreck, Kiesel und Asche auf und zerrieb das Gemisch zwischen seinen Fingern. Einem Jäger gleich, der seinem Instinkt folge, schloss er für einige Atemzüge die Augen, ehe er sie wieder aufschlug, sich aufrichtete und den Mantel zur Seite schwang.

Andvari regte sich. ›*Was spürst du?*‹

Ullr zückte eine Phiole aus seinem Brustgürtel; darin wirbelte eine träge Flüssigkeit wie aufgefangenes Mondlicht. Er zog den Stopfen mit den Zähnen heraus, hielt das Glas an die Lippen und trank.

›*Ullr?*‹

Das Weiß in den Augen des Jägers verwirbelte, ehe sie in silbrigem Schimmer leuchteten. Die Falten und Furchen in seinem Gesicht wurden tiefer, schärfer, verkrusteten wie alter Felsen. Er wirkte wacher und angespannter. Mit geschmeidigen Bewegungen pirschte er umher, auf der Suche nach Beute.

›*Uns droht Gefahr, nicht wahr?*‹

»Sei bereit!«

Ein tiefes Dröhnen, wie der Hörnerschall der Götter, hallte durch den Berg. Die Rune im Obsidian leuchtete auf.

Eine Urangst bemächtigte sich Andvari. Er musste immer wieder schlucken und seine Nackenhärchen richteten sich auf. Ein Zwerg, der sich fürchtete wie ein Balg? Das wäre Stoff für all jene, die ihn stets geächtet hatten. Doch er konnte sich nicht dagegen wehren. Der Drang, sich in Andvaranaut zurückzuziehen, war so intensiv, bis seine Umgebung allmählich verschwamm.

Rumms!

Der Boden bebte. Kiesel und Steinchen hüpften wie Erbsen auf einer Blechtrommel.

Rumms!

Trümmerteile lösten sich aus den felsigen Hängen und klatschten in den brodelnden See.

Rumms!

Weitere Teile brachen ab, schossen nieder und versanken.

Rumms!

Wieder ein Beben.

Andvari trat nahe an den Rand des Plateaus und blickte in die Tiefe. In weiter Ferne, inmitten des orange leuchtenden Gesteins konnte er eine Bewegung ausmachen. Wie Käfer über Kies. Waren das Gestalten? Gestalten aus flüssigem Feuer, die ihre massiven Finger im Felsen verkrallten?

›*Ullr*?‹

Wie ein Schatten war der Jäger neben ihm. »Ich sehe sie.«

Die Gestalten lösten sich aus dem See und zogen sich hinauf. Ihre Gesichter waren tumb und unförmig, die Glieder wuchtig und die Bruchlinien der Felsen, aus denen sie sich befreit hatten, klar erkennbar. Jede Gestalt sah anders aus, allerdings waren alle aus demselben graphitähnlichen Gestein geschaffen.

Rumms!

Weitere Brocken fielen hinab, reckten die stämmigen Glieder und kletterten die Felswand empor.

Andvari wich zurück und konnte dem unbändigen Wunsch, seinen Zufluchtsort aufzusuchen, kaum noch widerstehen. Allein der Gedanke daran, dass der Jäger seine Unterstützung beim Kampf gegen die Gestalten benötigte, hielt ihn zurück.

»Basil?«, knurrte Ullr.

Andvari sah zu dem Barden und schüttelte den Kopf.

»Kannst du kämpfen?«

Zaghaft griff er zur Seite. Geisterhauch kräuselte sich zwischen seinen Fingern zu einem Hammer. Er schaute Ullr wieder in die Augen, aber der schimmernde Glanz war zugleich verwirrend und beängstigend. ›*Ich bin … Ich kann nicht …*‹

»Konzentriere dich!«

›*Ich bin kein Kämpfer.*‹

»Du hast in Alfheim gemeinsam mit Runa gekämpft.«

›*Die Runen.*‹ Er wand sich. ›*Es ist einfach geschehen. Rost, ich bin nicht einmal ein richtiger Zwerg. Fafnir hatte vielleicht recht und ich sollte mich in das Loch verkriechen, aus dem ich gekrochen bin …*‹

Ullr stand auf einmal vor ihm, wie ein Wesen, das aus der Zeit getreten war, von dem unbändigen Wunsch erfüllt, Gerechtigkeit mit allen Mitteln zu bringen. Selten zuvor hatte Andvari sich so gefürchtet. Der Drang, vor dem Jäger niederzuknien, übermannte ihn und schon glitt er nieder.

Ullr griff nach ihm, doch seine Finger glitten einfach hindurch, als bestünde Andvari aus Nebel. »Kämpfe!«

›Ich ... Ich kann nicht. Es tut mir leid ...‹

Eine klobige Hand klatschte auf den Rand des Plateaus. Zunächst folgte der Arm, mit schiefen Platten und von Bruchstücken durchzogen. Dann stemmte sich ein Wesen aus dem Abgrund empor und richtete sich zu voller Größe. Stein mahlte und Felsen knackte, als es den ersten Schritt auf sie zutrat. Der gesichtslose Kopf war nur zum Teil ausgeformt, ein Arm war zu kurz und dort, wo es mit dem massiven Fuß auftraf, zischte und dampfte der Boden.

Weitere Wesen erklommen die Plattform und setzten sich in Bewegung, jedes so groß wie ein Mensch, aber weitaus wuchtiger und massiger. Sie wirkten seltsam *falsch*, wie ein Steinmetz, der auf halbem Weg bei der Vollendung seiner Arbeit aufgegeben hatte.

Ullrs Bewegung war weder zu langsam noch zu schnell, als er den Speer losließ, der stehen blieb und den Naturgesetzen trotzte, seinen Bogen fließend wie Wasser von der Schulter schwang und die Sehne spannte. In jenem Augenblick, als der Jäger sie bis zum Anschlag anzog, kräuselte sich Mondlicht zwischen seinen Fingern.

Dann ließ er los.

Silbernen Blitzen gleich durchstießen drei Pfeile die Wesen und sprengten sie auseinander; glühende Brocken und Splitter spritzten umher.

Ullr verschoss Pfeil um Pfeil, zerschmetterte ein Steinwesen nach dem anderen, doch seine Bemühungen genügten kaum, um den Feind auf Abstand zu halten. Wie Faulschlamm ergossen sie sich aus allen Richtungen über dem Plateau und drangen geschlossen auf die drei Paladine ein.

Andvari war wie erstarrt. Bis auf das Schnappen von Ullrs Bogensehne, das Sirren seiner Pfeile und das Splittern zerborstener Steinwesen war es verdächtig still.

Als der Feind zu nahe heran war, warf Ullr den Bogen weg und streckte den Arm zur Seite. Sleg klatschte gegen seine Hand – nur um im nächsten Atemzug davongeschleudert zu werden.

Unaufhaltsam bahnte sich der Speer seinen Weg durch die wimmelnde Meute, durchbohrte einen Feind nach dem anderen und kehrten zu Ullr zurück; auf dem Rückweg nahm er ein paar Glieder mit, deren Bruchstücke umherflogen wie glühende Kohlen.

Wieder warf Ullr den Speer. Wieder brachte er Verwüstung über den Feind. Wieder landete er zwischen seinen Fingern und sang vor Freude.

Tropfen auf dem heißen Stein.

»Runenschmied!« Ullr warf Andvari einen finsteren Blick zu. »Kämpfe!«

Er konnte nicht.

Mit vollendeter Geschicklichkeit wirbelte der Jäger in die feindlichen Reihen, ließ den Speer kreisen und glitt von einer Bewegung in die nächste. Er war so wendig und unerreichbar wie der Wind, tosender als eine Flamme, grausamer als ein Sturm. Doch mit jedem Hieb, mit jedem Stich und mit jedem Ausweichen wurde er langsamer und behäbiger. Die Gabe, die er aufgenommen hatte, versickerte.

Schließlich erwischte eines der Wesen den Jäger mit einem Hieb gegen die Brust. Ullr flog herum, prallte auf den Boden und blieb reglos liegen.

›Basil!‹ Andvari huschte zu dem Barden, der sich immer noch rührte. Er wollte ihn an der Schulter fassen, allerdings glitten seine Finger widerstandslos hindurch. ›*Verrosteter Barde, wach endlich auf!*‹

Von Kostümverleihern und Schmugglern

Monate zuvor

Hinter den Mauern von Saville herrschte solch ein Trubel, dass Basil sich an den *Dia de los Muertos* erinnert fühlte – nur ohne Kostüme, Skelette und orangefarbene Blumen. Städter schrien und riefen, Kinder lachten, Händler gestikulierten, Bettler klagten, Hunde streunten durch die Gassen und ein paar schlammbraune Alicantos flatterten über ihren Köpfen. Wagen ratterten über die Hauptstraße, steckten fest und fanden kein Durchkommen mehr, während die Kutscher verzweifelt auf ihre Gäule einhieben. Überall waren Menschen an jeder Seite, die schubsten, drängelten, schrien. Tausende Gesichter näherten sich, glitten vorüber – bitter, angespannt, ärgerlich – und verschwanden wieder in einem Strudel von Farben.

Basil atmete tief durch die Nase ein und ließ sich vom Dröhnen und Stimmengewirr umfangen. Es war wie ein Nachhausekommen.

Er hatte erwartet, dass ihre bunt zusammengewürfelte Truppe nicht lange unbemerkt bleiben würde. Immerhin hatten sie gerade eine ganze Garnison niedergemetzelt. Aber inmitten dieser wuselnden Menge würde man wohl kaum eine Gruppe Schurken ausmachen können. Zumindest hoffte er das.

Zu Pferd erwies sich der Gang über die Hauptstraße als schwierig, weshalb er sich aus dem Sattel schwang, das Pferd einfach zurückließ und gut gelaunt dahinmarschierte. Sollte er eines wieder benötigen, würde ihm schon etwas einfallen. Ihm fiel *immer* etwas ein, um sich aus jeder Situation zu befreien.

Menschenmengen boten den unterschätzten Vorteil, unerkannt eine Missetat zu begehen und das zu tun, wonach es einem auch immer gelüstete. Sofern man genügend Arsch in der Hose hatte.

»Ein Fest?«, piepste jemand in sein Ohr.

Er blickte zur Seite. Kriana hockte in Mäusegestalt auf seiner Schulter, als wären sie der Held und dessen tierischer Begleiter wie in jeder epischen Geschichte. »Siehst du die rot-grünen Gewandungen der Menschen?« Er wies dorthin, woraufhin Kriana nickte. »Das sind die Farben des Fürsten von Saville. Die Spiele kommen wohl nie aus der Mode.«

Die Maus stellte sich auf die Hinterbeine. »Spiele?«

»Hast du mich nicht damit aufgezogen, dass ich dich vollgequatscht habe?«

Sie verschränkte die winzigen Pfoten vor der Brust. »Das war was anderes.«

»Inwiefern?«

Sie blieb ihm eine Antwort schuldig, als er sich an zwei bulligen Kerlen vorbeischob und dabei zufällig an einem Obststand vorüberkam. Ebenso zufällig ließ er einen Apfel in seiner Tasche verschwinden. Obsthändler hatten Augen wie Habichte, wenn man sich allerdings in Candaloz verdingte, durfte man sich gewisser Fertigkeiten rühmen. Vergnügt biss er in die Frucht, drängelte sich nach vorn und fand jedes Schlupfloch in der Menge.

Er überblickte die Hauptstraße, die Marktstände, die herumwimmelnden Menschen, die alle in Rot und Grün gekleidet waren, und hielt nach seinen Kampfgefährten Ausschau, die sich inzwischen auch dazu entschieden hatten, von ihren Pferden abzusteigen und sie bei einem Unterstand gegen ein paar Dukate unterzubringen. Basil stellte fest, dass er zwar draußen in der Wildnis nicht für viel zu gebrauchen war, aber hier, im Zentrum einer lebendigen Stadt, konnte er ausnahmsweise mit seinen Erfahrungen glänzen.

»Du weißt viel über die Stadt«, piepste Kriana.

»Ich war auch lange hier.« Als sie ihm eine Antwort schuldig blieb, grinste er sie an. »Frag schon!«

»Die Menschen hier sind ganz anders als in Candaloz. So stolz.«

»Kaum verwunderlich. Saville war einst eine Kolonie und wird von vielen noch als solche betrachtet. Dennoch genießen die Stadt und die umliegenden Ländereien eine gewisse Unabhängigkeit vom Königreich.«

»Eine Kolonie? Schwachsinn!«

»Es ist … kompliziert.« Er wies auf einen Priester in sandfarbener Robe und goldener Sonne auf der Brust, der in Begleitung von zwei

Paladinen in goldenen Rüstungen durch die Menge marschierte. Die Menschen wichen vor ihnen zurück, aber in ihren Augen lag Feindseligkeit. »Der Glaube an das Palindrom ist vertreten, allerdings werden auch andere Glaubensrichtungen akzeptiert …«

»Was der Kirche ein Dorn im Auge ist.«

»Richtig. Gibt eine Menge Leute, die Savilles Unabhängigkeit fordern. Da kommt der neue König ins Spiel, der in diesen Straßen aufgewachsen ist. Das macht die ganze Angelegenheit persönlich. Sagen wir, der Fürst ist nicht ganz so gut auf Pablo de Aguilar zu sprechen und unterlässt keine Gelegenheit, dessen Autorität zu untergraben.«

»Politik!« Die Maus spie das Wort aus wie einen Fluch.

Basil zeigte über die Häuser und Türme, die in gutem Zustand waren – ganz anders als in Candaloz. Kein Putz und Mörtel, der vom Gemäuer bröckelte. Die Veranden waren frisch lackiert, die Dächer mit gut gebrannten Ziegeln bedeckt, die Straßen waren sauber und auch die Menschen wirkten satt und zufrieden. »Politik hat das alles der Stadt vermacht. Sag mir, werte Maus, was fehlt?«

Krianas Schnurrhaare kitzelten ihn an der Wange. »Bettler.«

»Richtig. Hier gibt es weit und breit keine Bettler. Möchtest du erfahren, wie er sich dieser, ich zitiere, lästigen Plage entledigt?«

»Er murkst sie ab?«

Er wies zu einem riesigen Rund, das sich aus dem Stadtzentrum erhob und alle anderen Häuser überragte. »Brot und Spiele.« Damit huschte er weiter.

»Wie machst du das?«, piepste Kriana nach einer Weile und zeigte nach hinten. »Du bewegst dich wie ein Fisch im Wasser.«

»Das ist der Trick, meine mäusehafte Druidin. Man darf sich nicht gegen die Menge stemmen, sondern muss sich dahintragen lassen wie ein Blatt auf einem Fluss, in der Hoffnung, an der richtigen Stelle den Absprung zu schaffen.« In gewisser Weise war es eine perfekte Umschreibung seines Lebens. Wagrim beherrschte diesen Trick offenbar ebenfalls, denn er teilte die Menschen wie ein Schiffsbug die Wellen. Sobald andere ihm zu nahe kamen, sprangen sie aus dem Weg und gafften ihm hinterher.

»Basil!«

»Was?«

»Halt an, verdammt!«

Er blieb stehen und wandte sich um. Weit hinter ihm drängelten sich die anderen durch die Menschenmassen, doch Disha war am Straßenrand zusammengesunken. Er schlüpfte aus dem Strom und hockte sich vor sie.

»Alles in Ordnung, Disha?«

Sie weitete ihren Kragen, sodass er einen Blick auf ihre Brüste erhaschen konnte. »Ich kann … kaum atmen.«

»Das liegt am Gestank.«

Sie verzog das Gesicht. »Was ist das?«

»Alter Fisch, frischer Pferdemist, süßlicher Schweiß, verrottetes Obst und …« Er schnupperte. »Rieche ich da etwa einen Hauch Pisse?«

Sie beäugte ihn. »Wie machst du das?«

»Man gewöhnt sich dran.« Er hielt ihr die Hand hin und sie ließ sich auf die Füße helfen. »Flach durch den Mund atmen, immer nach vorn sehen und mittragen lassen. Kann sein, dass du ein paarmal begrapscht wirst. Und halte dich von unschuldig aussehenden Kindern fern. Am besten trägst du deinen Beutel da, wo ihn niemand finden kann.«

»Zum Beispiel?«

Er zwinkerte ihr zu. »Dir fällt schon etwas ein, Alchemistin.«

»Aber diese vielen Menschen … ich bin das nicht mehr gewohnt.«

Die Maus zupfte an seinem Ohr. »Quatschst du jetzt wieder herum oder gehen wir weiter?«

»Wohin?«

Lorenco trat vor ihn, stellte seinen Anderthalbhänder vor sich ab und stützte sich auf den Griff. »Wir machen dem Fürsten von Saville unsere Aufwartung.«

Unverständlich blickte Basil vom einen zum anderen. »Das ist ein Witz, oder?«

»Keineswegs, Barde.«

»Hört mal, wir haben gerade seinen besten Schuldeneintreiber samt Garnison abgemurkst und ihr wollt in den Palast zum Fürsten? Freiwillig?«

Der Kämpfer schob das Schwert in die Scheide auf der Schulter zurück. »Die erste Etappe unserer Mission führt uns zu Don Beltrán de Toledo.«

»Der Schlüssel.«

»Ja, in der Tat. Der Schlüssel.«

»Wofür?«

»Für ein Schloss natürlich. Habt keine Furcht, Barde, wir haben einen Plan.«

Basil sparte es sich darauf hinzuweisen, dass sie eben *keinen* Plan hatten. Da seine Meinung ohnehin nichts zählte, hielt er nach dem Palast Ausschau, der sich drohend und schwarz über der Stadt gegen die Morgensonne abhob. Nicht weit von ihnen erklangen die Glocken der Kirche. Die Messe in der Kathedrale von Saville begann, was die Menge ein wenig zerstreute. Nun zogen sie nicht mehr in alle Richtungen, sondern zum Stadtzentrum.

»Dieser Schlüssel befindet sich im Besitz des Stadtfürsten?«, fragte Basil.

»Unseren zuverlässigen Informationen nach in seinen privaten Gemächern«, sagte Lorenco.

»Wie sicher sind diese Informationen?« Allmählich dämmerte es Basil. »José.«

»Seid gewiss, dass der Schlüssel dort sein wird. Dieses Unterfangen wird uns auf die wahre Mission vorbereiten und uns schmieden wie ein Eisen im Feuer!«

Da war Basil sich nicht so sicher, aber er hielt besser die Klappe. »Wenn ihr das wirklich durchziehen wollt, müssen wir uns vorbereiten. *Gut* vorbereiten.«

Lorenco nickte erhaben. »Mir war bewusst, dass der große Barde eine Bereicherung für dieses Abenteuer sein würde. Was schlagt Ihr vor?«

»Ich nehme an, wir können den Fürsten nicht fragen, ob er ihn uns überlässt?«

»Dies, werter Barde, ist die Schicksalsschmiede eines jeden Helden. Eine Prüfung wäre keine, wenn sie nicht eine Herausforderung darstellte, die uns …«

»Ja, ja, ja!« Basil musterte seine Gefährten. »Der Stadtfürst liebt das große Spektakel. Komödien, Dramen, Theater jeder Art. Also ... folgt mir!«

***

Ein Glöckchen schrillte, als Basil die Tür öffnete und den Laden betrat. Die anderen folgten ihm. Nach dem hellen Tageslicht auf der Straße brauchte er einen Moment, bis sich seine Augen an die Dunkelheit gewöhnten. Auch der Lärm der Stadt ertönte hier nur noch als dumpfes Dröhnen.

Er trat in die Mitte des Raums und sah sich um. An einer Wand lehnten große, dünne Holztafeln, die mit Landschaften bemalt waren. Auf den Ständern daneben hingen Kleidungsstücke jeglicher Machart – wallende Gewänder, grell gefärbte Roben, Rüstungen, Hüte und Helme, Ringe und Schmuck und sogar Kronen. Ein kleines Gerüst trug Waffen, reich verzierte Schwerter, Speere und Schilde. Nichts davon war echt. Die Waffen waren aus bemaltem Holz, die Krone aus abblätterndem Zinn, die Juwelen aus geschliffenem Glas.

»Was ist das für ein Laden?«, piepste Kriana auf seiner Schulter.

Er untersuchte einen kreischend bunt gemusterten Stoff, der zu einem wahrhaft scheußlichen Gewand gehörte, das offenbar eine Tracht darstellen sollte, wie sie die Menschen in Elismere trugen. Der Schneider hatte keine Ahnung von der hiesigen Mode. »Wir wollen eine Geschichte erzählen, um den Stadtfürsten zu begeistern. In diesem Laden gibt es alle Requisiten, die man für solch ein Schauspiel braucht.«

»Du willst also, dass wir uns mitten in die Schlangengrube wagen?«

Er schnaubte. »Ich kann gar nicht genug betonen, wie sehr ich das nicht will. Aber unser glorreicher Anführer will ja unbedingt an diesen vermaledeiten Schlüssel. Da wir nicht einfach so in den Palast marschieren können, ist etwas Unterstützung gefragt.«

»Durch Kostüme.«

»Durch einen Kostümverleiher.«

Ein kleiner, rundlicher Mann erschien in der Tür auf der Rückseite des Geschäfts und beäugte die Neuankömmlinge argwöhnisch. Ihrem Aussehen nach konnte man ihm keinen Vorwurf machen. »Kann ich Euch helfen?«

»Natürlich.« Basil legte sein einnehmendstes Lächeln auf. »Meine Gefolgsleute und ich sind Teil einer Theatergruppe, die eine Aufführung für die Spiele in der Arena vorbereitet.« Er schwang die Vihuela von der Schulter und zupfte zwei Klänge. »Da wir sonst eher morbide Stücke vorführen«, ein bedrohlicher Klang, »möchten wir nun ein Schauspiel bieten, das in die Geschichte eingehen wird!«

Der Ladenbesitzer lächelte nervös und wandte den Blick nicht von den blutverschmierten Gesichtern und den Kleidern ab, die von der Reise sehr mitgenommen waren. »Ah, deshalb diese Aufmachung. Nun, Qualität hat ihren Preis.«

»Geld ist kein Problem.« Basil zog eine gut gefüllte Börse hervor und warf sie so gleichgültig wie ein wahrer Don auf den Tresen. Die Öffnung schnäbelte ein wenig auf und schwere Dukate rollten über die Holzplatte. Gut für ihn, dass er stets seine diebischen Künste erprobte, um nicht aus der Übung zu kommen. Schlecht für den Don, den er um seinen Besitz erleichtert hatte.

In den Augen des Ladenbesitzers flammte ein gieriges Feuer auf. »Was genau habt Ihr Euch denn vorgestellt?«

Basil betrachtete seine Gefährten. »Wir brauchen ein prächtiges Gewand, das zu einem waschechten Barden passt, und eine Tracht, die nach einer geheimnisvollen Hexenmeisterin aussieht. Am besten in Violett. Außerdem ein grünes Prinzessinnenkleid und die richtige Ausstattung für zwei mächtige Kämpfer. Ein Barbar mit etwas Fell aus dem Hochland«, er nickte zu Wagrim, »und ein Kämpfer aus Legentum.« Er wies auf Lorenco. »Und zuletzt«, er streifte mit seinem Blick den Schamanen, »habt Ihr auch etwas für einen Hofnarren?«

»Das sollte kein Problem sein. Ich werde nachschauen, was wir haben.« Damit verschwand der feiste Mann wieder durch die Tür hinter dem Tresen.

»Hofnarr?«, fragte Krog.

»Der Fetzen, den du Kleidung nennst, stinkt nach Scheiße. Wir brauchen etwas, bei dem unserem Publikum nicht gleich kotzübel wird und bei dem du gleichzeitig deine Maske anbehalten kannst. Klar?«

Krog kippelte mit dem Kopf, was Zustimmung oder Ablehnung sein könnte.

»Sagt, weshalb diese Verkleidung?«, fragte Lorenco und legte bereits seine Waffen ab. Es waren verdammt viele!

»Willst du Hals über Kopf in den Palast stürzen und alle niedermetzeln, die dir begegnen?«

»Gewiss nicht. Wir folgen Eurem Plan.«

»Will ich aber auch geraten haben. Wenn ich über eines in Übermaß verfüge, ist es Charisma. Und das wird uns den Weg in den Palast öffnen. Der Fürst von Saville ist ein Mann, der das überschwängliche Leben in vollen Zügen genießt. Er lässt sich gerne umgarnen und begeistern und liebt alles, was schrill, bunt und übertrieben ist. Aber so vielfältig wie sein Geschmack ist, ist er ein höchst paranoider Mensch.« Basil schritt umher und suchte sich selbst eine Gewandung zurecht, die so bunt war, dass sie dem Fürsten gefallen *musste*. »Er hat zehn Vorkoster, lässt niemanden näher als zehn Schritte an sich heran, es sei denn, die Person wurde einer eingehenden Prüfung unterzogen, und er fürchtet Schmutz ebenso wie ein Messer im Dunkeln. In unserer derzeitigen Ausstattung kommen wir nicht einmal in seine Nähe. Hingegen als Schauspieler …«

Der Ladenbesitzer unterbrach ihn, indem er wieder in der Tür erschien, auf den Armen ein ganzer Berg leuchtend bunten Stoffes. Er legte alles auf den Tresen, verschwand kurz und kehrte dann mit silbernem Brustpanzer, Helmbusch und anderen Utensilien zurück, die er daneben knallte.

»Darf ich fragen, was genau Ihr aufführen werdet?«, fragte der Mann.

»Oh, es ist ein neues Stück.« Basil ließ seine Finger über die Saiten streifen. »Ein Stück, das mit einem Raub zu tun hat.«

»Wird es eher komisch oder dramatisch?«

Basil grinste über das ganze Gesicht. »Ein bisschen von beidem.«

***

»Nein!«

»Doch!«

Der kräftige Händler hinter dem Tresen zog ein Gesicht, als hätte man ihn geohrfeigt. »Du bist tot!«

»Nicht ganz, mein Bester.« Basil ließ einen klimpernden Beutel auf den Tresen fallen. »Wie immer komme ich mit Geschenken.«

Zögerlich griff der Mann danach, zeichnete rasch eine Sonne auf seine Stirn und spuckte zur Seite. Lono war ein abergläubischer Kerl, der das Herz am rechten Fleck hatte. Außerdem war er ein Mann, der überall seine Finger im Spiel hatte. Und zuletzt war er der wohl größte und ehrenhafteste Schmuggler in ganz Saville. Man durfte sich deshalb nicht vom Äußeren seines muffigen, viel zu kleinen Ladens täuschen. Dieser Kerl hatte es faustdick hinter den Ohren und war sich nie zu schade, einem Bittsteller unter die Arme zu greifen.

Leider war Lono nicht ganz so gut auf ihn zu sprechen.

»Das deckt gerade einmal die Hälfte dessen, was du mir schuldest, Barde!«

Basil warf einen zweiten Beutel auf den Tresen. »Damit sind wir wohl quitt.«

Lono steckte den Beutel ein und kratzte sich am speckigen Kinn. Dunkle Ringe zeichneten sich auf seinem rot-grünen Gewand ab, und das zurückgehende Haar war schweißnass. »Wer sind die armen Schweine?«

Basil nickte zu den anderen, die sich vor dem Laden herumdrückten. »Leute.«

»Aha. Wissen diese Leute, dass du sie ins Unglück stürzen wirst?«

»*Sie* kamen auf *mich* zu.«

»Waren sie betrunken?«

»Lustig.«

Lono grummelte. »Kam von Herzen, du kleiner Betrüger.«

»Ist es denn Betrug, wenn ich meine Schulden abbezahle?« Basil knallte einen weiteren Dukat auf das Holz. »Und sogar mit Zinsen?«

»Zinsen nimmt die Stählerne Bank. Ich habe mit diesen verruchten Priestern des Gottes des Goldes nichts am Hut.« Zögerlich griff Lono danach, aber Basil entzog ihm die Münze wieder.

»Hör zu, Lono, ich brauche deine Hilfe.«

»Nein!«

»Doch!«

Lono packte Basils Hand, drückte sie auf und schnappte sich den Dukat. »Du bist ein gesuchter Mann, Basil. Ein toter Mann. Eine Zeit lang hat dein Gesicht jede Hauswand hier geziert. Sogar der Glücksritter hat ein Kopfgeld auf dich ausgesetzt!«

»Cino?«

»Wer sonst?«

Das gab Basil zu denken. »Wie sah ich aus?«

Der Schmuggler kniff die Augen zusammen. »Wie ein kleiner Gauner.«

»Deshalb habe ich ja auch vor, meine Schulden zu begleichen. *Alle* Schulden.«

Lono runzelte die speckige Stirn. »Du willst doch nicht etwa …?«

»Welche Krankheit bildet Fürst Beltrán sich dieses Mal ein?«

»Schwanzpickel. Oder Arschfurunkel. Keine Ahnung.« Lono winkte ab. »Du willst ihm wirklich gegenübertreten, nachdem du dich das letzte Mal einfach verpisst hast?«

Basil lächelte unschuldig. »Ja.«

»Nein!«

»Doch!«

Der Schmuggler verschränkte die fleischigen Arme vor der schwabbeligen Brust. »Da mach ich nicht mit. Verschwinde, Basil!«

»Du schuldest mir was.«

Lono warf den Kopf zurück und lachte. »*Ich* schulde *dir* etwas?«

»Na gut, aber du bist der Einzige, dem ich vertrauen kann.«

Lono seufzte gedehnt. »Das solltest du nicht, Basil. Die Zeiten haben sich geändert. Erst der Tod des Königs. Dann die Paladine, die immer dreister einen nicht ganz ehrbaren Mann um seinen Besitz bringen.«

»Hat die Kirche etwa dein Schmugglernetz ausgehoben?«

»Pah! Wo denkst du hin? Aber der Anschlag beim Totenfest hat vieles verändert. Auch die Krönung unseres neuen Königs, von dem man behauptet, er sei weich und schwach. Von dem Fiasko in Tirnanog will ich erst gar nicht anfangen. Und wenn ich an den Baum denke … Basil, da ist einiges in Bewegung. Man flüstert von Krieg.«

»Gegen wen?«

»Das ist die Frage. Ich kann euch eine Audienz beim Fürsten verschaffen. Ab dann bist du auf dich selbst gestellt.«

Unwillkürlich fragte Basil sich, warum er noch hier war und nicht irgendwo in einer Kaschemme hockte und darüber lachte, dass er überhaupt so lange durchgehalten hatte, während er sich ordentlich einen hinter die Binde goss. Es war wohl seiner Neugierde geschuldet, wie dieses Abenteuer enden würde. »Wie nahe kannst du uns zu ihm bringen?«

»Die Spiele haben begonnen. Jahrestag unseres tollen Fürsten, du verstehst. Er hat ein paar private Veranstaltungen geordert.«

»Orgien?«

»Nicht nur.«

»Perfekt. Bring uns rein.«

»Sicher?« Lono zog einen dicken Wälzer heran, der den gesamten Tresen zum Wackeln brachte, als er den Einband aufklappte. »Wenn ihr erst mal drinnen seid, gibt es keinen Weg zurück. Du kannst dich verkleiden, wie du willst, aber er wird dich selbst unter tausend anderen Männern erkennen, Basil. Dieses Mal wirst du dich nicht herauswinden können.«

»Mir fällt schon was ein.«

Lono beäugte ihn noch einen Moment, dann notierte er sich etwas im Wälzer. »Übrigens habe ich eure Sauerei vor den Stadttoren weggemacht.«

Basil zwang sich zu einem Grinsen. »Ich wusste, dass ich auf dich zählen kann, alter Freund. Deshalb«, er schnickte den letzten Dukat auf den Tresen, »aber das Trinkgeld gilt einem weiteren Gefallen, den du mir tun musst.«

»Was soll ich tun?«

»Eine kleine Botschaft. Dazu später mehr.«

Der Schmuggler klappte den Wälzer zu und verstaute ihn in einem Regal, das von Büchern und Schriftrollen überquoll. Natürlich würde ihm niemand etwas nachweisen können. Der Kerl war so penibel, dass nicht einmal ein Paladin die Wahrheit aus ihm hatte herausbrennen können. Seitdem hatte er, seinen eigenen Worten nach, echte Probleme beim Pissen.

Lono warf sich wieder auf seinen Stuhl und schob den Dukat zurück. »Geht aufs Haus, Basil. Kommen wir zu meiner Bezahlung. Was bietest du mir?«

Es war gemeinhin eine grundlegend falsche Annahme, dass ein Schmuggler mit Gold handelte. Nicht einmal mit Waren. Das war lediglich der Nebenverdienst, der ohnehin wie eine gut geölte Radachse seine Aufgabe verrichtete. Viel wichtiger war das kostbarste Gut Méridors, das heller funkelte, als jede Kassette voller Gold es vermochte. Denn dies war das Schmiermittel, mit dem die Mühlen am Laufen gehalten wurden, um sich auf das vorzubereiten, was kommen sollte. Nach allem, was Basil die letzte Zeit erlebt hatte, verfügte er über eine ganze Schatzkiste voll Informationen.

Unterschätzt

In Zeiten der Not zeigte sich der wahre Charakter eines Menschen. Das war eine Tatsache, von der José schon lange fasziniert war. Als er vor dem Portal eines wuchtigen Bauwerks stand, bewies die Menschheit erneut, zu welch außergewöhnlichen Widersprüchen sie fähig war. Denn zur Zeit einer drohenden Gefahr hätte man meinen können, selbst der einfache Arbeiter täte alles dafür, Heim und Herd zu verteidigen.

Allerdings war das Gegenteil der Fall.

Hunderte, nein, Aberhunderte Menschen tummelten sich vor der Stählernen Bank, sahen ängstlich zur Schwarzen Sonne hinauf, zogen die Köpfe ein oder spähten in ihre Beutel, von denen sie sich erhofften, die Bank möge sie füllen, um den drohenden Weltuntergang zumindest nicht mit leeren Taschen erleben zu müssen.

Elegant stellte José seinen Gehstock vor sich ab und legte den Kopf in den Nacken. Das Gebäude thronte unübersehbar über allen anderen in der Umgebung wie eine Festung; eine Klippe aus glatt geschliffenem, blassem Stein, durchsetzt von fünf Schritt breiten Rundsäulen, die oben von Arabesken gekrönt wurden. Über der ersten Reihe schmaler, von Metallgittern gesicherter Fenster folgte eine weitere, während die des nächsten Stockwerks wesentlich größer waren. Und die Hecke aus schwarzen Eisendornen auf dem Flachdach funkelte wie die Stacheln einer Distel.

»Wir sehnen uns nach Ordnung«, murmelte José und bahnte sich einen Weg an den Passanten vorbei. »Doch mit allem, was wir tun, dienen wir dem Chaos.«

Er betrat die Schalterhalle des Bankhauses, eine riesige Halle aus rotem Porphyr und schwarzem Marmor, pochte sein Herz schnell. Flankiert wurde der Saal von großen Büsten alter, trister Männer, die aus großer Höhe herabsahen, erhellt von Dämmerlicht, das durch die kleinen, hohen Fenster hereinströmte und Schattenmuster auf dem Marmorboden hinterließ. Die Luft stand vollkommen still und war schattig kalt.

Während der Tumult der Stadt verblasste, saßen Dutzende Schreiber in identischen grauen Gewändern an identischen Schreibtischen, auf denen sich identische Papierstapel türmten. Kein Besucher wagte es, die ehrfurchtgebietende Stille zu durchbrechen, die einzig von raschelndem Papier und kratzenden Federn beherrscht wurde.

Wächter standen gelangweilt an den Wänden, sahen halbherzig zu oder guckten nirgendwohin. Reihen pomadierter und juwelenbehängter Menschen eilten mit eingezogenen Köpfen hin und her. Als sie José entdeckten, blieben sie ertappt stehen und krallten die Finger um die Geldschatullen und Geldbeutel, als fürchteten sie, er könnte sie ihnen entreißen. Dabei gab ihnen dieser Instinkt recht.

Denn genau das war seine Absicht.

Ein hagerer Mann erwartete ihn an dem breiten Durchgang zwischen den Schreibtischen. Alles an ihm war grau: der Anzug, das Haar, selbst die wächsernen Gesichtszüge. Die Adamantbrosche an seinem hochgeschlossenen Kragen war das einzige Erkennbare von Wert an diesem Ort. Der wahre Reichtum der Stählernen Bank fundierte auf Schulden und Einfluss.

»Don José de la Fuego«, sagte der Bankier mit so viel Wärme wie ein Eisklotz.

»Manniz.« José nickte. »Weshalb wundert es mich nicht, dass Ihr zuvor über mein Erscheinen unterrichtet wurdet?« Die Bank hatte überall Spitzel. Vermutlich untersuchte einer von ihnen sogar Josés Stuhlgang.

Manniz trat zur Seite und wies den Korridor entlang. »Bitte folgt mir.« Damit schritt er los und sah kein einziges Mal zurück.

Das Klacken und Klicken von Josés Gang hallte an den hohen Wänden um ihn wider; sie reichten nicht so hoch wie jene in der Kathedrale, waren allerdings in ihrer Schlichtheit beeindruckend. Dies war eine Kirche, die keine Notwendigkeit darin sah, sich in Gold oder Silber zu kleiden, die es nicht nötig hatte, anderen ihre Lebensweise aufzuzwingen. Der Glaube an den Gott des Goldes war subtiler.

Zwei Soldaten wachten über ein Tor, das selbst jenes am Königsschloss überragte. Zwei Flügel aus verstärktem, dunklem Stahl. Manniz ging unbeirrbar weiter, während die Soldaten einen wuchtigen Hebel bedienten. Es ratterte und rasselte im Inneren des Tores, und die schweren Flügel schwangen langsam auf. Ein kühler, abgestandener Schwall Luft drang ihm entgegen. Es würde José nicht wundern, sollte das Zwergenvolk seinen Anteil daran haben.

Manniz passierte es. Die Wände des Gewölbes dahinter waren über und über mit nummerierten Schließfächern in der Größe von Schreibtischschubladen versehen. Abertausende Fächer, die sich nahtlos aneinanderreihten. Fächer voller Geheimnisse, die den wahren Reichtum der Bank bargen.

Möglichkeiten.

Manniz blieb davorstehen, wandte sich José zu und hielt ihm die Hand hin. José zog die Klinge aus seinem Gehstock und übergab sie dem Bankier, der sie, ohne zu zögern, in eine Versenkung mit der Nummerierung *Neun* steckte. Es klickte, dann schwang das Fach auf. Im Inneren lag weder Gold, Silber noch Adamant, sondern ein zerknitterter, scheinbar unbedeutender Zettel, den José rasch herausnahm und einsteckte. Der gewöhnliche Betrachter hätte kaum meinen können, von welch immenser Bedeutung der Zettel war, dabei befanden sich darauf die Informationen, die José einen Ausweg bieten könnten, sollten alle Pläne scheitern. Er war gern auf alle Eventualitäten vorbereitet, und dazu zählte es auch, die Schwachpunkte der wahren Paladine zu kennen. Die nächsten Schritte mussten gut vorbereitet sein, und er konnte es sich nicht erlauben, dass jemand ein Druckmittel gegen ihn verwendete.

Manniz schloss das Fach und verließ wortlos den schlichten Ort, an dem die größten Geheimnisse des Weltenrunds aufbewahrt wurden. Die Soldaten drückten die Flügel hinter ihnen zu, die mit lautem Rumpeln einrasteten, dann führte der Bankier ihn durch einen abgelegenen Korridor zu seinem Arbeitszimmer, das ebenso schlicht wie die restliche Bank war. Das einzig Auffallende darin war der übergroße Schreibtisch mit zwei Stühlen — einer davor, einer dahinter. Der, auf den Manniz sich stockstuf niederließ, glich mit der riesigen

Rückenlehne einem Thron, obgleich er weder Schmuck noch Zierde aufwies.

José setzte sich, stellte den Stock neben sich ab und begutachtete die Dinge, die auf dem Schreibtisch sorgsam aufgereiht waren. Eine blaue, handgroße Wachsfigur, die schon lange vertrocknet war. Eine Phiole mit silberner Flüssigkeit, eine andere mit blitzendem Rauch. Daneben eine Seite, deren Buchstaben glühten, und auf der anderen Seite rot geäderte Wurzeln, zerbrochene Leuchtkristalle, eine silberne Armschiene und viele, viele wundersame Dinge mehr, aus jedem Winkel des Weltenrunds gesammelt.

»Eine Leidenschaft, Artefakte zu sammeln?«, fragte José.

»Recherche.«

»Recherche. Natürlich. Dieser Ring ...« Er griff danach und nahm ihn prüfend auf. Der Ring war weder fest noch flüssig. »Ein Relikt jener Magie, die der Erschaffung der neun Welten vorausging?«

Manniz stützte die Unterarme auf die Tischplatte und legte die Fingerspitzen aneinander. »Die Stählerne Bank gewährt Euch einen Kredit von fünfhunderttausend Dukaten, abzüglich der Investitionen, die bereits getätigt wurden. Außerdem werden ausstehende Schulden der Obrigkeit umgehend eingefordert, um das nötige Druckmittel für etwaige Unterstützungen bei der Finanzierung der Reservisten und der Einberufung neuer Rekruten zu fördern.«

José lehnte sich gelassen zurück. »Wie gedenkt Ihr, die Obrigkeit zu diesem Unterfangen zu bewegen?«

»Es ist bereits geschehen.« Manniz zuckte nicht einmal mit einer Wimper.

»Söldner?«

»Ist Euch der Begriff *Talion* geläufig?«

»Die Vergeltung von Gleichem mit Gleichem. Ich verstehe, Ihr habt also Eure Schulden eingefordert.« Das gab José durchaus zu denken. Ein Söldnerheer, das unter der Kontrolle der Bank stand, hätte ihrem Einflussgebiet zumindest ein Gesicht gegeben. Aber diese Vorgehensweise bedeutete, dass sie alles und jeden in Candaloz, wenn nicht sogar in ganz Méridors, kontrollierten. Allerdings

… »Saville widersetzt sich unseren Bemühungen, einen Schutzring gegen das nahende Zwergenheer aufzustellen.«

Ein Nicken – zu mehr ließ der Bankier sich nicht hinreißen. »Wir werden entsprechende Maßnahmen ergreifen, um Savilles Fürst davon zu überzeugen, wie vorteilhaft es für die Stadt wäre, ein Bankhaus zu eröffnen.«

José lächelte schmal. »Überzeugen. Natürlich. Kommen wir zum Wesentlichen. Was verlangt die Bank im Austausch für diese milden Gaben?«

Manniz zog geduldig einen schweren, ledergebundenen Folianten heran und öffnete ihn. Anschließend griff er nach Tintglas und Feder und blätterte. »Seht es als Finanzierung in weitere gemeinsame Projekte. Wir erwarten lediglich, dass Ihr uns einen Vorzug gestattet, wenn sich der Staub gelegt hat.«

»Und die Welt danach wird eine andere sein.«

Schweigen.

José zögerte. Er hatte mit mehr Gegenwehr gerechnet. Tatsächlich hatte er sogar überlegt, zum ersten Mal seinen göttlichen Funken anzurufen, um die Stählerne Bank zur Unterstützung zu zwingen. »Euer Entgegenkommen überrascht mich. Das hat nichts damit zu tun, dass die Stählerne Bank ebenso in den Abgrund gerissen wird wie der Rest von uns, wenn die Zwergenheere in die Stadt marschieren?«

Die Feder kratzte über das Papier. Manniz blätterte weiter, strich etwas durch und machte sich wieder Notizen. »Wir handeln nicht. Wir urteilen nicht. Wir ergreifen keine Partei. Menschen sterben. Städte fallen. Königreiche gehen zugrunde. Aus ihrer Asche entsteht Neues.«

»Und dann seid Ihr als Geldgeber da, um den Mörtel mit Blut zu mischen.«

Langsam legte Manniz die Feder ab und beäugte ihn. »Worauf wollt Ihr hinaus, Don José de la Fuego?«

»Ist er hier?«

»Ist wer hier?«

»Euer Gott.« José sah sich um. Ein einzelnes, vergittertes Fenster, schmucklose Wände, ein paar Öllampen, sonst nichts. »Ich kann spüren, wie er diese Mauern durchdringt.«

»Es gibt hier keinen Gott.«

José ruckte mit dem Kopf herum. Ein Ziehen hinter seinen Augen verriet ihm, wie das Violett aufloderte. »Lügt mich nicht an!«

Manniz blieb gelassen. »Bezeichnet Ihr Euch nicht selbst als Gott?«

Ein Grinsen umspielte Josés Lippen. »Wann wollen wir das Bühnenstück hinter uns lassen und offen reden, Manniz?«

Der Bankier machte eine auffordernde Geste.

»Wenn das Bankhaus eine Kirche ist und die Schuldner die Gläubiger, dann seid Ihr der Hohepriester.« José kniff die Augen zusammen und beugte sich vor. »Wer seid Ihr wirklich?«

Manniz widmete sich wieder den Unterlagen, unterschrieb ein Dokument und schob es José hin. »Göttlichkeit wird überbewertet, Don José. Das Einzige, was zählt, ist Ordnung. Ordnung im wachsenden Chaos.«

José verzog spöttisch das Gesicht. »Demnach seid Ihr das rettende Schiff am Horizont, das uns sicher in den Hafen geleitet?«

Gelassen deutete Manniz auf das Dokument. »Die Welt wird sich verändern. Inwiefern, werden wir erst noch feststellen. Hier ist alles im Detail für Euch aufgelistet. Ein Vorzug bei neuen Investitionen ist lediglich eine aufgeführte Option. Wir sind sicher, dass Ihr Euch an Eure Gönner erinnern werdet.«

José rührte sich nicht. »Ihr tut so, als wäre längst alles überstanden. Als wäre der Sturm vorüber und die neun Welten vor einem übermächtigen Gott befreit.«

»Keineswegs.« Manniz legte abermals die Fingerspitzen aneinander und wirkte so unbeeindruckt und zeitlos wie ein Fels. »Die Stählerne Bank widmet sich Wahrscheinlichkeiten und wägt Optionen ab. Sollte der Schutzring fallen und Eure Schützlinge bei ihren Missionen versagen, sind unsere Bemühungen nichtig. Bis dahin gilt es, einen Blick in die Zukunft zu werfen und alle Eventualitäten zu berechnen.«

Langsam beugte sich José vor und griff nach dem Dokument – auf halbem Weg hielt er inne. »Was verschweigt Ihr mir, Manniz? Ihr plant etwas, nicht wahr? Etwas Großes.«

»Das ist kein Geheimnis. Wir gedenken, das Volk Svartalfheims an unseren Unternehmungen zu beteiligen.«

»Die Zwerge?« José kniff die Augen zusammen und ließ die Hand sinken. »Inwiefern?«

»Neue Welten, Don José. Götter, die ins Licht treten, während alte in den Schatten versinken.« Ein Anflug von Sehnsucht und Gier durchbrach den grauen Schleier des Mannes, als er eine Schiefertafel heranzog – der erste Ausdruck einer Emotion in dem talgigen Gesicht. In die Tafel waren Zwergenrunen eingemeißelt. »Die kommenden Ereignisse werden eine neue Ordnung ermöglichen.«

»Ich bin ein Gott.« José schnappte sich die Feder und drückte die Spitze auf das Pergament. »Glaubt Ihr wirklich, dass mich Verträge binden können?«

Manniz legte die Tafel ab. »Ihr habt noch viel über Göttlichkeit zu lernen, Don José.«

»Inwiefern?«

»Ein Vertrag bindet nicht nur in Papier.«

»Sondern?«

Auffordernd wies Manniz zu dem Dokument. »Die Optionen stehen Euch offen. Wir sind ebenso daran interessiert, eine Armee aufzustellen, wie Ihr, obgleich aus unterschiedlichen Gründen.«

José sah dem unscheinbaren Mann tief in die Augen. Kein Glimmen. Kein loderndes Feuer. Kein Anflug von Macht. »Ist das so?«

»Es steht Euch frei zu gehen. Sicherlich versteht Ihr, dass wir in den nächsten Tagen das Bankhaus auf nicht absehbare Zeit schließen müssen.«

»Es gibt keinen Ort, an den Ihr gehen könnt, wenn das Chaos um sich greift.«

Manniz neigte höflich den Kopf. »Das große Mysterium betrifft die Frage, in welcher Gestalt das Chaos zutage tritt.«

»Gibt es denn weitere Möglichkeiten?«

»Variablen, Don José.« Manniz' Stimme nahm einen leisen, rauen Klang an. »Variablen.«

Einen Moment überdachte José seine Entscheidung, dann unterschrieb er das Dokument. Mit jedem Schriftzeichen kam es ihm vor, als raubte es ihm etwas, das er weder sehen noch spüren konnte. Als würde ein unsichtbares Band geschmiedet werden, das sich in seiner Seele verankerte.

Es knallte, als Manniz die Hand auf den Tisch schlug. Er beugte sich vor, rollte das Papier zusammen, versiegelte es mit heißem Wachs und ließ es in einer Schublade verschwinden.

»Ausgezeichnet.« Manniz erhob sich und wirkte äußerst zufrieden. »Wir haben Euren Aufstieg mit großem Interesse verfolgt. Silberhand und der Krieg, den Ihr provoziert habt, waren ein Geniestreich. Ebenso wie Ihr die Obrigkeit täuschen und einem Mann ohne jegliche Adelsabstammung auf den Thron verhelfen konntet, nachdem Ihr den König ermordet habt.«

José zögerte. »Weshalb habt Ihr das Wissen nicht gegen mich verwendet?«

»Weil wir alle Variablen stets im Blick behalten, Don José. Als begnadeter Täuscher seid Ihr eine davon. Seid gewiss, Ihr werdet es keinen Moment bereuen, Euch unserer Unterstützung versichert zu haben.« Manniz wies zum Ausgang. »Wenn Ihr mich nun entschuldigen würdet? Ich habe einige Dinge zu veranlassen, damit unsere Zusammenarbeit auf fruchtbaren Boden stößt. Und Euch stehen ebenso Herausforderungen bevor, die Ihr allein bewältigen müsst.«

Abermals zögerte José. Die Worte gaben ihm zu denken. »Welcher Form?«

»Guten Tag, Don José.«

Er stand auf und verließ den Raum. Als die Tür hinter ihm zuging, fragte er sich, ob er gerade einen Pakt mit der Verheerung geschlossen hatte.

***

Das Begrüßungskomitee auf dem großen Platz vor dem Bankhaus überraschte ihn keineswegs. Einhundert Soldaten, schwer bewaffnet mit Rapieren, Hellebarden und Flachbogen, die im Dämmerlicht der Schwarzen Sonne auf ihn gerichtet waren. Diejenigen, die bis dahin noch die Bank hatten aufsuchen wollen, nahmen die Füße in die Hand und zerstreuten sich in alle Winde.

Gelassen stellte José den Gehstock ab. Seine Mundwinkel zuckten amüsiert; er hatte früher damit gerechnet. »Baltasar.«

Ein untersetzter Mann mit gewachstem Schnurrbart und Kinnbart schob sich durch die Menge. Sein kahler werdendes Haupt war mit einem steifen Barett bedeckt, das rote Brokatgewand konnte kaum seine Leibesfülle überdecken, die hohen Lackstiefel sahen unbequem aus, der silberne Gehstock war ein wahres Kunstwerk, und überall an ihm funkelten rote Leuchtkristalle.

»José«, sagte Baltasar. »Kommen wir gleich zum Punkt.«

José lächelte. »Bittest du um Vergebung deiner Sünden?«

»Komm mir nicht so, du machtgieriger Halunke! Ich weiß, dass du dahintersteckst.«

»Wohinter stecke ich?«

Der Don hob die Hand. Es klackte und surrte, als die Soldaten ihre Flachbogen spannten. »Willst du mich ausbluten lassen wie ein Schwein?«

»Warum nicht? Das wäre wahrhaft ein interessanter Anblick. Don Baltasar de Hortega an den Füßen an einem Haken aufgehängt, während ihm die Gedärme aus der offenen Bauchhöhle hängen. Wie ein fettes Schwein.«

Baltasars Gesicht lief rot an. »Noch ein falsches Wort mit deiner gespaltenen Zunge, und es wird dein letztes sein!«

Gemächlich schritt José los. »Ich bin Capitán General der méridorischen Armada, einberufen von König Pablo de Aguilar persönlich. In seiner Abwesenheit spreche ich in seinem Namen und gedenke deshalb …«

»Mit dieser Annahme liegt Ihr falsch«, erklang eine hohe Stimme.

Soldaten wichen zur Seite und machten einer jungen Frau Platz. Ihr schlichtes, schwarzes Kleid vermittelte zugleich den Anschein einer einflussreichen Dona, aber auch einer kampfbereiten Offizierin. Es war hochgeschlossen, lag an den Armen eng an, fiel steif bis über die Knie und war schräg über die Brust geknöpft wie bei einer Uniformjacke. Ebenso wie Baltasar trug sie ein Barett, unter dem ihr Haar verborgen war. Besonders auffällig war der schwere, goldene

Sonnenanhänger auf ihrer Brust – ein Symbol tiefster Ergebenheit der Kirche des Palindroms. Zweifellos war die Frau nicht mit übermäßiger Schönheit gesegnet, dafür mit einem wachen Verstand. Wie sonst hätte sie als Bastard das Erbe von Vicente de Marques antreten und Pablo den Kopf verdrehen können?

José verbeugte sich knapp. »Elle de Marques. Welchem Umstand verdanke ich diese außerordentliche Ehre?«

»Ersparen wir uns das.« Sie machte eine knappe Geste. Es klapperte und rasselte, als Flachbogen entladen und Klingen weggesteckt wurden.

»Was wollt Ihr, Elle?«

»Eure Bemühungen sind nicht unbemerkt geblieben.« Ein verschlagenes Lächeln umspielte ihren Mund. »Der Obrigkeit die Mittel streichen, indem die Stählerne Bank ihre Schulden einfordert, und sie dazu zwingen, Eure Kriegsbemühungen zu unterstützen. Ein Meisterstreich. Wie habt Ihr das bewerkstelligt?« Sie tippte sich ans Kinn. »Lasst mich raten, Ihr habt gelogen, betrogen und getäuscht?«

Er schwieg.

»Ihr dachtet doch nicht wirklich, dass Ihr hinter dem Rücken der Krone tun und lassen könnt, was Ihr wollt?«

»Einer meiner alten Lehrmeister sagte stets zu mir: *La mejor forma de predecir el futuro es crearlo.* Die beste Form, die Zukunft vorauszusagen, ist, sie selbst zu schaffen.«

»Mein Vater erinnerte mich ebenfalls stets, an eine Weisheit zu glauben, ehe er beim königlichen Bankett starb: *El aprendizaje es un regalo, incluso cuando el dolor es tu maestro.* Lernen ist ein Geschenk, auch wenn der Schmerz dein Lehrer ist.« Sie lächelte schmal. »Ihr seid dieser Schmerz, Don José. Und Ihr seid ein Lehrer, den ich beinahe unterschätzt hätte.«

José überblickte die Soldaten und sah Elle schließlich wieder an. Diese Situation hatte er nicht bedacht. Weshalb war er nicht vorbereitet? »Was wollt Ihr?«

Ein Schatten vertrieb das Lächeln aus ihren Zügen. »Pablo hat mir die Verantwortung über das Königreich in der Zeit seiner Abwesenheit übertragen. Mir, nicht Euch. Wie kommt Ihr also auf den

Gedanken, Ihr könntet nach eigenem Gutdünken walten und herrschen?«

»Ihr seid weder seine Gemahlin noch eine Aguilar. Demnach ist der Capitán General der méridorischen Streitkräfte sein rechtskräftiger Vertreter. Oder gedenkt Ihr, dies öffentlich anzuzweifeln?«

»Ich bin die Verlobte des Königs.«

José seufzte theatralisch. »Und somit nicht bedeutender als eine Mätresse.«

Ihre Aufregung war unübersehbar. Die Art, wie sich ihr Brustkorb hob und senkte oder wie ihre Nasenflügel bebten. Elle war nicht so gefestigt, wie es der Anschein vermittelte.

Er beugte sich zu ihr und senkte seine Stimme. »Eine feindliche Armee ist auf dem Weg nach Candaloz. Wollt Ihr tatsächlich die Sicherheit des Königreiches mit Euren Machtspielchen gefährden?«

Elle erwiderte starr seinen Blick. »Ganz im Gegenteil. Ich beabsichtige, die Sicherheit Méridors zu stabilisieren, indem ich die Vertreter der Zwerge empfange und Verhandlungen führe.«

Belehrend schüttelte er den Kopf. »Ohne Druckmittel kann man nicht verhandeln.«

»Tatsächlich?« Sie kicherte – wohl um ihre Unsicherheit zu überspielen. »Nehmt es nicht persönlich, aber wir kennen längst den Grund, weshalb das Heer auf dem Weg hierher ist.« Sie machte eine Pause. »Euretwegen.«

José straffte sich. »Wenn das alles ist …«

»Ihr habt einen Krieg zu viel provoziert, Don José. Oder seid Ihr überhaupt ein Don?«

»Vorsicht!«

»Ich bin noch lange mit Euch fertig. Ihr habt Anteil daran, was in Tirnanog geschah. Ihr seid schuld daran, dass die Brücken in andere Welten geöffnet wurden. Ihr verbergt das Artefakt, das dem Volk der Zwerge geraubt wurde.«

Er legte die Hände auf den Stockknauf und atmete durch. »Mjölnir hat sich den Zwergenprinzen widersagt.«

»Dann sollen sie …«

»Außerdem«, redete er lauter, »wird sich *nichts* ändern, falls sie den Hammer erreichen sollten. Wir sind der Feind. Deshalb werden sie alles auf ihrem Weg vernichten.«

Elle nickte. »Ich gehörte einst zum gemeinen Volk und weiß, was es heißt, vor unüberwindbare Hürden gestellt zu werden. Stets suchte ich nach Wegen, Mauern niederzureißen und werde nicht davon absehen, diesen Traum weiterzuverfolgen.« Sie hob die Hand. Gleichzeitig wurden die Waffen erneut auf ihn gerichtet. »Ihr werdet den Verhandlungen nicht im Weg stehen.«

José musste den Kopf schütteln. Weder Elle noch Baltasar begriffen, welche wahre Bedrohung dem Weltenrund bevorstand. Alle Fäden mussten zu einem großen Geflecht ineinandergreifen. Während José zwei Schritte vorausplante, das Kommende bereits vor sich sehen konnte und daher wusste, dass der drohende Krieg nur eine Verkettung der folgenden war, versuchten die Hohen und Mächtigen sich ihres eigenen Vorteils zu berauben.

Weil sie nicht gesehen hatten, was er gesehen hatte.

»Noch sind wir dem Feind gegenüber im Vorteil«, sagte er leise. »Wir wissen, wohin er will. Wir wissen, was er will. Das können wir ausnutzen und uns vorbereiten. Mit allem, was uns zur Verfügung steht.«

»Nein.«

Er blinzelte. »So naiv könnt Ihr unmöglich sein.«

Sie umfasste den Anhänger auf ihrer Brust. »Das Palindrom ist mein Hirte und wird mich leiten.«

Ihm entfuhr ein Schnauben. »Bis eben hielt ich Euch für vernünftig. Jetzt begreife ich, dass all meine Worte vergebens sind, als würde ich Wasser ins Meer gießen. *Echar agua al mar.*«

Ihre Fingerknöchel traten weiß hervor. »Mein Glaube ist stark, Don José. Weigert Ihr Euch, meinen Anweisungen zu folgen?«

»Werdet Ihr die Einberufungen stoppen?«, erwiderte er steif.

Ein harter Glanz trat in ihre Augen. »Was auch immer Ihr von mir haltet, ich werde das Königreich auf den Ernstfall vorbereiten.«

»Ihr lockt einen Drachen in unser Nest, Elle. Glaubt mir, die Verschlagenheit eines Drachens sollte man nie unterschätzen.«

Elle winkte ab. »Den Siedlern werde ich ebenso gestatten, die ferne Welt aufzusuchen, in der mein zukünftiger Gemahl sich aufhält. Vorerst. Zuvor will ich alle Möglichkeiten ausschöpfen.«

»Und dafür stehe ich Euch im Weg.« Er schnalzte missbilligend mit der Zunge. »Bin ich festgenommen?«

»Werdet Ihr Euch meinen Anweisungen widersetzen?«

Er kräuselte die Lippen. »Ihr kennt die Antwort.«

»Dann lasst Ihr mir keine andere Wahl. Ergreift ihn!«

Behutsam legte er den Stock ab, trat zurück und streckte die Arme zur Seite. Die Zeit des Versteckspielens und Täuschens war vorbei. Jetzt musste er herausfinden, wozu er fähig war.

José griff tief in sich hinein und lockte seinen Funken heraus.

Nichts.

Verdutzt betrachtete er seine Hände. Kein Zwielicht drang in ihn herein, keine Macht erfüllte ihn, keine Kraft eines dunklen Paladins gestattete ihm, Klingen zu formen. Da war einfach nichts.

Götter, er kannte seine eigene Gabe nicht!

Zwei Soldaten packten ihn an den Armen und bogen sie ihm auf den Rücken. Ein Tritt in die Kniekehlen schickte ihn auf das Kopfsteinpflaster. Jemand packte ihn an den Haaren und riss seinen Kopf in den Nacken.

Elle sah wie eine finstere Herrscherin auf ihn herab. »Falsche Götter mögen Euch ihre Gunst schenken, aber ich habe nicht vergessen, wer Ihr seid.« Sie beugte sich zu seinem Ohr. »Mein Vater und mein Bruder beim königlichen Bankett.« Ihre Stimme wurde rau und leise. »Ein Gemetzel, das Ihr angerichtet habt, *Silberhand*.«

Er blieb ruhig. »Ich habe Euch unterschätzt.«

»Pablo ist schwach. Deshalb könntet Ihr ihn formen wie Lehm. Jetzt habt Ihr ihn fortgeschickt, um selbst die Zügel in die Hand zu nehmen. Ihr habt sogar erwogen, jemand anderen auf den Thron zu bringen, ehe Ihr ihn ermordet habt.«

Seine Zunge klebte am Gaumen fest. Woher wusste sie von …?

»Ihr habt tatsächlich geglaubt, ihn vor uns verbergen zu können.« Sie griff in seine Tasche, nahm den Zettel heraus und steckte ihn sich ein. »Ich weiß von Euren Spielzügen, die einzig Eurem unersättlichen Durst nach Macht dienen. Pablo hat Euch vertraut. Ich beabsichtige allerdings nicht, diesen Fehler zu wiederholen.« Sie ließ ihn los und nickte den Soldaten zu. »Bringt ihn in die Zelle und bereitet alles für das Eintreffen unserer Ehrengäste vor.«

José grunzte. »Das ist ein Fehler, den Ihr noch bitter bereuen werden.«

»Das wird sich zeigen, Don José. Das wird sich zeigen …«

Zweiter Teil

Der Letzte seiner Art

Monate zuvor

Basil erwachte mitten in der Nacht und wusste nicht, weshalb. Er rieb sich den Schlaf aus den Augen und blickte sich hastig um. Dunkel. Nicht völlig, natürlich, denn das allgegenwärtige Leuchten der Stadt war beständig. Er glaubte, etwas gehört zu haben, aber jetzt war da nichts mehr. Es war warm und stickig, und das Zimmer stank so sehr, als hätte es schon lange keinen Gast mehr beherbergt. Wer unauffällig bleiben wollte, der konnte es sich nicht aussuchen. Wenigstens hatte er das Zimmer für sich allein.

Er stöhnte, schlang sich die feuchten Laken um die Hüften, rieb sich den Schweiß von der Brust und hielt zischend die Luft an, als er seine Rippen betastete. Den Sturz aus dem Sattel hatte er immer noch nicht ganz verarbeitet, ganz zu schweigen von den Prellungen und Schnitten, die seine Auseinandersetzung mit Wagrim nach sich gezogen hatte.

Das Licht nagte an seinen Lidern und erinnerte ihn daran, dass er ganz dringend pinkeln musste. Wenn man eines über den großen Barden sagen konnte, dann, dass seine Blase die Größe einer Murmel besaß.

Er ging zum Fenster und öffnete es, sodass ein kalter Zug hindurchwehte und die stickige Luft etwas vertrieb. Dann sah er zu den schattenverhangenen Wänden hinüber, das Gesicht noch verzerrt von lähmender Schlaftrunkenheit, und versuchte sich zu erinnern, welche der verschwommenen beiden Türen zum Abort führte. Bei seinem Glück landete er vermutlich in Lorencos Schlafzimmer und pinkelte dem schlafenden Helden auf den Kopf. Was ihr Verhältnis sicherlich unglaublich verbessern würde.

Zweifelsohne war sein Plan ein großes Wagnis, aber da die anderen so versessen darauf waren, den Fürsten um seinen dämlichen Schlüssel zu bringen, blieb ihm wohl keine andere Wahl. Außerdem hatte er keine Lust, mit dem Schamanen aneinanderzugeraten. Oder mit dem Barbaren. Oder mit …

Beim Palindrom, warum passierte diese Scheiße immer ihm?

Er tat einen Schritt nach vorn. Ein Knacken und Klappern war zu hören, als sein Bein gegen die Ecke des Betts stieß. Fluchend griff er nach seinem geprellten Schienbein, humpelte umher. Allmählich gewöhnten sich seine Augen an das Dämmerlicht, und er konnte sogar das unverputzte, angeschimmelte Gemäuer erkennen. Jetzt wusste er wenigstens, woher der süßliche Geruch in seiner Nase kam.

Verstohlen schaute er sich um, näherte sich einer Tür …

Und erstarrte.

Er war nicht allein. Eine schlanke Gestalt, verschwommen im Zwielicht. Nur das lange Haar konnte er erkennen, das sich im Luftzug leicht bewegte. Er versuchte, die Dunkelheit zu durchdringen, aber das Gesicht blieb verborgen.

Im Zimmer war es kalt, sehr kalt.

»Basil …« Eine Frauenstimme, sanft und lieblich. Der Klang ließ ihn erschaudern.

»Wer bist du?«, krächzte er, und seine Stimme klang unvermittelt laut in der toten Stille.

»Basil …« Die Frau kam geräuschlos auf ihn zu. Ein Lichtstreifen fiel auf eine Hälfte ihres Gesichts: ein Auge, eine bleiche Wange, ein Mundwinkel. Dann wieder Dunkelheit. Aber dieser Moment hatte ausgereicht, um etwas schrecklich Vertrautes erkennen zu lassen.

Basils Verstand suchte danach, während er zurückwich. Kälte breitete sich in seiner Brust aus. Er wusste, dass er besser um Hilfe rufen und die anderen wecken sollte, aber irgendwie musste er vorher herausfinden, wer sie war. Er *musste* es einfach wissen!

Die Luft war schneidend kalt. Der Atem dampfte vor Basils Gesicht.

Sie war tot. Das wusste er mit Sicherheit. Er hatte gesehen, wie sie gestorben war, um ihn zu retten. Sie war tot. Und doch …

»Ynes?«, flüsterte er.

»Basil …« Ihre Stimme, ihre Stimme! Ihm blieb der Mund offen stehen. Jetzt streckte sie die Hand nach ihm aus, durch einen

Lichtstreifen, der durch das Fenster fiel. Eine bleiche Hand, bleiche Finger, lange, weiße Nägel. Der Raum war eisig, frostig kalt. »Basil!«

»Ynes, bist du das wirklich?«

Die Frau näherte sich, die Finger weit gespreizt.

Die Tür flog auf und krachte gegen die Wand. Eine leuchtende Gestalt zeichnete sich im Türrahmen ab. Ziegenschädelmaske. Federn. Verschlissene Kleider. Klackernde Ketten und Knochen. Unterhose. Nackte Beine.

Der Schamane trieb einen Stock in den Boden. Die herausgeschnitzten Fratzen waberten geisterhaft umher.

Der Raum war jetzt taghell. Die Umrisse der Türen, des Bettes, verschwammen zu Schwarz und Weiß. Basil presste die Augen zusammen, hielt schützend den Arm vor das Gesicht und taumelte nach hinten.

»Du hast mir das angetan, Basil!«, schrie die Frau mit entsetzlich hoher Stimme.

Basil blinzelte. Durch den grellen Schleier erkannte er die bleiche Frau, die direkt vor ihm stand, die Hand immer noch nach ihm ausgestreckt. Lange, geisterhafte Schlieren trieben von ihr ab wie Weinranken; sie wurden von Krog aufgenommen, der immer noch als leuchtende Gestalt im Türrahmen stand. Sein Mund bewegte sich, und er murmelte Worte, die Basil nicht verstehen konnte.

»Hilf mir, Basil!«, flüsterte die Frau.

»Ynes …« Seine Stimme klang heiser. »Ich habe das alles nicht gewollt.«

»Rette mich!«, kreischte sie.

»Ich … ich kann nicht. Du bist tot.«

»Du wirst niemals im Leben etwas erreichen! Du wirst niemals …«

Ein lautes Zischen. Das Weiß brannte sich durch Basils Augen und blendete ihn. Ein ferner Schrei.

Stille.

Vorsichtig lugte Basil zwischen den Fingern hindurch. Der Raum lag wieder im Dämmerlicht und war viel dunkler als zuvor. Ein wenig Licht drang durch das Fenster. Davon abgesehen war alles wie zuvor. Nein, nicht ganz. Der Schamane stand vornübergebeugt in der Mitte des Raums und stützte sich schwer auf den geschnitzten Stock, der mit dem Boden verwurzelt war. Und das war auch kein Stock mehr, sondern ein verzweigter Baum voller großer, grüner Blätter, die wuchsen und gediehen, während Basil zusah.

»Krog?« Basils Stimme zitterte, war blass und dünn. »Was war das?«

»Die Geister lieben dich, Barde. Aber einige hassen dich.«

Lärm ertönte vom Gang her. Stiefel polterten. Metall rasselte. Dann schlitterte ein kampfbereiter Waffenmeister um die Ecke – offenbar schlief der Kerl sogar in seiner Rüstung – und bahnte sich einen Weg in den Raum.

Er blieb vor dem Baum stehen und ließ sein Schwert sinken. »Welch Ungemach ist hier geschehen?«

Eine schmächtige Gestalt stand im Türrahmen, die roten Haare standen ihr in allen Richtungen vom Kopf ab. »Was für eine Scheiße hast du jetzt wieder angestellt, Barde?«

Dahinter erschien Wagrim, füllte den gesamten Türrahmen aus und starrte stumm in den Raum.

Basil eilte zu Krog, der inzwischen niedergesunken war. Zu dem Baum hielt er möglichst großen Abstand. »Meine … Maske. Barde, bitte nicht … abnehmen.«

Dann sank der Schamane ohnmächtig in Basils Arm.

***

Als der Schamane endlich erwachte, war der Morgen bereits da. Die Sonne schien freundlich durch das offene Fenster, erhellte den Baum, der in voller Blüte inmitten des Zimmers stand, fiel auf die abenteuerliche Truppe, die Basil immer noch ein Rätsel mit sieben Siegeln war, und fiel auf die Schädelmaske eines Schamanen, der ihm offenbar das Leben gerettet hatte. Schon wieder. Vielleicht wäre es Zeit, sich doch ein wenig mit seinen Gefährten auseinanderzusetzen, wenn ihre Schicksale aneinandergebunden waren.

Vielleicht.

Hastig betastete Krog sein Gesicht und seufzte, als er die Knochenmaske und Federn berührte. Er richtete sich auf, stöhnte dabei wie ein alter Mann und streckte die steifen Glieder, die knackten, morschen Zweigen gleich. Erst jetzt fiel Basil auf, dass die graue Haut des Schamanen unter den Lumpen mit Schriftzeichen versehen war. Allerdings nicht dieselben wie jene, die die Druiden in Tirnanog pflegten, sondern schreckliche, entsetzliche, entstellte Fratzengesichter.

Lorenco hielt Krog einen Becher mit Wasser hin und sah zur Seite, als der Schamane ihn entgegennahm und seine Maske anhob, um zu trinken. Er musste wahrhaft scheußlich aussehen, wenn er so ein Geschiss um sein Gesicht machte.

»Schamane.« Der Waffenmeister nickte ihm gewichtig zu. »Bitte lass uns teilhaben an deinen Erkenntnissen.«

Krog nippte an seinem Becher. »Die Welt hat sich verändert.«

»Sicher«, murmelte Basil. »Und weiter?«

»Die Grenzen zwischen Leben und Tod verschieben sich.« Krog zog den Beutel auf der Kommode neben der Pritsche heran und griff hinein. Es klackerte leise, als er ein paar Knochen und Zähne auf dem Boden ausstreute. Er bückte sich, ruckte mit dem Kopf wie ein Huhn hin und her und lief die ausgebreiteten Knöchelchen ab. Er nahm eines auf und hielt es ins Licht, dabei gab er seltsame Laute von sich – Gemurmel, das keinen Sinn ergab.

»Was siehst du?«, fragte Lorenco.

»Ich bin kein Nekromant«, sagte Krog heiser. »Meine Gabe bestimmt nicht über Leben und Tod, über Fleisch, Knochen und Seele. Das Reich der Toten bleibt mir verwehrt, und ich fürchte, auch dort geschieht derzeit etwas, das unseren Verstand übersteigt. Aber Geister …« Er legte den Knochen ab und nahm andere auf. »Geister und Heimsuchungen, elementare Verflechtungen, Flüche, Ächtungen und versprengte Energien sind mir vertraut.« Er schenkte Basil einen langen Blick. »Die anderen sehen es nicht.« Unbeholfen stand Krog auf, bewegte sich geduckt wie ein Raubtier auf Basil zu und trat so nahe, dass nur ein Fingerbreit ihre Gesichter voneinander trennte. »Ein Hauch umgibt dich, Barde. Du bist viel mächtiger, als du glaubst. Das wissen die Geister. Aber wer will verhindern, dass du deine Bestimmung findest?«

»Darf ich auch mal etwas sagen?«, fragte Basil.

Krogs Ketten klackerten, als er den Kopf kippte. »Wusstest du, dass er ein Gott ist?«

»Wer?«

»Du weißt, wer.«

Wozu die Wahrheit aussprechen? »Wer hat mich angegriffen?«

Krog schleppte sich zu dem Baum. Er rüttelte an den Ästen, wanderte weiter, bis er einen geeigneten gefunden hatte. Dann schnitt er ihn mit einem Knochenmesser ab, hielt ihn prüfend hoch und nickte vor sich hin.

»Schamane«, sagte Lorenco steif. »Lass uns an deiner Weisheit teilhaben.«

»Die richtige Frage lautet: *Was* hat den Barden angegriffen?« Krog wies auf Disha, die im Schneidersitz und regungslos in einer Ecke hockte. »Sie erklärt!«

Alle Blicke richteten sich auf die Alchemistin, die prüfend einen Stein aufhob und ihn schließlich in die Zimmermitte warf. Im Flug zerfloss er zu Nebel, der den gesamten Raum durchwehte. Aus dem Nebel löste sich eine Gestalt, die an einen Menschen erinnerte, aber seltsam konturlos war, als könnte sie sich für keine richtige Form entscheiden.

»Gjöll. So heißt der Fluss, der das Reich der Toten umfließt.« Dishas rauchige Stimme durchwehte den Nebel. »Wenn eine Seele sich weigert, ihn zu überqueren, wird sie ruhelos. Es gibt viele Bezeichnungen für sie, doch die gängigste ist Geister.«

Der Nebel wandelte sich, und nun stand ein Abbild von Basil direkt neben ihm. Es sah genau aus wie er, eine Art Doppelgänger, bloß wirkte es wie ein zerfaserndes Gespenst. Wenn er nicht vor Furcht erstarrt wäre, hätte er seinen Kram gepackt und wäre schnurstracks zurück nach Candaloz gewandert.

»Ruhelos ziehen sie umher auf der Suche nach dem Verlorenen«, sagte Disha mit rauchiger Stimme. »Einige bleiben zurück, weil ihre grauenhaften Erlebnisse verhindern, dass sie jemals Frieden finden können.« Der Nebel wogte auf und formte verunstaltete, gebrochene Menschen, die träge umherwankten. Einige hatten eingeschlagene Köpfe, anderen fehlten ganze Glieder. »Und mitunter suchen sie ihre Peiniger heim.«

Die dunstigen Schwaden verblassten im Tageslicht, und drückende Stille senkte sich über den Raum. Nicht wenige Blicke waren fordernd auf Basil gerichtet, als erwarteten sie eine Erklärung. Darauf konnten sie lange warten.

Es klackte und klimperte, als Disha ihre Sachen zusammenpackte. »Der Geist wollte dir etwas mitteilen, Basil. Um dich zu warnen. Oder zu bestrafen.«

»Ich wüsste nicht, warum.«

Kriana schnaubte. »Sicher. Bist ein Goldjunge, nicht wahr?«

Er räusperte sich verhalten. »Haben wir nicht alle irgendwann einmal etwas getan, worauf wir nicht gerade stolz sind?«

»Sagt mir, werter Schamane, was, wenn Ihr nicht eingegriffen hättet?«, fragte Lorenco.

Alle Blicke richteten sich auf den Schamanen. »Die Geister lieben den Barden. Aber nicht alle.« Ein *Klick* ertönte, als er sein Klappmesser ausklinken ließ. Dann ritschte und ratschte er an dem Ast herum. »Einst gab es viele von uns. Doch mit der Zeit haben die meisten den Verstand verloren. Vielleicht habe ich das auch … als letzter meiner Art. Die Übergänge sind dünn geworden. Hauchdünn wie Scheibchen.« Er blickte zu dem Riesen auf. »Deinesgleichen setzt alles daran, das zu verschlimmern. Barbaren sind aus Tod gemacht.«

Fast fürchtete Basil, dass der Riese das als Beleidigung auffassen würde, aber er blieb einfach dort stehen, wie ein drohender Berg, der jeden Augenblick über ihnen einstürzen könnte.

»Frage«, bemerkte Basil.

Krog hielt den Stock hoch. »Die Geister hören.«

»Schön für sie. Du sagtest, dass deinesgleichen den Verstand verliert.«

»Ich habe einen wahnsinnig gewordenen Geist aufgenommen, in klitzekleine Häppchen zerrieben und dann in jene Welt befördert, aus der er kam. Was glaubst du, wie angenehm das war?«

Basil schluckte. »Nicht sehr?«

»Warum?«, fragte Wagrim.

Krog schnitzte wieder. »Warum was?«

Der Riese schaute Basil fest an. »Warum er?«

Alle Blicke schwenkten wieder zu ihm. Sonst genoss Basil die allgemeine Aufmerksamkeit, aber diese ließ ihn abermals erschaudern.

»Die Geister lieben ihn.« Damit war für Krog offenbar alles gesagt.

Als Basil den Blick des Waffenmeisters bemerkte, war er überrascht, darin ein loderndes Feuer zu entdecken, das er bei dem stolzen Kämpfer nicht erwartet hätte. Er begriff, dass ihr Bündnis auf wackligen Beinen stand. Er war in eine Welt hineingeraten, die er nicht einmal im Ansatz verstand. Und alles, was ihm als Unterstützung blieb, waren Menschen, die genauso um ihre Haut fürchteten wie er.

Pfeilhagel

Es krachte, als stürzte der Himmel ein. Die Welt wurde gleißend hell und zäh wie Suppe, während der Lärm von überall widerhallte.

Ullr lag am Boden. Schmerz strahlte durch seine Brust und engte sie ein. Atmen. Er musste atmen!

Vor ihm verkrallte sich eine Hand im brüchigen Stein, bleich und voller Schwielen, Kratzer und Narben. *Seine* Hand. Etwas Warmes tropfte ihm in das Auge, und er berührte es. Verständnislos sah er auf seine roten Fingerspitzen. Das Blut trocknete sofort.

Hatte ihn jemand auf den Kopf geschlagen? War es bloß eine Erinnerung an längst Vergangenes?

Er robbte herum und stemmte sich auf Hände und Knie. Gerade rechtzeitig tauchte er weg, bevor die massive Steinfaust herunterkrachte und seinen Kopf wie ein Ei aufgeschlagen hätte. Mit beiden Händen bekam er den Arm des Wesens zu fassen und wollte es herumreißen.

Plötzlich war die Welt schnell und laut, und Schmerz pochte in seinem Schädel. Wieder lag er auf dem Boden und starrte den gesichtslosen Klotz an, der sich über ihn beugte. Das Wesen hob den wuchtigen Fuß, um es zu beenden.

Ullr rollte zur Seite. Hinter ihm bebte die Erde. Er rollte zur anderen, als abermals der Fuß niederging. Dann rief er nach Sleg.

Der Speer klatschte in seine Hand und durchstieß mit der Spitze die Brust des Wesens, das über ihm zusammenfiel wie eine Geröilllawine. Steine trafen Ullr an Armen, Beinen und an der Stirn, und ihm wurde schwarz vor Augen. Er schüttelte die zähe Ohnmacht aus dem Kopf, kämpfte sich aus den Überresten seines Feindes und stemmte sich mithilfe des Speers hoch.

Für einen Moment schöpfte er nach Atem und ließ die Umgebung auf sich wirken. Eine feurige Arena inmitten des Berges, durchzogen von flammenden Flüssen und orange schimmerndem Gestein.

Ein Kampf gegen Steinwesen. Eine Prüfung an einem runenverzierten Obsidianpfeiler. Und nur noch wenige Tropfen Mondlicht.

Jetzt wusste er wieder, wo er war.

Rasch sah er sich um. Der Großteil der Feinde konzentrierte sich auf ihn. Aber zwei der tumben Ungeheuer stapften auf den Pfeiler zu, an dem Basil lehnte. Von dem Zwerg fehlte jede Spur.

Ullr drehte den Ring an seinem Finger. »Andvari.«

Keine Antwort.

Ihm blieb nicht viel Zeit. Das flüssige Mondlicht pumpte in seiner Brust. Er *musste* dem unbändigen Drang nach Bewegung nachgehen.

Weitere Steinwesen näherten sich ihm. Er packte den Speer schmerzhaft fest und stürmte zu Basil. Ehe der Feind ihn angreifen kann, warf er Sleg und in einem goldenen Aufblitzen zerfielen beide Angreifer zu Geröllhaufen.

Beschützend stellte Ullr sich vor seinen Gefährten. Das Mondlicht verbrauchte sich rasend schnell und durch den Verlust seiner Gabe fühlte er sich schwach, angreifbar und seltsam menschlich.

Es rumpelte, als sich ein wahres Ungetüm aus der Tiefe über den Rand zog und sich zu voller Größe aufrichtete. Das Geschöpf war sieben Schritt groß und Stacheln wuchsen wie Kämme aus den Schultern und den sehnigen Armen. Einer Naturgewalt gleich walzte es zwei seiner Verbündeten nieder und stürmte auf Ullr zu.

Ihm blieb keine andere Wahl. Er zog die nächste Phiole, riss den Stopfen heraus und kippte sie in einem Zug. Die Flüssigkeit war zugleich klirrend kalt und brennend heiß. Wie Säure überzog sie seine Zunge, brannte sich durch seine Atemwege und gefror sein Innerstes.

Wie ein Sturm erwachte die Gabe in ihm.

Ein gezackter Speer schoss auf ihn zu – viel zu langsam und behäbig.

Ullr fischte ihn aus der Luft, wirbelt einmal um die Achse und schleuderte es seinem Werfer zurück. Das Wesen wurde davon aufgespießt und flog über den Rand in die Tiefe.

Ullr stieß sich ab – der Boden eilte unter ihm dahin und die zerklüfteten Felserhebungen verschwammen zu schwarzen Schemen. In Windeseile jagte er auf den Koloss zu. Mit seiner geschärften Sicht nahm er jedes Detail an seinem Widersacher wahr. Die Spalten und Risse im Gestein, der glänzende Obsidian, der wie Kämme aus den Schultern ragte, jede einzelne Unebenheit, Lücke und Pore.

Schwachstellen.

Ullr fehlte die Stärke des Barbaren, er konnte nicht durch die Schatten gleiten, sich in Werwesen verwandeln, Lichtwaffen herbeirufen, Tote erwecken oder die Elemente beherrschen. Sein Attribut war Geschicklichkeit. Schwachpunkte des Feindes ausmachen. Mit Geduld und Voraussicht den Feind in eine Falle locken. Oder einen mythischen Speer mit seinem Willen lenken.

In diesem Kampf konnte er sich ganz diesem Attribut hingeben. Er wurde zum Jäger und ließ sich selbst sein.

Rasch überwand Ullr den Abstand zu dem Koloss. Als er nahe genug heran war, schlitterte er unter dem schwerfälligen Hieb durch, spürte den Luftzug über sich, und sprang wieder hoch, wobei er halb um die Achse wirbelte. Er nutzte den Schwung, traf mit den Füßen voran gegen einen heranstürmenden Feind und drückte sich ab – das Steinwesen wurde durch den Aufprall zurückgeschleudert.

Federleicht landete er auf dem breiten Rücken des Kolosses, schwang sich zum Kopf empor und reckte Sleg mit beiden Händen. Mit einem gezielten Stich trieb er den Speer zwischen die Platten im Nacken zum Schwachpunkt.

Sleg summte zufrieden.

Der Koloss erzitterte, wurde langsamer und stolperte. Ullr stieß sich ab, bevor das Wesen wie ein gefällter Baumstamm niederkrachte und zerbarst; er vollführte in der Luft eine Drehung und landete sicher auf einem Knie, die Hand mit dem Speer seitlich von sich gestreckt. Asche und glühender Rauch kräuselten sich um ihn, aber er verblasste langsam, als Ullr sich erhob.

Der feindliche Ansturm stockte.

Graublaues Licht waberte neben Ullr und formte eine halbdurchsichtige, untersetzte Gestalt, von der geisterhafter Nebel abdriftete. Unschlüssig hielt der Zwerg seinen Hammer gepackt und wich Ullrs vorwurfsvollen Blick aus.

›*Ich wurde stets Feigling genannt. Halber Zwerg.*‹ Er sah auf. ›*Es tut mir leid.*‹

Weitere Feinde erklommen die Plattform und zogen eine Schlinge um sie zu.

»Furcht ist gut«, flüsterte Ullr. »Sie macht uns aufmerksam. Lehrt uns. Lässt uns über uns hinauswachsen.«

Andvari sah ihn beschämt an. ›Ich bin kein Kämpfer.‹

Ullr schüttelte den Kopf und gestattete sich einen Seufzer. »Wir sind nicht grundlos hier.« Es knackte, als er den Speer vor sich aufstieß. »Du, der Barde, ich. Wir müssen zusammenarbeiten.«

›Wie?‹

»Surt. Was weißt du über ihn?«

›Nur das, was die Geschichten meines Volkes hergeben.‹ Der Zwerg wog seinen Hammer in den gespenstischen Händen. ›In den meisten ist er der Feind. In anderen ein Verbündeter. Er ist das Feuer. Die schöpferische Kraft, um Dinge zu erschaffen, aber auch zu zerstören. Als ich die Runen entdeckte, berechnete ich sie. Ich gliederte sie in eine Matrix. Ich erkannte einen Zusammenhang und … Rost! Das alles hilft uns nicht weiter.‹

Ullr besah sich Slegs Runen. »Du hast diese Waffe geschmiedet.«

Der Feind kam näher und war weiterhin zahlreich. Erst jetzt fiel Ullr auf, dass die Rune in dem Pfeiler, an dem Basil lehnte, stärker glühte. Auch der Obsidian war mit Rissen durchpflügt und Splitter lagen darum verstreut. Ein Zeichen?

›Auf Merlins Geheiß hin.‹

»Du erschaffst.«

Das Steinwesen links von ihm zog den Fuß nach. Ein gezielter Schlag auf das Knie könnte es zerschmettern. Bei dem Koloss rechts daneben gab es eine Überlappung zweier Platten auf Brusthöhe. Und der Feind auf der anderen Seite wies eine Bruchstelle am Hals auf. Die gesteigerte Geschicklichkeit zeigte Ullr die Schwachpunkte des Feindes, doch er könnte nicht ewig so weitermachen. Irgendwann würde er einen Fehler begehen.

»Mannaz steht für Prüfungen.« Er schaute Andvari an, dessen Stirn von einer tiefen Furche aufgewühlt war. »Kampf? Leid? Schmerz? Oder etwas anderes?«

›Ich weiß es nicht. Rost und Ruin, ich verstehe es einfach nicht!‹

»Finde es heraus!« Damit federte Ullr ab und tauchte in der Menge unter. Er nutzte die drei Schwachpunkte seiner Feinde, zerschlug sie und kämpfte wie im Wahn. In Gedanken sah er Runa vor sich, wie sie litt und stolperte, wie sie nach ihm rief und rief und rief …

»Nein!«, brüllte er und versank im Rausch. Feind um Feind starb, aber für jeden Gefallenen rückten zwei neue nach. Er hatte geschworen, Runa zu beschützen. Sein Kind. Und dann hatte er sie ziehen lassen – Narr, der er war.

Wild schlug er mit dem Speer um sich, traf aber nichts, ließ sich von der eigenen Bewegung mitreißen und merkte dabei, dass etwas in sein Bein stach. Keuchend hüpfte er weiter, verlor das Gleichgewicht und hieb wieder nach links und rechts. Dann sprang er auf ein Wesen zu. Gemeinsam stürzten sie zu Boden und Ullr prallte mit dem Kopf heftig gegen Gestein. Sie rollten hin und her, und Ullr gelang es schließlich brüllend und sabbernd, sich nach oben zu arbeiten, wo er sich auf den Rücken des Wesens wuchtete und dessen Kopf auf den Boden schlug, wieder und wieder, bis der Schädel zerplatzte.

Er schleppte sich zur Seite, hörte, dass ein Wesen, wo er eben noch gewesen war, auf den Boden prallte, und kam mühsam auf die Knie, Sleg in der klebrigen Hand.

So kniete er da, das Blut rann sein Gesicht hinab, und er rang nach Luft. Weitere Feinde strömten herbei. Er konnte nicht mehr ausweichen. Sein Bein tat weh, seine Arme waren ganz schwer, und sein Kopf fühlte sich an, als wollte er einfach davonschweben. Keine Kraft mehr für einen Kampf, jedenfalls kaum noch. Immer mehr Feinde wuchteten sich auf das Plateau, stapften auf ihn zu, ganz vorn ein Koloss.

Wie ein Stich fuhr Kälte durch Ullrs Eingeweide. Ein hartes, leeres Gefühl. Seine Knöchel knackten, als sich die Muskeln seiner Hand versteiften und den Speer schmerzhaft fest packten.

Die Zeit schien langsamer zu verstreichen, als der Feind auf ihn zukam. Ullr nahm jedes Detail an ihnen wahr. Die unförmigen Köpfe, die felsigen Körper, die noch Bruchlinien dort aufwiesen, wo sie sich aus dem Felsen befreit hatten. Das geschmolzene Gestein an ihren Füßen. Der schimmernde, leicht durchsichtige Obsidian, der an einigen Stellen verhärtet war. Die feurigen Venen, die sie durchströmten.

Der Atem kroch durch Ullrs Nase ein, aus. Wie immer in solchen Augenblicken fühlte er den mächtigen Wunsch, aufzugeben. Was zählte das Leben eines nutzlosen Barden oder eines feigen Ringes? Was nutzte sein Tod, wenn irgendwo weit entfernt seine Tochter verängstigt, verfolgt und aller Hoffnungen beraubt durch die Dunkelheit zog? Was nutzte ein Eid, wenn er ihn nicht wahren konnte?

»Runa …« Er hatte versprochen, seine Tochter zu beschützen. Dabei kannte Runa die Wahrheit nicht. Sie wusste nichts von dem Geheimnis, das er stets bewahrt hatte, um sie vor sich selbst zu beschützen – und vor dem, was ihr das Schicksal auferlegt hatte. Jetzt konnte er sie nicht mehr retten. Nicht hier. Nicht so weit von ihr entfernt.

War es das, was alle Väter durchleiden mussten? Loslassen und nicht länger über das Leben der Kinder entscheiden?

Mit zitternden Fingern griff er nach der dritten Phiole. Zwei blieben ihm noch für weitere Herausforderungen. Zu wenig. Er kippte die erste, keuchte und hustete und wuchtete sich hoch.

Mit neuer Kraft stürzte er sich dem Feind entgegen und ließ sich von seiner kalten Wut leiten. Er war entfesselt, kämpfte wie ein Berserker, stach zu, wich zurück, ließ den Feind herannahen, nur um erneut um sich zu schlagen.

»Ich bin der Jäger«, knurrte er und zerbarst einen Feind. »Ich wache und suche. Dies ist mein Ideal.«

Die Zeit rann dahin. Die Erschöpfung packte Ullr, tränkte seine Glieder mit Schwäche, während seine Gabe versickerte, bis er kaum noch die Arme heben konnte. Trümmer und Schutt, Kiesel, spitze Steine und glühende Überreste gefallener Feinde übersäten das Plateau.

Ullr kletterte darin umher, ließ an der Spitze seinen Speer umherwirbeln und konnte kaum noch stehen. Also hob er Sleg hoch in die Luft und stieß einen Schrei aus. Er hörte das Knacken und Splittern um sich herum, fühlte, wie der Boden bebte und der Berg unzufrieden über die Schlacht war, sah neue Feinde, die sich ihm entgegenwarfen. Seine Stiefel trommelten auf die Erde, sein hastiger Atem zischte und sang in der Hitze.

Es gab kaum Platz zum Ausholen, und plötzlich herrschte völlige Enge. Feinde drängten von allen Seiten auf Ullr zu und klemmten ihn Schulter an Schulter ein. Er stieß mit den Ellenbogen zu, schrie und keuchte, während ihm allmählich das Leben ausgepresst wurde.

Das Mondlicht versickerte.

Er führte einen Streich und zuckte zusammen, als sich etwas in seine Flanke bohrte. Ein langes, langsames Brennen. Er heulte auf, denn der spitze Stein bohrte sich immer tiefer hinein. Nässe sickerte aus der Wunde, sickerte sein Bein hinab, dampfte und zischte auf dem heißen Boden.

Irgendwie konnte er seine letzte Phiole ergreifen, doch ehe er sie geleert hatte, wurde sie ihm aus der Hand geschlagen. Mit neuer Geschicklichkeit wand er sich aus dem Griff – der Dorn löste sich aus seinem Fleisch – und er fand jede Lücke zwischen den wimmelnden Feinden. Schneller als ein Funkenregen drückte er sich ab, traf einen Kopf, peitschte sich von dort weiter zu dem Obsidianbolzen und landete vor Basil.

Wie auf ein Zeichen schwenkten die Wesen zu ihm herum.

Die Gabe erlosch. Ullr knickte kraftlos ein. Die Welt war ein lauter Strudel, ein schmerzhafter Nebel, eine Masse aus Zorn und Verdammnis. In seinem Mund war ein metallischer Geschmack, und er hatte Durst, in seinen Augen waren Blut und Dreck, sein Kopf dröhnte, und er hätte am liebsten gekotzt.

Sich an einen Gott binden und das Schicksal akzeptieren. Einem Eid verschreiben. Was hatte er sich bloß dabei gedacht?

Es war vorbei. Er konnte nicht siegen, nicht kämpfen, nicht standhalten.

Gescheitert …

Andvari kniete über dem Bogen, zwei Schritt entfernt, und hielt die Hand darüber. ›*Diese Waffe … Woher hast du sie?*‹

Die nahende Ohnmacht zwang Ullr in die Knie und führte ihm sein Versagen vor Augen. Durch einen schmerzhaften Nebel sah er zu dem Zwerg. »Seit ich ihn aus einer alten Esche befreit habe.«

›*Ergreife ihn!*‹

Ullr hustete Blut auf den Boden.

›*Ullr.*‹ Andvari klang ungewohnt ernst. ›*Du musst ihn ergreifen!*‹

Mit letzter Kraft schleppte Ullr sich dorthin und nahm den Bogen auf. Die Worte verfingen sich zwischen seinen aufgeplatzten Lippen, und er brachte nicht mehr als ein geistloses Krächzen hervor.

Andvari legte seine Hand auf den Bogen, woraufhin sie zerfaserte wie dunstige Feuchtigkeit. ›*Spanne ihn!*‹

Ullr rutschte mit den Fingern immer wieder ab. Als es ihm schließlich gelang, löste Andvari sich einfach auf und glitt *in* den Bogen hinein.

›*Höher!*‹ Die Stimme hallte aus weiter Ferne zu ihm.

Ullr zielte in die Schwärze. Licht kräuselte sich zwischen seinen Fingern wie das Nahen der Morgendämmerung.

›*Loslassen!*‹

Es surrte, und ein durchdringendes, hohes Pfeifen erklang, als ein einzelner Lichtpfeil hinaufschoss. Als er seinen höchsten Punkt erreicht hatte, spaltete er sich auf. Dutzende, nein, Aberdutzende Geschosse. Ein *Pfeilhagel* regnete über den Feinden nieder, durchstieß sie, zerschmetterte ein Steinwesen nach dem anderen.

Als das Letzte zerfallen war, fiel der Obsidianpfeiler splitternd in sich zusammen.

Ein tiefes Dröhnen hallte durch den Berg, wie Hörnerschall, bloß viel lauter.

Es war vorbei.

Ullr verließen all seine Kräfte. Er prallte auf die Knie – der Bogen klapperte neben ihn auf den Boden – und ihm sank das Kinn auf die Brust. Mit nachdenklichem Gesicht trat der geisterhafte Zwerg neben ihn und strich sich durch den Bart, während er die Waffe betrachtete, als läge ihr ein Geheimnis zugrunde.

›*Die Prüfung galt nicht dem Kampf. Nicht einmal dem Feind.*‹ Andvari sah ihn an. ›*Sondern uns.*‹

Die Ohnmacht rief nach Ullr. Dann nichts mehr.

***

Als er erwachte, erwartete ihn alter Schmerz. Der Rücken, seine Schultern, die Arme, selbst seine Fußzehen schickten lähmende Stiche bis in seinen Verstand.

Manchmal, wenn er so dalag, die Augen geschlossen hielt und der Leere in sich nachgab, wünschte sich eine verräterische Stimme in ihm, nicht mehr aufzuwachen. Einfach liegen bleiben. Sich nicht mehr kümmern. Aufgeben.

Doch dann erinnerte er sich an seinen Schwur.

Und an Runa.

Er drückte die pelzige Zunge gegen das wunde Zahnfleisch, leckte über seine aufgeplatzten Lippen und krächzte mit ausgedörrter Kehle. Stöhnend hievte er sich in eine sitzende Position, während seine Knochen knackten und seine Muskeln protestierten. Die Schnitte, Kratzer und Striemen spannten, und das Brennen in seiner Seite wurde schlimmer.

Für einen Moment wünschte er sich an einen anderen Ort; zurück ins verschneite Hochland in seine bescheidene Hütte, wo seine Sorgen die nächste Mahlzeit und ein warmes Feuer zum Schutz gegen die Kälte waren. Das Leben dort war hart gewesen, aber wenigstens hatte er Runa gehabt. Es hatte nur die Jagd, die Lehre und die Zweisamkeit gegeben, während alles andere im Nebel der Vergangenheit verblasst war. Das Weltenrund. Die Jäger. Der Gott von Anfang und Ende. Die Paladine. All das war unbedeutend gewesen. Für eine gewisse Zeit war er zufrieden gewesen, ehe die Vergangenheit ihn eingeholt hatte.

Geduldig zog Ullr seinen Mantel aus, löste die Verschnürungen seiner Lederrüstung und rollte das verschwitzte Hemd darunter hoch. Zischend sog er den Atem ein, als sich die Kruste an seiner Flanke löste. Die Verletzung sah übel aus, aber keine überlebenswichtigen Organe waren verletzt. Ein Stich mitten durchs Fleisch. Wenn man überlebte, musste man zuerst schauen, welchen Schaden man genommen hatte. Die wichtigste Regel der Jagd. Eine Wunde in dieser Größe musste gesäubert oder ausgebrannt und anschließend vernäht werden, ansonsten könnte sie sich entzünden. Und wenn Gift im Blut war, wäre es bald um ihn geschehen.

Er kroch zu seinem Gepäck, das neben dem bewusstlosen Barden lag, zuckte bei jeder Bewegung zusammen und atmete flach durch den Mund. Sorgsam nahm er den Behälter mit Kräuterpaste heraus, schmierte sich das stinkende und höllisch brennende Zeug auf die Wunde, schnappte sich Nadel und Faden und vernähte behutsam den klaffenden Schnitt. Bei jedem Stich sog er scharf den Atem ein und bei jedem Zurren des Fadens blies er ihn ebenso scharf aus.

Wie häufig hatte er bereits Wunden behandelt, wenn er völlig zerschlagen gewesen war, wie oft gesäubert, ausgewaschen, vernäht, ausgebrannt, verbunden? Der Weg, den er einst gewählt hatte, brachte nur Leid und Schmerz. Er hatte seine Stellung verloren, seinem Glauben abgeschworen, den Speer vergraben und geglaubt, ein Mann des Friedens sein zu können.

Und dann hatte er alles verloren, was ihm wichtig gewesen war.

Jetzt sollte es damit weitergehen. Kämpfen. Sich an Götter binden. Die Tochter ziehen lassen. In einem Krieg kämpfen, der ihn nichts anging.

Wann war es genug?

Eine gefühlte Ewigkeit versorgte Ullr seine Wunden, bis er sich die letzten Tropfen aus seinem Schlauch gönnte. Er sah nach dem Barden, der selig vor sich hin schlummerte, lehnte sich gegen die Überreste des Obsidians und stieß einen Seufzer aus, der alles ausdrückte, was in ihm vorging.

›Wir haben gesiegt‹, sagte Andvari.

Ullr nickte schwach.

›Ich kann nicht beschreiben, was passiert ist. Wir wurden …‹

»Eins.«

Andvari ging ein paar Schritte. ›Das bedeutet etwas. Ich habe nachgedacht.‹ Er wanderte weiter, wobei seine Füße nicht den Boden berührten. ›Surt ist mit Muspellsheim verbunden. Er ist ein Teil davon. Vielleicht dienen diese Prüfungen einer Art Selbstfindung? Nein, Rost!‹ Er schüttelte den Kopf und kehrte zu Ullr zurück. ›Dieser Berg ist unsere Schmiede, wir sind das Eisen und die Prüfungen sind Hammer und Amboss.‹

»Du nennst es eine Prüfung. Ich eine Strafe.«

›Strafe? Wofür?‹

Ullr schwieg.

›*Der Weg führt hinauf, Ullr. Zur Spitze. Zur Essenz.*‹ Mit knapper Geste wies der Zwerg auf die nächste Ebene, die aus dem schwarzen Dunst über ihnen aufgetaucht war. Treppen und Brücken führten dort hinauf und kaum noch erkennbar prangte dort ein Obsidianpfeiler mit einer Rune – ähnlich jenem, den sie mit ihrem Sieg vernichtet hatten. Auf die Entfernung erinnerte er tatsächlich an einen Bolzen.

Ullr nickte mit dem Kinn zu Basil. »Und er?«

›*Er ist ebenso wichtig für die Prüfungen wie wir. Ich frage mich …*‹

»Was?«

Andvaris Blick schwenkte hinauf. ›*Welche Prüfung erwartet uns am Gipfel?*‹

Ullr hielt den Schlauch an die Lippen. Er war leer. Unzufrieden steckte er ihn zurück und wollte sich seinem Leid ergeben, aber das war nicht der Mann, der er sein wollte. Ihn hatte er längst hinter sich zurückgelassen, um … Ja, um was zu tun? Runa war fort. Sein Weib hatte er ebenfalls nicht retten können, ebenso wenig wie das Weltenrund vor dem Einfluss der Kirche. Jetzt hatte er … Er hatte …

»Nichts.«

Eine Gewitterwolke bedeckte seinen Verstand. Die Welt wurde trostlos, leblos, kalt. Ullr befand sich an der Schwelle der Pforten der Verdammnis. Das hier war die Bestrafung für seine Sünden. Er musste hier sein, um zu leiden.

Slegs Summen riss ihn wach.

Stöhnend griff Ullr zu und stemmte sich hoch. Solange noch ein Funken Kraft in ihm steckte, würde er nicht aufgeben. Das tat er nie. Also hievte er den Barden auf seine Schulter und ging weiter.

Der Schurke aller Schurken

Monate zuvor

Die Stadt war in Aufruhr. Menschenmassen strömten zur Arena, einem riesigen Rund am Rande der Stadt, während Basil und seine wackeren Gefährten zum Fürstenpalast hinaufeilten. Überall war Gedränge, wurde er gestoßen, erklang das aufgeregte Gejohle der Städter. Eine ganze Woche dauerten die Spiele zu Ehren des Jahrestages des Fürsten von Saville. Eine Woche, um das Volk wohlig zu stimmen und davon abzulenken, dass er abermals die Steuern angehoben hatte, um die Unabhängigkeit zum méridorischen Reich zu wahren. Dabei ging es ihm nur darum, auch den letzten Dukat aus den Menschen herauszupressen, wie aus einer vertrockneten Olive.

Im Herzen der Stadt erstreckte sich der große Platz. Eine Besonderheit daran war eine im Zentrum thronende zerschlagene Skulptur, die einen alten Krüppel zeigte, der sich auf einen Stock beugte. Pablo de Aguilars Darstellung des Palindroms, bevor er zum König gekrönt worden war.

Und auf einmal ist es keine Gotteslästerung mehr, sondern eine Vision.

Je näher Basil und seine verschworene Gemeinschaft den Palasttoren kamen, desto mehr verlief sich die Menge, was ihn zumindest für den Moment aufatmen ließ. Der Fürstenpalast verfügte über mehrere Türme, die über überdachte Brücken in schwindelerregender Höhe von einer Ebene zur nächsten führten. All das wand sich um einen zentralen, wuchtigen Bau, was ihm den Eindruck verlieh, er wäre ursprünglich als Kathedrale erdacht gewesen. Falls dem so wäre, hatte der Fürst allen Bemühungen der Kirche des Palindroms, ihren Einfluss über Saville auszuweiten, bislang standgehalten. Beltrán de Toledo war ein stolzer Mann, der sich gerne beschenken ließ und alles nahm, was er in die Finger bekam. Allerdings war er überaus paranoid, wenn es darum ging, sich von einem seiner Schätze zu trennen.

Was Basil in eine interessante Lage brachte.

Begleitet von einer bunt kostümierten Truppe marschierte er auf das Portal zu und klopfte dagegen, zwei laute, hallende Schläge. Es dauerte nicht lange, bis ein Soldat in rot-grüner Uniform eine Luke öffnete und sie grimmig beäugte.

»*Hola*, werter Soldat!« Basil wies mit einladender Geste auf seine Begleiter. »Wir sind die Spielmannstruppe, die für unseren großartigen Fürsten …«

Die Klappe wurde zugeworfen.

»Ich hab's gewusst!« In ihrem kunstvollen, grünen Kleid war Kriana eine liebreizende Gestalt, obgleich sie ein Gesicht zog, als hätte man ihr ins Frühstück gespuckt. Es passte hervorragend zu ihrem wilden, feuerroten Haar und betonte ihre weiblichen Vorzüge – auch wenn es nicht viele waren.

Basil seufzte. »Was hast du gewusst?«

»Dass du's verkackst! Warum habe ich diesem Schwachkopf vertraut?«

»Das nehme ich persönlich.«

»Stecks dir meinetwegen so tief in den Arsch, um dir damit den Darm zu kitzeln!«

»Geduld, tapfere Gefährten.« Lorencos Kostüm unterschied sich kaum von seiner Vollrüstung, allerdings bestand diese aus golden bemaltem Holz. Seinen Rundschild zierte ein lächerlicher, roter Drache, das Holzschwert war mit allerlei bunten Glassteinen bestückt, und der Helmbusch erinnerte an einen Reisigbesen. Ihm gedachte Basil die Rolle des Helden des Bühnenstücks zu.

Wagrim stand hinter ihnen, ein riesiger, schweigsamer Felsen. Fell und Leder standen ihm hervorragend, als wäre er dafür geboren worden. Nun, als Barbar des Hochlandes war er derlei Verkleidung vermutlich sogar gewohnt. Disha stand etwas abseits, gekleidet in ein geheimnisvolles Hexenmeisterinnenkostüm: violetter, wallender Stoff mit goldbestickten Kreisen und Mustern. Eine südländische Schönheit, die verführerisch lächelte, als Basil sie musterte. Schnell betrachtete er das letzte Mitglied ihrer farbenprächtigen Truppe. Der Narr – und was er für einen abgab! Rot, orange, gelb, grün, blau – alle Farben, die man sich nur vorstellen konnte, zierten Krogs

Kostüm. Anstelle seiner Ziegenschädelmaske trug er eine Harlekinmaske und eine Mütze mit insgesamt sechs Zipfeln, die mit Glöckchen bestückt waren.

Kriana zerrte an den Verschnürungen in ihrem Ausschnitt. »Den Scheiß geb ich mir nicht! Alles muss man allein machen. Ich kümmere mich um den Rest, wie ich es schon von Anfang an hätte …«

Das Tor rumpelte. Ketten rasselten. Langsam wurde es aufgeschoben; es weitete sich stetig.

Basil zwinkerte der Druidin zu. »Ein wenig mehr Vertrauen wäre angebracht.« Insgeheim atmete er erleichtert auf. Bis zuletzt war er unsicher gewesen, ob Lono Wort halten würde. Damit war zumindest eine Hürde bewältigt.

Der Soldat, der ihnen geöffnet hatte, winkte eifrig den Korridor entlang. Den Fürsten ließ man besser nicht warten.

»Auf, auf!«, rief Basil und tanzte mit den Fingern über die Saiten seiner Vihuela. Sein Kostüm war kreischend bunt: ein waschechter Barde in abenteuerlicher Kluft, der gekommen war, um eine Geschichte zu erzählen, welche die Zeitalter überdauern würde. Über den Ausgang dieser entschied er natürlich selbst.

Die Sonne fiel durch die hohen Fenster, tauchte den Gang in Licht und Schatten. Bänke reihten sich an den Wänden entlang, und dort saßen Menschen, die auf eine Audienz beim Fürsten warteten. Ihre Gesichter waren sorgenvoll, angespannt, verzweifelt. Der Fürst wusste, wie er seine Macht ausspielen konnte. Ein Mann unter ihnen – er trug einen steifen, grauen Anzug mit einer silbernen Brosche am hohen Kragen – stand abseits und gab sich unbekümmert.

»Was macht ein Bankier hier?«, flüsterte Kriana.

»Investitionen«, antwortete Basil leichthin. »Was sonst?«

»Die Stählerne Bank hat hier keinen Sitz?«

»Nein. Wenn man sich auf eines verlassen kann, dann darauf, dass Beltrán vor allem nur sich selbst dient. Er kann es nicht ausstehen, bei jemandem in der Schuld zu stehen. Und noch weniger buckelt er gerne vor dem König. Warum sollte er auch? Er sieht sich ja selbst als eine Art Herrscher.«

Eine Biegung folgte der nächsten. Wie schon bei seinem ersten Besuch war er fasziniert von der Pracht, die sich ihm darbot. An einigen Stellen standen kunstvolle Vasen, Ölgemälde reihten sich an den Wänden und zeigten Schlachten und Triumphe der Vergangenheit. Wenn man ihnen Glauben schenken konnte, dann hatte Beltrán eigenhändig die Teufel der Verheerung niedergerungen. War das ein Paladin, der sich vor ihm verbeugte? Und die stolze, aufrechte Lichtgestalt dahinter, die ihre Hände zur Segnung des großen Fürsten erhoben hatte, musste zweifelsohne das Palindrom sein.

»An Bescheidenheit mangelt es dem Fürsten nicht«, sagte Disha.

Basil spielte einen langen Ton, den er langsam ausklingen ließ. »Dafür mangelt es ihm an allem anderen.«

»Zum Beispiel?«

Er hielt die Hand auf Brusthöhe. »Größe.«

Disha kicherte.

»Ich kann den Schlüssel immer noch in Mäusegestalt klauen«, murmelte Kriana, als versuchte sie, sich selbst zu überzeugen. »Das schaffe ich. Ganz bestimmt.«

»Könntest du«, sagte Basil leise. »Solltest du. Und wirst du. Aber wenn der Schlüssel so kostbar ist, wie unser Anführer behauptet, wird Beltrán ihn in Griffweite behalten. Dieser Mann ist so misstrauisch wie ein Eichhörnchen. Vertraut mir, das ist unsere beste Option.«

Kriana schenkte ihm einen argwöhnischen Seitenblick. »Vorschlag: Wir schlagen uns den Weg frei und lenken ihn so lange ab, bis ich den Schlüssel geklaut habe. Danach hauen wir ab.«

»So einfach?«

»So einfach!«

»Das klingt nach einem höchst verwegenen Plan.« Er spielte einen Ton. »Ich sehe schon vor mir, wie man unsere Leichen in der Arena vom Boden aufliest, um sie den Chupacabras als Vorspeise zu servieren.«

»Immerhin ist der Vorschlag besser als deiner, Barde.«

»Erwähnte unser geheimnisvoller Auftraggeber nicht, dass wir leise und mit Bedacht vorgehen sollen? Kein großes Aufsehen, um das Gelingen dieser Mission zu gewährleisten?«

Sie sandte ihm finstere Blicke zu.

Er zwinkerte ihr zu. »Kreuze niemals das Wort mit einem Barden, Druidin.«

»Noch ein Spruch und ich reiße dir die verdammte …«

»Still jetzt!« Lorenco nickte ihnen bedeutungsvoll zu. »Der Plan des Barden ist ausgezeichnet, ich würde sogar behaupten, höchst heldenhaft. Wir werden das Bühnenstück vorführen, und der Barde wird seine besondere Gabe nutzen, um den Fürsten und die Soldaten abzulenken. Daraufhin wirst du, wagemutige Druidin, den Schlüssel stehlen und damit verschwinden. Wenn der Plan nicht so aufgeht, wie gedacht, haben wir wenigstens eine Gelegenheit zum Rückzug, um unsere Wunden zu lecken und uns etwas anderes zu überlegen.«

»Das ist ein Scheißplan!«, blaffte Kriana.

»Es ist der einzige Plan, den wir haben, werte Druidin.«

Sie funkelte Basil an. »Ich traue ihm nicht. Zu viel hängt von ihm ab.«

Das stimmte, und genau das war der Knackpunkt dieses Unterfangens. »Es würde die Angelegenheit bedeutend vereinfachen, wenn man mir verraten würde, was das für ein Schlüssel sein soll«, erwiderte Basil.

Krianas Finger zuckten. Wollte sie ihm etwa eine reinhauen? »Damit du dich damit verpissen kannst, oder was?«

Im nächsten Korridor waren regelmäßig Wachen postiert. Basil zählte zwei Dutzend, und das war nicht einmal ein Bruchteil der Kampfstärke, die der Fürst allein in seinem Palast auffahren konnte. Nein, den Weg freizuschlagen kam nicht infrage. Für diesen Plan brauchte es Geschick.

Es brauchte das Talent eines Barden.

Basil zupfte an einigen Klängen und verwob sie zu einer sanften, tragenden Musik. Er dachte nicht darüber nach, ließ sich dahinschweben wie ein Blatt im Wind. Unvermittelt zapfte er seine Gabe an und ließ sie auf seine Gefährten übergleiten. Nun gingen sie aufrechter, zielstrebiger und wacher.

Erstaunlich! Er hatte bislang nicht gewusst, dass er dazu in der Lage war.

Natürlich war ihr Bühnenstück alles andere als gut vorbereitet. Doch wie bei allem im Leben ging es um den richtigen Zeitpunkt.

Deshalb musste er ihnen die Zeit verschaffen, die sie benötigten, um diesen wahnsinnigen Plan in die Tat umzusetzen. Um die perfekte Täuschung zu erschaffen, durfte er die wahre Absicht nicht verschleiern. Ganz im Gegenteil: Man erzählte dem Don, dass man seinen Hut stehlen wollte, während man ihm die Börse abnahm. Das kommende Bühnenstück wäre ein einschneidendes Erlebnis für alle Beteiligten.

Aber alles der Reihe nach.

***

Der Speisesaal des Fürsten von Saville war eine Halle in der Größe eines Basars. Ein riesiger Kronleuchter, bestückt mit geschliffenen, strahlend weißen Leuchtkristallen, hing von der stuckverzierten Decke. Die zwanzig Schritt lange Tafel bog sich unter Speisen, die kaum ein einzelner Mann vertilgen könnte. Jede nur erdenkliche Frucht, von saftigen Oliven über glänzende Orangen und schwarze Gujos bis hin zu purpurfarbenen Pajas, war dort aufgereiht, als beabsichtigte der Fürst, damit eine Schlacht zu schlagen. Beim Anblick von frisch gebackenem Brot und saftigem Braten lief Basil das Wasser im Mund zusammen. Doch das war nichts im Vergleich zur Auswahl der erlesenen Weine und Tresterbrände, die in Reih und Glied aufgestellt waren; sogar ein echter Falerner aus Legentum tummelte sich darunter. Basil hätte gern eine Kostprobe einiger der älteren Jahrgänge genommen, aber er war ausnahmsweise nicht zum Saufen hier. Sondern zum Arbeiten.

Schwerer Geruch nach Räucherstäbchen hing dick und schwer in der Luft und überdeckte den Essensduft. Die Kräuter dienten dazu, die Atemwege zu befreien und den Verstand zu erweitern. Basil hingegen hatte Mühe, das Gesicht nicht zu verziehen, und lenkte sich deshalb mit einer leisen Melodie ab, die von Aufbruchsstimmung erzählte, während er durch den Saal marschierte und auf einer erhöhten Bühne Stellung bezog. Dabei zählte er zwanzig Soldaten in rotgrünen Gewändern, mit funkelnden Hellebarden und glänzenden Helmen. So still und starr, wie sie an den Wänden standen, wollten sie anscheinend als Teil der Einrichtung durchgehen. Natürlich war der persönliche Heiler des Fürsten ebenfalls anwesend, ein verstaubter Greis ganz in Weiß, dessen Geist vom Räucherwerk vermutlich längst in anderen Sphären schwebte.

Am Tischende speiste ein kleiner, rundlicher Mann. Sein zurückgehendes Haar hatte er sich seitlich über die Halbglatze gekämmt, der Schnurrbart ähnelte einer toten Ratte, die er sich über den Mund geklebt hatte, das rote Brokatgewand war mit grünen Streifen durchzogen, und an seinem kunstvoll geschnitzten Stuhl lehnte ein antik wirkender Gehstock, der wohl mehr wert war, als ein Mann in seinem ganzen Leben verdiente: runder Knauf, den ein einzelner großer Malachit zierte, bronzefarbener Stab und silbrig schimmernde Spitze.

Beltrán de Toledo. Der Fürst von Saville und ein Drecksack, wie er im Buche stand.

Beltrán schmatzte und kaute, schlug die Zähne in einen Schenkel, dass ihm Fett und Fleischsaft über das speckige Kinn liefen, schluckte und sabberte, spülte mit einem Schluck vierzig Jahre alten *Rioja* nach, als kippte er ein Glas Wasser, und ließ nicht erkennen, dass er die Neuankömmlinge bemerkt hatte.

Basil gab den anderen mit einem Nicken zu verstehen, dass sie sich aufstellen sollten. Kriana links von ihm, eine Hand in stiller Ohnmacht erhoben, das verzweifelte Gesicht gen Himmel gereckt. Die Prinzessin, die von dem grausamen Barbaren gerettet werden musste, der auf der anderen Seite stand und es hoffentlich nicht versaute. Lorenco würde erst später zum Einsatz kommen und hielt sich deshalb weit im Hintergrund, während der Narr am Rande stand und ein wenig herumfaxen sollte. Basil kam die Aufgabe des Geschichtserzählers zu. Außerdem würde er das Bühnenstück mit Gesang begleiten. Disha hingegen stand eine ganz besondere Aufgabe zu. Sie war jene, die den Wendepunkt des Abenteuers bringen sollte, denn nichts war so, wie es schien.

Basil sollte es sich auf den Grabstein schreiben.

Ein Soldat beugte sich zu dem Fürsten und flüsterte ihm etwas ins Ohr. Beltrán winkte ihn achtlos fort und machte dann eine weitere Handbewegung zur Schauspieltruppe.

Das war das Zeichen.

Basil leckte sich die Fingerkuppen, legte ein abenteuerlustiges Lächeln auf und sang die erste Strophe:

Im Lande, wo die Nebel wallen,
lebt' ein Barbar, stark und frei.
Mit Muskeln hart wie Felsenhallen,
sein Ruf so wild wie Geschrei.

Wagrim trat einen Schritt vor und schaute grimmig drein.

Der Hofnarr, zu Scherzen aufgelegt,
mit Spott und Witz als scharfe Klinge,
hat manch stolzen Mann tief bewegt,
und brachte Lachen in die Zwinge.

Krog tänzelte über die Bühne. Eine Rolle, die ihm wie auf den Leib geschneidert war.

Ein Barde, Laute in der Hand,
besang die Taten, Groß und Klein.
Sein Lied erklang im ganzen Land,
voll Hoffnung, Liebe, Schmerz und Pein.

Basil verbeugte sich, während er die Melodie wie von selbst erwachen ließ.

Die Prinzessin, Anmut in Person,
mit Augen klar wie Morgentau.
Ihr Herz so rein, ihr Blick ein Sonn',
sie träumte leis', niemand sah's genau.

Kriana zog ein Gesicht, als hätte sie einen üblen Gestank in der Nase. Wenigstens gab sie sich Mühe, während Wagrim so viel Schauspieltalent besaß wie ein Fisch.

Basil nutzte all sein künstlerisches Talent, um dem Bühnenstück die nötige Würze zu verleihen. Er spielte erfrischender und mitreißender wie schon lange nicht mehr, als er mit klarer Stimme sang:

Ein Recke, tapfer und getreu,
schwor Schutz, allen, die Hilfe fanden.
Sein Schwert für Recht, sein Wort wie Blei,
er kämpfte mutig gegen Banden.

Die Hexe, geheimnisvoll und klug,
mit Zauberkräften, alt und mächtig.
Ihr Wissen tief, ihr Geist im Flug,
sie webte Träume, bunt und prächtig.

Zusammen fanden sie das Glück,
in einer Welt voll Zauberwesen.
Durch Mut und List, Stück für Stück,
ward die Sage nie dagewesen.

Lorenco und Disha betraten die Bühne, wedelten mit den Armen und zeigten zumindest den Willen, ihre Rolle zu erfüllen. Indes behielt Basil den Fürsten im Blick, der nicht einmal von seinem Essen aufsah. Es war Zeit, die nächsten Strophen anzugehen und seinen Plan in die Tat umzusetzen.

Der Wendepunkt der Geschichte.

Er entlockte der Vihuela neue Klänge, die wie leuchtende Bänder aufstiegen. Allerdings nahm er nur jene Farben auf, die bedrohlich, kalt und trostlos waren: verwaschenes Blau, schlammiges Grün und tiefes Violett. Mit ihnen wurde die Stimmung dunkler und bedrohlicher, voller Sehnsucht, aber auch Gefahr. Mit jedem weiteren Ton verwob er sie zu einer Decke, die er über dem Raum ausbreitete.

Und stimmte das Klagelied an.

Der Barbar, mit Kraft so ungezähmt,
ergriff die Prinzessin, entfloh der Nacht.
Doch war es die Hexe, die ihn lenkt,

ihr Wille dunkel, ihre Macht umfacht.

Der Recke kam, in Rüstung hell,
und rang den Barbaren nieder.
Doch Zauber traf auch ihn so schnell,
sein Herz gefror'n wie die Glieder.

Es polterte und rumpelte, als Lorenco stocksteif zu Boden ging, während Wagrim trotz eines enthusiastischen Schwertstreichs des Kämpfers stehen blieb.

Der Barde sah, ergriff die Laute,
sein Lied durchbrach den Bann.
Die Hexe fiel, ihr Zauber flaute,
Prinzessin sah ihn an.

Doch lachte der Hofnarr laut,
sein Schalk war nur Fassade.
Er war der Schurke, unvertraut,
sein Plan voll List und Schade.

Er zog die Maske von dem Gesicht,
der Narr, nun Schurke, stand entlarvt.
Doch Liebe siegt im Dichterlicht,
und so ward das Böse gar gestraft.

Basils Melodie raste durch den Saal, erfüllte jeden Winkel, umfing die Anwesenden und raubte ihnen alle Kraft. Längst folgten seine Gefährten nicht mehr dem Stück, starrten apathisch in die Gegend. Lorenco sprach ein Gebet an das Palindrom, auf dass es ihm seine Sünden vergab. Kriana rollte sich auf dem Boden zusammen, die Knie umschlungen, und weinte. Wagrim betrachtete seine Hände, schloss und öffnete sie wie in Trance. Er war der Einzige bei Verstand, als er sich verwundert umsah.

Die Soldaten sanken zusammen. Einer hielt sich die Hände vor die Ohren und zitterte so stark, als könnte er gleich einen Herzstillstand erleiden. Der Heiler saß auf Knien, der Mund leicht offen, und gaffte Basil an, während er die Bühne verließ und die Klänge wie die Tentakel eines Meeresungeheuers umherschleuderte. Sie waberten um ihn herum, berührten alles, was sie in die Finger bekamen.

Und raubten den Anwesenden die Hoffnung.

Dies war die wahre Macht des Klagelieds. Basil hatte es erst ein einziges Mal angewandt – durch Zufall gleichwohl –, aber besondere Umstände erforderten besondere Maßnahmen.

Frohen Mutes verließ er die Bühne, näherte sich der Tafel und kostete einen erlesenen Tropfen nach dem anderen. Er spuckte Wein in das Glas, nippte an einem anderen, gurgelte und spuckte ihn abermals aus. Dann ließ er die letzte Strophe erschallen, die seine wahren Pläne enthüllte.

Doch in der letzten Stunde, so klar,
entpuppte sich der Barde als falsch.
Mit süßen Worten und Demut rar,
war er der Schurke, heimlich und arg.

Er spielte die Laute, sang sein Lied,
das Herz der Menge zu betören.
Und unter der Maske, die niemand sieht,
begann er, ihr Schicksal zu stören.

Mit einem Flüstern, leise und sacht,
besiegte er jeden, nahm den Schatz.
Der Barbar, die Hexe, in dunkler Tracht,
erlag dem Barden, seinem falschen Satz.

Die Prinzessin weinte, der Recke fiel,
der Narr harrt still, voller Schmerz.
Der Barde lacht, entfloh mit dem Juwel,
und hinterließ ein gebrochenes Herz.

Damit griff er ungeniert in die Manteltasche des regungslosen Fürsten, umschloss einen kleinen Gegenstand und zog ihn heraus. Ein antiker Schlüssel aus schwarzem, glattem, leicht durchsichtigem Material. Vielleicht Obsidian. Ein wenig Rauch kräuselte sich darum, als wäre er aus Asche gefertigt.

Basil grinste über das ganze Gesicht, als er das Klagelied weiter anstimmte und auf den Ausgang zuschritt. Er war kein Held. Und mit den Informationen über seine Gefährten, die er Lono hatte zukommen lassen, waren seine Schulden bei Beltrán beglichen, sobald das Lied endete. Immerhin konnte der Tod der Schuldeneintreiber hiermit gesühnt werden. Die kultivierte Ziehtochter eines hochrangigen Priesters könnte als Druckmittel gegen den Einfluss der Kirche dienen, genauso ein Recke von königlichem Geblüt, um Saville Unabhängigkeit von der Krone zu vermachen. Ein landesweit gesuchter Mörder wurde eingesackt. Ein Verrückter mit dämonischen Kräften war eine tolle Attraktion für die Arena. Und eine entflohene Sklavin würde ein hübsches Sümmchen einbringen, wenn der nächste Sklavenhändler zu den Tausendinseln reiste.

Ich bin ein schlimmer, schlimmer Kerl.

Ja, Basil hatte seine Hausaufgaben gemacht und dies war sein Druckmittel in die Freiheit. Er hielt den nachtschwarzen Schlüssel ins Licht. Ein Artefakt, das José unbedingt wollte. Vielleicht sogar der Schatz, von dem er gesprochen hatte? Vor allem ein Gegenstand, den der Fürst wie seinen Augapfel gehütet hatte.

Basil beugte sich zu Beltrán und ließ seine Finger wie von selbst über die Saiten gleiten. »Sei unbesorgt, alter Freund. Ich werde den Schlüssel zu einem Mann namens Don José de la Fuego bringen. Er ist der wahre Schurke in diesem Stück, der mich zu dieser Tat nötigt.« Er klopfte dem Fürsten auf die Schulter. »Als kleines Präsent überlasse ich dir den Rest der Halunken, die dich bestehlen wollten. Auch wenn sie nicht wie Gold funkeln, sind sie von unschätzbarem Wert.«

Er wandte sich ab und spielte weiter. Seine Fingerkuppen waren inzwischen wund, seine Kehle brannte vom Gesang, und das Verweben der Farbklänge laugte ihn aus wie ein Stück Stoff beim Waschen. Es war eine ganz allgemeine Erschöpfung, die seine Glieder bleischwer machte. Aber noch steckte ein wenig Kraft in ihm. Er musste einfach nur spielen, während er den Palast durchquerte. Spielen und spielen und …

Eine Gestalt versperrte den Ausgang. Sie stand leicht geduckt, war in ein schwarzes Gewand gehüllt, das sich kräuselte wie Nebel, und hatte die Kapuze tief ins Gesicht gezogen, dessen untere Hälfte von einem Tuch verborgen war. Irgendetwas Seltsames umgab diese schmächtige Gestalt, bei dem sich Basils Nackenhärchen sträubten. Er ging langsamer und musste sich dazu zwingen, das Klagelied aufrechtzuerhalten.

Die Gestalt hob die Hand. Der Schlüssel schoss aus Basils Tasche und schwebte vor seinem Gesicht. Dann löste sich der Schlüssel in Rauch auf.

Basil griff daneben. Hastig tauchte er wieder in die Melodie ein, griff nach den dunklen Strängen und schleuderte sie mit aller Macht der Gestalt entgegen. Aber die stand bloß da, den Kopf leicht schief gelegt und beobachtete ihn. Götter, sein Lied beeinflusste sie nicht!

Wieder griff er daneben. Die Fäden entglitten ihm, das Lied riss ab und verlor an Harmonie. Die Magie verrauchte wie eine ausgeblasene Kerze, und jetzt war es nur noch irgendeine Melodie.

»Das genügt!«

Basil wirbelte herum. Zu seiner Verwunderung stand nur wenige Schritt entfernt Beltrán, die Hände hinter dem Rücken verschränkt und die Stirn gerunzelt. Doch Basil gab nicht auf. Krampfhaft versuchte er, das Klagelied wie ein Gewand anzulegen …

Etwas Kaltes, Spitzes drückte sich in seinen Rücken. »Lass los, Barde!«, zischte ihm die Gestalt ins Ohr. Ihre Stimme klang weiblich und flüsternd, als traute die Fremde sich nicht, sie richtig zu gebrauchen.

Basil gab sich geschlagen. Der letzte Ton verklang, die Melodie verging und das Lied verschwand wie ein Traum, an den man sich kaum erinnern konnte. Er verstand die Welt nicht mehr. »Wie?«, raunte er.

Wie ein Herold der Nacht umrundete ihn die Gestalt. Das Gesicht war sehr blass, und knochenweißes Haar lugte unter ihrer Kapuze hervor. Sie beugte sich zu ihm und sog hörbar den Atem ein, als sonderte er einen besonderen Geruch ab. Dann wandte sie sich um, ihre Klinge löste sich wie schon der Schlüssel zuvor in Rauch auf, und trat zwei Schritte zu dem Fürsten.

»Ich wandle in den Schatten, um dem Licht zu dienen«, sagte sie rau und leise.

Der Fürst zog etwas aus seinen Ohren, das er Basil vor die Füße warf. Zwei Stopfen.

Gottverdammt! Wenn man seine Musik nicht hörte, konnte der Bann sie auch nicht befallen. Hatte Lono ihn etwa verraten? Basil musste grinsen. So viel Schneid hätte er dem Schmuggler überhaupt nicht zugetraut.

»Wir alle dienen irgendjemandem auf die eine oder andere Weise, Assassine.« Beltrán trat näher. »Der Gilde sei gedankt für die Warnung.«

»Die Warnung kommt nicht von der Gilde.«

»Ah. Wie immer treibt er seine Spielchen. Ich wusste nicht, dass die Gilde ihm …«

»Josés Pläne sind für uns nicht von Belang. Aber er stellte mich vor die Wahl.« Die Fremde wandte sich Basil zu, der immer noch schreckerstarrt dastand, unfähig eine Entscheidung zu treffen, während seine Gefährten allmählich begriffen, was geschehen war. »Entweder halte ich ihn auf und verhindere, dass die Stabilität des Reiches durch Eure Bemühungen nach Unabhängigkeit gefährdet wird. Oder der Barde entkommt und erlangt nicht sein erstes Ideal.«

»Moment!« Basil riss die Hand hoch. »Ich komme nicht mehr mit. Das ist Josés Falle?«

Der Fürst lächelte unschuldig. »Die Falle hast du dir selbst gestellt, Barde. Die Assassine«, er winkte knapp zu der Fremden, »tat mir lediglich den Gefallen, mich zu warnen. Hast du überhaupt eine Ahnung, welch kostbaren Schatz du mir stehlen wolltest?« Er griff unter sein Gewand und förderte etwas hervor. Ein faustgroßer, gezackter Schlüssel, aus schwerem, dunklem Stahl gegossen. Der Bart war mit mehreren Versenkungen versehen und die Reite zu einem Viereck anstatt zu einem Ring geformt, wobei die Kante in das Gesenk überging. Einen Schlüssel dieser Art hatte Basil noch nie zuvor gesehen und sofort war sein Interesse geweckt.

»Ich verstehe das nicht«, sagte er zögerlich. »Weshalb uns auf diese Mission schicken, wenn es ohnehin eine Falle ist?«

»Versuche nicht, Josés Pläne zu verstehen, Barde«, antwortete die Fremde. »Er spielt mit unseren Leben, als wären wir Spielfiguren.«

»Dann war das alles …« Basil lachte auf. »Das war ein Bühnenstück im Bühnenstück. Aber um was genau zu erreichen?«

Sie glitt an ihm vorbei. »Er überwacht jeden deiner Schritte. Von jetzt an ist alles eine Prüfung.« Die Schatten um sie verdichteten sich, empfingen sie allmählich und hüllten sie ein. Dann war sie verschwunden.

»Ergreift sie!«, rief Beltrán.

Die Soldaten setzten sich in Bewegung. Kriana griff in ihre Tasche, brach einen grünen Kristall und nahm das flirrende Etwas auf, das daraus hervorströmte. Ihre Augen leuchteten und sie schrumpfte zusammen. Aus dem Stoffbündel, das einst eine holde Prinzessin gekleidet hatte, huschte eine Maus hinaus und flitzte davon. Bevor sie verschwinden konnte, fing ein Soldat sie mit einem Käfig ein.

Lorenco legte mit großer Geste seine Holzwaffen nieder. Disha regte sich nicht. Krog rief etwas von »Die Geister sind unzufrieden!«, ehe eine Hellebardenstange gegen seine Harlekinmaske krachte und ihn zu Boden schickte. Wagrim stand reglos da und blickte verträumt in die Gegend. Irgendetwas war mit ihm während des Klagelieds geschehen. Allerdings hatte Basil jetzt ganz andere Sorgen. Als er das böse Lächeln in Beltráns Gesicht entdeckte, ahnte er, wie seine nächste Prüfung aussehen würde. Damit erkannte er auch, wer der wahre Schurke in diesem verschachtelten Kästchen war, das sich allmählich entfaltete wie eine Blume: José de la Fuego.

»Meinen Glückwunsch, Barde«, sagte Beltrán gehässig. »Wir haben eine neue Hauptattraktion für die Spiele.«

Etwas knallte gegen Basils Stirn, ehe die Ohnmacht ihn fortzog.

Vergangenheit

Es war dunkel in Josés Zelle. Dunkel, feucht und kalt. Bis auf einen Haufen verfaultes Stroh, einen Eimer für die Notdurft und einen Schlitz nahe der Decke, um einen Hauch Dämmerlicht zu erhaschen, gab es nichts, was eine nähere Betrachtung verdiente. Die Zelle war das, was man von Candaloz' Verliesen erwartete.

Als Konquistador, der in jugendlichem Übermut die Anordnungen des Hauptmanns infrage gestellt hatte, war José mehrfach in den Genuss gekommen, die Freuden einer Zelle zu erkunden. Auch als heranwachsender Paladin hatte er die Ketten des Glaubens gespürt, die ihn davon abgehalten hatten, sein wahres Selbst zu erkunden. Die Fesseln, die jetzt seine Hände und Füße umklammerten, dienten allerdings keiner Lehre. Er trug sie, weil er das Schicksal der wahren Paladine beeinflusst hatte. Dafür hatte er getäuscht, betrogen und gemordet.

Selbstverschuldet …

José lehnte sich gegen das nasskalte Gemäuer, zog die Beine an und kämpfte gegen seine zitternden Hände und seine klappernden Zähne. Bis auf die Hose war er nackt – nicht einmal die Schuhe hatten sie ihm gelassen. Der Eimer für die Notdurft lag zu weit entfernt, um ihn zu erreichen. Das stete Tröpfeln von der Decke bildete eine Lache vor seinen Füßen und zermürbte ihn allmählich ebenso wie die Ungewissheit seiner Pläne. Inzwischen hatte er sich so oft selbst besudelt, dass er den Gestank nicht einmal mehr wahrnahm. In dieser Zelle, abgelegen vom Machtzentrum und all seines Einflusses beraubt, wurde José seine eigene Sterblichkeit vor Augen geführt. Dabei hatte er sich geschworen, nie wieder in eine Situation des Kontrollverlustes zu geraten.

Rückschläge sind notwendig …

Merlin und Kalak hatten vor ihrer Apotheose ebenso Prüfungen bewältigen und Leid am eigenen Leib erfahren müssen; sie hatten sich nicht davon abbringen lassen, das zu tun, was nötig war, um dem Gleichgewicht zu dienen.

»No eres lo que logras, eres lo que superas«, murmelte er und betrachtete seine Hände. »Du bist nicht das, was du erreichst, sondern das, was du überwindest.«

Verzweifelt versuchte er, den Funken aus sich herauszulocken wie einen scheuen Alicanto. Er griff in sich hinein und konnte die Quelle *spüren*, die sich tief verborgen in ihm verbarg wie der Grund eines endlosen Brunnens. Die Macht eines toten Gottes, die nur darauf wartete, entfesselt zu werden.

Bloß wusste José nicht wie.

Er ballte die Fäuste, stellte sich vor, wie er Zwielicht in sich aufnahm und daraus Waffen formte.

Nichts.

Hatte er überhaupt keine Göttlichkeit erfahren? War er bloß einer unter vielen? Dann wäre er … Er wäre …

»Menschlich.« Er lehnte den Hinterkopf gegen die Wand und überdachte alles, was ihn hierhergeführt hatte. Seine Pläne. Die Fäden, die er verknüpft hatte. Herrscher waren seinetwegen gefallen, Könige ins Licht getreten, ganze Völker hatten sich unterworfen. Groll stieg in ihm auf. Allein ihm war es zu verdanken, dass die wahren Paladine ihrer Bestimmung folgten!

Die Bilder waren wieder da. Valeria, die er in Candaloz' Gassen fand und ausbildete. Pablo, den er festnehmen ließ und vor dem Strick rettete, um ihn auf seine Bürde als Paladin vorzubereiten. Artio, die er gezwungen hatte, sich ihrer Vergangenheit zu stellen; deren Leben er von Anfang bis zum Moment ihrer Erhebung beeinflusst hatte. Wagrim … Der Barbar war bloß Wachs in seinen Händen. Morrigan, die sich in ihrem Streben nach Macht seiner Führung unterworfen hatte. Ullr und Runa – er sah den Kontrakt noch vor sich, den er mit dem Assassinen geschlossen hatte, um das Weib ermorden zu lassen. Andernfalls wären beide nie zu ihrer Reise ins Ungewisse aufgebrochen, um Andvari genau zu jenem vorherbestimmten Augenblick anzutreffen.

»Basil …« Der letzte wahre Paladin, den er ins Ungewisse geschickt hatte.

Jetzt war José hier.

Verlassen.

Allein.

»Was hast du getan?« Die tiefe, akzentschwere Stimme drang von der anderen Seite der Zellentür aus den herüber. Darin zeichnete sich die Silhouette eines Hünen ab, viel zu groß für einen gewöhnlichen Menschen.

»Mehr, als mir angelastet wird.«

Der Fremde schnaubte. »Hast du Menschen umgebracht?«

»Ja.«

»Viele?«

»Sehr viele.«

»Hast du deine Herren verraten?«

»Ja.«

»Einen Krieg provoziert?«

José seufzte. »Ja.«

Ketten klirrten, als der Mann sich nach vorn beugte – sein Gesicht blieb im Schatten. »Wer bist du?«

Ein Lachen kitzelte in Josés Kehle. Hier, in einer dreckigen Zelle, sollte er dem Mann begegnen, dessen Pfad er ebenso beeinflusst hatte wie den aller anderen. Das Schicksal, falls es existierte, besaß einen ausgeprägten Sinn für Humor.

»Du lachst?«, grollte der Mann.

»Nicht deinetwegen, Cormag.«

Klirr … Ein Streifen Dämmerlicht beleuchtete das breite, bärtige Gesicht des Druiden. Die ganze linke Seite war vom Kopf bis zu den Füßen mit Schriftzeichen bedeckt; unordentlich zogen sie sich als Muster über sein Augenlid, die Lippen, das Ohr, von der muskulösen Schulter bis hin zu den langen Fingern. Selbst sein nackter Fuß zeigte seltsame Buchstaben.

»Woher kennst du meinen Namen?«, fragte Cormag.

»Das ist eine lange Geschichte«, erwiderte José leise.

»Die Geister sind meine Zeugen, dass ich ein guter Zuhörer bin.«

Welche höhere Macht auch immer für diese Situation gesorgt hatte, sie besaß offensichtlich einen guten Sinn für Humor. In all den Ereignissen hatte José den Mann vergessen, den er wie einen Pfeil ausgerichtet hatte, um das Herz von Candaloz zu treffen. Jetzt war er wieder hier. Am Anfang.

»Hast du je mit den Geistern gesprochen, Cormag?«

Der Druide sank in die Schatten zurück. »Ein einziges Mal.«

»Eine Prophezeiung?«

»Ja.« Er zögerte. »Ich habe sie nie verstanden.«

»Man versteht sie erst, wenn ihr Eintreffen nicht mehr verhindert werden kann.«

»Du weißt viel darüber, Freund.«

»Oh, ich bin nicht dein Freund.« José legte seine Hände in den Schoß. »Ich bin sogar weit davon entfernt.«

Eine Weile schwiegen sie. José legte sich die Worte zurecht, aber nichts, was er sagen könnte, hätte etwas zwischen ihnen verändert. Die Wahrheit war ein zerbrechliches Gebilde. Cormag würde es beim ersten Anzeichen zerstören, sollte er von ihr erfahren.

»Hat mein Volk gesiegt?« Der Druide redete so leise, als fürchtete er die Antwort.

José lehnte den Kopf an. »Es gab ein Bündnis zwischen Méridor und Tirnanog, um die Derwyd zu bekämpfen und die Fäulnis aufzuhalten. Die Schlacht im Tal von Mag Mell hat viele Opfer gefordert, doch am Ende haben sich die Stämme unter einem Banner vereint.«

Klirr. Ketten strafften sich, als der Mann sich noch näher beugte, die flechtenverkrusteten Augen geweitet. »Unmöglich!«

»Welchen Grund hätte ich zu lügen?«

Cormag zeigte die Zähne. »Wer wäre dazu fähig, die Stämme zu vereinen?«

»Artio, die Königin Tirnanogs.«

Verwunderung zeigte sich auf seinem Gesicht. »Eine Königin? Wie?«

José strich sich das fettige Haar aus der Stirn. »Dein Sohn ist tot.«

Entsetzen füllte Cormags Gesicht. »Nein …«, hauchte er.

»Die Derwyd sind besiegt und die Fäulnis zurückgedrängt. Vorläufig. Cuchulain starb im Kampf gegen einen Waldgott. Seine Leiche wurde nach altem Brauch im Tal von Mag Mell in den Schoß der Mutter zurückgeführt.« Und dann brach es aus José heraus. Er erzählte vom Krieg, der Schlacht, Cernunnos, dem Bündnis, den wahren Paladinen und dem Zwergenheer, das nach Candaloz marschierte. Viel zu lange hatte er verdrängt, was alles geschehen war, und sich allein der Zukunft gewidmet. Nachdem sich jedoch sein Funke ihm verweigert hatte, musste er zurückblicken und die Vergangenheit ergründen. Dabei erinnerte er sich auch an Kalaks Worte. Er musste verstehen, welche Rolle er einnehmen würde.

»Mein Sohn«, raunte Cormag und vergrub das Gesicht in den Händen. Auf einmal wirkte der Hüne schwach und geplagt, und die Auswirkungen seiner Gefangenschaft kamen deutlich zum Vorschein. Er war abgemagert, ausgehungert, mit den Kräften am Ende.

»Warum gibst du nicht auf, Cormag?«

»Es hieße, dass der Feind gewinnt.«

»Der Feind hat bereits gewonnen.«

Cormag sah auf. »Die Geister verrieten mir den Zeitpunkt meines Todes.«

José legte die Unterarme auf seinen Knien ab und beugte sich vor. Sein Interesse war geweckt wie bei allem Mythischen. »Ein Mädchen, eine Frau und eine Greisin?«

Cormags Brauen schossen in die Höhe. »Du hast die Geister gesprochen?«

»Bedauerlicherweise haben die Nornen sich bislang all meinen Versuchen verwehrt, ihnen zu begegnen. Ich glaube, sie fürchten mich.«

Cormag warf den Kopf zurück und lachte. Das gesamte Verlies bebte unter seinem dröhnenden Gelächter. José war weder erzürnt noch verletzt, bespöttelt zu werden. Ohnehin war das, was Cormag dachte, sagte oder tat, unwichtig. Oder doch nicht? Was, wenn diese Begegnung vorhergesagt worden war?

Als Cormags Gelächter zu einem röchelnden, schnappenden Keuchen wurde, stellte José die Frage, die möglicherweise den Grund seiner Anwesenheit war: »Sag mir, Cormag, wie entfesselst du einen Funken?«

Der Hüne kehrte in die Dunkelheit zurück. »Das geht dich einen feuchten Dreck an!« Spucke flog durch die Gitterstäbe und landete in der Pfütze vor Josés Füßen. »Deinesgleichen hat mein Volk abgeschlachtet und unser Land gestohlen. Myrddin soll mein Zeuge sein, dass ich jeden von euch …«

Jetzt lachte José. Es brach einfach aus ihm heraus.

Ein Ungetüm reckte sich aus den Schatten. Ketten klirrten und Stein knirschte, während Cormag sich gegen die Fesseln aufbäumte. »Schweig!«

Beschwichtigend hob José die Hand. »Ich bin nicht dein Feind. Das war ich nie. Weder jetzt noch als Silberhand.«

Cormag fiel alles aus dem Gesicht.

»Es ist wahr.« José fasste kurz zusammen, wie er sich einer Marionette bedient hatte, um die Stämme zu vereinen. Allerdings war nicht Cuchulain jener Auserwählte und Träger von Excalibur gewesen, sondern Artio.

Gedankenversunken verharrte der Druide im Dämmerlicht. »Du wolltest unser Volk in die Freiheit führen?«

»Von diesem Standpunkt aus betrachtet … ja.«

»Du hast uns zu Rache verholfen. Rache für alle, die unter den Paladinen gelitten haben.« Cormag legte sich einen Arm über die Brust und neigte den Kopf. »Was willst du wissen, Silberhand?«

José beugte sich vor. »Alles. Erkläre mir alles!«

***

Wie ein Schwein im Dreck suhlte José sich in seinem Leid. Die Handgelenke waren wundgescheuert, die Füße von der Feuchtigkeit aufgequollen und voller Dreck, Schnitte und Blasen. Am schlimmsten waren die Wassertropfen, die ihm auf den Kopf fielen, zu kleineren Tropfen zerplatzten und in sein Gesicht spritzten wie Gift. Als hätte jemand eine Schlange über ihm aufgehängt. Selbst die Ketten, mit denen er an den kalten, nassen Stein gebunden war, glänzten feucht wie glitschige Eingeweide.

Eine gerechte Strafe für einen Betrüger.

»Erbarmen und Feigheit sind dasselbe«, murmelte er. Gutes Verhalten wurde nicht belohnt, weder im Hochland noch in Méridor und schon gar nicht hier. Das Leben war hart, und wer sich nicht nahm, was er brauchte, der bekam auch nichts. Das Recht war auf der Seite der Gewissenslosesten, der Verräterischsten, der Blutigsten. So, wie Méridor auf seinen Untergang zusteuerte, war dies der beste Beweis.

Warum bin ich dann hier?

José kannte Hunderte von Arten, einen Menschen umzubringen. Das Wo und Wann bereitete zumeist die Probleme. Als Assassine war ihn gelehrt worden, gute Arbeit niemals überhastet auszuführen. Wie gut, dass Warten ihm als Einziges geblieben war. Warten, um all jene zu bestrafen, die ihn unterdrückt, beiseitegeschoben, unterjocht, geschlagen und in ein Loch geworfen hatten. Er stellte sich vor, wie er Baltasar erstach, aufschlitzte, ihn auf zehn verschiedene Arten zerlegte. Oder Elle, der er eine Klinge ganz sanft genau zwischen die Rippen rammen würde. Es würde sicher schön sein, ihr ungläubiges Gesicht zu sehen, während das Leben allmählich aus ihren Augen wich.

Man konnte nicht nur Freunde haben. Manch einer behauptete, man wurde an seinen Feinden gemessen.

»Ich bin ein Gott …« Die Worte blieben ihm im Hals stecken, und er hustete, bis ihm bittere Galle in die Kehle stieg. Ein schöner Gott war er. Ein Gott, der nicht wusste, welche Rolle er einnehmen musste. Er musste sich selbst finden und begreifen, welche Attribute ihm zugesprochen waren. Und wenn die Welt auf ihren Niedergang zusteuerte, wenn die Vergangenheit sich aus ihrer Asche erhob, würde er da sein und alle retten.

»Ich bin ein Gott …« Je öfter er die Worte wiederholte, desto befremdlicher klangen sie. Niemand hatte so viel geopfert wie er. Und wofür?

»Ein schlechter Witz.« Er kicherte – es drang einfach aus ihm hervor, und er konnte es nicht unterbinden. Daraus wurde ein abgehacktes, schrilles Lachen, das aus seiner Kehle herausgurgelte und in der dunklen Zelle um ihn hallte. Er lachte und kicherte, hustete und rasselte, kicherte wieder und lachte Tränen.

»Was ist so lustig?«, ertönten leise, schwache Worte aus der anderen Zelle.

»Nichts.« José wischte sich über die Augen. »Und alles.« Er machte eine wegwerfende Geste, konnte durch die Ketten die

Bewegung nicht zu Ende führen, betrachtete sie verwundert und kicherte wieder.

»Du verlierst den Verstand, Freund.«

»Verstand, Verstand, Verstand«, plapperte José, und das Kichern brach umso lauter aus ihm hervor.

Es dauerte lange, bis er sich beruhigt hatte. Jetzt schmerzte seine Brust, und seine Kehle war ganz rau. Er bog den Kopf zurück, öffnete den Mund, streckte die Zunge raus und nahm die Tropfen auf. Zweifelsohne verlor er den Verstand. Die ganze Zeit hatte er Dinge getan, intrigiert, betrogen, Seelen verkauft, Menschen herumgeschoben wie Spielsteine und all sein Dasein dem einzigen Zweck gewidmet, die neun Welten zu retten.

»Vielleicht bin ich der Gott der Wahrheit?«, fragte er in die kribbelnde Stille, deren Schatten ihn offenbar ebenfalls verhöhnen wollten. Er kannte die Schwachstellen all jener wahren Paladine, die sich erst ihrem Schicksal widersetzt hatten und sich ebenfalls von ihm abwenden würden. Denn am Ende … am Ende verachteten sie ihn alle, anstatt zu verstehen, was er für sie getan hatte. Kein Dank. Keine Glorie. Keine Güte.

Irgendwann übermannte ihn die Schwäche, und er fiel in einen unruhigen, traumlosen Schlaf.

***

Jählings wurde José wach, als sich mit einem Knirschen ein Schlüssel in der Tür drehte und das Metallgitter über den Boden schrammte. Licht stach ihm in die Augen. Eine Gestalt trat in die Zelle, und eine grellgoldene Fackel flackerte in ihrer Hand. Zwei weitere Gestalten folgten. Das Echo ihrer polternden Schritte bohrte sich in Josés betäubten Verstand.

»Er ist es.« Eine tiefe Männerstimme.

José blinzelte. Jetzt erkannte er auch, dass die vordere Gestalt keine Fackel in der Hand hielt. Sondern einen leuchtenden Streithammer. Und während sie an ihn herantrat, drang ein Leuchten aus ihrem Körper und gerann zu einer goldenen Rüstung.

Der Paladin rümpfte die Nase. »Wer von euch hat sich selbst besudelt?«

José schwieg.

»Er«, antwortete einer der Soldaten und wies in die andere Zelle. »Aber ist doch egal. Höchstwahrscheinlich werden sie sich bald beide bepissen.«

»Du musst es ja nicht aufwischen«, brummte der andere Soldat.

»Ich habe schon Schlimmeres aufgewischt.«

»Wann? Du bist doch …«

»Genug!« Der Paladin trat vor José. »Gebt ihm Wasser.«

Der Soldat hielt José einen Krug hin. Er hatte Durst, also trank er und hustete und trank, und Wasser rann seinen Hals hinab; es tropfte auf seine Brust, zwischen seine nackten Füße und auf die kalten Steinplatten.

Der Paladin wartete, bis José wieder zu Atem gekommen war. Das Gesicht des Mannes war faltig wie eine vertrocknete Olive, und die Augen von einem irritierenden, strahlenden Gold. Er war sehr dürr, und sein dünner werdendes weißes Haar war fingerlang geschoren. Es gab nicht viele Paladine, denen man das hohe Alter ansah, da ihr Leben durch das Licht auf unnatürliche Weise verlängert wurde. Wer es dennoch erreichte, überlebte nicht lange. Ab einem gewissen Zeitpunkt erlosch die Gabe, wodurch ein Gesegneter innerhalb weniger Monate umso schneller alterte. Denn vor Gebrechen oder Krankheit bewahrte das Licht sie nicht. Umso erstaunlicher fand José die Anwesenheit des Mannes, dessen Schicksalsfaden sich schon vor langer Zeit von seinem gelöst hatte. Der Paladin war nicht nur einer der Gründer des Ordens und der Erste, der das Licht Gottes aufgenommen hatte.

Er war auch Josés ehemaliger Meister.

»Cosme.« Er verdammte sich selbst für seine zitternde Stimme. Er sah dem Paladin unverwandt in die Augen und tat sein Bestes, um glaubwürdig zu klingen. »Ihr seid wahrhaft der vollendete Witz.«

Cosme gab den Soldaten den Becher zurück. »Ich brauchte lange, um mich von den Verletzungen zu erholen.« Er löste den Halsschutz seiner Rüstung auf und gab eine dicke Narbe an der Kehle preis. »Einen Fingerbreit tiefer, und es wäre um mich geschehen.«

»Bedauerlich.«

Cosme schnaubte. »Was genau bedauert Ihr? Dass Ihr verfehlt habt? Oder dass Ihr tatsächlich davon ausgegangen seid, ich wäre Eurem feigen Attentat erlegen, wie ich es die Welt glauben ließ?«

Josés Hände waren schweißnass und zitterten. Er war verletzt, die aufgescheuerte Haut an den Fesseln brannte, die Feuchtigkeit und Kälte höhlte ihn aus, und die Unwissenheit seiner eigenen Gabe verunsicherte ihn. Tatsache war, er war dem Ende niemals so nahe gewesen wie in diesem Augenblick.

»Keine Frage?« Cosmes Hand schloss sich um Josés Kinn. »Als ich wieder bei Kräften war, bedurfte es all meiner Willenskraft, nicht den Orden an deine Fersen zu heften, Lopt.«

Der Name stach eiskalt in Josés Eingeweide.

»Du hast den Namen lange nicht gehört, nicht wahr?« Cosme grub die Finger in Josés Mundwinkel. »Ich weiß noch, wie du vor mir gekniet und um Gnade gewinselt hast. Lopt, ein Bauer, dem sich das Licht widersagte, der allerdings der felsenfesten Überzeugung war, zu Höherem berufen zu sein. Ein Träumer, der es mit Lug und Trug weit gebracht hat.«

José spuckte aus, als der Paladin ihn losließ. »Habt Ihr Euch all die Jahre versteckt?«

»Nein.« Cosme zog an der Kette, bis José stand. Dann löste er sie von dem Ring am Boden und befestigte sie an dem schweren Eisenring an der Decke. Er zog, Josés Arme wurden schmerzhaft gespannt, sodass er nur noch mit den Zehenspitzen den Boden berührte, und hakte die gestrafften Kettenglieder am Bodenring wieder ein.

»Folter?«, spottete José. »Ihr müsst Euch schon etwas Besseres einfallen lassen, um mich zu Antworten zu bewegen.«

»In all den Befragungen, die ich durchführte, um das Böse aus der Welt zu tilgen, ist in neun von zehn Fällen die offensichtliche Antwort die richtige. Wie eine Spinne im Netz hockst du inmitten all der Ereignisse, Lopt. Was planst du?«

»Die Welt retten.«

Die Soldaten lachten. Cosme hob die Hand, und ihr Gelächter riss schlagartig ab. »Die Welt ist groß.«

»Und ihr habt keine Ahnung, dass sie nur Teil von etwas wesentlich Größerem ist. In der Krone des Lichts …«

»Du bist ein Täuscher, Lopt.«

»Erwähnt diesen Namen nicht!«, zischte José.

»Ah.« Cosme lächelte. »Da befindet sich der wunde Punkt. Deine Eitelkeit war schon immer deine größte Schwäche, weil du mehr sein willst, als das Palindrom für dich ausersehen hat, Lopt. Unser stolzer Gott …«

José lachte gehässig. »Stolz? Das Palindrom ist ein alter Krüppel! Ein Mann, der seine eigene Religion hasst.« José redete sich allmählich in Rage. »Er verachtet die Kirche. Er verachtet die Paladine. Er verachtet das, wozu er werden musste, um die Verheerung zu bannen. Und er verachtet …«

Cosmes Panzerhandschuh krachte unversehens in Josés Rippen. »Blasphemie!« Die andere Faust traf seine andere Seite. »Ketzerei!« Ein Schwinger in den Bauch. »Lügen!« Der nächste Hieb gegen die Brust. »Hochmut! Hochmut! Hochmut!« Spucke flog von Cosmes Lippen in Josés Gesicht, als er schrie, während er José weiterschlug, und die dumpfen Hiebe und Josés keuchendes Stöhnen hallten gedämpft von den feuchten Wänden wider.

Er konnte nichts von den Dingen tun, nach denen sein Körper schrie – die Arme schützend vor sich halten, sich zusammenrollen, umfallen, nicht einmal atmen. Er war so hilflos wie ein Kadaver am Haken.

Als Cosme es müde wurde, auf ihn einzuschlagen, erschauerte José still. Jeder Muskel krampfte sich schmerzhaft fest zusammen, während er an den Handgelenken hin und her schwang. Dann erbrach er wässrige Kotze in seine Achselhöhle, machte einen halben, stöhnenden Atemzug und ließ noch mehr Sabber aus dem Mund rinnen. Schlaff hing er an den Ketten wie ein nasses Laken auf einer Wäscheleine, wirre, nasse Haarsträhnen im Gesicht. In der Stille der Zelle klang sein winselndes, rasselndes Luftholen ungewöhnlich laut.

Und dann kicherte er. Irre. Nicht wie ein Mensch, sondern etwas anderes, das vom Wahnsinn befallen war. Selbst der nächste Hieb konnte es nicht verdrängen.

»Als ich mich zurückzog, schwor ich, niemals wieder das Licht zu nutzen.« Cosme berührte ihn mit dem goldenen Panzerhandschuh an der Wange. Das reinigende Feuer verzehrte Josés Haut, ließ sie wässrige Blasen werfen und brannte sich in ihn hinein. Er wollte wegzucken, hatte aber keine Kraft mehr.

Cosme ließ ihn los, trat einen Schritt zurück und musterte ihn abschätzend von den dreckigen Füßen bis zum strähnigen Haar. Er wirkte enttäuscht. »So viele Leben. So viele Identitäten. So viele Versuche, mehr zu sein, als du bist. Willst du wissen, warum ich meinen Schwur brach, Lopt?«

»Meinetwegen.« Josés Stimme war nicht mehr als ein Krächzen.

»Deinetwegen. Du hast Cristobal ermordet. Ihn und viele weitere. Was ist mit diesen wahren Paladinen, von denen alle reden? Hast du vor, mit ihnen die Welt zu erobern? Königreiche zu Fall zu bringen? Dich zu einem Gott emporzuschwingen?«

Josés Lachen war mehr ein gackerndes Husten. »Ich *bin* ein Gott.«

»Und der Herr sprach, ich bin der Weg und das Licht.« Cosme malte ihm eine Sonne auf die Stirn. »Dein Hochmut kennt keine Grenzen.«

»Habt Ihr …?« Blutiger Sabber sickerte José aus dem Mund. »Habt Ihr einmal nach draußen gesehen? Die Schwarze Sonne? Der Weltenbaum? Die Zwerge …?«

Ein Schlag mit der flachen Hand ins Gesicht, als schölte der Paladin ein unzüchtiges Weib. Sterne tanzten vor Josés Augen. Der reißende Schmerz und die warme Flüssigkeit an seiner Wange verrieten ihm, dass er heftig blutete.

»Bedauerlich.« Cosmes Gesicht schwebte vor seinem und José musste in diese goldenen, kalten Augen sehen, die ganz genau erkennen konnten, wer er wirklich war. Er konnte es vor dem ersten Paladin der Kirche nicht verbergen. »Die Siedler im gelobten Land …« Cosme sah ihn hypnotisierend an. »Was hast du mit ihnen vor?«

»Pablo …« José blies blutigen Rotz zur Seite. Ein Sabberfaden hing an seiner aufgeschlagenen Lippe und schwang bei jedem Wort hin und her. »Der König errichtet eine … Siedlung.«

»Wozu? Um eine Armee gegen die Kirche aufzubauen?«

José schnaubte und Blut schoss aus seiner Nase über seine Lippen. »Für euch Paladine dreht sich alles immer nur um die Kirche und euch selbst. Ihr könnt nicht … Ihr …« Er hustete. »Ihr könnt nicht über den Tellerrand hinausblicken.«

»Wozu dient die Siedlung?«

Er stöhnte. »Der Gehörnte kann nicht dorthin. Sicherheit. Zuflucht. Vorerst.«

»Was hast du vor, Lopt? Willst du eine Kolonie mit einem eigenen Glauben gründen? Hast du deshalb die Geschichte um die Rückkehr der Verheerungsteufel erfunden? Hast du …?«

José kicherte und krächzte, während das Gelächter aus seiner rauen Kehle gurgelte. »Ihr habt keine Vorstellung davon, was auf uns zukommt. Wenn der Weltensturm …«

Ein Schlag.

Dann Schwärze.

Als José zu sich kam, stand Cosme mit dem Rücken zu ihm, weiterhin das einzige Licht an diesem dunklen Ort. Er sprach mit jemandem, der in der Dunkelheit der Zelle versank. Worte wurden gewechselt, ehe sich Schritte entfernten und eine Tür ins Schloss fiel.

Cosme wandte sich ihm zu. Die Furche auf seiner Stirn war wie eingestanzt. Der Paladin löste die Kette aus dem Ring an der Decke und sie gab José rasselnd frei. Kraftlos sackte er zusammen und seine schlaffen Hände fielen ihm in den Schoß. Er konnte weder stehen noch denken.

»Du hast mächtige Freunde, Lopt.« Der Paladin packte ihn am Kragen und zerrte ihn auf die Füße. »Ich hatte vor, dich in dieser Zelle verrecken zu lassen. Allerdings werden deine Dienste noch benötigt.«

»Dienste?« Das Wort kostete José alle Überwindung.

»Die Stählerne Bank bürgt für dich.«

»Manniz …«

»Du bist ein Lügner mit einem wachen Verstand.« Cosme nahm etwas von einem Soldaten entgegen. Einen Riemen, Nadel und Faden. »Niemand sonst weiß um die kleinen Teufel, die unser Reich mit Krieg überziehen. Du wirst deshalb beobachten und uns deine Eindrücke mitteilen.«

»Sie ... sind ...?« José rang nach Luft. »Hier?«

»Der Anführer. Mehr brauchst du vorläufig nicht zu wissen. Damit uns nicht wieder deine Lügen blenden oder du anderweitig die Verhandlungen störst, werde ich Vorsorge ergreifen.« Cosme nickte den Soldaten zu. Sie traten neben José, drehten ihm die Arme auf den Rücken, stießen ihn mit einem Tritt ins Kreuz auf die Knie.

»Was soll das?«, grollte Cormag aus der gegenüberliegenden Zelle. »Was habt ihr mit ihm vor?«

Das Licht des Paladins loderte auf, als wäre eine Esse in ihm entfacht worden. »Schweig, Unreiner!« Dann drückte er den breiten Riemen auf Josés Mund und stach die Nadel durch seine Lippen. Er zuckte, bäumte sich auf, aber die Männer hielten ihn gnadenlos fest. Jeder Stich brachte ihn näher an die Ohnmacht, jeder Schrei wurde leiser und leiser, bis er zu einem stöhnenden Zischen wurde. Schließlich war der Riemen über seinem Mund vernäht.

Cosme trat zurück und betrachtete mit sichtlichem Stolz sein Werk. »Das sollte genügen, um dich zum Schweigen zu bringen, ohne dauerhaften Schaden anzurichten.«

Er wandte sich ab und verließ die Zelle. Die Soldaten zogen José auf die Füße und bugsierten ihn durch das Verlies. Er erhaschte einen Blick auf Cormag. In dessen Augen loderte derselbe Zorn wie in Josés Herzen.

Verliese und Drachen

Monate zuvor

Als Basil aus der Dunkelheit ins Licht trat, bohrte sich die Sonne direkt in sein Hirn. Schnell kniff er die Augen zusammen und bewegte die Zunge in seinem wunden Mund hin und her. Es schmeckte bitter und salzig.

Er öffnete ein Auge, nur einen Spalt, und richtete es zögernd auf den dunklen Umriss, der über ihm aufragte wie ein urzeitliches Monument. Der Umriss wurde größer, je näher Basil kam, und die Sonne ließ entlang seiner Ränder schimmernde Dolche aufblitzen.

Der Lärm überrollte ihn wie eine Lawine. Die Luft bebte unter dem Geschrei Tausender Menschen, die auf ansteigenden Bankreihen in einem gewaltigen Rund saßen; sie wimmelten in einer Masse aus Rot und Grün hin und her, wie Mohnfelder, durch die der Wind fuhr.

Sand knirschte unter seinen aufgeschürften Füßen. Die Ketten an Knöcheln und Handgelenken scheuerten, als er auf den weitläufigen Platz torkelte. Sein Kopf dröhnte und sein Nacken war ganz steif. Ihm war so kotzübel, als hätte er die schlimmste Zeche seines Lebens hinter sich. Zögerlich kehrten die Erinnerungen zurück, als entstiegen sie einem Albtraum.

Die Falle in einer Falle.

Tiefer Groll stieg in ihm auf. Das war bereits das zweite Mal, dass José ihn reingelegt hatte. Was wäre geschehen, wenn Basil seine Gefährten nicht verkauft hätte? Was, wenn er sich an den Plan gehalten hätte?

Klirr. Klirr. Klirr. Hinter ihm marschierten seine wackeren Gefährten. Ihre Blicke brannten in seinem Nacken wie Nadelstiche. Bestimmt fletschte Kriana die Zähne oder Wagrim ließ die Fäuste knacken, um sie in Basils Gesicht zu versenken. Aber was hatten sie von einem Einzelgänger erwartet?

Das Wichtigste zuerst: Seine Vihuela war fort. Der Gedanke, dass ihr etwas zustoßen könnte, war wie ein Stachel in seinem Verstand. Dann wollte er … Er wollte nicht mehr sein. Sie war ihm mehr wert als jeder Schatz der Welt, als der Kuss einer Geliebten, als sein eigenes Leben.

Die Ketten strafften sich und er wurde zurückgerissen. Hinter ihm stand ein Soldat, packte die Fesseln und schloss sie auf. Basil rieb sich die schmerzenden Handgelenke, als er von den rostigen Dingern befreit war und wagte nicht den Versuch, mit dem Soldaten zu diskutieren.

Die anderen wurden ebenfalls losgekettet. Dabei waren sie nicht die Einzigen in der Arena. Dutzende abgerissene Männer und Frauen standen um das riesige, fugenlose Gebilde und blickten sich argwöhnisch um. Die meisten waren ausgehungert und dreckig – sie ähnelten mehr Tieren als Menschen. Wobei Basil feststellen musste, dass er nicht besser dran war. Sein graues Hemd stank nach Schweiß und Pisse, ein dunkler Fleck zwischen den Beinen zierte seine verschlissene Hose, der – so schwor er hoch und heilig – nicht sein Verschulden war, und seine Füße und Hände waren derart verschmutzt, als hätte er die Nacht in einem Schweinepferch verbracht.

Seine Gefährten wurden neben ihn geführt. Die Soldaten entfernten sich und verließen die Arena durch die Tunnel, die einzigen Zugänge in die Arena. Als sich die Tore hinter Basil schlossen, fühlte es sich seltsam endgültig an.

Lorenco nickte ihm erhaben zu. »Seid unbesorgt, wir werden auch diese Prüfung meistern.«

Basil hob eine Braue. »Keine Vorwürfe?«

»Es war eine ausgeklügelte Falle, die selbst ein so tapferer Recke wie ich nicht erkennen konnte.«

»Davon rede ich nicht.«

Lorenco legte Basil einen Arm um die Schulter und beugte sich zu ihm. »Natürlich wusstet Ihr nichts von Josés schändlichem Verrat. Bedauerlicherweise ist Euer tapferer Versuch, uns einen Rückzugsweg mit Eurem Lied zu eröffnen, gescheitert.«

»Natürlich.«

Der Kämpfer beugte sich noch näher. »Und dies ist alles, was unsere Gefährten jemals erfahren werden.«

Basils Magen zog sich zusammen. »Natürlich.«

»Ausgezeichnet!« Lorenco klopfte ihm auf die Schulter. »Nun werden wir beweisen, dass uns nichts aufhalten kann.«

Basil wies knapp zum dreißig Schritt hohen Gebilde, einem grauen, glatten Steinklotz, durchzogen vor rostigen Metallelementen. Kein Hinweis darauf, wie es gefertigt wurde. »Das da kann es.«

Kriana schloss zu ihnen auf und blickte Basil beschwörend an. »Nimm's dem Pissbeutel nicht übel, kleiner Scheißer. Er ist so prall gefüllt mit Stolz, dass es nur eine Frage der Zeit ist, bis er platzt. Ich bin gespannt, was herauskommt.«

»Du weißt, was das ist?«, fragte Basil.

»Ein Drache.« Obwohl der Schamane keine Maske trug, war sein Gesicht bandagiert, sodass lediglich die Augenschlitze erkennbar waren. »Ein Drache getarnt als Verlies.«

»Das ist mehr als ein Verlies. Das ist ein verdammtes Labyrinth!«

»Willst du erfahren, was die Geister flüstern?«

»Sie sind zufrieden?«

Die Mundpartie verzog sich – vielleicht war es ein Lächeln. »Das ganze Leben ist eine Suche nach sich selbst durch ein Labyrinth unserer Erfahrungen. Alles, was wir tun müssen, ist, das Zentrum zu erreichen.« Krog senkte seine Stimme zu einem rauen Flüstern. »Und dann werden wir uns selbst erkennen.«

»Wohlan denn, tapfere Gefährten!« Lorenco richtete seine ganze Konzentration auf das Gebilde. »Was könnt Ihr mir darüber erzählen?«

»Zuerst war das Verlies«, bemerkte Disha rauchig und schwer. »Es stand bereits hier, als die ersten Menschen an diesem Ort siedelten. Gerüchteweise wurde es von einem mythischen Volk erschaffen. Ein Volk, das sich auf die Bearbeitung von Gestein und Metall besser versteht als jedes andere.«

»Zwerge?«, fragte Kriana mit ungewohntem Interesse.

»Es gibt keine Zwerge«, erwiderte Basil leichthin.

»Klar gibt es die, du Schwachkopf!«

Lorenco hob aufmerksamkeitsheischend die Hand. »Seid Ihr sicher, dass dies ein Werk der Zwerge ist, Disha?«

Die Alchemistin schloss die Augen. »All dies umgibt etwas *Altes*.«

»Toll«, sagte Basil. »Ganz toll. Ich kam bereits in den Genuss, den Spielen beizuwohnen, allerdings von den Rängen aus, und bin nicht gerade erpicht darauf, mehr darüber herauszufinden.«

»Keine Ahnung, wie's euch geht«, knurrte Kriana, »aber ich hab keine Lust, da drinnen abzukratzen. Also, wie ist der Plan?«

»Wurde diese Prüfung schon einmal bewältigt?«, fragte Lorenco.

»Nein.« Basil wies über die tobende Menge, deren Lärm zu einem dumpfen Dröhnen wurde. »Das ist ja gerade der Witz an der Sache. Das Volk ergötzt sich an unserem Tod. Ihr werdet gleich erfahren, weshalb.«

Wie auf ein Zeichen verebbte der Lärm und Stille senkte sich über die Arena.

Der Quader erzitterte. An jeder Seite gab es Tore, die rasselnd und knirschend angehoben wurden. Vor Basil bildete sich ein breiter Durchgang, voller schummriger Lichtbalken und Schatten. Seine Nackenhärchen richteten sich auf und er musste schwer schlucken. Es war, als betrachtete er sein eigenes Grab.

Ein tiefes Horn dröhnte – es raste durch die gesamte Arena.

Gebrüll und Geschrei schwappten heran wie eine reißende Flut, als die Menge in Raserei verfiel. Im selben Augenblick rannten die anderen Gefangenen auf das Labyrinth zu und verschwanden darin.

»Was geschieht nun?«, fragte Lorenco.

»Wir müssen das Zentrum erreichen«, erklärte Basil.

»Gesetzt den Fall, es sollte uns gar gelingen?«

»Dann sind wir nicht nur frei, sondern auch stinkreich.«

»Es gibt einen Schatz als Belohnung?«, fragte Kriana.

Basil zuckte mit den Schultern. »So sagt man.« Er gab sich unbeschwert, aber er hatte sich die Frage auch schon häufig gestellt.

Lorenco marschierte los und winkte sie herbei. »Auf, auf, tapfere Gefährten! Das Abenteuer fordert einmal mehr unseren Heldenmut.«

Kriana verdrehte die Augen. »Was für ein Arschloch.«

»Hab Vertrauen.« Der Schamane beugte sich zu Basil. »Die Geister lieben dich.«

»Und was, wenn ich den Geistern nicht traue?«

Der Schamane winkte ab und folgte Lorenco. Kriana marschierte hinterher, allerdings nicht ohne allen anderen Verwünschungen an den Hals zu hetzen. Disha glitt schweigsam auf das Tor zu. Basil hingegen war in Gedanken wieder bei seiner Vihuela. Wenn ihr auch nur ein Kratzer zugefügt wurde …

Jemand trat neben ihn. Wagrim. Der Riese starrte ihn stumm an. Doch etwas an ihm war anders. Seine Gesichtszüge waren nachdenklich und Intelligenz blitzte in seinen Augen – nicht länger ruhte der Schatten darüber. »Wie ist dir das gelungen, Barde?«, fragte er ungewohnt freundlich.

Basil runzelte die Stirn. »Was ist mir wie gelungen?«

Die vielen Narben in Wagrims Gesicht verzogen sich auf schauderhafte Weise zu einem Lächeln. »Du hast ihn weggesperrt.«

»Wen?«

Wagrim senkte die Stimme. »*Ihn.*«

Zumindest ging der Kerl Basil nicht sofort an die Gurgel, was ein Fortschritt war. Aber nach allem, was sie gemeinsam erlebt hatten, interessierte ihn nicht, was dem Barbaren durch den Kopf ging.

Ohne ein weiteres Wort marschierte Basil los, passierte das Tor und tauchte in eine Welt aus Schatten und Licht ein. Da die Wände Dutzende Schritt hoch reichten, war es unmöglich, sie zu erklimmen. Weiter vorne blieben die anderen an einer Wegkreuzung stehen und diskutierten lautstark. Basil seufzte. Wie hatte er das verdient?

»Ein Mann wird an seinen Taten gemessen«, erklang Wagrims bedächtige Stimme hinter ihm. »Ich begreife allmählich, was mein Vater damit meinte.«

Basil blieb stehen. »Wusste nicht, dass Josés Bluthund ein Philosoph ist.«

Wagrim trat neben ihn. Ein Anflug von Traurigkeit erfüllte sein Gesicht. »Ich habe lange geschlafen, Basil, und ich weiß nicht, wie lange ich wach bleiben kann. Aber ich schwöre, dass ich dich beschützen werde.« Wagrim hielt ihm die Pranke hin.

Basil blinzelte. »Warum bist du so anders?«

Hörbar sog Wagrim den Atem ein. »Du hast den Schlüssel zu der Tür in meinem Verstand gefunden. Nimmst du meinen Schwur an?«

Zögerlich schlug Basil ein. Der Händedruck war überraschend sanft – nicht der eines Ungeheuers.

»Mein Vater sagte, dass man immer die Chance hat, es besser zu machen. Das habe ich vor.« Der Barbar ließ los und blickte den Korridor entlang. »Ich mache es besser.«

Basil traute ihm weiterhin nicht über den Weg, aber dieser Wagrim war ihm lieber als das Monster, das ihn windelweich geprügelt hatte. »Wir sollten gehen. Es beginnt bald.«

Wagrim zog die buschigen Brauen zusammen. »Es?«

Als hätte das Verlies seinen Worten gelauscht, senkten sich die Tore. Mit einem Dröhnen rasteten sie ein und versperrten die Ausgänge. Jetzt gab es nur noch einen Weg: ins Zentrum.

»Was kannst du mir hierüber erzählen?« Wagrim ging los. Basil lief auf gleicher Höhe.

»Zuallererst ist das Verlies ein Labyrinth.«

Wagrim nickte langsam. »Gefahren?«

»Fallen. Und jede Menge Ungeheuer.«

»Welcher Art?«

»Schlimmer, als du dir vorstellen kannst.«

Ein harter Glanz trat in Wagrims Augen. »Glaube mir, Barde, dass es keine schlimmeren Ungeheuer als jene in uns gibt. Du wirst irgendwann begreifen, dass du nicht über dich selbst hinauswachsen kannst, wenn du dich nicht deinen Taten stellst.« Er redete leiser und mit Schmerz in der Stimme. »Ich wünschte, ich hätte das früher erkannt. Morrigan … Es ist unerheblich, was geschehen ist. Wenn ich dir einen Ratschlag geben darf, Barde.« Nun sah er Basil beschwörend an. »Du hast eine Gabe. Verschwende sie nicht.«

Zuerst wollte Basil sich gegen die Worte wehren, aber sie klebten in seinem Verstand wie Honig. Denn ihre unumstößliche Wahrheit konnte er nicht verdrängen. Er hatte ebenso Entscheidungen treffen müssen, die er bereute, weil die Umstände ihn dazu gezwungen hatten. Götter, vielleicht war ihm der andere Wagrim doch lieber.

Sie gelangten zu ihren Gefährten, die Basil herausfordernd ansahen. »Was?«, fragte er.

Kriana pochte ihm gegen die Brust. »Tu doch nicht so unschuldig! Du weißt …«

Wagrim räusperte sich – ein Geräusch, das man von ihm am wenigsten erwartet hätte. Die anderen blinzelten ihn an. »Der Barde erwähnte, dass es Fallen und Ungeheuer im Labyrinth gibt. Als ich in jungen Jahren aus den Trümmern meines Dorfes floh, irrte ich lange durch die Eiswildnis. Der erste Fehler, den ich dabei beging, war meine Überzeugung, mich allein durchschlagen zu können.« Er nickte eindringlich. »Wir brauchen einander. Denn jeder von uns verfügt über eine Gabe, die für das Gelingen der Mission unerlässlich ist. Wenn der Schlächter es will, kann der Barde uns sicher ins Zentrum bringen.«

Alle Blicke richteten sich auf Basil. Die anderen waren ihm egal. Sollte es hart auf hart kommen, war jeder sich selbst der Nächste. Dennoch entzündete sich in diesem Moment ein winziger Funke in ihm, den er lange unterdrückt hatte.

Er atmete tief durch und schöpfte nach dem bisschen Mut, über den er verfügte. »Das größte Problem ist nicht, dass wir uns in einem Labyrinth befinden, sondern dass sich dieses Labyrinth verändert.«

»Wie verändert?«, fragte Wagrim.

Basil ging zur Wand und klopfte dagegen. »Sie bewegen sich.«

Die anderen sahen ihn an, als hätte er ihnen die Torte unter der Nase gestohlen.

»Glaubt mir oder nicht. Das ist mir völlig …«

Wagrim riss die Hand hoch. »Gibt es ein Muster?«

»Falls ja, kenne ich es nicht. Wie gut, dass wir einen Schamanen haben.«

Krog legte den Kopf schief.

»Kann uns deine Gabe irgendwie helfen? Sagen wir, eine Art Geisterpfad oder etwas Ähnliches?«

»Ich brauche einen Kanal, um Energie zu transferieren. Das kann ein Stock sein oder etwas anderes, das erdet. Damit rufe ich die Geister an.«

»Und wenn wir als Kanal dienen?«

Der Schamane erstarrte. »Die Geister müssen dich wahrhaft lieben, wenn du diesen Vorschlag bringst. Du sprichst von einer Heimsuchung, Barde.«

Basil hob den Finger. »Ich spreche von einem Ausweg.«

Krog pirschte geduckt an ihn heran und wackelte mit dem Kopf vor seinem Gesicht hin und her. »Die Grenze ist hauchdünn wie eine Glasscheibe, Barde. Wenn du sie zerbrichst …« Er ruckte zurück. »Nein, niemals! Wir würden uns verlieren.«

»Dann eben nicht. Disha?«

Sie hielt einen malachitfarbenen Stein hoch. »Er war für den Notfall gedacht.«

Basil drehte sich mit ausgebreiteten Armen im Kreis. »Wonach sieht das für dich aus, meine Teure?«

Ein Lächeln umspielte ihre Lippen. »Er wird nicht länger als eine Viertelstundenkerze wirken.«

»Und an dem Punkt kommt unser Großer ins Spiel, nicht wahr?«

Der Barbar brummte.

»Was?«

»Nein.«

»Nein?«

»Nein.«

»Aber du bist der Einzige, der …«

»Nein!« Es lag so viel Schmerz in Wagrims Gesicht, dass Basil unwillkürlich das Bedürfnis verspürte, möglichst viel Abstand zu gewinnen.

»Mein außergewöhnliches Talent ist hier ebenfalls nicht zu gebrauchen«, sagte Lorenco.

Kriana winkte nachlässig. »Ohne Kristalle ist nichts zu machen, Schwätzer.«

Basil blickte sie nacheinander an. »Ich sag's nur ungern, aber wenn wir nicht zusammenarbeiten, war's das für uns. Also, wer ist dabei?«

Mit großer Geste hielt Lorenco die Hand in die Mitte. Auch wenn er ein aufgeblasener Arsch war, nickte Basil ihm dankbar zu. Purer Selbsterhaltungstrieb, denn er hatte mit seinen Worten nicht untertrieben. Als Kriana mit einem »Drauf geschissen!« einschlug, Disha und Krog folgten und zuletzt sogar Wagrim seine Pranke in die Mitte hielt, loderte der Funke in Basil höher. Verwundert betrachtete er diese Wärme in sich und fragte sich, woher sie stammte.

***

Basil zermarterte sich gerade das Hirn, welcher der beiden Gänge an der Weggabelung in eine Sackgasse führte, als der Boden unter ihm wegklappte. Ihm blieb keine Zeit für einen Schrei.

Es war Wagrim zu verdanken, der ihn vor einem unrühmlichen Ende bewahrte. Der Hüne hielt ihn an der Hand gepackt, bleckte die Zähne wie ein Bär und zog ihn langsam aus der Grube. Basil kroch von der Kante weg, rollte auf den Rücken und atmete zitternd aus. Götter, das war noch einmal gutgegangen!

Kriana zeichnete sich über ihm dunkel gegen den wolkenlosen Himmel ab. »Ich dachte, du kennst den Weg?«

»Das genügt, Druidin!« Lorenco schob sich an ihr vorbei. Er trat zur Grube und blickte mit sorgenvoller Miene hinab. »Eure Warnung war demnach nicht unbegründet, Barde. Wir müssen bedächtiger vorgehen.«

Ächzend rappelte Basil sich auf die Beine und klopfte sich den Dreck ab. »Dafür fehlt uns die Zeit.«

»Weshalb sagt Ihr das?«

Er hob den Finger.

Nichts geschah.

»Willst du uns eigentlich verscheißern, du …?« Krianas Wutausbruch wurde durch ein Dröhnen übertönt, das in der gesamten Arena widerhallte. Ketten rasselten und klirrten und mit einem Donnerschlag krachte etwas auf die Erde.

Lorenco blickte sich gehetzt um. »Welches Ungemach war das?«

Ein Heulen wehte aus der Ferne herbei – es war ein geistloser, unmenschlicher Laut, wie von wilden Bestien. Das Heulen wurde lauter, brandete vielstimmig über sie hinweg und dann erklang ein qualvoller Schrei, der Basil durch Mark und Bein fuhr.

»Deshalb!«, rief er. »Nehmt die Füße in die Hand und rennt!« Er sah nicht zurück und stürmte los. Seine Füße trommelten auf den

Boden und wirbelten Staubwölkchen auf. Pfeifend schoss der Atem aus seinem Mund und das Blut dröhnte in seinem Kopf. Er hetzte in den nächsten Korridor, stolperte und krachte auf der Seite auf, wobei er fast von seinen Gefährten überrannt wurde. Keuchend richtete er sich auf und spähte angestrengt zurück. In dem Gang hinter ihnen war Bewegung auszumachen. Huschende Schatten, die näher kamen.

Kriana rannte voraus. Für ihre geringe Größe war sie erstaunlich schnell. Ihr folgte Lorenco, im Anschluss der Schamane und der Barbar und dann Basil. Das Schlusslicht bildete Disha, die kaum hinterherkam.

»Linker Gang!«, brüllte Basil und gestikulierte wild. »Der linke Gang!«

Bei der nächsten Gabelung schlug Kriana einen anderen Weg ein als den, den Basil gewiesen hatte. Er fluchte und stürmte den anderen hinterher, die keine Ahnung hatten, dass sie in ihr Verderben liefen.

Sie kamen zu einer Abzweigung und zu noch einer. Basil war erschöpft; seine Lungen brannten, seine Beine protestierten und seine Seiten stachen.

Kriana blieb weiter vorne kurz stehen, rang nach Atem und rannte dann den nächsten Gang entlang. Die Umgebung war vollkommen eintönig. Als hätte sich alles Leben zurückgezogen, um sie einer drohenden Gefahr auszuliefern.

Basil hetzte hinterher, passierte den Korridor und prallte gegen Wagrim.

Eine Sackgasse.

»Ich hab …«, er japste nach Luft, »… ich hab doch gesagt …«

»Klappe!«, zischte Kriana. »Gehen wir einfach wieder zurück.«

In diesem Augenblick schwappte das Heulen wie eine Welle über sie hinweg; es ließ das Blut in Basils Adern gefrieren. Ihm blieb gerade noch ein »Oh, Scheiße!«, als Schatten über die Wände huschten.

Es kratzte, wie eine Reißnadel auf einer Schieferplatte. Ein Wesen bog in den Gang, leicht geduckt wie ein Raubtier. Es war in etwa hüfthoch und ähnelte einem ausgehungerten Hund mit schwarzem, beinahe ledrigem Fell, das im Zwielicht des Labyrinths leicht glänzte. Der aufgerichtete Knochenkamm wand sich über den gesamten Rücken bis zum zitternden Schwanz und in den Augen loderte es als tiefrote Flecken. Geifer tropfte aus dem Maul und das Knurren war so tief, dass es in Basils Brust vibrierte. Natürlich war es nicht allein. Vier weitere pirschten aus dem Zwielicht heran.

»Chupacabras!«, rief Lorenco, damit auch der letzte Idiot verstand, womit sie es zu tun hatten. Für gewöhnlich griffen sie keine Menschen an, es sei denn, sie waren darauf trainiert.

»Disha«, sagte Basil angespannt. »Das wäre jetzt ein Notfall, oder?«

Die Alchemistin trat vor und schluckte den Stein. Zuerst geschah nichts. Dann erzitterte sie, als erlitte sie einen Anfall, und sackte auf Knie und Hände. Licht kräuselte sich auf ihrer Haut und legte sich darüber, als pinselte sie sich damit ein. Nach und nach verfestigte sich ihr Körper zu malachitfarbenem Kristall und ließ ihre Haare zu Splittern versteinern. Es klickte leise, als sie sich aufrichtete und die Hände spreizte, aus denen lange Krallen wuchsen. Sie trat einen Schritt auf die Chupacabras zu.

Mit gesenktem Kopf wichen die Wesen knurrend zurück. Wieder trat Disha einen Schritt auf sie zu – ihre Krallen waren inzwischen ellenlang.

»Lauft!«, rief sie mit metallischer Stimme und stürzte sich auf die Kreaturen.

Basil ließ sich das nicht zweimal sagen. Als die Alchemistin eines der Wesen in Fetzen riss, nutzte er die Lücke und stürmte davon. Die anderen hefteten sich ihm auf die Fersen. Er ließ den Korridor hinter sich zurück und nahm den Gang, in den er zuvor gewiesen hatte.

Das Geheul und Gekreische der Chupacabras hallte um sie wider, während sie davoneilten. Schließlich gelangten sie zu jener Stelle, an der sie hätten abbiegen müssen. Von hier aus war es nicht mehr weit bis zu jener Stelle, die Basil sich – warum auch immer – gemerkt hatte. Eine einzige Chance, um das hier zu überleben. Fliehen. Überleben.

Aus irgendeinem Grund blieb Basil stehen.

»Barde?«, fragte Lorenco.

»An der nächsten Gabelung müsst ihr nach rechts. Danach immer weiter rechts halten, bis ihr auf eine Kiste stoßt. Natürlich vorausgesetzt, dass die Wände sich nicht verschoben haben. In der Kiste sollten sich eure Waffen befinden. *Sollten.*«

Der Kämpfer neigte ergeben den Kopf. »Ihr seid ein ehrenwerter Mann.«

»Ich bin ein Lügner, dem seine eigene Haut mehr wert ist als alles andere.«

Kriana lachte. »Hast du eine Erleuchtung gehabt, oder was?«

»Nein. Ja. Vielleicht.« Basil holte Luft. »Allein können wir das Labyrinth nicht bewältigen, aber zusammen … Zusammen ist alles möglich.«

»Ihr werdet feststellen, dass Ihr wie ich zu Höherem bestimmt seid.« Lorenco klopfte ihm auf die Schulter, ehe er weiterrannte. Die anderen folgten ihm.

Als Basil den Weg zu Disha zurücknahm, fragte er sich, ob vielleicht ja doch etwas Heldenhaftes in ihm steckte. Zumindest ein klitzekleines bisschen.

Zweites Ideal

Tief unten blubberte und kochte das flüssige Gestein. Als zornige Flut nagte es am Fuße der Pfeiler, die in schwindelerregender Höhe eine Brücke über dem Abgrund trugen. Heiße, orange glühende Lava und schwarzer, stinkender Dampf vor dem schimmernden, schwarzen Felsen. Winzige, gezackte Gebilde – schimmernd, glänzend und schwarz – ragten aus der Strömung heraus. Zähne aus dem Schlund des Berges, der sie zu verschlingen drohte.

Andvari stand am Ufer des Ozeans aus Geisterhauch, in seinem Rücken das Gewölbe mit den Säulen und Steinfriesen seiner Vergangenheit. Nach seiner letzten Tat waren seine Kräfte verbraucht, als wäre er tagelang wach geblieben und hätte sich in einer Zwergenkaschemme einen hinter die Binde gegossen. Dabei musste er weder schlafen noch Nahrung zu sich nehmen. Alles, was er benötigte, war ein Zufluchtsort, um sein Bewusstsein wieder erstarken zu lassen.

Essen, trinken, schlafen. Die Erschöpfung eines langen Marsches in den Knochen, den Regen im Gesicht, die Funken im Bart, die glühende Hitze einer Esse auf der Haut. Der Geschmack von Zwergenbier auf der Zunge. Oder die Liebe einer Zwergin im Herzen. All das blieb ihm verwehrt.

Auf einmal sehne ich mich nach dem Leben.

Andvari betrachtete den Ort, an den Ullr ihn brachte, durch eine milchige Glasscheibe. Der Pfad zur nächsten Prüfung führte aus dem Krater hinaus und mündete in einem breiten Korridor, der sich wie das Gewinde einer Schraube durch den Berg wand. Draußen gelangten sie auf eine freie Fläche – umsäumt von schartigen, teils geschmolzener Felshängen –, die wie eine vorgelagerte Terrasse über die Untiefen Muspellsheims hinausragte. Rechts führte ein steiler Pfad entlang der Bergflanke zu einem weiteren Eingang empor, links endete er an einer schroffen Kante. Aus irgendeinem Grund konnte Andvari spüren, wie entkräftet und zerschunden Ullr war.

Eine weitere Prüfung wird er in diesem Zustand nicht überstehen.

Obwohl Andvari wusste, dass auch er neue Kräfte schöpfen musste, watete er entschlossen in den Geisterhauch hinaus. Je tiefer er in den wallenden Nebel drang, desto mehr verblasste das Geisterreich. Schließlich manifestierte Andvari sich außerhalb des Rings.

Schlagartig wurde die Welt hell, klar, laut und farbenreich, als hätte ihn jemand mit eiskaltem Wasser wachgerüttelt.

Auf der Terrasse stand mit dem Rücken zu ihnen eine vertraute Gestalt vor einem glühenden Steinbecken. Daneben häuften sich erschlagene, hundgroße Echsen, deren Körper mit Schuppen in allen Farben des Feuers überzogen waren. Die Knochenfortsätze an Unterkiefer, Stirn und Rücken hätten Andvari eine Gänsehaut beschert, wenn er Haut gehabt hätte.

»Kommt näher!« Surt schnappte sich eine Echse und hob den Arm, dessen Hand zu einer Beilklinge geformt war. *Klack!* Mit einem gezielten Schlag zerhackte er das Wesen, ließ seelenruhig das Blut in einen Behälter tropfen, schabte mit einer einzigen Bewegung die Schuppen vom Leib und hängte das Fleisch an einer rostigen Halterung über die Glut.

Andvari lief das Wasser im Mund zusammen. Was gäbe er jetzt für ein Stück gut abgehangenes Fleisch? Manche Dinge aus seinem Leben waren immer noch da, wie ein Zwerg, der sein Bein verloren hatte und glaubte, es weiterhin spüren zu können.

Ullr legte Basil an einem flachen Stein ab, flößte ihm den Rest von dessen Trinkschlauch ein und wandte sich Surt zu, der ihnen eine frische Mahlzeit zubereitete. Die Szene war so befremdlich, dass Andvari nicht wusste, ob er grinsen, lachen oder misstrauisch brummen sollte.

»Surt«, grollte der Jäger.

Der Schwarze packte die nächste Echse, entschuppte und zerteilte sie, bevor er das Fleisch über dem Feuer briet, wobei er zuvor das Blut in einem Krug auffing. »Ihr habt bestanden.«

Ullr stützte sich auf den Speer und nickte.

Surt nahm etwas von dem Fleisch, wandte sich ihnen zu und ließ mit der bloßen Bewegung seines Arms einen Tisch samt dreier Stühle emporwachsen, deren Füße mit dem Boden verbunden waren –

sogar Teller und Besteck sprossen wie Blumen aus dem Felsen hervor. Er legte das Essen darauf ab, kehrte zu dem Becken zurück, nahm den Krug mit dem Blut und stellte ihn neben dem Teller ab. Befremdlich war das falsche Wort. Es war bizarr.

Weder Andvari noch Ullr rührten sich.

»Esst! Trinkt!« Surt widmete sich der Zubereitung des Mahls.

Zögerlich setzte der Jäger sich. »Du sagtest, du hilfst uns nicht.«

Klack! »Es ist lange her, seit ich Besuch hatte.«

Andvari wollte sich setzen, glitt jedoch einfach durch den Stuhl. Unzufrieden brummte er in seinen Bart und versuchte es erneut. Wieder kein Glück.

Klack! »Esst!«

Ullr kostete vom Fleisch und hielt überrascht inne. Dann biss er voller Heißhunger hinein, benutzte weder Besteck noch Teller und langte nach dem nächsten Stück. Er zögerte, als er den Krug mit Echsenblut heranzog.

»Kein Gift.« Surt kehrte mit der nächsten Ladung Echsenfleisch zurück. »Ihr sterbt sowieso bald.« Geduldig ließ er sich auf dem dritten Stuhl nieder und stierte Andvari an. »Hinsetzen!«

Andvari wand sich. ›Ich kann nicht.‹

»Warum?«

›Weil ich tot bin.‹

Surts Miene war eine kühle Maske. »Du sprichst. Du denkst. Du handelst.«

Verzweifelt griff Andvari in die Luft, als könnte er die Worte dort erhaschen, während sich das Schlucken, Reißen und Schmatzen des Jägers mit dem Knacken und Grollen des Berges vermengte. Er ließ die Arme wieder sinken. ›Ich weiß nicht, wie.‹

Surt zeichnete mit dem Finger eine glühende Rune auf den Tisch. Mannaz. Dieselbe Rune wie auf dem Pfeiler. »Du gebietest über die Schöpfung selbst, Runenschmied.«

›Ja, aber ...‹

Surt kniff die Augen zusammen.

Wie zu Lebzeiten warf Andvari sich auf den Stuhl und glitt überraschenderweise nicht hindurch. Er rutschte herum, klappte den

Mund auf, fand jedoch nicht die richtigen Worte, um seine Verwunderung zu beschreiben. Rost, er fiel ja auch nicht durch den Berg!

Der Schwarze indes widmete sich ganz dem Jäger, der das letzte Fleisch vertilgte und den Krug leerte. Langsam stellte Ullr den Krug ab und musterte Surt misstrauisch, als hätte er noch nicht durchschaut, womit er es zu tun hatte.

»Ich bin weder euer Verbündeter noch euer Feind«, sagte Surt. »Ich bin niemand. Weil niemand auf meiner Seite steht.«

»Und welche ist deine Seite?«

Surt hob die Hand, zwischen deren Fingern eine Flamme aufloderte. »Ich bin das Feuer. Ich verschlinge, zerstöre, erschaffe.« Mit geballter Faust erstickte er die Flamme. »Er ist längst hier.«

Ullr beugte sich vor. »Wer?«

»Der Weltenverschlinger. Doch begreift er nicht, dass Feuer nicht kontrolliert werden kann.« Ein trauriger Glanz erfüllte seine Augen und das Feuer darin schrumpfte. »Die Geschichten über mich stimmen. Ich bin ein Monster. Ihr solltet es nicht entfesseln.«

Es lockte Andvari, eines von den Fleischstücken zu nehmen, aber er traute sich nicht. Schließlich überwand er seine Vorbehalte und griff zu. Seine Finger glitten hindurch. Unzufrieden lehnte er sich zurück.

»Du bist gefangen.« Vorsicht lag in Ullrs Stimme.

»Sind wir das nicht alle auf die eine oder andere Weise?«, erwiderte Surt. »Du bist ein Gefangener deiner Vergangenheit.« Sein Blick schweifte zu Andvari. »Du bist gefangen in deinen Zweifeln, deinem Hadern und deiner Vorsicht.« Nun sah er zu Basil. »Er ist gefangen in der Verantwortung, die er trägt.« Surt seufzte leise. »Und ich bin ein Gefangener meines Zwiespalts. Ich existiere allein zu dem Zweck, zu zerstören.«

Andvari horchte auf. ›Die Essenz, die wir finden müssen, bist du.‹

Funken sprühten, als Surt sich die Glatze kratzte. »Ein Teil von mir.«

›Rost, warum hält Cernunnos dich dann gefangen?‹

»Der Weltenverschlinger hält mich nicht gefangen.«

›Sondern?‹

Surt schwieg.

Allmählich dämmerte Andvari, worauf das alles hinauslief. ›Kontrolle. Kein freier Wille mehr. Ordnung. Du stehst für alles, wogegen Cernunnos kämpft.‹ Er senkte seine Stimme. ›Chaos.‹

Der Schwarze stand auf, entfernte sich vom Tisch und blickte zum Gipfel empor, der unablässig dicke Schlote aus Asche und Rauch in den Himmel spie. »Besteht die Prüfungen und erlangt die Essenz.« Langsam wandte er ihnen den Blick zu und mit jedem Zoll seiner Bewegung wurden die Schatten in seinem Gesicht tiefer. »Befreit mich und ihr erhaltet euer Monster.«

›Erdrückende Ordnung oder verheerendes Chaos‹, hauchte Andvari Mimirs Worte. Erst jetzt verstand er, was der Gott damals an der Quelle der Weisheit gemeint hatte.

Ullr stand auf und ließ seinen Speer zu einer Stange zusammenschrumpfen, die er auf seinen Rücken klemmte. »Auf welcher Seite stehen wir?«

In einer Geste, als sollte ihnen das längst bewusst sein, spreizte Surt die Arme. »Auf welcher Seite willst du stehen, Jäger?«

›Auf der Seite der Gewinner‹, murmelte Andvari, aber niemand beachtete ihn.

»Was wirst du tun, wenn du entfesselt bist?«, fragte Ullr.

»Meiner Bestimmung folgen.« Surts Stimme wurde leiser. »Ein Monster sein.«

Mit aneinandergelegten Fingerspitzen überdachte Andvari die Worte. Sie konnten die Prüfungen meistern, den Gipfel erreichen, Cernunnos' Einfluss vertreiben und die Essenz erlangen. Doch damit würden sie unweigerlich Surts Macht entfesseln. Und da die Brücken zwischen den neun Welten offen waren, könnten die wahren Paladine durch ihren Versuch, den korrumpierten Gott aufzuhalten, eine weitaus größere Bedrohung erschaffen.

Je länger er darüber nachdachte, desto unruhiger wurde er, bis er nicht mehr sitzen konnte und aufstehen musste. Nach und nach wurde ihm die ganze Tragweite ihrer Entscheidungen bewusst.

›Merlin‹, sagte Andvari aus einem Gedanken heraus. ›Er hat dich gefesselt, nicht wahr?‹

Surts Schweigen war Antwort genug.

Unbewusst erschuf Andvari den Hammer in seiner Hand, weil er etwas brauchte, an dem er sich jetzt festhalten konnte. ›*Bei meinem Bart, warum hat er das getan?*‹

»Ich habe es von ihm verlangt.«

›*Warum hättest du das tun sollen?*‹

»Ich will kein Monster sein.«

Andvari zwang sich zu einem Lächeln. ›*Dann sei keines.*‹

Surt schüttelte den Kopf. »Wir alle sind Diener.« Er schenkte ihm einen merkwürdigen Blick. »Auch du, Runenschmied.«

Daraufhin herrschte Stille. Andvari brauchte einen Moment, um das Gehörte zu verarbeiten. Während er den Anblick des tosenden Berges und der zerklüfteten und von feurigen Adern durchzogenen Landschaft auf sich wirken ließ, schlich sich ein Gedanke in seinen Kopf. Schon seit sie Surt das erste Mal begegnet waren, saß der Gedanke wie eine lange zurückliegende Erinnerung dort wie ein Dorn, den Andvari sich nicht traute, herauszuziehen.

›*Sinmara.*‹ Als der Name seine Lippen verließ, begriff er seinen Fehler.

In einer feurigen Explosion ragte Surt über ihm auf, das Gesicht und die Augen vor unverhohlener Wut verzerrt, wie Abgründe der Verdammnis. »ERWÄHNE NICHT DEN NAMEN!«

Ehe der Jäger mit seinem Speer zuschlagen konnte, hob Andvari beschwichtigend die Hand. Sein Mund war wie ausgedörrt und er zitterte wie Espenlaub. ›*Es ist lange her, seit ich das Gedicht über Sinmara gehört habe. Eine Riesin.*‹

Risse und Spalten fraßen sich durch Surts Leib. Flüssiges Feuer leckte daraus hervor, brachte die Luft zum Kochen.

Andvari ließ sich von den Erinnerungen tragen und sprach die Wörter sanft und vorsichtig. ›*Deine Gemahlin.*‹

Der Berg bebte; Erschütterungen rollten die Flanke hinab, erfassten die Terrasse und ließen feurige Geysire emporspritzen. Aschewolken brachen aus dem Krater, pumpten neue Schwärze in den düsteren Himmel.

Da Andvari noch nicht verschlungen, verbrannt oder in sonstiger Weise angegangen worden war, nahm er seinen Mut zusammen und redete unbeirrbar weiter. ›*Das Gedicht zu Surt und Sinmara ist eine tragische Geschichte.*‹

Die Luft heizte sich immer mehr auf. Der Untergrund bebte. Aschewolken schossen in den Himmel, begruben das Land unter einem schwarz-grauen Film.

›*Darin wird von einem eisernen Schrein unter neun schweren Schlössern erzählt. Eine Wiedervereinigung, die etwas bewirkt. Oder etwas freisetzt.*‹

Ullr trat neben Andvari und starrte den Schwarzen herausfordernd an. »Neun Prüfungen. Neun Schlösser. Ein Ziel.«

Der Zorn verrauchte und wich unendlicher Traurigkeit. Als der Schwarze sich abwandte, wirkte er wie ein vom Leben gezeichneter Mann.

›*Das Gedicht ist wahr*‹, flüsterte Andvari.

Surt ließ los und das Loch schloss sich. »Eure Entscheidung?«

Die Wahrheit war wie eine Tür, die sich langsam öffnete, um den Schrecken dahinter zu enthüllen. Erdrückende Ordnung oder verheerendes Chaos.

Andvari entfernte sich von dem beschaulichen Tisch und sah zum drohenden Gipfel empor. Nie hatte er darüber nachgedacht, zu welchen Gräueln sein Volk fähig wäre. Fafnir, Otur, Reginn – die drei Prinzen führten die Zwerge auf einem Rachefeldzug ins Weltenrund, um ein Artefakt zu erlangen. Anstatt sie in Frieden zu vereinen, formten die Prinzen ihr Volk in Blut und Eisen zu einer Racheklinge, die auf die eigene Vernichtung zielte. Und währenddessen verleibte sich Cernunnos eine Welt nach der anderen ein.

In Svartalfheim hat es längst begonnen. Er wagte nicht, sich seine Heimat vorzustellen. Die Folgen von Cernunnos' Taten hatte er bereits in Alfheim erlebt. Auch in den anderen Welten würde der ewige Konflikt zwischen Ordnung und Chaos ganze Völker in die Dunkelheit stürzen. Doch was wäre die Alternative?

Einem ausgezehrten, schmerzerfüllten und gebrochenen Mann gleich stand Surt auf der Terrasse – kaum vergleichbarer mit der zerstörerischen Sagengestalt. Der Schwarze und sein Herz waren Sinnbild für das, was in den neun Welten geschah. Die Vereinigung gewaltiger Kräfte, um eine urtümliche Macht aufzuhalten, brachte nichts als weitere Zerstörung. Um etwas Böses aufzuhalten, musste etwas anderes entfesselt werden.

»Zwerg?«, fragte Ullr.

In Andvaris Kopf brachen die Erkenntnisse in einer Sturzflut über ihn ein. Niemand würde sein Volk vor der drohenden Vernichtung bewahren. Niemand würde es davon abhalten, sich in einem unsinnigen Krieg aufzureiben. Niemand würde erkennen, welche Opfer nötig waren, um die Schöpfung selbst zu retten.

Was war der Weltensturm? Cernunnos' Trachten nach Kontrolle? Oder die Kriege, die zwischen den Völkern der neun Welten entstanden?

Ich kann nicht länger zusehen. Der Zwiespalt allen Seins wurde Andvari bewusst. Dort, wo Licht herrschte, musste es auch Dunkelheit geben. Das höchste Gesetz, dem seine Gabe unterstand. Und inmitten dieser Erleuchtung glaubte Andvari das Gesicht eines alten, bärtigen Zwerges zu sehen, der ihm durch den Strudel seiner selbst grimmig zunickte und die Worte formte: »Ich warte auf dich.«

›*Weißt du, wie man ein Schwert schmiedet?*‹, fragte Andvari und redete weiter, ohne eine Antwort abzuwarten. ›*Man reißt das Erz aus dem Fleisch des Berges und schmilzt es.*‹ Er wog den Hammer in der Hand. Kein Gewicht, obgleich er damit verbunden war. ›*Um etwas zu erschaffen, wird etwas vernichtet. Um zu überleben, habe ich meinen Körper aufgegeben und meinen Geist an einen Ring gebunden.*‹

»Du hattest keine Wahl, Zwerg.«

Andvari grummelte. ›*Ist das so? Ich wusste um Fafnirs wahre Natur, doch ich habe mich der Wahrheit verschlossen und wollte nicht einsehen, was mir die ganze Zeit vor Augen lag. Fafnir, mein alter Freund, hat seinen eigenen Vater ermordet, um die Krone an sich zu reißen. Er hat den Krieg der Zwerge entfesselt. Und was habe ich getan?*‹ Er konnte den Groll nicht aus seiner Stimme verbannen. ›*Ich habe weggesehen und mich in meiner Höhle verkrochen, anstatt mich meiner Verantwortung zu stellen. Dabei kannte ich längst die oberste Regel, der wir alle unterstehen.*‹

Aus dem Gleichgewicht zweier Gegensätze entstand etwas Neues.

»Veränderung.« In Ullrs Augen lag dieselbe Entschlossenheit, die auch in Andvari erwachte.

Er betrachtete seine schemenhaften Hände und begriff, dass er sich nicht länger verstecken durfte. Er musste ins Licht treten, sich seinem Erbe stellen und das Leben um Tod suchen. Wie alle Zwerge war auch er von Sturheit und Gier geblendet – allerdings nicht nach Gold, sondern nach Wissen. Seine Stimme war der Ruf des Berges, seine Faust der Hammer auf dem Amboss und sein Wille so hart und unnachgiebig wie Stahl.

Als Runenschmied war es seine Pflicht, alle Völker zu vereinen.

Mit dieser Entscheidung durchlebte er eine Veränderung wie eine Adamantader, die aus uraltem Fels befreit wurde.

›Ich schmiede das Band der Schöpfung, um die Welt zu verändern‹, sprach Andvari die Worte. ›Dies ist mein zweites Ideal.‹

Naher Donner.

Andvari hatte die Worte längst gekannt. Sie waren wie eine Erweiterung seines Verstandes, die ihm den Pfad wies, um sein Schicksal zu erfüllen. Und damit verstand er auch, was es ihn kosten würde. Nicht nur seinen Körper.

Sondern *alles*.

Denn am Ende dieses Pfades wartete nicht mehr als eine Entscheidung, die den Fortbestand der neun Welten sichern sollte. Er würde sein Volk retten und damit alle Völker. Dafür nahm er die Entstehung eines Monsters hin und akzeptierte das Gleichgewicht, dem alles unterworfen war.

Veränderung.

Dafür stand der Runenschmied. Er war ein Ring am Finger des Jägers, aber niemand außer ihm konnte die Runen lesen und befreien. Die kommenden Prüfungen würden zeigen, aus welchem Eisen er geschmiedet war.

Eine Gruppe Versager

Monate zuvor

Basil kämpfte gegen den Würgereiz. Der Boden, die Wände, er könnte schwören sogar im Himmel klebten Blut und Gedärm, als hätte jemand versucht, ein Kunstwerk des Grauens zu erschaffen. Und inmitten des Schreckens hockte eine gebeugte Gestalt am Boden, deren schwerer Atem an den Wänden widerhalle.

Basil wagte sich zögerlich näher. »Disha, was ist passiert?«

Die Alchemistin riss die Hand hoch und stand unbeholfen auf. Der größte Teil ihres Gesichtes lag im Schatten, und das, was er erkennen konnte, erschütterte ihn zutiefst. Wie feuchter Lehm hing es schlaff herunter, als wäre ihre Haut wie ein Lappen über ein Gerüst gehängt worden.

Sie warf sich die Kapuze über und wickelte sich in ihren Mantel. Dann kam sie näher und achtete dabei darauf, im Schatten zu bleiben. »Du würdest es nicht verstehen, Barde.«

»Darf ich das nicht selbst beurteilen?«

Ihre Augen funkelten gefährlich in der Dunkelheit. »Hast du nicht zweimal versucht, uns zu verraten?«

»Verrat ist so ein schlimmes Wort.«

»Welches wäre denn deiner Ansicht nach angemessen?«

Er lächelte scheu. »Eine zufällige Aneinanderreihung unvorhersehbarer Ereignisse, die mich dazu genötigt haben, meinen eigenen Hintern zu retten.«

Sie beugte sich zu ihm und ihr Geruch stieg ihm in die Nase – Sandelholz, Wüstenblume und Lehm. »Meine Gabe erfordert einen hohen Preis«, raunte sie und fasste seinen Arm. Die Haut sackte von ihren Knochen wie eine vom Wind verwehte Zeltplane. Instinktiv wollte er zurückzucken, aber ihr Griff war härter als Stahl. »Du weißt nicht, was ich geopfert habe … Was ich noch opfern werde. Ich bin eine Sklavin … so lange …« Ihr Griff wurde fester. »Jetzt nicht mehr. Jetzt bin ich frei und bezahle den Preis dafür.«

Ihr schauderhaftes Gesicht rückte ins Licht. Er wollte vor Schreck den Blick abwenden, aber sie packte ihn am Kinn und zwang ihn, hinzusehen. »José sieht in uns etwas, das uns selbst verborgen bleibt. Sag mir, Barde, was sieht er in dir?«

»Das weiß ich nicht. Ich bin unwichtig. Ich bin …«

»Das bist du *nicht!* Wenn du deine Gabe richtig verwenden würdest, anstatt damit deine Gelüste zu befriedigen, wirst du feststellen, wie groß du bist.«

Ihre Worte weckten etwas in ihm und fast spürte er wieder diesen eigenartigen Funken. Doch dann begriff er, dass es keinen Unterschied machte. Er hatte nicht so lange überlebt, um zu *vertrauen.*

»Du glaubst mir nicht.« Disha beugte sich abermals näher. Ihre Gesichter trennten nur eine Handbreit. »Warum bist du zu mir zurückgekommen?«

Er suchte nach einer Antwort. Und fand keine.

»Ich verstehe.« Dann taumelte sie und sank in seinen Arm. Überall klebte Blut an ihr und besudelte ihn, aber seltsamerweise störte es ihn nicht. Er hielt sie fest. Sie zitterte. Unbeholfen richtete sie sich aus eigener Kraft auf und nickte dankbar. »Gehen wir zu den anderen.«

»Disha, was passiert, wenn du nicht bald deine Medizin einnimmst?«

Sie ging weiter. »Alles im Leben erfordert Opfer, Barde.«

***

Auf dem Weg zurück gelangten sie zweimal in eine Sackgasse, ein Korridor endete in einer Grube, in der sie Hinweise darauf fanden, dass einige der anderen Gefangenen ein äußerst unrühmliches Ende gefunden hatte. Eine Frau war auf Hüfthöhe zerbissen wie von einem wilden Tier, ein Mann war aufgespießt und an einer anderen Stelle häuften sich gleich vier Leichen, deren Gesichter heruntergerissen waren.

Basil stieg die Galle hoch. Bei jedem Geräusch zuckte er zusammen, an jeder Ecke schaute er zurück und bei jedem Schritt wurden seine Knie weicher. Die kribbelnde Dunkelheit war voller Schatten und widerhallendem Geflüster und ließ ihn innerlich schreien wie ein Kind.

Als sie dieselbe Stelle passierten wie vor einer Stundenkerze, blieb Disha unvermittelt stehen. Ihr Gesicht war inzwischen verschrumpelt wie eine alte Pflaume und sie musste ihre schlaffe Haut an den Armen umwickeln. »Du hast recht, Barde. Das Labyrinth verändert sich.«

Basil nickte. »Kannst du erkennen, *wie* es sich verändert?«

Sie berührte die Wand und murmelte etwas, das er nicht verstand. »Es lebt.«

»Was lebt?«

Vorsichtig nahm sie seine Hand und legte sie auf den kühlen Stein. »Hör zu.«

»Ich verstehe nicht …«

»Weil du nicht hinhörst, Barde.« Sie hielt sich einen Finger auf die Lippen und beugte sich mit dem Ohr zur Wand. Also tat er ihr den Gefallen und lauschte ebenfalls. Natürlich war es Zeitverschwendung. Natürlich konnte ein Mauerwerk nicht atmen. Und natürlich sollte …

Poch.

Verwundert zuckte er zurück, nahm seinen Mut zusammen und drückte sein Ohr wieder gegen den Stein.

Poch. Poch. Poch …

Es war rhythmisch, wie bei einer Melodie. Basil versank ganz in diesem Zustand und verstand, was die Alchemistin meinte. Das Labyrinth war ein Ding. Doch es war auch so viel mehr als das. Wer oder was auch immer es erschaffen hatte, verfügte über Wissen, welches das der Menschen bei Weitem überstieg. Das konnte nur eines bedeuten: Es war von Zwergen erschaffen worden, den kunstvollen Bauherrn aus den Legenden.

»Das Labyrinth spricht zu uns«, murmelte er.

»Und was sagt es?«, flüsterte Disha.

»Es ist eher ein … Gefühl.«

Disha lehnte sich neben ihn, das schlaffe Gesicht teilweise im Schatten. »Mein Volk glaubt, dass sich die Welt stets im Wandel befindet.«

»Wie Zyklen?«

Anerkennend hob sie die Brauen. »Das war eine sehr weise Antwort. Die Jahre können vergehen und die Welt bleibt dieselbe. Aber mit den Jahrhunderten verändern sich Landschaften. Berge wachsen, Flüsse trocknen aus, Meere erobern sich Küsten zurück. Alles lebt und befindet sich in einem Zustand aus Vernichtung und Neuentstehung.«

Er öffnete die Augen. »Also ist alles, was wir wahrnehmen, ein Zustand?«

Sie lächelte. Am Kinn hingen nun lehmartige Hautfetzen herunter, die bei jeder Bewegung herumwackelten. »Was glaubst du, woher die Geister kommen, von denen der Schamane spricht?«

»Ehrlich gesagt, verspüre ich nicht das geringste Bedürfnis, darüber nachzudenken.«

»Das solltest du aber, denn das, was deine Gabe ausmacht, hat viel damit zu tun. Dieser Ort allerdings«, sie löste sich von der Wand und schaute konzentriert den düsteren Korridor entlang, »er trachtet nach Befreiung. Hier wurde so viel Blut vergossen, Leid gebracht und Hass gelebt, dass das Labyrinth es nicht länger erträgt. Es leidet tiefe Schmerzen.«

Er schluckte und verdrängte die Gänsehaut. »Suchen wir die anderen.«

Schweigsam wanderten sie nebeneinanderher. Basil fragte sich, welche Geheimnisse die Alchemistin noch hütete und was José bei alldem beabsichtigte. Denn eines war gewiss: Was der Schatz, den sie am Ende ihrer Reise finden sollten, auch immer sein mochte, es konnte nichts Gutes sein.

***

»Wenn du noch einmal mit deinen verfickten Geistern kommst, prügle ich dir die Scheiße aus dem Leib!«

»Verärgere die Geister nicht, Druidin! Sie …«

»Halt dein elendes Maul!«

»Das genügt, tapfere Gefährten. Wir müssen beweisen …«

»Was, du dummes Arschloch? Dass wir Helden sind? Damit du so tun kannst, du wärst nicht der kranke Bastard, der du tief in dir bist?«

»Nun, das war nicht das, was ich …«

Basil räusperte sich. Eine Gruppe verdreckter, blutverschmierter Menschen wirbelte herum. Aus ihren schreckgeweiteten Gesichtern wurde Verwunderung, als sie ihn und Disha erblickten, und schließlich – er mochte es kaum glauben – Freude.

Er grinste. »Was haben wir verpasst?«

»Barde!« Lorenco drückte Basils Schulter. »Du hast die holde Schönheit …« Der zuckte zurück. »Welches, bei allen Ausgeburten der Finsternis, Ungemach ist das?«

Obwohl Disha in ihren Mantel gehüllt war, konnte sie kaum verbergen, dass Haut und Fleisch eine ungesunde graue Farbe angenommen hatten und so schlaff herunterhingen, dass ihre Knochen sichtbar waren.

Basil schob sich vor sie und versuchte, sie zu verbergen. Er wusste selbst nicht, warum er das tat. »Tut mir einen Gefallen und lasst es einfach. In Ordnung?«

»Sie müssen es sehen, Barde.« Disha ging an ihm vorbei und näherte sich einer stählernen, massiven Truhe am Ende der Sackgasse, die ihre Gefährten bereits geöffnet hatten. Die Truhe war randvoll mit Gläsern, Phiolen und Behältern, allesamt gefüllt mit bunten Flüssigkeiten. Dishas Utensilien.

Die anderen wichen zur Seite, als sie sich darüber hermachte, das Zeug zusammenkippte und vor sich hinmurmelte, während es zischte und knackte und Dampf sie allmählich einhüllte.

»Der Wille der Götter hat uns zu dieser Truhe geführt«, erklärte Lorenco. »Allerdings wussten wir nicht, was wir damit anfangen sollen.«

»Der Wille der Götter hat damit nichts zu tun«, erwiderte Basil. »Das Labyrinth will uns helfen.« Nachdem er den Herzschlag vernommen hatte, hielt er Krogs Gefasel von Geistern und anderen Sphären längst nicht mehr für ausgemachten Blödsinn. Welche Kräfte auch immer am Werk waren, sie waren ihnen ausnahmsweise wohlgesinnt. Der Tag barg doch noch seine Wunder.

Kriana runzelte die Stirn. »Hast du was gegen den Kopf bekommen, Barde?«

»Möglich. Wir leben noch. Das heißt, dass wir in der Gunst von irgendetwas stehen. Ich weiß nicht, wie's euch geht, aber ich möchte nicht darauf warten, bis diese Gunst aufgebraucht ist. Also, gehen wir?«

Disha stand auf und schüttelte sanft die violett leuchtende Flüssigkeit in ihrer Phiole. In einem Zug kippte sie das Zeug. Sie erzitterte und krümmte sich zusammen. Das leere Glas zerbarst am Boden und spuckte Splitter in die Luft.

»Disha?«

Mit erhobener Hand hielt sie ihn zurück. Allmählich richtete sie sich auf und streifte die Kapuze ab. Ihre schlaffe, lehmartige Haut gewann an Farbe, spannte sich über ihren Körper, als würde eine unsichtbare Macht daran ziehen, und wurde *fester*. Innerhalb weniger Atemzüge war sie wieder die bildhübsche Frau wie zuvor mit einem Lächeln, das jedes Männerherz höherschlagen ließ.

»Finden wir die anderen Truhen«, sagte sie und schob sich an ihnen vorbei.

***

In der Truhe glitzerten Dutzende grüne Kristalle in einem ledrigen Beutel. Dazwischen lagen ein Messer und ein geschnitzter Holzstab. Schneller, als Basil gucken konnte, schnappte Kriana sich den Beutel und huschte zwei Schritte davon.

Liebevoll, als hielte er ein Neugeborenes im Arm, schwenkte Krog sein Messer. Den Stock trieb er vor sich in die Fugen und machte sich sogleich ans Werk.

»Also gut.« Basil spähte den abgedunkelten Korridor entlang. »Wir haben die Sachen der Alchemistin«, er nickte Disha zu, deren Haut keine Anstalten mehr machte, ihr von den Knochen zu sacken, »die Kristalle der Druidin und den Kram des Schamanen«, er winkte nachlässig zu den beiden, die mehr mit sich selbst beschäftigt waren, »und zuletzt die Ausrüstung unseres Waffenmeisters.« Er grinste Lorenco an, der in voller Montur vor ihm stand. Seine Waffen und sein

Panzer waren in der zweiten Kiste gewesen. »Unser Großer braucht nichts außer seinen Fäusten, was?«

Wagrim nahm die herrenlose Klinge auf, die irgendjemand, der vor ihnen hier gewesen war, verloren hatte. Er wog sie in der Hand, schwang sie geschickt herum und bewies mit einem Ausfallschritt, dass er durchaus eine Waffe zu gebrauchen wusste. Schließlich nickte er Basil zu.

»Fehlen nur noch die Utensilien des wichtigsten der glorreichen Sechs. Meine.«

Kriana prustete, Krog kippelte mit dem Kopf, Dishas Gesicht war eine ausdruckslose Maske, Wagrim zog die Stirn kraus und Lorenco beließ es bei einem höflichen Lächeln.

»Das ist irgendwie verletzend«, murmelte er und schob sich an Krog vorbei.

Früher hatte es ihn nicht geschert, was andere über ihn dachten, aber jetzt … Er veränderte sich und wusste noch nicht, ob ihm der neue Basil gefiel. Ob das Josés wahrer Plan gewesen war, als er ihn zu diesem Abenteuer genötigt hatte?

Eine Weile irrten sie durch die düsteren Gänge, entgingen einigen Fallen, fanden Überreste ihrer Mitgefangenen und näherten sich zunehmend dem Zentrum des Labyrinths. Basil konnte es spüren wie seinen eigenen Atem. Die Luft wurde dicker und feucht, der Geruch nach Blut intensiver und die Dunkelheit drückender. Etwas Seltsames umgab diesen Ort; etwas, das er nicht in Worte fassen konnte. Und noch eine Sache ließ ihn schneller atmen: die Aussicht, endlich seine Vihuela in den Händen zu halten.

Die Zeit rann dahin. Der Lärm des Publikums wurde zu einem dumpfen Dröhnen, das Basil verdrängte. Darin war er gut – ein wahrer Meister. Selbst den Tod seiner ersten Liebe hatte er so lange verdrängt, bis ihr Geist in seinem Zimmer erschienen war, um ihn daran zu erinnern, was für ein Mistkerl er war.

»Was bedrückt Euch, Barde?«

Basil schreckte hoch. Lorenco lief an seiner Seite. »Nichts. Und vieles.«

»Verantwortung ist eine Bürde, die wir nicht allzu leicht schultern sollten. Doch seid gewiss, unser eisernes Band wird uns dabei helfen, Ruhm zu ernten.«

Basil lächelte freudlos. »Warum tust du das?«

»Bitte?«

»So geschwollen reden.«

»Nun, ein wahrer Held …«

»Wir sind ein versoffener, betrügerischer, egoistischer Haufen Versager, die von einem Intriganten auf ein Himmelfahrtskommando geschickt werden, um ihm dienlich zu sein.«

Lorenco blinzelte ihn an.

»Was?«

»Daran kann ich nicht glauben.« Der Kämpfer hielt einen Dolch in der Hand, den er hochwarf, geschickt mit einer Fingerspitze auffing und einen zweiten und dritten folgen ließ. Meisterhaft jonglierte er mit den Waffen, ließ eine vierte und fünfte folgen und erlaubte unbewusst einen Blick hinter die Fassade aus gekünsteltem Stolz und überzogenem Getue. Schließlich fing er die Dolche auf und ließ sie in den Halftern an seinem Gürtel verschwinden.

»Gaukler.« Als Basil das Wort ausgesprochen hatte, begriff er die tiefe Wahrheit darin. »Du bist ein Gaukler, nicht wahr?«

Erst zögerte Lorenco, dann lächelte er freudlos. »Wir alle nehmen eine Rolle in diesem großen Spiel des Schicksals ein. Schon immer besaß ich ein gewisses Geschick im Umgang mit Waffen. Eine angeborene Gabe, die mir in Candaloz' Armenvierteln half zu überleben.« Er blieb stehen. »Ich war ein Niemand.«

»Bis sich der große Unbekannte deiner annahm und dir Möglichkeiten bot.« Ein bitterer Geschmack füllte Basils Mund.

Lorenco nickte erhaben. »Ich werde auf dieser Reise beweisen, dass ich würdig bin, ein wahrer Paladin zu sein.«

Basil wartete, bis die anderen vorübergezogen waren, und widmete sich mit einer Intensität, die er von sich gar nicht kannte, Lorenco. »Ein *wahrer* Paladin?«

»Bald, werter Barde. Bald.« Lorenco klopfte ihm einmal auf die Schulter, ehe er lächelnd weiterging. »Ich werde beweisen, dass ich ein Held bin, dessen Taten in den Liedern besungen werden.«

Vergangenes loslassen

Ullr träumte.

Er glitt in jenes verborgene Reich hinter dem Schleier hinüber, während sein Körper auf Muspellsheims heißem, kargem Fels zurückblieb. Nach der ersten Prüfung war es zwingend erforderlich, neue Kräfte zu schöpfen, allerdings hatte sein Verstand anderes geplant.

Als Ullr sich an einer Treppe zu einem verschneiten Hügel wiederfand, war sein erstes Gefühl ein alter, bekannter Schmerz. Das Pochen hinter seinen Augen, die Nadeln in seiner tauben Haut, die Steifheit eines Körpers, der zu viele Wunden überstanden hatte, und die Müdigkeit, die ihm tief in den Knochen steckte. Sobald die eine Quelle stechender Pein kurz verebbte, tat sich eine andere auf, um die Lücke zu füllen.

Runa …

Der Gedanke war das rettende Trümmerstück eines Schiffes, an das er sich klammerte, um nicht in einem Meer aus Verzweiflung zu ertrinken. Sein Eid, sie als Vater zu beschützen, band ihn.

Warum hatte er sie gehen lassen?

Die Kerzen, die den ansteigenden Pfad flankierten, wirkten in der verschneiten Ödnis befremdlich. Ihr Licht flackerte nicht – es leuchtete beständig. Alles, was weiter als zehn Schritt entfernt war, versank in dämmrigem Schleier. Seltsam, dass ausgerechnet etwas so Vergängliches an einem Ort wie diesem bestand, als wollte der Traum ihm etwas zeigen, das ihm noch verborgen blieb. Eine letzte Wärme, die der eisigen Kälte trotzte.

Mit Sleg als Stütze kämpfte sich Ullr durch den Schnee. Selbst hier war er auf den Speer angewiesen. Andere Paladine konnten sich auf besondere Kräfte verlassen: Lichtklingen erschaffen, doch ohne den Einfluss des Mondes war Ullr bloß ein Mensch, der sich einzig und allein auf seinen Instinkt verlassen konnte.

Dieser schlug jetzt an wie der Klöppel einer Glocke.

Ullr blieb stehen und klopfte sich den Frost von seinem grünen Kapuzenmantel. Die abgewetzte Lederrüstung, mit der er schon viele Prüfungen überstanden hatte, trug er ebenfalls, ebenso wie Handschuhe, gefütterte Stiefel und einen dicken, grauen Pelz über den Schultern.

Er gönnte sich einen tiefen Atemzug, sog die Gerüche nach Kiefernzapfen, kalter Frische und dem wiederkehrenden Winter durch die Nase ein. Der knackende Frost, der Wind, der über den Hügel rauschte, das Gefühl von Freiheit, das ihn bis in die Fingerspitzen erfüllte – all das erinnerte ihn an Heimat. Keine Fesseln, keine Bürde, kein Leben, um das er sich sorgen musste. Ein klares Ziel vor Augen. Das war alles, was Ullr je gewollt hatte. Bevor das Leben ihn eingeholt und seine Gemahlin ihn in die Pflicht gerufen hatte. Bevor er einem Gott einen Eid hatte leisten und einen mythischen Speer aufnehmen müssen. Bevor er sich dem Schutz seiner Tochter verschrieben hatte.

Die Schneeverwehungen trieben über den Hügel. Eiskristalle stachen in Ullrs Haut, verklebten seinen Bart, seine Wimpern, seine Lippen. Der Frost kroch unter seine Kleidung. Ein steifer Wind riss ihm die Kapuze vom Kopf und blies kräftiger, je höher er kam. Ullr störte sich nicht daran, aber warum fühlte sich der Traum so echt an?

Weiter oben bewegte sich etwas, wie ein Schatten im immerwährenden Weiß. Eine schwarze Gestalt. Ein Wolf? Das Tier war abgemagert und das struppige Fell von Narben und Wunden gezeichnet. Im Blick des Wolfes blitzte Intelligenz.

Ullr rammte Sleg in den Schnee und kniff die Augen zusammen. Ein Zeichen.

Im Hochland sagte man, der Wolf sei ein Zeichen der Gefahr, weshalb viele Menschen ihn fürchteten. Dabei besaß der Wolf auch ganz andere Bedeutungen. Er war ein zielstrebiger Jäger, der sein Opfer bis zum Ende verfolgte. Außerdem symbolisierte er Stärke, Mut, Wildheit und Entschlossenheit. Der Wolf verkörperte die Fähigkeit, schwierige Situationen zu meistern und Hindernisse zu überwinden. Und er stand für Gemeinschaftssinn, Zusammenarbeit und den Schutz der Familie.

»Was willst du von mir?«, rief Ullr.

Der Wolf wirbelte herum und huschte über den Hügel davon.

Eine Jagd?

Ullr war ermattet von seinen vielen Gedanken. Er nahm die Fährte auf und pirschte hinterher, stets die Umgebung im Blick behaltend. Als er die Hügelspitze erreichte, fand er sich unvermittelt an einem anderen Ort vor; einem trostlosen, ausgedörrten Land des Geflüsters und Widerhalls, von Eis und Kälte erstickt. Schroffe, zerklüftete Gebirgsketten, von Gletschern durchsetzt, ragten ineinandergeschoben und geborsten über ihm auf und stachen in einen malachitfarbenen, schweren Himmel. Der Wind heulte und pfiff in den zahllosen Spalten und Schluchten, die die Landschaft wie Äcker durchzogen. Allerdings lag kein Geruch darin, nicht einmal ein Anflug.

Fünf Schritte vor ihm erwartete ihn der Wolf. Der Blick des Tieres drückte Sorgen aus, als wüsste er mehr über die Prüfungen, die Ullr bevorstanden.

Ullr duckte sich leicht und hielt Sleg fest umschlungen, bereit, beim kleinsten Anzeichen zuzustechen. »Wer bist du?«

»Dir droht keine Gefahr, Jäger«, knurrte der Wolf mit tiefer Stimme und jagte abermals davon.

»Warte!«, rief Ullr und eilte hinterher.

Er passierte den Hügel und fand sich plötzlich an den steil aufragenden Klippen einer Küste wieder. Ein schwarzer Leuchtturm, umwickelt von abgestorbenen Wurzeln wie eine graue Decke, und verziert mit abblätterndem Gold, strebte neben ihm in die Höhe. Die Landspitze, auf der dieser Turm errichtet worden war, hatte wohl einst wie ein Schwert in den See geragt, allerdings hatte das Wasser die Küste vor langer Zeit aufgebrochen. Das Licht an der Spitze war die einzige Wärme an diesem Ort.

Das Wasser nagte am Ufer und darüber glitt Geisternebel; er griff nach dem Fels, kroch Ullrs Beine empor und umhüllte ihn mit einem eiskalten Schleier. Ullr schauderte und schüttelte sich, während die Schwaden hartnäckiger wurden.

Auf einmal ließen sie von ihm ab und enthüllten eine schmächtige Gestalt, die mit dem Rücken zu ihm am Wasser saß. Sein Herz schlug schnell. Er wagte einen Schritt auf sie zu und streckte die Hand nach ihr aus. Kurz vor ihr nahm er sie wieder runter. »Runa?«

Sie reagierte nicht.

Er trat neben sie, aber sie bemerkte ihn nicht.

Der Wolf pirschte wieder heran und behielt ihn im Blick, ehe er sich neben das Mädchen setzte. »Gleiches findet zu Gleichem.«

»Ich bin kein Nebel«, erwiderte Runa.

»Nein. Doch entspringt deine Gabe dieser Welt. Wenn du hinhörst, wirst du verstehen.«

Sie schob das Kinn vor. »Was werde ich verstehen?«

Er zog die Lefzen hoch, als lächelte er. »Alles.«

Nebel wogte auf. Als er sich lichtete, stand eine Frau in einem hochgeschlossenen, schwarzen Gewand, mit blau verfrorener Haut und weißem Haar neben Runa. Die Zauberin wirkte erschöpft und ausgezehrt, als hätte die Reise sie viel Kraft gekostet.

»Du musst ihm jetzt verzeihen«, sagte Runa mit schwacher Stimme. »Dann musst du *ihn* um Verzeihung bitten.«

Morrigan nickte zögerlich. »Ich muss größer sein und mich der Finsternis in mir stellen.«

Runa lächelte schüchtern. »Habe ich das gut gemacht?«

Sanft strich Morrigan ihr über das lockige Haar und hauchte ihr einen Kuss auf die Stirn. »Dein Vater wird stolz auf dich sein.«

Erneut wallte Nebel auf, der Ullr die Sicht raubte. Er stürzte los und streckte die Hand nach Runa aus, griff aber ins Leere. Da war einfach nichts.

Als sich dieses Mal die grauen Schwaden lichteten, lag Runa vor ihm auf dem Boden. Ihre Brust war blutgetränkt, ein milchiger Schleier lag über den Augen, der Mund stand leicht offen und die Haut nahm bereits Leichenblässe an.

Ullr blieb das Herz stehen.

»Sieh hin.« Der Wolf schloss zu ihm auf. »Sieh, was geschieht.«

»Nein …« Ullr sackte nieder und nahm Runas Kopf in den Schoß. Vorsichtig, als könnte er sie zerbrechen, streichelte er ihre Haare, schloss ihre Augen und wiegte sie im Arm. »Das kann nicht sein. Das ist nicht möglich!«

Der Wolf schwieg.

Ullrs Augen brannten. Sein Atem stockte. Er zitterte, aber nicht vor Kälte. Runa ließ ihn hoffen; sie hatte den Funken in ihm zu einer

Glut entfacht, die an das Gute in der Welt glaubte. Wenn sie fort war, dann … konnte er nicht mehr daran festhalten.

»Lass los, Ullr.«

Er schwieg.

»Wenn du nicht loslässt, wirst du dich verirren.«

Stimmen in der Ferne. Jemand brüllte, dann ein Schrei. Der Boden bebte. Zerfetzte, ausgefranste Formen glitten vorüber und verschwanden wieder in einem Strudel aus Gewalt.

Es war ihm egal. Runa war ihm genommen worden. Jetzt war alles unbedeutend.

Ein eiskalter Hauch strich über seinen Nacken. Der Tod umschlich ihn, näherte sich Runa, um sie in seine kalten, leblosen Klauen zu bekommen. In Ullrs Eingeweiden breitete sich ein kaltes Brennen aus und lähmte ihn wie Gift. Er war machtlos.

»Was willst du?«, knurrte er.

Stille.

Er hob den Kopf und betrachtete die Schwärze vor sich. »Hast du mir nicht bereits alles genommen? Mein Weib? Meine Tochter? Mein Leben?«

Keine Antwort.

»Ullr«, sagte der Wolf gedehnt, als kostete er das Wort auf der Zunge. »Ein außergewöhnlicher Name.«

Etwas an Ullrs Blick verstörte das Tier, denn es rückte mit zurückgezogenen Lefzen ein Stück weg.

»Du bist ein Herr der Eide, Ullr. Du stehst für Klarheit, Geschicklichkeit und Gerechtigkeit.«

Sanft drückte er Runa an sich, wie damals, als sie sehr krank gewesen war.

»Finde deinen Pfad, Ullr.« Bedächtig trat der Wolf näher. »Zu viel steht auf dem Spiel.«

»Ist es bereits geschehen?«

Der Wolf schwieg.

»Das lasse ich nicht zu!«

»Dann wirst du scheitern.«

Runas Körper zersetzte sich zu Dunst und vermischte sich mit demselben heraufziehenden Nebel des Traums, der Ullr verhöhnen wollte.

Er langte nach Sleg, stemmte sich hoch und schleuderte ihn mit einem Schrei davon. Dort, wo der Speer den grauen Vorhang durchtrennte, konnte Ullr einen Blick auf einen Turm erhaschen, der sich wie eine Spirale in den malachitfarbenen Himmel schraubte. An seinem Fuße kauerten sich winzige Umrisse zahlloser Gestalten zusammen und blickten zu jener Gestalt empor, die an der Spitze stand und das gesamte Land überblickte.

Ullr erkannte sie kaum wieder. Sie sah älter aus, reifer, gefährlicher, wie im Feuer geschmiedetes Eisen.

Er trat einen Schritt vor und fand sich an der Spitze des Turms wieder. Runa saß auf einem Thron aus Obsidian, umgeben von ausfächernden Mantelquasten, die sich wie Würmer an dem Kristall entlangtasteten. Noch immer war sie ein Kind, doch der Blick aus ihren geisterhaftgrünen Augen war der eines Menschen, der sein Schicksal akzeptiert hatte.

»Was ist mit dir passiert, Tochter?«, raunte er erstickt.

Sie lächelte ihn an.

Und verblasste im Dunst.

Ullr fand sich in einem weiten Nichts vor. Er stand auf Wasser, konnte aber nicht einsinken, als trennte ihn eine Glasscheibe. Der Himmel, das Wasser, die Welt – alles um ihn herum versank in tiefer Schwärze, wie ein Teich voller kriechendem Teer.

Er rief nach Sleg. Nichts geschah. Wieder rief er nach ihm, rannte umher, schrie und brüllte, doch das Band zwischen ihnen, das seit langer Zeit bestanden hatte, war zerrissen.

Allein. Nicht nur Runa war fort, auch der Speer. Ohne ihn war Ullr … Er war ein Nichts.

Tapp. Tapp. Tapp. Der Wolf tapste heran und hinterließ Kringel auf dem Wasser. Mit jedem Schritt, den er sich näherte, wurde er gewaltiger. Größer als ein Mensch, viel größer. Ein gigantisches, zottliges Biest, das über ihm aufragte wie ein Berg.

Ullr legte den Kopf in den Nacken. Zwanzig Schritt – mindestens – und die feucht schimmernden Zähne in dem riesigen Maul waren länger als ein ausgewachsener Mann. Es wäre ein Leichtes für den Wolf, ihn zu reißen. Trotzdem fürchtete Ullr sich nicht vor ihm.

»Wer bist du?«, flüsterte er.

Der Wolf beugte sich tiefer. »Die wichtigere Frage ist: Wer bist *du*?«

»Der Jäger. Ich wache und suche.«

»Das ist dein Ideal. Bist du ein Mann, der sich an Träume bindet? Der an Vergangenem festhält? Der die Gräuel der Welt erlebt hat, aber nicht bereit ist, das Nötige zu tun? Der sich seiner Pflicht entsagt und …«

»Meine Pflicht gilt allein meiner Tochter und ihrem Schutz, Wolf!«

»Stolz.« Der Wolf verzog die Lefzen. »Um den wahren Feind zu erkennen, musst du deinen Stolz überwinden.«

Ullr zögerte. »Wahrer Feind?«

»Das Leben, so wie es wirklich ist, Jäger, ist nicht der Kampf zwischen Gut und Böse.« Der Wolf glitt mit der langen Schnauze vor Ullr, sodass er nur die Hände ausstrecken müsste, um ihn zu berühren. »Sondern zwischen Böse und Schlimmerem.«

Ullr senkte den Kopf und betrachtete die teerartige Schwärze unter sich. Ja, er war schon lange zu derselben Wahrheit gekommen und hatte sie verdrängt.

»Du beginnst zu begreifen, Ullr. Du bist wie ich. Ein Wolf. Der Jäger, der eine wichtige Rolle in der Geschichte der neun Welten einnimmt.«

»Welche Rolle?« Ullr sah auf.

Langsam erhob der Wolf sich, verschmolz mit der Schwärze um ihn herum, sodass lediglich seine glühenden Augen zu erkennen waren. »Du hältst zu sehr an Vergangenem fest.«

»Eide?«

»Ja, Eide.«

»Ich habe meinem Weib am Sterbebett geschworen, meine Tochter zu beschützen. Ich habe Kalak geschworen, mich an ihn zu binden. Und ich habe Sleg geschworen, ihn zu führen. Wer wäre ich, wenn ich diese Eide nicht bewahren würde?«

»Deine Tochter stirbt. Kalak vergeht. Und Sleg ist nicht dein.«

Ullr stemmte die Füße ins Wasser, schob sie schulterbreit auseinander und hielt trotzig den Kopf erhoben. »Ich werde meine Eide nicht brechen!«

Die zottelige Wolfsgestalt schälte sich aus der Finsternis hervor. »Es besteht ein Unterschied zwischen dem Wahren eines Eides und dem Festhalten an Vergangenem.«

Ein letztes Mal rief Ullr nach Sleg. Wieder verweigerte der Speer sich ihm. Es war nicht das erste Mal, denn Sleg schwankte zwischen dem Zweck, für den er erschaffen worden war, und dem, der ihn führte.

»Merlin.« Ullr zog sich die Kapuze über den Kopf und erwiderte den Blick des Wolfs. »Andvari hat Sleg für ihn erschaffen, damit er Mimir töten kann. Aber der Gott lehnte ihn ab, als ich ihm den Speer zurückgeben wollte.«

»Weil auch Merlin seine Rolle noch nicht kennt.«

Ullr schüttelte den Kopf. Er wollte sich die Wahrheit nicht eingestehen, obwohl er sie längst kannte. »Wer bin ich ohne Sleg?«

»Der Ehrenhafte.« Allmählich, ganz allmählich verschmolz der Wolf wieder mit der Finsternis.

Entschlossen wanderte Ullr auf das Wesen zu, konnte es jedoch nicht erreichen. Es entzog sich ihm immer mehr, wie ein Traum, an dem er festhalten wollte. »Ich bin nicht so mächtig wie die anderen wahren Paladine, Wolf.«

»Es geht nicht immer nur um Macht. Mitunter genügt es, den Schwachpunkt eines Feindes zu erkennen.« Der Wolf verblasste. Das immerwährende Schwarz, das Wasser, alles verging in einem Strudel aus Bildern und Erinnerungen, die wellenartig über Ullr einstürzten.

Mit einem Schrei wachte er auf. Er rollte herum, hustete, spie Galle aus und blinzelte Tränen weg. Der beißende Gestank nach Asche, Schwefel und geschmolzenem Gestein drehte ihm den Magen um. Stöhnend wälzte er sich auf Hände und Knie, während die Bilder des Traums seinen Verstand fluteten. Der Wolf. Das tote Land. Runa …

›Ullr.‹ Andvari bückte sich in Geistergestalt neben ihn. ›*Was ist geschehen?*‹

Ullr wollte die Hand wegstoßen und glitt einfach hindurch. Er krallte seine Finger in die Erde, atmete durch und stemmte sich Zoll um Zoll hoch. Mit einem Gedanken rief er nach Sleg.

Nichts.

Wortlos stapfte er an dem Zwerg vorbei, wühlte in seinem Gepäck, bis er die geschrumpfte, goldene Stange fand. Er hob sie an und hielt sie in den dämmrigen Feuerschein. Da war nichts – kein Summen, kein Vibrieren, kein tiefergreifendes Bewusstsein. Ein Stück kalter, bedeutungsloser Stahl in seiner Hand.

Schweigsam trat Andvari neben ihn. Ullr war dankbar, dass der Zwerg ihn nicht bedrängte. Darin waren sie sich sehr ähnlich, betonten nichts, was längst offensichtlich war. Sie beobachteten, um zu verstehen.

Die Erde bebte. Mit einem Knall spuckte der Berg Feuer und Asche in den Himmel. Kometen zogen einen glühenden Schweif hinter sich her, zernarbten den schwarzen Horizont und zerbarsten, sobald sie niedergingen und das Land entzweirissen.

Ullr riss sich von dem Anblick los und betrachtete den Speer. Sein einziger Vorteil bei den kommenden Prüfungen, um diese Quest zu überleben. Jetzt war er nicht nur seiner Gabe beraubt, sondern auch noch seiner Stärke.

»Du hast ihn geschmiedet«. Sorgsam betrachtete er die Runen im Stahl. »Für Merlin.«

Andvari rang nervös die geisterhaften Hände. ›Ja, aber was auch immer damals geschah ...‹

»Du erinnerst dich nicht daran.« Ullr führte den Speer an seine Lippen und erinnerte sich an die Worte des Wolfes in seinem Traum. Es bedurfte weder Macht noch Stärke, um ein Hindernis zu überwinden oder einen Feind aufzuhalten. Zuweilen reichte ein einziger Augenblick, um den Schwachpunkt und damit die Wahrheit zu finden.

»Ich muss mich selbst erkennen«, flüsterte er. Dafür musste er alle Bande kappen und sich einem neuen Eid widmen; einem Eid, den er erst noch finden musste. Und dafür war er gezwungen zu akzeptieren, dass das Schicksal seiner Tochter nicht länger in seiner Hand lag.

Er musste seinen eigenen Weg finden.

»Kehre zurück zu deinem Träger, Schwankender!« Ullr bog den Arm zurück und schleuderte die Stange davon. Im Flug wuchs sie zu einem Speer, der einen leuchtenden Schweif hinter sich herzog. Sleg wurde schneller und schneller. Die Luft krümmte und teilte sich vor ihm, ein flirrendes Licht quoll aus ihm hervor, spaltete sich in windende Farbstränge, und mit einem Dröhnen durchdrang er die Grenze zwischen den Welten.

Dann war er fort.

Ullr blickte ihm eine Weile hinterher und horchte in sich hinein, was der Verlust des Speeres in ihm auslöste. Jahrzehnte hatte er ihn getragen, sich lange gegen die Bürde gewehrt, und nun, da er sie akzeptiert hatte, musste er das Band lösen.

Es gab keine Gerechtigkeit.

›Du hast ihn von seinem Eid entbunden, Jäger.‹

Ullr nickte.

›Sleg hat dich auserwählt. Es ist unmöglich, den Eid einfach ...‹

»Ich tat es, Zwerg.«

›Ich verstehe. Sleg war einverstanden.‹

»Er hat sich verändert.« Ullr atmete durch. »Wir alle verändern uns.«

Eine Weile schwiegen sie, ließen die Welt auf sich wirken und genossen das Beisammensein, ehe die Wirklichkeit sie wieder einholte.

›Bist du nun bereit für die nächste Prüfung, Jäger?‹

»Keine andere Wahl, Zwerg. Keine andere Wahl.« Mit einem unruhigen Gefühl in der Magengrube kehrte Ullr zu dem ohnmächtigen Barden zurück und schwang ihn mit einem kräftigen Ruck über seine Schulter. Anschließend nahm er sein Gepäck auf, klemmte sich den Bogen um die andere Schulter und stapfte den Pfad zum Bergeingang hinauf.

Kein Mondlicht, das ihn mit Kalak verband. Kein mythischer Speer, der seinem Befehl gehorchte. Nur er selbst und sein Instinkt, den er über Jahrzehnte hinweg geschärft hatte. Es war gut, so zu den Wurzeln zurückzukehren, um sich selbst zu finden.

Während Andvari neben ihm einherging, blickte er mit überraschender Entschlossenheit den Pfad hinauf, als hätte die Quest auch in ihm eine Veränderung bewirkt. Mit jedem Abschnitt ihrer Reise und mit jeder Erkenntnis, die sie gewannen, wurde aus dem zurückhaltenden, in sich gekehrten Zwerg ein anderer. Wie ein Geist, der sich seines Lebens erinnerte.

»Du hast etwas erkannt«, sagte Ullr.

Andvari nickte zögerlich. ›Mein zweites Ideal.‹

Kaum verwunderlich. Der Verstand des Zwerges war schärfer als jede Klinge. Für das Kommende waren seine Hilfe und sein Einfallsreichtum unerlässlich.

›Damit begreife ich auch, dass ich es nur nutzen kann, wenn ich bereit bin, einen Teil von mir zu akzeptieren, den ich stets verstoßen habe.‹ In Andvaris Hand gerann der filigrane Hammer, den er in seinen Gurt unter der Schürze steckte. ›Ich fühlte mich nie mit meinem Volk verbunden. Dennoch trage ich dessen Erbe in mir. Am Ende, so fürchte ich, werden wir alle nicht mehr dieselben sein, wie zuvor.‹

Schweigend gab Ullr ihm Zustimmung und verdrängte das Stechen und Brennen in seiner Brust. Die Luft war kochend heiß, als überzöge sie seine Kehle mit Säure. Trotzdem ging er so lange weiter, bis er irgendwann zusammenbrechen würde.

Welche andere Wahl blieb ihm?

***

Der Eingang war ein ausgefranstes Loch, umringt von geschmolzenem, geborstenem Gestein. Der Boden war mit dicker, schmieriger Asche bedeckt, schimmerte und glühte, als brodelte darunter ein Lavastrom.

Während Ullr in das Loch blickte, zogen sich seine Eingeweide zusammen. Ein weiterer Kampf? Möglich. Inzwischen war die Quest nicht nur eine Prüfung seiner Stärke und seines Willens. Sondern auch seiner Seele.

»Das, was du getan hast, Zwerg …« Er musste sich zwingen, die stickige, beißende Luft einzuatmen. »Kannst du das wiederholen?«

›Ich bin kein Kämpfer.‹

Ullr nickte verständnisvoll. »Wir kämpfen gemeinsam, Freund.«

Andvari lächelte ihn scheu an. ›*Gemeinsam, Freund.*‹

Als Ullr den Berg betrat und in die glimmende Düsternis eintauchte, wusste er bereits, was ihn am Ende des gewundenen Korridors erwartete. Eine weitere Ebene, die sich über mehrere Klüfte erstreckte und über schmale Steinbrücken mit anderen Plateaus verbunden war. Dieselbe Hitze, die sich tief in ihn einbrannte. Und derselbe Schmerz, der nur darauf wartete, ihn zu verschlingen.

Er trat zum Vorsprung und blickte hinab. Dahinter erwartete ihn eine bodenlose Tiefe, nicht einmal die Ebene der ersten Prüfung war zu entdecken. Mit zusammengekniffenen Augen versuchte er, die Schwärze über sich zu durchdringen. Alles, was sich jenseits davon befand, verschmolz mit der immerwährenden Dunkelheit Muspellsheims.

Weitere Prüfungen, die ihn schärfen würden wie eine Pfeilspitze. Allerdings war das Ziel verhüllt. Und auf der zweiten Ebene erwartete ihn die nächste Klinge, die tief in sein Fleisch dringen würde. Nur erwies sich diese Klinge nicht als Waffe, sondern als Obsidianpfeiler, der als Bolzen mit dem Berg verankert war. Wie schon beim ersten waren lange, dicke Kettenglieder um den Pfeiler gewickelt.

Außerdem ergaben die leuchtenden Linien darin dieselbe Rune ᛗ.

Behutsam legte Ullr den Barden davor ab und flößte ihm Surts Echsenblut ein. Dann richtete er sich auf, schwang den Bogen von der Schulter und ließ seinen ruhigen Blick über die Ebene schweifen.

Er war bereit für die nächste Prüfung.

Der Geliebte der Geister

Monate zuvor

Die Luft war drückend und reglos, wie in einer Gruft. Die Geräusche klangen gedämpft, und jeder Atemzug lastete auf Basils Gemüt. Zeit verlor in dem Labyrinth jegliche Bedeutung, und wann immer er konnte, spähte er zu dem hellen Streifen jenseits der steil aufragenden Wände.

In seinem Kopf schwirrten Lorencos Worte umher wie Geister. Was, wenn das Ziel dieser Quest überhaupt nicht das Artefakt war? Wenn nicht die Protagonisten wichtig waren, sondern nur einer unter ihnen? Einer, der beweisen sollte, dass er ein *wahrer Paladin* war?

Basil setzte stur einen Fuß vor den anderen und ließ seine Gedanken treiben. Er vertraute weder auf das Schicksal noch auf Glück, sondern nahm sich das, was er wollte – mit dem Lautenkopf voraus. Wenn er stets darauf gehofft hätte, irgendeine göttliche Hand könnte seinen Weg ebnen, würde er weiterhin zwischen Dreck und Abfall hausen.

Nachlässig strich er sich das verschwitzte Haar aus der Stirn … und prallte gegen Wagrim.

Der Hüne schob ihn bedächtig zur Seite und hielt sich einen Finger vor die Lippen. Weiter vorne mündete der Korridor in einer zwanzig Schritt breiten Fläche. Ein Lichtbalken fiel in die Schächte und direkt auf eine massive Eisentruhe. Der Deckel war aufgeklappt, und ein glatzköpfiger, zerlumpter Mann beugte sich darüber. Seine Haut war mit schmierigen Aschestreifen überzogen. Weiter hinten, am Rand der Fläche, tummelten sich zwei weitere Männer, die ihm glichen wie Drillinge.

Basil blieb beinahe das Herz stehen, als der Mann eine Vihuela aus der Truhe nahm.

»Auf, auf, Barde!« Lorenco ging mit ausgreifenden Schritten auf die Truhe zu. »Holen wir Euer Eigentum zurück.«

Basil und seine Gefährten eilten ihm hinterher, allerdings wurde er langsamer und langsamer, bis er stehen blieb. Irgendetwas ließ ihn innehalten, aber er bekam bei aller Mühe nicht zu fassen, was es war.

Woran erinnerten ihn diese Männer?

»Heda, Freund!«, rief Lorenco und stellte sich mit ebenmäßigem Lächeln neben den Fremden. »Ich fürchte, dieser erquickliche Schatz ist nicht Euer Eigen.«

Der Fremde ließ die Vihuela fallen. Das knackende Geräusch, als sie gegen den Rand der Truhe prallte und der Kopf abknickte, schoss wie ein Pfeil in Basils Verstand. Einen Moment lang war er wie erstarrt.

»Nein«, rief er, eilte dorthin und schob die anderen aus dem Weg. Er hob das Musikinstrument auf, wiegte sie wie eine ermordete Geliebte im Arm und konnte nicht wahrhaben, was geschehen war. Eine tiefe Leere breitete sich in ihm aus und füllte sein Herz mit Kälte.

Zerbrochen. Ebenso wie seine Träume.

Als er aufsah und den Fremden über sich betrachtete, formte sich wie durch den Nebel seines umwölkten Verstandes ein Wort; ein Wort, das ihm bewusstmachte, in welcher Gefahr sie schwebten. Er wollte die anderen warnen, doch es war bereits zu spät.

Der Fremde öffnete den Mund ungewöhnlich weit und entblößte fünf Zahnreihen pfeilspitzer Zähne. Es war allein Wagrims Einschreiten zu verdanken, dass Lorenco dem zuschnappenden Maul entging, als der Hüne so leicht auf den Kopf des Fremden eindrosch, als schlüge er ein Ei auf. Blut und Hirnmasse spritzten, klatschten Basil ins Gesicht und verteilten sich auf dem Boden. Das Ungeheuer klappte leblos zusammen.

Endlich fand Basil seine Stimme wieder. »Cuegle!«

Wie eine reißende Flut ergossen sich überall aus den Gängen weitere der gebeugten, schwarzen Gestalten und drangen auf die Gefährten ein. Welcher Gott sich auch immer bei der Erschaffung dieser Wesen einen Scherz erlaubt hatte, Cuegle waren grausame, nimmersatte Bestien, die ihr Futter am liebsten roh vertilgten.

»Steht zusammen!«, rief Lorenco und klappte den Schild an seiner Armschiene aus.

Wagrim packte eines der Wesen am Arm und schmetterte es vier anderen entgegen. Dann wirbelte er herum, trat ein weiteres aus dem Weg, zog eines von seiner Schulter, das sich dort festgebissen hatte, und stieß einen Kriegsschrei aus, der Basil das Blut in den Adern gefrieren ließ.

Schnell wie der Wind schnetzelte Lorenco sich durch die heranstürmenden Reihen wie durch eine Horde Untoter; er hinterließ dabei ein Meer besiegter Feinde, die wegknickten wie gekappte Grashalme.

Krog hingegen bewies, dass er seinen Stock durchaus auch im Kampf zu gebrauchen wusste; er knallte ihn auf Köpfe, rammte ihn in weit aufgerissene Mäuler und bewegte sich inmitten der Menge wie zu einem Reigen.

Disha nahm die Form eines steinernen Ungetüms an, dem kein Angriff trotzen konnte. Sie walzte zwei Feinde nieder, schmetterte einen Cuegle gegen die Wand und zertrümmerte einem anderen den Schädel.

Und über die Köpfe der Kämpfenden flitzte ein Vogel hinweg und warnte die anderen. »Rechts!«, piepste Kriana. »Zwei weitere. Krog, hinter dir!«

Der Kampf verwandelte sich allmählich in ein blutiges Gemetzel. Doch für Basil verblasste all das, während er seine zerbrochene Vihuela im Arm hielt. Allein der Umsicht seiner Gefährten verdankte er, von keinem Cuegle angegriffen zu werden. Er wollte aufstehen, ihnen helfen, um sich schlagen und wüten wie der Barbar.

Doch er konnte nicht.

In ihm war alles betäubt, als wäre mit der Zerstörung der wichtigsten Sache in seinem Leben auch etwas in ihm zerbrochen.

»Gebt acht, Barde!«, brüllte Lorenco.

Es war Basil egal. Alles war unwichtig. Wie konnte er sich noch Barde nennen, wenn ihm ein Arm genommen worden war? Der Atem in seiner Kehle? Der Sinn seines Lebens? Der einzige Grund, weshalb er weitergemacht hatte?

Ein Maul schnappte nach ihm. Knapp vor seinem Gesicht schlugen die Zähne zusammen. Wagrim zog es an den Armen zurück und riss ihm anscheinend mühelos den Kopf ab. Sein Gesicht war blutgetränkt, und in seinen Augen loderte der Wahn.

Lorenco huschte neben Basil und hielt die anstürmenden Feinde mit seinem Schwert auf Abstand. Er parierte, schlug zu, durchbohrte und knallte den Knauf gegen das aufgerissene Maul eines Cuegles.

»Barde?« Lorenco fasste ihn an der Schulter. »Wo seid Ihr?«

Basils Verstand war so träge, so unendlich müde.

»Krog, bring uns hier weg!«

Der Schamane sprang von einem Bein auf das andere, um den Angriffen zu entgehen. Dann war er gleichauf mit Basil. »Zu gefährlich.«

»Tu es!«

»Ich kann den Geistern nichts befehlen, Kämpfer. Sie werden handeln, wenn sie es wollen.«

Wie durch einen dunklen Tunnel betrachtete Basil die Bruchstücke seiner selbst, als könnte er einen Blick auf Fragmente seiner Vergangenheit erhaschen. Nun, da sein Schicksal besiegelt war, musste er an seine Taten denken und wie man ihn in Erinnerung behalten würde. Rückblickend hatte er nicht viel erreicht. All sein Streben nach Vollendung der hohen Künste hatte nur einem einzigen Zweck gedient: seine Gelüste zu befriedigen. In einem Anflug von Selbstgerechtigkeit war er sogar bereit gewesen, seine Gefährten zu verraten, um sich einen Vorteil zu erkaufen.

Auf einmal betrachtete er all das aus einem anderen Blickwinkel und verachtete den Menschen, der er gewesen war. So wollte er nicht sein. Und so wollte er nicht in Erinnerung bleiben. Hier lagen nun die Überreste seiner Schandtaten. Mit der Vihuela war sein altes Ich vergangen.

Vielleicht … Vielleicht bot dies die Möglichkeit, ein neuer Barde zu werden? Ein Barde, der sich um andere sorgte, der nach Ruhm strebte und dafür nicht über Leichen ging. Ein Barde, der in die Geschichte eingehen würde.

Basil seufzte. Nein, ein solcher Mann könnte er nicht werden. Aber was, wenn er es zumindest versuchte?

Bestien schrien, Blut spritzte, Knochen brachen und Metall sirrte. Und inmitten von Tod und Verderben hockte ein einsamer Barde und erkannte inmitten der Gräuel auch ein Licht. Seine Gefährten kämpften für ihn; sie hielten zusammen, obwohl sie sich selbst retten könnten. Wenn Basil an ihrer Stelle wäre … Wenn er die Möglichkeit hätte zu verschwinden … Er würde sie ergreifen.

Ich bin ein selbstgerechter Mistkerl!

Von einem neuen Zorn gepackt, stemmte er sich hoch und wandte sich dem erstbesten Feind zu. Ein Cuegle stürmte auf ihn zu, die Arme nach ihm ausgestreckt und den Schlund weit geöffnet.

Im richtigen Augenblick knallte Basil dem Ungeheuer die Vihuela gegen den Schädel und schleuderte es zur Seite. »Nimm das, du Scheusal!«, schrie er.

Leider hatte er seine eigene Stärke überschätzt. Der Cuegle taumelte bloß, richtete sich wieder auf und drang ungehindert auf Basil ein. In einem verdrehten Knäuel prallten sie zu Boden, rollten hin und her, und Basil versuchte, die Oberhand zu gewinnen. Aber wenn man eines über den Barden sagen konnte, dann, dass er kein großer Kämpfer war. Ehe er es sich versah, hockte das Untier über ihm und biss zu.

Nur einen Fingerbreit vor seinem Gesicht sirrte etwas durch den Schädel und fing es ab. Die Klingenspitze ritzte Basils Stirn so sanft, dass lediglich ein Blutstropfen hervorsickerte.

Lorenco riss die Klinge heraus, trat das Ungeheuer von Basil herunter und hielt ihm die Hand hin. Er griff zu und ließ sich auf die Füße helfen.

»Alles in Ordnung, Barde?«

Basil nickte dankbar. »Bestens. Wir müssen hier raus.«

»Zweifelsohne, Barde. Zweifelsohne. Ich fürchte jedoch, dass wir dem Ungemach schonungslos ausgeliefert sind.« Er wies zu Krog, der immer mehr in Bedrängnis geriet.

»Erwähnte Krog nicht kürzlich etwas von einem Geisterpfad?«

Mit einer raschen Geste schleuderte Lorenco seine Klinge in die Stirn eines Cuegles. »Es ist zu gefährlich, Barde.«

Basil hob die Brauen. »Gefährlicher als das hier?«

Der Kämpfer runzelte die Stirn. »Was habt Ihr vor?«

»Die Geister lieben mich.« Ein Grinsen stahl sich auf Basils Lippen. »Schon vergessen?«

Mit den kläglichen Überresten seiner Vihuela in der Hand pirschte er zu Krog, schlug sie einem Cuegle auf den Kopf und trat einem anderen in die Kniekehle. Dann schleuderte er das zertrümmerte Stück Holz einem dritten gegen die Brust und packte den Schamanen am Arm.

»Wir öffnen einen Geisterpfad«, sagte er eindringlich. »Gemeinsam.«

Der Schamane fasste ihn zärtlich an der Wange und führte Basils Stirn an die Maske. »Ich verstehe es endlich.«

Basil wagte nicht, sich zu rühren. »Was verstehst du?«, hauchte er.

»Die Geister haben mich zu dir geführt.«

»Kein Schimmer, wovon du redest, aber wenn wir jetzt nichts tun, war's das mit uns.«

»Basil der Barde.« Mit Schwung ließ der Schamane ihn los, rammte den Stock vor sich in die Fuge und nickte auffordernd darauf.

Basil berührte den Stock. »Was muss ich tun?«

»Versuche nicht, das Unerklärbare zu verstehen. Lass es geschehen.«

»Und dann?«

Krogs rauchige Stimme umwehte ihn. »Dann werden wir reisen.«

Lorenco und die anderen stellten sich im Kreis um sie auf und hielten den Feind auf Abstand. Der Boden war inzwischen mit Leichen gepflastert und durchsetzt von blutigen Pfützen.

Kriana landete in Vogelgestalt vor Basil und erhob sich in Menschengestalt – so nackt, wie die Götter sie einst schufen. Sie griff nach dem nassen Stoffbündel auf dem Boden und warf es sich über. Dabei hielt sie sich die Seite, die drei tiefe Kratzer zierten.

Sie war nicht die Einzige, die Verletzungen aufwies. Bei Wagrim konnte man nicht sagen, wessen Blut es war, das ihn vollständig bedeckte. Dishas Rückverwandlung war behäbiger als zuvor, und sie musste sich an Lorenco festhalten, der sie neben Basil führte. Dann standen sie da. Ein Haufen abgerissener Gestalten, die nach ihrem Platz im Leben suchten. Doch in diesem Augenblick hätte Basil sich keine besseren Gefährten wünschen können.

Er holte tief Luft und umklammerte den Stock so fest er konnte. »Jetzt!«

Einer Sintflut gleich wogte Nebel herbei und umhüllte sie. Ein diffuses Graublau, das die Welt in dämmrigen Schleier hüllte. Basil wurde zugleich brütend heiß und eiskalt, als wäre er aus der brennenden Sonne über den Wüstenmeeren auf den höchsten Gipfel des Hochlandes getreten.

Seine Gefährten umringten ihn, aber sie waren bloß fransige Umrisse. Und als er den Nebel betrachtete, waberte er direkt vor ihm, nicht mehr dünn, sondern dicht und drückend.

Basil hielt den Stock fest umklammert und streckte die Hand, bis er herausfand, dass er keine besaß. Dennoch stieß er mit den Fingern auf Widerstand. Und all das, was ihn umgab, war auch *in* ihm. Es war, wie Krog beschrieben hatte. Basil war bloß ein Gefäß, um einen Pfad in die Geisterwelt zu öffnen.

»Was geschieht hier?« Seine flüsternde Stimme wurde wie von einem Wind davongetragen.

Die Augen des Schamanen waren verdreht, sodass bloß das Weiße zu erkennen war. Auch die anderen starrten abwesend durch die Gegend.

Von neuem Mut gepackt, ließ Basil los und versuchte, mehr von dieser eigenartigen Welt zu erkunden. Nicht weit von ihm entfernt eröffnete sich ein Spalier nebulöser Gestalten ohne Gesicht. Grau und faserig standen sie mit dem Rücken zu ihm, schienen zwischen Werden und Vergehen gefangen, wie Zerrbilder. Eine steife Bö zerrte an ihnen und riss schwarzgraue Schlieren aus ihnen heraus. Sie trieben davon, ins trübe Grau einer stofflosen Welt.

»*Hola!*« Basil setzte einen Fuß vor den anderen, fürchtete, es könnten jene Geister seiner Vergangenheit sein, die einen Korridor für ihn bildeten, an dessen Ende das Grauen auf ihn wartete. Die Geister liebten ihn. Das behauptete Krog zumindest. Wenn das wirklich so war, musste das alles hier einen Sinn ergeben.

Krogs warnende Worte waren wie ein Echo der Vergangenheit. Basil wollte es nicht verstehen, aber etwas in ihm trieb ihn dazu, mehr über die Geister herausfinden zu wollen.

»Kindchen«, ertönte eine Stimme, deren Klang er lange nicht gehört hatte.

Basil blieb wie angewurzelt stehen.

Einer der Schemen wandte sich ihm zu, das Gesicht unverhüllt und so klar erkennbar wie der Rücken seiner Hand. Alt, zerfurcht, vertrauensselig und lächelnd. Wie damals trug sie nicht mehr als ein sackiges Leinen und stützte sich auf ihren gewundenen, schwarzen Stock.

»Großmutter?«, fragte Basil. »Bist du das?«

»Natürlich, Kindchen. Komm näher.«

Unsicher ging er auf sie zu, huschte an den Gestalten mit den verwirbelnden Gesichtern vorbei. »Was ist das für ein Ort?«

»Die Geisterwelt. In alter Zeit nannte man sie auch *Hugarheim*. Sie ist das Werdende und Seiende, das Vergangene und Kommende.« Die Alte hielt ihm die Hand hin, und er bot ihr den Arm als Stütze. Gemeinsam schlurften sie durch den endlosen Korridor inmitten eines diffusen Graublaus. Aus der Ferne wehte ein Rauschen herüber, und er roch die salzige See, kalte Frische und blühende Blüten.

»Gibt es hier ein Meer?«, fragte er leise.

»Nein.« Sie grinste ihn an. »Und ja.«

»Dieser Ort …« Er zögerte. »Warum kommt er mir so bekannt vor?«

Sie grinste zahnlückig. »Weil du schon oft hier warst.«

»Großmutter.« Er wagte kaum, sie anzusehen. »Du bist tot. Bedeutet das, dass ich ebenfalls …?«

»Aber nicht doch, Kindchen.« Sie gebrauchte den Stock als Krücke, humpelte und schlurfte neben ihm her.

»Ich habe dich vermisst, Großmutter.«

»Ich war nie fort.«

Er suchte nach den Worten. »Du hast mich lange nicht besucht.«

Die Alte blieb stehen. Ihr Blick war gütig und warm. »Weil du mich nicht mehr gebraucht hast.«

»Das stimmt nicht. Ich habe dich gebraucht, aber …«

»Aber?«

Tränen brannten in seinen Augen, und er ließ ihnen freien Lauf. Ein Barde, der seine Gefühle nicht zum Ausdruck bringen konnte, war wie ein Jäger, der nicht jagen, oder ein Bäcker, der nicht backen konnte. Vielleicht steckte auch ein wenig Schmerz über den Verlust seiner Vihuela darin.

Großmutter umarmte ihn und tätschelte seinen Rücken. »Ist ja gut, Kindchen. Ist ja gut.«

Natürlich wusste er, dass sie nicht *seine* Großmutter war. Die Frau, die ihn tröstete, existierte bloß in seiner Vorstellung und war stets für ihn dagewesen, wenn er sich als Kind einsam gefühlt hatte. Eine eingebildete Person, um der Wirklichkeit zu entfliehen.

Die Alte schob ihn auf Abstand und ging weiter. Im Spalier hatte sich eine Lücke aufgetan, und Basil fragte sich, was sich dahinter verbarg. Ob vielleicht eine Möglichkeit existierte, den Korridor zu verlassen? Er huschte dorthin und erreichte die Lücke. Doch bevor er sie durchschreiten konnte, materialisierte sich eine Gestalt darin und versperrte ihm den Weg.

»Du darfst nicht vom Pfad abweichen, Kindchen.«

Er schloss wieder zu ihr auf. »Wohin wird er uns führen?«

»Dorthin, wo du dein Schicksal findest.«

Vor ihm weitete sich das Spalier und endete vor einem Podest, das wie eine Insel aus dem umherwabernden Dunst ragte, beleuchtet von einem dicken Lichtbalken, der aus dem Nichts über ihm herabfiel. Darauf stand kerzengerade eine Vihuela, von der diffuses Weiß abtrieb, viel kostbarer als jene, die er bislang sein Eigen hatte nennen dürfen. Die Ornamente darin waren so kunstvoll geschaffen, als wären sie aus demselben Nebel gesponnen, der ihn umgab, und der Schwung des Lautenkopfes erinnerte an den Schenkel einer jungfräulichen Geliebten.

»Ist das echt?«, hauchte er.

»Wenn es in deiner Vorstellung existiert, dann ist es das, Kindchen.«

»Hugarheim … Es existiert wirklich?« Ehe die Alte antworten konnte, hob er die Hand. »In meiner Vorstellung.«

Sie lächelte.

Mit klopfendem Herzen ging Basil auf die Vihuela zu und wagte nicht, sie zu berühren. Selten zuvor hatte er etwas so Anmutiges gesehen wie dieses Musikinstrument, von dem ein göttliches Leuchten auszugehen schien.

»Musik verbindet«, krächzte die Alte. »Sie bindet Gefühle, Freude und Wunder. Ohne Musik …«

»… gibt es kein Leben«, murmelte Basil. Worte, die er vor sehr langer Zeit ausgesprochen hatte; damals, als es ihm noch wirklich um die Kunst und nicht die eigene Haut gegangen war.

»Warum ergreifst du sie nicht?«

»Ich weiß nicht, ob ich das kann.« Er zögerte. »Ob ich sie verdiene.«

Die Alte wies mit dem Stock auf die Vihuela. »Du wirst sie dir verdienen.«

Langsam und zärtlich berührte er den Kastenhals, strich den Korpus entlang, die Saiten – alles. Er hielt inne und wandte sich langsam Großmutter zu, deren Gestalt leicht verschwamm, sodass er drei Versionen unterschiedlichen Alters von ihr sah. »Ist das ein Traum?«

Sie lachte bloß und zerfaserte zu Nebel. Ehe der Sog ihn aus der Geisterwelt fortzog, griff Basil nach der Vihuela und drückte sie an seine Brust.

Zwerge

Man hätte glauben können, es wäre ein ganz gewöhnlicher Morgen des Friedens im Thronsaal, einem geschichtsträchtigen Raum, der schon so manchen Königen Méridors gedient hatte. Das Dämmerlicht fand kaum einen Weg hinein, und so wurde der feierlichste Saal des Schlosses von warmgelben Kristallen erhellt. Bekannt war der Raum für seinen Rokoko-Dekor, dessen kunstvolle Stuck- und Goldverzierungen durch große Spiegel und Wandteppiche hervorgehoben wurden, und die zwei Stiere aus vergoldeter Bronze, die als Symbole der Souveränität des Königs den Eingang flankierten.

Wie stets wurde Josés Blick zur Decke gelenkt, die mit Fresken eines berühmten méridorischen Malers überzogen war. Eine fantasiereiche Szene, die Wappen, Flaggen, Tiere, Menschen und mythologische Figuren vermischte, um die Pracht der Monarchie zu feiern. Natürlich war dort auch der Triumph des Palindroms über die Verheerung symbolisiert, eine stolze, hochgewachsene Lichtgestalt, die einer schwarzen Masse trotzte. Die Apotheose eines Helden.

José hatte einen bitteren Geschmack im Mund. Er konnte kaum stehen. Seine Knie zitterten, Platzwunden bedeckten seine Stirn, eines seiner Augen war zugeschwollen, und seine nackten Füße waren ganz wund. Der überwältigende Drang, den vernähten Riemen an seinem Mund herunterzureißen, wurde mit jedem röchelnden Atemzug durch die verrotzte Nase schlimmer.

Dutzende Vertreter der Obrigkeit standen vor den breiten Stufen des Thrones und vermittelten mit ihren kostspieligen Gewändern und ihren angesäuerten Gesichtern den Eindruck, sie täten nichts lieber, als jenem, der alles bedrohte, was sie sich aufgebaut hatten, den roten Läufer auszurollen. Es musste für sie wohl eine höchst unwillkommene Abwechslung sein, von einflussreichen Persönlichkeiten zu bedürftigen Bittstellern degradiert zu werden.

Auf dem Thron, einem geschwungenen, goldverzierten und rot gepolsterten Stuhl, saß Elle in schlichter, militärischer Gewandung. Anstelle des Baretts trug sie ein goldenes Diadem im streng zurückgebundenen, ebenholzfarbenen Haar, und auf ihrer Brust ruhte ein großer Sonnenanhänger. Das Abbild einer stolzen Frau, die sich in dunklen Gefilden zu behaupten wusste. Zu ihrem Pech hatte sie keine Ahnung, in welche Gefilde sie sich gewagt hatte.

Überall postierten sich Soldaten in blauen Uniformen. Außerdem waren drei Paladine anwesend, darunter Cosme, der direkt an Josés Seite stand, und zwei weitere leuchtende Gestalten, deren Gesichter Helmvisiere verbargen. Eine wahrlich feierliche Zusammenkunft, die Eindruck auf den Vertreter der Zwerge schinden sollte. Jeder andere wäre wohl im Angesicht geballter Zuschaustellung méridorischen Reichtums und Macht vor Demut erstarrt oder hätte um Gnade gewinselt.

Der Neuankömmling, der mit klickenden Stiefeln und klapperndem Panzer durch den Saal marschierte, wirkte alles andere als beeindruckt. Wie eine Gewitterwolke, die sich über den Saal senkte, stapfte Fafnir auf den Thron zu. Der Prinz von Svartalfheim, der innerhalb kürzester Zeit die äußeren Städte Méridors mit müheloser Leichtigkeit erobert hatte, zog ein Gesicht, als würde er den Anwesenden am liebsten die Köpfe abhacken. Obwohl er den meisten Dons gerade einmal bis zur Brust reichte, bildete er in seiner dunklen Vollrüstung das genaue Gegenteil aller anderen. Goldene Ringe glänzten in seinem schwarzen, geflochtenen Bart, der wie Seile auf seiner Brust baumelte. Seine Haare waren an den Kopfseiten ausrasiert, gaben tätowierte Runen preis und waren zu einem strengen Zopf nach hinten gebunden. Das Gesicht war ein verwitterter Felsen, geformt und gezeichnet von vielen Schlachten, eine Hälfte mit Brandwunden überzogen.

»Kurzbeinige Teufel …«, murmelte jemand.

»Zwerge«, raunte ein anderer. »Sie nennen sich Zwerge.«

»Eine Ungeheuerlichkeit, dass er es wagt …«

Fafnir beachtete die Umstehenden nicht, schob sich wie ein Bollwerk auf den Thron zu. Besonders auffällig waren der Helm mit der glühenden Rune an der Stirnseite, den Fafnir unter dem Arm geklemmt hielt, und das bläuliche Kurzschwert an seinem Gürtel. Tyrfing, eine von Andvaris kunstvollen Waffen, durch die der Zwergenkönig Hreidmar gestorben war, was unter anderem den Bruderkrieg Svartalfheims heraufbeschworen hatte. Allerdings wusste José aus näherer Quelle, wie brüchig das Bündnis der Prinzen war. Es galt allein Mjölnir, ein Umstand, der Möglichkeiten bot. Denn niemand außer ihm wusste um die wahren Todesumstände des Zwergenkönigs.

»Ist denn das zu glauben?«, fragte ein hoher Don. »Weitere Städte sind gefallen. Ja, ist denn das zu glauben?«

»Der Feind rückt immer weiter nach Candaloz vor.«

»Eine außerordentliche Unverfrorenheit …«

Die Stimmen verstummten abrupt, als der Prinz vor der ersten Thronstufe stehen blieb, die dicken Brauen zusammenzog und sich eingehend umsah. Dort, wohin sein Blick fiel, duckten sich die Anwesenden weg.

Elle erhob sich vom Thron und versuchte, so viel Eindruck zu vermitteln, wie ihr angesichts ihrer Situation zur Verfügung stand. »Seid willkommen im Thronsaal von Candaloz, Prinz Fafnir von Svartalfheim. Mein Name ist Elle de Marques. Ich bin die Verlobte von König Pablo de Aguilar und spreche in seinem Namen.«

Fafnir schwieg.

»Habt Dank, dass Ihr diesem Treffen zugestimmt habt. Obwohl es bereits zu Auseinandersetzungen zwischen unseren Völkern kam, ist es mir ein Anliegen, weiteres Blutvergießen zu vermeiden.«

Der Blick des Prinzen blieb an den Paladinen haften, einen Tick zu lange an José, bis er wieder zu Elle glitt.

»Gehe ich recht in der Annahme, dies ist auch in Eurem Interesse, Prinz Fafnir?«

Schweigen.

Elle umfasste den Anhänger auf ihrer Brust. »Bitte lasst mich noch einmal betonen, wie sehr wir Euer persönliches Erscheinen zu schätzen wissen, um …«

Fafnir wandte sich ab und stapfte davon.

Köpfe wurden zusammengesteckt. Raunen und Flüstern ertönten.

Elle sprang hoch. »Prinz Fafnir, habe ich Euch in irgendeiner Weise gekränkt? So wartet doch und lasst uns …«

Wortlos verließ der Zwerg den Saal. Seine schweren Schritte verhallten, während er den angrenzenden Korridor passierte und verschwand.

Sichtlich verwirrt sank Elle auf den Thron zurück. Das aufgeregte Gerede der Anwesenden summte wie ein aufgescheuchter Bienenstock.

Cosme verpasste José einen Stoß in den Rücken. Es ging zurück in seine dunkle, muffige, feuchte Zelle. Doch José spürte, wie sich vor ihm ein Pfad ebnete.

Seine Gelegenheit würde kommen.

***

Das nächste Treffen fand zwei Tage später statt. Wieder waren dieselben Dons und Donas versammelt, und wieder hieß Elle den Heerführer des Feindes unter allem Prunk und Getöse willkommen. Dafür war sogar eigens ein Streichorchester auf einer Erhöhung eingeladen, das eine tragende Musik spielte, von der José Kopfschmerzen bekam.

Dieses Mal waren jedoch weniger Wachen anwesend. Cosme war der einzige anwesende Paladin und stand direkt hinter ihm, sodass er dessen brennendes Leuchten stets im Rücken ertragen musste.

Allmählich höhlten die Auswirkungen der Gefangenschaft José aus. Dank der kargen Mahlzeiten hatte er beträchtlich Gewicht verloren, das fleckige, verschlissene Hemd flatterte auf seiner dürren Brust, die verkrusteten Wunden an den Einstichstellen rissen immer wieder auf, wenn der Riemen gelöst wurde und er etwas zu essen und zu trinken bekam. Außerdem stank er schlimmer als eine Latrinengrube.

Aber eher würde die Welt untergehen, als dass er sich seinem Elend hingab. Aufrecht und stolz wie ein wahrer Edelmann beobachtete er mit Genugtuung das aufgeplusterte Gebaren, mit dem die Anwesenden ihre Unsicherheit überspielten. Selbst Baltasar behielt seine Gedanken für sich und betrachtete grimmig den Zwerg, der den Saal mit ausgreifenden Schritten betrat.

Sofort kehrte Ruhe ein, lediglich die tragende Musik begleitete Fafnir.

Es klickte und rasselte, als er sich mit teils finsterer, teils spöttischer Miene seinen Weg zum Thron bahnte. Wie schon beim letzten Besuch blieb er vor der ersten Stufe stehen und sah sich um.

»Ich heiße Euch abermals willkommen, Prinz Fafnir von Svartalfheim«, sagte Elle mit aller Würde, die sie offenbar aufzubringen vermochte. »Habt …?«

Fafnir machte auf dem Absatz kehrt. Als er auf Josés Höhe war, blieb er kurz stehen und starrte ihn an, ehe er weitermarschierte und den Saal verließ.

***

Das nächste Treffen ließ vier Tage auf sich warten. Die Stiche in Josés Lippen waren zu einem dumpfen Pochen geworden. Selbst unter Aufbietung all seiner Kräfte musste er sich von Cosme in den Saal schleppen lassen. Nicht länger waren Soldaten anwesend. Auch die Reihe der eingefundenen Vertreter war deutlich ausgedünnt, sodass sich lediglich zwei Dutzend Menschen in dem großen, hallenden Saal eingefunden hatten. Zuletzt hatte man wohl entschieden, auf das Orchester zu verzichten, was bei José ein zufriedenes Grunzen auslöste. Elle war also doch lernfähig.

Er nahm seine Position am Rand ein. Cosme trat hinter ihn – das brennende Leuchten kroch über Josés Schultern. »Beobachte, Lopt.«

José würde sich hüten, dem Paladin in irgendeiner Weise zu helfen.

»Barelone ist gefallen«, sagte ein aufgeregter Don.

»Das müsst Ihr Euch einmal vorstellen! Amdra verweigert seine Unterstützung. Stellt Euch das einmal vor!«

»Wo kämen wir hin, wenn alle Kolonien …«

»Sie rücken immer weiter vor.« Die Stimme ging in dem Gemurmel fast unter. »Bald stehen die kurzbeinigen Teufel vor den Stadttoren.«

»Wo bleibt der König? Er sollte die Streitmacht sammeln und diese kurzbeinigen Teufel dorthin zurücktreiben, woher sie kommen!«

Es wunderte José nicht. Wenn man all seine Bemühungen auf Verhandlungen ausrichtete, während der Feind unaufhaltsam auf das Herz Méridors zumarschierte, war der Krieg bereits verloren. Allerdings hatten das weder Cosme noch Elle verstanden. Das hier war eine einzige Posse.

»Die Einberufungen schreiten voran.« Baltasar – er stand nur wenige Schritt entfernt. »Die ersten Reservisten werden zu den Waffen gerufen und erwarten das Kommen des Feindes.«

»Und die Siedler?«, fragte eine Dona in blassgoldenem, hochgeschlossenem Kleid. »Was ist mit den Siedlern, die uns ins gelobte Land verlassen haben?«

»Holen wir sie zurück!«, erwiderte ein älterer, schmerbäuchiger Kerl mit gewachstem Schnurrbart. »Weshalb sollen sie von unseren Vorräten zehren, während unser Leben durch kleinwüchsige Teufel bedroht wird?«

Ein Don nickte immer wieder. »Wenn Ihr mich fragt, halte ich das alles für einen Plan, um uns unseres Einflusses zu beschneiden. Denkt doch einmal an die Stählerne Bank und wie sie uns gängelt.«

»Jawohl! Ich sage, Schluss damit!«

»Ich will das gelobte Land sehen …«

»Sollen sie dort verfaulen und …«

»Blasphemie! Blasphemie an unserem Herrn …«

Die Gespräche rissen schlagartig ab, als stampfende Schritte aus dem Gang herüberwehten. Wie ein Ungeheuer walzte Fafnir in den Thronsaal. Um den Akt zu vollenden, stellte er sich vor die breiten Stufen, schenkte Elle einen grimmigen Blick, sah sich um und wandte sich ab.

»Wartet!«, rief sie ihm hinterher und eilte die Stufen hinab. Ihr war die Verzweiflung deutlich anzuhören. »So wartet doch, Prinz Fafnir!« Sie holte ihn ein und stellte sich ihm in den Weg. »Was kann ich tun, damit Ihr zu Verhandlungen bereit seid?«

José schüttelte den Kopf. Sie glaubte, das Spiel um Macht und Gold zu verstehen, doch war sie am Ende nur eine Bittstellerin. Das ließ der Zwerg sie eiskalt wissen.

»Nichts«, grollte Fafnir und ging.

***

Das vierte Treffen ereignete sich zwei Wochen später. Inzwischen trug José seine neuen Umstände mit Fassung. Er war ein sehr geduldiger Mann und hatte schon Schlimmeres durchgestanden. Seine Zeit nahte.

Bald.

Die Zahl der Anwesenden war auf ein Dutzend dezimiert. Elle, Cosme, neun der wichtigsten Dons und Donas und José selbst. Die Stimmung war bedrückt, wie ein kalter Schatten, der über ihnen schwebte, und die Kristalle nicht einmal halb so hell.

Als Fafnir schließlich kam, beging Elle einen weiteren Fehler. Sie ließ zwei Dutzend Soldaten hereinströmen und die Tore hinter ihnen schließen. Der Prinz wirkte keineswegs überrascht, baute sich vor den Stufen zum Thron auf und betrachtete Elle wie ein Insekt, das allein aufgrund seiner Gunst noch nicht zerquetscht worden war.

Gab es Zweifel daran, dass die Heere der Zwerge dem méridorischen Reich überlegen waren, sorgten die Berichte der Versammelten, an denen sie José hatten teilhaben lassen, für ein böses Erwachen. Die erste Reservistenarmee war bis auf den letzten Mann aufgerieben worden. Kaum verwunderlich, denn sie waren dem Feind mitten in die Arme gelaufen, anstatt die Mauern und Tore der Stadt zu verstärken. Wer auch immer diesen Heereszug befehligt hatte, gehörte ausgepeitscht und aus der Armee geworfen.

Fafnir betrachtete abfällig die Soldaten, deren Hände auf den Rapieren an den Hüften lagen. »Nur zu, Weib! Wir wissen, wie das ausgeht.«

Elle saß auf ihrem Thron, die Finger um die Armlehnen verkrallt. »Ihr habt unsere Armee zerschlagen.«

Er furchte die Stirn. »Armee?«

»Die Soldaten in Barelone.«

»Ach das. Das war doch keine Armee. Das war ein Haufen Jünglinge, die nicht mal einen Flaum im Gesicht hatten.«

Elle klackerte mit den Nägeln auf den Armlehnen. »Was verlangt Ihr für die Freilassung unserer Soldaten?«

»Das haben wir bereits getan. Selten jemanden so schnell rennen sehen.«

»Was hindert mich daran, Euch auf der Stelle festzunehmen?«

Er grinste böse. »Dein Köpfchen auf deinen Schultern.«

Sirrend schossen die Rapiere aus den Scheiden und schwenkten zu dem Zwerg, der davon völlig unbeeindruckt blieb.

»Ihr seid ein Prinz und Heerführer.« Elle beugte sich vor. »Wenn ich Euch gefangen nehme, schwäche ich Eure Armee und kann Eure Brüder dazu zwingen …«

Fafnir warf den Kopf zurück und lachte. »Meine Brüder interessieren sich einen verrosteten Scheiß für mich! Schotter und Stein, die wären sogar dankbar, wenn ich abnipple.«

»Dann sagt mir, warum rede ich mit Euch?«

Er betrat die erste Stufe. »Weil ich der Einzige bin, der ein Interesse daran hat, euer Städtchen nicht bis auf die Grundmauern zu schleifen. Wenn es jedoch nach Otur oder Reginn ginge, wärt ihr längst Staub unter unseren Füßen.«

»Droht Ihr mir?«, erwiderte Elle kühl.

»Habe ich das bislang nicht deutlich gemacht?«

Sie zögerte. »Was wollt Ihr?«

»Streng dein Köpfchen an, Lange. Ich habe Zeit.« Er drehte sich um und stapfte davon.

»Wir bringen Euch zu ihm«, rief Elle.

José stöhnte. Damit gab sie den letzten Trumpf aus ihrer Hand.

Fafnir blieb stehen.

»Ich werde ihn Euch zeigen, wenn Ihr …«

»Wo ist das Königsinsigne?« Er wirbelte herum, das Gesicht wutverzerrt. »Wo ist Mjölnir?« Wie eine Gewitterfront kehrte er zum Thron zurück. »Wo ist mein Eigentum?«

Die Soldaten richteten ihre Waffen auf ihn, doch Elle gebot ihnen mit erhobener Hand Einhalt. »Hier.«

»Was heißt hier, Weib?«

Eines musste man Elle lassen: Sie blieb erstaunlich ruhig. »Ich werde Eurem Ersuch stattgeben und versichere Euch, dass es zu keinem Zeitpunkt unsere Absicht war, Euch Euer Eigentum zu verwehren. Allerdings …«

Fafnirs Kopf ruckte zu José herum. »Du!«, grollte er und marschierte die Stufen zu ihm herab. »Warum sprichst du nicht?«

Cosme trat vor und lockte Licht aus sich hervor. »Er ist unser Gefangener.«

»Gefangener?« Der Blick des Zwerges glitt von Josés nackten, schmutzigen Füßen zu seinem verfilzten, verdreckten Haar. Darin stand Wachsamkeit. »Ich habe von ihm gehört. Er soll mich zu Mjölnir bringen.«

Der Paladin schob sich vor José und versperrte ihm die Sicht. »Alles, was Ihr Lopt zu sagen habt, könnt Ihr auch mir anvertrauen, Prinz.«

Herausfordernd starrte Fafnir den Paladin an. »Ah, du bist einer von denen. Du stinkst wie die anderen, die wir niedergemetzelt haben, nach Furcht.«

Raunen.

»Niedergemetzelt?«, fragte Baltasar, der nahe an den Stufen des Throns stand.

»Was gibt es daran nicht zu verstehen, verrosteter Langer? Ihr könnt uns so viele Blechfiguren entgegenwerfen, wie ihr wollt. Wir werden alle zerschnetzeln!«

Stille.

»Prinz Fafnir«, rief Elle und stieg die Stufen hinab. »Wir möchten um jeden Preis ein weiteres Blutvergießen verhindern und sind …«

»Sicher wollt ihr das!«, blaffte er, ohne den Blick von José zu lösen. »Ihr wisst genau, dass der Krieg bereits verloren ist.«

»Ich lasse mich nicht bedrohen, Zwerg!«, rief Baltasar mit hochrotem Gesicht.

José stöhnte.

Fafnir wirbelte herum. »Ich habe Drohungen nicht nötig, du Milchpisser! Jetzt bin ich hier, um euch eine letzte Chance zu geben.«

»Ihr seid hier«, erwiderte Elle, »weil ich weitere Opfer verhindern will und zu Verhandlungen bereit bin.«

Abermals warf Fafnir den Kopf in den Nacken und lachte. Es war ein grausames, boshaftes und siegessicheres Gelächter, das selbst José zu denken gab. Sein Blick huschte zu dem Helm unter dem Arm des Zwerges. Von Andvari wusste er um dessen grausamer Macht.

»Ihr seid nicht in der Position für Verhandlungen!«, grollte Fafnir.

»Was können wir tun, um diesen Krieg zu beenden?« Elles Stimme klang brüchig und hatte einiges von ihrem Stolz eingebüßt.

Fafnir reckte drohend die Faust. »Mjölnir!«

»Wenn wir Euch zu ihm bringen, verlieren wir damit unser einziges Druckmittel.« Sie umfasste mit zitternder Hand ihren großen Sonnenanhänger.

»Nicht mein Problem.«

»Dann lasst es mich anders formulieren. Wie können wir sicher sein, dass Ihr uns nicht hintergeht?«

Ein finsteres Lächeln umspielte seinen bärtigen Mund. »Gar nicht.«

Elles Miene wurde zu einer ausdruckslosen Maske. »Seid gewiss, dass auch wir über mächtige Verbündete verfügen und nicht davon ablassen werden, uns mit allen Mitteln zu verteidigen. Eine Streitmacht aus allen Teilen des Weltenrunds ist auf dem Weg hierher, um Euch Einhalt zu gebieten.«

In blankem Hohn deutete Fafnir eine Verbeugung an. »Sollen sie nur kommen, Lange. Ich warte.«

Mit einem dröhnenden Glockenschlag landete ein wuchtiger Richthammer in Cosmes Hand, den er zu Fafnir schwenkte. »Der Herr ist mit uns, Zwerg!«

Fafnir sog hörbar den Rotz hoch und spuckte. »Das halte ich von deinem Gott, Priester.«

Zischend hielten die Anwesenden den Atem an.

»Ihr wagt es, Gott zu beleidigen?«, fragte Cosme. »Hier, im Angesicht seines ersten Paladins?«

»Es gibt nur einen Gott, und dieser wartet in der heiligen Schmiede auf mich.«

Elle hob die Hand, doch Cosme war ein stolzer Mann und ließ sich nicht davon abhalten. Er trat ganz nahe an den Zwerg heran und beugte sich zu ihm. »Wir achten die alten Gesetze. Geht, sonst …«

»Hochpaladin!«, rief Elle. »Das genügt. Als Eure Königin befehle ich Euch …«

Cosmes Blick peitschte zu ihr. »Ihr seid das Flittchen eines verblendeten Paladins und Königs, der sein Volk im Stich lässt. Ihr unterliegt einem Trugschluss, wenn Ihr glaubt, einem Hochpaladin zu befehlen!«

»Amüsant.« Fafnir verschränkte die Arme vor der Brust. »Vielleicht sollte ich einfach warten, bis ihr euch gegenseitig abmurkst?«

Die Verzweiflung war Elle anzuhören, während sie den Zwerg zu beschwichtigen versuchte – sehr zu Cosmes Verdruss, der auf seine Stellung beharrte. Als sich die anderen Anwesenden einmischten und Fafnir seinen Helm hob, begriff José, dass der Moment gekommen war.

Er ging zu einem Soldaten, deutete auf den Riemen über seinem Mund und hielt auffordernd die Hand hin. Es brauchte einen Moment, bis der Mann verstand und ihm die Nähte durchschnitt. Blut und Sabber tropften über Josés Kinn, als er sich die Fäden aus den Lippen riss.

Fafnir hatte den Helm fast aufgesetzt. Eine Handbreit trennte ihn noch davon, dessen Macht freizusetzen.

»Ich frage mich«, krächzte José mit einer Stimme wie eine rostige Türangel, »weshalb Ihr Mjölnirs Urteil nicht akzeptiert?«

Langsam, ganz langsam nahm Fafnir den Helm ab, schob sich an dem Paladin vorbei und stapfte auf José zu. »Was hast du eben gesagt, Langer?«

José gestattete sich ein Lächeln. »Mjölnir hat sich Euch verweigert.«

Fafnir knurrte leise.

»Warum fechtet Ihr sein Urteil an? Ist es Euer Stolz, der Euch im Weg steht? Eure Verblendung, die Euch einflüstert, bei einem zweiten Versuch wäret Ihr würdig? Oder Eure Sturheit, die Euch ins Verderben rennen lässt?«

Stille.

Fafnir musterte ihn. »Was weißt du über Mjölnir, Langer?«

»Alles.« José senkte seine Stimme. »Und nichts.«

»Du bist schlauer als der Rest dieser Milchpisser. Bring mich zu ihm, und wir werden sehen, was passiert.«

Er nickte mit dem Kinn zu dem Schreckenshelm. »Im Gegenzug versprecht Ihr, *Oegishjálmr* nicht aufzusetzen.«

Fafnirs buschige Brauen schossen in die Höhe. »Du kennst den Namen?«

»Ich erkenne jedes von Andvaris Meisterstücken.« José schlug sich gegen die Stirn. »Ah, wie töricht von mir. Ihr wusstet ja nicht, dass Andvari noch lebt.«

Fafnir klappte der Mund auf. »*Was?*«

»Nun, Andvari erfreut sich bester Gesundheit. Zumindest ein Teil von ihm.«

»Unmöglich!«

»Dieses Wort kenne ich nicht.« José legte die Fingerspitzen aneinander und widerstand dem Drang, an den Einstichstellen an seinem Mund herumzufummeln. »Ich bin beeindruckt, mit welcher Entschlossenheit und Zielstrebigkeit die Streitkräfte Svartalfheims vorrücken, um Rache an den schändlichen Dieben Mjölnirs zu üben. Was mich brennend interessiert, Fafnir: Wissen Eure Brüder um die Todesumstände ihres Vaters?«

Für ein, zwei Atemzüge erstarrte Fafnir.

José lächelte bedauernd. »Offenbar nicht.«

Die Falten in Fafnirs Gesicht vertieften sich. »Was willst du?«

»Vorerst? Ein warmes Bad, meine Wunden versorgen und eine ordentliche Mahlzeit.«

Angespannte Stille herrschte im Saal, während Dutzende Blicke auf sie gerichtet waren.

Fafnir schnaubte. »Du bist anders, Langer. Anders gefällt mir. Was kannst du mir bieten?«

»Du willst König sein?«, fragte José. »Dazu kann ich dir verhelfen. Ich kann dich sogar zu den wahren Dieben Mjölnirs bringen. Brokkr und Sindri befinden sich derzeit in der Krone des Lichts und stellen Brücken zwischen den Welten her.«

Fafnir trommelte auf den Helm. »Du weißt Dinge, die du nicht wissen solltest.«

Seltsamerweise schöpfte José aus seinen eigenen Worten neue Kraft. Er stand aufrechter, entschlossener und gefestigter, als erwachte eine neue Quelle in ihm, von der er bislang nichts gewusst hatte. »Was auch immer du willst, ich kann dir dazu verhelfen, Schwarzer Drache.«

Eine Weile schwieg Fafnir und blickte ihn durchdringend an, als versuchte er, Josés Inneres zu ergründen. Der Prinz ahnte nicht einmal, in welche Hände er sich begab. »Also gut. Du bist was genau? Mein Verbündeter?«

»Verbündete bleiben einander niemals lange treu«, erwiderte José gedehnt. »So ist das in der Politik. Ich sehe mich eher als Berater.«

»Was willst du?«

»Ein Bündnis zwischen Méridor und Svartalfheim.«

Erschrockene Rufe. Fäuste wurden geschwenkt. Elle sprang auf und versuchte, die Anwesenden zu beruhigen.

»Wie kann er es wagen?«, schrie ein Don mit hochrotem Gesicht.

»Niemals werde ich dem zustimmen!«, blaffte Baltasar.

»Nicht in meinem Namen! Nicht in meinem …«

»Ausgleichende Gerechtigkeit!«

Fafnir zog die Lippen über die Zähne zurück. »Ich höre, Langer.«

Der Lärm riss ab, als hätte ein Windstoß ihn hinweggefegt, und dann herrschte wieder drückende Stille.

»Mjölnirs Urteil ist bindend.« José trat näher an den Zwerg heran. »Doch das wisst Ihr längst. Es geht Euch gar nicht darum, Mjölnir zu führen. Ihr wollt ihn besitzen, weil er Euch Macht verleiht. Mjölnir sichert Euch die Herrschaft über Svartalfheim.« Er zögerte, senkte seine Stimme zu einem rauen Flüstern. »Ihr wollt etwas beweisen. Etwas, das Euer Vater zu Euch gesagt hat. Dies betrifft weder die Erbfolge noch Eure Brüder. Es ist etwas … *Tieferes.*« José nahm den Pfad auf wie die Perlen für eine Kette, um sie nach und nach aufzufädeln. »Was hat Hreidmar vor seinem Tod zu Euch gesagt?«

Fafnir schwieg, doch selbst falls er geantwortet hätte, wären die Ahnungen, die José durchströmten, nicht verborgen geblieben. Sie waren Bilder, die in seinem Verstand aufstiegen. Er roch Steinmehl, heißes Eisen, Kohlerauch und erkaltete Asche, hörte das *Pling* eines

Hammers auf dem Amboss, den Ruf des Berges, das Knacken von Gestein. Es wurde drängender, bis sich Schreie und Gebrüll darunter mischten. Ein metallisch-salziger Geschmack füllte seinen Mund. Fels zerbarst, Eisen rasselte, Metall prallte auf Metall.

Die Schreie wurden lauter, drängender, bis alles auf einen Schlag verging. Unter alldem lag eine tiefe, erschütternde Wahrheit verborgen, die mit alldem verbunden war. Eine Absicht, die José allmählich unter dem Stein befreite wie eine Kristallader.

War dies seine wahre Gabe?

»Hreidmar hat es kommen sehen«, flüsterte José.

In Fafnirs Augen rangen Zorn und Trauer miteinander.

»*Was* hat er kommen sehen?«

»Svartalfheim …«

»Stirbt.«

Fafnir erbleichte. »Du bist ein sehr gefährlicher Mann, José.«

»Und Ihr tätet gut daran, dies nicht zu vergessen.« José atmete tief durch und trat einen Schritt zurück. Die Bilder verflogen, aber der Eindruck unerforschter Möglichkeiten blieb. »Das Bündnis mit Euren Brüdern steht auf brüchigen Beinen. Mjölnir wird Euch nicht als Träger akzeptieren, was die Frage aufwirft, worum geht es Euch wirklich geht.«

»Das wirst du schon noch sehen, Langer.«

»Nun denn. Kommen wir zuerst darauf zu sprechen, was Euch bewegt und dann wenden wir uns dem zu, was ich will. Was sagt Ihr?«

Fafnir konnte seine Verwunderung nicht verbergen. Es war wie ein Gestank, der ihn umwehte. »Wer bist du?«

Eine gute Frage. Allmählich begriff José umso mehr, dass er sie ergründen musste, um zu verstehen, welche Rolle er einnehmen würde. »Sagen wir, ich bin ein Mann der Möglichkeiten.«

Tragische Geschichten und wo sie zu finden sind

Monate zuvor

Ynes lächelte ihn an. Basil grinste wie ein Idiot. Er konnte nicht anders. So glücklich war er, sie gesund und munter wieder bei sich zu wissen. So sollten die Dinge sein und nie wieder müssten sie sich trennen. Er wollte ihr sagen, wie sehr er sie liebte und wie leid es ihm tat, dass er sie im Stich gelassen hatte. Langsam öffnete er den Mund, aber sie legte ihm den Finger auf die Lippen. Ganz fest. Schmerzhaft fest.

Dann küsste sie ihn. Erst sanft, dann immer härter.

»Uh.« Er keuchte.

Ihre Zähne knabberten an seinen Lippen, liebkosten seine Wangen, entfachten seine Glut. Erst spielerisch.

»Ah …«

Ynes biss zu, packte seinen Hinterkopf und bohrte ihre Fingernägel durch seine Haut.

»Ah …«

Sie saugte an seinem Gesicht, ihre Nägel zerrten an seiner Haut und kratzten auf seinen Knochen. Er wollte schreien, aber kein Laut kam aus seiner Kehle. Es war dunkel um ihn herum und alles drehte sich. Das Zerren wurde zu einem unerträglichen Ziehen und der Druck auf seinem Kopf ließ ihn fast zerspringen.

»Schneller!«, sagte jemand. Der quälende Druck ließ nach.

»Wie schlimm?« Die Stimme klang tiefer.

»Die Geister lieben ihn.«

»Lass die Scheißgeister aus dem Spiel! Wird der Jammerlappen überleben?«

»Vielleicht. Es ist nicht so schlimm, wie es aussieht.«

»Nun, werter Schamane, bedauerlicherweise sieht es *ziemlich* schlimm aus.«

»Halte die Fackel höher.«

»Was ist das?«

»Was denn?«

»Das, was an seinem Kiefer herausguckt.«

Stille.

»Sein Knochen. Die Geister wollen ihn also prüfen.«

»Halt dein blödes Maul, Krog, und tu etwas!«

»Seit wann sorgst du dich um den Barden, Kriana?«

»Seitdem er meinen Arsch aus dem Verlies geschafft hat. Und jetzt hilf ihm endlich!«

»Werte Alchemistin?«

»Ich bin hier.«

»Könnt Ihr mit Euren alchemistischen …«

»Nein. Eine Transmutation verhält sich temporär.«

»Das bedeutet?«

»Ich könnte ihm Gifte entziehen oder ein wenig Linderung verschaffen. Doch das hier übersteigt meine Möglichkeiten.«

»Haltet ihn fest, verdammt!«

»Zur Seite. Die Geister werden mich leiten.«

Etwas drückte auf Basils Gesicht, ganz fest. Es gab ein knirschendes Geräusch und ein unerträglicher Schmerzspeer schoss durch seinen Kiefer und sein Genick; ein Schmerz, wie er ihn noch nie gefühlt hatte.

Er keuchte, blubberte und sank zurück.

***

»*Duérmete niño, duérmete ya. Que viene el Coco y te comerá …*«

»Was macht unser jämmerlicher Sonnenschein?«

»Die Geister halten ihre schützende Hand über ihn.«

»Warum ziehst du dann so ein Gesicht, Scheißschamane?«

»W-was?«, fragte Basil, aber es war nur ein seltsames Gurgeln zu hören. Sein Kopf dröhnte, pulsierte und zerplatzte vor Schmerz.

»Ruhig, Basil.« Wagrim – ganz sicher. Er klang so gelassen und sanft, wie ein Vater, der sich um das eigene Kind sorgte. »Ganz, ruhig.«

Basil konnte nichts sehen. Die Geräusche klangen seltsam dumpf und zugleich viel zu laut. Auf seiner Brust lastete ein ungeheurer

Druck. Etwas hielt ihn umklammert. Sein Arm und seine Schulter taten ganz schrecklich weh und sein Schädel … er fühlte sich an, als wäre er doppelt so groß.

»Helft mir mal. Wir müssen ihn umdrehen.«

»Ich bin hier, werter Barbar. Wie kann ich Euch …?«

»Festhalten!«

»Gewiss. Und nun?«

»Krog! Sein Gesicht. Das sollte so nicht sein.«

Schweigen.

Etwas stach Basil in den Kiefer. Er hatte nicht gedacht, dass der Schmerz noch schlimmer werden könnte. Wie sehr er sich geirrt hatte.

»Haltet ihn fest!«

Er versuchte, sich zu befreien, aber er konnte sich nicht bewegen, und das führte dazu, dass sein Kiefer noch schlimmer wehtat. Er schrie und schrie und schrie, doch er hörte nichts. Nur ein leises Wimmern. Als er dachte, der Kopf müsste nun endgültig zerplatzen, ließ der Schmerz nach.

»Fertig. Er ist wahrlich ein Geliebter der Geister.«

Der Griff lockerte sich und Basil sank zurück, so schlaff wie ein nasser Lappen. Hilflos. Wie ein Kleinkind. Irgendetwas drehte seinen Kopf.

»Eine gute Naht. Ich habe weniger schlimmere Wunden gesehen, die am Ende übler aussahen. Wo hast du das gelernt?«

»Als Schamane kommt man viel herum.«

Ein Schnauben. »Ich bin auch viel herumgekommen und trotzdem sehe ich aus, als hätte sich ein wahnsinniger Metzger an meinem Gesicht ausgelassen. Wirklich gute Nähte, Krog.«

»W-was?« Nur ein Klicken in Basils Kehle.

Sanfte, feingliedrige Hände berührten ihn an der Wange. »Schlaf jetzt, Barde. Vertraue auf den Pfad, den du gefunden hast.«

»K-Krog?«

»*Duérmete niño, duérmete ya …*«

***

»Wo bin ich?«, fragte Basil, aber sein Mund gehorchte ihm nicht.

Die Räder des Karrens quietschten bei jeder Umdrehung. Alles war blendend hell und verschwommen. Geräusche und Licht bohrten sich in seinen brummenden Schädel. Er schluckte und es war, als würgte er Glassplitter. Seine Zunge fühlte sich fremd an, dreimal so groß wie sonst. Die rechte Gesichtshälfte war eine Maske des Schmerzes. Mit jedem Rumpeln des Karrens schlugen seine Kiefer aufeinander und sandten brennend heiße Stiche von den Zähnen zu seinen Augen, sogar bis zu den Haarwurzeln.

Er lag in einem Karren, den Kopf auf einem kratzigen Sack, und wurde gründlich durchgeschüttelt.

»Götter!«, jammerte er, allerdings war nichts zu hören außer einem blubbernden Krächzen. Schmerzender Himmel über ihm, schmerzende Bretter unter ihm, Schmerz im ganzen Körper.

Es hatte einen Kampf gegeben, daran erinnerte er sich. In einem Moment des Übereifers und Heldentums hatte er mithilfe des Schamanen einen Geisterpfad geöffnet. Großmutter hatte mit ihm gesprochen und ihn durch ein Spalier verschwommener Gestalten geführt. Auf einem Podest hatte eine Vihuela gestanden. Seine Vihuela.

Basil versuchte, den Kopf zu heben, aber er war zu schwach, als wäre er all seiner Kräfte beraubt. Ihm quollen die Augen aus dem Kopf, während er sich hin und her rollte, sein Herz wie wild klopfte und der Atem durch seine Nase rasselte.

»Guh«, gurgelte er. »Was …?« Je mehr er zu sprechen versuchte, desto stärker wurde die Qual, bis sein Kopf auseinanderzubrechen drohte.

»Ruhig.« Ein vernarbtes Gesicht tauchte über ihm auf. Wagrim. Basil griff nach ihm. Der Barbar nahm die Hand in seine große Pranke und drückte sie fest. »Es tut weh, ich weiß. Aber es geht vorüber. Mein Vater sagte immer: Mit jedem Atemzug wird es besser. Man muss nur Geduld haben.«

»Was … ist …?«

Wagrim fasste ihn sanft an der Schulter und drückte ihn in den Wagen. »Du hast uns gerettet. Der Schamane hat versucht, es uns zu erklären. In dir steckt wohl ein Held.«

Basil schluckte, schauderte, stöhnte.

»Das hier gehört dir.« Wagrim zog etwas aus einem Sack, der an der Karrenwand lehnte. Mit einer Vorsicht, die Basil ihm nicht zugetraut hätte, legte der Barbar die Vihuela neben ihm ab.

Mit schwachen Fingern griff Basil danach, umklammerte den Korpus, drückte das Instrument an sich, als wäre es das Letzte, was er im Leben tat. Die Vihuela war mit fremdartigen Verzierungen versehen; Ornamente, die er nie zuvor gesehen hatte. Außerdem war sie aus einem glatten, weißen Material gefertigt, das an Elfenbein erinnerte. »Was ist … Was …?«

»Später.« Wagrim lächelte – wie ein Bär, der seine Zähne in Basils Kehle rammen wollte. »Du musst nichts weiter tun außer daliegen und dich erholen. Verstehst du? Du bist ein verdammter Glückspilz.«

Danach fühlte es sich nicht an. Basil hatte schon vieles erlebt und schlimme Wunden überstanden, doch das hier überstieg alles Dagewesene. Als wäre er von den Toten wiederauferstanden. Er musste nichts weiter tun, außer daliegen. Eine schöne Vorstellung.

Dankbar drückte er die große Hand zurück. Der Schmerz ließ nach. Es war immer noch schlimm, aber Basil hatte ihn im Griff. Zumindest ein wenig. Er umschlang die Vihuela. Sein Atem wurde ruhiger, seine Augen schlossen sich.

Der Wind fuhr über den Karren, ließ die Blätter und das Gras rascheln, zerrte an Basils zerrissenem Mantel, seinem fettigen Haar, den schmutzigen Verbänden. Was konnte er gegen den Wind tun? Was konnte er überhaupt gegen irgendetwas tun?

Der Karren ratterte und polterte dahin. Die Landschaft veränderte sich, wechselte von einem satten Grün zu einem tristen Grau. Nebel füllte das Tal. Der Pfad stieg steil an und das Maultier schnaufte vor Anstrengung.

Nach einer Weile lugte Krog zu Basil herein und murmelte etwas von seinen Geistern. Dem Schamanen folgte Lorenco. Disha kletterte zu ihm und flößte ihm irgendeine Flüssigkeit ein, die einen starken Hustenreiz in ihm auslöste. Er bemerkte gerade noch, wie ein kleines, pelziges Wesen zu ihm kroch und sich an seine Wange drückte.

Dann schlief er ein.

***

Basil saß aufrecht, hatte den Rücken an das Rad des Wagens gelehnt und sah den anderen zu, wie sie das Lager herrichteten. Kriana blies in die Glut, um das Feuer zu entfachen. Disha hockte auf einer Decke, ihre Utensilien um sich ausgebreitet, und rührte glühende Flüssigkeiten aus durchsichtigen Gläsern zusammen. Krog schnitt Gemüse für den Eintopf zurecht und sang dabei eine alte Weise: »*Duérmete niño, duérmete ya. Que viene el Coco y te comerá* …« Das alles geschah unter der strengen Aufsicht ihres Anführers.

Bislang hatte Basil sich nicht getraut zu fragen, was nach seinem Abstecher ins Geisterreich geschehen war. Ihm war nicht entgangen, wie respektvoll die anderen ihn neuerdings behandelten. Selbst Krianas Beleidigungen waren nicht halb so einfallsreich wie zu Beginn ihres Abenteuers. Wenn er den Schamanen ansprach, zog der bloß den Kopf ein und murmelte »Die Geister lieben dich«. Das hatte Basil inzwischen auch begriffen.

Überraschenderweise hatte er festgestellt, dass sie sich weit, weit von Saville entfernt befanden. Der Geisterpfad hatte sie nicht nur aus dem Labyrinth gebracht, sondern tief in jene Gebiete der Verlorenen Berge, in die kaum jemand einen Fuß setzte. Am gestrigen Tag hatte er in der Ferne, inmitten von Gewitterwolken, den Turm von Valanor entdecken können, in dem angeblich eine grausame Zauberin hauste, die jeden verfluchte, der sich nur in ihre Nähe wagte. Wie auch immer, sie befanden sich nahe an ihrem Ziel.

Basil konnte nicht sagen, ob er darüber erfreut war.

Ein Schatten fiel auf sein Gesicht und er blinzelte in die Sonne. Wagrim stand vor ihm und hielt ihm einen Wasserschlauch hin. »Wasser«, grunzte er. Basil schüttelte den Kopf, doch der Barbar hockte sich vor ihn, zog den Stopfen aus dem Schlauch und hielt ihm diesen unnachgiebig hin. »Du musst trinken.«

Basil nahm den Schlauch entgegen und wollte daran nippen, aber das Wasser schwappte einfach daneben.

»Hier.« Wagrim fasste ihn im Nacken, den Kopf fest im Griff, und richtete ihn langsam auf, damit er trinken konnte. Das kühle Nass war beruhigend, kräftigte ihn, gab ihm etwas von dem zurück, was er geopfert hatte. Die Verbände waren längst abgenommen und bis auf ein paar Kratzer und den betäubten Kiefer fehlte es ihm an nichts. Wenn da nicht die Schwächeanfälle wären, die ihn ohne Vorwarnung packten.

Basil ließ sich zurücksinken und fühlte sich hilflos wie ein Kleinkind.

»Darf ich?«

Er nickte, woraufhin Wagrim sich neben ihn setzte. Der Barbar stank in etwa so, wie man es sich bei jemandem seiner Zunft vorstellte. Sein rostroter Bart war mit Krümeln, Blättern und Dreckklumpen durchsetzt und das Haar am Kopf wucherte wie Unkraut. Er sah nicht schlimmer aus als der Rest ihrer glorreichen Truppe. Dennoch hatte Basil festgestellt, dass er den Barbaren mochte. Der Mann war ehrlich – was man nicht von vielen Menschen behaupten konnte.

Wagrim verschränkte die Hände hinter dem Kopf, überkreuzte die Füße und beobachtete die anderen, die sich wieder wegen irgendeiner Nichtigkeit in die Wolle bekamen. »Jasvur. So hieß mein Sohn.« Er lächelte. »Ich habe ihn alles gelehrt, was ich weiß, aber er hat sich nie sonderlich geschickt angestellt. Einmal hat er sich übel verletzt und Rotz und Wasser geheult wie ein Kleinkind.« Er zwinkerte Basil zu. »Ich habe ihm dasselbe gesagt wie dir. Die erste Wunde ist die allerschlimmste. Auch ich habe wie ein Wickelkind geheult. Aber du bist jung und wirst es überstehen. Alles wird heilen.« Er tippte Basil gegen die Brust. »Auch das hier.«

Basil schluckte schwer und widerstand dem Drang, die Nähte an seinem Kiefer zu berühren. »Wo ist er?«

Trauer füllte Wagrims Augen. »Tot.«

»Mein Beileid.«

Der Hüne schüttelte den Kopf. »Das ist lange her.« Er betrachtete seine Hände, als sähe er dort etwas, das Basil verborgen blieb. »Ein Mann wie ich sollte keine Kinder haben. Ich neige dazu, alles zu zerbrechen.«

»Willst du mir vielleicht auch noch den Hintern abwischen, du dreckiger Lump?«, rief Kriana und reckte Lorenco drohend die Faust entgegen.

»Keineswegs«, erwiderte der abwehrend. »Ich wollte Euch lediglich …«

»Zieh Leine, Sackgesicht! Oder ich hämmere dir den Riecher so
tief ein, dass du gleichzeitig schnauben und kacken kannst!«

Basil musste grinsen. Selbst das tat weh. Eigentlich tat ihm alles
weh, und hinzu kam ein ganz allgemeiner Schmerz, der tief in seinen
Knochen steckte, als wäre er um Jahrzehnte gealtert. Am schlimmsten war jedoch dieser verdammte Kiefer. Basil wollte ihn betasten,
nachsehen, wie schlimm es um ihn stand, aber er kämpfte dagegen
an. Krog hatte ihn versorgt, den Bruch gerichtet und die Wunden
vernäht. Basil war noch nicht dazu gekommen, sich zu bedanken.
Bislang war er mehr damit beschäftigt gewesen, wieder zu Kräften
zu kommen.

Unwillkürlich zuckte nun doch seine Hand zum Kiefer. Eine dicke Naht verlief dort bis über seine Wange. Die gesamte Gesichtshälfte war taub, als gehörte sie nicht zu ihm. Das war ihm lieber als
der Schmerz, der ihn beinahe wahnsinnig gemacht hatte.

»Jetzt bist du einer von uns.« Wagrim grinste ihn an.

»Einer von euch?«

Der Hüne zeigte auf die Narben in seinem Gesicht. »Du wirst
sehen, es verleiht dir etwas Kriegerisches. Unsere Narben zeigen, wer
wir sind.«

Basil biss sich auf die Zunge, sonst hätte er etwas sehr Dummes
gesagt.

Kumpelhaft klopfte Wagrim ihm auf die Schulter. »Jetzt siehst du
wie ein richtiger Abenteurer aus. Und du wirst sehen: Schon bald
hast du die Narbe vergessen.«

Das wagte Basil zu bezweifeln, aber er hielt lieber Klappe. »Wagrim, was ist im Verlies passiert?«

»Die Frage ist schwer zu beantworten.« Der Hüne trank aus seinem Schlauch. Er ließ sich Zeit, wägte seine Worte gut ab und war
ganz anders als jener, den Basil bei Antritt ihrer Reise kennengelernt
hatte. Wie zwei Wesen, die sich einen Körper teilten. »Ich hatte gehofft, du könntest uns die Frage beantworten. Einmal von seinem
Geistergeschwurbel abgesehen, hüllt sich selbst der Schamane in
Schweigen. Was soll eigentlich dieses Lied von dem …?«

»Coco«, sagte Basil leise. »Eine Sagengestalt, die in jedem méridorischen Märchen vorkommt. Übersetzt bedeutet das Wort …«

»Nimm deine Griffel weg, hab ich gesagt!«, blaffte Kriana, woraufhin Lorenco mit erhobenen Händen davonstolzierte.

Das Feuer loderte auf heller Flamme und Krog hängte den Eintopf darüber, allerdings eskalierte der Streit zwischen den anderen immer mehr, bis sogar Disha sich einmischte. Ein Lächeln zupfte an Basils Mundwinkeln – und wieder strahlte Schmerz hindurch wie unter einem glühenden Eisen. Die ganze Zeit hatte er sich danach gesehnt, das Abenteuer zu beenden und möglichst viel Abstand zu seinen unfreiwilligen Reisegefährten zu bekommen. Jetzt konnte er sich gar nicht mehr vorstellen, wie es ohne sie wäre. Trotz ihrer Unterschiede hatte er jeden von ihnen auf seine Art liebgewonnen.

Götter, er dachte sogar darüber nach, José zu danken.

Wagrim beugte sich zu ihm. »Du siehst aus wie ein Mann, der etwas verstanden hat.«

Basil zog die Vihuela heran, woraufhin Wagrim große Augen machte, und strich die Saiten entlang. »Ich bin ein Schurke.« Er zupfte, lauschte dem leisen Klang. »Nicht nur Gold und Edelsteine habe ich gestohlen, sondern auch Herzen. Und dann habe ich sie gebrochen, ohne darüber nachzudenken. Die Konsequenzen haben mich einfach nicht interessiert.«

Das Sprechen fiel ihm immer noch schwer, aber mit jedem Wort, mit jedem Versuch, mit jedem Akzeptieren der Tatsache wurde es besser. Wagrim hatte recht. Wer hätte gedacht, welch weiser Mann sich in dem Barbaren verbarg.

Der Hüne nickte, als wüsste er genau, wovon Basil sprach. »Vor der Reise habe ich eine Frau kennengelernt.« Er seufzte und lächelte dabei. »Morrigan.«

»Hast du ihr Herz auch gebrochen?«

Für einen Lidschlag legte sich ein Schatten über seine Züge und ließ die Narben noch brutaler erscheinen. »Ihr Genick.«

Basil erstarrte. »Was?«

»Zumindest beinahe.« Ein bedrohliches Feuer loderte in Wagrims Augen. »Morrigan hat mich verraten. Ihre Liebe war nicht echt. Alles war eine Täuschung.«

Eine gefährliche Brandung. Basil beschloss, das Thema in sichere Gewässer zu lenken. »Großmutter gab mir die Vihuela.«

Der Barbar furchte die Stirn und fort war das Feuer. »Großmutter?«

»So nenne ich den Geist, der mich seit meiner Kindheit besucht.« Zärtlich entlockte er einen klaren Ton und verwob ihn mit anderen. Es war keine Melodie, nicht einmal ein Takt; allein der Klang beruhigte ihn. »Ich bin ihr auf dem Geisterpfad begegnet. Wir haben geredet und sie hat mir meine Unsicherheit genommen. Ergibt das einen Sinn?«

Seltsamerweise nickte Wagrim wieder. »Mein Volk ehrt die Geister ebenso wie die Menschen Tirnanogs. In manchen Kulturen nennt man sie Nornen, in anderen Schicksalsschwestern. Dort, wo ich herkomme, verehrt man sie immer noch als die Alte, die Mutter und das Kind.«

Ein Bild blitzte in seinen Gedanken. Er lehnte den Kopf zurück und spielte weiter. »Kor Anklam, richtig?«

»Genauer gesagt Acan Dor. Das ist ein nördlicher Zipfel des Hochlands, wo das ganze Jahr über eine weiße Decke über dem Land liegt und die Bäume bepudert und glitzern lässt wie Diamanten.« Wagrim seufzte. »Es ist lange her, seit ich dort war.«

»Ich war auch lange nicht in meiner Heimat.«

»Woher kommst du?«

Ein heroischer, lang gezogener Ton. »Legentum.«

»Ah, das Reich im Südosten des Weltenrunds.«

»Genau. Und genauer gesagt komme ich aus der Unterstadt nahe der Drei Höfe. Legentum.« Der nächste Klang begleitete den Namen. »Eine Stadt der Wunder, an deren Spitze hoch über den Wolken ein alter Tempel ruht. Es heißt, irgendwann hätten dort Götter geherrscht. Aber das ist viele Jahre her. Musik nimmt in Legentum eine ganz besondere Rolle ein.«

Wagrim nickte. »Das muss schön sein.«

»Wenn man im Dreck steht und zur Göttlichkeit emporblickt? Mag sein. Für mich war es die Verdammnis. Aber genug davon. Was ist mit diesen Nornen?«

Der Barbar sah aus, als wollte er nachfragen, aber dann besann er sich offenbar eines Besseren. »Sie werden heute kaum noch verehrt. Jetzt gibt es nur noch den Schlächter und seine Diener. Die *Magd* und der *Knecht*.«

»Schlächter.« Allmählich verwob Basil die Klänge zu einer Melodie, obwohl er sie nicht kannte. Als seine alte Vihuela zerbrochen war, hatte er geglaubt, sein Leben wäre vorbei. Wie falsch er doch gelegen hatte. »Ein grausamer Gott?«

»Der grausamste, den du dir vorstellen kannst. In mir …« Wagrim zögerte, dann winkte er ab. »Wir sollten über etwas anderes sprechen.«

»Zum Beispiel, warum mich alle behandeln wie ein rohes Ei?«

Wagrim grinste. »Zum Beispiel. Mein Vater sagte immer, ein Mann, der sein Herz auf der Zunge trägt, wird ebenso geachtet wie gefürchtet.«

Das konnte Basil nur abnicken. Bedauerlicherweise hatten alle anderen, mit denen er in seinen Abenteuern zu tun hatte, diese Eigenschaft bei ihm nicht zu schätzen gewusst. »Und?«

Wagrim holte tief Luft. »Geister. Jede Menge Geister.« Er schüttelte sich. »Als ich zu mir kam, hast du … Schlächter, ich sage es einfach. Du hast geschwebt.« Dümmlich starrte Basil den Barbaren an, was diesem einen Lacher entlockte. »Ja, das hast du. Zehn Schritt über dem Boden. Dein Haar ist umhergetrieben, als wärst du unter Wasser, sogar deine verdammten Kleider!« Wagrim versuchte die Pose nachzuahmen und bewegte sich dabei auf höchst lächerliche Weise. »Graublauer, leuchtender Nebel hat dich umschwirrt und da war ein Wind aus Geistern. Und du hast gespielt. Oh ja, wie ein Wesen aus einer anderen Welt.« Kopfschüttelnd setzte sich der Barbar. »Ich würde es nicht glauben, wenn ich es nicht gesehen hätte.«

Basil klimperte. »Warum bin ich so schwer verletzt?«

»Du bist hingefallen.«

Er ließ die Musik für ein, zwei Atemzüge verklingen, und schnaubte. »Eine höchst rühmliche Darbietung. Verletzt beim auf die Fresse fallen.«

Wagrims Gelächter hallte über die Senke. »Im Ernst, Basil. Du bist aus einer Höhe von mindestens zehn Schritt auf den Kopf gefallen. Ein Wunder, dass du noch lebst. Ohne den Schamanen …« Wagrim betastete die Narben im Gesicht. »Sagen wir, du hast ihm einiges zu verdanken.«

»Krog. Er ist wirklich ein Rätsel. Aber sag mir, was ist im Saal des Fürsten geschehen?« Basil war selbst überrascht, dass ihn das überhaupt interessierte.

»Dein Lied hat etwas mit mir gemacht.« Wagrim schenkte ihm einen durchdringenden Blick, als suchte auch er nach einer Antwort.

Die Melodie wurde tragender, voller Sehnsucht und Träume. Basils Finger tanzten, zupften, wanderten über die Saiten. »Ich habe *ihn* beruhigt. Was passiert, wenn er zurückkehrt?«

»Ich mag dich, Barde.« Wagrim stemmte sich hoch und tätschelte Basils Schulter. »Falls es dazu kommt, hast du nur eine Gelegenheit zu überleben.« Er beugte sich zu ihm und senkte seine Stimme. »Renn!«

Die Melodie riss ab. Basil bekam eine Gänsehaut und traute sich kaum, in diese tiefen, traurigen Augen zu blicken, die mehr Schmerz gesehen hatten als irgendetwas vor ihnen.

Wagrim ging zum Lagerfeuer, wo er die Streithähne trennte und sich nun um das Essen kümmerte. Basil blieb sitzen und fragte sich, wie viele tragische Geschichten es in dieser Gruppe unfreiwilliger Gefährten gab. Doch zuerst musste er wieder auf die Beine kommen.

***

Ein paar Tage später konnte Basil wieder laufen. Die Verbände waren abgenommen, aber die Nähte in seinem Kiefer mussten noch eine Weile bleiben, damit sich die Bruchstellen nicht entzündeten und alles schön zusammenwuchs.

An einem Abend hatte er endlich dem Drang nachgegeben und sich im Spiegel betrachtet – und festgestellt, dass es weniger schlimm war als erwartet. Wagrim behielt recht: Es ließ ihn verwegener aussehen.

Zwar war Basil noch nicht ganz bei Kräften, aber ein abenteuerlicher Jungspund wie er hielt es nicht lange auf der Ablage eines Karrens. Inzwischen konnte er mehrere Stundenkerzen am Stück laufen, und mit jedem Tag wurde es besser. Das mochte auch an der Medizin der Alchemistin liegen. Jeden Morgen versorgte sie ihn mit einem grünlich leuchtenden Trank, der ihm die Schmerzen nahm und beflügelte. Allerdings spürte er die Anstrengungen bei jeder Rast umso mehr und schlief wie ein Stein.

Seit dem Morgen stieg der Pfad stetig an. Es ging hinauf in die Berge, wo Josés Anweisungen nach sich das Ziel ihrer Reise verbarg – wenn man Lorencos Worte für bare Münze hielt. Bald schon wurde die Umgebung karger, das wenige Gras zog sich zurück, und die üppige Landschaft verwandelte sich in einen von Kieseln, losem Fels und verkrüppelten Bäumen beherrschten Ort. Außerdem wurde es kälter und rauer. Ein steifer Wind fegte zwischen den steil aufragenden Klippen, heulte in den Löchern und Klüften und blies Basil kräftig ins Gesicht.

Er mochte diesen abenteuerlichen Anflug, der ihm zeigte, in welch fremdartige Gefilde sie sich vorwagten. Die Verlorenen Berge waren seit jeher ein Ort der Mythen, von dem man behauptete, er wäre ein Tor in eine andere Welt. Es brauchte nur einen Blick zu dem gigantischen Baum jenseits des Horizonts, um den Sagen ein Fünkchen Glauben zu schenken.

Je drückender die Umgebung wurde, desto mehr lastete das Gewicht des Unbekannten auf ihrem Gemüt, als wollte es sie möglichst schnell zur Umkehr bewegen. Ein paar Steinpfeiler ragten neben Basil auf, und wenn er zur Seite über die Kante jenseits des ansteigenden Pfades spähte, ging es schwindelerregend steil bergab.

Die Kälte machte ihm zu schaffen. Sobald sie ein Lager errichteten und stumm um ein klägliches Feuer zusammensaßen, das Gepäck zu einem Kissen zusammengerollt und eine Decke über den Schultern, fror er. Es war eine ganz allgemeine Kälte, die nicht vom Wetter herrührte. Auch nicht vom Wind, den Bergen oder der Landschaft. Es war eine, die er der Erfahrung auf dem Geisterpfad verdankte. Er spürte, dass das Ziel ihrer Reise nicht das Ende darstellte. Irgendetwas, oder irgendjemand, beobachtete jeden ihrer Schritte.

Und dieser Jemand erwartete sie.

Um sich abzulenken, griff Basil nach seiner Vihuela und ließ sich von seiner Inspiration tragen. »Möchtet ihr eine Geschichte zu diesem Ort hören?«

Kriana schloss zu ihm auf. »Dieser Ort ist sehr alt.« Ihr zögerlicher Blick richtete sich auf die umliegenden Kämme und eisverkrusteten Gipfel. »Lass mal hören, Barde.«

Basil sang mit tragender Stimme:

In den Tiefen der Berge, wo die Felsen singen,
wo Zwerge in dunklen Stollen ihre Arbeit vollbringen.
Dort schlummert ein Schatz, tief verborgen und alt,
uraltes Gold und Edelsteine, glänzend und kalt.

Die Zwerge, sie graben, ihr Stolz ist ihr Glück,
mit Hammer und Meißel Stück um Stück.
Durch steinige Tunnel, durch Dunkel und Nacht,
bis Schatz in Händen glitzert und lacht.

Die Berge, sie wachen, uralt und erhaben.
Sie hüten Geheimnisse, die tief in ihnen schlafen.
Und die Zwerge, sie singen von Stolz und Ruhm,
während Silber und Gold ruht, im ewigen Raum.

In den tiefen Bergen, wo die Zeit still verweilt,
sind die Zwerge und der Schatz auf ewig vereint.

Er verhaspelte sich bei der letzten Strophe, was der Naht zu verdanken war, und sang sie erneut, bis er zufrieden war. Dann herrschte eine Weile Schweigen zwischen ihnen.

»Glaubst du, sie existieren wirklich?«, fragte Kriana leise.

»Die Zwerge?« Basil steckte die Vihuela in die Lasche hinter seiner Schulter. »Wer weiß das schon?«

Wieder dieser Blick in die Ferne. »Als Druidin bin ich mit der Natur tief verwurzelt. Mein Funke ist mit denen verbunden, die sich für mich opfern.«

»Mäuse.«

»Ja, Mäuse, du elender …« Sie biss sich auf die Zunge.

Basil grinste. »Und da ist sie wieder.«

»Tut mir leid. Ich bin nicht immer so.«

Er hob die Braue. »Nicht?« Ehe sie wieder explodierte, hob er beschwichtigend die Hand. »Verstanden. Inzwischen kann ich die anderen einschätzen. Selbst unser stolzer Held …« Er wies nachlässig zu Lorenco, der unbeirrbar voranmarschierte. »Er ist so einfach zu lesen wie ein Buch und glaubt, sich selbst etwas beweisen zu müssen. Dabei ist er so sehr von sich und seinen Fähigkeiten überzeugt, dass er überhaupt nicht begreift …«

»Wie er nach Strich und Faden verarscht wird?«

Er lachte leise – und bereute es sofort, als heiße Stiche durch seinen Kiefer zuckten. »Genau. Dabei sollten wir von seiner erlauchten Gesellschaft gesegnet sein.«

»So?«

»Lorenco ist niemand Geringeres als Cristobal de Aguilars Bastard. Der Halbbruder von König Pablo de Aguilar.« Basil zwinkerte ihr zu. »Manch einer munkelt, Lorenco hätte einen ebenso großen Anspruch auf den Thron wie er.«

Kriana öffnete den Mund, klappte ihn zu und öffnete ihn wieder. Das tat sie dreimal, bis sie schnaubte. »Wenigstens das Gehabe beherrscht er sehr gut.«

»Außerordentlich gut.«

Sie grinsten sich an. Dann wurde ihm die Peinlichkeit der Situation bewusst, und er konzentrierte sich wieder auf den Pfad.

»Das ist natürlich ein Geheimnis«, flüsterte er ihr zu.

»Natürlich. Und da du dich ausnahmsweise nicht wie ein Waschlappen verhältst, will ich dir auch eines anvertrauen.« Sie beugte sich zu ihm. »Wenn ich noch einmal Krogs Eintopf essen muss, kotze ich ihm vor die Füße.«

»Die Etikette gebietet das Speien über die Schulter.«

Kriana prustete laut, und ihr schoss Rotz aus der Nase. »Weißt du was? Du bist in Ordnung, Barde. Dafür, dass du ein Arschloch bist.«

In gespieltem Erstaunen hielt er sich die Brust. »Euer Lob war so subtil, dass ich gar nicht merkte, wie es mich berührte.«

Sie boxte ihm in die Seite. »Willst du oder soll ich ihm anvertrauen, dass uns am Ende der Reise kein Berg voller Gold, sondern ein Arschtritt erwartet?«

Die Frage kam so unvermittelt, dass Basil ausnahmsweise ein, zwei Atemzüge sprachlos war. »Arschtritt?«

»Was dachtest du denn? Wir sind hier, um für José etwas zu tun.« Sie sah grimmig den Pfad empor. »Für uns gibt es keinen Sonnenschein am Ende des Regenbogens, keinen Topf voll Gold oder Engelsgesang. Wenn wir die Quest erfüllt haben, wirft José uns weg wie Abfall.«

»Nun …« Er räusperte sich. »Ich glaube nicht …«

Ihr Blick peitschte zu ihm. »Es ist scheißegal, was du glaubst! Ich kenne Menschen wie ihn. Er wird nicht zulassen, dass wir sein kleines Geheimnis ausplaudern. Also beseitigt er alle Zeugen.«

»Und wenn wir ihm nicht gehorchen?«

»Hast du es immer noch nicht begriffen?« Sie nahm seine Hand, zwang ihn zum Stehenbleiben und lächelte traurig. Er brachte keinen Ton hervor. »José ist der größte Spieler dieser Welt. Gehe immer davon aus, dass er dir zwei Schritte voraus ist.«

Er grinste schelmisch. »Dann denke ich eben *drei* Schritte voraus.«

Kriana schüttelte den Kopf und ihr wirres Haar flog umher. »Du begreifst es nicht. Ich kenne ihn schon …«

»Seit du als Kind entführt und in Candaloz unter der Aufsicht eines Priesters kultiviert und großgezogen wurdest.«

Sie biss sich die Lippen blutig. »Ja.«

Der Wagen ratterte vorbei. Wagrim warf ihm einen fragenden Blick zu, ehe er vorübermarschierte.

»Warum stehst du in Josés Schuld?«, flüsterte Basil.

Kriana lächelte böse und ihre Augen feucht schimmerten. »Er hat mir geholfen, Rache an meinem Ziehvater zu nehmen.«

»Du hast den Priester ermordet.«

Sie beugte sich zu ihm und ein Geruch nach Pelz, Wildkräuter und Tannenzapfen stieg in seine Nase. »Ich habe ihm die Kehle durchgebissen, ihm die Gedärme herausgerissen und ihn dann gefressen.« Damit wirbelte sie herum und stapfte davon.

Ja, auch hier lauerte der Tod in unscheinbarer Gestalt.

Fallen und Götter

Ich habe nachgedacht, sagte Andvari.

Der Jäger rollte eine Decke unter Basils Kopf zusammen und trank aus seinem Schlauch. Schweiß stand ihm auf der Stirn, der Mantel war verschlissen und das Gesicht mit Aschestriemen und Kratzern überzogen. Ullrs Augen jedoch waren nur noch zwei abgrundtiefe Löcher voller Schmerz und Leid.

»Worüber?«

Andvari betrachtete ihre Umgebung. Die Ebene war verschachtelt, mit hoch emporstrebenden Felserhebungen, die Steinbrücken mit anderen Plattformen verbanden – teilweise durch die flimmernde Luft und den aufsteigenden Qualm geschluckt. Die Kraterwände glühten vor Hitze und im Zentrum erhob sich der Pfeiler mit der leuchtenden Rune. Bislang war nichts von einem möglichen Feind zu sehen, was ihnen Zeit gab, ihre nächsten Schritte zu bedenken.

›Über Surt.‹

Der Jäger nahm einen Beutel aus seinem Gepäck, roch daran, verzog das Gesicht, und steckte ihn zurück. Er fand, wonach er gesucht hatte, und kippte Pulver, getrocknete Blätter und etwas Flüssigkeit in einen Tiegel. Das Gemisch verarbeitete er anschließend mit einem Stößel allmählich zu einem grünen Brei.

Andvari trat schweigsam neben ihn. Wenn der Jäger konzentriert war, störte man ihn besser nicht. Irgendwann nickte Ullr zufrieden, tunkte seinen Finger in die Paste und steckte sie sich in den Mund.

›Mit jeder Prüfung befreien wir ein Teil von Surt, um an die Essenz zu gelangen. Er hat uns gewarnt, dass wir damit ein Monster erschaffen.‹

Ullr sah nicht auf. »Wir sind nicht weniger ein Monster als er.«

Unruhig kratzte Andvari sich im Bart. *›Das ist es, worüber ich nachgedacht habe. Weshalb gewinnen wir ihn nicht als Verbündeten im Kampf gegen Cernunnos?‹*

»Ein Monster lässt sich nicht kontrollieren.«

›Ich spreche nicht von Kontrolle. Sondern von einem Bündnis.‹

Sorgsam leckte Ullr den Tiegel aus, säuberte ihn mit seinem Mantelsaum und machte sich daran, neue Dinge in den Tiegel zu streuen, die er äußerst vorsichtig nacheinander zerstieß und mahlte. »Du willst auf einem schmalen Grat entlang eines Brandherdes wandeln.«

›Das habe ich nicht gesagt. Aber … ja.‹ Neugierig beugte Andvari sich neben ihn. ›Holzkohle und Schwefel. Was ist die dritte Zutat?‹

»Salpeter.«

›Wofür war die Paste, die du eben zu dir genommen hast?‹

Ullr knurrte. »Schmerzen.«

›Ah.‹ Andvari drehte den Kopf, dann dämmerte ihm, was der Jäger herstellte. ›Schwarzpulver?‹

Mit geübten Fingern und etwas Zugabe von Flüssigkeit drückte Ullr das Gemisch zu körnigen Kuchen. Er steckte all das in drei kleine Beutel, die er mit weiterer Flüssigkeit versah, damit das Schwarzpulver sich in der Ofenhitze des Berges nicht plötzlich entzündete, und verschloss sie luftdicht. Dabei blickte er sich unruhig um, als erwartete er Feinde an jeder Ecke.

»Schwarzpulver«, knurrte Ullr.

›Seit wann besitzen Menschen Zugriff auf das Wissen?‹

»Das tun sie nicht.«

Andvari überdachte seine Worte. Dem Jäger Geheimnisse zu entlocken war, als begäbe man sich auf die Suche nach einer Adamantmine, während man sich blind und taub durch Svartalfheims Tiefen tastete. ›Ich entdeckte die Rezeptur vor vielen Jahren und behielt sie für mich. Willst du wissen, weshalb ich sie nicht mit meinem Volk geteilt habe?‹

»Misstrauen.«

›Stelle dir einmal vor, ich hätte Fafnir davon erzählt. Der Krieg, den er gegen deine Heimat führt, wäre längst entschieden.‹ Er stockte. ›Möglicherweise ist er das bereits.‹

»Méridor ist nicht meine Heimat.«

›Aber du bist Teil des Weltenrunds.‹

Daraufhin schwieg Ullr und begutachtete die drei Beutel, die er vor sich ausgelegt hatte. »Als junger Mann erteilte Gott mir und dem Bund der Jäger einen Auftrag. Ich reiste zu einem abgelegenen Dorf im Hochland, in dem sich die ersten méridorischen Siedler niederlassen sollten.« Ullr suchte nach ein paar Steinen, häufte sie jeweils an den Brückenübergängen zu ihrem Plateau und steckte die Lederbeutel dazwischen. »Dort suchte ich einen Priester auf, der im Auftrag der Kirche missionieren sollte.«

Andvari hob fragend die Brauen.

»Bekehren. Ich war jung und voller Tatendrang und wusste nichts über die Bürde, die mir Gott auferlegt hatte, als der Speer in meine Hand gelangte.«

›Sleg. Das Palindrom hat ihn demnach für sich beansprucht, um ihn dir zu geben.‹ Andvari nickte mehr zu sich selbst. *›Das schließt zumindest einige Lücken. Was war mit diesem Priester?‹*

Ullr kehrte zu dem Barden zurück und ging neben ihm in die Hocke. Er schwang den Bogen von seiner Schulter, zog die fünf Pfeile aus seinem Köcher und steckte sie vor sich in den Boden. »Er war nicht das, was ich erwartet hatte. Bis dahin war ich bloß den Paladinen begegnet, hatte sie bekämpft und war mehrmals gescheitert. Nun trug ich Sleg und kannte seine Macht nicht.« Er spannte die Bogensehne neu, zog sie ein paar Mal zurück, brummte unzufrieden und spannte sie erneut. »Der Priester war freundlich, hilfsbereit und derart von seinem Glauben erfüllt, dass er in allem, was ihn umgab, Zeichen sah. Wir führten Gespräche.«

›Du mochtest ihn.‹

»Ja. Trotz allem versuchte er andere Menschen nicht zu belehren, sondern ihnen die Augen für die Wunder zu öffnen. Er half den Armen, versorgte die Kranken und bewies dabei Demut, Liebe und Hingabe.«

›Du hast ihn getötet.‹

Schmerz stand in Ullrs Augen. »Er war als weltoffener Mensch sehr an anderen Kulturen interessiert. Weit im Süden des Weltenrunds gibt es die Tausendinseln, die für ihr Wissen um die Alchemie bekannt sind. Er verbrachte dort einige Sommer, bis er das Hochland als Missionar aufsuchte und sein gesammeltes Wissen nutzte, um zu experimentieren.«

Andvari hockte sich neben Ullr und senkte seine Stimme. *›Was ist geschehen?‹*

»Eines Abends während einer Messe stellte er drei Komponenten in einem Mörser her und legte sie in den Ofen. Er glaubte, ein neues

Alkahest gefunden zu haben. Ein Universal-Lösungsmittel, das alles binden kann. Die Alchemisten nennen dies die Transmutation.«

›Er stellte zufällig Schwarzpulver her und entzündete es.‹

Ullr nickte grimmig. »Die Explosion hat die Kirche, sowie alle Anwesenden zerfetzt. Ich zog den schwer verletzten Priester aus den Trümmern und versorgte ihn, soweit es in meiner Macht stand. Im Fiebertraum erzählte er, dass er das Geheimnis mit seinen Brüdern und Schwestern teilen musste. Nicht, weil er Vernichtung bringen wollte, sondern weil er an der Entdeckung fasziniert war. Dann begriff ich, weshalb Kalak mich zu ihm geschickt hatte. Ich sollte das verhindern.«

›Wir haben dieselben Entscheidungen getroffen. Jeder von uns auf seine Art.‹

»Verstehst du es nun?«

Ja. Und das gab Andvari abermals zu bedenken, auf welches Ziel sie hinausarbeiteten. Surt war das unsichere Element. Das Schwarzpulver, mit dem sie verheerende Kräfte entfesseln konnten. Aber durch Unachtsamkeit könnte es sich auch schnell gegen sie selbst wenden.

Aus einem Instinkt legte Andvari dem Jäger die Hand auf.

Und berührte ihn.

In Ullrs Augen stand dieselbe Überraschung, die auch Andvari verspürte. Er zuckte zurück, betrachtete seine ätherischen Finger und staunte.

Wie es der Zufall wollte, raste in diesem Augenblick ein tiefes, widerhallendes Dröhnen durch den Berg. Wie Hörnerschall, bloß lauter und bedrohlicher.

»Fünf Pfeile.« Der Jäger nockte den ersten locker an die Bogensehne. »Ein Dolch. Sieben Wurfmesser.« Er blickte Andvari grimmig an. »Das ist alles.«

›Das ist viel zu wenig.‹

»Ja.«

›Ich werde dir helfen.‹

Ullr nickte dankbar.

Rasch schaute Andvari sich um. Fünf Brücken führten zu ihrem zentralen Plateau. Drei davon könnten sie wegsprengen, aber dann säßen sie fest ohne einen Fluchtweg. In diesem Moment hätten sie Basils Hilfe besonders gebrauchen können.

Andvari wanderte ziellos umher und zermarterte sich den Kopf darüber, wie sie die nächste Prüfung bewältigen könnten, ohne verletzt oder gar getötet zu werden. Leider fiel ihm nichts ein. Also ging er weiter, stets den Pfeiler und die Umgebung im Blick behaltend, ob sich ein Feind näherte, und untersuchte die Felserhebungen und die Brücken. Einige Stellen waren brüchiger, andere so fest, dass sie keine Explosion zum Einsturz bringen könnte. Je mehr er sich darauf einließ, die Gesteinsschichten untersuchte und ihre Zusammensetzung begutachtete, desto eher erschloss sich ihm ein Bild. Er war Schmied und kein Steinmetz. Ein Handwerker, Meister der Umwandlung und Veränderung. Sein zweites Ideal war das *Verbinden*.

Damit kam ihm ein Einfall, so einfach und doch logisch, dass er schmunzeln musste. ›*Ullr!*‹

»Zwerg?«

›*Der Fels um uns weist Schwachstellen auf. Wenn wir sie gezielt treffen, dann könnten wir …*‹

»Eine Kettenreaktion auslösen.« Ullr legte den Pfeil ab, stand auf und schwang sich den Bogen über die Schulter. »Wo?«

Andvari ging zu einer Felsnadel, die sich auf einem anderen Plateau befand, hörte dem Gestein zu, wie es sich wand und bewegte, und wartete, bis er jenes verräterische Pochen vernahm, das alles um ihn verband.

»Was hörst du?«, flüsterte Ullr.

›*Der Berg verändert sich. Dort, wo er sich verändert, wird das Gestein brüchig.*‹

Der Jäger verschwand kurz und kehrte mit den Lederbeuteln zurück. »Wo?«

Andvari lauschte, ehe er auf eine Stelle am Fuß der Felsnadel wies. Er gelangte zur nächsten Plattform und deutete zur Schwachstelle.

Es rasselte und klackerte. Ein Schlurfen erklang, wie von Schritten, bloß viel lauter. Die Schwärze über ihnen klärte sich und erlaubte einen Blick auf ein Gewirr aus Ebenen, die sich endlos weit den Berg hinaufschraubten. Andvaris Herz wurde schwer, als er erkannte, wie viele Prüfungen ihnen noch bevorstanden. Er riss sich von dem

Anblick los und konzentrierte sich auf die unmittelbare Gefahr, die von der höheren Ebene auf ihre hinabkletterte.

Wesen aus Feuer und Schatten. Sie glichen Menschen, allerdings bestanden ihre Körper aus Asche, durchzogen von feurigen Adern.

Es waren Hunderte.

Beinahe überall kletterten sie die Hänge hinab, krabbelten übereinander und ergossen sich auf den Plateaus, wie Ameisen aus einem zerstörten Bau.

Rasch kehrten Andvari und Ullr zur zentralen Plattform zurück. Dann warteten sie, während mehr und mehr der seltsamen Wesen, sich um sie einfanden und den Weg zu ihrer Position nahmen.

»Die Fallen sind gestellt.« Ullr legte den ersten Pfeil auf und zielte auf die Position am Fuße der Felsnadel. »Bete zu deinem Gott, dass sie funktionieren.«

Andvari fühlte einen Anflug jener Unsicherheit, die ihn lange Zeit im Würgegriff gehalten hatte. Jetzt, an diesem fremden Ort, konnte er sie abstreifen wie einen alten Mantel. *Das werden sie.*

***

Mit einer Explosion, die den gesamten Berg erschütterte, ging die erste Falle hoch. Dutzende Feinde wurden zerfetzt und verteilten Ascheregen auf der Ebene.

Die Detonation allein genügte nicht, den feindlichen Strom aufzuhalten. Allerdings kamen ihnen die Schwachpunkte der Umgebung zugute, als nicht nur die Brücke unter ohrenbetäubendem Lärm weggesprengt wurde, sondern auch die Felsnadel einknickte; sie fiel auf das angrenzende Plateau, das ebenfalls unter sich nachgab. Splitternd und berstend gab das Fundament nach. Das Plateau prallte gegen das neben sich, drückte es weg und löste eine Kettenreaktion aus.

Der Plan ging auf.

Jetzt!

Ullr schoss den zweiten Pfeil ab und traf punktgenau das Ziel am Fuße einer Säule.

Die Erschütterung zerbarst das Plateau und löste die Kettenreaktion aus.

›Jetzt‹

Ullrs Pfeil ließ die dritte Falle implodieren. Alles um sie herum ging zu Bruch. Trümmerteile, Felsbrocken, Bruchstücke und Splitter flogen umher, als drohte der gesamte Berg in einer mächtigen Explosion zu vergehen.

Ullr kauerte sich neben dem Barden am Pfeiler zusammen. Andvari hingegen … Er stand *inmitten* des Strudels der Vernichtung, der immer grausamer wütete, als forderte er Muspellsheim selbst heraus. Hunderte. Aberhunderte. Tausende Wesen wurden pulverisiert, ehe sie überhaupt einen Fuß auf das zentrale Plateau setzen konnten.

Rings um Andvari riss die Auslöschung alles mit sich in den Tod. Schwarz, Rot, Orange und Gelb vermischten sich zu einem Wirbel in allen Farben des Feuers; sie brachen und erschufen sich aus sich selbst neu. Wie geschmolzenes Eisen in einer Esse, das in jenem Moment seiner Vernichtung zu etwas Neuem werden konnte.

Andvari staunte. All die Zerstörung, die ihn umgab, barg Schönheit. Der Anblick weckte eine Sehnsucht in ihm, wie er sie nie zuvor gespürt hatte. Zum ersten Mal erhaschte er einen Blick auf die wahre Schöpfung, die weit über das Verständnis der Runen hinausging.

Während er den Anblick auf sich wirken ließ, fiel ihm im Zentrum des verschlingenden Mahlstroms ein seltsamer Ort der Ruhe auf. Unvermittelt ging Andvari darauf zu und ließ sich von dem Gefühl in seinem Inneren leiten, das an Wunder glauben wollte; das daran festhielt, dass alles, was man im Leben tat, einem höheren Zweck diente.

Pling. Pling. Pling … Wie das stete Schlagen eines Hammers auf einem Stück Eisen wehte das Geräusch zu ihm herüber. *Pling. Pling. Pling …*

Schritt um Schritt lockte es Andvari ins Zentrum des Chaos aus Vernichtung und Neuentstehung. Schließlich gelangte er zu jenem Ort innerhalb des Mahlstroms – wie das Auge eines Sturms – und er betrat eine andere Welt.

Er stand am Eingang einer kleinen, zwanzig Schritt breiten Kaverne, in die gerade so eine Schmiede hineinpasste. Allerlei Gerümpel häufte sich in Kisten, Metallstäbe lagen verstreut, Waffen hingen an den Wänden, Holzscheite bedeckten den Boden, Schiefertafeln, Pergamente, Kreidestifte und vieles mehr stapelte sich auf Werkbänken. Vor einer lodernden Esse, deren beständiges, weißes Feuer von Lichtfunken durchsetzt war, stand ein alter Mann und hieb mit einem Hammer auf ein Stück glühendes Eisen auf dem Amboss. Mit meisterhaftem Geschick führte er das Werkzeug, ließ es über das Schmiedegut tanzen und singen, als hätte er sein Leben lang nichts anderes getan.

Pling. Pling. Pling … In seiner Kunst lag ein Takt, der Andvari nur allzu vertraut war. Wie eine Melodie, die nur ein wahrer Meisterschmied zu hören vermochte. Ein Lied, das alle Zeiten durchwehte und hier, an diesem unwirklichen Ort inmitten von Ordnung und Chaos, seine Vollendung fand.

Zwar ähnelte der Mann einem Zwerg, aber er war hager wie ein Mensch. Auch seine Ohren waren spitzer, allerdings nicht so pfeilspitz wie bei einem Elfen. Ein paar Haarbüschel wuchsen zu einem Kranz um seine kahle Stirn, sein Gesicht war eingefallen, wobei die untere Hälfte von einem schlohweißen Bart bedeckt war, und seine Hände waren pfannengroß.

»Bringst du also endlich den Mut auf?«, fragte der Mann mit bärbeißiger Stimme.

Andvari blieb am Eingang stehen. Er traute sich nicht, hineinzutreten.

Der Fremde hielt inne und sah ihn mit zusammengekniffenen Augen an. »Worauf wartest du? Beweg deinen Flonz hierher und hilf mir!«

Zögerlich trat Andvari näher. Der warme Schein der Esse, das blubbernde Metall im Schmelzkübel, der Geruch nach Holzkohle, Hitze und Asche, die Stille und Ruhe eines abgelegenen Ortes – all das erfüllte ihn. Er konnte die Eindrücke wahrnehmen, als verfügte er wieder über einen Körper und seine Sinne. Und als er sich abtastete, stellte er zu seiner Verwunderung fest, dass er nicht länger aus dem diffusen Geisterhauch bestand.

Er verharrte hier leibhaftig in Fleisch und Blut.

Unwillkürlich verspürte er Druck hinter den Augen, kämpfte aber dagegen an. Dies war nicht der Moment, um sich Gefühlsduseleien hinzugeben.

Der Fremde beäugte ihn und hielt ihm den Hammer hin. »Los!«

Andvari schmiegte seine Finger um den Griff, spürte das Ursprüngliche, das ihn umgab, als wäre er aus den Schatten ins Licht getreten. Er ließ sich von einem Gefühl der Ausgeglichenheit umfangen, wie er es nie zuvor erlebt hatte.

Dann trat er vor den Amboss und betrachtete das schimmernde Metall vor sich. Es besaß keine richtige Form, als wäre diese noch nicht entschieden.

»Du hast dir lange Zeit gelassen, Runenschmied«, brummte der Fremde und verschränkte die mächtigen Arme vor der Brust. »Rost und Eisen, du bist sturer als jeder andere, den ich gestaltet habe.«

Andvari quollen die Augen aus den Höhlen und er starrte den Fremden mit offenem Mund an. Als der Hammer aus seiner Hand zu rutschen drohte, bog der Fremde Andvaris Finger darum und führte ihn bedächtig zum Amboss.

»Zeig mir, was du kannst!«

»Du bist …« Andvari versagte die Stimme.

»Sag mir etwas, das ich nicht weiß, Runenschmied. Los jetzt!«

Wie in Trance hieb Andvari zu. Mit lautem Klingen tanzte der Hammer auf dem glühenden Stück Eisen herum, als wäre es das Letzte, was er tat. Mit jedem Schlag formte es sich, bog sich unter Kraft und Geschick. Jeder Hieb, jedes Scheppern, jedes Klingen erzeugte ein Konzert, wie er es lange nicht gehört hatte.

»Weiter, Runenschmied! Nicht nachlassen! Fühle das Metall, wie es sich biegt und beugt, wie es eine Form annehmen will, die du nur herauslassen musst. Wehre dich nicht. Lass es zu.«

Andvari hielt inne und wischte sich den Schweiß von der Stirn. Er schwitzte, oh ja, das tat er! Seine Haut war nass, die Kleidung klebte an seiner Brust, das Feuer der Esse prickelte auf seinem Gesicht, die Hitze stach in seine Augen und die verschiedensten Gerüche zogen ihn in die Vergangenheit hinab, als alles leichter und doch komplizierter gewesen war.

»Woher weiß ich, welche Form es einnehmen soll?«, fragte er.

»Das weiß es bereits.«

»Woher?«

»Jedes Metall ist anders.« Der Fremde wies darauf. »Manches ist starrsinnig. Anderes stolz. Wiederum anderes ist eitel und hochmütig, oder freundlich und leichtgläubig. Es gibt jene, die sind nie zufrieden, während manche das einfache Leben suchen. Glück, Familie, ein Dach über dem Kopf. Irgendwann wird es seine Vollendung finden.« Langsam führte er den Hammer auf eine Stelle im Zentrum des Schmiedestücks. »Und manchmal müssen wir ihm die Wahrheit zeigen.«

»Wie?«, hauchte Andvari.

»Mit einem ordentlichen Tritt in den Flonz.«

Der Mann, der ihm in der spiegelklaren Oberfläche entgegenblickte, war ein anderer Andvari. Jener Zwerg, der sich seiner Kunst hingegeben und keine Grenzen gekannt hatte. Der bereit gewesen war, alles zu erproben, um wahre Vollendung zu erfahren. Nichts hatte ihn aufhalten können – nicht einmal das Schmieden von Sleg. Die Runen hatten ihn begünstigt.

Bis zu dem tragischen Vorfall, als König Hreidmar durch Tyrfing gestorben war.

Jetzt hatte Andvari die Runen wiederentdeckt und seine Ideale gesprochen. Doch noch immer traute er sich nicht, zu jenem Zwerg zu werden, der er einst gewesen war.

Er *spürte* alles – wie sich die Schöpfung um ihn bog, um ihm etwas Wichtiges mitzuteilen. Schon vor einer Weile hatte er es geahnt, aber sich an das Leben geklammert wie ein Schiffbrüchiger auf hoher See. Er war nicht bereit, die Wahrheit zu akzeptieren.

Bis jetzt.

Er legte den Hammer ab und blickte dem Fremden tief in die runzligen Augen. »Ich werde sterben.«

»Ja, das wirst du.«

»Wann?«

»Wenn du bereit bist.«

»Woher weiß ich, wann ich bereit bin?«

Väterlich fasste der Mann ihn an der Schulter. »Du wirst es wissen.«

»Mein Leben besteht aus Opfern.« Andvari atmete zitternd ein. »Ich habe bereits meinen Körper aufgegeben und jetzt soll ich meine Seele verlieren?«

»Schmolle nicht wie ein Kind! Das Leben ist weder gerecht noch fair. Es ist das, was du daraus machst.«

»Aber …« Andvari wischte die Hand fort und griff verzweifelt in die Luft, als könnte er die Antwort herausfischen. »Ich habe nie Glück oder Liebe erfahren.«

»Wer sagt denn, dass du glücklich sein musst?« Der Fremde wies auf das Metallstück. »Es geht um Vollendung, Andvari. Um Erschaffung. Nach dem Weltensturm wird nichts mehr so sein wie zuvor. Dann musst du bereit sein, deine Rolle einzunehmen.«

Ein Kloß breitete sich in Andvaris Hals aus. »Sterben?«

»Warum bist du hier?«

Die Frage überforderte Andvari und er musste sich erst sammeln, bis er verstand, worauf der Mann hinauswollte. »Ich erkenne Ordnung im Chaos. Deshalb bin ich hier. Bei dir.« Er machte eine Pause. »Bei Wieland, dem Heiligen Schmied und Gott der Zwerge.«

Wieland ließ ihn los und nickte eindringlich. »Du bist ein Spätzünder, aber irgendwann begreifst du doch, Ivaldi.«

Andvari stutzte. »Ivaldi?«

Wieland wiegelte ab. »Du wirst lernen, deine Gabe zu gebrauchen.«

»Heißt das etwa, dass Ihr …?«

»Ich werde dich vom Rost befreien und schauen, welches Edelmetall sich darunter befindet.« Wielands Grinsen gefiel ihm überhaupt nicht. »Komm zurück, wenn du bereit bist.«

»Warte! Was bedeutet …?«

Der Gott verpasste ihm einen Stoß. Andvari stolperte nach hinten …

… und fand sich am Pfeiler wieder. Ullr kauerte sich neben ihm zusammen und schützte den Barden mit seinem Körper, während überall Splitter und Trümmer in reißendem Strom umherflogen.

Andvari war einen Moment lang zu verwirrt, um zu begreifen, was geschehen war. Das alles hatte sich so *echt* angefühlt. Und aus irgendeinem Grund wusste er, dass es nicht die letzte Begegnung mit dem Gott der Zwerge sein sollte.

Allmählich legte sich der Staub und gab die Zerstörung preis, die sie mit ihren Fallen angerichtet hatten. Kein Stein stand mehr auf dem anderen – selbst aus den Berghängen waren Trümmer herausgebrochen und hatten die Ebene unter ihnen bedeckt. Nicht einmal Leichen waren vom Feind zurückgeblieben. Nun herrsche eine seltsame Stille auf dieser Insel der Ruhe, die als einzige erhalten geblieben war.

Die Rune am Pfeiler erlosch. Mit einem Knall zersprang der Obsidian in Abertausend Stücke und gab die Ketten frei; klirrend rissen sie aus den Verankerungen und fielen in die Tiefe, wo sie von der Ewigkeit empfangen wurden. Eine jedoch krachte auf das Plateau und ließ es erbeben, ehe sie stillstand; sie führte einen steilen Pfad hinauf zu einem Ausgang.

Damit war die zweite Prüfung beendet.

Dritter Teil

Sich das Herz ausschütten

Monate zuvor

Es war ein langer Weg bis zu ihrem Ziel, daran bestand Zweifel mehr. Ein langer, einsamer, angespannter Weg, der sich über Wochen erstreckte. Die Erinnerung an das Verlies machte sie alle nervös – Basil sogar mehr als das. Die Schmerzen hatten ihren Biss verloren und mit jedem weiteren Tag gewann er an Kraft zurück. Leider hatten die Unbequemlichkeiten dieser Reise nicht abgenommen, weshalb er ständig hungerte, die meiste Zeit fror oder völlig durchnässt war, und vermutlich für den Rest seines Lebens Blasen an den Füßen haben würde.

Er war weite Reisen gewohnt. Ein Mann, den seine Beine nicht bis ans Ende des Weltenrunds bringen konnten, durfte sich nicht Abenteurer nennen. Doch Basil hatte festgestellt, dass es eine Sache war, über die Geschichte zu singen, und eine ganz andere, sie zu erleben.

Er stolperte über einen Stein, unterdrückte einen Fluch und stapfte den anderen hinterher. Immer einen Fuß vor den anderen und nicht darüber nachdenken, wie geschunden dieser waren.

Jede Nacht streckte er sich auf dem harten und unebenen Boden aus, döste ein und träumte von Hugarheim, von Candaloz, vom Verlies, von seltsamen Wesen und einem Ungeheuer, das ihn aus dem Schatten heraus beobachtete. Nur um am Morgen noch müder und zerschlagener aufzuwachen, als er es beim Einschlafen gewesen war. Seine Haut juckte, schälte sich und brannte, weil er es nicht gewohnt war, sich nicht zu waschen, und er musste zugeben, dass er inzwischen beinahe ebenso übel roch wie die anderen. All das reichte schon, um einen zivilisierten Menschen – also einen Barden, der viel auf sich hielt – verrückt zu machen, und nun kam auch noch das nagende Gefühl ständig drohender Gefahr hinzu.

In dieser Hinsicht war das Gelände nicht gerade auf ihrer Seite. In der Hoffnung, etwaige Verfolger abzuschütteln, führte Lorenco sie seit Tagen von dem Pfad weg, der zumindest nicht wie der Rest der kargen Landschaft von gezackten Felskanten, zernarbten Steinpfeilern oder tiefen Klüften durchzogen war. Der Weg, dem sie nun folgten, wand sich durch steinige Rillen, schattenumlagerte Schluchten und an schroffen Steilklippen entlang, die Basil mit einigem Argwohn beobachtete. Inzwischen sehnte er sich beinahe wieder nach den endlosen, ermüdenden Weiten Méridors. Dort hatte man zumindest nicht jeden Stein oder Abhang angesehen und sich gefragt, ob sich dahinter vielleicht eine Horde Cuegle verbarg. Bei jedem Geräusch biss er sich auf die Zunge und fuhr herum, griff nach der Vihuela und erwartete ein Ungeheuer zu sehen, das sich dann als Vogel in einem Strauch entpuppte.

Natürlich hatte er keine Angst, denn Basil der Barde, so sagte er sich selbst, lachte der Angst ins Gesicht. Nach seinem heldenhaften Einsatz im Verlies erst recht. Aber dieser endlose Marsch, diese geisttötende Anspannung, dieses gnadenlose Verstreichen langsamer Stundenkerzen war beinahe mehr, als er ertragen konnte.

Es hätte ihm vielleicht geholfen, wenn er seine Sorgen hätte teilen können. Doch die anderen waren ebenso in Schweigen verfallen wie er selbst. Wie eine Trauergemeinschaft auf dem Weg zum eigenen Begräbnis marschierten sie stur dahin. Lorenco ging voraus, natürlich wie immer ein Sinnbild von Stolz und Heldentum, auch wenn ihm ebenfalls die Anstrengungen der Reise anzusehen waren. Kriana hatte Disha ihren Beutel samt Kleidung anvertraut, sich in eine Maus verwandelt und sich seitdem nicht blicken lassen. Die Alchemistin hingegen gab sich alle Mühe, stets das Schlusslicht zu bilden, das Gesicht angestrengt zum Berggipfel gerichtet. Seit den Geschehnissen in Saville hatte sie kaum ein Wort gesagt. Krog marschierte ebenso schweigsam ein paar Schritt vor Basil.

Was ihn zu dem Barbaren brachte. Wagrim war ihm immer noch ein Rätsel. Als Basil ihm zum ersten Mal begegnet war, hatte er wie ein Tier gewirkt. Hier draußen in der Wildnis herrschten jedoch andere Regeln. Man musste miteinander auskommen, sich aufeinander verlassen. Außerdem hatte Basil festgestellt, wie sehr den Barbaren mochte. Trotz seines wilden, brutalen Auftretens war Wagrim ein weiser, freundlicher und weltgewandter Mann. Man sollte Menschen nie nach ihrem Äußeren beurteilen.

Als sich die Stundenkerzen dahinzogen, hielt Basil es nicht mehr aus. Er erprobte seine Finger an der Vihuela und stellte eine Frage, die ihn schon länger belastete. »Hast du jemals Männer in die Schlacht geführt?«

Wagrim wandte ihm seine dunklen, langsamen Augen zu. »Mehr als einmal.«

»Und Duelle ausgefochten?«

Schmerz lag auf einmal darin. »Ja.« Er kratzte sich an den gezackten Narben auf seiner stoppligen Wange. »Die hier hat mir der alte Knes von Kor Anklam zugefügt.«

»Der Alte?«

Wagrim hielt inne. »Bevor ich ihn getötet habe.«

»Ah.« Und das war alles, was Basil dazu anmerken wollte. »Ich habe noch nie in einer echten Schlacht gekämpft.«

»Sei froh drum. So etwas zu erleben, verändert einen Menschen.«

»Und wie?«

Wagrims Handknöchel knackten. »Bilder. Erinnerungen. Am wenigsten vergisst man den Gestank.«

Basil schüttelte sich. »Ein Knes ist eine Art Herrscher, nicht wahr?«

»Ja und nein. Im Hochland gebieten Kriegsfürsten, die ein besonderes Talent dafür haben, Kriege anzufangen. Es gibt nur eines, was sie besser können.«

»Und zwar?«

»Kriege zu beenden.«

Die Worte bewegten etwas in ihm. Das waren nicht die eines dummen Barbaren, sondern eines Mannes, der viel von der Welt gesehen hatte. Je mehr Basil von ihm erfuhr, desto mehr respektierte er ihn.

Wagrim legte den Kopf zurück und spähte zum Dämmerhimmel. »Mein Vater sagte immer, Schlachten sind wie Menschen.«

»Grausam?«

»Nicht eine gleicht der anderen.«

Eine Weile ließ Basil das Gehörte auf sich wirken, stapfte über den kieseligen Pfad und gönnte sich einen Schluck aus dem Schlauch. Er betastete die Naht, zwang die Hand nieder und beobachtete den Himmel. Der Mond schwamm bereits auf den Schlieren des Abendrots, und hinter den Gipfeln der Verlorenen Berge zogen dunkle Wolken herauf. Ein weiterer Regenguss, auf den er verzichten konnte.

»Sag mir, Wagrim, wie meinst du das?«

Der Barbar schwieg kurz. »Stell dir vor, du wachst nachts auf und hörst lautes Gebrüll, stolperst aus dem Zelt in den Schnee, während sich deine Füße zwischen den Hosenbeinen verheddern und überall Männer sich gegenseitig totschlagen.« Seine Stimme war leise und rau. »Du kannst Freund und Feind nicht voneinander unterscheiden, wirst von irgendetwas getroffen und krauchst auf dem Boden zwischen lauter trampelnden Stiefeln herum. Du versuchst abzuhauen, weißt aber nicht wohin, und mit einem Pfeil im Rücken und einem Schwertstreich quer über dem Hintern kannst du nicht mehr tun, als zu quieken wie ein abgestochenes Schwein. Jeden Augenblick erwartest du, von einem Speer durchbohrt zu werden, den du nicht einmal sehen kannst.«

»Keine schöne Vorstellung.«

»Ich habe alle möglichen Schlachten erlebt, und es gibt keine, in der ich mir nicht in die Hosen gemacht habe.«

»*Du?* Ich kann mir kaum vorstellen, dass du jemals Angst hattest.«

Wagrim grinste. »Ich. Jeder Mann, der etwas taugt, fühlt Angst. Es kommt darauf an, wie man sie einsetzt.«

Darauf fand Basil keine Erwiderung.

»Solltest du jemals in eine Schlacht geraten, beachte drei Regeln.«

»Warum drei?«

»Weil dir keine Zeit für mehr bleibt.«

»Na gut, dann lass mal etwas hören!«

»Erstens: Versuche, wie ein Schwächling auszusehen, damit du unterschätzt wirst. Dürfte dir nicht schwerfallen.«

Basil blies die Backen auf. »Lustig.«

Wagrim lachte. »Zweitens: Unterschätze keinen Feind, ganz gleich, wie schwach er wirken mag.«

»Klingt schlüssig.«

»Und drittens: Behalte deine Umgebung im Blick, aber schaue nicht zurück. Wenn du einen Plan gefasst hast, dann halte daran fest.«

»Nicht zurückblicken«, murmelte Basil und nickte langsam. »Ich glaube, das ist nicht mein Problem. Eher, dass ich meine Vergangenheit scheue wie ein heißes Feuer.«

»Dann solltest du dich ihr stellen und auf deine Angst vertrauen. Sie wird wissen, was zu tun ist.«

Damit ging der Barbar schneller und ließ Basil nachdenklich zurück. Und während er über die Geschichten seiner Gefährten nachdachte, was sie José schuldeten, wer sie waren und was sie erlebt hatten, formte sich allmählich ein Bild in seinem Kopf, wie ein Gemälde, das sich allmählich mit Farbe füllte. Jeder von ihnen stand für eine Melodie, die er bloß hervorlocken musste.

Sie alle waren Teil des Liedes des Barden. Er musste es lediglich hervorlocken, um es zu vollenden.

***

Krogs Maske schwebte vor Basils Gesicht. Die eitergelben Augen hinter den Löchern waren konzentriert auf ihn gerichtet. Überraschend sanft glitt der Schamane mit dem Messer durch die Nähte an Basils Wange und trennte sie auf. Äußerst vorsichtig, eine nach der anderen, um ihn nicht zu verletzen.

Es zwickte, und das kühle Metall auf der Haut bescherte ihm eine Gänsehaut. Aber inzwischen vertraute Basil dem Schamanen. Der Krog wusste, was er tat – immerhin hatte er ihn wieder zusammengeflickt.

Krog ließ das Messer verschwinden und trat zurück. »Fertig.«

Die anderen füllten Basils Sichtfeld und beäugten ihn.

»Was?«, fragte er.

Kriana und Wagrim tauschten einen langen Blick aus.

»So schlimm?« Hastig betastete Basil seine Wange, seinen Kiefer, die Rille, die sich dort entlangzog. »Einen Spiegel! Schnell!«

Disha hielt ihm ihren hin – es war ein kunstvolles Stück Silber, an den Rändern verziert mit geheimnisvollen Symbolen und geformt wie eine Muschel. Basil nahm ihn entgegen, klappte ihn auf … und hielt inne.

»Und?«, fragte Kriana.

Er drehte den Kopf hin und her, strich über die blasse, kaum sichtbare Narbe und war erstaunt. »Ich sehe verdammt gut aus.«

Sie schnaubte. »An Selbstvertrauen mangelt es dir jedenfalls nicht.«

»Wirklich.« Er klappte den Spiegel zu und gab ihn Disha zurück. »Kein Heiler, nicht einmal ein *Kleriker* hätte das besser hinbekommen, Krog.« Rasch hielt er dem Schamanen die Hand hin und grinste. »Vielen Dank dafür.«

Der Schamane kippelte den Kopf hin und her und betrachtete die Hand, als lauerte darin ein tief verborgenes Geheimnis. Langsam, ganz langsam, griff er zu. Krogs Haut war schwielig, mit einer Vielzahl Narben durchzogen und sehr rau – zugleich war sie allerdings auch feingliedrig, und der Händedruck überraschend sanft.

Basil ließ ihn los, stemmte sich hoch und sog den Atem tief durch die Nase ein. Die Abenteuerlust packte ihn und trieb ihn zur Tat. Mit dem Voranschreiten der Quest lernte er seine Gefährten immer mehr kennen. Und damit konnte er sie auch einschätzen.

»Gehen wir!«, sagte er laut und marschierte los.

***

»Und jetzt?«

»Ich denke nach«, sagte Lorenco.

Mit großer Geste wies Basil die Felswand empor, eine steile Klippe dunklen Gesteins, wie das Ende der Welt. »Dann denk mal lieber rasch, mein Bester, weil wir uns in einer Sackgasse befinden.«

»Dessen bin ich mir durchaus bewusst, Barde. Wenn Ihr erlaubt, würde ich gerne …«

»Der Weg ist versperrt.« *Kling!* Eine rasche Handbewegung über die Saiten der Laute. »Er wurde angelegt von jenen, die …«

Schnell wie eine zuschnappende Schlange packte Lorenco sein Handgelenk und presste es fest zusammen. »Noch ein Wort aus Eurem vorlauten Mundwerk, und ich werde Euch Demut lehren, Barde!«

Der Ton riss ab.

Die anderen warfen dem Kämpfer überraschte Blicke zu. Ihm wurde offenbar bewusst, was er getan hatte, denn er ließ Basil los und wandte sich wieder der rätselhaften Wand zu, als erwartete er, sie würde sich für ihn auf magische Weise öffnen. Basil war nicht verwundert. Er hatte Lorenco längst durchschaut und darauf gewartet, bis es so weit kommen musste. Nun waren sie hier an einem schroffen Bergmassiv, dessen Boden mit Kieseln, verwelktem Gras und halb geschmolzenen Schneeflecken durchsetzt war, und zeigten ihr wahres Gesicht ebenso wie das Ziel ihrer Reise: Felsen, Staub, eisige Winde und Enttäuschung.

»Eine höchst willkommene Landschaft könnte man meinen«, sagte Basil, um das drückende Schweigen zwischen ihnen zu durchbrechen. »Ein Ort der Sagen und Mythen, der uns vor eine neue Prüfung stellt.«

Lorenco starrte grimmig die Wand an. Obwohl die anderen vorgeschlagen hatten, einen anderen Weg einzuschlagen, beharrte er darauf, hier zu sein. Das brachte Basil schließlich dazu, die Wahrheit, die der Waffenmeister so streng hütete wie einen Schatz, aus ihm herauszukitzeln wie einen Fisch aus dem Bach. Sicher, er war dankbar dafür, wie die anderen ihn umsorgt hatten. Noch glücklicher war er über das große Geschenk, das ihm Hugarheim vermacht hatte. Doch nun war es Zeit, endlich alle Karten auf den Tisch zu bringen. Wenn sie schon ihre Masken ablegten, wollte er bei dem stolzesten Mann des Weltenrunds beginnen, um zu schauen, was sich darunter verbarg.

»Ich nehme an, es befindet sich hier ein Tor?« Basil tappte an der Wand entlang. »Ein geheimer Zugang in den Berg wie in den alten Geschichten.« Er wirbelte herum und kehrte zu Lorenco zurück. »Wie wäre es mit einem Wort in einer anderen Sprache, um es auf geheimnisvolle Weise zu öffnen? Ein Wort in der Sprache der sîdhe, das sich erst im Mondlicht entfaltet und …?«

In einer fließenden Bewegung klappte der Schild an Lorencos Armschiene heraus und zielte auf Basils Stirn. Er wich geschickt zur Seite und entlockte der Vihuela drei schrille, disharmonische Klänge. Wie purpurfarbene Lichtbänder umschwirrten sie den Waffenmeister, drangen auf ihn ein, peinigten.

Lorenco riss sich die Hände vor die Ohren und sank kraftlos auf die Knie.

Geschwind stahl Basil ihm den mysteriösen Zettel aus der schlaffen Hand, trat zwei Schritte zurück und verbeugte sich formvollendet. »Und so, verehrtes Publikum, überführt man einen Betrüger.«

»Betrüger?«, fragte Kriana.

Mit großer Geste überreichte er ihr den Zettel, der sich als penibel gezeichnete Karte mit Hinweisen erwies. Wenn er sich nicht täuschte, war die geschwungene Handschrift die des Mannes, der sich nicht nur als ihr Auftraggeber, sondern auch als ihr Zuchtmeister erwies: José de la Fuego.

Krianas Gesicht verfinsterte sich so sehr, als wollte sie Lorenco am liebsten den Hals umdrehen. Sie reichte den Zettel an Krog weiter, der ihn wiederum an Disha und zuletzt an Wagrim gab – der die Eröffnung völlig gelassen hinnahm.

»Nun, glorreicher Anführer.« Basil spazierte um den niedergesunkenen Lorenco herum. »Kommen wir noch einmal auf die Wahrheit zurück. Was ist dieser mysteriöse *Schatz*? Was erwartet uns am Ende des Regenbogens?« Er blieb stehen und ließ einen hauchzarten Ton erklingen. »Was plant der große Unbekannte?«

Lorenco sah mit verhärmter Miene auf. »Ihr habt recht. Ich habe Euch Informationen vorenthalten.«

Entrüstet hielt Basil sich die Brust. »Welch überraschende Wendung der Ereignisse!«

Schwermütig stand Lorenco auf, ging zu der Felswand und hämmerte in stiller Verzweiflung dagegen. »Doch dies tat ich bloß, um Euch zu beschützen.«

Basil riss den Finger hoch. »Nein, wie heroisch von dir!«

»Ich verdiene Euren Spott. Nichtsdestotrotz war es mir stets ein Anliegen, Euch ins Licht zu führen.«

»Die Kutsche ist abgefahren, Waffenmeister.«

Lorenco schenkte ihm einen durchdringenden Blick. »Keineswegs, Barde. Keineswegs. Der Schlüssel, den wir dem schurkischen Fürsten von Saville entwenden wollten, sollte uns den Zugang in den Berg öffnen. Ich fürchte, ich habe uns alle enttäuscht.«

»Demnach sind wir den ganzen Weg umsonst hierhergelaufen?« Lorenco ließ den Kopf hängen. »Ihr habt es erfasst, Barde. Unser Scheitern ist mein Versagen.«

Basil wies ausholend zu Kriana, der die Röte in den Kopf schoss. »Wenn du so gütig wärst, holde Maid?«

Lorenco ruckte hoch. »Was hat das zu bedeuten?«

»Sie ist nur eine Protagonistin dieses Bühnenstücks.« Basil schritt umher. »Jeder von euch besitzt ein Stück der großen Karte, die uns zum Ziel bringen soll. Kriana zum Beispiel besitzt besagten Schlüssel bereits seit Beginn der Reise.«

»Woher weißt du das?«, zischte sie.

»Jetzt weiß ich es.«

»Du verdammter …«

»Lügner?« Er zwinkerte ihr zu. »Unsereins erkennt einander, meine Liebe. Nun hol ihn schon heraus! José hat ihn dir ja nicht grundlos gegeben. Auch wenn ich etwas enttäuscht bin, dass du dich ebenso wie ich als Betrügerin herausstellst, die in aller Stille den Schatz stehlen wollte.«

»Das ist eine …«

Er schmetterte ihr dieselben Klänge entgegen, die sie zusammensinken ließen. Gemächlich ging er zu ihr und hielt ihr die Hand hin. »Wenn ich bitten darf?«

Mit wutverzerrtem Gesicht gab sie ihm den Schlüssel. Faustgroß, gezackt und aus schwerem, dunklem Stahl gegossen. Mehrere Versenkungen zierten den Bart und die Reite war zu einem Viereck geformt, wobei die Kante in das Gesenk überging. Der Schlüssel sah dem in Saville zum Verwechseln ähnlich

»Besten Dank.« Basil kehrte zur Wand zurück und suchte eine Weile, ohne fündig zu werden. Dann erinnerte er sich an sein eigenes Lied und die Wesen, die hier einst gehaust haben mussten. Also strich er auf Hüfthöhe den rauen Fels entlang und fand schließlich eine winzige Versenkung. »Die Assassine erwähnte im Fürstensaal, dass alles, was geschieht, Teil einer Prüfung ist. Zuerst habe ich ihr nicht geglaubt, bis ich mich näher mit euren Geschichten beschäftigt habe. Das brachte mich schließlich auf den Gedanken, jeder von uns könnte lediglich ein Puzzleteil in Josés großem Plan sein.«

Er steckte den Schlüssel in das Schloss und drehte ihn.

Klick.

Ein faustgroßer Quader glitt in die Wand ein, genau in die Mitte eines weiteren Quaders, der den ersten umschloss. Dann noch einer und noch einer, immer größer, immer schneller, bis die gesamte Felswand zu einem riesengroßen Quader in einem Geflecht aus kleineren hineinglitt.

Klick.

Die Quader kamen zum Stillstand. Ein Echo aus dem Inneren antwortete.

Klick.

Basil trat einen Schritt zurück und lauschte dem Klicken, Rasseln und Poltern.

Klick, klick …

Die Quader bewegten sich wieder, glitten nach innen, fuhren heraus und dann verschoben sie sich wie ein riesiges Mosaik.

… klick, klick, klick …

Es rumpelte dumpf und fern. Die Quader zerfielen in viele kleinere in der Größe von Backsteinen.

KLICK.

Sie erstarrten. Es ertönte ein Zischen und ein langer Riss tat sich in der Mitte der Wand auf. Die zwei Hälften bewegten sich langsam voneinander weg wie zwei riesige Torflügel; der Abstand zwischen ihnen vergrößerte sich ständig. Ein Schwall trockener, staubiger Luft drang daraus hervor.

Rumpelnd glitten die Flügel in die Wände hinein und schlossen nun bündig mit den Seiten eines viereckigen Durchgangs ab. Ein verborgenes Tor im Felsen. Dahinter kam ein abgedunkelter Gang zum Vorschein, der lediglich von einigen blauen Kristalllinien durchzogen war, deren sanftes Licht den Eindruck vermittelte, man haschte nach einem längst untergegangenen Reich.

Basil verbeugte sich vor seinen Mitstreitern. »Gern geschehen.«

Schon seit der Öffnung des Geisterpfades hatten sich die Blicke der anderen verändert. Jetzt stand darin nicht nur Verwunderung, sondern auch Respekt.

Lächelnd überreichte er Kriana den Schlüssel und ging zu Wagrim. »Mein Großer?«

Wagrim seufzte. »Der Berserker soll sicherstellen, dass ihr euren Teil erfüllt.«

»Und wenn nicht, tötet *er* uns?«

»Ja …«

»Ich lag falsch.«

»Womit?«

Basil strich den Korpus entlang. »Ich dachte, es geht um die Protagonisten dieser Reise und nicht um das Ziel. So ist das mit Erwartungen. Man sollte besser keine haben, dann wird man nicht enttäuscht, nicht wahr, Krog?«

Der Schamane kippte den Kopf zur Seite. »Ich sollte dich dazu bringen, den Geisterpfad zu öffnen. Vom Ziel weiß ich nichts. Meine Aufgabe ist erfüllt.«

»Warum bist du dann noch hier?«

»Weil die Geister es mir befehlen. Sie lieben dich mehr, als du wahrhaben willst. Aber einige hassen dich.«

»Aha.« Basil wandte sich Disha zu. »Meine Teure?«

Sie lächelte geheimnisvoll. »Noch nicht.«

»Sicher. Glorreicher Anführer?«

Lorenco rappelte sich auf, riss Wagrim den Zettel aus der Hand und stapfte auf den Eingang zu. »Ich werde mich als Held erweisen, damit meine Taten in den Liedern besungen werden. Mehr habe ich dazu nicht zu sagen.«

»Wohlan denn! Nachdem wir uns nun endlich die Herzen ausgeschüttet haben …« Basil verbeugte sich zu den offenen Toren. »Nach euch, treue Gefährten.«

Brisingamen

Zehntausend Zwerge bedeckten jeden Zoll der ausgedörrten Landschaft. Äxte, Schwerter, Beile, Hämmer, viele, viele Waffen mehr funkelten im Dämmerlicht der Schwarzen Sonne wie Diamanten auf einem Aschefeld. Das gesamte Heer Svartalfheims lagerte vor den Mauern Candaloz', um das Herz des Königreichs zu erobern.

José hegte keinen Zweifel daran, dass die Armee dazu fähig wäre, die ganze Stadt dem Erdboden gleichzumachen. Dafür brauchte es nicht einmal einen Blick auf die Dutzenden Belagerungsgeräte, die wie Türme aus der Armee herausragten. Gehämmerte, genietete, stählerne Ballisten, an deren Seite Bolzen gehäuft waren – jeder so lang wie vier ausgewachsene Männer. Hinzu kamen schwere, stahlverkleidete Rammböcke. Die schwingenden Stämme waren unter einem großen Gerüst auf Rädern geschützt, und der bronzene Rammkopf glich dem eines Yaks.

Ein ungewohnt frischer Wind brachte die königlichen Banner zum Flattern. Jemand hustete, in der Ferne krächzte ein Alicanto, dann herrschte wieder Stille.

Für José barg die Situation einmal mehr unerschöpfliche Möglichkeiten. Diese betrafen nicht die feindliche Armee. Auch nicht die Männer auf den Mauern, die unsicher mit ihren Flachbogen hantierten und darauf warteten, dass ihnen jemand sagte, was sie zu tun hatten. Vielleicht hofften sie auch, jemand würde sie aus diesem Albtraum wecken. Die Möglichkeit betraf vielmehr ein Geheimnis, das jene waffenstrotzenden Zwergenkämpfer umgab. Eines, so vernichtend und streng gehütet, dass ein Prinz seinen eignen Vater ermordet hatte, um Panik zu vermeiden. Fafnir musste dem Hass seines Volkes ein Ziel geben, anstatt sich der Wahrheit zu stellen.

Svartalfheim, das Reich der Zwerge, lag im Sterben.

Kein Heer des gesamten Weltenrunds könnte es mit den Zwergen aufnehmen. Zwischen der Vernichtung des Königreichs und ihrem Bestehen stand allein der Zwergenprinz an Josés Seite. Und je länger er die Armee betrachtete, desto mehr verhärtete sich ein Verdacht in ihm, wie eine verschorfte Wunde, an der er sich nicht traute, herumzukratzen. Das dort unten war keine Armee. Darunter, tief verborgen, befand sich ein weiteres Geheimnis.

José strich sich das Brokatgewand glatt. Es war dunkelgrün, mit silbernen Bändern durchzogen und konnte die Auswirkungen seiner Gefangenschaft nicht überdecken. Er war ausgezehrt und abgemagert – daran hatten diverse Bäder, Mahlzeiten und viel erholsamer Schlaf nichts geändert. Instinktiv betastete er die Narben an seinem Mund. Da sein Bart sie nicht hatte überdecken können, hatte er ihn geschoren. Einzig die Aussicht auf die kommenden Ereignisse hielt José noch auf den Beinen.

Cosme verharrte auf seiner anderen Seite, den Rücken durchgedrückt, die runzligen Augen von der Überzeugung erfüllt, das Palindrom würde sie alle retten. Wie mochte es wohl für den ersten Paladin der Kirche sein, hier oben zu stehen und einem übermächtigen Feind entgegenzublicken, wie es einst vor mehreren Jahrzehnten zur Zeit der Verheerung geschehen war?

»Hat uns inzwischen eine Antwort aus Tirnanog erreicht?«, fragte José.

»Bislang nicht«, sagte Cosme. »Wir sind sicher, dass früher oder später …«

»Ja?«

Cormag brummte. »Der Lichttrinker glaubt, die Stämme werden seinem Ruf folgen.«

»Es gibt eine Vereinbarung mit der Krone Tirnanogs«, erwiderte Cosme.

Der Druide verschränkte gelassen die Arme vor der Brust. Für ihn musste es nichts Schöneres geben, als mitanzusehen, wie der Feind, dem er einst den Untergang geschworen hatte, von einer feindlichen Armee überrollt zu werden. »Du kennst unser Volk nicht, Lichttrinker.«

Cosme wandte sich ihm zu. »Ich war an der Unterwerfung Tirnanogs beteiligt, Druide. Ihr seid nichts weiter als Tiere, die eine starke Hand benötigen.«

Cormag lächelte finster. »Wollen wir es hier austragen oder dort unten?«

»Das genügt«, erwiderte José und ließ seinen Blick über das feindliche Heer schweifen.

Der Paladin verstärkte das Leuchten seiner Rüstung. »Es entzieht sich jeglicher Vernunft, den Wilden als Berater an deine Seite zu stellen, Lopt.«

José schenkte ihm lediglich einen knappen Blick. »Und das ist der Grund, weshalb Fafnir mit mir verhandelt und nicht mit Euch. Cormags Anwesenheit und Einschätzung ist für das Kommende von unerlässlichem Wert.« Er richtete sein Augenmerk auf den Hünen. »Werden die Druiden Tirnanogs dem Ruf folgen?«

»Wenn die Geister es wollen.« Die kryptische Antwort war wohl alles, was sie bekommen würden.

»Wie steht es um Gabriels Bemühungen in Amdra?«

Cosme beobachtete Cormag noch einen Moment, ehe er seine Aufmerksamkeit auf José richtete. Er konnte sehen, dass dem Paladin die veränderten Umstände keineswegs zusagten. Eben noch war José sein Gefangener gewesen, jetzt war er auf ihn und sein Wissen angewiesen. Denn José war der Einzige, der die Vernichtung ganz Candaloz' abwenden könnte.

»Die Streitmacht ist gesammelt und auf dem Weg hierher, Lopt.«

»Wann?«

»Wenn das Palindrom es so will.«

Fafnir klatschte seine Hand auf die Zinnen. »Ich bräuchte nur den Angriff befehlen und das wär's mit euch Milchpissern. Ihr könnt ja nicht einmal ein Heer auf die Beine stellen.«

Da musste José ihm zustimmen. Nie zuvor hatte er so viele Soldaten an einem einzigen Ort gesehen. Zwischen den Zwergen flatterten die Banner im Wind: gekreuzte Äxte vor einem Schild, Hammer und Amboss umgeben von Sternen, ein goldener Eber, Hörner, Masken, viele Clansymbole mehr, die den drei Prinzenbrüdern zur Treue verpflichtet waren.

»Wie viele Städte habt Ihr auf dem Weg hierher eingenommen, Fafnir?«

Der Zwerg fuhr sich durch den Bart. »Ich habe nicht mitgezählt.«

»Habt Ihr die Menschen abgeschlachtet?«, blaffte Cosme.

»Wir sind Zwerge und keine Bestien, Langer. Wir haben Truppen zurückgelassen, um zu verhindern, dass uns jemand in den Rücken fällt. Keine Sorge, den Langen ist nichts passiert.« Er grinste böse. »Ausgenommen die, die uns im Weg standen.«

Alle drei Prinzenclans waren streng voneinander getrennt. Links die von Reginn, ganz in feinstem Gold über blauem Stoff, dessen Ärmel und Kragen mit Ornamenten durchzogen waren. Ihre Bärte waren zu kunstvollen Zöpfen geflochten, und überall an ihnen schimmerten Edelsteinsplitter. In der Mitte verharrten Fußsoldaten in Rot, Silber und Schwarz, die wilder und kampferfahrener aussahen als der Rest. Sie bevorzugten Äxte und Schwerter als Waffen und trugen achteckige Schilde auf dem Rücken. Fafnirs Truppen. Und ganz rechts tummelte sich ein bunt zusammengewürfelter Haufen, der geradezu primitiv wirkte, als hätten die Zwerge sich dazu entschieden, sich allem Fortschritt zu entsagen. Sie ritten auf Yaks mit zottligem Fell, bemalten Hörnern und schwer bepackt mit allerlei Taschen, Beuteln und Behältern. Die Reiter waren in bunte, pelzbesetzte Stoffschichten in Sandfarben, Rot und Braun, mit blauen und roten Bändern gekleidet. Ihre Gesichter waren mit roter Kriegsbemalung beschmiert, sodass sie den Teufeln der Verheerung zum Verwechseln ähnlich sahen.

Selbst mit allen Reservisten, Einberufenen, der Stadtwache und den Paladinen könnte Méridors das Heer nicht aufhalten. Sogar die angeforderten Truppen aus Tirnanog, Amdra und Legentum genügten nicht, um diese Schlacht zu entscheiden.

»Wie viele sind das?«, fragte ein Don und zwirbelte nervös seinen Bart.

»Zehntausende«, antwortete jemand.

»Mehr!«, grollte Cormag.

»Du meine Güte«, murmelte Baltasar und betupfte sich mit einem Seidentuch die Stirn. »Ach du meine Güte …«

Elle stand auf der anderen Seite zwischen ein paar anderen Vertretern der Obrigkeit, den Sonnenanhänger auf der Brust fest umklammert. Ihre Haare waren kurz geschoren, wie es der Brauch der Kirche vorschrieb, und ihr schwarzes Kleid ließ keine weiblichen

Rundungen mehr erahnen. Nachdem Fafnir darauf bestanden hatte, allein mit José zu verhandeln, war sie inzwischen in die Bedeutungslosigkeit verfallen.

Und nun standen sie hier, eine ausgewählte Gruppe, im Rücken die Streitmacht, die Candaloz aufzubringen vermochte, und vor den Toren eine Armee, die wie eine Plage über der Stadt hereinbrechen könnte.

»Das ist keine Armee«, säuselte José. Ihm erschloss sich immer mehr ein Bild. »Wollt Ihr wissen, was ich dort unten sehe, Fafnir?«

»Erleuchte mich, Langer.«

»Eine Geschichte.« Er legte sich die Worte zurecht. »Ich sehe das Volk Svartalfheims. Das *gesamte* Volk.«

Der Zwerg schwieg.

»Euer Vater sah es kommen, nicht wahr? Das ist der wahre Grund, weshalb er sterben musste.«

»Mein Vater war ein Narr!«, knurrte Fafnir und hämmerte auf den uralten Stein. »Grímnir hat ihn gewarnt, aber er wollte nicht auf ihn hören.«

»Merlin.«

Erneut hieb Fafnir zu. »Vor langer Zeit kam er in die goldene Halle von Nidavellir und warnte den König unter dem Berg. Er sagte, Hreidmar sollte davon ablassen, in den Tiefen nach Reichtümern zu schürfen, und sein Volk auf eine drohende Gefahr vorbereiten. Bei Wielands Bart, er sprach von einem Sturm, der irgendwann das Reich unter dem Berg erfassen würde.« Fafnir fletschte die Zähne und ihm stand Schaum vor dem Mund. »Und was tat mein verrosteter Vater? Er ließ ihn warten. Als er Grímnir schließlich empfing, verschloss er sich dennoch der Wahrheit.« Fafnirs Stimme wurde schärfer. »Er hatte nicht einmal vor, nach Mjölnir zu suchen, um die Finsternis zu bannen. Er wollte die Gefahr *aussitzen!*« Der Prinz schüttelte wie in Trance den Kopf. »Rost und Eisen, die Wahrheit ist, dass der Stahl Svartalfheims schon lange abgekratzt ist und darunter nichts als Rost zum Vorschein kommt.«

José konnte es vor sich sehen, als wäre er dort. »Dunkelheit beherrscht Svartalfheim.«

Fafnir ließ den Kopf hängen und der jähzornige Zwerg verschwand, um den wahren Fafnir unter den Schichten aus Stolz, Gier und Rachsucht zu offenbaren. Ein geplagter Mann, der sich um sein Volk sorgte, und dafür über Leichen ging. »Ich musste mein Volk vorbereiten. Dafür musste ich auch …«

»Andvari.«

»Mein alter Freund galt trotz allem noch als großer Meisterschmied, dem viele Zwerge nacheiferten. Er hätte sich geweigert, Svartalfheim zu verlassen, und damit alles zunichtegemacht.«

»Deshalb musste er sterben.« Wie von selbst glitten die Worte aus Josés Mund. Er musste sie bloß fließen lassen.

»Rost, wir sind ein stolzes Volk, und sterben eher mit der Axt in der Hand, als Heim und Herd aufzugeben.«

Damit vervollständigte sich das Puzzle in Josés Kopf und er wusste, was zu tun war. »Das hier ist kein Rachepakt.«

Fafnir nickte grimmig.

»Es ist ein Exodus. Ihr habt Svartalfheim verlassen, um Euer Volk zu retten.«

Dem Prinzen entfuhr ein schwerer, leidgeplagter Seufzer und er packte den Schreckenshelm unter seinem Arm fester. »Ja.«

»Der Hammer sollte euch gehören«, sagte Cormag. »Er ist ein Symbol deines Volkes.«

»Ich stimme zu«, bemerkte José. »Doch liegt es nicht in unserer Macht, dies zu entscheiden.«

Fafnir stierte ihn an. »Mjölnir ist der einzige Grund, warum ihr noch lebt.«

José wies zum feindlichen Heer. »Eure Brüder sollen sich zu uns gesellen.«

»Wozu?«

»Um alles Weitere zu besprechen. Mein Wort darauf, dass ihnen nichts widerfährt.«

»Ich brauche dein Wort nicht. Wenn uns etwas passiert, wird unsere Armee wie ein Sturm über euch hinwegfegen!«

Wie ein Sturm … Wie ein Sturm … Wie ein … José schüttelte den Gedanken aus dem Kopf. »Bevor wir die nächsten Schritte planen, muss ich es sehen.«

Fafnir kniff die Augen zusammen. »*Was* musst du sehen?«

»Die Wahrheit.«

Er zögerte. »Sagen wir, ich spiele mit. Was genau soll ich tun?«

Josés Blick wanderte zu dem Beutel an Fafnirs Hüfte, in dem sich ein Gegenstand von besonderer Macht verbarg. Es war wie ein wärmendes Feuer, ein Schimmer in der Luft, eine Aura der Macht, die an Josés Verstand zupfte. Davon ging ein stets rhythmisches Pochen aus. Ein Name legte sich wie der Geschmack von Blut auf Josés Zunge. Er musste ihn lediglich aussprechen: »*Brisingamen.*«

Mit sichtlicher Verwirrung zog Fafnir den verschlungenen Halsschmuck heraus, der jenes verräterische Schimmern von Adamant besaß. Ein einzelner großer Kristall in glühendem Violett war darin eingelassen. Eines der ersten Meisterstücke von Andvari.

»Woher kennst du den Namen, Langer?« Fafnirs abwehrende Haltung gab zu verstehen, dass der Schmuck für ihn von unermesslichem Wert war.

Cosme reckte sich, selbst Elle zeigte Neugierde und näherte sich.

José hielt dem Zwerg die Hand hin. »Wusstet Ihr, dass sich ein Teil der Seele Svartalfheims in dem Seelenstein verbirgt?« Das Pochen wurde stärker, wie ein zweiter Herzschlag in seiner Brust.

Nachdenklich betrachtete der Prinz die Kette. »Andvari erwähnte Ähnliches. Damals sagte er, der Kristall hätte nach ihm gerufen.«

Das wunderte José nicht. Der Runenschmied war in einer Art und Weise mit den Schöpfungskräften verbunden, die alles Dagewesene überstieg. »Ich muss ihn berühren, um es zu sehen, Fafnir.«

Es kostete den Prinzen offensichtlich alle Überwindung, José den Seelenstein anfassen zu lassen; einen vergleichbaren Seelenstein wie den, den er zu Beginn der Ereignisse gebrochen hatte, um die göttliche Seele daraus zu befreien.

Als José mit der Fingerspitze den violetten Kristall berührte, zog es ihn mit einem Ruck fort. Auf einmal stand er in dämmrigem Zwielicht auf einem Plateau in einer Höhle, deren Ausmaße nicht zu greifen waren. Ein durchdringender Geruch nach Feuchtigkeit und Verborgenem lag in der Luft und ihn überkam unwillkürlich Gänsehaut. Achteckige Steinsäulen strebten aus der tiefen Schwärze wie versteinerte Urwerke in die Höhe; sie reichten so hoch, als dienten sie dem

Berg zur Stütze. Gebäude, Plattformen und Ebenen waren aus ihnen zu Städten herausgeschlagen. Wuchtige Brücken verbanden diese über den Abgrund miteinander und waren so kunstvoll mit geradlinigen Reliefs geschaffen, dass sie nur von Zwergenhand stammen konnten. Wohin José auch sah, entdeckte er beeindruckende Steinmetzarbeiten und Statuen einstiger Könige. Allerdings hütete diese eindrucksvolle Welt ein schreckliches Geheimnis.

Svartalfheim war ein Ort des Verfalls.

Der Stein war brüchig, die baufälligen Brücken teilweise eingestürzt, eine Säulenstadt war zerschmettert, überall rieselte der Mörtel aus den Mauerwerken und gewaltige Risse zogen sich wie Klüfte hindurch. Jedes Knacken war wie ein Stich in Josés Herzen. Die einstige Pracht war verschwunden und zurückgeblieben war eine Welt, die dem Ruin zum Opfer fiel.

Er näherte sich dem Vorsprung, schob dabei zwei Kiesel vor sich her, die über die Kante in die Tiefe fielen, und versuchte, mehr von seiner Umgebung auszumachen. Der Geruch, den er anfänglich für Feuchtigkeit gehalten hatte, wurde mit jedem Atemzug intensiver. Es war derselbe Gestank, den er in den Wäldern Tirnanogs wahrgenommen hatte.

Fäulnis.

Beinahe an jeder Stelle wickelten sich teerartige, pulsierende Wurzeln um das Heim der Zwerge, durchbohrten das Gestein, das vermoderte wie altes, feuchtes Holz, und durchzogen die Säulen und Brücken wie Schlingpflanzen. Und im Herzen davon wuchs ein gewaltiges, verschlungenes Gebilde aus dornigen Ranken, wie ein Kokon, in dessen Zentrum der Gehörnte hockte wie eine Spinne im Netz.

»Cernunnos«, raunte José.

Das Gebilde bewegte sich; die Wurzeln tasteten sich über den brüchigen Fels, krochen aus dem Abgrund und verästelten sich allmählich aus dem Wust zu einem großen, gehörnten Gesicht.

»Ich sehe dich, José«, flüsterte der Gott mit leiser, rauer Stimme, wie Wind, der durch eine geborstene Kiefer fuhr. »Du hältst dich für einen Helden. Für einen Retter. Für den Einzigen, der den Weltensturm aufhalten kann. Aber du wirst scheitern.«

»Das wird sich noch zeigen, abtrünniger Gott.«

»Abtrünnig?« Das Gesicht glitt näher, hing in überdimensionaler Größe über José und blickte spöttisch auf ihn herab. »Wir sind uns ähnlicher, als du glaubst. Wir sind beide bereit, Grenzen zu überwinden und uns für den Frieden aufzuopfern.«

»Und ich glaube, unser Verständnis von Frieden unterscheidet sich.«

Cernunnos grinste. »Irgendwann wirst du begreifen, dass ich die einzige Lösung bin. Und wenn es so weit ist, wirst du verstehen.«

José schnaubte. »Was werde ich verstehen?«

»Damit Neues entstehen kann, muss Altes weichen.« Das Gesicht kam noch näher, schwebte in aller Schrecklichkeit dort, durchsetzt von zitternden, wimmelnden Wurzeln wie ein Nest voller Maden. »Du hältst mich für den Feind. Dabei bin ich der Einzige, der die Wahrheit erkannt hat.«

»Welche Wahrheit?«

»Du behauptest, du bekämpfst den Weltensturm.«

»Und?«

»Mit allem, was du tust, erfüllst du die Weissagung um den Weltensturm.« Plötzlich war überall Bewegung. Zahllose tote Zwerge krochen aus dem Abgrund, hangelten sich die Brücken und Säulen hinauf und wankten auf Josés Plateau zu. Ihre fassförmigen Körper waren mit schwarzen Wurzeln überzogen, ihre Bärte zerzaust, ihre verfallenen Gesichter ausgezehrt und ihre Köpfe teilweise eingeschlagen; einigen fehlten ganze Glieder, bei anderen waren die Körper derart entstellt, als wären sie gerade ihren Gräbern entstiegen.

»Wenn das Ende naht, werde ich dich aufsuchen«, sagte Cernunnos.

Die Beherrschten stürmten auf José zu. Ehe sie ihn erreichten, zog er sich zurück.

Ruckartig flutete sein Geist seinen Körper. Er taumelte, fing sich mit einer Hand an der Zinne ab und konzentrierte sich auf die Umgebung, während der Schwindel ihn packte. All die vergangenen Eindrücke stürzten gleichzeitig auf ihn ein. Die Schwarze Sonne. Warmer Wind im Gesicht. Das Zwergenheer. Fafnir, der nach einem

Weg suchte, sein Volk zu retten. Die Hoffnung auf ein Bündnis. Brisingamen.

José richtete sich auf und erkannte, dass es Zeit war, der Wahrheit ins Auge zu blicken. »Was würdet Ihr tun, um Euer Volk zu retten, Prinz?«

Fafnir ballte die Faust. »Alles!«

»Ausgezeichnet. Wir treffen uns bei der Kathedrale von Candaloz.« Knapp wies José zu dem Wald weißer Türme, der sich aus dem Teppich cremefarbener Gebäude erhob. »Niemand wird Euch aufhalten.« Er schaute Cosme an. »Nicht wahr?«

Der Paladin neigte kaum wahrnehmbar den Kopf.

»Geht zu Euren Brüdern und überzeugt sie, uns zu begleiten. Ich erwarte Euch in zwei Stundenkerzen vor der Kathedrale.«

Ohne ein weiteres Wort verließ er die Mauer. Mit jedem Schritt fühlte er eine Stärke in sich reifen, die er lange vermisst hatte. Ein schwächerer Mann hätte weder den Mut noch die Kraft aufbringen können, um weiterzumachen – nicht nach dem, was er in Svartalfheim gesehen hatte. Doch José hatte einen Plan, der ineinandergreifen musste wie die Rädchen in einem Getriebe.

Das Gespräch mit Cernunnos erinnerte ihn daran, dass der nächste Spielzug gekommen war.

Das Lied der Wahrheit

Monate zuvor

Es gab keinen Zweifel daran, wer die wahren Bauherren dieser Korridore waren: Zwerge. Falls jemals ein Mensch einen Fuß hierhergewagt hatte, musste dies sehr lange her sein. Damit wurden Basil und seine Gefährten nicht nur zu Zeugen dieser epischen Geschichten. Sondern *lebten* sie.

Er spürte eine Melodie in sich reifen, je mehr er von seiner wundersamen Umgebung ausmachen konnte, wie eine verblasste Erinnerung, die allmählich wieder an Farbe gewann. Wohin er auch sah, entdeckte er die Überbleibsel einer untergegangenen Kultur. Alles hier wirkte alt und ursprünglich, war verfallen und doch auf seine Art noch überraschend gut erhalten. Wie ein Bauwerk für die Ewigkeit.

Kristalle zogen sich Adern gleich durch den abgetragenen Fels, aus dem gelegentlich Fresken und geradlinige Strukturen herausgeschlagen waren. Während Basil sich im Halblicht von den Eindrücken dieser wundersamen Welt umfangen ließ, reifte ein Lied in ihm, als wäre er an eine Quelle unermesslicher Inspiration gefallen.

Nach einem Marsch von drei Stundenkerzen mündete der Weg in einem tiefen Gewölbe, das in zehn Schritt Entfernung in Schwärze versank. Neben den Ausgängen hingen kastenförmige, steinerne Lampen, in deren Fassung ein Kristall eingelegt war. Basil öffnete diese, und der blaue Kristall dahinter erstrahlte in gleißendem Licht. Dann hielt er die Lampe höher und erhellte das Gewölbe.

Und hielt die Luft an.

Die Halle war größer als eine Stadt – größer noch. Ein Netz achteckiger, ziselierter Säulen von zehn Schritt Umfang strebte zur weit entfernten Decke empor. Steinerne Kohlebecken, deren Glut schon lange erloschen war, flankierten den Weg und führten zu einem wuchtigen goldenen Tor, das selbst nach all der Zeit nichts von seinem Glanz verloren hatte.

Basils Blick schweifte über die Steinmetzarbeiten, welche die Mauern und Säulen zierten. Die Figuren, Sockel und Ornamente waren so detailliert geschaffen, dass kein menschlicher Künstler an sie herankam. »Atemberaubend«, flüsterte er das Wort, das auf seiner Zunge brannte.

»Zwerge«, murmelte Lorenco an seiner Seite. »Es gibt keinen Zweifel, dass sie einst in unserer Welt existierten.«

»Unserer Welt?«, fragte Krog.

»Worauf wollt Ihr hinaus, Schamane?«

»Ich stelle bloß Fragen.«

»Was er damit meint«, bemerkte Kriana, die all das mit gerunzelter Stirn betrachtete. »In Tirnanog gibt es Ruinen uralter Völker, die einst das Weltenrund bevölkert haben. Sind Menschen wirklich die größte Kreation der Schöpfung, oder bilden wir uns das bloß ein?«

»Sîdhe.« Basil schickte einen hellen Ton auf der Vihuela hinterher.

Kriana kaute auf ihrer Unterlippe. »Hätte nicht gedacht, dass du von den Elfen weißt.«

»Ich bin Barde.«

»Das macht also aus einem dummen Arschloch ein schlaues Arschloch?«

Er lachte leise. »Möglich. Meine Zunft interessiert sich sehr für alte Sagen und damit auch für die alten Völker, zu denen es überall im Weltenrund Hinweise gibt. Wenn ich mir das hier so anschaue, wäre die Frage deshalb: Existierten zuerst die Menschen oder die Zwerge?«

Lorenco klopfte ihm im Vorübergehen auf die Schulter. »Diese Frage werden wir wohl nie beantworten können.«

Hinter dem Tor erwartete sie eine ähnliche Halle, an deren Ende Bildhauer ein riesiges, steinernes Abbild eines Zwergs erschaffen hatten, der auf einem Thron aus purem Gold saß, die Rechte auf dem Griff eines Hammers, die Linke auf der Thronlehne. Seine Stiefel waren so hoch, dass sie einen Korridor zwischen sich bildeten. Während Basil unter ihm hindurchschritt, ging er langsamer, um den Riesen näher in Augenschein zu nehmen. Wie lange mochte es gedauert haben, etwas so Kunstvolles zu erschaffen? Aus irgendeinem Grund weckte dies in ihm das Verlangen, etwas Vergleichbares zu vollbringen. Stets hatte er seine Gabe genutzt, um sich einen Vorteil zu verschaffen. Warum sie nicht nutzen, um etwas zu erschaffen, das die Zeitalter überdauerte?

Der Gedanke ließ ihn nicht mehr los, als sie die nächste Halle durchstreiften und schließlich in eine Höhle eintauchten, deren Ausmaße nicht auszumachen waren. Zuvor war Basil erstaunt und entzückt, jetzt übermannte ihn eine Ehrfurcht, wie er sie nie zuvor wahrgenommen hatte.

Hier unten befand sich eine ganz eigene Welt; eine, die vor langer Zeit aufgegeben worden war. Oder sie war einfach in Vergessenheit geraten.

»Dieser Ort ist alt«, flüsterte Krog, den geschnitzten Holzstab vor sich abgestellt. »Uralt.«

»Was ist das hier?«, fragte Kriana.

»Das Reich der Zwerge, wie es einst im Weltenrund vor der großen Teilung existierte.« Disha hielt einen violetten Stein gepackt, als erwartete sie an jeder Ecke Gefahren.

Basil runzelte die Stirn. »Woher weißt du das?«

Sie lächelte geheimnisvoll. »Es mag dich überraschen, Barde, aber ich bin ein belesener Mensch. Es gibt Abschriften in der großen Bibliothek der Tausendinseln. Berichte über die Welt *vor* der Welt. Wissenschaftliche Abhandlungen darüber, wo die Überreste vergangener Kulturen zu finden sind und in welcher Verbindung sie miteinander stehen.« Sie hielt den Stein mit zwei Fingern hoch und betrachtete ihn neugierig. »Wir sehen den Weltenbaum, und damit ist alles, was wir zuvor für Fiktion hielten, ein Teil unserer Geschichte, die wir vergessen haben.« Ihr Blick durchbohrte ihn. »Die nächsten Monate werden für uns alle große Veränderungen bringen.«

Sie ging zu einem Metallgestell, dessen Fundament mit dem Boden verwachsen war. Dort betätigte sie einen Hebel, und quietschend setzte sich eine drehbare Scheibe in Bewegung; sie richtete sich so aus, dass der diffuse Lichtstrahl, der durch einen Schacht in die Höhle reichte, genau auf die spiegelglatte fiel. Von dort wurde das Licht im Zickzack auf weitere Gestelle geworfen, bis die gesamte Höhle erleuchtet war.

Es dauerte eine Weile, bis sich Basils Augen nach dem langen Marsch in der Dunkelheit an die Helligkeit gewöhnt hatten.

»Willkommen in *dvergá bádûr*«, sagte Disha. »Die Bergbinge der Zwerge.«

Und was für ein Anblick das war! Ein Durcheinander aus Brücken und Ebenen, Plateaus und Säulen, aus denen Gebäude und Plattformen herausgeschlagen worden waren, erstreckte sich, so weit das Auge reichte. Ihr Umfang war auf die Entfernung kaum zu erkennen, aber ihre Größe überstieg bei Weitem die von Menschenstädten. Auch hier war all das längst dem Verfall anheimgefallen. Risse durchzogen die Gebäude, die Brücken waren eingestürzt, Felsvorsprünge abgetragen, und die Luft war so abgestanden, als hätte schon lange niemand mehr einen Fuß hierhergesetzt.

Wasser schoss eine schroffe Höhlenwand entlang, strömte unter den zerschmetterten Ebenen hindurch, quetschte sich durch die Bruchstücke einstiger Plateaus und riss Teile metallener Rohre und riesiger Schaufelräder mit, die wohl die Wasserkraft einst genutzt hatten. Je länger Basil hier stand, desto mehr wollte er von alldem herausfinden.

Die Gefährten suchten sich einen Pfad über eine Brücke, die nicht ganz so schlimm in Mitleidenschaft gezogen war. Dennoch mussten sie aufpassen, wohin sie ihren Fuß setzten, und blieben wachsam, während sie die verborgene Welt erkundeten. Mit jedem Schritt fachten die Eindrücke Basils Inspiration an, wie das Feuer in einer Esse. Er konnte nicht mehr an sich halten und ließ ein tiefes, melancholisches Lied aufbranden wie die Gezeiten am Meeresufer.

In den Tiefen der Nacht, wo Schatten erwachen,
wo alte Geister still Hallen bewachen,
liegt ein Ort der Sagen, im Nebel verhangen,
das Reich der Zwerge, nun längst vergangen.

Einst war es lebendig, mit Lachen und Licht,
nun nur Stille, kein Zwergenblick, der spricht.
Die Hallen sind leer, die Minen verstaubt,
die Schätze vergessen, in Dunkel getaucht.

Der Wind voll Geflüster, lange verklangen,
von stolzen Zwergen, die mutig sangen.
Ihr Werk aus Stein, einst voller Pracht,
zerfallen und vergessen im Mantel der Nacht.

Doch tief in der Erde, wo das Gold noch funkelt,
ruhen Träume der Zwerge, in der Zeit nie verdunkelt.
Wer das Reich einmal findet, fernab jeder Spur,
der entdeckt mehr als Schätze: eine uralte Kultur.

In den Herzen der Berge, im Schweigen bewahrt,
liegt das Reich der Zwerge, so ewiglich und starr.
Es erzählt von der Zeit, die einst Zwerge verließ,
von Träumen und Hoffnungen, die niemand vergisst.

»Die große Teilung der Welt.« Dishas raue Stimme hallte wie ein Echo in der gewaltigen Höhle, als entstiege sie den Abgründen der Zeit. »Der Gedanke war richtig, doch sie war ein Fehler.«

»Die große Teilung?« Basil klimperte weiter auf seinem Instrument.

»Die Entstehung der neun Welten.« Disha wies über das Reich. »Einst gab es eine einzige Welt, verbunden über die Silberne See mit der Fernen Gestade.«

»Das Reich, woher die Elfen kamen«, murmelte Kriana.

Disha nickte ihr zu. »Niemand weiß, weshalb die Welt geteilt wurde und wir uns so sehr entfremdet haben.«

»Krieg«, brummte Wagrim.

»Möglicherweise. Die Frage ist allerdings, wer führte Krieg gegen wen?«

Der Barbar starrte in die Ferne, als durchlebte er seine Vergangenheit erneut. »Ist das wichtig?«

»Sollten wir nicht aus der Vergangenheit lernen?«

Er schüttelte den Kopf. »Solange wir selbst entscheiden können, wird es immer Krieg geben, Alchemistin. Alle haben Gründe für ihre Taten.« Er warf ihr einen tiefgründigen Blick zu. »Auch wir.«

»In meinem Volk gibt es … Geschichten.« Kriana klang unsicher, als wollte sie an diesem Fundament nicht rütteln. »Ich war jung, bevor ich … Jedenfalls erzählt man sich von Dagda, unserem Gott und Schöpfer, der einst viele Namen trug. Er ist der Gründer aller Stämme. Der Allvater. Myrddin, der älteste Druide Tirnanogs, der stets in Zeiten der Not auftaucht und während der Verheerung die Druiden in den Krieg geführt hat. Sein wahrer Name ist …«

»Merlin.« Krogs gespenstisch klingende Stimme schwebte durch das Zwergenreich.

»Du kennst ihn?«

»Die Geister sprechen von ihm.«

»Ich habe ihn in Mag Mell getroffen«, sagte Wagrim. »Ein alter Mann, der verheerende Kräfte entfesseln kann.«

Kriana kaute auf ihrer Unterlippe. »Du warst in Mag Mell?«

»Ich war dank José Stabsoffizier der méridorischen Scheißarmada.« Er spuckte aus. »Was dort geschehen ist, liegt im Nebel verborgen, obwohl es erst wenige Wochen her ist. In Tirnanog …« Er betrachtete bedauernd seine Hände. »Ich war nicht ich selbst. Merlin. José. Cernunnos.« Wieder stockte er. »Wir befinden uns in einem Spiel, dessen Regeln wir nicht verstehen.« Er sah die anderen nacheinander an, bis sein Blick auf Basil fiel. »Die Frage ist, ob wir die Spieler sind oder bloß die Figuren.«

»Ich lasse ungern mit mir spielen«, erwiderte Basil und ging beschwingt weiter. Er kam kaum aus dem Staunen heraus, als sie zu einer Säulenstadt gelangten, die ihn in gewisser Weise an einen riesigen Bienenstock erinnerte. »Es wird Zeit, uns dem Grund dieser beschaulichen Reise zu stellen. Was meint ihr?«

Schweigen.

Basil blieb stehen, entlockte der Vihuela hauchzarte Töne; sie stiegen in gelben Lichtbändern empor und legten sich so sanft wie Sonnenstrahlen auf die Schultern seiner Gefährten. Die Musik berührte etwas tief in ihm, von dem er wusste, dass es der Quelle seiner Kreativität entstieg. Ein Funke, der ihn Wunder vollbringen ließ, solange er die richtigen Töne erschuf.

Und so webte er ein Lied der Wahrheit.

»Wir sind aus zwei Gründen hier.« Lorenco zog ein verwundertes Gesicht.

»So?«, fragte Basil.

Der Waffenmeister betrat die Säulenstadt und folgte einem Pfad durch das Innere folgte, als würde er bereits den Weg kennen. »Ja.«

»Welche?«

Eine Ader an Wagrims Schläfe pochte wild an. »José sucht nach jemandem.«

»Jemandem?«

»Nach einem wahren Paladin.« Ein Schatten legte sich wie ein Schleier über Wagrims Gesicht. »Siehst du?« Seine Stimme klang nun anders, härter, rauer, grausamer – wie der Tod. »Er wird dich verraten wie alle anderen.« Wagrim blieb stehen und betrachtete seine Hände. »Du lügst!« Er richtete sich auf und starrte Basil mit solch einem brennenden Zorn an, dass er kurz den Takt verlor und Mühe hatte, wieder einzutauchen wie in eine warme Strömung.

»*Ich* lüge?«, knurrte Wagrim und blickte in eine Pfütze am Boden. »*Du* bist schwach!« Langsam, ganz langsam setzte er sich wieder in Bewegung, wie ein Bollwerk, das einen Kampf gegen sich selbst ausfocht. »José manipuliert uns, Berserker.« Abermals blieb er stehen. »*Alle* versuchen uns zu manipulieren, Schwächling!«

So deutlich war Wagrims Zwist bislang nicht zum Vorschein gekommen, weshalb Basil ein Stück zurückfiel, um nicht unversehens die Wut des Barbaren zu spüren zu bekommen.

Der Korridor endete vor einem Kasten, der mit Metallgittern versehen war. Lorenco betrat ihn und wies die anderen an, ihm zu folgen. Dann spähte er auf seinen Zettel, langte nach einem Hebel an der Seite und zog.

Es klickte und rasselte. Mit einem Ruck setzte sich der Kasten in Bewegung und sank nach unten. Basil hielt sich am Gitter fest und musste kurz das Lied unterbrechen. Ehe seine Gefährten ihren Zustand offener Wahrheit verließen, webte er die Melodie von Neuem und hüllte sie darin ein.

Langsam, ganz langsam fuhren sie in die Tiefe und das einzige Licht in dem bedrückend engen Raum war die Lampe in Lorencos Hand. Dicke Kettenglieder waren durch die Gitter erkennbar.

Anscheinend funktionierte der Kasten nach einem Prinzip neuartiger Hebevorrichtung – oder einer längst vergessenen, je nachdem, wie man es betrachtete. Basils Staunen für die Wunder der Zwerge wuchs mit jedem Atemzug.

»Was ist mit dem Barbaren?«, fragte Kriana leise.

»Er kämpft mit seinen Dämonen«, flüsterte Disha. »Wie wir alle.«

Basil zupfte hier und da an unsichtbaren Fäden. »Was ist ein wahrer Paladin?«

»Einer der Neun, die Einfluss auf das Schicksal nehmen werden«, erklärte Lorenco. Fort war der heldenhafte Streiter und in seinen Augen stand nun unverhohlener Neid.

»Neun?«

»Neun wahre Paladine, die einen finsteren Gott bekämpfen werden. Der Barde ist der letzte.« Lorenco hielt eine Klinge in der Hand, die in dem engen Raum ganz und gar nicht willkommen war.

»Aber?« Basil webte das Lied weiter.

»Aber ich werde beweisen, dass *ich* der wahre Paladin bin.«

»Was gedenkst du dafür zu tun?«

Lorenco ließ die Klinge verschwinden. »Steh mir nicht im Weg!«

»Wobei?«

Ein finsteres Lächeln legte sich über Lorencos Lippen, das so gar nicht zu dem hehren Kämpfer passte. »Das wirst du schon bald erfahren, Barde.«

Mit einem Ruck kam der Kasten zum Stillstand. Vor ihnen weitete sich ein Korridor, an dessen Ende sich ein helles Viereck abzeichnete. Mit klopfendem Herzen ging Basil darauf zu. Es fiel ihm zunehmend schwerer, das Lied aufrechtzuerhalten. Nicht nur spielte er sich die Finger wund, auch sein Geist ermattete allmählich. Der Quell, von dem er zehrte, gelangte auf den Grund.

Das helle Viereck weitete sich, ehe es sie verschlang.

In dem Gewölbe dahinter erfuhr Basil endlich den wahren Grund dieser Reise.

Ein Hort bewacht von einem Wesen, über das sich in Méridor viele Sagen rankten. Der *Coco*, eine mythische Kreatur, die einen Schatz unermesslichen Reichtums bewachte. Allerdings hätte Basil sich gewünscht, dass es lediglich ein hauchfeines Fünkchen an der

Sage dran wäre. Denn vor ihm lag etwas, das seinen kühnsten Alb-
träumen entstiegen war.

Ein Drache.

Die Geistersicht

*S*chneller!‹

Ullr schoss die Kluft entlang, die im Dämmerlicht versank. Seine Stiefel trommelten auf den Boden und sein rasselnder Atem fuhr rau durch seine Kehle. Er sah stur nach vorn, schlitterte über den glatten Obsidian und stürmte auf die schroffe Kante zu. Mit einem Riesensatz sprang er auf eine Erhöhung, drückte sich wieder ab und überwand den zehn Schritt breiten Abgrund zur tieferen Ebene.

Das Blut donnerte in seinen Ohren, sein Herz trommelte wie verrückt, während der Boden rasend schnell näher kam. Dann krachte er mit voller Wucht auf die Seite, versuchte dabei, den Gegenstand in seiner Hand mit seinem Körper zu schützen, und schrie auf, als der Schmerz bis in seine Schulter strahlte.

Stöhnend hievte er sich hoch, zog einen Fuß nach und schleppte sich zur nächsten Kluft. Nicht zurückblicken. Immer weiter. Keine Zurückhaltung mehr. Keine Bande. Keine anderen Gedanken. Nichts. Durch die nächste Kluft, über das angrenzende Hindernis. Das war alles, was noch zählte.

Hinter ihm klackerte es.

›*Du musst schneller laufen!*‹

Ullr zischte durch zusammengebissene Zähne, zuckte zusammen, als er den Fuß belastete, und stolperte und hinkte weiter. Schon früh hatte er gelernt, Schmerz auszublenden. Schmerz war ein Gefühl. Und Gefühle konnte man nicht nur unterdrücken, man konnte sie auch in die hintersten Windungen des Verstandes vertreiben.

›*Sie sind gleich da!*‹ Obwohl Andvaris Bewusstsein im Ring steckte, war seine Stimme so klar, als stünde der Zwerg direkt neben ihm.

Die Quest zehrte an Ullrs Kräften, laugte ihn aus wie ein Stück Stoff nach dem Waschen, zerrieb seinen Verstand und verlangte ihm mehr ab, als er geben konnte. Der Rest an ihm, der noch weich gewesen war, wurde weggeschnitten, ausgebrannt, von den Flammen Muspellsheims verzehrt, bis er alles losgelassen hatte.

Der Wolf aus seinem Traum hatte recht. Jedwede Bande, die ihn zurückhielten, mussten durchtrennt werden, um sich selbst zu finden.

Unermüdlich rannte Ullr weiter, den faustgroßen Gegenstand fest umschlungen. Ein Obsidiansplitter durchzogen von goldenen Linien. Das letzte Bruchstück des Pfeilers, den sie vervollständigen mussten, um die Prüfung zu meistern.

Die verwaschenen Felsen, geschmolzenen Pfeiler und feurigen Geysire flimmerten in der geballten Hitze. Unwillkürlich fragte Ullr sich, ob er jemals wieder den kalten Windhauch des Nordens auf der Haut spüren würde. Sollte die Verdammnis wirklich existieren, dann befand sie sich hier.

›*Du hast es fast geschafft, Ullr. Nur noch ein kleines Stück*‹

Schweiß verklebte seine Sicht, durchtränkte seine Kleider, tropfte von seinem aufgeschlagenen Kinn und brannte in den unzähligen Wunden. Der Gestank nach Asche und Schwefel klebte in seiner Nase. Wenn ihm nicht eine Schar Aschewesen so dicht auf den Fersen wäre, würde er auf der Stelle zusammenbrechen. So hielt ihn bloß der Gedanke aufrecht, dass sie sich dem Gipfel Muspellsheims näherten. Bald war die Quest vorbei. Bald …

›*Hinter der nächsten Kluft.*‹ Andvaris Stimme umschwirrte ihn. ›*Ein kleines Stück noch. Gib nicht auf!*‹

Der Zwerg war der zweite Grund, weshalb Ullr durchhielt. Ohne ihn … Er wüsste nicht, was er tun würde.

Er stolperte über einen Stein, fiel auf Hände und Knie und hievte sich wieder hoch. Seine Beine gaben unter ihm nach, und er ging abermals zu Boden. Keuchend kroch er weiter über den heißen Felsen, zog sich nach vorn, krallte seine Finger hinein und schöpfte verzweifelt nach seinen letzten Kraftreserven. Doch da war einfach nichts mehr.

Ullr sank in sich zusammen. Bis hierhin und nicht weiter.

Es war vorbei.

Andvari trat in Geistergestalt neben ihn und packte ihn am Arm. Dann zog er. Stück für Stück kam Ullr wieder auf die Füße. Er beugte sich vor, wischte sich den Schweiß aus dem Gesicht und konnte die schweren Glieder und zitternden Beine nicht kontrollieren. Wenn diese Quest darauf abzielte, ihn zu brechen, hatte sie es fast geschafft. Tatsache war, er war am Ende.

›*Du hast es fast geschafft, Ullr.*‹ Andvari hockte sich neben ihn, mit einer den filigranen Hammer umfasst. ›*Das ist die siebte Prüfung, und ich bin sicher, es ist bald vorbei.*‹

»Sicher«, knurrte Ullr und richtete sich auf. »Wir müssen …«

Der Boden erschauerte, stöhnte, kippte zur Seite weg. Dann ertönten ein lautes Knacken und das Prasseln herabfallender Steine. Ullr blieb keine Zeit für einen Schrei, als er in den Abgrund stürzte.

***

›*Ullr?*‹

Er stöhnte, verlagerte sein Gewicht. Eine Welle des Entsetzens brandete über ihn hinweg, als sich die Steine unter ihm bewegten. Dann wurde ihm klar, dass er auf einem Schutthaufen lag und ihm die Ecke einer Steinplatte schmerzhaft in eine empfindliche Stelle seines Rückens drückte. Vor ihm erhob sich eine Mauer, ganz verschwommen, eine harte Linie zwischen Licht und Schatten verlief darüber. Er blinzelte, verzog das Gesicht, während Schmerz seinen Arm emporkroch, als er versuchte, sich den Staub aus den Augen zu reiben.

Andvari kniete in graublauer Geistergestalt neben ihm, das Gesicht von Sorgen zerfurcht. Hinter ihm erstreckte sich ein großer Saal mit gewölbter Decke, der sich in den Schatten verlor. Die Decke war über ihrem Kopf eingebrochen, eine zackige Linie ließ orangefarbenes Licht dahinter erkennen.

Ullr wandte den Kopf und staunte. Nur einen Schritt von dort, wo er lag, waren Steinplatten abgeschlagen und ragten in die leere Luft. Gegenüber, weit entfernt, erstreckte sich die andere Seite des Spalts, eine hohe Klippe aus abbröckelndem Stein, von der die Umrisse halb verfallener Gebäude aufragten.

Andvari seufzte laut. ›*Dem heiligen Schmied sei gedankt! Du …*‹

Ullr hielt sich einen Finger an die Lippen. Ein kaltes Prickeln erfasste seine Haut. Ein Instinkt der Gefahr. Über ihnen, fern des Spalts, wuselten und schnatterten die Aschewesen, bloß schattenhafte Umrisse inmitten des Halblichts, und suchten nach ihm.

Er nickte. Dann richtete er sich behutsam und steif inmitten der Trümmer auf – dabei versuchte er, so wenig Lärm zu machen wie möglich. Immer wieder verzog er das Gesicht. Als er schließlich auf den Beinen war, rieselte überall Gesteinsstaub von seinem Mantel. Prüfend bewegte er seine Glieder und wartete auf den stechenden Schmerz, der ihm anzeigen würde, ob er sich etwas gebrochen hatte.

Sein Mantel war zerrissen, sein Ellenbogen abgeschürft und pochte dumpf, und eine Blutspur zog sich über den ganzen Unterarm bis zu den Fingerspitzen. Als er seinen Kopf berührte, fühlte er Blut, ebenso am Kinn an der Stelle, an der er beim Sturz auf den Boden aufgeschlagen war. Auch sein Mund schmeckte salzig. Vermutlich hatte er sich auf die Zunge gebissen. Es war ein Wunder, dass das Ding immer noch fest in seinem Mund saß. Ein Knie tat weh, sein Hals war steif, die Rippen von Prellungen übersät, aber er konnte alles bewegen, wenn er sich dazu zwang.

»Basil?«

›Er liegt am Pfeiler, aber ...‹

»Kannst du zu ihm?«

Andvari presste die Lippen zu einem resignierten Strich zusammen. ›Ich bin an dich gebunden.‹

Ullr brummte unzufrieden und rieb sich den Arm. Er war am Leben, jedenfalls noch. Das war schon so viel Glück, wie er für den Augenblick erhoffen konnte, und es würde ein wenig dauern, bis er mehr bekommen würde.

»Komm.« Er deutete in die Dunkelheit. Eine schwarze Öffnung, bei der ihm flau im Magen wurde. Er hasste es, unter der Erde zu sein. All das Gewicht von Stein und Erde, das über ihm lastete und jeden Moment auf ihn niederstürzen konnte. Außerdem hatte er keine Fackel. Finstere Schwärze, mit kaum genug Luft zum Atmen, und er wusste nicht einmal, wie weit er gehen musste oder in welche Richtung. Tunnel waren Orte für Monster oder für die Toten. Ullr war keines von beidem, und er legte wenig Wert darauf, die einen oder die anderen hier unten zu treffen. Aber ihm blieb keine Wahl.

›Bemerkenswert‹, murmelte Andvari, während sie Schulter an Schulter durch die Finsternis wanderten. ›Ich hätte nicht erwartet, so etwas in dieser Welt vorzufinden.‹

Ullr steckte den Splitter in seine Manteltasche. »Tunnel?«

›Erkennst du es nicht? Das hier ist ein Zwergenstollen.‹

Ullr konnte kaum weiter als fünf Schritt sehen. Die Felswände erweckten kaum den Anschein, dass überhaupt einmal irgendwer hier gewesen war. »Hier haben Zwerge gelebt?«

Grübelnd strich Andvari sich durch den Bart. ›In Svartalfheim gibt es zwei Dinge zuhauf: Steine und Geschichten. Eine handelt von der Zeit, bevor Yggdrasil wuchs und die Schöpfung in neun Welten aufteilte. Die alte Welt …‹

»Calindor.«

Andvari musterte ihn überrascht. ›Du weißt davon?‹

»Flüchtig.« José hatte ausgiebig darüber gesprochen, was den Schluss zuließ, dass er weitaus mehr wusste, als er preisgegeben hatte.

Der Gang fiel sanft ab. Ullr tappte geräuschlos dahin, Andvaris Stiefel knirschten auf Staub und Dreck, und das letzte Licht schimmerte auf dem glatten Stein. Offenbar bemerkte der Zwerg nicht einmal, wie er zunehmend an Substanz gewann.

Ullr ließ die Fingerkuppen der linken Hand an der Wand entlanggleiten und versuchte nicht zu stöhnen, obwohl jeder Schritt einen Stich durch seine geprellten Rippen und seinen abgeschürften Ellenbogen jagte.

›Die Heimat der Zwerge und Muspellsheim lagen einst nahe beieinander. Der erste König unter dem Berg …‹

»Modsognir.«

Andvari nickte. ›Er war ein Pionier, ein wahrer Anführer, der stets neue Herausforderungen suchte. Mein Volk suchte in der Tiefe nach Reichtümern. Stattdessen fand es einen Zugang zu den Feuern Muspellsheims.‹ Andvari deutete in den Gang. ›Dies hier ist ein Teil unserer Vergangenheit. Eine Zeit, an die sich niemand mehr erinnern kann.‹

Es wurde dunkler und dunkler. Die Wände und der Boden waren nur noch zu erahnen und schließlich gar nicht mehr zu sehen. Andvari wurde wahrlich zu einem Geist, der in der toten Luft vor Ullr herumschwebte. Ein paar Schritt seiner weichen Knie weiter, und der Geist war verschwunden. Sonst konnte er sich auf seine Sinne verlassen, aber hier unten, unter all dem Stein, war er so nützlich wie ein Kadaver bei der Jagd. Er bewegte eine Hand vor dem Gesicht. Nicht einmal ein Schatten war zu erkennen. Nur Schwärze.

Ullr mochte die Ruhe und Abgeschiedenheit. Doch es gab einen Unterschied zwischen Alleinsein und Einsamkeit. Er war begraben in der Dunkelheit. Weit von seiner Tochter entfernt.

Allein.

»Andvari …« Er erschrak über seine krächzende Stimme. Das war nicht der grimmige Jäger, der zu dieser Quest aufgebrochen war. Inzwischen war er ein Schatten seiner selbst.

Er taumelte gegen die glatte Mauer, zischte und knurrte, fuhr mit ausgestreckten Armen und weit geöffneten Händen durch die Luft. Jeglicher Richtungssinn war fort, sein Herz klopfte, und sein Magen rebellierte. Eine gefühlte Ewigkeit stolperte er weiter, rief nach Andvari, kämpfte sich irgendwie durch dieses Labyrinth, aber schon bald begriff er, dass er sich verlaufen hatte. Er steckte fest, konnte nichts sehen und war verloren. Selten hatte er solch eine Furcht und einen Zweifel verspürt wie in diesem Augenblick.

›Ullr.‹ Der Geist war wieder vor ihm, doch sein Licht reichte nicht, um die Finsternis zu durchdringen.

»Wo warst du?«

›Es tut mir leid. Ich wurde gerufen.‹

»Gerufen?«

Der Zwerg rang mit den Händen. ›Ja. Es ist schwer zu …‹

»Von wem?«

›Meinem Gott.‹ Unsicher sah Andvari auf. ›Es hat vor einer Weile begonnen, und seitdem ruft er mich immer häufiger zu sich. Rost, ich kann selbst kaum glauben, was ich da sage.‹

Ullr schob sich weiter. »Wie?«

›Es sind Visionen. Oder Erfahrungen. Aber es fühlt sich alles sehr echt an. Ich verstehe es selbst nicht.‹

»Was will er?«

›Ich glaube, es geht nicht darum, was er will. Sondern ich.‹

»Und?«

Andvari griff in die Luft, als suchte er dort nach den richtigen Worten, und ließ die Hände langsam sinken. ›Vertraust du mir?‹

Einen Moment zögerte Ullr, bis er begriff, dass er die Antwort längst kannte – so einfach und doch voller Logik. »Ja.«

Eine Wärme ging von Andvari aus wie eine Windwoge. ›Diese Worte bedeuten mir viel, Freund.‹

Ullr neigte den Kopf.

›Ich habe über vieles nachgedacht. Über mich, über dich und unsere Gaben.‹

»Ich habe hier keine …«

›Lass mich ausreden!‹ Andvari wirkte selbst überrascht, dass er Ullr unterbrochen hatte, als er entschuldigend den Kopf neigte. ›Als Jäger hast du ein Gespür für deine Umgebung und für deine Feinde. Du siehst und erkennst Dinge.‹

»Ja.«

›Ich kann Dinge verändern und beeinflussen. Lass mich deshalb etwas versuchen. Es wird dir nichts geschehen. Das schwöre ich bei meinem Bart.‹

»Tu es!«

Andvari griff nach Ullrs Hand. Gleichzeitig zerfloss der Zwerg zu Geisterhauch und drang in ihn ein. Ullr taumelte zurück, schlug mit dem Hinterkopf gegen Felsen und rang nach Luft.

Schlagartig erwachte die Welt um ihn.

Sie war so klar ersichtlich wie seine Stiefelspitze. Trotz der vorherrschenden Finsternis konnte er sie mit seinem Blick durchbohren, als rollten pulsartige Wellen darüber hinweg, die Umrisse, Hindernisse und Felsen erahnen ließen. Selbst diese konnte er durchdringen und alles dahinter Befindliche erkennen. Weit, weit entfernt machte er einen Torbogen mit einem großen Gewölbe aus.

Verwundert betrachtete Ullr seine Hände. Mit jedem dritten Herzschlag zeigte ihm ein Puls die Umrisse all dessen, was ihn umgab.

»Andvari?«

›Ich bin hier.‹

»Wie?«

›Es ist schwer zu erklären. Als Runenschmied bin ich mit allem verbunden. Dem Stein, den Kieseln, den Felsen, selbst dem Staub unter unseren Füßen. Es ist … Sagen wir, mein Ideal dient dem Binden aller Dinge, denn alles wird von einer Kraft durchströmt, die wir nicht wahrnehmen können. Und das ...‹ Er verstummte.

»Das?«

›Ich begreife allmählich meine Aufgabe. Und damit ahne ich, was die Waffe ist, die wir erschaffen sollen.‹ Andvaris Stimme wurde drängend. ›Ullr, diese Waffe wird alles übersteigen, was wir kennen. Kein Schwert. Kein Hammer. Kein Speer. Etwas gänzlich anderes. Wer auch immer diese Waffe in den Händen hält, wird über eine Macht verfügen, die selbst die der Götter übersteigt.‹

Ullr nickte mehr zu sich selbst. »Ich werde nicht zulassen, dass sie missbraucht wird.« Und gleich, nachdem er die Worte ausgesprochen hatte, begriff er auch, wie sie ihn auf die richtige Spur seines zweiten Ideals brachten. Sie waren damit verbunden, einer Spur aus Brotkrumen gleich in einem Irrgarten. Er musste ihnen nur folgen, um zu sich selbst zu finden.

Er ging weiter und folgte dem Pfad, der sich dank der Geistersicht vor ihm öffnete. Hilfe brauchten die Schwachen. Und die Schwachen starben. Hoffe nie auf Hilfe, dann konnte man nicht enttäuscht werden, wenn keine kam. Ullr war oft enttäuscht worden. Das hier, die Art, wie Andvari und er miteinander verschmolzen, war etwas, das er früher nie zugelassen hätte. Doch die Verbindung zwischen ihnen wurde stärker. Damit vergingen die alten Bande, und ein neues wurde geschmiedet.

Ein Schimmer kalten Lichts kroch allmählich in den Tunnel, und ein ganz leichter Dämmer lag auf den roh behauenen Steinquadern. »Ich sehe wieder.«

Geisterhauch quoll aus Ullrs Haut und manifestierte sich zu Andvaris Gestalt. ›Wann immer du mich brauchst, gib mir ein Zeichen.‹

Ullr nickte und drängte sich durch das Halbdunkel weiter vorwärts. Es war seltsam, wieder die Augen zu benutzen, nachdem er eben mit seinen Sinnen alles hatte erkennen können. Anders. Falsch. Dennoch ... erfüllend.

Das Licht wurde heller; es drang aus einem kleinen Torbogen, der vor ihnen lag. Ullr schlich darauf zu, trat sanft auf den Fußballen und sah vorsichtig um die Ecke. Ein großes Gewölbe öffnete sich vor ihm, dessen Wände aus glatt geschliffenen Blöcken bestanden, teilweise aus Naturstein, der hoch emporstrebte und seltsame, geschmolzen aussehende Ausbuchtungen hatte. Die Decke verlor sich in den Schatten.

Ein Lichtstrahl drang von hoch oben hinein und warf einen hellen, länglichen Fleck auf den staubbedeckten Boden. Fünf Aschekrieger hatten sich dort zusammengerottet. Vermutlich suchten sie ihn. Also würde er ihnen zuvorkommen.

Ullr schwang den Bogen von der Schulter. »Pfeile!«

Andvari hieb mit seinem Geisterhammer auf den Geisteramboss. Mittlerweile hatte Ullr zu viel erlebt, um sich darüber zu wundern. Wie ein Geschenk überreichte der Zwerg ihm die Geisterpfeile. Seine Finger kribbelten, und Nebel driftete von den Geschossen ab, als er drei zwischen die Finger seiner rechten Hand nahm, um sie schnell erreichen zu können. Den vierten und fünften nahm er in die Linke, richtete den Bogen aus, spannte die Sehne und zielte auf einen Aschekrieger, der am weitesten entfernt stand.

Als der Pfeil in den Körper eindrang, zielte Ullr bereits auf den zweiten Feind. Ihn erwischte das Geschoss in der Stirnhöhle, und er zerplatzte zu einer Aschewolke, als sich der Dritte gerade umwandte. Der Pfeil traf ihn sauber in der Brust, bevor er die Drehung vollzogen hatte, und er fiel. Ullr legte die letzten beiden Pfeile gleichzeitig auf und wartete.

Die beiden verbliebenen Aschekrieger setzten sich in Bewegung. Ullr atmete aus und schoss.

Wie silberne Blitze durchschlugen sie die Köpfe.

Er senkte den Bogen und nickte zufrieden.

›Rost und Eisen‹, hauchte Andvari. ›Nie zuvor habe ich solch eine Präzision erlebt.‹

»Du erschaffst Pfeile aus dem Nichts.« Ullr schulterte den Bogen und kroch vorsichtig und geduckt in die Halle. Sein Stiefel prallte knirschend auf lose Steine. Unsicher machte er einen weiteren Schritt, die Arme weit ausgestreckt, um das Gleichgewicht zu halten, und dann ging er weiter, watete teilweise bis zu den Knien in Kiesel, die unter seinen Füßen knackten und sich um ihn herumschoben. Schließlich erreichte er den Boden der Halle und kniete dort, sah sich um und fuhr sich mit der Zunge über die Lippe.

Nichts bewegte sich. Ein wenig Asche lag dort verstreut, wo er die Wesen niedergestreckt hatte.

»Geistersicht!«

Ohne Widerworte drang Andvari als ätherischer Nebel in ihn ein. Das Licht in der Höhle schwand, und nun konnte Ullr sich auf einen anderen Sinn verlassen, den er zwar kannte, allerdings nie in solcher Intensität wahrgenommen hatte. Ein Spürsinn, der pulsartig durch die Halle strömte, sich an den Wänden entlangtastete und alles, was sich dahinter verbarg, deutlich hervorstechen ließ.

Ihm blieb nichts verborgen.

Am Ende des Gewölbes, hinter dem zweiten Torbogen, reichte ein Schacht tief in den Felsen. Dort erstreckten sich mehrere Felsvorsprünge, an denen er sich entlanghangeln und zur oberen Ebene gelangen könnte. Und darüber erhob sich der Pfeiler, an dem der Barde lehnte.

***

Der Splitter glitt passgenau in den Steinpfeiler. Ullr entfernte sich zwei Schritte, legte den bewusstlosen Barden neben sich ab und betrachtete zufrieden die aufglimmenden Linien, die die große Rune vervollständigten.

Dem folgenden Dröhnen haftete etwas Befreiendes an. Das Bersten des Pfeilers und das Klirren der gelösten Ketten waren erfüllender als ein sonniger Frühlingsmorgen.

Ullr genoss den Moment der Magie. Dann nickte er Andvari knapp zu, strich über den Ring an seinem Finger, besah sich den Bogen und griff nach dem Papier in seiner Umhängetasche. Skidbladnir, das faltbare Schiff, das ihm die Zwergenbrüder Brokkr und Sindri in Alfheim gegeben hatten. Aus irgendeinem Grund wusste er, dass es bald ebenso wie Sleg seine Rolle erfüllen würde. Damit Ullr sich im Anschluss davon lösen konnte.

Inmitten der Ereignisse, die ihn hierhergeführt hatten, dämmerte ihm allmählich, worum es wirklich ging. Weder die Prüfungen noch die mythischen Gegenstände, die ihn auf seinem Abenteuer begleitet hatten, waren von Bedeutung.

Sondern die Veränderung in ihm selbst.

Ullr schulterte den Bogen, warf sich den Barden über und griff nach seinem Gepäck. Er konnte Runa nicht retten, ebenso wenig wie er sich weiter an einen Gott binden konnte. Der Pfad, der sich ihm öffnete, führte ihn zurück zu jenem Mann, den er einst hinter sich zurückgelassen hatte. Ein Mann, der eine Stärke besessen hatte, die Ullr erst jetzt erkannte. Der Ullr, der Eide wahrte und die Gerechtigkeit über alles andere stellte – sogar über sein eigenes Leben.

Mit jeder Kette, jedem Bolzen, jedem Hindernis befreite er sich von etwas, an dem er lange festgehalten hatte. Er wuchs und reifte an seinen Herausforderungen, bis nur noch ein einziger Eid zählte, der am Gipfel Muspellsheims seine Vollendung erfahren würde. Um sein zweites Ideal zu erlangen, musste er einen Teil von sich selbst opfern.

Dies war die eine Wahrheit, der Ullr sich stellen musste.

Fordere niemals einen Drachen heraus

Monate zuvor

Unzählige Münzen, Edelsteine, Vasen, Kelche, Teller und vieles mehr funkelte in der Kaverne. Ein unermesslicher Reichtum, bei dem jedem Tunichtgut das Herz aufging. Der Schatz, der hier seit Urzeiten gehortet und in Vergessenheit geraten war, wartete nur darauf, von Basil aufgelesen zu werden. Und dann würde er sich die Taschen vollstopfen.

Wäre da nicht die Kreatur, die halb verborgen unter den Münzen schlummerte; ein Wesen, das seine kühnsten Vorstellungen übertraf, so groß und urgewaltig, als wäre es aus den Legenden hervorgetreten, um ihm das Abenteuer so richtig zu vermiesen.

Krampfhaft umklammerte er die Vihuela. Sein Atem ging stockend, Schweiß prickelte auf seiner Haut, und sein Herz klopfte wild. Unwillkürlich verspürte er das Bedürfnis, die Beine in die Hand zu nehmen und die Sause zu machen, allerdings war er wie festgefroren. Religion war für ihn nie von Bedeutung gewesen. Ein Betrüger wie er dachte nicht darüber nach, ob seine Taten nach seinem Tod von einer göttlichen Macht beurteilt wurden. Die Kreatur allerdings weckte in ihm eine Ehrfurcht, die selbst die Überzeugung eines Betrügers wie ihm erschütterte.

Blutrote Schuppen züngelten über den Körper wie die Glut einer Esse. Die ledrigen Schwingen auf dem Rücken konnten vermutlich eine ganze Stadt umfassen. Ein aufgerichteter Knochenkamm zog sich vom Halsansatz über den Rücken bis zum Schwanz, ließ Reihen an Stacheln und Widerhaken erkennen, die sich entlang des Kopfes und der Stirn wanden. Sogar das längliche, spitz zulaufende Maul war von massenweisen Knochenfortsätzen gekrönt.

Gefährlich und beeindruckend, bedrohlich und schrecklich – das waren die ersten Worte, die Basil bei diesem Anblick in den Sinn kamen. Ein Wesen der Widersprüche, das eine Urangst in ihm weckte.

Bei jedem Atemzug klimperte das Gold, vibrierte der Boden, erzitterte die gesamte Kaverne. Basil dankte allen bekannten und unbekannten Göttern, dass der Drache schlief. Obwohl das Lied der Wahrheit längst verklungen und der Bann abgefallen war, hätte selbst der betörendste Klang die Furcht, die er bei diesem Anblick verspürte, nicht überdecken können. Selbst der sonst unerschütterliche Lorenco blieb seltsam wortkarg und zog ein Gesicht, als hätte er soeben festgestellt, dass Krogs Eintopf eigentlich nach Scheiße schmeckte.

»*Duérmete niño, duérmete ya*«, sang der Schamane leise. »*Que viene el Coco y te comerá.*«

»Schlaf, Kindlein, schlaf jetzt ein«, raunte Basil und erschrak über seine blasse Stimme. »Der Coco kommt und wird dich fressen.« Er wandte sich Krog zu. »Du wusstest die ganze Zeit, was uns erwartet, was?«

Krog kippelte mit dem Kopf. »Ja.«

»Lass mich raten: Die Geister haben es dir verraten.«

»Nicht die Geister.«

»Sondern?«

Krogs maskierter Kopf schwenkte zu dem Drachen. »Er.«

Basil folgte dem Blick.

Und erstarrte.

Vor ihm prangte ein geschlitztes, bernsteinfarbenes Auge von der Größe eines Scheunentores, in dem er sein eigenes Spiegelbild erkennen konnte. Der blondgelockte Barde, der ihm dort entgegenschaute, wirkte abgehärmter, älter, reifer und entschlossener – kein Vergleich zu jenem unbeschwerten Barden, der zu dieser Reise aufgebrochen war.

Basil sagte das Erstbeste, das ihm in den Sinn kam: »Scheiße!«

Der funkelnde Hügel erbebte. Münzen kullerten herab, Kelche klimperten und klirrten, Edelsteine klackerten zu Boden. Langsam, ganz langsam befreite sich der Drache aus dem Schatz, als entstiege er dem tiefen Gewässer des Ozeans.

Basil konnte seinen Blick nicht von diesem majestätischen Wesen abwenden, denn er hätte nie geglaubt, jemals einer dieser Sagengestalten leibhaftig gegenüberzustehen. Als *lebte* er eine der sagenhaften

Geschichten. Auch seine Gefährten gafften den Drachen an, der sich in all seiner Pracht erhob.

Er schüttelte sich wie ein nasser Hund, und Münzen spritzten überall umher. Dann ließ er sich sinken, reckte den Hals nach vorn, und die Schnauze kam Basil gefährlich nah.

Tod durch Gefressenwerden. Er konnte sich durchaus einen schöneren Abgang vorstellen.

In solchen Situationen gab es drei Möglichkeiten: Erstens, den Kopf einziehen und so schnell davonrennen, wie man konnte. Zweitens, die Klappe halten, nicht von der Stelle rühren und auf das Beste hoffen. Oder drittens, wie der Waffenmeister die Klinge blankziehen, um das Ungeheuer herauszufordern.

Warum passierte diese Scheiße immer ihm?

»Komm schon, du abscheuliche Bestie!« Lorenco streckte dem Drachen seinen Anderthalbhänder entgegen, während der Schild an seiner linken Armschiene herausklappte. »Ich fürchte dich nicht und werde …« Seine Worte rissen ab. Wie von einem Bann befallen, schnappte er nach Luft, ließ das Schwert fallen und sank mit schreckgeweiteten Augen auf die Knie.

Der Drache blickte die anderen an. Kriana ging zuerst mit gesenktem Haupt und blutig gebissenen Lippen nieder. Ihr folgte Disha und mit einiger Verzögerung Wagrim und Krog. Schließlich war Basil der Einzige, der noch stand.

Der Drachenblick traf ihn. Etwas Seltsames haftete diesem an, wie ein unsichtbarer Speer, der sich tief in Basil hineinbohrte. Doch er verspürte nicht den Drang niederzuknien – ganz im Gegenteil. In ihm erwachte ein Stolz, der ihn auf den Beinen hielt. Wenn er schon sterben sollte, dann wenigstens hocherhobenen Hauptes.

»ICH HABE DICH ERWARTET.« Die Stimme des Drachen krachte wie Donner.

Basil legte die Linke an den Korpus und die Rechte auf die Saiten. »Ich wünschte, ich könnte dasselbe behaupten.«

Der Drache zog die Lefzen hoch und entblößte Zähne dick und lang wie zwei ausgewachsene Männer. »WARUM BIST DU HIER?«

Obwohl Basils Knie ganz weich waren und er Mühe hatte, seine Finger unter Kontrolle zu bringen, trat er einen Schritt vor und erinnerte sich daran, wer er war. Barde. Liebhaber. Spieler. Abenteurer. Held. Ein Mann, der schon vielen, vielen Drachen begegnet war und mit manchen gar die Klinge gekreuzt hatte. Selbst den Tod hatte er herausgefordert, damit seine Abenteuer für die Nachwelt festgehalten wurden.

Kurz gesagt: Er war ein Geschichtenerzähler.

»Das ist eine ausgezeichnete Frage, werter …?«

»DRAGBRAXASS. DEIN VOLK BEZEICHNET MICH JEDOCH ANDERS.«

Basil neigte den Kopf. »Ich bin ein sehr wissbegieriger Mann.«

»EWIGER.« Das Wort ließ die gesamte Kaverne erzittern. »TRÄGER DES FEUERS. VERSCHLINGER UND EROBERER.« Der Drache blies ihm schwefligen, heißen Qualm entgegen. »KIND DES SURT.«

»Bleiben wir bei Dragbraxass.« Um seine Finger zu beschäftigen und Klarheit zu erlangen, spielte Basil einige zusammenhanglose Töne. »Mir scheint, du bist mir einiges voraus.« Er verbeugte sich knapp in Krogs Richtung. »Der Schamane trieb offenbar doppeltes Spiel.«

»ICH BEFAHL IHM, DICH HIERHERZUGELEITEN.«

Basil hob die Brauen. »Und welchem Umstand verdanke ich diese außergewöhnliche Ehre?«

»JENER, DEM DU DIENST, HAT EUCH ALLE GETÄUSCHT.«

»José.« Ein bedrohlicher Klang. »Der große Unbekannte ist ein Täuscher? Dein Wort im Ohr der Götter.«

»GÖTTER? MEIN VOLK ENTSTIEG EINST DEM EWIGEN FEUER ALS DESSEN HÖCHSTE DIENER. WIR SCHENKTEN DEN MENSCHEN REGELN UND GESETZE. WIR BRACHTEN ORDNUNG INS CHAOS. WIR ERSCHUFEN ZIVILISATIONEN, MONARCHIEN UND REPUBLIKEN.« Dragbraxass glitt näher, sodass sie nur noch zwei Armlängen voneinander trennten. »WIR ENTSCHIEDEN UNS DAGEGEN, DIE WELT MIT FEUER UND ASCHE ZU ÜBERZIEHEN.«

Der Drache schlug die Zähne knapp vor Basil zusammen. »DU WEIßT NICHTS VON GÖTTERN, BARDE!«

Basil hob den Finger. »Wenigstens darin sind wir uns einig.«

Dragbraxass zog die Lefzen hoch. »DU BIST AMÜSANT.«

»Außerdem bin ich sehr inspirierend.« Basils Finger tanzten wie von selbst über die Saiten. »Ich beobachte, lerne und ziehe Schlüsse. Und dann schlage ich zu. Das nennt man ein ausgeprägtes Charisma, mit dem ich …«

»DU BIST EIN BETRÜGER.«

»Aber ein äußerst sympathischer obendrein! Bevor du mich nun mit deinem Feuer zu einem Häufchen Asche verwandelst, verweile ein bisschen und lausche meinen sagenhaften Abenteuern.«

HARR. HARR. HARR. Es klang, als würgte der Drache einen Knochen hoch. »MENSCHEN TRACHTEN STETS NACH ER-OBERUNG UND MACHT. EUER HUNGER UND EURE GIER WERDEN EUCH EINES TAGES DEN UNTERGANG BEREITEN. ES HAT BEREITS BEGONNEN.«

»Für so einen vortrefflichen Drachen mag es unbedeutend erscheinen.« Basil nickte seinen knienden Gefährten zu. »Aber ich hänge an meinem bescheidenen Leben. Vielleicht gestattest du mir einige der Geschichten über den Roten, den mächtigsten aller Ewigen, zu erzählen!«

Mit einem Rums legte Dragbraxass sich hin. »DU SCHMEI-CHELST MIR.«

Basil grinste. »Dann will ich mein Bestes geben, um dir noch mehr zu schmeicheln.« Hauchzarte Klänge entstiegen der Vihuela. Basil dachte nicht länger darüber nach, in welch bedrohlicher Situation er sich befand. Er ließ die Worte ebenso fließen wie seine Melodie, als stünde er auf der Bühne vor einem Publikum. »Inspirierend. Berauschend. Mitreißend. Das wären die richtigen Worte, um meine Geschichten zu beschreiben. Doch sage mir, oh furchterregender Drache, weshalb haust du an einem solch düsteren und verlassenen Ort?«

»EINST WAR DIE WELT EINE ANDERE.« Der Drache betrachtete die Kaverne. »SURT, MEIN VATER, ERSCHUF MICH

AUS DEM EWIGEN FEUER ZU DEM ZWECK, DEM GLEICHGEWICHT ZU DIENEN.« Das Gewölbe erzitterte unter dem Gebrüll. »ICH FOLGE DEM PFAD DES FEUERS.«

»Pfad des Feuers?«

»AUS FLAMME LICHT. AUS FEUER MACHT. AUS ASCHE LEBEN.« Traurigkeit klang nun aus Dragbraxass' Stimme. »ICH HABE VIELE ZEITALTER ERLEBT, GESEHEN, WIE KRIEGE DIE WELT VERWÜSTETEN UND JEDER ZYKLUS AUS LICHT UND DUNKELHEIT DAS LEBEN VERÄNDERTE. ICH BIN ALT GEWORDEN.« Er seufzte. »ALT UND MÜDE.«

Gelassen schritt Basil umher, seine Stiefel knirschten auf Münzen, und er behielt den Drachen dabei im Blick. Die Anzeichen waren unübersehbar: Narben durchzogen die Schuppen, einige waren Höcker abgebrochen, Löchern und Rissen klafften in den Schwingen und zwei Klauen an den Füßen fehlten. Wie viele Zeitalter mochte dieses Wesen gesehen haben? Wie viel Geschichte erfahren?

Basil ließ sich von seiner Melodie tragen; sie rann wie ein plätschernder Bach dahin, erfüllte jeden Winkel der Kaverne und legte sich über die Anwesenden. »Warum hast du mich gerufen, Dragbraxass?«

»DAS HABE ICH NICHT.«

»Aber Krog …«

»DER SCHAMANE SOLLTE DIR DABEI HELFEN, DICH SELBST ZU FINDEN. DAMIT DU BEREIT BIST, WENN DER MOMENT GEKOMMEN IST. NICHT ICH RIEF DICH HIERHER.« Der Blick des Drachen traf die anderen. »NICHT ICH HABE EUCH ALLE GETÄUSCHT. NICHT ICH HABE FUNKENTRÄGER VON MACHT AUSGEWÄHLT, UM MICH ZU TÖTEN.«

Basil griff daneben und die Melodie riss ab. Für ein, zwei Atemzüge verschlug es ihm die Sprache. »*Töten?*«

Dragbraxass zog amüsiert die Lefzen zurück. »WAS HAST DU GEGLAUBT, WESHALB DU HIER BIST, BARDE? IHR SOLLT MICH TÖTEN UND MEIN HERZ RAUBEN, UM DIE MACHT DES TÄUSCHERS ZU MEHREN.«

»Warte! Ich komme nicht mehr mit. Dein Herz?«

Langsam richtete Dragbraxass sich auf, griff an seine Brust und zog einen schuppigen Hautlappen zur Seite. Unter dem glühenden Fleisch und den pulsierenden Adern pochte ein winziges, verkrustetes Herz aus schwärzestem Schwarz, einem Kristall gleich, der in stetem Rhythmus pochte.

»Das Schwarze Herz«, murmelte Basil und versuchte in dem Wust roter Fäden den richtigen zu finden. »Der Gegenstand, den wir stehlen sollen?«

»Ihr habt es erfasst, Barde«, ertönte Lorencos vor Stolz und Rechtschaffenheit triefende Stimme hinter ihm. Er schloss zu Basil auf und reckte stolz das Kinn. Offenbar hatte Basils Musik ihn aus seinem Schlummer geweckt. »Wir sind hier, um die Welt von einem großen Übel zu befreien.«

»Du willst also was genau? Den Drachen töten?«

Lorenco ließ die Brust schwellen. »Ja, in der Tat.«

Basil blinzelte ihn an, einmal, zweimal. »Hast du vollkommen den Verstand verloren?«

»Ich folge meinem Ideal und werde beweisen …«

»Dass du was bist? Ein Held? Ein Drachentöter?« Er zögerte. »Nein. Du willst beweisen, dass du ein wahrer Paladin bist.«

Lorenco nickte hochmütig. »Welch hehreres Ziel sollte ein Mann anstreben?«

»Und du?« Basil sah zu Kriana, die sich auf die Beine kämpfte. Zur Antwort nahm sie einen grünen Kristall aus ihrem Beutel. »Du willst die Drachenseele mit deiner Druidengabe aufnehmen und was dann? Nach Candaloz zurückkehren und deine Peiniger bestrafen?«

Kriana zuckte mit den Schultern. »Was hast du erwartet, kleiner Scheißer?«

»Eine gute Frage. Ich dachte …«

»Was?« Sie schnaubte. »Du bist doch der größte Betrüger von uns! Also tu nicht so, als wärst du etwas Besseres.«

»Kriana.« Er stockte. Für kurze Zeit hatte er gedacht, dass da mehr zwischen ihnen war, doch jetzt begriff er, dass ein Mann wie er nicht mehr verdiente.

Zögerlich wandte er sich Disha zu und sammelte sich für die Worte. »Du trachtest nach dem Schwarzen Herz.«

Die Alchemistin neigte den Kopf. »Wir bezeichnen es als *Stein der Weisen*. Ein Alkahest und Allheilmittel von höchster Reinheitsstufe. Das Symbol für die Umwandlung des niederen in das höhere Selbst.«

»Du glaubst, das Schwarze Herz ist dieser Stein der Weisen?«

»Ich weiß es.«

»Rache.« Basil musste freudlos auflachen. Die Wahrheit drang wie eisige Stacheln in seine Brust. »Du bist eine gebrochene Frau.«

Ihr Lächeln wurde gequält. »Ich habe meinen Körper so oft verwandelt, bis er seine wahre Form vergessen hat.« Eine Gesichtshälfte hing schlaff herunter wie feuchter Lehm, während sie ihren finsteren Blick auf den Drachen richtete. »José versprach, mir zu zeigen, wie ich mithilfe des Schwarzen Herzens geheilt werde. Dann werde ich mich an denen rächen, die mich unterdrückt haben.«

Basil schaute Wagrim an, in dessen Zügen Bedauern stand. »Der Berserker wird uns eher umbringen, als das Herz jemand anderem zu überlassen.«

»Ich verliere den Kampf gegen ihn, Basil«, flüsterte Wagrim. »Wenn der Berserker die Tür öffnet, wird ihn nichts mehr aufhalten können.«

»VERSTEHST DU NUN, BARDE? ER HAT EUCH ALLE GETÄUSCHT.« Dragbraxass zog den Hautlappen zurecht und ließ sich vor Basil sinken. »JEDEM WURDE ETWAS VERSPROCHEN. DABEI DIENT IHR ALLEIN IHM.«

»Krog?«, fragte Basil leise.

Der Schamane beugte sich wie ein alter Mann auf den Stock. »Ich gehe dorthin, wohin die Geister mich führen. Erst zu dir.« Sein Blick schwenkte zum Drachen. »Dann zu ihm.«

»Was hat José dir versprochen?«

»Erleuchtung.«

»Also nichts.«

Krog wackelte mit dem Kopf. »Also nichts.«

Was Basil wieder zu dem Drachen brachte. Nachdem alle so schön ihre Pläne erläutert hatten, waren weiterhin einige Fragen unbeantwortet. In alldem kam ihm eine Schlüsselrolle zu, auch wenn er bislang nicht erkannt hatte, welche. Das warf wiederum die Frage auf, warum sie noch miteinander redeten, anstatt als Futter im Bauch des Drachen verdaut zu werden. Es sei denn …

»Du *willst* sterben«, sagte er aus einer Eingebung und sah den Drachen an. Dabei ließ er sich wieder dazu hinreißen, einige Klänge zu spielen. »Du willst, dass jemand dein Leiden beendet, weil du selbst nicht dazu fähig bist.«

Lange blickte Dragbraxass ihn an, bis er schließlich ein einzelnes Wort von erdrückender Wucht sprach: »JA.«

Die Klänge der Magie trugen Basil fort in andere Gefilde, als wandelte er nicht länger in der tiefen Kaverne unter dem Berg, sondern an anderen, fernen, lichten Orten voller Glück und Harmonie. »Jeder will irgendetwas. Dabei sind wir alle bloß Marionetten in den Händen eines anderen. Jemand, der darauf wartet, dass sich alles wie von selbst fügt. Doch was plant José wirklich? Weshalb will er das Schwarze Herz in seinen Besitz bringen?« Er blieb stehen, wirbelte zu dem Drachen herum und versuchte, das Knäuel an Pfaden zu entwirren, um endlich klar zu sehen. »Und was hat das alles mit mir zu tun?«

»ICH BIN EIN GOTT, BARDE.« Das große, geschlitzte Auge richtete sich auf ihn. »NUR ETWAS GÖTTLICHES KANN EINEN GOTT TÖTEN.«

Möglichkeiten

Es war eine stille Versammlung, die sich in dem tiefen, kalten Gewölbe unter der Kathedrale eingefunden hatte; einem geheimen Raum, über den das Machtzentrum der Kirche erbaut war – nichts ahnend, welches Geheimnis sich hier verbarg. Die Anwesenden könnten kaum unterschiedlicher sein, doch jeder von ihnen war für Josés Vorhaben von unermesslicher Bedeutung.

Reginn, Hreidmars Erstgeborener, glich in seinem goldenen Panzer über blauem Stoff wahrhaft einem stattlichen Zwergenkönig. Der graue Bart war kunstvoll geflochten und der Blick aus den wachen Augen sprach von Intelligenz und Verschlagenheit. Reginns größtes Laster war sein Stolz.

Otur stand möglichst weit weg und bildete das genaue Gegenteil seiner Brüder. Er war weder muskulös und eindrucksvoll wie Fafnir noch stattlich und weise wie Reginn. Sein zerzauster Bart und sein wirres Haar waren mit Eisenspänen und Erdklumpen durchsetzt. Der dicke Pelz über seinen groben, sandfarbenen Stoff stank nach frischem Yakmist. Außerdem war er mit allerlei Taschen, Gürteln und Beuteln behängt, die bei jeder Bewegung klimperten, knarzten und rasselten.

»Also gut.« Otur zog einen Trinkschlauch heraus, nuckelte daran wie an der Brust seiner Mutter und seufzte. »Wollen wir doch mal sehen, was die verschissenen Langen zu bieten haben. Warum sind wir hier?«

Gelassen stellte José den Gehstock vor sich ab. »Habt Geduld, Prinz Otur. Wir alle sind Teil dieser Geschichte, die auf einen Punkt hinausläuft. Ihr müsst es sehen, um zu verstehen.«

Der Zwerg wies mit dem Schlauch auf ihn. »Du sagst viel und doch sagst du nichts.«

»Wie gesagt, Bruder«, erwiderte Fafnir. »Wir müssen es sehen.« Er betrachtete fasziniert das übergroße Navigationsgerät an der Decke, trat darunter, drehte den Kopf hin und her. Mittlerweile wusste

José, dass die Ringe um den schimmernden Kern Koordinaten wie auf einer Karte ergaben, je nachdem, wie sie angeordnet waren, rotierten und welche Runen aufleuchteten.

Reginn betrachtete die Anwesenden mit einer Mischung aus Vorsicht und Hochmut, als hätte er sich lediglich aus Interesse dazu herabgelassen, diesen Ort aufzusuchen. »Genug davon. Was ist der wahre Grund, weshalb wir hier sind?«

»Um ein weiteres sinnloses Blutvergießen zu verhindern, Prinz Reginn.« José sah die Anwesenden nacheinander an, darunter Cosme, Cormag und Elle. »Wir alle sind für die kommenden Ereignisse von Bedeutung. Wir alle sind Teil desselben Sturms, der über die neun Welten hinwegfegt.«

»Was wollt Ihr?«

José lächelte. »Ein Bündnis.«

Otur prustete und spuckte Milchtröpfchen auf den uralten Stein. »Sicher! Wer war dieser elende Lange noch gleich?«

»Mein Name ist …«

»Das war eine rhetorische Frage, Milchpisser! Mir scheißegal, wer du bist oder ob dir Titten im Gesicht wachsen.«

»Du solltest dir anhören, was er zu sagen hat«, entgegnete Fafnir.

»Einen Scheiß werde ich tun, Brüderchen.« Otur hakte seine Daumen in den Gürtel. »Ist das wieder einer deiner Pläne, um mir den Flonz zu grillen?«

Reginn hob beschwichtigend die Hand. »Ich stimme Otur nur ungerne zu, aber er hat mit seinen Vermutungen recht. Wir könnten die Stadt längst eingenommen und Mjölnir in unseren Besitz gebracht haben. Bei Wielands Bart, was tun wir noch hier?«

»Wir reden«, entgegnete José ruhig. »Ist es nicht in Eurem Interesse, nachdem Ihr Eure Heimat aufgeben musstet, um Euer Volk zu retten?«

Das Gesicht des Zwerges verwitterte wie alter Felsen. »Du hast ihm davon erzählt, Bruder?«, rief er und stapfte auf Fafnir zu. »Wie konntest du nur …?«

»Das habe ich nicht!«, blaffte Fafnir. »Er hat es selbst herausgefunden.«

»Wie?«

José lächelte zuvorkommend. »Ich habe es gesehen.«

Reginn warf ihm einen nachdenklichen Blick zu. »Gesehen?«

»Ihr könntet nun die Stadt erobern, alle Menschen abschlachten und das gesamte Weltenrund mit Krieg überziehen. Doch wohin soll das alles führen? Ihr habt die Macht und Gewalt des wahren Feindes erlebt. Ihr wart dabei, als Euer Volk abgeschlachtet wurde, Prinz Reginn.«

Otur lachte schallend und klopfte sich auf den Wanst. »Damit endet die Märchenstunde. Der nette Onkel hat genug davon.« Er wandte sich ab.

Sirrend zog Fafnir sein Schwert, auf dessen blanker Klinge sich der Widerschein der Leuchtkristalle spiegelte.

Otur blieb stehen und grinste ihn über die Schulter an. »Ach, du hast ja doch Eier in der Hose, Brüderchen. Und jetzt? Willst du mich damit erschlagen? *So wie Vater?*«

Reginn zog ein Gesicht, als hätte Otur ihm zwischen die Beine getreten. »Was?«

Otur tippte sich an die Stirn. »Ich sehe vielleicht so aus, aber ich bin kein Schwachkopf. Andvari wusste es, wie? Und deshalb darf der Gute das Gras jetzt von unten betrachten.«

Fafnir steckte das Schwert zurück. »Andvari lebt.«

Reginn blickte zwischen den beiden hin und her. »Wie kann er leben und …? Schotter und Stein! Wie konntest du nur unseren Vater umbringen, Verräter!«

Einen Moment zögerte Fafnir, dann winkte er ab. »Seit wann weißt du es?«

Reginn furchte die Stirn. »Was hat mich verraten?«

»Du bist mein Bruder, mein Fleisch und Blut, seit wir aus dem Stein befreit wurden. Ich kenne dich besser, als ich mir eingestehen will. Du wusstest schon die ganze Zeit, was ich getan habe.«

Reginn grummelte in seinen Bart und strich unruhig hindurch. »Ja, dafür musste ich nicht einmal die Leiche sehen. Allerdings habe ich bis heute nicht verstanden, weshalb du Vater umbringen musstest.«

José räusperte sich. »König Hreidmar wusste von der Gefahr, die Eurer Heimat bevorstand. Doch anstatt Euer Volk darauf vorzubereiten, hat er weggesehen. Das, was in Svartalfheim geschieht, wird bald überall in den neun Welten geschehen.«

»Spricht er von den verfluchten Zwergen, die uns an die Nüsschen wollen?«, brummte Otur. »Die Wiedergänger, die Andvari ins Hälschen gebissen haben?«

José nickte. »Unter anderem. Ich versprach Eurem Bruder«, er wies auf Fafnir, »Euch zu Mjölnir zu bringen. Bis dahin möchte ich Euch zeigen, weshalb es weiser ist, ein Bündnis anzustreben, anstatt das Ungemach anzufachen.«

»Weiß ja nicht wie's euch geht …« Otur kehrte zu seinen Brüdern zurück. »Aber mir raucht das Köpfchen. Worauf will der Milchpisser hinaus?«

Cormag kratzte sich an der Stirn. »Was ist ein Milchpisser?«

Otur stellte sich vor ihn und warf den Kopf in den Nacken. »Das bist du. Jemand, der Milch anstatt Bier pisst.«

Das Gelächter des Hünen hallte an den hohen Wänden wider, und als Otur einstimmte, wurde es umso lauter.

»Weißt du was, Bierpisser?« Otur tätschelte den blau gemusterten Arm des Druiden. »Du gefällst mir. Also, was soll das alles hier?«

José wies mit dem Stock zum Navigationsgerät. »Habt Ihr es noch nicht erkannt?«

Für einen Augenblick herrschte Stille, ehe Reginns Ruf sie durchbrach. »Runen!« Er trat näher. »Bei Wielands Esse, das sind Runen an den Ringen wie jene, die Andvari beherrscht hat.«

»Ja, in der Tat, Prinz Reginn. Dies ist eine Brücke zwischen Welten, erschaffen von zwei Meisterschmieden, die Euch nicht unbekannt sein dürften.«

»Sindri und Brokkr … leben?«

Höflich neigte José den Kopf. »Bevor wir uns ihnen zuwenden, bitte ich Euch, einen Schritt zurückzutreten.«

Zögerlich kam Reginn der Aufforderung nach. Dann warteten sie. Mit jedem Augenblick, der verstrich, erfüllte José eine tiefe Ruhe, wie er sie selten erlebt hatte. Noch immer konnte er den Schleier seiner Gabe nicht durchdringen. Sein göttlicher Funke war mit den neun wahren Paladinen verbunden – da war er sicher. Allerdings existierte noch eine Verbindung zu etwas anderem. Eine gänzlich andere Quelle, aus der er schöpfen konnte. Als vermochte er den Nebel der Geschehnisse zu durchdringen, um das Werdende zu enthüllen.

Cosme nannte ihn einen Täuscher. Vielleicht hatte er recht. José hatte so viele Leben gelebt, getäuscht, betrogen, intrigiert und stets zu seinem eigenen Vorteil gehandelt, dass er sich nicht mehr selbst kannte. Doch in diesem Moment konnte er die Verflechtungen aller Dinge durchdringen, um Möglichkeiten zu ergreifen.

Er brauchte bloß die Hand auszustrecken.

Die anderen regten sich. Jemand hustete, dann herrschte wieder Ruhe. Reginn und Otur tauschten Blicke aus. Cormag kratzte sich im Bart. Cosme ließ das Licht zu einem Rapier gerinnen, löste es auf, und stellte es erneut her. Wieder und wieder. Elle stand abseits, die Hand an ihrem Anhänger und ein stilles Gebet auf den Lippen.

Mit großen Schritten näherte sich das Ereignis, auf das José gewartet hatte. Es war etwas, das der Wirklichkeit anhaftete wie der salzige Geruch des Meeres an einem Fisch. Oder das Flüstern des Windes vor dem Beginn des Winters.

Knirschend setzten sich die Ringe in Bewegung; sie wurden schneller und die Runen darin leuchteten auf. Ein buntes Flirren zog sich um den Kern zusammen, während die Ringe verschwammen und kaum noch auszumachen waren.

Ehrfürchtig nahmen die anderen Abstand.

Mit einem tiefen Wummern schoss eine Regenbogensäule aus dem Gestell und erschütterte den Boden; Licht trieb davon ab und zerfaserte zu rauchigen Schwaden.

Aus der Säule trat ein alter Mann in schwarzem Rabenmantel hervor, die weite Kapuze tief ins bärtige Gesicht gezogen und in der Rechten einen gewundenen Stab.

»Grímnir«, raunte Reginn heiser.

Merlin klammerte sich an den Stab. Blutige Striemen durchzogen sein Gesicht und die Augen waren vor Panik und Erschöpfung weit aufgerissen. Er wich zur Seite und machte jenen Platz, die er aus der gefallenen Welt gerettet hatte.

Eine hochgewachsene Gestalt stolperte an ihm vorbei und sank vornüber auf Hände und Knie. Das Haar verhüllte ihr Gesicht wie ein goldener Wasserfall und ließ bloß die spitzen Ohren hervorstechen. Sie erhob sich und betrachtete die Anwesenden mit uralten, waldgrünen Augen. Ihr makelloses Gesicht war so blass und kühl wie Porzellan. Die geschmeidige, silberne Rüstung und das weiße Untergewand waren rot von Blut und ihren rechten Oberschenkel zierte ein großer, roter Fleck. Wie eine geschlagene Königin, die aus den Legenden getreten war.

Seit José von den sîdhe Alfheims gelesen, Fresken in den Ruinen Tirnanogs oder Bilder auf alten Kupferstichen gesehen hatte, war er stets von dem Wunsch besessen gewesen, einem dieser Wesen gegenüberzutreten. Keine Mischwesen wie Morrigan – nicht einmal den Nachkommen jener, die ihren Weg ins Weltenrund gefunden hatten.

»Aus dem Weg, edá!« Ihre Singsangstimme war glockenhell, troff aber vor Verachtung.

José wich zur Seite. Weitere Elfen stolperten aus der Säule hervor; sie stützten sich gegenseitig, gingen zu Boden, und nicht wenige waren verletzt. Mehr und mehr Elfen ergossen sich aus der Brücke und füllten jeden Winkel des Gewölbes mit ihrem Wimmern und Klagen.

»Ja, leck mich doch am Sack!«, rief Otur. »Das sind Spitzöhrchen!«

»Sperr die rostige Klappe zu, Bruder!« Fafnir betrachtete das Geschehen mit sichtlicher Verwunderung. Auch Reginn konnte seine Überraschung nicht verbergen und wich vor den Flüchtlingen zurück, als hätten sie eine ansteckende Krankheit.

»In meinem Volk erzählt man sich Geschichten über sie«, bemerkte Cormag. »Mein Sohn hat sie geliebt.«

José straffte sich. »Du wirst feststellen, dass unsere Mythen und Legenden nichts anderes als eine andere Form der Niederschriften längst vergangener Zeitalter sind. Ich habe mein ganzes Leben der Suche nach ihnen gewidmet und stets an der Überzeugung festgehalten, dass sie mehr sind als Geschichten.«

»Also ist es wahr? Das sind Elfen?« Er deutete auf den Merlin. »Myrddin der große Druide ist ein Gott der alten Welt?«

»Alle Pfade führen hier zusammen, Cormag. Hier im Zentrum des Weltenrunds.«

Nicht alle Elfen erstrahlten engelsgleich in Silber und Weiß wie uralte Götter. Einige andere trugen schwarze, lamellenartige Rüstungen, ähnlich den Panzern eines Käfers, und vermittelten einen Eindruck von Kampf- und Gewaltbereitschaft. Sie wahrten Abstand und hielten sich ausschließlich an ihresgleichen. Von Ullr kannte José die Verflechtungen Alfheims, den Farbkrieg und die Aufsplittung in Licht- und Dunkelelfen. Einen großen Anteil daran hatte *Hrafnagud*, die Gestalt, die Merlin in der Welt in der Krone des Weltenbaums vor langer Zeit angenommen hatte, um das Elfenvolk anzuleiten und gegen einen Feind zu verteidigen, der nach der Unterwerfung des *Grünen Landes* gestrebt hatte.

Für José öffnete sich eine Schatulle grenzenloser Möglichkeiten. Denn dort, wo etwas endete, konnte etwas Neues beginnen.

Schließlich humpelte der letzte Elf aus der Regenbogenbrücke, und sie schloss sich. Bevor das Licht verging, wuchs eine dornige Ranke daraus hervor und rammte dem Elfen in den Rücken. Er schrie auf und erzitterte, während ein schwarzer Schauer in seinen Augen verwirbelte. José konnte spüren, wie die geballte Aura des Weltenverschlingers sich allmählich des Körpers bemächtigte.

»Cernunnos …«, hauchte er.

Der Elf sackte auf ein Knie und ließ Kopf und Schultern hängen. Als er den Kopf wieder hob, beherrschte ein überhebliches Lächeln seine schmalen Züge. Er stand auf wie ein König, der sich seiner Macht erinnerte, verschränkte die Hände hinter dem Rücken und betrachtete die Anwesenden mit finsteren Blicken.

»Wie freundlich von euch, mich persönlich zu begrüßen. Die Zwergenprinzen.« Er nickte ihnen zu. »Eine Königin ohne Krone an der Seite falscher Paladine.« Nun lächelte er Elle an. »Merlin, der wahre Schurke dieser Geschichte.« Aus seinem Lächeln wurde ein breites Grinsen, das allerdings schlagartig versickerte, als er José ansah. Irgendetwas in den Augen des Gottes war eigenartig. »Da wir uns nun alle vorgestellt haben, kommen wir noch einmal darauf zurück, weshalb ihr weiter danach trachtet, die neun Welten in den Untergang zu stürzen.«

Fafnir riss das Schwert aus der Scheide. »Ich werde dir den verdammten Kopf abhacken, Cernunnos!«

Der Elf spreizte die Arme. »Worauf wartest du?«

Die Zwerge tauschten rasche Blicke aus. Dann stürzten sie mit wildem Kriegsgeheul auf ihn zu.

»Genug!«, rief Merlin und hob den Stab. Funken blitzten in seinen Augen, krochen über seinen Körper, luden die Luft auf.

Plötzlich war der Raum taghell. Heller noch. Leuchtend, durchdringend hell. Die verschwommenen Umrisse der Elfen wandelten sich zu weißen Linien und schwarzen Schatten. José presste die Augen zusammen und schirmte sich das Gesicht ab, aber das Licht bohrte sich bis ins Hirn.

Stille.

Vorsichtig öffnete José ein Auge einen Spalt breit und lugte zwischen seinen Fingern hindurch. Der Raum lag wieder in kaltem Dämmer und war viel dunkler als zuvor. Ein wenig Licht drang durch die offene Tür herein. Davon abgesehen war alles wie zuvor. Nein, nicht ganz. Dort, wo der Elf eben gestanden hatte, lag ein blutiger, geschmolzener, qualmender Fleischklumpen. Von Cernunnos' Gegenwart war nichts zu spüren.

Niemand reagierte – selbst die Elfe zuckte nicht einmal mit der Wimper. Die Art und Weise, wie die Elfen den Tod ihresgleichen akzeptierten, bewies, was sie durchgestanden hatten, um hierherzugelangen. Sie waren abgestumpft und kannten nur noch einen Gedanken: überleben.

Das Licht und das Wummern vergingen. Die Ringe rotierten langsamer. Dann standen sie still, und bleierne Schwere senkte sich über das Gewölbe.

»Erinnere mich daran, den Gott nicht wütend zu machen«, sagte Fafnir.

Halb laufend, halb humpelnd ging Merlin auf José zu. »Ist alles vorbereitet?«

Er atmete durch. »Es gab einige unvorhergesehene Schwierigkeiten.«

Der Blick des Gottes glühte wie ein Schürhaken. »Die Schwarze Sonne?«

»Noch nicht.«

»Bei den alten Göttern.« Merlin schwenkte herum und betrachtete die Zwerge, die sich wieder auf die Füße rappelten. »Weshalb sind die Prinzenbrüder hier?«

»Du!«, grollte Fafnir und stülpte sich den Helm über. »Du wusstest von alldem. Du hast …«

»Myrddin!«, brüllte Cormag und zog ein wutentbranntes Gesicht, als wollte er sich jeden Atemzug auf den Gott stürzen. »Ich habe Euch meinen Sohn anvertraut. Jetzt ist er tot!«

»Ist er das?«, rief Otur und langte nach seiner Keule. »Ist das Grímnir?«

Sie riefen durcheinander, bewarfen den Gott mit Schmähungen, verlangten nach Antworten und drangen auf ihn ein.

Merlin schlug den Stab auf. *GONG!* Ein Dröhnen raste durch das Gewölbe, ließ die Wände erbeben und warf die Anwesenden um.

José schlug auf. Seine Ohren klingelten, und ihm war kotzübel. Es dauerte einen Moment, bis es sich legte. Unbeholfen stemmte er sich mit seinem Stock hoch und hielt sich die Stirn.

»Was auch immer ihr mir vorwerft, es muss warten.« Merlin sah die Anwesenden nacheinander an, die sich allmählich wieder auf die Beine hievten. »Mjölnir ist gesichert?«

»Ja …«, krächzte José, der Verstand noch immer wie in Watte gepackt.

»Gut. Ich konnte ein schwarzes Prisma mit der Farbe Alfheims an mich bringen.« Er zückte einen schwarzen, fingerlangen Kristallsplitter, um den sich das Licht in Farben brach, bog und krümmte.

»Die Essenz Alfheims.«

Merlin nickte und steckte das schwarze Prisma ein. »Wir müssen die Überlebenden schnellstmöglich in die Krone des Lichts bringen. Sofort!«

»Die Zwerge stehen vor den Toren der Stadt.«

Merlin zögerte. Dann marschierte er zu Fafnir, der höchst unzwergenhaft zurückzuckte. »Svartalfheim ist gefallen?«

»Bis auf den letzten Zwerg, Grímnir.«

»Grímnir …« Merlins Blick reichte in die Ferne. »Diesen Namen habe ich lange nicht gehört. Ich bedaure, dass es so weit kommen musste. Als ich deinen Vater warnte, nannte er mich einen Lügner und verschloss sich der drohenden Gefahr. Hätte ich geahnt, welche Gestalt diese annehmen würde …« Er schüttelte den Kopf und richtete sich auf. »Mjölnir war nie für dich bestimmt, Fafnir, Hreidmars Sohn. Diese Waffe ist zu mächtig, um von einem Wesen aus Fleisch und Blut geführt zu werden.«

»Das werden wir ja sehen, Gott.«

»Hier steht weitaus mehr auf dem Spiel, als du glaubst, Zwerg.«

Drohend senkte Fafnir den Kopf. »Mir bleibt keine andere Wahl. Mjölnir ist die einzige Möglichkeit, meine Heimat von dem finsteren Gott zu befreien.«

José nickte still vor sich hin. Damit rückte ein weiteres Puzzleteil in Position. Deshalb dürstete es die Zwergenbrüder so sehr danach, Mjölnir zu beherrschen.

Mit erhobener Hand gebot Merlin dem Prinzen zu schweigen. »Ebenso wie ich Modsognir, den Ersten König unter dem Berg, Freund nannte, bin ich deinem Volk ein Verbündeter, Fafnir.« Er fasste den Zwerg an der Schulter. »Zügle den Schwarzen Drachen für den wahren Feind. Den Feind aller Völker, der nach totaler Kontrolle trachtet.«

»Ich habe alles verloren, Grímnir. *Alles!*«

Merlin nickte verständnisvoll. Er ließ den Zwerg los und trat in die Mitte der Anwesenden. »Solange wir uneins sind und nicht gemeinsam dem Gehörnten die Stirn bieten, werden wir fallen.« Seine Worte verhallten in dem Gewölbe. »Der Krieg muss enden!«

Trotzig schüttelte Fafnir den Kopf. »Du verlangst, dass wir Frieden mit den Langen schließen? Mit Spitzohren? Mit Göttern?«

»Ich verlange, dass ein jeder von uns dazu bereit ist, seinen Stolz zu überwinden, Prinz.« Merlin schaute die Anwesenden nacheinander an. »Es geht nicht länger um Krieg oder Frieden, um Herrschaft, Recht, Rache oder Macht. Es geht um das Überleben der neun Welten.«

»Wir sind mit einem Bündnis einverstanden«, erklang Elles leise Stimme.

Cormag schlug sich auf die Brust. »Wenn die Krone gewillt ist, werde ich zu meinem Volk zurückkehren und im Namen meiner Königin eine Streitmacht zusammenrufen.«

Cosme erschuf einen Richthammer, den er auf den Boden stieß. »Die Kirche des Palindroms dient dem Schutz des Weltenrunds. Was auch immer dafür notwendig ist.«

»Gut gesprochen, Gott«, erwiderte Fafnir. »Aber das ändert nichts daran, dass Mjölnir uns gehört.«

Ein Schatten vertiefte die Falten in Merlins Gesicht. »Mit all deinem Stolz führst du die neun Welten an den Rand der Vernichtung!«

Fafnir zeigte die Zähne. »Ich werde mit Mjölnir meine Heimat befreien, Gott.«

Funken sprühten über Merlins Stab. »Mjölnir ist keine Waffe, um zu befreien, sondern um zu zerstören, närrischer Zwerg!«

Fafnir stülpte den Helm über. Die Rune loderte auf und seine Gestalt verschwamm, während in ihm ein bedrohliches Glühen aufloderte. »Dann zerstören wir eben den finsteren Gott. Eher wird der Berg über Svartalfheim zusammenbrechen, als dass ich meine Heimat kampflos aufgebe!«

Die Möglichkeit lag vor José wie ein Buch. Er musste nur danach greifen und es öffnen. »Was wäre, wenn das Zwergenvolk eine neue Heimat bekäme?«

Stille.

»Was wäre, wenn das Weltenrund ihnen einen Platz anbietet, an dem es sich niederlassen kann?«

Langsam zog Fafnir den Schreckenshelm ab. »Das ändert nichts an Mjölnir.«

»Nicht?« José trat näher. »Mit Brisingamen tragt ihr einen Teil Svartalfheims bei euch. Die Seele Eurer Heimat, die ihr wie einen Samen wachsen lassen könntet. Sobald der Feind gebannt und der Krieg vorüber ist, könnte Euer Volk als Wächter über Mjölnir wachen.«

Fafnir tauschte stumme Blicke mit seinen Brüdern aus. Stolz war eine Last, unter der schon stärkere Männer zerbrochen waren. Ein Mensch hätte abgewiegelt und nach einem neuen Weg gesucht, seine Ziele zu erlangen. Aber ein Zwerg … Diese Wesen waren so stur und stolz wie ein alter Felsen und so gierig wie die Abgründe ihrer Heimat. Genau das war der Wesenszug, auf den José vertraute: Zwerge ließen sich keine Möglichkeit entgehen. Fafnir wusste, dass sich an Mjölnirs Urteil nichts ändern würde. Sie waren seiner nicht würdig.

Durch das Abkommen hätte er Zugriff auf das Symbol seines Volkes, ohne ein weiteres Mal fürchten zu müssen, verstoßen zu werden. Mit Josés Angebot könnte er sein Volk in eine neue Zukunft führen. Nicht als Schwarzer Drache. Sondern als wahrer Anführer.

Obwohl sich die Haltung der Zwerge kaum veränderte, wusste José, wie sie sich entscheiden würden. »Frieden?«, fragte Fafnir.

José hielt ihm die Hand hin. »Frieden.«

Der wahre Held der Geschichte

Monate zuvor

Die Worte verklangen in der weiten Kaverne der Zwergenbinge und trugen eine Botschaft mit sich, die unerschütterlicher und weltbewegender nicht sein konnte. Trotz der bedrohlichen Situation, trotz der Urangst, die sich im Angesicht des Drachen seiner bemächtigte, musste Basil ungläubig auflachen. Dies war ein Wendepunkt der Ereignisse, der es wahrhaft verdiente, in einem Lied verewigt zu werden.

»DU GLAUBST MIR NICHT, BARDE.« Der Drache glitt so nahe, dass Basil bloß eine Armlänge noch von dem riesigen Maul trennte. Dragbraxass schnaubte und hüllte ihn in schwefligen Dampf ein.

Basil hustete und keuchte. »Ehrliche Antwort? Ja.«

»SOBALD DU DEIN ERSTES IDEAL FINDEST, VERSTEHST DU.«

»Wer würde nicht gern einen Hauch Göttlichkeit in sich tragen?« Die Saiten schwangen, seine Finger tanzten, die Vihuela summte unter der Melodie, die er webte. »Dann sag mir, ehrwürdiger Drache, warum ich?«

»DU BIST EIN WAHRER PALADIN.«

»Aha! Damit bist du allerdings auf dem Holzweg, mein Guter. Ich bin unwichtig. Ein Spieler. Ein Glücksritter, der vom Pech verfolgt wird. Ein Suchender ohne Ziel.« Er lächelte freudlos. »Ein Betrüger.«

Einer Gewitterwolke gleich, die jeden Augenblick einen Sturm entfesseln könnte, erhob Dragbraxass sich über ihm. »DAS MACHT DICH ZU EINEM DER NEUN.«

»Sicher.« Basil sah seine Gefährten an. »Warum hat José uns dann allesamt auf diese Quest geschickt und nicht nur mich allein?«

Sirrend zog Lorenco den Anderthalbhänder, klappte den Schild am Unterarm aus und schenkte Basil einen tiefgründigen Blick. »José ist nicht allwissend, Barde. Denn ich, Lorenco de Aguilar, der rechtmäßige Thronerbe Méridors, dem sein Erbe stets verwehrt wurde, der Waffenmeister und Kämpfer, Träger eines Funkens, ich werde beweisen …« Etwas krachte ihm gegen den Schädel und warf ihn um. Er blieb liegen. Disha stand dahinter, die eiserne Faust wie ein Richtbeil hocherhoben. Ihr Körper war von flüssigem Metall überzogen und die Haare zu langen Eisenspänen, als wäre sie in einen Bottich voll geschmolzenem Eisen gefallen.

Basil blinzelte. »Disha?«

Wortlos stürzte sie an ihm vorbei und sprang auf den Drachen zu. Zwei Schritt vor ihm fing Dragbraxass sie mit seiner Pranke ab und schloss sie zwischen den Klauen ein. Ein Schrei ertönte, ehe der Drache sie davonschleuderte. Wie ein Katapultgeschoss sauste sie durch die Kaverne und krachte gegen eine Säule, die unter der Wucht, mit der sie dagegenprallte, splitterte. Sie rutschte hinab und blieb bewusstlos liegen.

Bevor Basil gewahr wurde, was geschehen war, donnerte Wagrim an ihm vorbei. Unter wildem Schlachtgebrüll sprang er mit einem Riesensatz auf den Drachen zu. Es erklang ein gewaltiger Knall, als er gegen Dragbraxass krachte und mit unmenschlicher Stärke auf ihn einprügelte.

»Götter …«, hauchte Basil. Vor noch nicht allzu langer Zeit hatte der Barbar ihm den Rat gegeben, in einer Schlacht nicht mehr vom gefassten Entschluss abzulassen. Offenbar hielt er sich an seine eigene Weisheit.

»Die Hosen voll?« Kriana trat neben ihn, einen Kristall fest umschlossen. »Reiß dich zusammen, Barde! Wir brauchen dich.«

»Wofür?«

Es knackte und splitterte, als Kriana den Kristall zerbarst und einen glimmenden Funken freiließ. Sie grinste und sog ihn auf.

Sie erzitterte, fiel nach vorn auf Hände und Knie und verkrallte die Finger im Boden, während sie wie verrückt hechelte.

Basil trat einen Schritt zurück. Und noch einen. Das war nicht die Mäusegestalt, die Kriana sonst annahm. Das war etwas anderes.

Etwas Böses.

Ihre Knochen knackten, verschoben sich und setzten sich neu zusammen. Rostrotes Fell brach aus ihrer Haut. Ihr Gesicht dehnte sich aus und spitze Hauer, von denen der Geifer troff, wuchsen aus ihrem Kiefer. Sie bäumte sich auf, hechelte und stöhnte, knurrte und grollte, spie Blut und Galle aus. Zoll um Zoll wuchs sie zu einem Ungeheuer heran, das ihn um zwei Schritt überragte.

Als ihr Blick auf ihn fiel, lag darin ein animalischer Zorn. »Steh mir nicht im Weg!«, knurrte sie und stürmte los.

Lorenco kämpfte sich auf die Füße. Ein großer, blutiger Fleck zierte seine Stirn, aber die Entschlossenheit in seinen Zügen war ungebrochen. Wenn die Chance bestand, den Drachen zu töten, um sich zu erweisen, würde er nicht zögern – da war Basil sicher. Dieser Mann war so sehr von Stolz zerfressen, dass er dafür sogar bereit wäre, über Leichen zu gehen. Und damit erkannte Basil endlich den Mann, der sich unter der edlen Hülle verbarg.

Mit einer raschen Armbewegung zog Lorenco ein Breitschwert aus dem Rückenhalfter und hielt es locker und federleicht in der Linken. Dann nahm er den Anderthalbhänder in die Rechte und nickte Basil grimmig zu, ehe er sich in den Kampf stürzte. Mit ungezügelter Geschmeidigkeit wirbelte er unter den stampfenden Füßen des Drachen hindurch, sprang vor, tauchte weg, schlug zu und ließ seine Klingen singen wie zu einem Tanz. Mit vollendeter Präzision landete er mit jedem Hieb einen Treffer. Allerdings federten die Angriffe an den Drachenschuppen ab; sie waren härter als Stahl, härter als Diamant, vielleicht sogar härter als alles, was auf dieser Welt existierte.

Basil stand regungslos da und war zugleich fasziniert und erschüttert. Die Ereignisse zeigten ihm in aller Klarheit, dass die Verflechtungen von Gut und Böse viel zu komplex waren, um sie in ausreichendem Maße erfassen zu können. Jeder hatte Beweggründe. Jeder hatte das Recht, seine eigenen Entscheidungen zu treffen. Und jeder folgte einer Mission, um ein höheres Selbst zu erlangen: die Seele des Drachen, um Rache zu nehmen. Das Schwarze Herz, um zu heilen. Ein Ungeheuer erlegen, um sich selbst etwas zu beweisen. Töten, weil man sich in rasender Wut verlor.

Dabei begriff niemand, was *wirklich* wichtig war.

Die Kaverne erbebte unter dem rasenden Kampf. Jeder Einschlag durchfuhr Basil bis in die Knochen.

Er wich zurück und hielt verwundert inne. Eine Münze lag vor seinem Stiefel. Sie zierte das Profil eines bärtigen Gesichtes mit Knubbelnase auf einem achteckigen Schild, umrahmt von zwei überkreuzten Äxten. Ein Schatz, bei dem er nur noch zugreifen musste. Er könnte sich die Taschen vollstopfen, sich abwenden und die anderen sich selbst überlassen. Was kümmerte ihn ihr Schicksal? Sie hatten ihn belogen, mit Spott und Hohn überhäuft und nur sich selbst gedient.

Doch ein Teil in ihm – von dem er bislang nichts gewusst hatte – schreckte vor dieser Entscheidung zurück. Dieser Basil wollte mehr im Leben erlangen und war über seine Gier hinausgewachsen. Ideale wie Heldentum, Glorie oder Ruhm waren ihm fremd und auch nicht von Belang. Er strebte nach Höherem, nach Meisterschaft und Vollendung – welche Form diese auch immer annehmen sollte.

Und mit dieser Erkenntnis veränderte sich der Blickwinkel, mit dem er die Welt und sich selbst wahrnahm.

Basil sah sich selbst, einen Jungen, der mit nichts als den Klamotten am Leib im Dreck der Unterstadt Legentums hockte und sich fragte, warum das Leben so grausam zu ihm war. Ein Junge, der sich mit Diebstählen verdingte und durch Zufall an einen Mann geriet, der ihm die Wunder der Musik zeigte. Ein junger Mann, der sich der Kunst hingab, die Vihuela umsichtiger behandelte als das eigene Leben und einen großen Traum hegte, den er irgendwann inmitten von Gier und Überlebensinstinkt aus den Augen verlor. Ein Mann, der stets auf einem schmalen Grat zwischen Wahnsinn, Trunkenheit und Erschaffungsgabe wankte, suchend nach Glück, das ihm verwehrt wurde, erfüllt von Gram und Trauer, aber auch vom Glauben an Wunder und Magie. Ein Barde, der seine große Liebe verließ und seitdem ziellos umherwanderte, nichts ahnend, welche Bürde ihn erwartete. Ein Barde, der sich irgendwie in einer Welt zurechtfinden wollte, in der die Grenzen zwischen Licht und Dunkelheit verschwammen.

Was, wenn dieser einsame Junge, der stets nach einem Zeichen des Göttlichen suchte, jene Quelle in sich selbst hütete?

»Was will ich?«, hauchte er und fand die Antwort tief in sich verborgen.

Leben und seine Kunst vollenden.

Der Kampf verwandelte sich allmählich in ein blutiges Gemetzel. Münzen flogen umher, Kelche zertrümmerten, Vasen zersprangen und Säulen brachen. Disha sprang dem Drachen in die Flanke, klammerte sich mit metallenen Klauen fest. Wagrim hockte zwischen zwei Knochenkämmen an der Stirn und hämmerte auf den Schädel ein. Lorenco tänzelte geschickt zwischen den stampfenden Füßen umher. Und Kriana trieb ihre Krallen in einen Flügel.

»Er prophezeite, dass dies passieren wird.« Krog stellte den Stock neben Basil und betrachtete völlig unbekümmert den wütenden Kampf. »Der Pfad des Schamanen ist einsam und aufopfernd. Lange habe ich an ihm gezweifelt.«

Basil schluckte schwer, ergriffen von dem, was er eben erkannt hatte. »Und jetzt?«

»Jetzt sehe ich klar.«

»Was siehst du?«

»Alles, was geschehen ist und noch geschehen wird, ist bereits beschlossen. Der Moment unseres Todes ist ein Teil des großen Geflechts, das wir Schicksal nennen.«

»Also sollten wir es so hinnehmen?«

Krogs Augen blitzten hinter der Knochenmaske. Er bückte sich, nahm eine Münze auf und drückte sie Basil in die Hand. »Nimm sie und geh. Das ist doch das, was du willst, nicht wahr?«

Basil betrachtete die Münze. Und ließ sie fallen. »Nein.«

Ein metallener Schrei hallte durch die Kaverne. Abermals wurde Disha davongeschleudert. Anschließend packte der Drache Wagrim und schmetterte ihn zu Boden. Das schien die Wut des Barbaren weiter anzufachen, aber er war durch die Pranke am Boden wie festgenagelt und konnte sich nicht befreien.

Dragbraxass schüttelte Kriana ab, stieß sie mit dem Schwanz davon und schnappte nach Lorenco – der geschickt auswich, zustach und weitertänzelte. In einem Hagel aus Schlägen glitt der Waffenmeister von einem Angriff in den anderen. Seine Kampfkunst war vollendet. Seine Zielsicherheit ungebrochen. Und seine Bewegungen so fließend wie Wasser und so stürmisch wie die Gezeiten. Es war eine andere Form der Kunst.

»Ha!«, rief Lorenco. »Nimm das, du Ungetüm!«

Der Drache bog den Hals zurück, während es in seinem Hals aufglühte wie im Inneren eines Glutofens. Die Luft um sein Maul flimmerte und zuckte.

»Nein …«, raunte Basil.

Kurz herrschte Stille, als hielte die Welt den Atem an. Mit einem tiefen Röhren spie der Drache Feuer.

Einer Sturmflut gleich krachte es auf den Boden, riss die Erde entzwei und schickte verschlingende Hitze durch die Kaverne; sie erfasste den Schatz, schmolz Silber und Gold, schwärzte die Säulen und verbrannte alles auf seinem Weg.

Basil stand da, die Vihuela schlaff in seiner Hand und konnte nicht mehr denken. Sein Kopf war leer. Die Hitze versengte seine Augenbrauen, brachte die Luft zum Kochen, ließ ihn erzittern. Er konnte nicht wegsehen.

Als das Feuer verging, durchdrang der Gestank von geschmolzenem Metall, verbranntem Horn und versengtem Haar die Kaverne.

Die anderen … Wo waren die anderen?

Lorenco trat unversehrt hinter einer Säule hervor. Wagrim befreite sich aus Schutt und Geröll, schüttelte Steinsplitter, glühende Münzen ab. Ein Stück weiter entfernt schleppte Kriana sich in Werwolfgestalt aus den Überresten einer Säule. Sie stolperte, hinkte, hielt sich den Arm und jaulte.

»Du bist hier, weil du vertraust«, säuselte Krog. »Tief in dir erkennst du etwas, was du schon lange weißt, dir aber nie eingestanden hast.«

Basil atmete zitternd ein. »Und was?«

»Dich selbst.«

»Ich … Ja, vielleicht hast du recht. In den Abenteuern ist stets von den Helden die Rede. Die Lichtgestalten, deren Schattenseiten verhüllt bleiben. Wir reden uns ein, wir wären besser als alle anderen. Groß, mächtig, hehr, heldenhaft und gut.« Er lächelte freudlos. »Aber das ist eine Lüge. Wir verleugnen uns selbst.« Er atmete durch. »Ich muss akzeptieren, wer ich wirklich bin.«

»Und damit bist du vielen anderen einen großen Schritt voraus, Barde. Auch José wird noch erkennen müssen, dass er seinem Schicksal nicht trotzen kann.«

Am anderen Ende der Kaverne, dort, wo der Drache sich aufrichtete und das Maul gähnend weit öffnete, verharrte eine gebeugte Gestalt, kaum mehr als Fleisch und Knochen. Schimmerndes Eisen sickerte von ihrem Körper, sammelte sich zu ihren Füßen zu Pfützen. Dishas Haut glich erhitztem Wachs, das schlaff von ihren Knochen hing. Die einst anmutigen Gesichtszüge waren fort, spröde Haare klebten seitlich an ihrem Kopf, und die dürren und abgemagerten Glieder glichen denen einer Greisin.

»DU TROTZT MIR?«, brüllte der Drache. »BIN ICH DENN KEIN GOTT? BIN ICH KEIN KIND SURTS? BIN ICH NICHT FEUER UND ASCHE?«

»Ich … werde nicht …« Dishas Stimme kratzte wie ein Nagel auf einer Schiefertafel. »Aufgeben.« Mit ungeschickten Fingern las sie einen malachitfarbenen Stein auf und steckte ihn sich in den Mund.

»Wie wird der Barde sich entscheiden?« Die Stimme des Schamanen drang von überallher auf Basil ein. »Wird er sich an ein Ideal binden und seine Schwächen und Fehler eingestehen? Oder wird er in die Dunkelheit zurückkehren?«

Der Drache bog den Hals zurück. Die Luft um sein Maul entzündete sich, flimmerte und zuckte.

Basil horchte in sich hinein.

Und fand die Antwort.

War es ein unerwarteter Anfall heldenhaften Mutes? Ein Rest Mitgefühl, der unter dem Schlamm Betrügereien begraben lag? Oder war es etwas anderes, von dem er bislang nichts geahnt hatte?

Es war unwichtig. In diesem Moment zählte nur, für etwas einzustehen, das größer als er selbst war.

Hals über Kopf rannte er zu Disha und stellte sich schützend vor sie. Während sich das Feuer im Maul des Drachen entzündete, schöpfte Basil nach jener geheimnisvollen Kraft in ihm. Stets hatte er sie genutzt, um andere zu betören, zu berauben, abzulenken, ihnen das Glück zu nehmen. Jetzt wollte er sie nutzen, um dem Licht zu dienen.

Seine Finger flogen über die Saiten, entlockten der Vihuela schnelle, rasche Töne, die ein Duett aus Mut und innerem Feuer bildeten. Hauchzarte Lichtbänder umwirbelten ihn, wirbelten und wirbelten immer schneller zu einem Tanz. Gelb, orange, rot, grün, blau und violett – alle Farben des Regenbogens entfalteten sich in Schönheit und Harmonie zu einer Melodie, die eine Geschichte erzählte; eine Geschichte von Abenteuer, Freude, Zusammenhalt, Aufopferung und Glück.

Und von Heldentum.

Das Feuer krachte zu Boden, riss eine Schneise der Verwüstung, zertrümmerte Gestein, schmolz den Schatz davon und walzte über Basil hinweg.

Und traf auf eine Kuppel gleißenden Lichts.

Wie ölige Schlieren tanzten die Farben darüber hinweg und wogten im Rhythmus der Melodie, die Basils Herz entstieg.

Das Feuer verging. Die Luft flimmerte und dampfte.

Basil spielte weiter. Die Kunst entfaltete sich vor ihm wie die Blüten einer Rose. Er ließ sie wachsen, sich entfalten und erschuf diese geheimnisvolle Magie der Klänge nicht allein, um sich selbst zu beschützen. Sondern um zu begeistern. Um Freude zu bringen. Um andere zu beschützen.

Zum ersten Mal in seinem Leben war er mit sich selbst im Reinen.

Dies war der Pfad, dem er sich verschrieb.

»ERKENNST DU ES NUN, BARDE?«

Basil holte tief Luft. »Ja, ich erkenne es.«

»DANN SAG MIR, WARUM BESCHÜTZT DU SIE?«

»Es ist wohl der Teil in mir, den ich vergessen und verleugnet habe. Er will begeistern, aber nicht, um Ruhm oder Ehre zu erlangen.«

Der Drache beugte sich tiefer. »SPRICH DIE WORTE!«

Die Farbstränge trieben vor Basils Augen wie ein hauchdünner Schleier. Während er den Rhythmus seiner eigenen Melodie betrachtete, ein Lied der Bewahrung, stiegen die Worte in ihm empor, als hätten sie allzeit dort ausgeharrt, bis er bereit war, sie auszusprechen. »Ich erhelle und begeistere. Dies ist mein erstes Ideal.«

Für einen Augenblick erstarrten die Farben und Stille füllte das Gewölbe. Das Lied setzte aus, verharrte, um all seine Kraft zu sammeln.

Dann erwachte die Melodie mit einer Intensität, die Basil den Atem raubte; sie schoss über den Drachen hinweg, die Reisegefährten, die Münzen, den uralten Stein und alles, was sich in unmittelbarer Umgebung befand. Und füllte es mit Freude.

Die Münzen erzitterten. Kelche wackelten und hüpften, Kiesel und Trümmer vibrierten, selbst die Luft schien sich der Magie der Klänge zu beugen.

Zorn und Trauer wichen aus Dragbraxass' Zügen, und nun lächelte er, als hätte er etwas erkannt, das ihm lange verwehrt geblieben war. Kriana verwandelte sich in eine junge Frau zurück, klaubte ihre Kleidungsfetzen auf und saß weinend am Boden. Wagrim legte den Kopf in den Nacken und stieß einen Schrei aus. Lorenco marschierte aufrecht und stolz durch die Kaverne, die Waffen in ihren Halftern, und eine Miene wie ein Mann, der wahres Glück erfahren hatte. Disha trat neben Basil. Sie ähnelte jener Frau, die er kennengelernt hatte, allerdings war sie gereift, mit grauem Haar und Runzeln im Gesicht, die von hohem Alter sprachen. In ihren Augen jedoch stand ungewohnte Wärme.

Krog näherte sich als Letzter ihrer verschworenen Gruppe. Mit ausholender Geste trieb er den Stock vor sich tief in den Boden, und mit einem Knall durchströmte ein hörbarer Rhythmus die Kaverne.

Der Rhythmus stand im Einklang mit Basils Lied.

Wie hatte er es zuvor nicht bemerken können?

Steinchen und Kiesel zitterten. Der Boden glühte unter ihnen in gespenstischem Licht, und aus den Rissen und Spalten strömte es wie Geisterhauch heraus; dort bildete sich ein großes, rundes Symbol, dessen Bedeutung Basil unbekannt war.

»Es ist Zeit.« Krog tätschelte den Stock, der allmählich zu einem Baum heranwuchs. Äste sprossen daraus hervor, saftig grüne Blätter wuchsen aus den Zweigen, und mehr und mehr graublaues Licht drang aus den Spalten, als hätten sich die Pforten Hugarheims geöffnet.

Die Musik setzte aus, und der Bann, den Basil gesponnen hatte, verging wie ein Traum. Allerdings blieben die Freude und das Glück zurück.

»Wer bist du wirklich, Krog?«

Der Schamane schüttelte den Kopf. »Vollende es.«

Basil sah zu dem Drachen. »Ich muss ihn töten.«

»Sein Opfer ist notwendig, um das zu einen, was getrennt wurde.«

»Ich kann das nicht.«

Dragbraxass glitt näher. »DAS SCHWARZE HERZ IST UNERLÄSSLICH FÜR DAS KOMMENDE, BARDE. EINE DUNKLE MACHT ERHEBT SICH, DIE NACH KONTROLLE TRACHTET. EINE MACHT, DIE GRÖSSER IST ALS GÖTTER. DER WELTENSTURM WIRD KOMMEN.« Dragbraxass griff nach seiner Brust und öffnete sie, sodass sein Herz darunter zum Vorschein kam. »TÖTE MICH. SINMARA IST NACH ALL DER ZEIT EINE BÜRDE GEWORDEN. NIMM SIE UND BRINGE SIE DORTHIN ZURÜCK, WOHIN SIE GEHÖRT. MEIN ENDE WIRD EINEN NEUEN ANFANG BERGEN.«

Tränen brannten in Basils Augen. Der Moment der Eintracht wühlte ihn auf. »Und wenn ich das nicht will? Mein erstes Ideal besagt, dass ich erhelle und begeistere, und nicht ein Wesen ermorde, das so alt ist wie die Zeit selbst.«

»DU HAST MEIN HERZ NACH ALL DER ZEIT MIT FREUDE ERFÜLLT. ES IST DEIN. ICH WILL ES SO.«

»Barde«, sagte Lorenco steif. »Ich erkenne meinen Irrtum. Verzeihe mir, dass ich es nicht eher sah.« Er ging vor Basil auf ein Knie und bot ihm ein Kurzschwert mit kurzer Parierstange und geradliniger Klinge an, wie sie in Legentum genutzt wurden. Es steckte in einer ledrigen, goldbeschlagenen Scheide. »Du bist einer der Neun. Du bist ein wahrer Paladin.«

Basil schob die Vihuela ins Rückenhalfter und griff zögerlich nach dem Gladius. Das Kurzschwert lag viel zu schwer in seiner Hand. Er band es sich um die Hüfte fest und das Gewicht war ungewohnt.

Wagrim trat neben ihn. Seine Augen loderten vor Wut, aber als er sprach, klang er sanft und ruhig. »Wir stehen dir zur Seite, Basil.«

»Wir alle«, sagte Kriana.

Disha nickte und Krog lächelte.

»Ich bin nicht das, was ihr in mir seht«, erwiderte Basil leise. »Ich bin weder mutig noch stark, weder heldenhaft noch ruhmreich. Als Ynes – meine große Liebe – erkrankte, bin ich aus Furcht vor der Verantwortung davongelaufen.« Er machte eine Pause. »Ich habe stets zu meinem eigenen Vorteil gehandelt. Die Wahrheit ist, ich bin ein Feigling und Betrüger.«

Lorenco erhob sich formvollendet – er konnte nicht einfach nur aufstehen. »Du vereinst Gegensätze in dir, Barde. Aus diesem Grund bist du der Richtige.«

Der Drache sagte nichts, rührte sich nicht, tat nichts anderes, als darauf zu warten, dass Basil seiner Bestimmung folgte. Die anderen nickten ihm auffordernd zu. Es war seltsam, ihren Zuspruch zu erfahren, nachdem er ihnen mehrfach Steine in den Weg gelegt hatte. Er hatte das hier nicht verdient.

Und deshalb musste er es tun.

Mit angehaltenem Atem trat er an den Drachen heran, der sich beugte, sodass Basil mit einem gezielten Stich des Gladius' das Herz verwunden konnte. Vielleicht war es Instinkt, vielleicht auch göttliche Eingebung. Basil konnte *spüren*, dass es intakt bleiben musste. Er kappte die Adern und Muskelstränge, die den Kristall hielten, griff zu und löste das Schwarze Herz aus dem Fleisch. Es war gerade einmal so groß wie seine geschlossene Faust und pochte in einem hörbaren Takt.

Er wischte das Blut vom Gladius mit einem Schwenk und steckte ihn zurück. Dann trat er langsam zurück und starrte den Drachen mit tränenverschleiertem Blick an. Die Gefühle überwältigten ihn wie ein Sturm. Dragbraxass war ein Wesen, das mehr gesehen hatte als jeder andere vor ihm. Er hütete Wissen längst vergangener Zeitalter und bewies eine Stärke, die seinesgleichen suchte. Nun opferte er sich, damit andere leben konnten. Wofür das Schwarze Herz auch immer bestimmt war, es würde den wahren Paladinen dabei helfen, die Welt zu einem besseren Ort zu machen. Ganz bestimmt.

Der wahre Held dieser Geschichte war der Drache.

»*Duérmete coco, duérmete ya*«, sang Krog mit belegter Stimme.

»Danke, Barde …« Dragbraxass legte sich hin. Seine Augenlider flatterten.

Dann schlossen sie sich.

Der Schmiedelehrling

Andvaris Haut prickelte unter den dreckigen Kleidern, klebte vor Schweiß. Die Hitze der weiß brennenden Esse versengte ihm den Bart. Wasserdampf, Kohlerauch und der Gestank nach Schwefel und Metall hüllten ihn ein. Selbst das Gewölbe schien sich unter seinen Füßen zu bewegen und vor seinen Augen zu tanzen, während der Amboss unter seinen Hieben dröhnte. Wie eine Melodie, die allein ein Meisterschmied hören konnte.

Es war lange her, seit Andvari sich so lebendig gefühlt hatte.

Unter Wielands Aufsicht bearbeitete er mit viel Kraft und Geschick das Eisenstück, brachte es allmählich in Form. Dampf quoll in zischenden Stößen hervor. Klumpen geschmolzenen Eisens tropften aus Schmelztiegeln und spritzten glühend zu Boden, wo es durch Rinnen floss, leuchtende Linien aus Rot und Gelb und blendendem Weiß, die den schwarzen Stein durchzogen. In seiner Schlichtheit war die Schmiede unübertroffen. Hier musste Andvari nicht über sein Volk, die Quest, den finsteren Gott oder seinen Tod nachdenken. Das Feuer einer Esse und eine Arbeit, die es zu verrichten galt. Das war alles, was er wollte.

»Werdet Ihr mir irgendwann verraten, was ich erschaffe?« Andvari hielt inne, wischte sich über die schweißnasse Stirn und besah sich eingehend das glühende Schmiedegut. Die wahre Gestalt des Gegenstandes war wie ein Geheimnis, und mit jedem Besuch, jedem Hieb und jedem Atemzug lüftete es sich.

»Ich habe dich lange beobachtet.« Der Zwerg an der Seite der Esse beobachtete Andvari durch den nebligen Schleier aufgewirbelter Asche, tanzender Flammen und flimmernder Hitze. »Der Weg zu wahrer Meisterschaft ist voller Herausforderungen, an denen mancher zerbricht. Aber nicht du. Du verfügst über eine Eigenschaft, die dich von deinem Volk abgrenzt.«

Andvari unterdrückte den Seufzer. »Neugierde.«

Wieland hielt seine Pranke in die Flammen und lächelte, als sie sich an ihn schmiegten, ohne ihn zu verletzen. »Wir sind Gebieter von Feuer, Stein und Metall. Das, was sich tief verborgen unter allem befindet, offenbart sich uns.« Er nahm die Hand zurück, umrundete die Esse und blieb neben dem Amboss stehen. »Ein Zwerg wahrt die Grenzen, dient seinem Clan und achtet die Gesetze.«

Der Vorwurf traf Andvari tief. »Bin ich ein Fehler?«

»Nicht mehr als ich.« Wieland führte Andvaris Hand zum Hammer und bedeutete ihm, mit seiner Arbeit fortzufahren. »Etwas zu erschaffen, heißt nicht, etwas Neues zum Vorschein zu bringen. Mitunter wecken wir etwas Vergangenes. Ein verborgenes Stück unser selbst, das wir wiederfinden müssen, um zu erstarken.«

Andvari schlug zu. *Pling.* »Ihr wollt, dass ich schmiede.« *Pling.* »Wie damals, als meine Schöpfung den König Svartalfheims ermordete.« *Pling.* »Schwerter. Waffen. Werkzeuge des Todes.« *Pling. Pling. Pling.* »Gegenstände großer Macht, die nichts als Tod und Verdammnis bringen.«

Wieland fing seine Hand ab. Er zwang ihn, den Hammer loszulassen und legte ihn sorgsam auf den Amboss. »Die Zeit wird kommen, da die Welt dich braucht, Runenschmied. Rost, wenn du wüsstest, was dir bevorsteht, würdest du in den Flammen tanzen.« Er lachte leise, was in Andvaris Magengrube ein mulmiges Gefühl weckte. »Hast du inzwischen erkannt, was du für mich erschaffen sollst?«

Zaghaft nahm Andvari das Schmiedegut auf. »Ihr sagtet, Ihr lehrt mich.«

Wieland lachte gackernd. »Der Lehrling wird zum Meister und der Meister zum Lehrling.«

»Es heißt jedoch, dass Ihr bereits einen Lehrling habt. Ivaldi, ein Zwerg von außergewöhnlicher Begabung, den Ihr in Eure göttlichen Gaben unterwiesen habt. Seitdem wird Ivaldi ebenfalls als Gott verehrt.«

»*îvâldî*«, sagte Wieland mit singender Stimme. »Ein sehr altes Wort in der Sprache eines Volkes, dessen Wurzeln mit unseren stärker verknüpft sind, als manch sturer Zwerg sich eingestehen möchte.«

»Ivaldi ist kein Name?«

Wieland grinste listig. »Streng dein Köpfchen an. Was glaubst du, was das Wort bedeutet?«

Andvari stutzte, dann lächelte er, als sich ihm die Bedeutung erschloss. »Schmiedelehrling.«

»Also sag mir, was will der Runenschmied?«

Bedächtig legte er das Schmiedegut zurück. Je mehr er sich darauf konzentrierte, desto mehr zerfloss es wie Roheisen in der Schmelze. »Das weiß ich nicht.«

Wieland gab ihm den Hammer zurück. »Dann wird es Zeit, das herauszufinden. Denn das, was auf uns zukommt, wird alles verändern. Und irgendwann …« Wieland verpasste ihm einen Stoß. »Irgendwann wirst du deine Rolle erkennen.«

Andvari stolperte zurück und fiel.

***

Als der Zwerg wie ein zappelnder Käfer auf dem Boden landete, entlockte es Ullr nicht mehr als ein Schnauben. Er war mehr mit seinen Wunden beschäftigt, die er mit dem kläglichen Rest seiner Kräutertinktur versorgte. Die Kratzer, für die sie nicht ausreichte, brannte er aus, damit sie sich nicht entzündeten. Wenigstens musste er sich keine Sorgen um ein glühendes Eisen machen.

Bei jedem Zischen biss er die Zähne zusammen, bei jedem Brutzeln von Fett verfluchte er die Quest, und bei jedem Schwärzen unversehrter Haut spürte er, wie er etwas von sich selbst verlor. Man könnte meinen, wenn man genügend Wunden ausgebrannt hatte, würde es mit der Zeit leichter. Das Gegenteil war der Fall.

Es war die Verdammnis.

Der Zwerg rappelte sich auf und schaute sich verwirrt um. Als sein Blick auf Ullr fiel, lag ein Zögern darin.

»Und?« Ullr packte seinen Kram zusammen, legte das Messer beiseite und zwang die müden Beine in eine gerade Haltung, hörte seine alten Knie knacken, als er aufstand. Dann schüttelte er sich und versuchte, die Müdigkeit aus seinen Knochen zu verjagen. Gebeugt wie ein alter Mann rang er nach Atem. Es fiel ihm schwer, Interesse an etwas anderem als an seinem eigenen Schmerz zu entwickeln.

›Bei Wieland! Ich meine … bei ihm. Also dem Gott, mit dem ich …‹

Ullr schaute ihn grimmig an.

Andvari seufzte. ›Die Mythologie meines Volkes besagt, dass Wieland uns einst aus dem Stein befreit hat. Ivaldi, ein Zwerg mit einem außergewöhnlichen Schmiedetalent, erweckte irgendwann seine Aufmerksamkeit. Daraufhin lud Wieland ihn in seine heilige Esse und unterwies ihn in seinen Künsten, damit Ivaldi, wenn ein Moment größter Not kommen sollte, sie mit seinem Volk teilen könnte.‹ Andvari kam zu ihm, griff in die Luft und fischte seinen Hammer heraus. ›Zwerge, die über großes Schmiedegeschick verfügen, bezeichnet man deshalb auch als Ivaldis Söhne.‹

»Es ist nicht, wie du geglaubt hast.«

›Ivaldi ist ein Wort in der Sprache der …‹

»Elfen.«

Andvari nickte schwermütig. ›Es bedeutet Schmiedelehrling, was mich an allem zweifeln lässt.‹

Ullr ließ die Schultern kreisen, massierte seine Knie und streckte sich, um zu überprüfen, wie stark seine Wunden gespannt wurden. »Warum?«

›Ich glaube an meinen Gott, und ich ehre die Geschichte. Doch jetzt … bin ich in meiner Überzeugung erschüttert. Inzwischen zweifle ich sogar an meinem eigenen Verstand.‹

Ullr fasste ihn an der Schulter. Es war, als berührte er festen, kalten Nebel. »Du glaubst, vom Pfad abzukommen. Halte inne. Atme. Lass dich von deinen Erfahrungen leiten und dann erkenne, was wirklich zählt.«

Scheu sah Andvari auf. ›Und was zählt wirklich?‹

Ullr bückte sich zu ihm. »Familie. Ehre. Eide.«

Der Zwerg nickte erst langsam, dann immer schneller. ›Du hast recht, Jäger. Ich sollte dankbar sein für dieses große Geschenk und es annehmen, anstatt daran zu zweifeln. Rost, ein Gott hat mich zu seinem Lehrling ernannt und hilft mir dabei, etwas von außergewöhnlicher Macht zu schmieden!‹

»Gut.« Ullr stand auf und ging zu dem Barden, der zwei Schritt entfernt auf einer Decke lag und unverständliches Zeug brabbelte. Er vergewisserte sich, dass es ihm gut ging, flößte ihm etwas von der Flüssigkeit aus dem Schlauch ein und hob die Augenlider an, unter denen ein Meer aus Sternen leuchtete. Sollte Basil irgendwann aufwachen, hatte er einiges gutzumachen.

Die Erinnerung erschien wie aus dem Nichts. Nun lag dort ein junges Mädchen mit feuerrotem Haar, totenblasser Haut und gebrochenen Augen.

Ullr blinzelte. Das Bild verschwand.

›*Du bist besorgt.*‹

»Ich muss lernen zu akzeptieren.«

›*Runa.*‹

Wie angewurzelt blieb er stehen. »Was weißt du von ihr?«

›*Sie hat mich im Weltenbaum gefunden. Zufall?*‹ Andvari schloss zu ihm auf und sah abwesend in die Ferne. ›*Wohl kaum. Die wahren Paladine sind miteinander verbunden.*‹

Ullr zögerte, schob die Worte hin und her, doch er begriff, dass er sie nicht länger aufschieben kann. »Ich spüre sie nicht länger.«

Andvari ließ sich mit der Antwort Zeit – wie es seine Art war. ›*Ich bin sicher, dafür gibt es eine Erklärung.*‹

»Sie ist tot.« Grob packte Basil den zierlichen Barden unter den Achseln, schwang ihn sich über die Schulter und wollte davonstapfen, ehe er den kleinen Beutel entdeckte, der Basil wohl aus dem Hemdkragen gerutscht war. Er nahm ihn vorsichtig auf und steckte ihn dem Barden wieder ein. Dann marschierte er den Pfad entlang zur nächsten Prüfung. Zwei standen noch aus. Zwei Herausforderungen, die den letzten Rest seiner selbst von ihm wegkratzen würden. Ullr spürte, wie er zu jemandem wurde, den er einst zurückgelassen hatte. Ein anderer Ullr. Ein gnadenloser Jäger, der für seinen Eid lebte.

Er verschloss sein Herz gegen die Wahrheit. In Gedanken sah er das kleine, unschuldige Ding in seinem Arm, das bei seiner Geburt mehr erlebt hatte, als irgendjemand ertragen könnte.

Eine Träne brannte in seinen Augen und verdampfte in der Hitze. Sein Pfad führte ihn von Runa fort. Bald musste er die schwierigste Entscheidung treffen, die ein Vater nur treffen konnte.

Die Frage war bloß, ob er das wirklich wollte.

***

Für Andvari war es keine Frage, Ullr mit allem zu unterstützen, was er aufzubringen vermochte. Sie hatten diese Quest gemeinsam begonnen und würden sie auch gemeinsam beenden. Das Band zwischen ihnen war hart wie Adamant.

Auch wenn es bedeutete, dass er sich selbst aufrieb.

»Jetzt!«, brüllte Ullr.

Andvari berührte die Bogensehne und drang mit seinem Verstand hinein. Sein Körper löste sich auf, wie damals, als er sterbend vor Fafnir gelegen und sich in den Ring hineingequetscht hatte, und die Welt um ihn verblasste, wurde zu dunstigem Graublau.

Vor seinem Bewusstsein tanzte eine Rune, nach der er griff wie nach einem Werkzeug: ᚺ. Mit seiner Vorstellungskraft verwob er sie zu einem Pfeil. Je öfter er dies tat, desto leichter fiel es ihm.

Er wurde zu einem Meister der Runen.

Der Bogen klapperte, und die Sehne sang. Andvari schoss hinauf, höher und höher in den schwarzen Dunst, die Asche und die Hitze hinein. An seinem Scheitelpunkt vertraute er sich der Rune an und sprach ihren Namen: *haglaz*.

Der Geisterpfeil spaltete sich auf, immer schneller, immer weiter, und ging als Hagel nieder. Glitzernde, graublaue Geschosse prasselten auf die Feinde wie Eiszapfen; sie durchbohrten Köpfe, Brustkörbe, Arme, Beine, Füße und Hälse. Zwei Dutzend Aschekrieger zerfielen und vergingen in den Feuern Muspellsheims.

Andvari nahm neben Ullr Gestalt an und blickte sich rasch um. Die Brücke, auf der sie standen, wurde von beiden Seiten belagert. Um sie zu überwinden, mussten sie sich einen Weg zum Ziel durchkämpfen. Der Steinpfeiler befand sich auf dem Plateau dahinter, war wie zuvor mit Ketten groß wie Schiffsanker umwickelt und mit der Rune Mannaz versehen. Die achte und vorletzte, die sie brechen mussten, um den Gipfel zu erreichen.

Während Dutzende missgestaltete Wesen aus Asche und Glut aus allen Richtungen herbeiströmten, mussten zwei wahre Paladine sich ihren Weg zum Ziel freikämpfen – und dabei den Barden beschützen.

Es war wie ein Tauziehen, hin und her, vor und zurück. Allmählich gingen ihnen die Kräfte aus, und Andvari konnte nicht länger dem Drang widerstehen, sich in den Ring zurückzuziehen. Es war keine körperliche Erschöpfung, eher eine des Geistes. Denken fiel ihm schwer, bewegen, selbst seine Gestalt zu bewahren, stellte sich als unmögliche Aufgabe heraus.

»Jetzt!«

Wieder griff Andvari nach der verborgenen Macht, über die er als Meister der Runen verfügte, suchte nach *haglaz* und verlieh ihr die Form eines Pfeilhagels. Ein Geschoss nach dem anderen prasselte auf die Feinde nieder und durchlöcherte sie. Die Aschekrieger waren vollkommen still, gaben nicht den kleinsten Laut von sich, aber wenn sie heran waren, kämpften sie wie die Teufel. Verspürten sie überhaupt Schmerzen?

Mit dem Barden auf der einen Schulter und dem Bogen auf der anderen zog er sein Messer und nickte Andvari zu. Er gehorchte. Seine Gestalt zerfaserte und legte sich wie dunstige Feuchtigkeit über die Haut des Jägers. Dabei griff er nach einer anderen Rune: X. Gebo symbolisierte Gaben, Partnerschaft, Treue, Harmonie und Vereinigung. Die Rune war ein Geschenk, das er dem Jäger vermacht hatte.

Andvari verschmolz mit Ullr zur Geistersicht. Ihre Perspektiven verbanden sich wie zwei Fäden, die miteinander verflochten wurden, wenngleich ihre Gedanken weiter voneinander getrennt waren. Das, was Ullr sah, und das, was Andvari wahrnehmen konnte, wurde zu einer Einheit.

Gespenstische Pulse schossen entlang der Felsen, Klippen und Steinerhebungen, enthüllten alles, was sich in unmittelbarer Entfernung befand. Nicht einmal die einhundert Aschekrieger blieben ihnen verborgen, die in der Tiefe wie Insektenschwärme die Steilhänge zur Brücke emporkletterten. Mehr noch konnten sie die Schwachstellen von jedem Feind ausmachen, winzige, rot leuchtende Stellen an ihrem Körper.

Mittlerweile hatte Andvari feststellen müssen, dass die Wesen zwar Adern, aber weder Herz noch Hirn besaßen. Wunden, die für einen Menschen oder Zwerg tödlich wären, hinderten sie nicht daran, weiterzukämpfen, ehe sie vollständig zerfielen.

Es war zum Verrosten!

Ein Puls nach dem nächsten jagte über die Klüfte und Plateaus, zeigte ihnen die Bewegungen des Feindes und ihr Ziel, das sich auf der anderen Brückenseite hinter einem Portal erstreckte.

»Bereit?«, fragte Ullr.

›Bereit.‹

Mit einer Geschmeidigkeit und Präzision, die seinesgleichen suchten, wirbelte der Jäger in die feindlichen Reihen. Alles, worauf er zugreifen konnte, waren Fähigkeiten, die Andvari ihm verlieh. Selten hatte er mehr Respekt jemand anderem gegenüber empfunden.

Ullr griff mit dem Dolch an, schneller und wütender als kochend heißer Dampf. Der Aschekrieger hob den Arm und sprang zurück. Aber nicht weit genug. Die Klinge traf den Schwachpunkt am Hals. Der Kämpfer zerfiel, feuriges Blut brutzelte auf geschmolzenem Felsen, glühte orangerot auf dem stumpfen Metall der Klinge, auf der bleichen Haut von Ullrs Hand, auf dem rohen Steinboden unter seinen Füßen.

»Schneller«, flüsterte Ullr und pirschte in Windeseile voran.

Sie hasteten hinüber zur anderen Seite der Brücke. Dutzende Aschekrieger stürmten ihnen entgegen, die schwarz-grauen Gesichter zu grotesken Masken verzerrt, und hieben mit Ascheschwertern nach ihnen. Ullr glitt zwischen ihren groben Schlägen hin und her, umging ihre ungeschickt geschwungenen Waffen und brachte einen nach dem anderen zu Fall. Es wäre leichter gewesen, eine flackernde Flamme zu schlagen oder einen zuckenden Schatten zu töten. Der Jäger war ein Meister der Geschicklichkeit.

Puls um Puls hob die Schwachstellen rötlich hervor. Jeder Stich traf, jeder Angriff streckte einen Feind nieder. Je länger Andvari mit Ullr verbunden war, desto stärker drang auch dessen tief vergrabener Zorn auf ihn ein; ein Zorn, der den Jäger daran hinderte, sich seine Erschöpfung einzugestehen. Es war allein seiner Zielstrebigkeit und seinem eisernen Willen geschuldet, dass er durchhielt.

Doch Ullr zehrte an Kräften, über die er nicht mehr verfügte.

Sie gelangten auf die andere Seite der Brücke zum Torbogen, und Andvari verließ den Jäger. Es dauerte ungewöhnlich lange, bis er die Reste seines Bewusstseins gesammelt und noch länger, bis er sich zu seiner Zwergengestalt materialisiert hatte.

»Die Brücke!«, bellte Ullr.

Mit einem Gedanken ließ Andvari den Schmiedehammer in seiner Rechten und einen Amboss vor sich entstehen. Er hob den Arm und konzentrierte sich. Dann hieb er mit aller Macht zu.

GONG! Das Dröhnen raste durch den Berg. *GONG!* Wieder und wieder schlug er zu, erschuf Risse im Gestein, löste das Fundament und höhlte es aus. *GONG …*

Es knackte. Splitternd ging es zu Bruch, und die gesamte Brücke stürzte mitsamt den Aschekriegern in den Abgrund.

»Andvari!«, brüllte Ullr. Zehn glühende Wesen hatten ihn umstellt. Die letzten, die sie noch von ihrem Ziel trennten, aber zu viele, um allein damit fertigzuwerden.

Mit letzter Kraft stolperte Andvari zu ihm, fiel auf die Knie, stand auf und hastete weiter … und löste sich auf.

›*Nein!*‹ Panisch griff er nach den Runen, die ihn an dieses Reich banden.

Sie entzogen sich ihm.

Er war zu schwach, ausgehöhlt, geleert wie ein Bierfass. Der Ring nahm ihn auf, und er musste den Jäger im Stich lassen.

***

Als der Zwerg verschwand, war Ullr nicht verwundert. Obwohl er es sich nicht eingestehen wollte, waren auch seine Kräfte längst aufgebraucht.

Zischend durch zusammengebissene Zähne kämpfte er sich auf die Füße, den Barden auf einer Schulter – dessen Gewicht ihn allmählich zermürbte – und den Dolch dem Feind entgegengestreckt. Zehn Aschekrieger. Zehn Hürden, die ihn vor der letzten Prüfung trennten. Zehn, die ihm sein Scheitern vor Augen führten.

Der Boden zitterte. Ein hünenhaftes Wesen, groß und breit wie ein Bär, stapfte heran und hinterließ eine Spur aus Asche und glühenden Steinchen hinter sich. Das Wesen baute sich vor ihm auf und hob die klumpige Faust.

Blitzschnell stach Ullr zu, aber viel zu langsam. Der Aschekrieger schlug ihm die Klinge aus der Hand, packte ihn am Hals und drückte ihm die Luft ab. Der Barde prallte zu Boden, und Ullr wurde angehoben. Mit schlackernden Füßen hing er in der Luft, wehrte sich nicht mehr, tat nichts anderes, als in die leeren, schwarzen Augenhöhlen zu blicken. Dort steckte kein Funken Leben – nichts. Die Aschekrieger waren keine selbstständigen Wesen mit einem eigenen Bewusstsein, eher Teil eines Schwarms, der einem höheren Wesen diente. Vielleicht folgten sie bloß einem natürlichen Instinkt. Ullr war es gleich. Er hatte versagt.

Eine Gestalt löste sich aus dem schwarzen Vorhang hinter den Wesen. Sie war schwarz, sehnig, durchzogen von feurigen Venen, und hielt ein glühendes Schwert in der Hand.

Surt trat unter dem Torbogen hervor, sah sich um, und ihre Blicke kreuzten sich. Dann köpfte er wortlos einen Kämpfer, stieß einem anderen den Fuß ins Kreuz und durchbohrte die Stirn des dritten. Wie ein Henker schnitt er durch die feindlichen Reihen und mähte sie nieder, als würde er bloß Grashalme stutzen.

Ehe die Aschewesen gewahr wurden, was geschah, hatte er zwei weitere niedergestreckt und zerschlitzte eines von der Schulter abwärts bis zur Hüfte.

Der Hüne ließ Ullr fallen und wandte sich dem nahenden Unheil zu, das als fleischgewordener Tod über sie kam. Durch einen nebligen Schleier bekam Ullr mit, wie Surt einen Feind nach dem anderen niederstreckte und schließlich vor ihm stehen blieb. Mit besorgter Miene bückte der Schwarze sich zu ihm und berührte ihn an der Schulter.

»Warum … hilfst du mir?«, krächzte Ullr.

»Ich habe entschieden«, sagte Surt.

»Was … hast du …?«

»Der Weltenverschlinger darf nicht siegen.« Der Schwarze zog ihn auf die Füße, warf sich Basil mühelos über die Schulter und stapfte davon.

Dröhnend zerbarst der Obsidianpfeiler; die Ketten lösten sich, fielen in den Abgrund, und die Schwärze über ihnen lichtete sich.

Damit endete die Prüfung.

In Ullrs Geist herrschte Klarheit. Doch in seinen Knochen steckten eine Müdigkeit und ein Schmerz, der längst den Punkt überschritten hatte, an dem er ihn nur zermürbte.

***

»Wollt Ihr mich aushöhlen?«, fragte Andvari.

Wieland lachte gackernd. »Dafür muss ich dich nicht in meine Esse bringen, Ivaldi.«

»Mein Name ist Andvari.«

»Sicher, du rostiger Sturkopf. Jetzt mach weiter!«

Grimmig betrachtete Andvari das Schmiedegut auf dem Amboss, dessen wahre Gestalt weiterhin verhüllt war. Er konnte die Konturen spüren, die Rundungen und vorspringenden Elemente, aber jedes Mal, wenn er fertig war, entzog sich ihm die Form wie eine Erinnerung. »Ullr braucht meine Hilfe.«

Wieland winkte ab. »Der Jäger kann auf sich selbst aufpassen.«

»Ihr versteht nicht! Ullr …«

Der Gott hob die buschigen Brauen. »Was genau verstehe ich denn nicht?«

In stiller Verzweiflung hob Andvari die Hände. »Alles!«

»Das ist viel. Und jetzt schmiede!«

»Nein.«

Wieland stutzte. »Weißt du denn nicht, wer ich bin?«

Rasch sah Andvari sich in der drückenden Schmiede um, betrachtete die Schmelztiegel, die halbfertigen Waffen, die Metallblöcke, die Rauchabzüge und die achteckige, weiß brennende Esse. »Ein Gott, der sich versteckt.«

»Das denkst du also über mich?«

»Dann sagt mir doch: Was tut Ihr hier?«

Wieland legte eine Hand auf den uralten Stein. »Wachen.«

»Worüber?«

»Alles.«

»Das ist viel.«

Wieland grunzte. »Du gefällst mir immer besser, Runenschmied. Aber treibe es nicht zu weit!«

Andvari legte den Hammer ab und verschränkte die Arme vor der Brust. »Solange Ihr mir nicht erzählt, was das hier soll, weigere ich mich zu schmieden.«

Wieland zog ein zorniges Gesicht. »Ein selbstgerechter Zwerg bist du, was? Ein stolzer, eitler, von sich selbst überzeugter Zwerg, der glaubt, einen Gott herausfordern zu können.«

»Wollt Ihr wissen, was ich sehe?«

Ein finsteres Lächeln umspielte die bärtigen Lippen des Gottes. »Erleuchte mich, Runenschmied.«

Andvari holte tief Luft. »Einen Feigling.«

Ein Feuer loderte in Wielands Augen. »So? Was meinst du, was das hier ist?«

»Die heilige Esse.« Als der Gott schwieg, verlagerte Andvari das Gewicht auf das andere Bein. »*Ihr* habt nach *mir* gerufen und nicht umgekehrt.«

»Ist das so? Tritt näher und sag mir, was du siehst.«

»Ich werde nicht …«

»Jetzt komm schon her, verrosteter Zwerg!«

Zögerlich trat Andvari neben den Gott, in dessen Bart Funken und die Glut tanzten, und sah in die weißen Flammen. Er war drauf und dran, seinem Widerstreben Ausdruck zu verleihen, als er Umrisse inmitten des flackernden Feuers entdeckte, wie Formen, die langsam Gestalt annahmen. Formen wie … Küsten, Flüsse, Wälder und Länder.

Welten?

Er beugte sich tiefer. Dort unten befanden sich zahllose Wesen. Zwerge, Menschen, Elfen, viele, viele mehr. Sie lebten in Dörfern und Städten, bevölkerten Landstriche, Berge, Täler, Höhlen, Sümpfe. Er konnte eine ganze Welt sehen, in der Völker in Eintracht, aber auch im Konflikt existierten; eine Welt, die ihm gänzlich fremd war und doch auf eine Weise vertraut. Überall lagen Trümmer, die das Land zeichneten, wie ein Quell der Vergangenheit.

»Was ist das?«, hauchte er und streckte die Hand danach aus.

Wieland hielt ihn fest. »Das, was sein kann.«

»Ich verstehe nicht …«

»Weil du dich verschließt.«

Andvari erhob sich und beäugte den Gott eingehend. Erst jetzt erkannte er, dass der dichte Bart nicht aus Haaren, sondern aus Flammen bestand. Wie hatte er das zuvor nicht erkennen können? Auch sein Körper … Er *war* das Feuer. Weder Mensch noch Zwerg, weder Elf noch etwas anderes. Je mehr Andvari sich darauf einließ, desto verwirrter war er. Der Raum drehte sich um ihn, bis sein Blick auf das Schmiedegut auf dem Amboss fiel. Es war bloß ein unscheinbares, unbedeutendes Stück Metall.

»Was geschieht hier?« Er taumelte zurück, stolperte, fiel auf die Hände. Es waren seine Finger, die sich in den Boden gruben, und doch waren sie es nicht.

Langsam sah er auf und betrachtete den Mann vor sich, der ein Gott war. Ein Wesen, das seinen Verstand überstieg. »Wer seid Ihr?«, raunte er.

Wieland bückte sich und zog ihn auf die Füße. »Das ist keine leicht zu beantwortende Frage. Ich trug schon viele Namen in verschiedenen Zyklen. Manch einer nannte mich Itras. Doch Wieland ist mir der liebste. Ich bin der heilige Schmied, der die letzte Flamme hütet. Das Herdfeuer, das für allzeit brennen muss, um eine neue Welt zu ermöglichen.«

Widerstandslos ließ Andvari sich zur Esse führen und schaute abermals hinein. »Ihr wacht darüber?«

»Seit Urzeiten.«

»Warum?«

»Weil es jemand tun muss.« Wieland tippte ihm gegen die Brust. »Feuer ist Lebenskraft, Runenschmied. Es ist die Quelle unserer Inspiration, Kreativität, Freude, Verlangen und Liebe. Es ist alles, was uns umgibt und durchströmt. Es darf niemals erlöschen. Doch die Finsternis trachtet danach. Cernunnos weiß hiervon und wird irgendwann seinen Geist danach ausstrecken. Wir müssen das Herdfeuer beschützen. Verstehst du das?«

Andvari schluckte schwer. »Ja.«

»Gut. Jetzt schmiede und erschaffe.«

Abwechselnd sah er von dem Metallstück zu dem Gott, dessen Gestalt wieder die eines älteren, hageren Zwerges entsprach. »Was erschaffe ich?«

»Eine mögliche Zukunft, Ivaldi. Doch zuvor ist es notwendig, dass du zurückkehrst und dich der letzten Prüfung stellst. Das Weltenrund braucht eure Hilfe.«

Andvari ruckte hoch. »Weshalb? Was ist dort geschehen?«

»Alles zu seiner Zeit, Runenschmied.« Wieland verpasste ihm einen Stoß. Mit einem mulmigen Gefühl in der Magengrube fiel Andvari durch den Nebel der Wirklichkeit.

Wenn das Abenteuer vorüber ist

Monate zuvor

D er Morgen war sonnig und klar. Ein steifer Wind fegte
über die Anhöhe, heulte zwischen den Felsen und wehte
Schnee vor sich her; er zerrte an Basils Mantel und
peitschte die Haare um sein Gesicht. Es störte ihn nicht. Nach der
langen Zeit in der Dunkelheit war der Tag für ihn wie eine neue Geburt. Es kam ihm vor, als hätte er Monate in dem geheimnisvollen
Reich verbracht und der Barde, der daraus hervorschritt, wie eine
Legende aus dem Nebel der Vergangenheit, war ein anderer. Heldenhaft, mutig und stolz. Er stand für ein Ideal und würde sich niemals
am Besitz anderer …

Ein Beutel knallte Basil vor die Füße. Die Öffnung schnäbelte auf
und Münzen kullerten heraus. Sonnenlicht reflektierte auf den goldenen Profilen grimmiger Zwerge.

»Trag das gefälligst selbst!« Kriana stapfte weiter, wobei sie
schwer damit zu schaffen hatte, ihre zwei Säcke zu stemmen.

»Du schuldest mir übrigens noch zwanzig Dukate«, rief der Druidin hinterher.

Mit einem genervten Schnauben schnickte sie ihm eine Münze
zu, die er geschickt auffing. »Geizhals!«

Grinsend sammelte er die Münzen ein und schulterte den Beutel.
Vielleicht war er ein Held, der in einem epischen Kampf einen Drachen bezwungen und sich eines mythischen Schatzes bemächtigt
hatte. Aber er war noch immer ein Schurke. Ein schurkischer Barde,
dem die Attribute der Täuschung, Überzeugungskraft, Unterstützung und ein Hauch Geschicklichkeit zugesprochen waren. Das ge-
stand er sich endlich ein.

Lorenco trat neben ihn und atmete tief durch. »Ah! Der Geruch
des Sieges. Ich werde es vermissen, mit Euch zu reisen, Barde.«

»Du kommst auch nie aus deiner Rolle heraus, wie?«

Lachend schlang Lorenco eine Hand um seine Schulter und wies mit der anderen gen Himmel, als wollte er nach der Unendlichkeit greifen. Natürlich war er der Einzige, der auf einen Schatz verzichtet hatte. »Dieses Abenteuer wird in die Geschichte eingehen. Ich kann förmlich vor mir sehen, wie Geschichtenerzähler im ganzen Land von dieser Quest berichten.«

»Du bist nicht sauer, dass du nicht der wahre Paladin bist?«

»Keineswegs! Auf diesem Abenteuer habe ich etwas gänzlich anderes gefunden.« Er ließ Basil los und hielt ihm die Hand. »Freunde.«

Basil schlug ein. »Freunde.«

Der Waffenmeister stolzierte dahin, als wäre er auf dem Weg zu seiner Krönung, während die anderen ihm hinterhereilten. Lorenco war in Ordnung. Zwar ein egoistisches Arschloch, dem es nur um die eigene Nase ging, aber in Ordnung.

»Basil?« Eine Frau höheren Alters mit grauem Haar und Runzeln um die Augen trat vor ihn. Das violette Gewand war verschlissen, angesengt und Löcher klafften darin auf, und auch sonst stand ihr Müdigkeit und Erschöpfung ins Gesicht geschrieben. An die Stelle der jungen, anmutigen Frau war eine getreten, die sich selbst gefunden hatte.

»Du verlässt uns«, sagte er.

Höflich neigte sie den Kopf. »Ich habe gefunden, wonach ich gesucht habe.«

»Wie jeder von uns.«

Disha lächelte. »Mit deiner Freude und Begeisterungsfähigkeit hast du unser Herz befreit und uns etwas zurückgegeben, das wir lange verloren glaubten. Ich weiß wieder, wer ich bin.« Ihr Blick schweifte in die Ferne. »Das werde ich beweisen.«

»Ich würde gerne mehr über dich erfahren, Disha. Du hast uns kaum etwas erzählt.«

»Die Alchemistin. Aber das ist für den Moment unbedeutend. Es gibt etwas, das du erfahren musst. Über José.«

Auf einmal hatte er einen bitteren Geschmack im Mund. »Ich höre.«

Disha beugte sich vor und ihr schwerer Geruch drang ihm in die Nase. »Was auch immer er dir verspricht, gehe davon aus, dass es seinen eigenen Zielen dient.«

»Keine Sorge, ich habe José längst durchschaut.«

»Nein, das hast du nicht. Niemand hat das. Und ich glaube, dass er nicht einmal sich selbst durchschaut hat.« Ihr Blick huschte an ihm vorbei zu Wagrim, der stur an ihnen vorüberstapfte. »Kehre ihm nicht den Rücken zu.«

»Wagrim ist in Ordnung.«

»Möglicherweise.« Sie trat einen Schritt zurück. »Ich danke dir für alles, was du getan hast, Basil. Aber ich werde euch nicht mehr begleiten.«

Damit wandte sie sich ab und ging in die entgegengesetzte Richtung davon, ohne sich von den anderen zu verabschieden. Kam es ihm nur so vor, oder wurde sie wirklich mit jedem Schritt schneller?

Das war alles nach der langen Zeit, die sie gemeinsam verbracht hatten. Basil konnte seine Enttäuschung nicht in Worte fassen. Und während er darüber nachdachte, erkannte er, wie unsinnig diese Gedanken waren. Das Leben bestand aus Begegnungen. Dies war eine, die er niemals vergessen würde – so viel stand fest.

»Eine seltsame Frau, nicht wahr?«

Basil fuhr erschrocken herum. »Krog! Musst du dich immer so anschleichen wie eine Katze?«

Der Schamane wackelte mit dem Kopf. »Sie fürchtet dich.«

»Disha?« Basil lachte auf. Es blieb ihm im Hals stecken. »Ist das dein Ernst?«

»Ich kann nicht lügen.«

»Die Geister verbieten es dir?«

»Die Geister durchschauen jede Lüge.«

»Sicher.« Basil ging los und Krog trottete auf gleicher Höhe. »Also, wie geht es für dich weiter, sobald wir wieder in Candaloz sind?«

Krog schwieg.

»Andere Frage: Hast du gefunden, wonach du gesucht hast? Ich meine, ein Drache hat sich deiner bemächtigt, damit du mich hierherbringst. Und so weiter.«

»Wenn es endet …«

»Wenn was endet?«

Krog schenkte ihm einen langen Blick. »Alles. Wenn es so weit kommt, Barde, dann versprich mir, die Geister zu ehren. Sie, ihr Reich und die Verlorenen.«

»Ich habe keinen blassen Schimmer, wovon du redest, Krog, aber ja, ich werde sie ehren.«

»Das genügt mir.«

***

Basil blies zärtlich auf die Würfel, schüttelte sie in der Faust und warf sie aus. Sie hüpften über den steinigen Boden, drehten sich und blieben schließlich liegen.

»Was tust du, Freund?« Wagrim ließ sich neben ihm nieder und häutete die Karnickel, die ihnen als Abendessen dienten.

Bedächtig nahm Basil die Würfel auf, schüttelte sie abermals und ließ sie rollen. »Sechs und Eins«, murmelte er und drehte den Kopf hin und her, um alles aus einem anderen Blickwinkel zu betrachten.

»Hm?«

»Wann immer ich werfe, kommt dieselbe Augenzahl heraus. Also nicht immer, aber meistens. Manchmal ist es fünf und zwei. Oder drei und vier. Aber häufig ist es Sechs und Eins. Die höchste Zahl, die ein Würfel annehmen kann, und die niedrigste.« Er nahm sie auf und hielt sie in den warmen Schein des Lagerfeuers, das sie am Fuße der Verlorenen Berge in einer windgeschützten Senke errichtet hatten. »Es ist mir zuvor nie aufgefallen. Warum ist das so?«

Wagrim legte das Karnickel ab und runzelte die Stirn. »Ich verstehe von diesen Dingen nichts. Aber ich weiß, dass man mitunter nur das sieht, was man sehen will.«

»Die größten Höhen des Lebens und der tiefste Fall.« Basil betrachtete die Würfel. »Ich dachte stets, dass ich auf einem schmalen Grat wandle. Allerdings ist das Gegenteil der Fall. Ich lebe Extreme. Entweder bin ich am Ende oder ich triumphiere und überwinde die Grenzen des Möglichen.«

Überraschend sanft fasste Wagrim seine Hand, schloss sie und drückte sie an Basils Brust. »Jeder ist seines eigenen Glückes Schmied. Das sagte mein Vater immer zu mir.« Er hielt inne. »Nein, nicht mein Ziehvater. Mein richtiger Vater. Das ist lange her, aber ich …«

»Aber?«

Der flackernde Schein der Flammen tauchte Wagrims Gesicht in Licht und Schatten, als könnten sie sich nicht für eine Seite entscheiden. »Wenn ich dir einen Rat geben darf, dann vertraue auf deinen Instinkt.«

Basil nahm die Vihuela heraus, überkreuzte die Füße und lehnte sich gegen den Stein. »Dieser rät mir, darauf achtzugeben, wem ich vertraue.«

Der Barbar grunzte. »Vertraust du denn irgendjemandem?«

Eine interessante Frage, die Basil nicht spontan beantworten konnte. Möglicherweise vertraute er seinen Gefährten bis zu einem gewissen Punkt. Er spielte eine sanfte Melodie und spürte, wie sie auf seine Gefährten überglitt. Wagrim lächelte, während er die Tiere häutete, Krog wippte im Takt mit dem Kopf und Kriana sortierte die Kristalle in ihrem Beutel – dabei warf sie Basil gelegentlich verstohlene Blicke zu. Selbst Lorenco hielt sein sorgenloses Gesicht ins Sternlicht.

Ja, Basil vertraute ihnen. Es waren nicht die Schurken, vor denen man sich in Acht nehmen musste, denn man wusste ja, dass sie Schurken waren. Sondern die Helden. Die, die im Licht standen und mit all ihrem Glanz alle anderen blendeten.

Wie José.

Vielleicht beschrieben die Würfelzahlen Basils Leben. Vielleicht war er verdammt, auf ewig ein Tänzer zwischen Glück und Unheil zu sein. Doch vielleicht war dies auch seine Stärke. Als er in sich hineinhorchte, sich von seiner eigenen Musik tragen ließ und sich auf den warmen Puls des Kristalls unter seinem Hemd konzentrierte, stellte Basil der Barde verwundert fest, dass er glücklich war.

***

Wochenlang zogen sie durch die Wildnis, rasteten, wann immer ihnen danach war, mieden Städte und suchten nur kleinere Ortschaften auf, falls ihnen keine andere Wahl blieb. Dabei genossen sie die gemeinsame Zeit wie einen erlesenen Wein. Als das Abenteuer sich dem Ende neigte, wurden sie alle ein wenig rührselig, was auch Basils Gabe geschuldet war, die er hin und wieder nutzte, um sich zu erproben. Na gut, auch um die anderen zu beeinflussen und ihnen ein wenig die Sorgen und Nöte zu nehmen. Sie hatten es verdient.

Nach all dem Trubel hatte er erkannt, dass er mehr als nur ein Lied spinnen konnte, mehr als nur Melancholie, Trauer und Klage, auch Freude und Begeisterung, Mut, Glorie und Stolz. Bislang hatte er lediglich an der Oberfläche seiner Gabe gekratzt. Darunter, tief verborgen, schlummerten noch ganz andere Kräfte. Denn wenn Krog recht behielt, musste er sein zweites Ideal finden, das ihn in seiner Rolle als wahrer Paladin festigte.

Doch alles der Reihe nach.

Die Zeit verstrich wie im Flug, und je länger sie ohne den Schatten der Verantwortung einer unmöglichen Quest durch das Land zogen, desto mehr festigte sich das Band des Zusammenhalts zwischen ihnen. Lorenco öffnete sich in einer heldenhaften Ansprache, selbst Krog erzählte mehr von seiner Vergangenheit im Hochland. Seinen Geschichten nach war er ein Wechselbalg aus einer anderen Welt und gehörte nicht hierher. Basil fragte nicht weiter nach. Krianas Leben war natürlich von Schmerz und Verlust gezeichnet und von einem Wunsch nach Rache an der Kirche beseelt. Äußerst tragisch und so weiter. Viel Herzschmerz, den Basil ausnutzte, ebenso wie seine starke, männliche Schulter, an der sie sich festhalten konnte. Und so kam es – wie hätte es auch anders sein können –, dass ihr gemeinsamer Tanz seine Vollendung fand. Oft. Sehr oft. Jedes Mal, wenn ihnen danach war, bis Lorenco ein ernstes Wörtchen mit ihnen über Benimmregeln reden musste.

Um Saville schlugen sie einen großen Bogen, was Basil nur recht war. Er hatte keine Lust auf eine weitere Begegnung mit dem Fürsten. Gelegentlich schnappten sie Gerüchte zu König Pablos Bestreben nach Zusammenhalt auf, vom Abkommen mit Tirnanog, dem Ende des Krieges und den Veränderungen, die ins Land zogen. Der

Baum am Horizont wurde allmählich zu einer Nebensächlichkeit. Es war erstaunlich, wie schnell man sich an alles gewöhnen konnte. Am erstaunlichsten war jedoch die Geschichte um einen mythischen Gegenstand, der wie aus dem Nichts in Candaloz aufgetaucht war; ein mythisches Artefakt, das der König hütete wie seinen Augapfel.

Für Basil war all das weit, weit entfernt. Er wollte nicht darüber nachdenken, ob und wie das alles mit ihm zu tun hatte. Derzeit drehten sich seine Gedanken nur um das nächste Lied, ein wenig Zweisamkeit mit Kriana und Wagrims ansteckendes Gelächter.

Und ehe er es sich versah, wurde aus dem hauchzarten Band des Zusammenhalts echte Freundschaft.

Verbündete

José stand auf dem Balkon des Königspalastes, die Hände auf seinem Stock und den Blick auf ein Meer roter Ziegeldächer gerichtet. Trotz der Schwarzen Sonne und einem feindlichen Heer, das vor den Toren der Stadt lagerte, bewies die Menschheit ihre größte Stärke: Anpassungsfähigkeit.

In den vergangenen Tagen seit dem Bündnis mit den Zwergen waren viele Menschen nach Candaloz zurückgekehrt. Allmählich nahm alles wieder seinen gewohnten Gang. Fischer fuhren auf das Meer hinaus, Arbeiter wuselten in den Gassen, Karren polterten über die Straßen, Bettler baten in Unterständen um milde Gaben, selbst das Stimmengewirr des örtlichen Marktplatzes trug der Wind herüber. Zwar ging es deutlich weniger betriebsam zu als vor dem Überfall der Zwerge, doch in alldem schwebte eine Melodie, die José nicht überhören konnte. Die Ordnung triumphierte allmählich über das Chaos.

Der Plan war aufgegangen.

Obwohl seine Gefangenschaft inzwischen mehrere Wochen zurücklag, spürte er tiefe Veränderung in sich. Er war ein Suchender auf dem Weg zur Erleuchtung.

Ein paar Schritte entfernt steckte Mjölnir mit dem runenverzierten Kopf im Boden. Der Marmor war gespalten, Splitter lagen darum verstreut, und der Staub hatte sich gelegt. Zwei Armlängen davon entfernt verharrte Fafnir in schwarzem Panzer, den Helm unter einen Arm geklemmt, die Hand im Bart und den Blick fest auf das Königinsigne gerichtet, das er mehr als alles andere begehrte. Während seine Brüder den Aufbruch des Zwergenheeres zu ihrer neuen Heimat in den Verlorenen Bergen anordneten, stand Fafnir jeden Tag hier und dachte nach. Eine Leidenschaft, die der Prinz und José teilten.

Doch an diesem Morgen war etwas anders.

Es begann mit Wolfsgeheul, lang und widerhallend, wie der Ruf zur Jagd.

Fafnir ruckte hoch. »Was war das?«

»Es beginnt«, sagte José mit feierlicher Stimme.

Langsam löste sich der Mond von der Sonne, stieg in einem Halbbogen über den Horizont und verschwand dahinter. Licht durchbrach die Finsternis, als wäre ein Fenster in einen hellen Himmel hinein geöffnet worden, und warf einen goldenen Schleier über das Land.

Die Schwarze Sonne verschwand.

Nach der langen Zeit im Zwielicht stach der grelle Schein in Josés Augen, und er musste das Gesicht abschirmen. Er lugte zwischen den Fingern hindurch, blinzelte und nahm die Hand schließlich herunter. Die Luft roch auf einmal klar und erfrischend wie eine sommerliche Brise.

Silberne und kupferfarbene Alicantos stiegen aus den Gassen empor, zwitscherten und tanzten. Fenster wurden aufgeklappt, Türen geöffnet, Finger deuteten in den Himmel. Die Morgensonne glitzerte auf dem Meer; ihr Anblick weckte in José eine tiefe Sehnsucht. Der Wind fegte über die zahllosen Dächer und trieb die Menschen aus den Häusern auf die Straße. Passanten lagen sich in den Armen, lachten und riefen und vergaßen in all ihrer Freude die Sorgen, die sie soeben noch befallen hatten.

Der Untergang der Welt war von göttlicher Fügung abgewendet worden. Allerdings waren es keine Götter, die am Werk waren, sondern die Assassine und die Druidin. Sie hatten ihre Quest erfüllt. Der nächste Zug in diesem Spiel.

»Schotter und Stein!« Fafnir trat neben ihn, schirmte sich die Augen ab und zog ein Gesicht wie sieben Tage Regenwetter. »Muss das so hell sein?« Man konnte leicht vergessen, dass Zwerge ihr Dasein unter Tage verbrachten.

»Seid versichert, dass der Ort, den ich für Euch ausersehen habe, all Euren Ansprüchen genügen wird, Prinz Fafnir.«

»Sicher.« Fafnir ließ die Hand sinken und wandte sich ihm zu. »Ich werde meine Heimat nicht aufgeben. Genauso wenig wie *ihn*.«

Zwar sagte man José viel Geduld nach, aber in den vergangenen Monaten hatte er einen Großteil davon verloren. »Wie ich bereits erwähnte, befindet Andvari sich in Muspellsheim.«

Fafnir trat ganz nahe an ihn heran. Obwohl er José lediglich bis zur Brust reichte, war er dennoch eine eindrucksvolle, massive Gestalt. »Die Welt des Feuers ist ein Mythos.«

José gestattete sich ein Lächeln. »Ebenso wie Zwerge?«

Der Prinz schnaubte. »Mein Volk erzählt sich Geschichten vom Herrscher Muspellsheims. Geschichten von …«

»Surt.« Gelassen stellte José den Stock vor sich ab.

Fafnir nickte zögerlich. »Den Legenden nach wurde er seiner Macht beraubt.«

»Legenden?« José schüttelte den Kopf. »Ich versichere Euch, Surt existiert ebenso wie das Schwarze Herz. Tatsächlich befindet es sich dort, wo es sein *muss*. Wenn es den Kreislauf vollendet, werden wir bereit sein.«

»Wofür?«

»Das Ende. Doch jedes hat auch einen Anfang.«

Der Zwerg warf ihm einen unergründlichen Blick zu. »Du hast mir immer noch nicht erzählt, woher du dein Wissen beziehst.«

»Sagen wir, ich hege ein gewisses Interesse an alten Mythen.« José dachte an die Karten, Schriften und Kupferstiche, die er sicher verwahrt hatte, doch nichts davon kam an jenes Wissen heran, das ihm die Seele des toten Gottes vermacht hatte.

»Manchmal frage ich mich, ob ich dich nicht fürchten sollte, Langer.«

Das Kichern gurgelte einfach aus ihm heraus. Er schluckte es runter und widmete sich wieder die Stadt, die aus ihrem Schlummer erwachte. Seine lange Gefangenschaft hatte tiefe Wunden in ihm hinterlassen. Nicht nur äußerlich, auch sein Verstand war nicht mehr derselbe.

Die Schritte, die vom Eingang des Palastes her ertönten, waren eine gelungene Ablenkung zu diesem sonderbaren Gespräch und José widmete sich ganz dem Neuankömmling, einem Soldaten in blauer Uniform, der schwer atmend vor ihm stehen blieb und zackig salutierte. »Capitán General, ich bin bringe große Kunde von …«

»Wo?«, fragte José.

Der Soldat warf dem Zwerg einen misstrauischen Blick zu. »Sie verlassen die Kathedrale und sammeln sich auf dem Playa Mayor.«

»Wie viele?«

»Dutzende. Verzeiht, Capitán General, aber kommen die Soldaten wirklich aus Amdra?«

»Was ist Amdra?«, fragte Fafnir.

José winkte ab. »Elle de Marques wurde informiert?«

Der Soldat nickte.

»Ausgezeichnet.« José marschierte an ihm vorbei. »Mir nach!«

Fafnir wuselte ihm hinterher. »Ich bin keiner von deinen Milchpissern, Langer!«

José blieb stehen und warf dem Zwerg einen eindringlichen Blick über die Schulter zu. »Ihr habt mein Wort, dass ich Eurem Volk eine neue Heimat geben werde. Doch bis dahin sind wir alle gefordert, denn das, was in Svartalfheim geschah, wird sich bald hier wiederholen.«

»Du verlangst, dass mein Volk dir dient.«

»Ich verlange«, erwiderte José betont und kehrte zu dem Zwerg zurück, »dass Ihr Eurem Volk dient. Dem Weltensturm können wir nur gemeinsam standhalten. Wir alle.«

Fafnir hielt seinem Blick stand. »Du verschweigst mir doch etwas.«

»Wir alle haben etwas zu verbergen, Prinz. Manche mehr als andere. Nun bitte ich um Euer Vertrauen.«

Fafnir wies zu dem Hammer. »Ich habe nicht vergessen, was du gesagt hast.«

»Wenn die Zeit gekommen ist, werden wir einen Weg finden, ihn in Eure neue Heimat zu bringen, damit Ihr ihn als Wächter beschützen könnt.«

»Worte.«

José nickte langsam. »Wer wären wir, wenn wir ihnen keinen Wert mehr beimessen würden?«

»Du benutzt Mjölnir als Köder!«

Er schickte den Soldaten fort und sammelte sich für jene Worte, die er sich bereits zurechtgelegt hatte. Allerdings ließ der Zorn in

Fafnirs Augen sie dahinschmelzen wie Eiszapfen im Sonnenlicht. »Ja.«

Knurrend riss Fafnir Tyrfing aus der Scheide und drückte die Spitze unter Josés Kehle. »Ich sollte dich auf der Stelle aufschlitzen, du elender Lügner!«

José blieb ruhig. »Habe ich Euch belogen?«

»Du hast uns getäuscht!«, brüllte der Zwerg.

Vorsichtig berührte José mit einem Finger die Klinge, drückte sie weg und ignorierte den scharfen Stich, als der Stahl ihn biss. Rotes Blut. Das Blut eines gewöhnlichen Sterblichen, das die Klinge gierig trank, ehe Fafnir sie in die Scheide zurücksteckte. »Cernunnos weiß um unsere Pläne. Er weiß um die wahren Paladine und wird nichts unversucht lassen, sie von der Erfüllung ihrer Missionen abzuhalten. Und er weiß, dass dieses Artefakt«, er zeigte mit dem Stock auf Mjölnir, »eine große Gefahr für ihn darstellt. Noch ist der Gehörnte nicht bereit. Aber er wird hierherkommen, um sich der mächtigsten Waffe der neun Welten zu bemächtigen. Und dann müssen wir bereit sein.«

Fafnirs Augen waren wie zwei Pfeile. »Eine Täuschung.«

»Ist es das, wenn wir ihn wissen lassen, wo sich das Artefakt verbirgt?«

Der Prinz zögerte. »Mjölnir ist nicht die Waffe, die die neun wahren Paladine erschaffen sollen.«

»Nein, natürlich nicht.«

»Ich verstehe es nicht. Du rufst Armeen zusammen und begreifst nicht einmal, dass du einen Brandherd erschaffst, der sich jeden Augenblick ausbreiten könnte.«

José schüttelte geduldig den Kopf. »Ihr werdet es verstehen. Bald.«

Fafnir klackerte mit den Fingern auf dem Schreckenshelm. »Mein Volk verfügt über die Gabe, das Verborgene unter Fels, Mörtel und Gestein zu erkennen.« Fafnirs Blick wanderte von Josés Stiefeln, über sein Gewand bis zu den Narben am Mund. »Willst du wissen, was ich bei dir sehe?« Fafnir beugte sich zu ihm. »Nichts.« Der Zwerg schob sich an ihm vorbei. »Ich behalte dich im Auge, Langer.«

***

Im Herzen Candaloz', auf dem großen Platz vor der Kathedrale, herrschte dichtes Gedränge. Menschen aus allen Winkeln der Stadt waren herbeigeeilt, um die Neuankömmlinge zu empfangen, die wie aus dem Nichts gekommen waren, um ihnen Beistand zu leisten. Zu spät könnte man meinen, allerdings war die Gefahr, die sich auf das Königreich zubewegte, gänzlich anderer Gestalt.

Einhundert Soldaten. Mehr, als José erwartet hatte, weitaus weniger, als er gehofft hatte. Ihre Rüstungen und Waffen waren von altertümlicher Art, mit beschlagenem Leder über grünem Stoff und Schwertern, Bogen und Dolchen, die abgewetzt und benutzt aussahen. Die Hüte der Hauptmänner zierten Federn und je mehr es waren, desto höher war anscheinend der Rang. Schon auf den ersten Blick erkannte er, dass die Soldaten Amdras kampferprobt waren und wussten, wie man eine Waffe zu führen hatte.

Begleitet wurden sie von den dort stationierten Truppen Méridors, die unter der Führung von Gabriel herbeordert waren, darunter vierhundert Männer und zwanzig Paladine der Kirche. Der Hochpaladin marschierte an der Spitze des Heeres und vermittelte so viel Stolz, als hätte ihm das Palindrom höchstpersönlich die Füße geküsst. Er kniete vor Cosme, der ihm eine Sonne auf die Stirn malte, verbeugte sich vor Elle, die ihren Anhänger krampfhaft umfasst hielt, nickte José zu und runzelte die Stirn, als sein Blick auf Fafnir fiel. Schließlich konnte er nichts von den jüngsten Ereignissen wissen.

José lächelte geduldig. »Hochpaladin Gabriel, wie ich sehe, seid Ihr in Begleitung zurückgekehrt.«

»Docar, der Kaiser Amdras, sendet seine Grüße.« Gabriel warf Fafnir abermals einen Blick zu. »Doch wie mir scheint, ist ihre Anwesenheit nicht länger vonnöten.«

»Keineswegs.« José zeigte auf den Mann neben sich. »Dies ist Prinz Fafnir, einer der drei Heerführer Svartalfheims. Wie Ihr unschwer erkennen könnt, haben wir ein Bündnis mit den Zwergen geschlossen.«

Eine steile Falte bildete sich auf Gabriels Stirn. »Zu welchem Zweck?«

Elle räusperte sich. »Um einen viel schlimmeren Feind aufzuhalten, der unser aller Leben bedroht, Hochpaladin.«

»Der Feind unseres Feindes ist unser Verbündeter.« José wies zum Weltenbaum, der Dank des Tageslichtes nun wieder blass und fern am Horizont zu erkennen war. »Und der wahre Feind verschlingt Welten.«

Die Falte wurde tiefer. »Welten?«

Gelassen deutete José mit dem Stock auf Fafnir. »Welten wie Svartalfheim, was unter anderem auch Grund für das Missverständnis war.«

Mehr als ein ungehaltener Blick wurde ihm zugeworfen, was er mit einem nachlässigen Wink abtat. »Eure Ankunft ereignet sich gerade zum richtigen Zeitpunkt. Die Schwarze Sonne ist gebannt und die Berichte aus dem gelobten Land lassen den Schluss zu, dass König Pablo mit seinen Bemühungen, eine Siedlung zu erschaffen, trotz anfänglicher Schwierigkeiten, vorankommt.«

Die Falte besaß nun die Tiefe eines Grabens. »Ihr wurdet gefoltert.«

Unwillkürlich huschte Josés Blick zu Cosme. »Eine Nebensächlichkeit, die bereits aus der Welt geschafft wurde.«

Einen Moment beobachtete Gabriel ihn noch, ehe er zur Seite wich und einem älteren Mann Platz machte, der Cino in nichts nachstand. Er war sehr schlaksig, und der breitkrempige Hut und der fusselige Bart standen in starkem Gegensatz zu seiner altertümlichen Rüstung, unter der ein geringeltes Hemd zum Vorschein kam. Sein Gesicht erinnerte an altes Leder, und er torkelte auf José zu, als hätte er die meiste Zeit seines Lebens auf hoher See verbracht – was sogar stimmen könnte.

José hielt ihm die Hand hin. »Kasula, nehme ich an.«

Kasula rotzte sich in die Hand und schlug ein. »Don José de la Fuego!«, bellte er und grinste dreckig. »Ein Name so bekannt wie der Furunkel an meinem Arsch.«

José ließ ihn los und wagte nicht, den Sabber abzuwischen. Das würde der Mann als Beleidigung auffassen. »Wie kommt es, dass ein versoffener Pirat wie du die Streitkräfte Amdras befehligt?«

»Beziehungen.« Kasula wackelte mit den Brauen. »Der Kaiser schuldet mir Blut und Eisen, nachdem ich ihm sehr häufig den knochigen Arsch gerettet habe. Wir sind gewissermaßen Freunde.«

»Ich hoffe doch sehr, dass der Kaiser bei bester Gesundheit ist.«

Kasula verzog das Gesicht. »Zugegeben, der Tod seiner Mutter hat uns alle schwer getroffen, aber …« Ein großer, bulliger Kerl, dem die Rüstung viel zu eng saß, trat an ihn heran und flüsterte ihm ins Ohr.

»Ja, ja, ja!« Kasula schickte ihn mit einem Wink fort. »Geh jemand anderem auf die Klöten, O-dryt.«

Wieder beugte sich der Kerl zu ihm. Worte wurden gewechselt. Es wurde geschimpft, gespuckt, gebrüllt, bis es ganz danach aussah, als gingen sie sich gleich an die Gurgel.

»Ich hab's ja verstanden, O-dryt!«, bellte Kasula. »Nicht mein Befehl, klar? Nicht mein Befehl! Jetzt bring sie schon her.«

Der bullige Kerl sah alles andere als zufrieden aus, als er davonstapfte und mit einer Gruppe seltsamer Gestalten zurückkehrte, die José unvermittelt einen Schauder verpassten. Es waren nicht ihre verschlissenen, schwarzen Gewandungen, die aus zahlreichen Tüchern, Quasten und Bändern bestanden, die mehrfach um ihre Arme, Brust und Hüfte gewickelt waren. Auch nicht die Art, wie sie ihre Umgebung beobachteten, als könnten sie Dinge fern allem Irdischen sehen. Sondern ihre Auren, die auf Josés Gemüt lasteten. Sie waren wie die Tochter des Jägers, und doch waren sie anders.

Nekromanten.

Der Vorderste, ein bleicher, hagerer Kerl mit eingefallenen Wangen, neigte respektvoll den Kopf. »Wir sprechen mit der Stimme des Kaisers.«

»Natürlich tut ihr das!«, blaffte Kasula. »Und da dem jetzt Genüge getan wurde, verpisst euch wieder, bis ich euch rufen lasse!«

Der Nekromant gab mit nichts zu erkennen, ob ihn die Worte erzürnt hatten, ehe er sich mit einer Handvoll Gleichgesinnter zurückzog.

Kasula spuckte aus und schüttelte sich. »Wo waren wir?«

»Der Kaiser«, antwortete José geflissentlich.

»Der Kaiser. Natürlich. Docar hat das Ding in dem abgelegenen Raum unter dem Palast von Thargor dank Eurer Anweisung aktivieren können. Wenigstens ein Geheimnis weniger. Da das jetzt geklärt ist, wo kann man sich hier ordentlich die Kehle befeuchten?«

»Ich bin sicher, Baltasar«, er winkte den Don herbei, »wird einen geeigneten Ort für Euch finden.«

»Gut.« Kasula wandte sich seinen Männern zu. »So, ihr versoffener Haufen dreckiger Hunde: Abmarsch!« Und damit marschierten die Soldaten unter der Führung von Baltasar durch die Menge, um für den Ernstfall vorbereitet zu sein.

Abermals erwies sich der Zufall als höchstes Gut der Ordnung, als mit einem Wummern und Beben buntes Licht die Kathedrale erhellte und durch die Tore über den Platz strömte.

Stille senkte sich über die Menge. Eine weitere Gruppe Neuankömmlinge verließ in schweigender Prozession die Kathedrale und schwärmte davor aus. Ihre Gesichter, ihre Arme, selbst ihre nackten Füße waren mit spinnartigen, blauen Schriftzeichen bedeckt. Sie trugen Pelze über grobem Stoff und hielten geschmückte Speere – das Zeichen ihrer Stammeszugehörigkeit. Wilde, riesige Menschen mit Tierköpfen auf den Schädeln, bemalten Gesichtern, wirrem Haar und zerzausten Bärten.

Als José die Gesichter der umstehenden Menschen beobachtete, verstand er, wie groß das Wagnis war, die Druiden Tirnanogs in der Stadt willkommen zu heißen. Das Attentat beim königlichen Bankett und der Krieg gegen die abtrünnige Kolonie waren noch nicht lange her, und es würde lange dauern, bis die Wunden verheilt waren. Aber in einer Zeit, in der buchstäblich die ganze Welt auf ihre drohende Unterwerfung zusteuerte, bedurfte es neuer Wege und Bündnisse. Das gesamte Weltenrund musste zusammenhalten, um sich dem wahren Feind entgegenzustellen.

Cormag, der wildeste und eindrucksvollste der Druiden, löste sich aus ihrer Reihe und stapfte auf José zu. Auch er hatte sich in groben, grünen Stoff und dicken, schwarzen Pelz gehüllt, allerdings verzichtete er gänzlich auf Klingen. Seine Waffe war der grünlich glühende Beutel an seiner Hüfte.

»Silberhand.« Cormag neigte vor ihm den Kopf. »Wie versprochen habe ich die Druiden der Stämme im Namen unserer Königin hierhergeführt.«

José besah sich die drei Dutzend grimmiger, wilder Männer und Frauen, die auf den ersten Blick kaum eine Bedrohung für eine Armee darstellen könnten. Aber dieser Eindruck täuschte. Er hatte in der Schlacht um Mag Mell gesehen, wozu sie imstande waren. »Ihr habt das Tor in den Ruinen Camelots gefunden.«

Cormag nickte. »Die Geister haben uns verboten, die Ruinenfestung am Rande von Mag Mell aufzusuchen. Wir haben uns ihnen widersetzt und wurden fündig.« Der Hüne packte ihn an der Schulter und beugte sich drohend zu ihm. »Méridor hat uns vieles genommen, unser Land geraubt und uns unterjocht. Ich werde niemals den Geschmack der Asche meines Volkes auf der Zunge vergessen.«

»Das verlange ich auch nicht.«

»Gut.« Cormag ließ ihn los und grinste wölfisch. »Dein Gott hat uns besucht.«

Unwillkürlich spannte sich jeder Muskel in Josés Leib an. »Wann?«

»Er hat in Camelot auf uns gewartet und uns zum Tor geführt.« Cormags Blick fiel auf Gabriel – jetzt lag brennender Hass darin. »Dein Gott ist ein alter, bärbeißiger Krüppel.«

Raunen. Elle umklammerte so fest ihren Anhänger, als wäre der das rettende Seil über dem Abgrund. Die hohen Dons und Donas zogen entrüstete Gesichter. Cosme hielt ein goldenes Schwert in der Hand. Gabriel erwiderte lediglich den Blick, als könnte ihn nichts in seiner Überzeugung erschüttern.

José hob die Hand. »Was ist geschehen?«

»Kalak bat um Verzeihung für die grausamen Vergehen, die in seinem Namen angerichtet wurden.«

»Blasphemie!«, bellte ein Paladin.

»Ergreift diesen Wilden! Ergreift ihn!«

»Niemals würde unser Gott …«

Vor José öffnete sich eine Möglichkeit, wie die Niederschrift uralter Tage, die einen Blick auf das Kommende bot. Die Aufregung breitete sich als Kribbeln auf seiner Haut aus. Wie lange hatte er auf diesen Moment gewartet?

Er fasste den Druiden am Arm und schaute ihn eindringlich an. »Es ist so weit?«

Cormag nickte. »Ich soll dir etwas von ihm ausrichten.«

José schloss die Augen. »Sag es!«

»Das Ende naht«, raunte Cormag.

»Und ein neuer Anfang offenbart sich«, flüsterte José und öffnete die Augen. »Das Paladium?«

Der Druide ließ seinen herausfordernden Blick über die aufgebrachte Menge schweifen. »Mein Volk hat unermüdlich im Fleisch unserer Heimat gegraben und tonnenweise Paladium geschürft.« Er reckte drohend die Faust. »Wir halten unser Wort!«

Daraufhin herrschte wieder Stille.

Elle kam näher, und etwas von ihrem alten Mut kehrte zurück. »Wann können wir mit den ersten Fuhren rechnen, Druide?«

»Wir sind keine Seefahrer, aber wir haben Schiffe gebaut und werden mit den méridorischen Truppen nach Süden segeln. Bald. Bald werdet ihr euer Paladium erhalten, um Waffen zu schmieden.«

»Wir sind Euch zu großem Dank verpflichtet, Cormag.«

»Dankt nicht mir.« Er wies über die Druiden. »Dankt meinem Volk, das all der Gräuel und Schandtaten zum Trotz erkannt hat, dass wir einem übermächtigen Feind gegenüberstehen, dem wir nur gemeinsam standhalten können.«

Seine Worte verhallten und nun herrschte betretenes Schweigen. Niemals zuvor hatte José mehr Größe gesehen als in diesem Druiden. Möglicherweise hätte er auf dem Stein des Schicksals sitzen sollen.

José legte Cormag eine Hand auf und atmete erleichtert auf. »Cuchulain wäre stolz auf dich.«

»Mein Volk berichtete mir, dass er ausersehen war, auf dem Stein des Schicksals zu sitzen und die heilige Klinge Excalibur zu tragen.« Und dann tat Cormag etwas, was José ganz und gar erstaunte. Er senkte sich auf ein Knie und beugte das Haupt. »Ich schulde dir mehr, als ich geben kann, Silberhand. Du hast an mich geglaubt, damit ich mein Volk überzeugen kann.« Er ruckte hoch und Tränen schimmerten in den Augen dieses ungeschlachten Kämpfers. »Wenn es mein Leben erfordert, dich zu beschützen, so werde ich es bereitwillig geben. Die Geister sind meine Zeugen!«

Die Druiden stampften die Speere auf.

»Und ich werde dich daran erinnern.« José zog ihn auf die Füße.

Als der Druide zu den Seinen zurückkehrte, spürte José die Blicke der Anwesenden im Nacken. Es war schließlich Elle, die zu ihm trat und sichtlich mit sich rang.

»Ihr möchtet etwas sagen?«, fragte er spitz.

»Ihr habt eine seltsame Wirkung auf andere, Don José. Nicht nur habt Ihr ein Bündnis mit den Zwergen erzwungen, sondern auch die Streitkräfte des Weltenrunds zusammengeführt. Offensichtlich seid Ihr so etwas wie ein … *Held*.« Sie betonte das letzte Wort, als schmeckte es nach Pisse.

Höflich neigte er den Kopf. »Aus diesem Grund bitte ich Euch auch, die Fuhren ins gelobte Land wieder aufzunehmen. Pablo wird all unsere Unterstützung benötigen, wenn es gelingen soll.«

Elle kaute auf ihrer Unterlippe. »Vor den Toren unserer Stadt lagert eine Armee, die wie eine Heuschreckenplage über unsere Felder und Weiden herfällt. Mit den Truppen, die Ihr nach Candaloz geholt habt, werden unsere Vorräte schon bald zur Neige gehen. Wie sollen wir all diese Menschen ernähren?«

Er konnte das gehässige Grinsen nicht verhindern. »Habt Ihr Euch nicht als Retterin des gemeinen Volkes bezeichnet? Ich bin sicher, Ihr findet einen Weg.«

»Don José …«

Mit großer Geste wies er auf die versammelte Obrigkeit. »Meine vergangenen Bemühungen, die hohen Dons und Donas an die kurze Leine zu nehmen, um sie daran zu erinnern, dass auch sie Diener des Volkes sind, habt Ihr zunichtegemacht. Ihr erinnert Euch?«

»Das war nicht … beabsichtigt.«

Seine Brauen schossen in die Höhe. »Vielleicht könnt Ihr dieses unbeabsichtigte Versehen rückgängig machen?«

»Pablo«, murmelte sie geistesabwesend und sah zur Kathedrale. »Wir brauchen ihn hier.«

»Der Paladin hat seine Quest zu bewältigen, meine Liebe. Ihr könnt froh sein, dass ich den Vorsteher der Stählernen Bank davon überzeugte, sich an unser Abkommen zu halten und weitere finanzielle Mittel zur Verfügung zu stellen.«

»Bitte richtet Manniz meinen Dank aus.«

»Manniz hat vor Kurzem Candaloz verlassen, ebenso wie der Rest seiner Hohepriester. Man könnte meinen, die Ratten verlassen das sinkende Schiff. Aber ich gedenke, unser Schiff davor zu bewahren.« Er wies nachlässig zur Kathedrale. »Es wird Zeit, unsere nächsten Gäste zu begrüßen.«

Ein letztes Mal entfaltete der Zufall seine Kräfte, als die Erde vibrierte und wummernd buntes Licht aus der Kathedrale über den Platz schwappte. Der Lärm, eben noch ein dröhnendes Lärmen, verebbte schlagartig, und nun herrschte Stille; sie war drückend und schwer wie vor einem nahenden Gewitter.

Hunderte Legionäre marschierten im Gleichschritt und in ordentlichen Karrees durch die Pforten der Kathedrale auf den Platz. Kein anderes Heer des Weltenrunds bewies eine Entschlossenheit wie dieses. Anstelle von Stiefeln trugen sie geschnürte Sandalen, ausnahmslos bevorzugten sie Turmschild, als Scuta bezeichnet, den Gladius, eine besondere Form an Kurzschwert mit breiter Klinge, und Pilum, ein Wurfspeer, den sie meisterhaft beherrschten. Unter ihren üppig verzierten silbernen Panzern trugen sie kurzärmlige, rote Stofftuniken, außerdem Arm- und Beinschienen, sowie Cassis, eine eigentümliche Art von Helmen mit Wangenklappen, die am Scheitel ein roter Helmbusch zierte.

Zu Hunderten schwärmten sie über den Platz und blieben wie auf ein Zeichen stehen. Noch heute fragte José sich, wie es Méridor gelungen war, Legentum als Vasallen zu erobern.

Nun waren alle Streitkräfte des Weltenrunds in Candaloz versammelt, um der drohenden Gefahr des finsteren Gottes zu begegnen, bis die neun wahren Paladine mit den Essenzen der Waffen zurückkehrten. Alles, was José von langer Hand geplant hatte, war endlich eingetreten.

Überraschenderweise waren es keine Centurionen, die sich aus ihrer Mitte lösten, sondern zwei kleine, fassförmige Gestalten, die einander ähnelten wie Zwillinge. Der eine trug Augenbinde und fleckige Schürze, sein Bart war wild, zerzaust und angesengt und der Ausdruck in seinem zerfurchten Gesicht kippte weiteres Öl ins Feuer, das José angefacht hatte. Der andere war schmaler, sein flachsblonder, grau durchzogener Bart geflochten und mit Ringen durchsetzt und er erinnerte eher an einen Gelehrten denn einen Arbeiter. Ihnen folgte ein zottliger Yak, dessen schwer beladene Taschen und Beutel klimperten, als wäre ihnen eine ganze Armee auf dichten Fersen.

Die Zwerge blieben vor José stehen und bedachten die Anwesenden mit finsteren Blicken, ehe sich ihre Blicke auf ihn richteten.

»Rost«, knurrte Brokkr. »Was haben wir verpasst?«

Sechs und Eins

Monate zuvor

Candaloz«, sagte Basil.

Kriana verzog das Gesicht. »Die Perle des méridorischen Reiches.«

Der Waffenmeister holte aus und wies stolz lächelnd über das Häusergewirr. »Eine Stadt, so ruhmreich und stolz und voller Licht …«

»Dass man die Schatten nicht mehr sieht«, brummte Wagrim.

»Schatten?«, flötete Kuwa. »Oh, ihr gesegneten Narren wisst nichts von den Schatten.«

In einem langen Atemzug sog Basil tief die Gerüche Candaloz ein, die so geheimnisvoll wie der Duft einer Blume waren. Bloß klebte diese Blume in Scheiße, nachdem ein Besoffener drauf gepisst hatte.

Ein Meer cremefarbener Gebäude mit rot geziegelten Dächern lag da wie eine Schatulle voller glitzernder Rubine im Sonnenlicht. Die Stadt umfasste eine weite Bucht, die ans Meer grenzte, auf dem im Morgengrauen bereits die Fischerboote trieben. Durch die Tore strömten die ersten Händler, trieben ihre Maultiere mit der Gerte an, schwatzten und lachten, teilten die Menge wie ein Pflug, um auf dem örtlichen Markt ihre Geschäfte zu machen.

Die Luft war warm und schwül und die Sonne lastete wie ein Gewicht auf Basils Schultern. Doch er ging aufrecht und stolz, mit geschwollener Brust wie ein wahrer Abenteurer, der nach bewältigter Quest zurückkehrte. Natürlich war es nicht das erste Mal, dass er sich als wahrer Held erwiesen hatte. Er hatte schon Dutzende Drachen erlegt!

Als sie sich durch die Menschenmenge kämpften und anschließend einen Pfad abseits der Hauptstraße suchten, um nicht plötzlich festzustecken wie geronnene Milch im Flaschenhals, hüpfte und pochte sein Herz vor Aufregung. Ständig kontrollierte er das

Schwarze Herz in dem Beutel an seiner Brust, um sich zu vergewissern, dass es noch an Ort und Stelle saß. Ein so kleines und unbedeutendes Ding. Ein Kristall, der ihm alles abverlangt hatte. Das rief zum gefühlt hundertsten Mal die Frage ihn ihm hervor, was José damit anfangen wollte.

Die Luft bebte vor Lärm und Geschäftigkeit. Zahllose Gesichter glitten an Basil vorüber und verschwanden in einem schwindelerregenden Strom. Nach der langen Zeit auf Reisen war es für ihn eine Umstellung, sich wieder auf das Gedränge einer so lebendigen Stadt wie Candaloz einzulassen. Seltsamerweise hatte er die Ruhe und Abgeschiedenheit der Natur ebenso zu schätzen gelernt wie seine Gefährten.

»Woran denkst du?«

Basil schreckte hoch. Kriana ging neben ihm und grinste ihn schelmisch an. »An dies und das.«

»So wortkarg?« Sie hauchte ihm einen Kuss auf die Wange so flüchtig wie der Wind, und huschte auf seine andere Seite. »Der Dummschwätzer hat also gelernt zuzuhören.«

»Lustig.«

»Weil es wahr ist?«

Er lachte leise. »Genau.«

Gedankenverloren zog er weiter, lauschte dem Gelächter der anderen, den hehren Träumen, an denen Lorenco sie teilhaben ließ, und sehnte sich nach einem von Wagrims weisen Ratschlägen. Allerdings war der Barbar seit Anbruch der Rückkehr nach Candaloz tief in sich gekehrt und gab nur selten einen Laut von sich. Offenbar spürten sie alle das nahende Ende ihres Abenteuers.

Am selben Abend gelangten sie schließlich zu der abgelegenen, schummrigen Gasse, in der ihre Reise begonnen hatte. Dieselben Pfützen und Müllberge erwarteten sie dort, dieselbe schmuddelige Tür quietschte beim Öffnen, dieselbe abgedunkelte Treppe führte in denselben düsteren Korridor und dasselbe schummrige Zimmer. Alles war genauso wie bei Anbruch des Abenteuers, doch Basil spürte tief in sich, dass er nicht mehr derselbe war.

Als er eintrat, tief den muffigen Geruch nach Schimmel und Pisse aufsog, war er enttäuscht. Anstelle eines gebührenden Empfangs erwartete sie lediglich ein heruntergekommener Tisch, zwei schiefe Stühle und das diffuse, schmutzig gelbe Licht eines Lichtkristalls. Immerhin hatten sie sich als wahre Helden erwiesen und einen Gegenstand von Macht gesichert, mit dem … Ja, was genau sollte damit geschehen?

Wagrim musste den Kopf unter der Türzarge einziehen, als er zuletzt hereinkam und die Tür hinter sich zudrückte. Er postierte sich davor wie jener stille Wächter, der sie die ganze Zeit beschützt hatte. Aber unter dem wilden Äußeren steckte ein weiser und gutherziger Kerl.

Krog zog einen Stuhl heran und setzte sich rittlings darauf. Kriana streifte rastlos umher. Lorenco stellte sich in heldenhafter Pose auf, beide Hände auf dem Griff seines Zweihänders, dessen Spitze zu Boden gerichtet war. Basil hingegen blieb in sicherem Abstand stehen. Eine alte Angewohnheit, er musste alles im Blick und stets einen Fluchtweg in Reichweite haben. Um seine Finger zu beschäftigen, umschlang er die Vihuela.

Geschafft. Nach all der Zeit, der Hürden und dem Schmerz, vergossener Tränen und ruhmreicher Abenteuer waren sie zurückgekehrt, um den Kreislauf zu vollenden.

Als Helden.

Ein Don in edlem, schwarzem Brokatgewand trat aus den Schatten heraus ins Licht. Sein grauer Knebelbart war ordentlich gestutzt, das Haar streng zurückgebunden und einen goldenen Stock elegant vor sich abgestellt. Sein Lächeln wirkte außerordentlich zufrieden.

»Willkommen zurück!« Er klickte mit dem Stock auf den grauen Stein. »Wie ich sehe, habt ihr wohlbehalten die Quest überstanden.«

»Nicht alle, sollte man meinen«, sagte Basil.

»Die Alchemistin folgt ihrem eigenen Pfad.« José neigte leicht das Haupt. »Ich habe sie bereits freigegeben.«

»Freigegeben?«

José lächelte bloß. »Ich nehme an, ihr habt einiges zu berichten?«

»Einiges?« Unwillkürlich streifte Basil die Saiten. *Kling* – tief und bedrohlich. »So kann man es durchaus auch betrachten. Eure Falle in Saville war so geschickt eingefädelt, dass nicht einmal ich sie bemerkte. Ein gelungener Zug. Ihr seid ein geschickter Spieler, Don José.«

José lächelte geheimnisvoll. »Ihr müsst mir diese kleine Täuschung verzeihen. Sie war notwendig, um das Band zwischen euch zu festigen.«

Wagrim grunzte. Kriana hob schnuppernd die Nase. Krog kippelte so schnell mit dem Kopf, als hätte auch er eine Witterung aufgenommen.

»Nun, das hat es«, tönte Lorenco. »Deshalb wollen wir auch nicht länger der Vergangenheit hinterherhängen wie ein Hund seinem Schwanz.« Er blickte sich aufmerksamkeitsheischend um, was Basil nur ein müdes Lächeln entlockte. »Wie dem auch sei, das glorreiche Abenteuer fand seine Vollendung, als der Barde«, Lorenco räusperte sich, »sich als wahrer Paladin offenbarte!«

José winkte auffordernd.

»Dragbraxass.« Basil ließ einen zweiten bedrohlichen Klang erschallen. »Sagt Euch der Name etwas?«

»Man nennt ihn auch den Roten. Ein Ewiger.« In Josés Augen blitzte die Neugierde. »Wie konntest du ihn bezwingen?«

»Gar nicht.« Ziellos wanderte Basil umher und versuchte sein wild hämmerndes Herz zu beruhigen. Rührte seine Aufregung daher, dass das Abenteuer vorüber war? Wollte er seine Gefährten nicht mehr loslassen? Oder war es sein Funke, der ihn zu einem neuen Lied antrieb?

»Sondern?«, fragte José.

»Der Drache überließ mir freiwillig sein Herz, nachdem ich es mit Freude erfüllte.«

»Und wie er das tat!«, rief Lorenco mit gereckter Faust. »Ich war Zeuge, wie der Barde bewies …«

José gebot mit erhobener Hand zu Schweigen. »Das Schwarze Herz.«

Basil ging weiter, kam an seinen Gefährten vorbei, und widerstand dem Drang, José die Wahrheit mit einem Klagelied aus dem Leib zu ziehen wie einen krummen Nagel. »Wisst Ihr, zwischenzeitlich glaubte ich, es ginge Euch um die Protagonisten. Dann kam ich zu dem Gedanken, dass Ihr einen wahren Paladin finden wollt.« Er blieb stehen und konnte der Versuchung nicht mehr widerstehen, zwei zögerliche, leise Töne zu spielen. »Am Ende diente die Quest einzig und allein dem Schwarzen Herzen. Das wirft die Frage auf«, er trat auf José zu, »was Ihr damit anzufangen gedenkt.«

»Alles zu seiner Zeit.« Fordernd streckte José die Hand aus. »Gib es mir.«

Basil tänzelte zurück mit einem schnellen, taktvollen Spiel. »Nicht so voreilig! Zuerst müsst Ihr meine Frage beantworten.«

Josés Lächeln gefror. »Alles, was ich tue, dient dem Weltenrund.«

»Damit meint Ihr natürlich Euch selbst. Seid Ihr nicht ein Mann der Möglichkeiten?« Basil gestattete sich ein überhebliches Lächeln. »Jemand, der anderen ihren größten Wunsch erfüllt, bevor er seine eigenen durchtriebenen Pläne ans Licht bringt? Ich denke, es wird Zeit für ein wenig Ehrlichkeit.«

Langsam ließ José die Hand sinken. »Du möchtest Ehrlichkeit? Gut. In diesem Augenblick befinden sich der Jäger, die Nekromantin und der Runenschmied in Begleitung zweier Götter auf dem Weg von Alfheim ins Königsschloss, während die anderen wahren Paladine zusammengerufen wurden, um die Neun zu versammeln.«

Basil stockte. »Warum?«

»Der Kristall!«

»Woher wisst Ihr, dass das Schwarze Herz ein Kristall ist?«

»Du erwähntest es.«

»Nein, das habe ich nicht getan.«

Ein Schatten legte sich über Josés Gesicht. »Wir haben keine Zeit für diesen Unsinn! Auf dich wartet eine weitaus größere Prüfung und bis dahin muss ich sichergehen, dass du deine Aufgabe erfüllt hast.«

Basil näherte sich ihm bis auf Armeslänge. »Haltet Ihr mich für einen Narren?«

José schnaubte verächtlich. »Du bist ein Dieb und Barde, ein Geschichtenerzähler und Patron der Skalden und Dichter. Es liegt in deiner Natur, zu lügen, zu betrügen und dich wie ein Narr aufzuführen.«

Lorenco räusperte sich. »Verzeiht, aber es wird Zeit, dass ich meinen Anspruch geltend mache, Don José. Viel zu lange musste ich im Schatten ausharren und zusehen, wie ein Betrüger die Ehre des

Königshauses beschmutzt. Das Königreich benötigt Führung. Führung durch den wahren Erben von Cristobal de Aguilar.« Er ließ die Brust schwellen. »Hiermit fordere ich Euer Versprechen ein und damit meine Belohnung.«

»Die Belohnung, richtig.« José streckte die Rechte zur Seite. Zwielicht gerann darin zu einem violetten, kristallinen Rapier. Ohne Vorwarnung stieß er es Lorenco ins Herz.

Verwirrt starrte der Kämpfer auf die Klinge in seiner Brust. Er spuckte Blut, gurgelte und röchelte und brach zusammen.

Für ein, zwei Atemzüge herrschte Stille im Raum.

Dann brach das Chaos los.

Kriana riss ihren Beutel auf und griff nach einem Kristall. Unvermittelt war Wagrim neben ihr, zerquetschte ihre Hand und drosch ihr die Faust ins Gesicht. Krog sprang von seinem Stuhl und rammte den Stab auf. Wieder war Wagrim zur Stelle, baute sich hinter dem Schamanen auf und hob die Faust wie einen Richthammer. Mit einem Schlag, der im Raum widerhallte, zerschmetterte er den Schädel, und das Blut spritzte zu allen Seiten hervor, benetzte den Boden und das wutverzerrte Gesicht des Barbaren.

Basil erstarrte. Seine Finger bewegten sich, aber er konnte der Vihuela keine Musik entlocken.

Wagrim stürzte sich auf die Druidin, die wimmernd und mit gebrochenem Handgelenk von ihm wegkroch, warf seinen drohenden Schatten nach ihr und bückte sich. Wie einen räudigen Köter hob er sie an und umschloss ihren Hals.

Inmitten des Chaos stand José völlig unbekümmert, als ginge ihn das alles nichts an. »Das Schwarze Herz, Barde!«

»Wagrim«, hauchte Basil. »Warum?«

Der Barbar trat auf ihn zu, Kriana am Hals gepackt, die strampelte und zappelte, während ihr Gesicht blau anlief. Als das Licht Wagrims Gesicht erhellte, war es nicht mehr das des zuvorkommenden Mannes, den Basil so lieb gewonnen hatte, sondern das eines Monsters. Dicke und dünne Narben, tief liegende Augen wie zwei brennende Kohlestücke und zerschlitzter Mund, wie von einem verrückten Metzger bearbeitet. Die Adern an seinen Armen waren dick wie Baumwurzeln und er war größer, als wäre der Raum in seiner Gegenwart geschrumpft.

»Du bist nicht Wagrim«, raunte Basil und versuchte die zitternden Finger unter Kontrolle zu bringen. Aber die Musik mied ihn. »Du bist der Berserker. Wie lange schon?«

Die Mundwinkel des Barbaren zuckten. »Ich habe gewartet.«

»Meine Musik. Ich …« Basil schluckte. »Dann ist Wagrim …?«

»SCHWACH!«

»Das Schwarze Herz«, sagte José mit Nachdruck.

Erschüttert und verwirrt blickte Basil sich um. Lorenco lag mit verdrehten Gliedern und gebrochenen Augen in einer Pfütze aus Blut. Sein Tod war so schnell geschehen, dass Basil es noch nicht ganz wahrhaben konnte. Ebenso Krog, dessen Maske leicht verrutscht war.

Basil bückte sich zu ihm und lugte darunter. Das Gesicht war sehr schmal, allerdings war es völlig entstellt. Die Haut war grau, die Lippen waren abgetragen, sodass krumme, spitze Zähne hervorragten, die Nase war bloß zwei Nasenschlitze und die Augen von einem eitrigen Gelb. Auch die Ohren waren durchlöchert, zernarbt und spitz, als hätte jemand daran herumgefeilt. Also musste an Krogs Geschichte doch etwas dran sein. Welchem Volk er auch immer angehörte, er war kein Mensch.

Sichtlich erschüttert stand Basil auf. Kriana strampelte im Todeskampf, die Augen vor Entsetzen weit aufgerissen und eine Hand nach ihm ausgestreckt. Er liebte sie nicht – er liebte niemanden außer sich selbst. Das wusste er schon lange. Dennoch wollte er seinen Weg nicht mit Leichen ebnen. Er schuldete ihr, dass er für eine treue Gefährtin einstand. Daher zog er den Beutel unter seinem Hemd hervor und warf ihn José zu.

Der Don blickte hinein und nickte zufrieden. Dann ging er auf die Tür zu, gab im Vorbeigehen Basil den Beutel zurück. »Wagrim!«

Mit einem scheußlichen Knacken brach Krianas Genick. Wie Abfall ließ Wagrim sie fallen, zertrat auf seinem Weg ihre Finger und stapfte an Basil vorüber.

José öffnete die Tür. »Folge mir, Barde!«

»Wohin?«, fragte Basil mit dünner Stimme, die kaum mehr war als ein trockenes Krächzen.

»Du wirst die anderen wahren Paladine treffen und dich anschließend auf die nächste Quest begeben. Denn du, Barde, besitzt ein Artefakt, das ausschlaggebend für ihr Gelingen sein wird. Freut dich das zu hören?«

Als Basil dem grausamen Mann folgte und sich bemühte, dem finsteren Blick des Berserkers zu entgehen, musste er an die Würfel in seiner Tasche denken.

Zeigten sie nun eine Eins oder eine Sechs?

Das Schwarze Herz

Kiesel und loser Fels knirschten bei jedem Schritt unter Ullrs Stiefeln. Vor Anstrengung biss er die Zähne zusammen, zischte und pfiff wie ein löchriger Blasebalg. Weiter – immer weiter den Berg hinauf.

»Runa …«

Ihr erkalteter Körper vor ihm auf dem Boden, die Haut leichenblass, die Augen gebrochen. Und dann das Mädchen auf dem Obsidianthron, das nichts mehr mit ihr gemein hatte.

Obwohl Ullr stets danach haschte wie ein Schiffsbrüchiger nach dem rettenden Tau, waren ihre Schicksalsfäden schon lange voneinander getrennt. Seine Tochter folgte ihrem eigenen Pfad, ebenso wie er seinen beschreiten musste.

»Runa …«

Warum fiel es ihm so schwer, sie einfach gehen zu lassen? Weshalb konnte er nicht aufhören, an sie zu denken und sich Sorgen zu machen? Es war Zeit, dieses Band zu kappen.

»Runa …«

Sie gehen lassen. Der Gedanke besaß etwas Befreiendes. War dies die schwierigste Aufgabe eines Vaters, das Kind freizugeben, damit es eigene Entscheidungen traf? Damit es sich daran erinnerte, was es gelehrt worden war? Und damit er zu jenem Mann werden konnte, der er einst gewesen war?

»Runa.« Er kämpfte mit den Tränen. »Es tut mir leid.«

Acht Prüfungen, die ihm alles abverlangt hatten. Acht Prüfungen, die alles, was ihn einst ausgemacht hatte, von ihm weggebrannt hatten. Acht – und jetzt stand ihm die letzte bevor. Die Bande, die ihn gehalten hatten, waren zerrissen. Ullr der Jäger und sorgenvolle Vater war in den Feuern Muspellsheims vergangen.

Wer war nun dieser Mann, der seiner größten Prüfung entgegenging?

Der Gipfel war von Asche und Schwärze verhangen und warf seinen drohenden Schatten auf Ullr nieder. Am Ende des Weges war ein Torbogen zu erahnen, hinter dem schwaches Licht in der Dunkelheit schimmerte. Ullr hielt seinen Blick fest auf die säulenartige, dunkle Gestalt gerichtet, die unbeirrbar voranstapfte und den Barden auf seiner Schulter trug. Obgleich Surt sich nicht sichtbar verändert hatte, umgab ihn eine Aura der Gewalt, die dort, wo er entlangkam, alles veränderte. Der Fels warf Blasen, die Lavaströme kochten und spritzten flüssiges Gestein, die Luft flimmerte und das Land selbst schien sich unter seiner Präsenz zu winden und biegen. Surts Macht überstieg alles Dagewesen. Und nun sollten sie die letzte Kette lösen, um ihn zu entfesseln.

Sind wir Helden oder Schurken der Geschichte?

Schon seit Aufbruch der Reise war der Gedanke wie ein Stachel in Ullrs Geist. Mit jedem Tag, jedem Kampf und jeder Entscheidung drang er tiefer, bis Ullr ihn nicht länger übergehen konnte.

»Wir sind da.« Surt wies auf den Torbogen, der schemenhaft aus dem Aschedunst ragte.

»Du hast uns geholfen«, knurrte Ullr. »Warum?«

»Weil ihr Hilfe brauchtet.«

»Das ist keine Antwort.«

»Das ist alles, was ich dir gebe.«

Eine Weile sah Ullr ihm hinterher, drehte den matten Ring an seinem Finger und schöpfte nach Atem. Dann nahm er die letzten Schritte auf sich und durchquerte den Torbogen.

Dahinter erstreckte sich ein kreisrundes Plateau, umsäumt von scharfkantigen, schroffen Felshängen, teils geschmolzen und in der Bewegung erstarrt. Ketten verankerten es mit der Kraterwand, jedes Glied dicker als ein Baumstamm. Die Hitze versengte Ullr die Haut und jeder Atemzug überzog seine Kehle mit Säure. Es war wohl kein Zufall, dass der Berg nicht länger Asche und glühende Brocken in den Himmel spuckte.

Ullr schleppte sich die breite Treppe zur Plattform hinab, stolperte, bewahrte sich vor einem Sturz, und erreichte schließlich die letzte Stufe.

Und knickte ein.

Kraftlos, zermürbt und zerschlagen kniete er da, atmete in zischenden Stößen und konnte nicht mehr denken. Am Ziel. Er hatte es tatsächlich geschafft.

Surt legte den Barden ab, blieb in der Mitte des Plateaus stehen und hob die Arme.

Der Berg erzitterte.

Lava schoss an den Rändern des Plateaus empor, Flammen lechzten über den uralten Stein, Asche stob in den Himmel und verdunkelte ihn zu einer schwarzen, glatten Fläche.

Ullr warf den Kopf zurück und sehnte sich nach den Sternen, nach Licht, den kalten Winden des Nordens und vor allem sehnte er sich nach … nach …

***

»Freiheit«, raunte Andvari.

Ein letztes Mal ließ er den Hammer mit einem widerhallenden *Pling* auf dem Schmiedegut tanzen. Dann war es vollendet.

Verwundert hielt er das Stück Metall vor sich und betrachtete es aus allen Blickwinkeln. Seine Schöpfung war vollkommen und doch konnte sein Verstand nicht greifen, *was* sie war. Eine Waffe? Ein Werkzeug? Ein Schmuckstück?

Wieland beugte sich neben ihn, das alte Gesicht vom flackernden Flammenschein in zwei Hälften geteilt. »Es ist vollbracht.«

Bedächtig legte Andvari den Gegenstand auf den Amboss. Inmitten der spiegelklaren Oberfläche erkannte er sich selbst – sein eigenes, bärtiges, hoffnungsvolles Zwergengesicht.

Väterlich fasste Wieland seine Schulter. »Dein zweites Ideal, Ivaldi.«

»Ich schmiede das Band der Schöpfung, um die Welt zu verändern.«

»Ja, das wirst du tun.«

»Wieland, ich verstehe es nicht.«

»Weil dein Verstand dich daran hindert, die Wahrheit zu erkennen.«

»Ich …« Er atmete durch. »Was muss ich tun?«

»Höre auf dein Herz.« Wieland nahm den Gegenstand auf und legte ihn in Andvaris Hand. Einsam, verloren, völlig unscheinbar lag er da; ein winziges Etwas, viel kleiner, als Andvari gedacht hatte. Oder hatte der Gegenstand sich verändert?

Er schloss die Hand darum, fühlte die Rillen und Einkerbungen, die runde Form und das Loch. Vorsichtig steckte er seinen Finger hinein und schob sich das Schmiedegut darüber.

»Ein Ring«, hauchte er. »Andvaranaut. Das ist …«

Wieland lachte gackernd. »Unmöglich?«

Andvari sah überrascht auf. »Heißt das etwa, dass ich *mich* geschmiedet habe?«

»Das Leben besteht aus Veränderungen, du sturer Zwerg. Aus Momenten, in denen wir Entscheidungen treffen und einem Ideal dienen, um ein höheres Selbst zu erlangen.«

Andvari erkannte sich selbst in dem Ring – all seine Facetten, Bruchstücke, Träume, Hoffnungen und sein Streben nach Glück. Ein Ring aus Adamant gefertigt, abgetropft von Draupnir. Ein bedeutender Teil des Zwergenreiches.

Eine Essenz.

»Opfer«, hauchte er.

Wieland nickte stolz.

»Um die Waffe zu vollenden, muss ich ein Opfer bringen.« Finger für Finger schloss Andvari die Hand um den kühlen Gegenstand. Der Ring, der er selbst war. »Mich selbst.« Er holte tief Luft. »Ich werde die Essenzen in mir binden, denn ich bin die Essenz Svartalfheims.«

Wieland lächelte liebevoll. »Ja, das bist du.«

»Ich werde endgültig sterben.«

»Wenn es so weit ist, wirst du begreifen, wohin das alles führt.«

Andvaris Augen brannten. »Warum ich?«

Versöhnlich legte der uralte Gott ihm die Hand auf. »Weil du der Schmiedelehrling bist. Ivaldi.«

»Ich verstehe.« Andvari atmete durch. »Werden wir uns wiedersehen?«

»Wir befinden uns erst am Anfang der Reise, Ivaldi. Bis dahin musst du deinen Gefährten helfen und die letzte Prüfung bewältigen.«

Dieses Mal brauchte es keinen Stoß oder Wort eines Gottes, um Andvari aus jenem geheimnisvollen Reich zu treiben, in dem das ewige Herdfeuer geschürt wurde. Zum Abschied neigte er den Kopf, wandte sich ab und verließ den Traum einer anderen Wirklichkeit.

***

Basil erwachte mit einem schmerzhaften Ruck. Sein Verstand war wie benebelt und er musste sich an den Kopf fassen, weil er fürchtete, er könnte auseinanderfallen. Es war heiß – elendig, schwitzig heiß. So heiß, dass jeder Atemzug zur Qual wurde.

Er blinzelte. Hinter seinen Augenlidern tanzten die Schatten der Erinnerungen, die ihn in die Vergangenheit gezogen hatte. Seine Gefährten. Das Abenteuer. Die Reise ins Reich der Zwerge. Der Drache. Und dann die Belohnung für all seine Mühen.

Er versuchte, den zähen Gedanken herauszuschütteln und öffnete die Augen einen verschwommenen Spalt. Rasch kniff er sie wieder zusammen.

Unmöglich! Eben hatte er sich noch in Candaloz auf dem Balkon des Königsschlosses befunden, die wärmende Sonne über ihm, eine frische Windböe, die sein Gesicht mit einem kühlenden Gesicht bedachte, und eine vollendete Quest, wie es sich für einen Helden gehörte.

Jetzt fand er sich sprichwörtlich in der Hölle wieder.

Zögerlich öffnete er die Augen wieder. Jemand rückte in sein Sichtfeld. Eine bärtige, zwergische Gestalt mit Schurz, deren graublauer Körper schemenhaft umhertrieb.

»Willkommen zurück, Langer. Du warst lange fort.«

Basil stutzte. »Andvari?«

Der Zwerg tastete sich ab. »Fühlt sich ganz danach an.«

»Ha!« Basil musste auflachen. »Du lebst? Ich meine …« Er kniff sich in die Backe. »Sag mir bitte, dass das hier ein Traum ist!«

»Nun, ich fürchte, es ist kein Traum.«

»Krog hatte also doch recht.« Unbeholfen hievte er sich auf die Füße und klopfte sich den Dreck ab.

»Krog?«

»Krognak'kushatuk.« Basil winkte ab. »Jedenfalls meinte der Schamane zu mir, dass die Geister mich lieben.« Er reckte den Finger. »Offensichtlich lieben sie mich so sehr, dass sie mir wieder einmal mit voller Wucht in die Nüsse treten. Das erinnert mich daran … Verdammt, wo ist sie?«

Er griff über seine Schulter und fand den Korpus seiner Vihuela. Erleichtert zog er sie sorgsam aus der Schlaufe am Rücken und strich sachte die Saiten entlang, wobei er ihr einen sanften Ton entlockte, der als gelbe Leuchtbänder aufstieg. Ein Barde ohne sein Instrument war wie ein Fischer ohne Netz. Oder ein Bäcker ohne Mehl. Oder ein … Runenschmied ohne Hammer?

Unwichtig! Jetzt gab es nur noch eine Frage, die er allen voran dringend beantworten musste. »Wo, zur Verheerung, sind wir?«

»Am Gipfel«, erklang eine vertraute, tiefe Stimme. Und da stand der Jäger in all seiner grimmigen Pracht. Basil hätte nicht geglaubt, dass Ullrs Gesicht noch finsterer, die Kluft noch verschlissener und der Blick noch schärfer sein könnte. Vermutlich wollte der Kerl ihn bei der erstbesten Gelegenheit damit in Scheibchen schneiden. Doch etwas fehlte.

»Wo ist dein Speer?«, fragte Basil.

»Fort.« Und damit war für den Jäger offenbar alles gesagt. Welch ein herzerwärmendes Wiedersehen.

Basil streckte und krümmte die Finger, die so steif wie Frostzapfen waren, und ließ sie über die Saiten streifen. Er fühlte sich behäbig, verrenkt, wie durch den Dreck gezerrt. Seine Gelenke knacksten und die Zunge war wie ein pelziges Stück Fleisch. Aber alles in allem hatte es gar nicht besser für ihn laufen können. Am Ziel – und das, ohne einen Finger zu rühren. Machte ihn das nun zu einem Glückspilz oder Pechvogel?

»Da wir das geklärt haben …« Er ließ seinen Blick umherschweifen. »Wie lange war ich weg?«

»Lange«, knurrte Ullr.

Basil tippte sich grüßend an die Stirn. »Wie scharfsinnig von dir, werter Reisegefährte. Das beantwortet aber nicht meine …« Er stockte. Die hagere, glatzköpfige, schwarze Gestalt im Zentrum des Plateaus kam ihm seltsam bekannt vor. Auch die Umgebung weckte einen Gedanken in ihm, der sich durch den zähen Schlick seines benebelten Verstandes emporkämpfte. Schließlich dämmerte ihm, wo und in wessen Anwesenheit er sich befand. »Warte«, raunte er. »Wir befinden uns am *Gipfel*? Also ganz oben? Ganz, ganz oben?«

Ullr nickte.

»Götter, hast du mich etwa ganzen Weg lang getragen?«

»Ullr hat getan, was nötig war, um die Prüfungen zu bewältigen«, antwortete Andvari. »Das haben wir beide getan.«

»Ihr beide …« Basil und klimperte weiter. »Dann wäre wohl ein Dank überfällig, nicht wahr?«

Ullr schüttelte den Kopf. »Unnötig.«

Basil betrachtete den Zwerg. »Warum kann ich dich sehen?«

»Sagen wir, ich habe mich selbst gefunden«, sagte Andvari.

»Und deine Stimme? Sie wirkt so *lebendig*?«

Der Zwerg hielt inne, ehe er die Augen weitete. »Heiliger Schmied, du hast recht. Ich habe es nicht einmal selbst bemerkt. Hat Wieland etwa davon gesprochen?«

Es war schließlich Surt, der das freudige Wiedersehen störte. »Ihr habt alle Prüfungen bestanden. Die des Körpers«, er nickte Ullr zu, »die des Geistes«, ein Nicken zu Andvari, »die der Seele.« Das letzte Nicken galt Basil. Also war er doch nicht so unwichtig wie gedacht.

Ullr schwang den Bogen von der Schulter. »Du bist die letzte.«

»Nein.«

»Die Essenz. Jetzt!«

Surt schüttelte den Kopf. »Du verstehst nicht, Jäger. Ich *bin* die Essenz. Um sie zu erlangen, kostet es euch etwas.«

Ullr trat einen drohenden Schritt auf ihn zu. »Ich bin gebrochen, Schwarzer. Es gibt nichts mehr, was ich noch geben könnte.«

»Du bist weit davon entfernt, gebrochen zu sein, Jäger. Einzig dein Stolz steht dir im Weg, deine wahre Natur zu erkennen.«

Langsam spannte Ullr den Bogen und nickte Andvari zu, der seine Hand auf die Sehne legte, woraufhin ein Pfeil darauf aufleuchtete.

»Die Essenz ist hier.«

»Wo?«

Surt sah Basil an. »Dort.«

Basil stand einen Moment da, blinzelte und wusste nicht, was er denken sollte. Er fühlte sich nicht anders als vorher, aber er wusste, dass er hier sein musste. Nicht, weil José es so gewollt hatte. Nicht, weil er ein wahrer Paladin war, der seine Freunde, seine Familie, alles, was ihn ausmachte, zurückgelassen hatte. Sondern weil ein Drache ihm die Bürde auferlegt hatte.

Aber alles der Reihe nach.

»Dragbraxass erwähnte, er wäre dein Kind.«

Surt nickte bedauernd. »Hast du ihn getötet?«

»Nein.« Behutsam nahm Basil den Beutel heraus und umfasste den Kristall darin. Langsam hob er den pulsierenden Kristall an. »Er hat sich selbst geopfert. Und dabei hat er eine Größe bewiesen, die ihresgleichen sucht.«

»Sinmara«, flüsterte Andvari. »Rost und Eisen, Sinmara ist wahrhaftig ein Teil von Surt. Aber … was ist das?«

»Sein Herz.« Basil atmete durch. »Das Schwarze Herz.«

»Du hast es die ganze Zeit bei dir getragen?«

»Habe ich. Aber nicht freiwillig.« Basil umschloss den Kristall und die Kanten bohrten sich in seine Handfläche. »Hierfür mussten viele Menschen sterben. Gefährten. Freunde. Geliebte.«

»Alles erfordert Opfer, Barde.« Bedauern schwang in Surts Stimme mit.

Basil zögerte, ehe er sich zu seiner Entscheidung durchrang. Er marschierte auf Surt zu und verdrängte das mulmige Gefühl in seiner Magengrube. José war ein betrügerischer Bastard, der alles von langer Hand geplant hatte. Aber es musste enden – hier und jetzt. »Es ist dein, Herrscher Muspellsheims. Nimm es!«

Der Schwarze zog ein Gesicht, als hätte Basil ihm anstelle einer vielversprechenden Idee einen Kackhaufen serviert. Schließlich schüttelte Surt den Kopf. »Ich will kein Monster sein.«

»Dann sei keines.«

»Niemand kann sich seinem Schicksal entziehen, Barde.«

Nachdrücklich hielt Basil ihm den Kristall hin. »Aber wir können versuchen, es zu beugen.«

»Du verstehst nicht. Merlin nahm mir Sinmara auf meinen Wunsch hin.«

»Oh, ich glaube, sogar sehr gut zu verstehen. Nie habe ich mich für den Guten gehalten.« Basil blickte seine Gefährten an. »Jetzt begreife ich, dass es genau das ist, was uns definiert. Ich vereine Ordnung und Chaos in mir, Licht und Dunkelheit, Gut und Böse.« Er zuckte mit den Schultern. »Am Ende kommt es darauf an, für welche Seite man sich entscheidet.«

Hübsche Worte; Worte, die jedem strahlenden Helden gut zu Gesicht standen. Basil wünschte, er hätte sie sich aufgeschrieben, um jedes erkaltete Herz auftauen zu lassen. Er konnte sehen, wie die Wahrheit, die sich tief in Surt verbarg, emporstieg wie aus trübem Gewässer.

»Aus dir spricht Weisheit, Barde«, sagte Surt betont langsam. »Ihr seid der Essenz Muspellsheims würdig.«

Basil neigte den Kopf. »Ich bin bereit.«

Der Zeitpunkt war nahe. Die Reise war zu ihrem Ziel gelangt. Die Quest war vorbei. Jetzt würde alles gut werden.

Endlich.

Surt kehrte ihnen den Rücken zu »Nein.«

Basil erstarrte. »Bitte?«

»Geht! Lasst mir meinen Frieden.«

»Aber …« Basil zog ein dümmliches Gesicht und suchte nach den richtigen Worten. Nach irgendetwas, das ihm helfen würde, das Wesen zu überzeugen. Ihm fiel nichts ein. Das konnte doch unmöglich das Ende ihrer Reise sein. Da musste es *mehr* geben!

»Du weigerst dich, uns die Essenz zu geben?«, fragte Ullr leise und scharf wie ein gezacktes Sägeblatt.

Surt blieb stehen. »Damit ihr die Essenz erhaltet, muss ich mich mit dem Schwarzen Herz vereinen. Und damit erschaffen wir ein Monster, ohne die Konsequenzen zu kennen.«

»Wir haben keine andere Wahl.«

»Es gibt andere Wege, Cernunnos zu bezwingen. Andere Wege als das Schmieden einer zu mächtigen Waffe und der Entfesselung eines Monsters.«

»Welche?«

»Das weiß ich nicht und es interessiert mich auch nicht.« Surt stapfte davon.

»Aber es ist doch dein *Herz!*«, rief Basil, den Kristall noch immer erhoben.

»Ich schenke es dir.«

»Und wenn wir dich zwingen, es anzunehmen?«

Der Schwarze blieb stehen. Ganz langsam drehte er sich ihnen zu, griff nach seiner Brust, riss sie auf und enthüllte darunter einen finsteren Hohlraum. »Ich will es nicht. Nicht mehr.« Er ließ los und wandte sich abermals ab.

Basil setzte gerade zu einer Erwiderung an, als ein wirbelndes Etwas an ihm vorüberschoss.

***

Ullr sauste an dem Barden vorbei, das Messer in seinen schwieligen Fingern gepackt. Spielend leicht überwand er den Abstand, schöpfte nach seinen letzten Kräften und stieß sich ab.

Blitzschnell fing Surt ihn mit einer Hand an der Kehle ab. Mit einer Wucht, gegen die ein Sturm matt und kraftlos wirkte, schleuderte der Schwarze ihn zu Boden. Jeder Knochen in Ullrs Leib knackte, und sengender Schmerz strahlte bis in seine Fingerspitzen.

Diese Kraft …

Surt bückte sich zu ihm, packte ihn am Kragen und warf ihn herum. Einem Spielzeug gleich trudelte Ullr mit schlackernden Gliedern über das Plateau. Das Hemd blähte sich auf und flatterte gegen seine aufgescheuerte Haut. Er drehte sich wieder, und die Welt wirbelte um ihn herum. Nackter dunkler Stein, schwarzer Himmel, feurige Abgründe. Heißer Wind riss an seinen Haaren, dröhnte in seinen Ohren, pfiff zwischen seinen gebleckten Zähnen.

Der Boden traf ihn mit der Wucht eines Rammbocks, presste allen Atem aus ihm heraus, schlug ihn besinnungslos. Er schlitterte ungelenk über das Plateau auf den Rand zu und blieb nur eine Armlänge davon entfernt liegen.

»Ullr«, rief Andvari.

Schritte knirschten auf dem felsigen Boden, näherten sich langsam. Surt trat in Ullrs Sichtfeld. »Akzeptiere meine Entscheidung, Jäger!«

»Ich …« Keuchend stemmte Ullr sich hoch, taumelte auf der Stelle und hielt sich die schmerzende Seite. »Ich habe einen Eid geschworen. Meine Tochter beschützen. Die Essenz erlangen. Die neun Welten retten.«

Surt hielt ihm die Hand hin. »Das sind viele Eide.«

Zögerlich packte Ullr zu und ließ sich auf die Füße helfen. »Alles, was mir bleibt.«

»Du bist nicht mein Feind.«

Ullr spuckte zur Seite und wischte sich das Blut vom Mund. »Mir bleibt keine andere Wahl.«

»Dein Gott ist tot.«

Für ein, zwei Atemzüge drehte sich alles um Ullr, ehe er sich gefasst hatte. Damit zerriss ein weiteres Band und damit ein Eid, der ihn erlöste. »Wann?«

Surt ließ ihn los und kehrte in die Mitte der Plattform zurück. »Der Tod eines Gottes hinterlässt Spuren.«

»Wie ist er gestorben?«

Die Falten in Surts Gesicht vertieften sich. »Ermordet von deinesgleichen.«

Ullr schleppte sich zu seinen Gefährten, eine Hand an die schmerzende Seite gedrückt. »Das ändert nichts an meiner Aufgabe.«

Der Untergrund erzitterte. Mit jedem Zoll, den Surt den Arm hob, brachen Felsen aus dem Boden, krochen über seinen Leib, festigten und härteten ihn. »Du willst kämpfen? Ein Monster erschaffen? Einen gebrochenen Mann zu etwas zwingen, dem er sich verweigert?«

Plötzlich erkannte Ullr sich selbst in diesem Wesen, das sich einem Schicksal verweigerte, weil es dem Schmerz und Leid überdrüssig war. Es war, als blickte er in einen Spiegel.

Ullr atmete erschauernd ein und wappnete sich für die Antwort. Sie fiel ihm ebenso schwer wie seine Tochter ziehen zu lassen, aber er wusste, dass sie richtig war. »Nein.«

Surt ließ die Arme sinken, und das Gestein bröckelte ab. »Hast du deinen Pfad gefunden?«

Ullr bückte sich zu seinem Bogen und nahm ihn auf. Prüfend drehte er ihn in der Hand, glitt das gesprungene Holz entlang, die Kratzer, Kerben und Mulden, die durch jahrelange, unermüdliche Jagd entstanden waren. Der Bogen war wie er. Sie beide waren durch Prüfungen und Herausforderungen geformt worden.

Vor seinem inneren Auge spielten sich all die Momente und Entscheidungen ab, die ihn an diesen Punkt gebracht hatten. Seine Rolle als Kalaks Diener. Sein Wille, nicht aufzugeben, stets ein Ziel unbeirrbar zu verfolgen. Sein Weg als Anführer des Jägerbundes, als Waldläufer und schließlich als Eidbrecher. Der Tod seiner Frau. Runa. Die vielen Momente des Glücks. Die Rückkehr in ein altes Leben, als das Leben seiner Tochter bedroht war. Alfheim. Candaloz. Muspellsheim. Die Bande, die er loslassen musste, um sich einem ganz anderen Eid zu widmen, der größer als er selbst ist.

All das hatte geschehen müssen, um sich selbst und seinen Pfad zu finden. Und damit die Worte, die alles verändern würden.

»Ich diene der Gerechtigkeit und wahre die Eide«, flüsterte Ullr. »Dies ist mein zweites Ideal.«

Naher Donner.

Die Veränderung kam schleichend und auf leisen Sohlen, wie ein Geist der Natur, der sich in Ullrs Verstand einnistete. Ein Gefühl durchströmte ihn, als streifte er mit einem einzigen Atemzug alle Bande und Fesseln ab. Es war lediglich eine Bestätigung dessen, was er die ganze Zeit gewusst hatte. Er wandelte im Schatten, fand Pfade, die anderen verborgen blieben, verfolgte sein Ziel und erlegte es. Und dafür musste er allein sein und sich gänzlich der Gerechtigkeit verschreiben. Sein zweites Ideal ließ ihn aus der Dunkelheit treten und das Abbild der Eide verkörpern.

Er wurde zu einem Wahrer der Gerechtigkeit.

Der alte Ullr verging; jener Mann, der an seiner Tochter, seinem toten Weib und allem längst Vergangenem festhielt. An seine Stelle trat Ullr, das Ideal der Jagd, der Geschicklichkeit und der Eide.

Und damit verstand er auch, was zu tun war.

Neue Energie flutete seinen Körper, vertrieb die Schmerzen und ließ ihn klarer sehen als jemals zuvor. Die Geistersicht, die ihm sonst Andvari vermacht hatte, schärfte seine Sinne. Ihm blieb nichts mehr verborgen, und er konnte *alles* sehen: Jede Rille und Furche im Boden. Den Funken des Barden, der umherschwirrte, wie bunt leuchtende Bänder. Andvaris Funke, der beständig war und rhythmisch glühte, wie ein Stück Eisen unter dem Hammer. Und die Machtströme, die Surt mit seinem Reich verbanden, nachdem die Pfeiler zerstört und die Ketten gelöst waren. Doch eine Verbindung fehlte noch; eine letzte, um ihn zu jenem werden zu lassen, der er sein musste.

Eine Verbindung, die sich wie feurige Linien um die Hand des Barden zusammenzogen.

Ullr nahm Basil den Kristall ab, trat vor Surt und hielt ihm den Unterarm hin; diesem Ungeheuer, das keines war, diesem gebrochenen Mann, der sein Herz verstieß, um die neun Welten vor Unheil zu bewahren.

Sie hielten einander fest wie zwei vertraute Seelen, die sich inmitten des Chaos gefunden hatten, um einen Moment des Friedens zu erleben. Womöglich war Surt der Einzige, der Ullr wirklich verstand. Allerdings beobachtete der Schwarze ihn ganz genau. Er wusste, was geschehen würde.

Es war unvermeidbar.

»Ich werde zu dem, der ich sein muss«, raunte Ullr. »Um die Essenz zu befreien, kostet es Opfer. Deinen Schwachpunkt.« Damit rammte er Surt das Herz in die Brust.

Der Schwarze bäumte sich auf, brüllte, spie flüssiges Feuer, das auf dem Boden zischte und dampfte.

Ullr wartete, bis sich der Kristall mit dem anderen Teil, von dem er lange getrennt gewesen war, vereinigt hatte. Dann riss er ihn wieder heraus und hielt ihn fest umklammert. Dieser leuchtete nun und pochte rhythmisch wie ein schlagendes Herz.

Langsam richtete Surt sich auf, und in seinen sonst traurigen Augen loderte eine tiefe, glimmende Glut. »Ihr werdet euer Monster bekommen.« Selbst seine Stimme klang anders, tiefer, härter, wie Eisen, das er unter Schlägen bearbeitete.

»Das Schwarze Herz ist dein Opfer.« Ullr trat zurück. »Die Essenz für die Waffe.«

Surt nickte langsam. Die Glut in seinen Augen wurde mit jedem Atemzug intensiver. »Wir können unserem Schicksal nicht trotzen. Auch ich nicht. Für diese Einsicht danke ich dir.«

»Was auch immer die Weissagungen behaupten, du bist kein Monster.«

»Das war einmal, Jäger.« Er wies in die Ferne. »Wenn ihr die Essenzen zusammengetragen habt, kehrt hierher zurück.«

Andvari schloss zu ihnen auf. »Ihr werdet uns helfen, die Waffe zu vollenden?«

»Ihr benötigt einen *Weltenfunke*. Dafür müsst ihr euch in die Tiefen des ewigen Feuers vorwagen, um ihn zu entfachen.«

»Das war's?«, rief Basil und spazierte näher. »Der Jäger erkennt sein zweites Ideal. Wir tauschen ein paar nette Worte aus, reichen uns die Hand und tanzen im Kreis?« Er klemmte die Vihuela auf seinen Rücken und breitete die Arme aus. »Wo bleibt der Höhepunkt? Der epische Kampf? Das Finale? Der heroische Akt, in dem die Protagonisten ihre Fähigkeiten unter Beweis stellen können?«

»Ich habe genug gekämpft, Barde«, erwiderte Ullr.

»Kommt schon, ich will richtig auf die Kacke hauen! Sagt mir nicht, dass ich das ganze Abenteuer verschlafen habe.«

»Er begreift es nicht«, sagte Surt. »Seine Zeit wird kommen.«

Ullr nickte. Er griff in seine Tasche und fand den kleinen Gegenstand, den er dort seit Alfheim verwahrte. Dann warf er ihn auf den Boden und trat drei Schritte zurück.

Das Papier raschelte und entfaltete sich, klappte auseinander, wurde größer und größer. Viele kleine Kanten entfalteten sich von Geisterhand, das gesamte Papier erzitterte. Erst war es ein Schritt lang. Dann so lang wie ein Mensch. Zum Schluss lag ein flaches Ding auf dem Felsen, fünfzehn Schritt lang und sechs breit. Mit einem weiteren Rascheln klappte es ein letztes Mal auseinander und verwandelte sich von einer flächigen zur räumlichen Struktur eines Langbootes.

»Ha!«, rief Basil und grinste in die Runde. »Das war ganz und gar das, worauf ich gewartet habe. Jetzt habe ich wirklich alles gesehen.«

Als Ullr die Finger um den pulsierenden, schwarzen Kristall schloss, füllten sie sich schlagartig mit beißender Kälte; diese betäubte sein Inneres.

Schreie.

Wie Widerhaken bohrten sie sich in Ullrs Verstand und umschlossen sein Herz. Die Schreie wurden schriller, rissen an seinen Ohren und raubten ihm all seine Willenskraft. Einsam und verlassen stand Ullr inmitten der Finsternis. Hier existierte nur der unbändige Drang zu zerstören. Es gab nichts, was das Chaos daran hindern könnte. Nicht einmal die Götter.

SCHREIE!

Ullr betrachtete das verlorene Ding in seiner Hand und spürte, wie ein neuer Eid in ihm erwachte. Der Eid, auf den die Quest, die Reise, all die Hürden und Prüfungen hingearbeitet hatten. Ein Eid, so eisern, unzerstörbar und von Überzeugungskraft durchdrungen, dass nur der Jäger ihn wahren konnte. Um die Essenz zu erlangen, hatte er Surt das Herz in die Brust stechen müssen und dabei zwei Teile, die durch Merlins und Surts Entscheidung lange voneinander getrennt gewesen waren, wieder vereint. Die Verbindung war wieder da, wie ein unsichtbares, hauchdünnes Band. Und damit entstand der Eid.

Surt und das Schwarze Herz mussten voneinander getrennt bleiben.

Der Eindruck zerfaserte wie ein Traum und zurück blieb die Überzeugung, eben jenen Eid zu bewahren. Ullr richtete sich auf und wurde sich seiner Umgebung gewahr.

»Was ist geschehen?«, fragte Andvari besorgt.

»Ich verstehe.« Ullr ließ das Schwarze Herz in seine Tasche gleiten und warf Surt einen grimmigen Blick zu. Das, was er bei sich trug, war Schmerz; purer, unendlicher, verdorbener Schmerz, der die Zeitalter durchwehte und keine Grenzen kannte. Surt hatte das fleischgewordene Chaos verhindern wollen. Doch diese Verbindung war nun wiederhergestellt.

Ullr schwang sich über die Reling und trat ans Ruder. Der Barde folgte ihm, sah sich neugierig um und klimperte dabei auf seiner Vihuela. Zuletzt gesellte Andvari sich zu ihnen. Mit dem fortschreitenden Abenteuer war seine Geistergestalt wirklicher geworden und beinahe war er wieder lebendig.

»Jäger.« Surt stand plötzlich neben Ullr und hielt ihm eine verschlossene, schwarze, leicht durchsichtige Obsidianphiole entgegen. Darin wirbelte ein winziges Unwetter, das blitzte und krachte. »Setze den Atem weise ein.«

Ullr neigte dankbar den Kopf, nahm die Phiole entgegen und schob sie in seinen Brustgürtel. Schließlich gab er dem Langboot einen Befehl. Es war Zeit, ins Weltenrund zurückzukehren.

Surt trat zurück und hob die Hand. Der Himmel klaffte auseinander und die Schwärze teilte sich wie ein Vorhang. Dahinter erschien der Weltenbaum, dessen Äste selbst diese Welt umfassten. Allerdings waren sie verkohlt, von feurigen Linien durchzogen und Rinde platzte schichtweise von ihnen ab.

Skidbladnirs Segel blähten sich. Mit einem Ruck hob das Boot ab, trieb über den Krater und schraubte sich in die Höhe wie ein Vogel, der seine Schwingen ausbreitete. Indes spielte Basil ein Lied, dessen Wirkung Ullr wie ein warmer Sommerregen umfing. Es befreite sein Inneres von der eisigen Kälte, die mitunter sein Herz streifte.

Seid willkomm' Ihr lust'gen Zecher
Kommt hierher und leert die Becher
Zuerst nur der Freude wegen
Dann für der Götter Segen

Ganz egal wie viel wir bechern
Heute heißt es weiter zechen
Wollt ihr jetzt nach Hause gehn'
Woll'n wir keinen nüchtern sehn'

Oh, ho!

Der Weg ist weit, das Herz befreit.
Von Lieb' und Lust, von Schmerz und Frust.
Drum trinken wir,
das letzte Bier.
Krug um Krug!
Krug um Krug!

Seid willkomm' Ihr frohen Zecher,
Kommt hierher und leert die Becher,
Jäger, Schmied und auch der Bard'
Sind sich heut' für nichts zu schad'

Nähern wir uns nun dem Ende
Hebt ein letztes Mal die Hände
Diesen einen einzigen Krug
In stiller Freude ist's genug

Oh, ho!
Der Weg ist weit, das Herz befreit.
Von Lieb' und Lust, von Schmerz und Frust.
Drum trinken wir,
das letzte Bier.
Krug um Krug!
Krug um Krug!

Die Last fiel von Ullr ab. Auf einmal war er wacher, glücklicher und die Wunden schmerzten weniger schlimm. Die Musik rief Erinnerungen an schönere Tage in ihm hervor. Er wusste, dass sie der Vergangenheit angehörten, doch er wehrte sich nicht dagegen und ließ es geschehen.

Ein letztes Mal.

»Oh, ho«, murmelte er den Refrain.

Der Berg sackte unter ihnen weg. Am höchsten Punkt lenkte Ullr das Boot nach Norden, über die felsigen Hänge hinweg, entlang der Lavaflüsse und Schluchten, die das Land zeichneten wie alte

Wunden. Von dort lenkte er es zum Weltenbaum, dessen urtümliche Pracht ihn faszinierte.

Ein letztes Mal wagte er einen Blick nach unten. Aus der Höhe betrachtet besaß Muspellsheim eine ganz eigene, wilde Schönheit. Es war ein Land ohne Zwänge und Regeln; eines, in dem er sich selbst gefunden hatte.

Er war zu einem Mann geworden, der nicht davor zurückschreckte, das Notwendige zu tun, um Gerechtigkeit zu bringen – auch wenn dies hieß, die Bande zu seinen Verbündeten zu lösen. Ein Jäger, der unerbittlich sein Ziel verfolgte. Ein Mann, der Eide über alles stellte. Nur so konnten die neun Welten vor sich selbst bewahrt werden.

Ullr war der Jäger.

Der Ehrenhafte.

Epilog: Weltensturm

Der Morgen war frisch und klar. José genoss den Moment, wenn das erste Licht über die Schatten siegte und sich fern der Dächer von Candaloz' zeigte. Jetzt, bevor erste Entscheidungen getroffen waren, bevor das Leben Einzug in die Straßen von Candaloz hielt, war der Tag unbefleckt. Rein. Voller Möglichkeiten.

In den Straßen zogen die ersten Passanten umher, Karren polterten und ratterten über das Kopfsteinpflaster, Händler bauten ihre Stände auf, Fensterläden klappten auf, alte Männer fegten vor den Türen und Waschweiber hängten die Wäsche auf. Auf der Hauptstraße patrouillierten einige méridorische Soldaten. Nicht weit davon auf einem großen Platz hatten die Truppen Legentums ihre Zelte aufgebaut – gleich neben den Truppen Amdras, die sich in den örtlichen Kasernen einquartiert hatten. Allmählich erwachte die Stadt aus ihrem Schlummer.

Wie konnten all diese Menschen ihr Leben in Unwissenheit verbringen, während sie nichts vom Weltensturm, von Cernunnos oder den Neun ahnten? Ihr Horizont reichte, so weit sie sehen konnten. Alles fern davon verblasste im Nebel der Zeit.

Bis heute.

Es war eine stille Versammlung, die sich auf dem Balkon des Königsschlosses versammelt hatte. Die Meisterschmiede Brokkr und Sindri musterten den Hammer der Macht mit sichtlichem Ungemach. Nicht weit davon verharrten die Zwergenbrüder Fafnir, Otur und Reginn. Ein Centurio Legentums, begleitet von drei Legionären, verharrte drei Schritt entfernt, den Helm unter dem Arm, der goldene Panzer auf Hochglanz poliert und die Rechte auf dem Griff seines Gladius'. Cormag, der nun für die Druiden Tirnanogs sprach, lehnte am Geländer, die Arme vor der mächtigen Brust verschränkt und das bärtige Gesicht vor Misstrauen verzogen. Er überragte die

Anwesenden um zwei Köpfe, und betrachtete die vier Paladine – darunter Cosme und Gabriel –mit unverhohlenem Zorn.

Der Druide hatte Wort gehalten, nachdem mehrere Fuhren Paladium zum Schmieden neuer Waffen, die bereits im Heer Verwendung fanden, nach Candaloz gebracht worden waren. Ob es gegen Cernunnos helfen würde, müsste sich erst noch zeigen. Auf der anderen Seite stand Elle de Marques, eine Königin ohne Krone, die sich nun vollends der Kirche unterworfen hatte. Ihr Haar war raspelkurz geschoren, ihr hochgeschlossenes, schwarzes Kleid ließ keine weiblichen Rundungen mehr erahnen und auf ihrer Brust ruhte weiterhin der goldene Sonnenanhänger. Und zuletzt verharrte Kasula auf dem Balkon, ein derber, griesgrämiger Kerl in altertümlicher Rüstung, unter der ein geringeltes Hemd zum Vorschein kam. Er trug einen breitkrempigen Hut, unter dem fettiges Haar zum Vorschein kam.

Damit waren sie vollzählig.

Brokkr näherte sich zögerlich dem Hammer, der so unveränderlich dalag, als hätte er den Ort seiner Bestimmung gefunden. »Rost, wir hätten ihn niemals schmieden dürfen.«

Sindri hielt eine Hand im Bart verkrallt und die andere leicht erhoben, als wollte er Mjölnir berühren, brachte allerdings nicht den Mut dafür auf. »Modsognir befahl uns, ihn zu schmieden, Bruder.«

Brokkr warf seinem Bruder einen finsteren Blick zu. »Du weißt ganz genau, dass das nicht der wahre Grund ist.«

»Ausgerechnet du sprichst von Schicksal?«

»Ich spreche von Göttern.«

Sindri seufzte. »Wir waren jung und sehnten uns nach Ansehen.«

»Aber ohne Wielands Hilfe hätten wir niemals das Unmögliche vollbringen können.«

Klick. José setzte seinen Stock auf. »Es mag Euch überraschen, doch es war nicht der Zwergengott, der Eure Hand führte, gleichwohl er Euch das Wissen vermachte.«

»Grímnir«, sagte Fafnirs mit unterdrücktem Zorn.

»Merlin.« Brokkr spuckte den Namen aus wie einen Fluch. »Wusste ich doch, dass der Lange seine Finger im Spiel hat. Nach Alfheim überrascht mich gar nichts mehr.«

»Wie du sehr wohl weißt, war das nicht seine Schuld, Bruder.« Mit starrem Blick ging Sindri auf den Hammer zu. Als Funken über Mjölnirs Kopf rollten, blieb der Zwerg stehen. »Mimirs Weissagungen sind …«

»Komm mir nicht mit der Ziegenfresse, Bruder!«

»Es ändert nichts am Ergebnis.« Sindris Blick huschte zu den drei Zwergenprinzen, die auf dem Balkon versammelt waren. »Es ändert nichts am Krieg.« Traurig schüttelte er den Kopf. »Wir dürfen nicht länger über die Konsequenzen unserer Taten hinwegsehen. Svartalfheim ist verloren.«

»Das mag stimmen«, erwiderte José. »Doch das Volk der Zwerge hat überlebt.«

Otur trank gierig aus seinem Schlauch, seufzte anschließend laut und grinste breit, den wirren Bart voll Yakmilch. »Wie wär's, wenn ihr mir das Hämmerchen überlasst, damit ich dem Wurzelgott die Fresse polieren kann?«

»Du?«, rief Reginn, wie stets in kostbarem blau-goldenem Gewand. »Wir stimmen wohl darin überein, dass du der Letzte bist, der unser Volk führen sollte.«

Otur zwinkerte ihm zu. »Also besser ein Zwerg mit einem Stock im Arsch?«

»Ich bin Hreidmars Erstgeborener. Ich sollte führen!«

»Sicher. Ich sehe schon vor mir, wie sich der Gott vor Furcht selbst bepisst.«

Fafnir schob sich an seinen Brüdern vorbei und stapfte auf den Hammer zu. »Wenn es jemandem zusteht, Mjölnir zu tragen, dann mir.«

»Dir?« Reginns Gesicht lief rot an. »Ich habe nicht vergessen, was du getan hast. Du hast unseren Vater ermordet und …«

José hörte nur halb hin. Inzwischen hatte er feststellen müssen, dass man eher einen Berg zum Einsturz bringen konnte, als die Zwergenprinzen daran zu hindern, sich zu streiten. Dabei hatten sie bereits zugestimmt, in die Verlorenen Berge zu reisen, um sich dort auf den Sturm vorzubereiten und den Hammer einstweilen in Candaloz zu belassen. Allerdings hatte das Auftauchen der legendären

Meisterschmiede einen alten Zwist in ihnen geweckt, den sie erneut austragen mussten.

José war es leid. All sein Bestreben diente dem Schutz des Hammers und dem Bollwerk, das er in Candaloz als Antwort auf die Ausbreitung des finsteren Gottes erschaffen hatte. Während sie diskutierten, die Stimmung in der Stadt hochkochte, standen sie sprichwörtlich auf einem Brandherd. Indem er die Truppen hier versammelte, ging er ein großes Wagnis ein. Aber niemand außer ihm erkannte die Veränderung, die allmählich heraufzog wie ein Unwetter. Sie stand kurz davor, mit aller Macht über ihnen hereinzubrechen. Und dann mussten sie dem Weltensturm trotzen, bis die neun wahren Paladine zurückkehrten.

Dies war seine Quest.

»Wir sollten ihn zerstören.«

Schlagartig herrschte Stille und alle wandten sich Elle zu, die mit gesenktem Blick zwischen den Paladinen stand.

»Man kann Mjölnir nicht zerstören, Lange«, entgegnete Brokkr.

»Weshalb nicht?«, erwiderte sie unterkühlt.

Er nickte Sindri zu, der das Wort ergriff. »Weil er aus einem Teil des Herzens des Berges geschmiedet wurde. Dem Kern Svartalfheims, den Cernunnos verseucht hat. Mjölnir ist eine ursprüngliche Kraft, die der Schöpfung selbst entstiegen ist.«

»Was Sindri damit sagen will«, brummte Brokkr. »Wir wissen nicht, was geschieht, wenn wir versuchen, ihn zu zerstören. Oder ob es überhaupt gelingt.«

»Und wenn wir ihn in die Feuer Muspellsheims werfen?«, bemerkte Otur, woraufhin wieder Schweigen herrschte. »Wir gehen mit einem Regenbogenbrückchen dorthin, schmeißen ihn rein, hauen den Deckel drauf, sagen auf Nimmerwiedersehen und bringen unseren Flonz in Sicherheit.« Er breitete die Arme aus und grinste in die Runde. »Na, was sagt ihr?«

José schmunzelte. »Eine Gruppe aus Gefährten, die zu den Feuern eines schicksalhaften Berges ziehen, um Mjölnir darin zu vernichten?« Er machte eine Pause. »Ein interessanter Gedanke, allerdings wird auch das nicht helfen.«

»Das Einzige, was nicht hilft«, entgegnete Fafnir mit ungehaltenem Blick, »ist ein Langer, der in Rätseln spricht. Du hast hier eine Streitmacht, die keine Welt jemals zuvor gesehen hat. Also sag uns, was fürchtest du wirklich?«

Alle Blicke richteten sich erwartungsvoll auf José.

»Der Weltensturm ist nahe und wir …«

Fafnir schnaubte. »Komm mir nicht mit deinem Weltensturm! Warum hören wir überhaupt auf ihn? Cernunnos ist in Svartalfheim. Wir sollten alle Kräfte versammeln und dort einmarschieren, um ihn herauszureißen wie ein Geschwür!«

Sindri schüttelte den Kopf. »So einfach ist das nicht, Prinz. Cernunnos ist …«

»Was weißt du schon davon, Schmied?«, blaffte Fafnir. »Du und dein Bruder habt euch in unserer größten Not von uns abgewandt!« Zustimmendes Nicken. »Anstatt uns zu unterstützen, habt ihr uns beraubt und seid verschwunden! Selbst jetzt weigert ihr euch, uns zu unterstützen.«

Brokkr grunzte. »Ich hab schon geschmiedet, da hattest du noch nicht mal einen Flaum im Gesicht.«

Fafnir baute sich vor ihm auf und hob langsam den Helm an. »Vorsicht!«

Brokkr grinste böse. »Sonst was, Flaumhaar? Ich erklär's dir gerne noch mal: Wir haben keine Macht über Mjölnir. Niemand von uns hat das.« Er nickte zu dem Hammer. »Er dient nur sich selbst und trachtet nach Zerstörung.«

José stieß den Stock auf. »Während wir hier streiten, breitet sich Cernunnos' Bewusstsein in allen neun Welten aus.« Er wies zu dem Baum am Horizont. »Es genügt nicht, ihn in Svartalfheim zu bezwingen. Cernunnos ist *überall*.«

Fafnir spreizte die Arme. »Wozu sind wir dann noch hier?«

Wieder richteten sich alle Blicke auf José. »Noch ist nicht alles verloren. Noch sind wir hier, um ein Bollwerk zur Verteidigung Mjölnirs zu errichten.«

Brokkr brummte unzufrieden. »Du glaubst, er will ihn in Besitz nehmen?«

José gestattete sich ein Lächeln. »Ich weiß es.«

»Woher?«

»Die Pfade laufen hier an diesem Ort zusammen.« Geduldig ließ José seinen Blick über die Versammelten schweifen. »Was wir also tun, ist, den neun wahren Paladinen Zeit zu verschaffen, damit sie ihre Prüfungen abschließen und zurückkehren können.«

»Ist es denn gewiss, dass sie zurückkehren?«, fragte Elle. »Pablo antwortet nicht, und wir haben seit Wochen nichts mehr aus dem gelobten Land gehört.«

»Ich bin sicher, es ist alles …«

»Aus diesem Grund«, redete sie dazwischen. »Aus diesem Grund habe ich beschlossen, ihn zur Rückkehr zu bewegen.«

Für ein, zwei Atemzüge verschlug es José die Sprache. »Damit setzt Ihr alles aufs Spiel, was wir aufgebaut haben, Elle.«

»Was *Ihr* aufgebaut habt, Don José.« Ihre Miene versteinerte, und eine ungewohnte Härte füllte ihre Augen. »Méridor braucht seinen König.«

Ihm wurde eiskalt. »Was habt Ihr getan?«, raunte er.

Gabriels Stiefelabsätze klickten, als er vortrat. »Méridor braucht Führung durch eine starke Hand. Die Hand der Kirche. Die hohen Häuser Candaloz haben uns deshalb die Befugnisse erteilt, Pablo de Aguilar in Gewahrsam zu nehmen. Sollte er sich weigern, nach Candaloz zurückzukehren, werden wir ihn von all seinen Pflichten entbinden und für seine Vergehen bestrafen.«

»Ihr wollt ihn hinrichten.«

»Wenn es das Palindrom so will, werden wir dies tun.«

José straffte sich und wägte seine Worte gut ab. »Das erlaube ich nicht.«

»Was du willst, ist nicht länger von Belang«, bellte Cosme und nickte Gabriel und Elle auffordernd zu. »Geht in das gelobte Land und tut, was in Eurer Macht steht, um Méridor vor weiterem Schaden zu bewahren.«

»Ihr wollt Pablo zwingen?«, fragte Brokkr und verschränkte die Arme vor der fassförmigen Brust. »Ihr habt keine Ahnung, worauf ihr euch einlasst.«

Elles Augen sprühten Funken. »Pablo ist mein zukünftiger Gemahl.«

»Dein kleiner Pablo hat sich sehr verändert, Lange.« Der Zwerg lächelte geheimnisvoll. »Man könnte sagen, er hatte eine *Erleuchtung*.«

»Das wird sich zeigen, Zwerg. Wir sind nur hier, um José über unsere Pläne in Kenntnis zu setzen.«

»Da gibt's nur ein Problem. Wie wollt ihr die Brücke in die Krone des Lichts öffnen?«

Elle lächelte schmal. »Dein Bruder war so freundlich, sie für uns bereits zu öffnen.«

Brokkr starrte seinen Bruder an. »Was hast du getan?«

»Ich dachte, dass Pablo nach allem, was geschehen ist, mit ihr reden sollte.«

»Dachtest du das also, ja? Rost, du bist einfach zu gut für diese Welt.«

Sindri lächelte scheu. »Das kam dir nicht leicht über die Lippen, nicht wahr?«

Dann verließen Elle, Gabriel und zwei weitere Paladine der Kirche den Balkon. José versuchte nicht, sie aufzuhalten. Das Ereignis war eine Eventualität, mit der er nicht gerechnet hatte. Sollte Pablo allerdings weder sein zweites Ideal gefunden noch seine neue Rolle anerkannt haben, wäre ohnehin alles unerheblich.

Eine Weile verfielen sie in Schweigen, und niemand traute sich, das Offensichtliche anzusprechen, bis Cormag sich vom Geländer abstieß. »Silberhand. Du glaubst, Cernunnos kommt wegen Mjölnir hierher?«

»Alles dreht sich um ihn.« José wies auf den Hammer. »Ich vermute, dass der Gehörnte ihn insgeheim fürchtet.«

»Warum setzen wir ihn dann nicht gegen ihn ein?«

»Weil das nicht unsere Entscheidung ist. Mjölnir sucht sich selbst seinen Träger.«

»Was jetzt?« Cormag wandte sich den anderen zu. »Wie geht es weiter?«

»Das werden wir gleich erfahren.« Josés Blick schärfte sich, und leuchtende Bänder traten als Pfade aus dem Nebel; sie berührten einander, verflochten sich, ehe sie sich wieder trennten. All die Pfade ergaben hier an diesem Ort einen unübersehbaren Strang, der sich mit jedem Augenblick festigte. Hier fand die Veränderung ihren

Ursprung. Hier sollte die letzte Schlacht gegen Cernunnos beginnen, der danach trachtete, Mjölnir in seinen Besitz zu bringen.

Der Weltenverschlinger.

Der Feind aller Völker.

Der finstere Gott.

Das Böse.

Es war Josés Aufgabe, die heldenhaften Streiter zu vereinen. Alles, was er je beabsichtigt, geplant und getan hatte, die Fäden, die er gesponnen, die Opfer, die er gebracht und den Schmerz, den er erduldet hatte, galt allein diesem einen – einzigen – Augenblick, in dem das Böse seine wahre Gestalt enthüllte. Und dann würden die neun wahren Paladine beweisen, dass sie Welten retteten und ein neuer Gott nach dem Ende an den Anfang trat.

Eine Säule aus Licht erschien am Himmel. Sie entzündete sich, schoss wellengleich über das Land und brachte den Geruch nach Wärme, Trockenheit und Sand mit sich.

Eine eiskalte Klinge bohrte sich in Josés Verstand. Er zuckte zusammen, verlor den Stock und erstarrte. Schon lange hatte er den Moment herbeigesehnt. Da es nun endlich so weit war, traf die Veränderung ihn wie ein Schock.

Die Umgebung zerbrach in zahllose Fragmente. Ein Sturm fegte über die Dächer der Stadt, den Balkon, die Versammelten, das Schloss, scheuerte an den Grundpfeilern, riss Brocken heraus und schleuderte sie in einem vernichtenden Mahlstrom in den Himmel hinauf, wo sie schwerelos umhertrieben. Aus den Bruchkanten strömte Zwielicht hervor und tränkte Josés unmittelbare Umgebung; es quoll über das Land, warf flüchtige Muster und verlieh der Wirklichkeit eine beinahe unwirkliche Atmosphäre. Weit darüber erschien ein Gesicht mit Augen groß wie Sterne.

José richtete sich auf, bereit, sein Schicksal anzunehmen. »Kalak.«

»ICH STERBE.«

»Dein Ziel ist erreicht. Die Assassine hat ihre Pflicht erfüllt. Die Kirche fällt, und der Gerechtigkeit wird Genüge getan.«

»HAST DU DICH SELBST ERKANNT?«

»Ich werde einen Weg finden, dem Gleichgewicht zu dienen.«
José breitete die Arme aus. »Und ich bin bereit, die Verantwortung
zu tragen.«

»HAST DU DICH SELBST ERKANNT?«

Er ließ die Arme sinken. »Nein.«

»DANN BIST DU NICHT BEREIT.«

Sein Herz schlug schnell. »Doch, das bin ich! Ich werde deine
Macht aufnehmen und die Bürde schultern. Als Gott von Anfang
und Ende.«

Die Sterne leuchteten heller. »WAS WIRST DU DAMIT TUN?«

»Das Böse aufhalten.«

»DAS KANNST DU NICHT. NIEMAND KANN DAS. HAST
DU DAS IMMER NOCH NICHT VERSTANDEN?«

»Irgendjemand muss es tun. Auch du hast damals die Verheerung
gebannt.«

»UND SIEH, WOHIN ES UNS GEFÜHRT HAT!«

Bilder brachen in einem reißenden Strom über José ein. Er stand
in der Dunkelheit Svartalfheims, deren Ruinenstädte von Wurzel-
strängen völlig vereinnahmt waren, während im Zentrum ein Fäul-
nisherz pochte.

Dann befand er sich in Alfheim, dessen blutrote Bäume zum
Zentrum hin wuchsen. Alles war von teerartigen Ranken überwuchert, die wie unzählige Herzen rhythmisch pochten.

Plötzlich hockte er im Schnee, das gesamte Land von Eis und
Frost fast erstickt. Über ihm erhoben sich zehn Schritt hohe, massive
Kreaturen mit tumben Gesichtern.

Bilder an Bilder brandeten über José hinweg, und er konnte das
gesamte Ausmaß von Cernunnos' Einfluss erkennen. Selbst in der
Krone des Lichts marschierte eine Armee auf eine Mauer zu.

Als das letzte Bild verging, hockte José auf einem Knie und zitterte. Mit einem tiefen Atemzug stand er auf. »Ich bin bereit.«

»DAS BÖSE IST EIN TEIL VON UNS, EBENSO WIE
LICHT UND DUNKELHEIT IM GLEICHGEWICHT EXIS-
TIEREN.«

»Die Waffe …«

»WIRD DAS BÖSE BEZWINGEN, DOCH DAMIT WEITE-RES UNHEIL HERAUFBESCHWÖREN. DAS WAHRHAFT BÖSE KANN NICHT AUSGELÖSCHT WERDEN.«

Groll stieg in José empor, den er mühelos im Zaum halten musste. »Was erwartest du von mir?«

Das Sternbild verblasste. Wind fegte über die Bruchstücke der Wirklichkeit und wuchs vor ihm zur Gestalt eines alten Krüppels aus Sand, Licht und Bewegung heran. »Ehrlichkeit zu dir selbst.«

»Ich habe mehr geopfert als jeder andere!«

»Nein.« Kalak schüttelte den Kopf. »Deine Opfer galten allein dem Zweck, dich zu beweisen. Du sehnst dich nach Macht, und dafür bist du bereit, alles zu tun.«

»Ja!«, fauchte José. »Ich werde mit ihr beweisen, dass du dich irrst. Das Böse kann ausgemerzt werden. Durch dich.«

Kalak stampfte den Stock auf. »Es ist leicht, Macht zu nutzen. Aber es ist viel schwerer, es nicht zu tun.«

»Du hast die Verheerung gebannt. Du hast den Jäger auf seinen Pfad geführt. Und du hast deiner eigenen Kirche getrotzt. Auch du hast Anteil an dem, was geschehen ist.«

Bedauern zeichnete Kalaks abgehärmte Züge. »Weil ich nicht länger zusehen wollte, wie der Glaube an mich missbraucht wurde. Wir brauchen die Dunkelheit, um dem Licht zu dienen, José. Wir brauchen Menschen wie Valeria oder Pablo, die zwei Teile des Ganzen bilden. Wir brauchen Völker, die Macht unter sich aufteilen, um gerecht zu herrschen.«

Jeder Muskel in José spannte sich an. »Was hast du vor?«

»Ich erwählte dich als meinen Nachfolger. Nun erkenne ich meinen Fehler.«

»Tu das nicht!«

Kalak straffte sich. »Ich entscheide mich für das Ende.«

José stolperte auf ihn zu. »Ich bin bereit! Ich kann …«

Der Gott riss die Hand hoch, und ein Sturm schlug José entgegen. Sand stach in seine Haut, seine Augen, traf jede ungeschützte Stelle an seinem Körper. »Es hat lange gedauert, bis ich endlich erkannt habe, wer du bist. Lopt. José. Tuch der Nacht. Silberhand. Du strahlst Würde aus, doch besitzt du keine. Du verrätst andere, um dich selbst zu retten, denunzierst und lügst. Du verschlingst die Seelen toter Götter und täuschst dich in all deinen Täuschungen selbst.«

Windböen peitschten José entgegen, zermürbten ihn, ließen ihn schmerzgeplagt und verloren zurück. Kraftlos sank er auf die Knie. »Ich habe alles getan, was du verlang…«

»Ich habe dich gewarnt. Als du den Seelenstein gebrochen hast, habe ich dich gefragt, ob es dein Wunsch wäre, dir die Macht einzuverleiben, anstatt sie dir zu verdienen. Sag mir, warum hast du dich so entschieden?«

José sah auf seine Hände, ballte sie Finger für Finger zur Faust. »Um die Kirche zu stürzen. Um Rache zu üben.« Langsam hob er den Blick. »Um Macht zu erlangen.«

»Cernunnos mag der Feind aller Völker sein. Doch nicht er hat die Schicksale der Neun beeinflusst und damit das Gleichgewicht gestört.«

»Ich habe nicht …«

»Du kannst die Wahrheit nicht vor mir verbergen! Du hast Basil auf seine Quest geschickt, um den letzten Paladin und das Schwarze Herz auf dein Spielbrett zu bringen.«

José schwieg.

»Du hast die Paladine überhaupt erst geformt und durch all deine Taten die Dunkelheit herausgefordert. Nicht Cernunnos trägt die dunkle Saat in sich, die Vernichtung heraufsprießen lässt. Nicht er hat das Gleichgewicht gestört.«

»Sondern ich.«

Zorn füllte Kalaks Augen. »Du umgibst dich mit Namen und Geschichten, mit Macht, die du an dich reißt, und mit all deinem Tun, deinen Bestrebungen und Plänen verkörperst du das Chaos.«

Ein Kichern brach aus José heraus. Er wusste selbst nicht, woher es kam. Es gurgelte und blubberte, schäumte und plätscherte wie ein Bach in seiner Kehle. Und mit jedem Lidschlag wurde es lauter und schriller. In all seinen Bestrebungen hatte er stets nach dem Licht getrachtet, ohne zu begreifen, dass er bloß danach haschen konnte, als wollte er den Wind einfangen.

»Unwürdig«, flüsterte er und sah sich selbst, wie er von Cosme verstoßen wurde. »Unwürdig.« Wie er als Konquistador herabgestuft, geschlagen und vertrieben wurde. »Unwürdig.« Wie er vor dem Ersten Tuch der Nacht kniete und fortgejagt wurde. »Unwürdig.« Wie er vor einem Gott das Haupt beugte und abermals verstoßen wurde.

Kalak stierte auf ihn herab. »Begreifst du nicht, dass du Cernunnos überhaupt erst erschaffen hast? Du hast die Stämme Tirnanogs unter Silberhand vereint. Du hast die Neun um dich zusammengeschart. Du hast Könige ermordet, Kriege provoziert und bei deinem Drang nach Macht die Finsternis geweckt.«

José schauderte, zitterte und grinste wie ein Wahnsinniger. »Sag es!«

Der Gott beugte sich drohend zu ihm. »Du bist nicht der Gott der Paladine.«

Gelächter gurgelte aus José heraus. »Jetzt sag es schon!«

»Du bist der Gott der Lügen und der Täuschung.«

»Du hast recht.« José wischte sich die Tränen weg, stand auf und griff zur Seite. »Ich bin ein Beweger der Geschichte.« Zwielicht sammelte sich zwischen seinen Fingern wie dunstige Feuchtigkeit und wuchs zu einer langen, schmalen Klinge heran.

Er stach zu …

Und hielt inne.

Es summte und vibrierte, wie ein Widerhall eines Ereignisses, das erst noch bevorstand.

Durch den Schleier der Wirklichkeit betrachtete er den Hammer, der aufglühte wie eine Sonne. Die Runen am Kopf tanzten und pulsierten in einem Takt, der stetig schneller wurde. Die Luft krümmte und bog sich darum, als wagte selbst sie nicht, das Artefakt zu berühren.

Wummernd schoss eine flimmernde Welle davon weg, trieb Splitter und Staub vor sich her und peitschte José entgegen. Er hob den Arm vor das Gesicht und stemmte sich dagegen.

Mjölnir ließ nicht zu, dass er sich näherte.

»Jetzt verstehe ich.« Kalaks Stimme verhallte wie ein Echo. »Ich verstehe alles.«

»Was verstehst du?«, rief José gegen den Sturm.

Kalaks traurige Augen schweiften zu ihm. »Wir lagen falsch.«

»Was soll das heißen? Womit?«

Endlose Trauer legte sich wie ein Schleier über Kalaks verbitterte und alte Züge. »Mit allem.«

Ein Puls. Kalak zerplatzte zu unendlich vielen Sandkörnern, die der Wind aufnahm und davontrug. Auch seine Aura verging, als hätte er nie existiert. Gleichzeitig verblasste das Zwielicht und die Wirklichkeit nahm Stein für Stein Gestalt an.

José fand sich auf dem Balkon wieder, während um ihn heillose Panik herrschte. Fafnir versuchte sich den Helm überzustülpen, Reginn schrie sinnlose Laute, Otur krallte sich am Geländer fest, Cosme hielt einen Lichtschild schützend vor sich. Und die beiden Zwergenbrüder näherten sich Mjölnir, der von flirrenden Wellen und Elmsfeuer umgeben war. Mit jedem Atemzug pulsierte er schneller.

»Was geschieht hier?«, brüllte Fafnir.

Brokkr ließ den Arm sinken und riss entsetzt die Augen weit auf. »Er sucht sich einen neuen Träger.«

»Wir müssen ihn davon abhalten, Bruder!«, schrie Sindri.

José erstarrte. Dann, ganz langsam, hauchte er ein einziges Wort: »Nein.«

Ein Blitz.

Donner.

Die Welt ging zu Bruch.

Etwas rammte José und schleuderte ihn zurück; seine Glieder schlackerten unkontrolliert und seine Schreie ertönten weit, weit entfernt.

Mit voller Wucht krachte er gegen das Mauerwerk. Sein Rücken explodierte vor Schmerz und alle Luft wurde aus seinen Lungen getrieben.

Stöhnend rutschte er herunter, landete zwischen Steinsplitter und Dreck. Die Welt war grau und drehte sich verschwommen um ihn. Mit ungeschickten Fingern suchte er nach seinem Stock, kämpfte gegen die Ohnmacht. Er bekam den Stock zu fassen, und stemmte sich unbeholfen hoch. Sein Kopf schwirrte, pochte und hämmerte wie verrückt. Alles klang dumpf. Staub wogte um ihn, hüllte alles ein, kratzte in den Augen, brannte in der Kehle.

Er humpelte los, zertrat Scherben, Splitter und Kiesel und stolperte wieder. Unter ihm lag ein Körper. Ein Zwerg mit zerschmettertem Gesicht. Die gebrochenen Augen waren gen Himmel gerichtet und der graue Bart versengt. Reginn. Gleich daneben lag Otur, der Kopf zu einer unkenntlichen Masse geschmolzen und die halbe Schädeldecke weggesprengt. Seltsamerweise hatte sein Trinkschlauch die Explosion überstanden und vergoss Milch zu einer Pfütze. *Tropf. Tropf. Tropf* ...

Das Blut rauschte in Josés Ohren. Sein Atem ging stockend. Er humpelte weiter, fand die Leichen der beiden Paladine. Ein Stück weiter erhellte ein Licht den Staubvorhang. Cosme. Er kniete am Boden, das Haupt gesenkt und beide Hände auf dem Schwertgriff, dessen Spitze in den Marmor getrieben war.

José berührte ihn an der Schulter.

Mit einem letzten Aufleuchten zerfiel das Schwert und der Hochpaladin sackte leblos zusammen.

Drei Schritt entfernt lag der Centurio Arm in Arm mit Kasula – ihre Augen waren ausgebrannt und die Stirnhöhlen eingedrückt. Daneben fand er Cormag. Der Druide griff schwach nach Josés Kragen, zog ihn heran und formte lautlose Wörter. Sein Gesicht war ein einziges Schlachtfeld und ein fransiges, geschwärztes Loch prangte in seiner Brust.

»Krieg«, gurgelte Cormag. »Das bedeutet ...« Seine Finger lösten sich und er erschlaffte.

Allmählich legte sich der Staub und erlaubte einen Blick auf das Trümmerfeld. Überall lagen Bruchstücke des Balkons und geschundene Leichen verstreut wie Laub im Herbst. Der Königspalast war nur noch Schutt und Asche; seine Trümmer hatten sich in den angrenzenden Stadtbezirken verteilt, wo sie Häuser zerstört und Türme eingerissen hatten. Straßen waren zerschmettert, Krater prangten inmitten der Ruinen, selbst die Säulen der Kathedrale waren eingerissen und hatten das Mittelschiff unter sich begraben. Wohin José auch blickte, offenbarte sich totale Vernichtung.

»Gah!«, rief Brokkr und befreite sich aus dem Schutt. Er schüttelte sich wie ein nasser Hund den Staub ab und zog unter großer Kraftanstrengung seinen Bruder unter dem Schutt hervor. »Sindri ...« Er keuchte und rasselte. »Sindri, wach auf!«

Der Zwerg rührte sich nicht.

»Nein, bitte nicht! Sindri … lass mich nicht im Stich!«

José ging weiter. Er musste erfahren, was geschehen war. Schließlich fand er das Zentrum der Verwüstung. Dort war eine Kuhle zurückgeblieben, nicht breiter als zwei Schritt, in der Funken umherkrochen. Doch sie vergingen allmählich.

José prallte auf die Knie und kicherte, bis er keine Kraft mehr hatte, bis Tränen sein Gesicht benetzten und seine Lunge sich krampfhaft zusammenzog, bis die grausame, kalte, harte Wahrheit zu ihm durchdrang.

Der Wind wehte die Schmerzensschreie und das Klagegeheul der Stadt herüber. Holz barst, Stein zerbrach und mit lautem Rumpeln fielen weitere Gebäude in sich zusammen. Menschen irrten mit blutverschmierten Körpern durch die Gassen. Metall schepperte auf Metall, Klingen blitzten im staubigen Schleier und Soldaten taumelten durch die Ruinen einstiger Prachtbauten. An einigen Stellen bekämpften sie einander, obwohl sie auf derselben Seite standen. Durch das weit entfernte Stadttor strömte das Zwergenheer. Soldaten stellten sich ihnen in den Weg und die Armeen prallten aufeinander. Schreie erklangen, Fäuste schwenkten, Waffen sangen. Dann floss das Blut.

Legionäre strömten herbei, Druiden wüteten in Bestiengestalt und inmitten des Gemetzels entfesselten die Nekromanten den Tod. Hierfür war kein finsterer Gott verantwortlich. Niemand kannte den Grund für dieses Chaos.

Niemand außer José.

Er musste mitansehen, wie all seine Träume wie Sand zwischen seine Finger rannen. So lange hatte er nach seiner Rolle gesucht und dabei geglaubt, dem Licht zu dienen. Jetzt hatte er es endlich verstanden. Mit all seinen Bestrebungen hatte er den Weltensturm nicht bekämpft.

Sondern entfesselt.

Ende

Nachwort

Ich freue mich sehr, dass du mich auf dieser mitreißenden Reise begleitest. Band 5 der Paladin-Saga hat mich vor einige Herausforderungen gestellt, denn ich wollte unbedingt dem Barden den nötigen Raum geben, sich entfalten, damit er tragend für die weitere Geschichte wird. Für gewöhnlich vermeide ich Rückblenden. Hier allerdings war sie das nötige Stilmittel, um zu verstehen, wie alle Pfade ineinandergreifen. Außerdem bot sich dadurch die Gelegenheit, einen neuen Blickwinkel auf Josés Pläne zu werfen.

In meinen Geschichten ist es mir stets wichtig, die Beweggründe und Nöte der handelnden Figuren zu zeigen, ihnen Ecken und Kanten zu geben und zu verdeutlichen, dass vieles von dem, was wir als Gut oder Böse empfinden, von der eigenen Wahrnehmung abhängt. José ist deshalb die Schlüsselfigur und zugleich die Tragik des gesamten Epos. Denn in seiner Verblendung und seiner Überzeugung, dass jedes Mittel recht ist, um das Böse aufzuhalten, hat er unbewusst eben jenem gedient.

Meine Bücher wären nicht ohne die Unterstützung besonders wichtiger Menschen möglich. Dazu zählen meine Lektorin Katrin Gönnewig, die mich jedes Mal anspornt, über mich selbst hinauszuwachsen. Außerdem Daniel von Astrosheep art, dessen Cover mich immer wieder aufs Neue begeistern. Außerdem bedanke ich mich bei diversen Kollegen und Kolleginnen, deren Austausch mir sehr weiterhilft – es sind zu viele, um sie alle zu erwähnen. Ihr wisst schon, wen ich meine. Außerdem hat der Komponist Christoph Kuhlmann einen fantastischen Soundtrack für die Saga komponiert, wofür ich mich herzlich bedanken möchte. Schaut doch mal bei ihm vorbei! Des Weiteren bedanke ich mich bei Arturo von Nerdy maps für die fantastische Karte des Weltenrunds. Zuletzt danke ich wie immer meinen Lesern und Leserinnen, die mich meinen Traum leben lassen.

Wenn du mich unterstützen willst, dann rezensiere das Buch oder hinterlasse eine Bewertung. Damit verschaffst du deiner Meinung eine Stimme! Falls du mehr über mich oder kommende Veröffentlichungen erfahren willst, kannst du dich gerne in meinen Newsletter eintragen.

Und jetzt auf ins nächste Abenteuer – es wird episch!

Pascal Wokan, Dezember 2024

Glossar

Personen

Andvari: Runenschmied, Paladin

Baltasar de Hortega: Oberhaupt des Hauses Hortega

Basil: Barde, Paladin

Beltrán de Toledo: Fürst von Saville

Brokkr: legendärer Zwergenschmied

Disha: Alchemistin

Dragbraxass: Drache

Elle de Marques: Pablos Verlobte, Oberhaupt des Hauses Marques

Enrique: Hauptmann von Saville, Steuereintreiber

Fafnir: Zwergenprinz

Gabriel: Hochpaladin von Candaloz

Ivaldi: göttlicher Schmiedelehrling

José: Kaufmann, Gott der Paladine

Juanito: Stabsoffizier

Kalak: das Palindrom, Gott von Anfang und Ende

Kriana: Druidin

Krognak'kushatuk/Krog: Schamane

Lorenco: Waffenmeister und Kämpfer

Manniz: Vorsteher der Stählernen Bank

Merlin: Gott der Geschichten

Otur: Zwergenprinz

Pablo: Paladin, König von Méridor

Porico: Hauptmann

Reginn: Zwergenprinz

Sindri: legendärer Zwergenschmied

Surt: Herrscher Muspellsheims

Tello de Castil: Hauptmann

Ullr: Jäger, Paladin

Wagrim: Barbar, Paladin

Wieland: Schmiedegott der Zwerge

Länder und Städte

Acan Dor: Stadt im Hochland

Amdra: altes Kaiserreich

Candaloz: Hauptstadt von Mérida

Dverg Badur: Bergbinge, mythisches Zwergenreich

Hugarheim: das Geisterreich

Legentum: sagenumwobene Stadt im Weltenrund

Méridor: größtes Königreich im Süden des Weltenrunds

Tirnanog: wildes, sagenumwobenes Land im Norden jenseits der Meerenge, alte Kolonie

Kor Anklam: Hauptstadt der Hochlande

Muspellsheim: Welt des Feuers

Saville: unabhängige Stadt im Osten Méridors

Svartalfheim: Welt der Zwerge

Valanor: Zaubererturm

Verlorene Berge: Gebiete weit im Nordosten

Begriffe und Wesen

Ahuízotl: Wasserhund, der in Flüssen lebt und Opfer ins Wasser lockt, um sie zu fressen

Alicanto: mythischer Vogel, dessen Gefieder in jener Farbe schillert, dessen Metall sie aufgenommen haben

Chupacabra: hundeähnliches Wesen, das seine Farbe ändern kann und sich von Blut ernährt

Cuegle: menschenähnliches Wesen mit Glatze, schwarzverbrannter Haut und fünf Zahnreihen

Coco/Coca: mythischer Drache

Dia de los Muertos: Tag der Toten/Totenfest

Duérmete niño, duérmete ya. Que viene el Coco y te comerá: Schlaf Kindlein, schlaf jetzt ein. Der Coca kommt und wird dich fressen

Dukat: Währung in Méridor

Echar agua al mar: Wasser ins Meer gießen (etwas Sinnloses tun)

El aprendizaje es un regalo, incluso cuando el dolor es tu maestro: Das Lernen ist ein Geschenk, auch falls der Schmerz dein Lehrer ist

La mejor forma de predecir el futuro es crearlo: Die beste Form, die Zukunft vorauszusagen, ist sie selbst zu schaffen

No eres lo que logras, eres lo que superas: Du bist nicht das, was du erreichst, sondern das, was du überwindest

Sleg: mythischer Speer

Skidbladnir: das faltbare Schiff

Vai-te coca vai-te coca. Para cima do telhado. Deixa dormir o menino. Um soninho descansado: Geh weg Coca, geh weg Coca. Hinauf aufs Dach. Lass das Kindlein schlafen in seeliger Ruh.

Der Autor

Foto: privat

Pascal Wokan gehört mit einer Million verkaufter Bücher zu Deutschlands erfolgreichsten Fantasy-Autoren. Um in seine sagenhaften Welten eintauchen zu können, reist er an die entlegensten Orte der Welt und untersucht dort alte Mythen und untergegangene Kulturen. Als Hybrid-Autor veröffentlicht er seine fantastischen Romane sowohl im Selfpublishing als auch bei Verlagen. Zu seinen erfolgreichsten Werken gehören »Die Sandmagier«, »Der Nekromanten-Zyklus« und »Calindor«. Pascal Wokan lebt mit seiner Familie in Weilburg, Hessen.